문예신서
305

시학 입문

문학 이론들의 접근방법론

제라르 데송

조재룡 옮김

東 文 選

시학 입문

Gérard Dessons
Introduction à la Poétique
: Approche des théories de la littérature
publiée par Dunod, Paris

차 례

제1장 아리스토텔레스의 시학

제2장 시작술(詩作術)

제3장 수사학(修辭學)

제4장 기호학

제5장 언어학

서 문

이 책은 다른 모든 저서들과 마찬가지로 위치되어 있다. 비록 역사학의 방식에서 외형을 빌려 온 것이라 하더라도 시학에 드리워졌던 그간의 관점들이 결코 중립적인 것은 아니다. 우리는 아리스토텔레스에 할애될 첫 단원을 시작으로 시학의 주요 개념들의 실질적 적용과 이해가 비단 아리스토텔레스적인 전망이 제시하는 관건들뿐만 아니라 시학에 관한 현대적 개념에도 상당 부분 의존하고 있다는 사실을 살펴보게 될 것이다.

한편 이 책은 문학 이론들을 총괄한 한 편의 역사서가 되기를 바라지 않는다. 역사에 의존한 관점과 전망들이 비록 조직적으로 이루어질 수 있다고 하더라도 여러 가지 이유들, 특히 그 중에서 작품의 크기가 지니는 한계가 단지 가장 외적인 요소에 해당될 뿐이라는 사실은 이러한 계획 자체를 타당하지 않은 무엇으로 만들어 버릴 수 있기 때문이다. 우리가 비록 역사를 통해서 사건들에 따라 다양하게 변화할 뿐만 아니라 역사의 본질 속에 존재하는 항구적인 개념들의 선적 전개와 그 양상을 이해한다 하더라도 사실 어떤 하나의 역사를 세운다는 것은 불가능한 것이다.

바로 여기서 기획상의 상대적인 어려움이 발생한다. 예컨대 그것이 이미 공표되었건, 경쟁 속에 있건, 부정되었건, 혹은 경쟁적인 개념들에 의해 대치되었거나, 전문 용어 체계 속에서 자신의 틀을 유지하건 간에 문학 사상에 관여하는 근본적인 물음에 접근 가능한 하나의 형식 속에 놓여지는 것 자체가 바로 어려움을 발생시키는 것이다. 한편으로 우리는 개념이란 그 개념을 활성화시키는 담화의 역사성(historicité)*에 의존한다는 사실 또한 언급해야만 한다. 비록 우리가 개념 속에서 '어떤 집단의 영향력'을 포착할 수 있다 하더라도 개념 자체는 결코 어떤 '합의'로 축소되는 것은 아니다. 다른 한편 만약 우리가 앞서 이미 승인되었던 사실들을 다시 들추어본다면——우리 존재 역시 문제를 제기하는——우리는 시학에 관한 사유가 여타 작가들이나 여타 학파들의 관점에 따라 항시 다른 방식으로 취급되어 왔다는 사실을 알게 된다.

이렇듯 시학은 '명시적'이거나 '암시적'인 하나의 연구 대상일 수 있다. '명시적'이라 할 때, 시학은 아리스토텔레스(《시학》)나 앙리 메쇼닉(《시학을 위하여》)의 경우, 혹은 언어학에 종속되어 연구 대상을 이전하였던 야콥슨(《일반언어학 에세이》 속의 〈언어학과 시학〉)이나 기호학에 종속된 그레마스(《시적 기호학 에세이》), 수사학에 종속된 그룹 뮤(μ)(《시적 수사학》)처럼 고찰의 중심 대상을 구축할 수 있다. 한편 '포에틱(poétique)'이라는 단어 자체에서 촉발될 수 있는 오해들을 또한 고려해야만 한다. 다시 말해서 이 '포에틱'이라는 단어가 실사(實辭, substantif)로 쓰일 때 오해의 여지가 늘어나며, 형용사로 쓰일 때

---

* 표시가 되어 있는 개념들은 책의 마지막에 실린 용어 설명을 참조할 것.

는 이러한 오해의 여지가 보다 복잡해지는 경향이 있다는 것이다. 그리고 우리가 '시작술(作詩術 arts poétiques)'이라 부르는 모든 종류의 문제들이 발생하는 것은 다름 아닌 바로 이 포에틱이라는 용어의 혼동에서부터이다.

한편 시학을 '암시적'이라 할 때, 시학의 개념은 고전수사학, 또는 언어 활동이나 문학적 담화를 다루고 있는 이론 텍스트들을 모두 망라할 뿐 아니라, 빅토르 위고의 〈고발 행위에 대한 답변〉이나 막스 자콥의 〈젊은 시인들에게 보내는 충고〉를 거쳐 롱사르의 시에서 기유빅의 《시작술》에 이르기까지 거의 모든 문학 텍스트를 포괄하게 된다.

바로 이러한 이유 때문에 기존의 정보들과 방법론적 관점들을 따로 분리해 내는 일은 거의 불가능해진다. 이 책에 가장 직접적인 독자가 될 학생들과 마주하여, 권위로 이들을 따르게 만들거나 납득시키는 일보다 오히려 시학의 다양한 관점들과 시학과 밀접하게 연관된 관견들을 활성화시키는 과정을 통해 학생들을 이끌면서, 문학에 관한 질문에 직접 관여하는 사상과 개념에 대한 고찰이 무엇인가를 드러내는 작업이 보다 중요해 보인다.

이러저러한 운동과 운동 사이를 연결하는, 타자들의 희생을 전제로 특권화된 이권의 그물망들을 고안하는 작업은 결코 중립적이지 않다. 그러나 이러한 고안 작업이 단지 몇몇 대표들의 확신에 찬 선언들(예를 들어 자신들의 유산을 확신하는 '새로운 수사학'의 명시적인 선언 따위)에 의해 작동하는 것이 아니라, 오히려 이론적 질서의 고찰과 더불어 분석적이고 실질적인 적용의 토대를 마련하는 관견들과 쟁점들에 따라 작동한다는 사실을 언급해야만 한다.

제반 문제들은 1971년 롤랑 바르트의 다음과 같은 지적이 만들어
낸 이미지를 흉내내서 상호 침투되거나, 이를 반대하거나, 더러는 자
신들과의 이론적 입장의 차이를 취소하기도 하는 동시대 사상 운동들
과 더불어 보다 증가한다:

"몇 년 전부터 연구나 투쟁의 움직임은 프랑스에서 기호라는 개념 주
위로 발전하였으며, 기호의 묘사와 그 진행 과정, 다시 말해서 그다지
중요하지는 않지만 우리가 *기호학, 구조주의, 음소 분석*(sémanalyse), *텍
스트 분석*이라 부르는 운동들의 주위에서부터 발전하였다."(《비평 에세
이》, 제2판, 〈저자 서문〉)

한편 바르트가 "그다지 중요하지는 않다"고 한 것과는 반대로 이
책에서 우리가 밝히고자 하는 것은 사실상 이러한 운동들이 매우 중
요하다는 것이다. 다시 말해서 우리가 관심을 가지고 밝히려는 것들
은 바로 이러저러한 사상들 사이의 변화를 연결짓는 작업과 더불어
드러나게 되는 '차이들'인 것이다.

만약 이 책의 일반적인 저술 방향 외에도 비판받아야 할 점이 있다
면, 그것은 이 책에 일종의 결핍이 존재한다는 점일 것이다. 사실 기
획상의 결함이 존재하는 것은 피할 수 없는 것이기도 하다. 책 크기의
한계와 책의 교육 지향적인 방향을 고려하여 나는 일종의 선별을 수행
해야만 했다. 나는 가능한 한, 특히 시학의 역사적 변천에 관해 상세히
기술하는 과정에서 백과사전적인 지식의 측면을 희생시켰으며, 이러

한 측면보다 오히려 분석과 고찰을 선호하기로 결정하였다. 백과사전적인 지식의 차원은 비평이 지니는 장점을 등한시하면서 피상적인 유사성에 근거한 작품들의 중복(예를 들어 시학에 관해 언급하고 있는 작품들과 시작술에 관해 언급하고 있는 작품들 사이의 중복 따위)으로 귀결할 위험을 지니고 있을 뿐만 아니라, 다른 것을 언급하는 것처럼 보이는 작품들(수사학 협약들, 기호학 작업들)을 완전히 망각한다.

또 다른 한편으로 여기서 언급해야 할 사항은 서양의 관점을 우선시하였다는 사실이며, 특히 몇몇 챕터에서는 프랑스의 관점에만 국한되었다는 사실이다. 따라서 시학의 문제가 보다 폭넓은 차원의 관점을 바탕으로 제기되지는 않았다고 말할 수 있을 것이다. 이러한 결여 지점들은 아직도 야심 찬 계획처럼 남아 있는 일종의 과제에 해당될 것이다. 한편 검토되어야 한다고 판단된 작품들은 요약을 하거나 다시 풀어서 설명하지 않았고, 독자들이 원문을 상기할 수 있도록 매번 쪽수를 포함한 문헌적 근거를 자세히 명기하여, 인용한 부분을 문자 그대로 발췌해서 싣도록 하였다. 단지 프랑스 고어의 철자 표기법을 현대식으로 적용하는 데만 동의하였을 뿐, 이미 한번 사용한 용어들은 매번 괄호를 이용하여 용어의 처음과 끝부분만을 표기해 두었다.

참고 자료들은 주로 처음 인용된 후에는 괄호 속에만 표기해 두었다. 동일한 작품을 여러 차례 반복하여 인용해야 하는 경우, 두번째 인용문 이후부터는 오로지 쪽 번호만을 표기해 두었지만, 이 경우도 쪽 번호가 처음 인용문과 상이할 경우에만 그렇게 하였다. 비슷한 부분은 참고 자료에 관한 그 어떤 표시도 제시되지 않았을 것이다.

기술적인 개념들과 특수하게 사용된 개념들은, 이 개념들이 처음 언급된 이후 본문 속에서 직접 설명하였으며, 그 나머지나 몇몇 용어들은 책의 끝부분에 실려 있는 용어 설명편에 다시 수록해 놓았다.

서 론

시학을 연구 대상으로 삼고 있는 한 권의 책을 펼칠 때, 독자들은 이 책이 무엇을 다루고 있을까라는 점에 대해 늘 '선험적으로(*a priori*)' 확신하고 있는 것은 아니다. 독자들은 다루어야 할 것이 정작 '시'가 아니라 '시학'이라는 사실에 대해 어떠한 확신도 가지고 있지 않다. 시와 시학 사이에 존재하는 이런 식의 혼동은 바로 두 용어의 어휘가 어원적 동질성을 지니고 있다는 사실로부터 발생하며, 이는 또한 실제로도 매우 빈번하게 일어나는 현상이기도 하다. 이렇듯 장 코앵에게 "시학이란 바로 시를 연구 대상으로 삼는 하나의 과학"[1]이며, 시 개념은 그 자체로 "시 작품에 의해서 정상적으로 생산된 특별한 미적 인상"에 동일시되고 있는가 하면, 또 다른 한편으로는 문학을 넘어선 모든 대상에서도 촉발 가능한 것으로도 인식되어 있다. 따라서 장 코앵은 "시가 존재하는 곳, 그렇지 않다면 유일하게, 그리고 적어도 월등한 방식으로 시의 탄생이 가능했으며, 시라는 이름을 부여한 예술의 영역 속, 말하자면 시라 불리는 문학의 영역 속에서 시를 연구할 것"을 제안하며, "시적 감동을 유발할 만한 예술적이거나 자연적인

---

1) Jean Cohen, 《Structure du langage poétique》, Flammarion, 1966, p.7.

모든 대상에 공통되는 요소들을 추구할 일반시학을 시도하는 것이 가능"(8쪽)하다고 생각한다.

이러한 혼동은 사실상 실사로서의 시학과 시작술을 서로 동일하게 지칭한 바 있는 호라티우스에서부터 이어져 내려온 역사적 전통의 영향력에 의해서 설명될 수 있는 것만큼이나 이 두 단어의 어휘적 연관성에 의해서도 설명되어질 수 있을 것이다. 다시 말해서 **포에틱**이라는 용어는 이 책의 주요 관심사인 실사가 될 수 있는 동시에 *시*라는 단어에 보다 밀접하게 관련된 형용사로도 쓰일 수 있는 것이다. 동일한 하나의 단어에서 출발한 이러한 두 가지 상이한 방향 설정은 연구 출발점을 시학과 시 연구를 동일시하는 지점에서 상정한 앙리 슈아미의 작품(《시학》, 1986년)에서 다음과 같이 드러난다: "우리는 시학을 예술이자 동시에 시의 과학을 지칭하는 무엇처럼 정의할 수 있다."[2] 한편 슈아미는 "어원을 따지면 *시인이란 창조자*"(4쪽)를 의미하였다는 사실을 상기한다. 따라서 이 경우 슈아미에 의하면 시학(la poétique)[3]은 일반적인 차원에서 설정된다. 그러나 또 다른 한편 슈아미는 시학의 개념을 여러 종류의 시작술들이나 '문학 선언문들'과 연관지으면서, 특이한 시학들(des poétiques particuliéres)의 수준에서도 설정한다.

한편 발레리는 1937년 시작된 콜레주 드 프랑스 강연회에서 창조사상에 기반한 '문학 이론' 작업을 개진한 바 있다. 그러나 발레리의 이러한 문학 이론은 시작술들의 전통, 즉 "시구(詩句, vers)의 구성이나

---

2) H. Suhamy, 《La Poétique》, PUF, 1986, coll. 'Que sais-je?,' p.3.
3) 정관사 'la'가 사용된 것처럼 '추상적이고 일반적인' 시학을 의미한다. [역주]

극시(劇詩)와 서정시의 구성에 관여하는 규칙과 협약 혹은 법칙들의 모음집"[4]에는 근본적으로 반대하는 입장을 취한다. 우리가 방금 살펴본 이후로 시에 관한 여러 담론들에 막대한 영향을 끼칠 이러한 입장을 바탕으로 발레리는 포에틱이라는 단어를 "어원에 근거한 의미"의 차원에서만 다루고 있다. 이처럼 발레리는 포에틱이라는 단어에서 그리스어 포이엔(poïein), 즉 "만들다(faire)라는 동사 개념을 아주 간단하게" 다시 활성화시킨다. 따라서 이때 발레리에 의해 설정된 포에틱이라는 용어의 의미는 "언어 활동이 그 실체이자 동시에 수단인, 작품의 창조나 구성을 다루는 모든 것을 지칭하는 이름"[5]이 된다.

시학을 고찰하는 데 있어서 창조라는 단어의 어원에 토대를 둔 이러한 발레리의 입장은 보다 혁신적일 수 있는 문학 이론에 관해 사유할 수 있는 가능성을 둔화시키는 역할을 한다. 예컨대 '창조성'처럼 지극히 넓은 개념을 문학 장(場)에 도입하는 작업은 앙리 슈아미가 앞서 언급한 바 있는 "자체로서의 시학"이라 칭했던 것에서부터 가스통 바슐라르(《공간의 시학》, 1957년)와 질베르 뒤랑(《상상력 비판의 인류학적인 구조들》, 1969년)의 상상력 연구와 같은 작업들을 토대로 하여 발레리 자신이 지칭한 바 있는 심리학의 영역으로 시학의 문제 자체를 이동시킬 위험을 내포하고 있는 것이다. 바슐라르에 바탕을 둔 연구는 *만들기 작업*——다시 말해서 '실질적인 적용(pratique)'을 의미하는——과 언어 활동 사이의 관계 설정을 가능하게 했던 발레리에 의해

---

4) Paul Valéry, 〈Leçon inaugurale du cours de poétique du Collège de France〉, in 《Variété V》, Gallimard, 1944, p.289-290.

5) P. Valéry, 〈De l'enseignement de la poétique au Collège de France〉, in 《Variété V》, p.291.

제안된 시학의 틀을 벗어나고 있음을 잘 드러낸다. 비록 바슐라르가 '포에틱'이라는 용어를 사용하고 있지만, 바슐라르는 아리스토텔레스적인 의미에서 "하나의 시학"을 완성할 계획을 가지고 있었던 것이 아니라 "이미지가 현행성(現行性, actualité)에 포착된 심장, 영혼, 인간 존재의 직접적인 산물처럼 의식 안에 떠오를 때, 시적 이미지 현상의 연구"[6]로 이해했던 "상상력의 현상학*"을 구축할 계획을 갖고 있었던 것이다.

이 책에서 시학의 개념은 아리스토텔레스부터 러시아 형식주의자들에 이르기까지 시학에서 *문학*의 특수성에 관한 연구를 가능하게 만들었던 개념이나, 혹은 1921년 언어학자 로만 야콥슨에 의해 정립된 바 있는 "시학의 대상은 무엇보다도 다음과 같은 질문, 즉 *언어로 표현된 메시지가 예술 작품에서 무엇을 만들어 내는가*라는 문제에 답하는 데" 놓여 있는 '문학성(littérarité)'이라는 개념을 수용하면서 설정될 것이다. 이를테면 이 책에서 시학은 다음과 같은 물음을 던지면서 다루어질 것이다. 공동체의 관점에서 볼 때, 과연 무엇이 무정형의 덩어리들처럼 생산된 텍스트로부터 하나의 문학적 담화를 구분하게 만드는 가치(valeur)를 부여하는가? 중요한 사실은 방금 던진 이러한 물음이 전통적으로 '문학'이라고 불려 왔던 구분을 본질적으로 역사적인 효과를 지니고 있는 무엇으로 인식할 수 있었던 사유와는 전혀 무관한 물음이라는 것이다.

따라서 시학은 단순한 "문학에 관한 사유"[7]나 "문학에 관한 담론"[8]

---

6) G. Bachelard, 《La Poétique de l'espace》, PUF, 1957, p.2.

그 이상을 의미한다. 발레리에 의해 강조된 바 있는 시학의 이론적 관점과 전망은 시학이 심지어 '문학' ——이 용어의 이데올로기적 · 사회학적인 적용들은 이 용어의 비판적 고찰을 마비시켜 버린다—— 에 관한 사유를 넘어서는 무엇에 해당되게끔 할 뿐만 아니라, 시학을 앙리 메쇼닉에게 있어서처럼 진정한 '글쓰기의 인식론*' 다시 말해 보다 단순화시켜 표현해 본다면 '쓴다는 행위의 활동성'에 대한 일반 이론에까지 도달하게 만들 것이다.

시학의 정의에 제기된 이러한 질문들을 전개하는 과정에서 우리는 실사로 쓰인 포에틱이란 단어가 문학의 일반적 차원에 관한 고찰에서 벗어나 특수한 작품들에 적용될 경우 또 다른 의미를 지닐 수 있다는 사실을 이해해야만 한다. '하나의 시학'이란 말처럼 실사 앞에 부정 관사가 등장하는 경우가 바로 이 경우에 해당된다. 이때 포에틱이란 단어의 개념은 더 이상 일반적인 시학이 구축하는 메타담론적*이거 나 이론적인 활동들——이 책에서 구체적으로 살펴보고자 하는 대상이기도 한——을 지칭하는 것이 아니라 한 작품 속에서의 차이와 일관성을 형성하는, 간단히 줄여서 말하자면 한 작품의 내적 체계라고 이름 붙일 수 있는 무엇에 관여하게 되는 것이다.

예를 들어 앙리 슈아미는 상상력의 정신분석학적 관점에서 다음과 같은 종류의 시학을 상정한 바 있다: "작가의 전망에 관계된 한 작가

---

7) J. Kristeva, 《Semeiotikè》, Seuil, p.209.
8) T. Todorov, article 〈Poétique〉, in 《l' Encyclopœdia Universalis》, 1992, p.516. 이 연구서에서 시학은 '문학 이론'으로 정의된 바 있다.

의 시학에 관해 언급할 때, 우리가 지칭하게 되는 것은 눈에 확연하게 드러나는 테마나 형식적인 선택 혹은 작가의 변하지 않는 규칙을 가리키는 것이 아니라 오히려 작가가 사용하는 상징성과 일관성, 풍부하고 순환하는 이미지들, 충동적이며 본능적인 강박관념들, 그리고 감각적인 활기 등인 것이다."(앞서 인용된 저서, 107쪽) 한편 이와는 대조적으로 움베르토 에코의 접근 방식은 이러한 방법보다는 좀더 객관적이랄 수 있는데, 왜냐하면 에코가 포에틱이라는 용어에서 이해한 것은 바로 "작품의 구조화 과정과 편성 계획," 다시 말해 "예술가에 의해 매순간 제안되는 과정 속에 놓인 실행 프로그램"이기 때문이다. 결과적으로 에코의 시학 연구는 "의사 소통에 의미를 발생시키는 의도처럼 간주된 예술 대상의 변별적 구조 분석을 통해서"[9] 진행된다고 할 수 있는 것이다.

특이한 여러 가지 시학에 관한 연구는 롤랑 바르트가 '시학자' 라고 이름 붙인 바 있는 전문가들에 의해서 펼쳐지고 있는 최고의 활동 영역에 해당되며, 더욱이 이러한 시학자들은 아래와 같은 발레리의 기획 의도를 자신들의 기억 속에 간직하고 있다:

"문학 작품 앞에 마주했을 때, 시학자들은 다음과 같이 묻지 않는다: 작품이 무엇을 의미하는가? 작품이 어디서 비롯되었는가? 작품이 어디에 결부되는가? 이런 물음들 대신 시학자들은 보다 간편하지만 보다 어렵게 다음과 같이 묻게 되는 것이다: 작품이 어떻게 형성되었는가?"[10]

---

9) U. Eco, 《l' Œuvre ouverte》, Seuil, 1962, p.10-11.

시학에 관한 특수한 관점들과 일반적인 관점들 사이에 진정한 이론
적 대립이란 사실상 존재하지 않는다. 오히려 서로 떨어질 수 없는 변
증법적* 운동 속에서는, 특수한 시학들에 관한 연구와 하나의 시학에
관한 연구가 전제하는 두 가지 이론적 전망들은 어쩌면 서로 대립되
지 말아야 하는 것인지도 모른다. 어찌되었건 문제는――만약 문제
가 존재한다면――바로 시학을 문학적 특수성의 연구로 여기는 사유
의 내부에 존재하는 것이며, 문학성에 관한 일반 이론을 고안하거나
한 작품의 특이성을 조명하는 데 달려 있는 것이다.

이러한 전망은 문학 작품들과 언어 활동에 몰두하고 있는, 이를테
면 문체론(文體論, la stylistique) 같은 여타의 다른 학파들과 시학을 만
나게끔 유도한다. 현 상태에서 문체론이 작품들의 '가치'에 관계된 물
음들에 전념하는 것은 아니라는 사실을 고려해 본다면, 문체론이 문
학적 특수성의 연구에 기여한다고 볼 수는 없다. 역사적으로 볼 때 언
어 활동의 표현적 개념들과 주로 연관을 맺어 왔던 문체론은 문체(文
體, le style) 자체를 접근 가능한 수많은 언어학적 형식들 가운데에서
도 유독 개인적 선택과 연관지을 뿐이다. 하지만 때로는 문체론도 이
론적인 작업을 개진하기도 하는데, 예를 들어 마루조(1939년)에서 그
룹 뮤(Mu)(1982년)에 이르기까지 문체론은 '문체의 과학'이 될 것을
자신들의 연구 목표로 삼은 바 있다. 예컨대 음성학(音聲學, phonétique)
이나 어휘론(語彙論, lexicologie)과 마찬가지로 문체론이 경험을 바탕
으로 자기 자신을 언어학의 내부에 관여하는 원칙으로 간주할 때, 문

---

10) R. Barthes, 〈Le retour du poéticien〉(1972), in 《Le Bruissement de la langue》,
Seuil, 1984, coll. 'Points,' p.215.

체론은 오로지 하나의 방법론만을 필요로 하게 되는 것이다.

　문체론이 텍스트를 '자명한 무엇'으로 여기며 언어 활동의 대상처럼 적용해 보는 정도에 따라, 작품 내부의 '기술적인' 빈도수가 특수한 시학을 추구하는 과정에서 어떤 선택을 동반할 수 있다고 하더라도 결코 문체론은 시학이 지니는 목적을 소유할 수는 없다. 시학의 선결 과제와 만날 수 있을 법한 문체 이론은 문체 개념의 주변에서, 그리고 그 개념 자체에 의해서 야기된 상호 학문적 관계들(수사학 · 언어학 · 기호학과의 관계)이 야기하는 인식론적인 문제와 직면하게 된다. 더러는 글쓰기의 개념, 더러는 양태(樣態, manière)의 개념같이 문체와 '유사한' 개념들과의 경쟁 속에서 문체론은 전문 용어들에 관한 물음들을 표출하는 인식론적 문제에 직면하게 되는 것이다. 따라서 문체라는 개념은 작품들의 시학에 존재하는 언어적 구성 요소처럼 정의될 수 있을 것이며, 한편 이러한 정의는 결국 문체 개념을 문학적 특수성의 문제에 결부시키는 절차와 과정을 거치게 만들 것이다.

　한편 시학의 대상을 고찰하기에는 지금까지 사용된 문학의 개념이 매우 모호하다는 사실을 강조해야만 할 것이다. 문학이란 용어가 촉발할 수 있었으며, 여전히 촉발시키고 있는 비판들을 오인하지 않으면서, 이 용어가 이러저러한 시학 이론이 고찰 대상으로 인식하고 있는 담화의 유형들을 매번 지칭하기에는 불충분한 용어라는 사실을 지적하도록 하자. 우리가 모든 종류의 인용 부호들을 동원해서 의문을 제기할 이러한 문학 개념은 사실상 시학 이론의 핵심적인 관건을 이루는 것은 아니다. 오히려 문학이라는 개념은 그것이 해답보다는 물음을 끌어내는 데 더 많이 사용된다는 이유에서만 연구의 타당한 영역으로 부각될 뿐인 것이다.

이 책에서 주로 다루고 있는 관점은 매우 특별한 동시대적 관점만을 의미하지는 않는다. 문학은 약호와 관습의 합리론이 지배하던 확실성의 시대나 고전주의 시대보다 오히려 현대로 넘어와서 보다 의심을 받게 된 희미하고 막연한 영역은 결코 아닌 것이다. 예술 작품의 은총과 미지(未知)의 무엇, 그리고 인간 정신의 환기는, 결코 단 한번도 중단된 적이 없었던 문학성에 관한 물음을 통해 야기되었던 시대 정신의 표출이었다. 이는 창조와 수용, 개별성과 공통성, 개인과 사회라는 두 가지 경계 사이에서 취해진 정신적 생산물의 가치에 관여하는 물음이었던 것이다. 이러한 물음이 학파들 사이의 논쟁이나 이론의 정립 과정에서 발생한 화해할 수 없는 관점의 차이를 거치기도 하지만, 한편 이러한 물음은 실질적인 적용(실천)의 문제, 이를테면 윤리적 실천, 독서의 실천, 정치적 실천, 사회적 가치의 실천 속에 녹아 있는 문제이기도 한 것이다.

바로 이와 같은 이유 때문에 이 책에서 연대기라는 외적 모양새를 취하고 있는 역사에 대한 고려는 특히 시학의 역사성,* 다시 말해서 단지 세기들의 평화로운 연속성만을 뒤쫓는 것은 아닌, 즉 어떤 관계들의 관건들과 각각의 문제틀들 사이에 존재하는 상관성에 보다 주목하면서 나타날 것이다. 따라서 이 책에서 적용된 방법은 불가피하게도 묘사적이며, 심지어 비판적이기도 할 텐데, 왜냐하면 우리가 방법론을 통하여 제반 물음들을 솎아내려 시도하는 그 대상들이란 바로 이미 한번쯤 선포된 이론적 제안들에서 비롯된 어떤 것들이기 때문이다.

이 책은 시학이 하나의 자율적인 방법론처럼 구축되려 시도된 최초의 장소인 아리스토텔레스의 《시학》에서 출발할 것이다. 이어서 시도될 수사학에 관한 연구는, 아리스토텔레스의 연구와 수사학이 시학의 전통적인 형식처럼 인식되었던 중세부터 19세기까지를 망라하는 한 시기를 연결하는 교량을 구축할 것이다. 20세기에 탄생한 학파들——새로운 수사학·기호학·언어학——에 관해 언급하자면, 첫째로 새로운 수사학은 고전수사학과 전통수사학의 현대적인 화신처럼, 둘째로 기호학은 지금 현재에 시학의 가장 지배적인 관점처럼, 마지막으로 언어학은 20세기의 시학 연구가 갱신을 이루게 된 근본적인 토대처럼 다루어질 것이다. 까닭은 새로운 수사학 역시 기호학과 마찬가지로 자기 이론과 주장을 펼치는 학문이기 때문이다.

이제 구조주의에 관한 물음이 남아 있다. 우리는 20세기 후반을 장식한 문학 비평의 개혁에 있어 구조주의——1930년대부터 미국의 뉴크리티시즘과 독일 형태론학파뿐만 아니라,[11] 부분적으로 마르크스주의의 영향을 받아 60년대에 자신의 자리를 찾은 바 있는 프랑스 신비평에 의해서도 선언된 바 있는 '형식주의자들'의 이론적 활동을 동시에 아우르는——가 남긴 커다란 역할에도 불구하고 구조주의가 남긴 작품들에 대해 별도로 한 챕터를 할애하지 않기로 결정하였다. 이에 대한 가장 근본적인 이유는 구조주의가 "구조적 격자 뒤에서 세계를 발견한 한 세대의 집결 축"[12]을 구축하는 현상의 '범주(카테고리)'를 의

---

11) 뒤크로(O. Ducrot)와 토도로프(T. Todorov)는 《Le Dictionnaire encyclopédique des sciences du langage》(Seuil, 1972, coll 'point,' p.112)에서 이 두 가지 '운동'에 관하여 간략하게 설명한 바 있다.

12) Fr. Dosse, 《Histoire du structuralisme》, La Découverte, 1991, t.1, p.10.

미하기 때문이다. 이러한 '범주'는 과학 영역에 적용된 '엄격한 방법론'인 동시에 "비평 의식의 중요한 순간을 구별해 내는 사상사의 특별한 한순간"(9쪽)을 지칭한다. "지적인 한 세대의 *코이네*(koïné)[=공통어]"(14쪽)가 지니는 바로 이러한 위상은 수사학이나 언어학에까지 도달할 수 있는 확정된 연구 대상을 주장하면서도 문자 그대로의 과학적이라는 의미에서 언어학과 수사학을 오히려 자신의 휘하에 두면서, 개별인 '학문 분과'라기보다는 불확정적인 관점들에 토대를 둔 인식론적 · 이데올로기적인 장으로 구조주의 자체를 격상시켰다.

우리는 **시학 · 수사학 · 기호학 · 언어학**의 개념들이 동시대에 이르러 서로 교류할 뿐만 아니라 때때로 서로 중복되기도 한다는 사실 또한 목격하게 될 것이다. 예를 들어 어느 이론가는 야콥슨의 "시적 기능(fonction poétique)"을 자신의 고유한 개념인 "수사학적 기능"[13]으로 대치하기도 한다. 하지만 이뿐만 아니라 시학 · 수사학 · 기호학 · 언어학의 개념들은 서로가 서로를 참조로 정의되거나, 그렇지 않은 경우 선언된 구조주의, 혹은 적어도 구조라는 용어에 토대를 둔 개념에 근거하여 가까스로 정의되기도 한다. 이를테면 구조주의를 "언어학적 방법론"[14]으로 정의하기도 하며, "모든 시학은 […] 구조적이다"[15]라고 확신하면서도 정작 자신이 전개한 시학은 "전혀 특별하게 구조주의적이지 않다"는 사실을 주장하는 모순적인 이론가가 존재하는 것이다.

---

13) Groupe Mu, 《Rhétorique générale》(1970), Seuil, 1982, coll. 'Points,' p.23.

14) G. Genette, 〈Structuralisme et critique littéraire〉, in 《Figures》, Seuil, 1966, coll. 'Points,' p.149.

15) T. Todorov, 〈Poétique〉 in 《Qu'est-ce que le structuralisme?》, Seuil, 1968, coll. 'Points,' p.25.

제1장
아리스토텔레스의 시학

논리학과 모순론의 창시자[이 책의 191~192쪽을 참조할 것], 명제론, 예술에서 '미메시스'와 '카타르시스' 개념의 창시자인 아리스토텔레스는 우리에게 서양 사상을 대표하는 상징적인 인물로 알려져 있다. 비록 몇몇의 비판적인 해석가들에 의해 그의 작품들이 동요하는 경우가 있다고 하더라도, 우리는 고전주의 시대의 거의 모든 사람들이 아리스토텔레스의 작품을 추종했노라고 감히 말할 수 있을 것이다. 《논리학 또는 사고술》(1662년)의 저자인 앙투안 아르노와 피에르 니콜은 아리스토텔레스에게서 자신들 연구 주제의 본질적인 부분을 빚지고 있다고 언급한 바 있다:

"우리가 알고 있는 거의 모든 논리적 법칙들은 아리스토텔레스에게서 비롯된 것이다. 아리스토텔레스의 논리에서 벗어나 무언가를 찾을 만한 작가란 사실상 존재하지 않는다."[1]

코르네유는 〈유용성과 극(劇)시편의 연설〉(1660년)에서 "아리스토

---

1) A. Arnauld, P. Nicole, 《La Logique ou l'Art de penser》(1662), Flammarion, 1970, coll. 'Champs,' p.54.

텔레스 자신이 다루었던 자료들을 뒤적이며 나는 항상 아리스토텔레스의 감정과 판단에 충실히 따를 것을 목표로 삼았다"라고 주장한 바 있으며, 심지어 "어쩌면 나는 내 방식대로 아리스토텔레스를 이해한다"라고 덧붙이기도 하였다.

그러나 한편 후견인 역할을 수행한 이후, 아리스토텔레스가 현대에 이르러 서양 전통 이데올로기의 시조(始祖)격의 모습을 취하게 되고, 나아가 '구조주의적 사유'라 불리는——지나치게 성급한 것이 분명한——특정 분야의 표적으로 변하게 된 것은 다름 아닌 바로 아리스토텔레스 자신이 문화적 · 철학적으로 재현한 모든 것들 때문이라 할 수 있다. 예를 들어 자크 데리다는 아르토의 '잔혹극'과 아리스토텔레스의 연극적 이해들을 다음과 같이 서로 대립시킨다:

"가장 순진한 재현 형태란 바로 미메시스가 아닌가? 따라서 니체와 마찬가지로 […] 아르토 역시 예술의 모방적 개념에 다다르기를 원하고 있다. 예술에 관한 한 서양의 형이상학처럼 인식되어 왔던 아리스토텔레스의 미학과 더불어서."[2]

문제는 바로 위에서 물음의 대상이 된 미메시스 개념이 과연 아리스토텔레스 자신이 《시학》에서 고안한 미메시스 개념을 의미하는가 하는 점이 항상 확실하지 않다는 데 놓여 있다. 사실상 카타르시스와 미메시스 사이의 관계와 마찬가지로 미메시스에 대한 '모방적인' 해석——이를테면 "예술은 카타르시스적인 주제와 더불어 근본적이고

---

2) J. Derrida, 《L'Ériture et la différence》, Seuil, 1967, p.344.

의사 소통적인 본성의 모방이다"라는 따위의 해석——은 고전주의자들이 행한 아리스토텔레스 텍스트의 독해와 주석을 직접적으로 계승한 것에 불과하다. 이에 대해서 우리는 아리스토텔레스가 '전혀 읽히지 않았다' 라고 말할 수 있을 것이며, 혹은 적어도 아리스토텔레스가 빈번하게 '다른 작품들을 통해서 읽혀 왔노라' 고 말할 수 있을 것이다. 명백한 사실은 '아리스토텔레스의 미학' 이 오래전부터 아리스토텔레스의 《시학》과 서로 분리되었다는 점이다.

I
문제 제기적 텍스트

 기원전 4세기 중반(기원전 340년 전)에 고안된 아리스토텔레스의
《시학》은 서양 문학 이론들의 위대한 선조라 할 수 있다. 이러한 사실
은 비단 아리스토텔레스의 《시학》이 역사적으로 볼 때 '시학 그 자체'
로 우리에게 다가온 최초의 시도에 해당되기 때문일 뿐 아니라, 이와
마찬가지로 매우 오랫동안 아리스토텔레스 《시학》의 영향력이 지배
적이었기 때문이기도 하다. 그러나 한편 다양한 관점에 따라서 아리
스토텔레스의 《시학》은 특이한 작품처럼 소개되기도 한다.

 우선 구성적인 차원에서 볼 때 《시학》의 불연속적이고 도식적이며
산발적인 특성은 해석의 문제들을 야기하지 않는 것은 결코 아니며,
이러한 특성은 특히 독자들이 애매모호하거나 외적으로 논리적인 모
순을 담고 있는 구절 앞에 직면할 때는 더욱 심해진다. 아리스토텔레
스의 주석가들은 수세기 동안 보존 과정에서 발생한 돌발적인 사태를
고려하여 텍스트의 상태를 증명하기보다는 오히려 텍스트의 '본질'에
의해서 텍스트 상태를 점검하는 데 동의하고 있다. 사실상 르네상스
이후부터 사람들은 일반적으로 《시학》을 어느 정도의 첨삭과 편집을

거쳐서 고안된 기록들, 즉 아리스토텔레스가 아테네 학당에서 강연했던 노트의 모음집처럼 간주해 왔다. 더욱이 아리스토텔레스 자신 역시 《시학》에 쓰여진 글들을 "이미 출간된 [자신의] 개론서들"(54 *b* 18, 87쪽),[3] 다시 말해서 우리에게는 단지 그 일부분이나 제목만이 알려졌을 뿐인 대화체로 이루어진 세 권의 책 《시인들에 관하여》와 대립시킨 바 있다.

또 다른 한편으로 만약 우리가 작품의 첫째 장에만 매달리고 있다면, 우리에게 《시학》은 비극이나 서사시 연구와 더불어 희극에 관한 고찰 또한 등장했어야만 했을 불완전한 텍스트처럼 보일 것이다. 희극에 관한 고찰은 제6장의 도입부에 이르러서 등장하게 될 것이라고 다음과 같이 예고되어 있을 뿐이다: "나중에 가서 우리는 육각시구(六角詩句)[서사시]로 재현되는 예술과 희극에 관해서 언급할 것이다."(49 *b* 21, 53쪽) 더욱이 희극에 관한 연구를 언급하고 있는 이러한 부분은 라틴어나 아랍어 판본을 거쳐서 우리들의 손에까지 당도한 텍스트에는 아예 결여되어 있다.

이러한 '강의 노트들' 자체의 성격이기도 한 작품의 불연속적인 특징에 관해서 《시학》의 프랑스어 번역자인 로즐린 뒤퐁 록과 장 랄로는 두 가지 다른 입장의 해석에서 비롯된 '내적인 간장들'이란 말로 그 이유를 정확히 명시해 둔 바 있다. 다시 말해서 이들의 언급에 따

---

3) 아리스토텔레스 《시학》 텍스트의 인용은 로즐린 뒤퐁 록(Roselyne Dupont-Roc) 과 장 랄로(Jean Lallot)에 의해 출간된 1980년도 쇠이유(Seuil) 판본(板本)을 기초로 한다. 그리스어 텍스트 문헌 표기는 매번 괄호 속에 명기하였다.

를 때 문학의 규칙들을 편집하고 규정하는 이론가들의 입장이 한편에 존재하며, 또 다른 한편에는 "이론가들의 형식화 작업을 전적으로 차용하면서도 여러 가지 측면에서 이론을 넘어서고, 나아가 이론에 저항하려는 입장"(14쪽) 이를테면 텍스트의 현실성을 보다 충실하게 묘사하려는 '역사가들'의 입장이 동시에 존재한다.

아리스토텔레스의 《시학》을 하나의 총체적인 문학 이론서처럼 소개하는 행위는, 실제로 《시학》에서 아리스토텔레스가 오로지 비극만을 다루었다는 사실에 비추어 보면 조금 놀라운 일일 수도 있을 것이다. 게다가 아리스토텔레스는 마치 자기 작품의 관건이 비극에 존재하기라도 한다는 듯이 마지막 장에 이르러 서사시보다 비극이 우월하다고 피력한 바 있다. 더구나 비록 우리가 아리스토텔레스의 《시학》에서 희극에 관해 언급한 부분이 부재하는 것이 일종의 우연일 뿐이라고 가정한다고 해도, 아리스토텔레스의 작품은 일반화된 한 편의 이론적 총체처럼 소개되기에는 조금 거리가 있어 보인다. 오히려 아리스토텔레스의 작품을 통해 우리가 정면으로 마주하게 되는 것은 어쩌면 하나의 총체적인 문학 이론보다는 '비극에 관한 이론'일지도 모른다.

여하튼 아리스토텔레스에 있어 비극은 마치 지금 이순간에도 완성이 진행중인 진정한 시학을 연구하는 분야처럼 보이거나, 또는 "서사시보다 좀더 용이하게 예술의 목표에 도달한다"(62 *b* 15, 139쪽)는 이유 때문에 우월한 문학 장르 계열로 승격되는 등, 마지막 장에 이르러 재차 강조되며 매우 상징적인 관점과 전망처럼 나타난다. 이러한 사실은 아리스토텔레스의 《시학》 전반에 걸쳐 전제된 것이 다름 아닌 바로 '예술의 목적'에 관한 물음이라는 것을 증명한다.

따라서 아리스토텔레스의 《시학》은 한 편의 '시작술'이라는 의미를 지니는 동시에 한 편의 '시학'처럼 소개된다. 우선 아리스토텔레스의 《시학》을 한 편의 '시작술'이라고 할 때, 이는 세비에나 플르티에 또는 부알로가 사용한 시작술이란 용어와 마찬가지로 고전적인 의미, 다시 말해서 규범과 금지라는 형식하에 진행된 구체적인 고찰에서 비롯된 총체를 소개하고 있는, 독단적이며 기술적인 이중적 특성을 지닌 작품을 의미하며, 한편 아리스토텔레스의 《시학》을 한 편의 '시학' 혹은 문학 이론이라고 한다면, 이때 아리스토텔레스의 《시학》은 기존에 이미 연구된 바 있는 문학 장르의 엄격한 틀을 넘어서는 무엇을 의미할 것이다.

II
그 자체로서의 시학

물론 문학에 관해 언급했던 최초의 사람이 아리스토텔레스인 것은 결코 아니다. 아리스토텔레스 이전에 플라톤은 시의 이론적인 특성에 관해, 특히 미메시스(가장 활발하게 통용되는 번역의 등가적 가치에 의존할 때 우리가 임의로 '모방(模倣, imitation)' 이라는 용어로 번역하게 될)라는 주제에 천착한 바 있다. 이 개념은 비단 아리스토텔레스의 《시학》에서 뿐만 아니라, 마찬가지로 아리스토텔레스의 《수사학》이나 《정치학》과 같은 다른 텍스트들에서도 아리스토텔레스 자신이 이론화를 시도한 언어 활동의 실질적 적용에 관한 핵심적인 토대를 구축할 것이다.

아리스토텔레스가 《시학》에서 전개한 방법론의 특징은 무엇보다도 우선 문학 이론의 특성적 기초들을 세우려는 시도에 놓여 있다고 말할 수 있다. 다시 말해서 아리스토텔레스의 방법론은 "그 자체로서의 시작술"(47 *a* 8, 33쪽)——《시학》에 등장하는 첫번째 단어——을 고찰하려는 시도에 놓여 있는 것이다. 한편 이같은 사실을 보다 명확하게 언급하는 것은 매우 중요해 보이는데, 그 이유는 우리가 아리스토텔레스의 텍스트를 직접 펼쳐서 읽을 때, 우리는 문학의 특수성 연구

를 자신의 목표로 삼았다고 언급한 아리스토텔레스가 결국 "자신의
말처럼 아무것도 숨기지 않았다"[4]는 사실을 깨닫게 되기 때문이다. 이
런 의미에서 볼 때, poiètikès라는 단어에 행해진 '시작술'이라는 통상
적인 번역은 아리스토텔레스의 작품과 현대적 관점에서 볼 때 근본적
으로 시의 기교적 협약들을 의미하는 라틴어를 사용하던 중세나 프랑
스 고전 시대의 시작술들 사이에 장르의 연속성을 상정하는 오류를 범
하게 되는 주된 원인으로 자리잡는다. 만약 우리가 아리스토텔레스의
《시학》이라는 제목이 앙리 메쇼닉에 의해 "시학, 그 자체에 관하여"[5]
라고 번역된 바 있는 텍스트의 처음 세 단어 peri poiètikès autès를 감
추고 있다는 사실을 염두에 둔다면 이러한 혼동은 기계적으로 반복되
지 않을 수 있을 것이다.

이러한 점을 명시하는 것이 매우 중요한 까닭은, 제목에 관한 이와
같은 인식이 제조된 사물들의 일반적인 계열에다가 문학의 대상을 통
합시키면서 인간에 의해 생산된 여타 사물들로부터 문학의 대상을 따
로 구분하지 않았던 플라톤의 예술관에서 아리스토텔레스의 예술관을
완전히 분리시키는 역할을 하기 때문이다. 다시 말해서 플라톤과는 정

---

4) 이는 다음과 같은 방식으로 주석을 달고 있는 잔 드메르(Jeanne Demers)의 표
현이다. "그[아리스토텔레스]는 자신이 집필하기 시작한 협약의 의도성에 관해 언급
한 바 있다. 이를테면 협약은 "자체로서의 시작술" "각자의 고유한 완결성 속에서
파악된 종류들"에 근거하였다."(présentation du numéro 〈Ars poetica〉 de la revue
《Études littéraires》, hiver, 1989-1999, p.7)

5) H. Meschonnic, 《Politique du rythme, politique du sujet》, Verdier, 1995, p.
178. 이렇듯 이 단어의 의미는 오로지 처음 두 단어 "péri poiètikès"만을 번역한 앙
리 슈아미의 "시학에 관한(De la poétique)"만을 뜻하는 것은 아니다.(Henri Suhamy,
《La Poétique》, PUF, 1986, coll. 'Que sais-je?,' p.13)

반대로 《시학》에서의 미메시스는 아리스토텔레스 자신이 "리듬, 언어활동, 혹은 멜로디를 수단으로"(47 a 22, 33쪽) 실현된다고 구체적으로 지적한 바 있는, 시·음악 혹은 춤을 주요 대상으로 삼는 매우 정확하고도 특수한 방식의 '예술적' 생산에 관여하는 개념인 것이다.

1. 플라톤의 개념

모방(模倣, imitation)

플라톤에게 있어서 시에 관한 고찰은 미메시스의 일반론 혹은 '모방론'을 통해서 고안된다. 그러나 이러한 사실을 제기한 이후, 이론가들에 따라 다른 가치들을 지니게 되는 미메시스 개념에 유의하지 않고, 미메시스를 그냥 '모방'으로 번역하는 것은 결코 신중하지 못한 태도라는 사실을 명확히 해둘 필요가 있다. 즉 이러한 사실을 염두에 두면서, 일반적으로 미메시스라는 용어를 현실과 작품의 관계를 지시하는 개념처럼 간주하는 것이 보다 더 정확한 태도라는 것이다. 플라톤에 있어서 현실과 작품과의 관계는 복제 행위나 모방의 진행 과정과 같은 거울 모델의 특수한 방식을 통해서 이론화되어 나타난다. 《공화국》에서 소크라테스는 글라우콘에게 세계에 존재하는 모든 사물을 한 명의 화가와 마찬가지로 글라우콘 자신이 어떠한 조건 속에서 생산할 수 있는가에 대해서 다음과 같이 설명한다:

"만약 자네가 손에 거울을 쥐고 그 거울을 들고서 어디든 돌아다니기만 한다면, 아마도 가장 신속하게 [무언가를] 만들어 낼 수 있을 걸

세. 곧바로 해와 하늘에 있는 모든 것들을 만들어 낼 수 있을 것이며, 즉시 땅과 자네 자신, 여느 동물들과 도구들, 식물들, 그리고 그밖에 방금 언급된 모든 것도 만들어 낼 걸세."[6]

따라서 이러한 관점에서 볼 때, 세계와의 관계와 마찬가지로 작품의 의미에 관한 물음은 무엇보다도 우선 시인의 위상과 동일시된 화가의 위상에 대한 검증에 의해 진행된다. 여기서 명확히 해두어야 할 것은, 이러한 고찰에서 중요한 관건이 회화의 미적 특수성에 관한 연구에 놓여 있는 것이 아니라 진리(vérité)와 혼동된 현실과 회화와의 관계, 인간의 생산물로서 고려되고 있는 회화에 놓여 있다는 사실이다.

플라톤에게 있어서 진리에로의 도달은 사물들의 이상적인 형태에 대한 인식과 동일시되어 있다. 다시 말해서 진리에로의 도달은 인간에 의해 생산된 인위적이며 특수하고 복합적인 모든 사물들의 일반적이며 유일하고, 자연적이며 신성한 모델을 구성하는 유일무이한 '실제' 형태의 인식과 동일시되어 있는 것이다. 예를 들어 만약 목수가 "항상 침대이자 탁자가 결코 아닌" 여러 가지 다양한 침대들을 생산할 수 있다면, 이는 목수의 정신(혹은 영혼) 속에 "침대의 유일한 형태"(《공화국》, X, 596 b, 1205쪽)가 자리잡고 있기 때문이라고 플라톤은 설명한다. 이런 의미에서 본다면, 목수는 결코 "실제의" 침대를 만들 수 없으며, 심지어 이상적인 침대로부터 단계적으로 멀어지며 "현실의 유추"

---

6) Platon, 《République》, X, 596 e. 《공화국》 텍스트는 레옹 로뱅(Léon Robin)과 모로(M. J. Moreau)가 번역한 1950년 갈리마르의 플레이아드판으로 출간된 플라톤 전집 제1권(《Œuvres Complètes I》)을 바탕으로 인용하기로 한다.

(X, 597 a, 1207쪽)일 뿐인 하나의 가상(simulacre)만을 생산할 뿐이다.

시의 위험성: 윤리

플라톤에 따를 때, 예술 작품이 이해되기 시작하는 것은 바로 이러한 이상적 '현실'과의 관계에서 항상 벗어나는 맥락 속에서이다. 이처럼 구체적으로 생산된 사물들은 차치하고라도, 만약 한 폭의 그림에 나타난 여러 가지 사물들이 '실제' 사물의 위상(이상적인 의미에서의)을 주장할 수 없다고 한다면, 이 사물들은 심지어 점점 더 이상적인 형태로부터 멀어지고 있는 셈인데, 그 까닭은 목수와는 반대로 침대를 그리고자 하는 화가는 "자연적인 현실 그 자체"를 모방하는 것이 아니라 이미 만들어진 침대, 즉 '실제' 침대의 복제를 한 번 더 모방하기 때문이다.

바로 이렇게 해서 "타인들이 노동한 것을 모방하는 자"가 등장하며, 또한 이 모방자는 "자연에서부터 세번째 생성자" "다시 말해서 절대 진리"(X, 597 e, 1208쪽)를 세번째로 생성하는 자의 위치에 놓이게 되는 것이다. 플라톤은 회화를 "실제를 있는 그대로 모방하기 위해서"가 아니라 "실재(實在, être)를 나타내는 외관(外觀)을 모방하기 위해서" 형성된 예술이라 결론짓는다. 이를테면 회화는 "하나의 진리"를 모방하는 것이 아니라 "하나의 외관에 대한 모방"(X, 598 b, 1209쪽)처럼 정의되는 것이다.

회화의 제반 문제들을 실재와 외관이라는 용어를 통해 제기하면서 플라톤은 회화 예술에 대해서 오직 도덕률을 적용할 수 있었을 뿐이다. 따라서 이러한 관점에 근거할 때 화가는 "착각을 만들어 내는 자"(X, 598 b)의 반열에 올라서게 된다. 왜냐하면 화가는 "목수나 또 다른 일꾼들의 직업에 대한 아무런 이해 없이도 이들을 재현할 수 있는 자"이기 때문이며, 더욱이 "이러한 무지에도 불구하고 그 화가가 훌륭할 것 같으면, 목수를 그린 다음 멀리서 보여 주어 진짜 목수인 것처럼 여기게 함으로써 아이들이나 사리분별이 없는 사람들이 속아 넘어가 이것이 진짜 목수라고 착각하기 십상이기 때문"(X, 598 c)이다. 우리는 여기서 예술의 진행 과정이 명백히 진리와의 관계에서 정의되고 있다는 사실을 알 수 있는데, 왜냐하면 화가에게 있어서 주된 관건은 '진짜 목수'를 실현한다는 일종의 환상을 부여하는 데 놓여 있기 때문이다. 따라서 미학과 도덕률의 차원들은 서로 혼동되어 나타나며, 실재와 외관의 변증법*은 속임수와 착각의 변증법으로 중첩되고 만다. 이처럼 예술은 가상과 거짓의 이중적인 실행처럼 드러나고 마는 것이다.

만약 우리가 아리스토텔레스가 그렇게 한 것처럼 플라톤 또한 비극의 기법에 관한 고찰에서 제시된 바 있는 접근 방식을 통해서 시인의 경우를 연구하였다고 말할 수 있다면, 그것은 바로 이러한 맥락에서이다. 플라톤의 시인 연구에서 핵심적인 사항은 "시의 재료는 현실이 아니라 바로 외관이다"(X, 599 a, 1210쪽)라고 여기는 사유에 놓여 있으며, 이는 다음과 같은 언급에서 잘 나타나 있다:

"호메로스를 비롯하여 시를 적용해 본 모든 자들은 미덕(美德, vertu)의 가상을 흉내내는 자들이며, 그들이 이에 관련되어 만들고 있는 그 밖의 다른 것들을 모방하는 자들이다."

플라톤, 《공화국》, X, 600 *e*, 1212쪽.

따라서,

"그들[화가]은 자신이 구두 제조와 관련해서 정통하지도 못하면서도, 역시 정통하지 못하고 다만 색채와 형상들로만 관찰하는 사람들에게 구두를 만드는 이로 보이는 자를 [그림으로] 만들어 낼 뿐인 자이다. [⋯] 그리고 이러한 연구를 시작한 자들의 판단에 따를 때, 이 화가는 실제로 구두를 만드는 자가 될 것이다."

플라톤, 《공화국》, X, 601 *a*, 1213쪽.

더욱이 플라톤은 시인이 개진하는 작업을 묘사하는 과정에서 화가의 어휘를 그대로 사용하여 다음과 같이 이 둘간의 유사성을 직접 현실화한다:

"바로 이처럼 시를 만드는 자들 역시 다양한 예술 대상을 낱말과 문장을 이용해서 채색을 한다. 따라서 시를 만드는 자들이 이해하고 있는 것은 결국 다름 아닌 바로 모방하기일 뿐인 것이다."

플라톤, 《공화국》, X, 601 *a*. 1213쪽.

이처럼 플라톤에 따를 때 시는 회화의 모델과 연장선상에 놓여지게 되며, 언어 활동은 도구적 관점에 놓이게 된다. 이는 언어 활동 자체가 세계의 모방을 허용하는 도구적 차원으로 이전되었기 때문이며, 그렇기 때문에 결국 시인은 "가상과 더불어 가상"(X, 605 *c*, 1219쪽)만을 만드는 자가 되는 것이다. 그러나 이러한 회화와 시의 비교는 이 둘의 실질적 적용의 차원에서 볼 때는 동일한 위상을 지니지는 않는다. 이를테면 전자에서 후자로 그 대상을 이동시키는 과정에서 플라톤은 한 가지 질적인 비약을 감행하는 것이다. 즉 시인은 자신의 예술을 직접 연습하는 과정에서 "진리로부터 엄청난 거리를 두며 멀어진" 자의 상태에 놓이게 되고 마는 것이다. 시와 진리 사이에 존재하는 이와 같은 거리의 엄청남은 문학에 고유하게 존재하는 과도한 특성을 나타낼 뿐만 아니라, 문학의 현실과의 관계에 대한 평가에 있어서 기준이 결여되어 있다는 사실 또한 표출하는 것이다.

이처럼 환상을 실행하는 시는 거짓 예술임이 드러나게 되며, "합리적이며 침착한 행동"(X, 604 e, 1218쪽)이 아니라, 마치 비극시가 그런 것과 마찬가지로 인간적인 정열을 목적으로 삼는 훨씬 더 위험한 존재가 된다. 플라톤에 의하면 "그(모방을 일삼는 시인)가 느끼며 동반하게 되는 감정이란 화를 잘 내고 다채로운 기질로 향하는데, 이는 시인이 모두 모방에 탐닉하고 있기 때문"(X, 605 a)이다. 이처럼 시는 욕망과 정열을 흉내내면서 우리 내부에서 이 두 가지 것들을 탄생시키며, "최악의 상태로 불행하게 만드는 대신 최상의 상태로 행복하게 만들 수 있도록 욕망과 정열이 잘 다스려져야 하는데도 불구하고 [심지어] 시는 욕망과 정열을 주된 것으로 확립"(X, 606 d, 1221쪽)하고 마는 것이다. 만약 호메로스의 작품이 금서 목록에 올라 있었다면 바로 이와 같은 이유에서였던 것이다. 때문에 플라톤은 "[호메로스의 작품에-역주] 귀 기울이는 자가 만약 자기 내면의 올바른 질서 유지를 염려한다면, 그것과는 거리를 유지해야만 한다"(X, 608 a-b, 1223쪽)라고 말한다. 인간적인 감정과 행동을 흉내내는 것이 가능한 시는 이처럼 플라톤에 있어서 도덕적 동요와 혼동을 유발하는 결정적인 요인처럼 나타나는 것이다.

시의 위험성: 정치성

이러한 시의 윤리적 차원은 마치 동전의 양면처럼 플라톤의 정치적 입장과도 밀접히 연관되어 있다. 플라톤에 따를 때, 시란 개인에게 타락한 행위를 실천으로 옮기게끔 조장하기 때문에 실상 모방적인 성격의 시는 대중적인 어떤 것을 경영하거나 조직하는 일과는 결코 양립할 수 없는 존재가 되어 버린다. 따라서 공화국의 수호자들은 시의 이러한 영향으로부터 보호받아야만 하며, 예컨대 자신들에 관한 부정적인 무엇을 유포할 혐의가 있는 몇몇 텍스트들과 일정 부분 거리를 유지해야만 하는 것이다. 더욱이 이러한 사실은 직접적으로 몇몇 텍스트들의 시적 질(質)에 맞추어서 결정된다.

"그것들[호메로스의 시]이 한결 시다우면 시다울수록 그만큼 더 아이들이나 어른들은 그것을 귀 기울여 듣지 말아야 한다. 마땅히 자유인이어야 하며, 죽음보다는 예속의 신세를 더욱 두려워할 사람들에게는 말이다."

플라톤, 《공화국》, III, 387 *b*, 936쪽.

그러나 이러한 모든 사실에도 불구하고 만약 공화국의 수호자들이 모방의 시를 시험해 보려 한다면, "모방의 전염이 그들 존재의 현실을 압도하는 것을 피하기 위해서"(III, 395, *c*, 947쪽) 합당치 않은 행동이 복제되지 않도록 주의를 기울여야만 할 것이다. 그리고 바로 이러한 권고는 플라톤에 있어서 문학의 미메시스 개념을 정치적으로 합리화하는 데 결정적인 역할을 한다.

시에 관한 윤리적이고 정치적인 이러한 이중적인 차원은 차츰 시 텍스트의 분리와 고립, 그리고 "공동체 의식에서 항상 최고라고 판단되는 법과 규칙 대신 쾌락과 고통의 이중적인 지배력"(X, 607, *a*, 1221쪽)을 공화국 안에 정착시킬 혐의가 있는 "모방적 성격의 모든 시"(X, 595 *a*, 1204쪽)의 추방으로까지 이어진다. 바로 여기에서 모방에 기초한 시인들을 공화국에서 추방해야 할 필요성, 좀더 정확히 말해서는 바로 시인들의 수완(savoir-faire) 때문에 공화국으로부터 시인들을 제거해야 할 정치적 필요성이 생겨나는 것이다:

"만일 모든 사물들을 흉내내고 다양하게 만들 힘을 소유한 재능을 갖춘 사람이 그런 자기 자신과 자신의 작품을 대중들에게 보여 줄 의도로 우리의 **공화국**에 몸소 들어오는 지경에 이른다면, 우리는 그를 거룩하고 놀랍고 재미있는 사람처럼 마음에서 우러러 경배하되, 우리 공화국에는 그런 사람이 없기도 하지만, 그런 사람이 생기는 것 또한 합당하지도 않다고 말해 주고 나서는 [⋯] 그를 다른 나라로 떠나보내 버릴 것이다. [⋯] 한편 우리는 그에게 우리가 필요로 하는 사람이란 한결 딱딱하고 덜 재미있는 시인과 유용한 동기에 기초하여 허구를 만들 줄 아는 사람이라고 말할 것이다. 이런 사람은 우리한테 훌륭한 사람의 말투를 모방해서 직접 보여 주며, 이야기를 함에 있어서도 앞서 우리가 군인들을 교육시키는 데 착수했을 때, 처음에 우리가 법제화했던 그 규범들에 의거해서 진행할 것이다."

플라톤, 《공화국》, III, 398 a-b, 951쪽.

이처럼 플라톤에게 있어서 시학·윤리학·정치학의 세 가지 분야는 서로 밀접하게 연관되어 있으며, 따라서 모방(미메시스)의 영역에 자신의 실질적 적용을 등재한 시인이라는 존재는 거짓말쟁이인 동시에 테러리스트처럼 비추어지는 것이다.

요약해서 말하자면 한편으로는 "진리의 관점에서 볼 때 값어치 없는 작품들의 생산"(X, 605 *a*, 1219쪽)에 의해서, 또 다른 한편으로는 열정적인 상태, 즉 "우리의 영혼 속에서는 가치가 없는 어떤 것을 시인이 주관한 [일종의] 거래"에 의해서 작품들은 진리로부터 세 단계나 더 멀어졌기 때문에 한마디로 시인은 화가와 닮은꼴을 하게 된다는 것이다. 이러한 관점에서 볼 때, 정의(正義)는 "훌륭한 법에 의해서 확립되어야 할 한 국가 안으로 시인이 들어오는 것에 동의하지 않을 것"을 주장한다. 왜냐하면 "시인은 우리 영혼의 열등한 요소들에 힘을 부여하고, 자양분을 공급하여, 이 열등한 요소들을 일깨우는 자이기 때문이며, 결국 이성적인(논증을 가능하게 만드는) 부분을 파멸시키는 존재"(X, 605 *b*)이기 때문이다. 문학 이론은 이처럼 주체 이론이나 사회 이론과 분리될 수 없는 것이다.

《공화국》 제10장의 주요 대상을 구성하였던 미메시스에 관한 연구는, 심지어 시학의 활동 분야를 진리와 복제·유사성이라는 이중적인 분야에다가 정착시키면서 모방-복제(imitation-copie) 이론과 가상 생산 이론의 토대를 마련하였다. 아리스토텔레스보다는 오히려 플라톤에서 보다 확고한 기반을 다지게 된 이러한 관점은 고전주의의 예술 개념에 이르러 곧바로 차용된다. 특히 플라톤의 개념은 호라티우스의 《시작술》의 일부에서 잘못 이해되어 표출되기도 하는데, 예를 들어 플라톤의 "ut pictura poesis(회화로서의 시)"(V. 361)와 같은 지적은 "한 편의 시는 한 폭의 그림과 닮은꼴이다"라든가, 혹은 "시란 회화와 유사한 것이다"를 의미하는 것으로 고전주의 시대에 이르러 확대 해석된 것이다.

2. 아리스토텔레스의 관점에서 본 미메시스

재현(再現, représentation)

아리스토텔레스에게 있어서 문학 작품의 특수성에 관한 접근은 미메시스에 대한 또 다른 이론과 연관되어 있다. 따라서 한편으로는 비록 비극에 관한 연구에 제한되어 있기는 하지만 문학의 특수성 연구에 놓여 있는 시학의 제 문제를 고찰할 것이 요구되며, 또 다른 한편으로는 역사적으로 시학의 관건 역할을 했으며, 시학에서 유래한 미메시스의 문제를 다시 점검하는 작업이 요구된다. 로즐린 뒤퐁 록과 장 랄로가 언급하는 것처럼 만약 플라톤에 비해서 아리스토텔레스가 "개념을 다른 곳으로 이동시킨다"라고 한다면, 아리스토텔레스는 개념을 *시학을 위하여*, 즉 문학 이론의 이점에 맞추어 바꾸는 작업을 개진하였던 것이다. 이러한 관점에서 볼 때, 미메시스 이론이란 그 자체로 종결되고 완성된 이론은 결코 아닌 셈이다.

아리스토텔레스적인 관점에서 제기된 미메시스의 관건들을 이해하기 위해서, 그리고 아리스토텔레스적인 미메시스가 플라톤적인 미메시스의 전망과 어떤 점에서 구분되는가를 알아보기 위해서는 미메시스를 모방이라는 개념에서 전적으로 분리하는 작업이 요구된다. 만약 미메시스라는 용어가 그리스 비극의 원천에 속할, 원시적이고 종교적인 무언극(無言劇, mime)과 관계가 있는 용어라는 사실을 염두에 둔다면, 아리스토텔레스의 고찰 속에서 나타난 미메시스는 단순하고 간편한 모방적 기능으로 축소되는 것은 결코 아니다.

자신의 《시학》 출간본에서 장 아르디는 미메시스를 번역한 '모방'이라는 단어가 "독창성이 결여된 재생산과 복제 사상에 의해 특징을 잃게 되었으며," 또한 "[…] 포이에인(poièin)[만들다, 창조하다, 제조하다]과 미메시스라는 두 용어가 어느 한쪽을 제거하기보다는 서로 상보적이며, 시인의 창조적인 활동성을 집약적으로 나타내는 것처럼 […] 시인은 시인 자신에 의해 만들어지거나 주도된 하나의 행동을 흉내내는 존재이다"[7]라고 구체적으로 지적한 바 있다.

따라서 아리스토텔레스의 미메시스는 의미 작용을 세계가 아니라 시인의 편에서 설정하면서 언어 활동과 세계, 의미와 세계 사이를 매개하는 과정으로 인식된 문학 작업에 관여하는 개념인 것이다. 다시 말해서 시인의 작업은 더 이상 단순한 복제나 '이미 의미하고 있는' 현실의 지표에 토대를 두는 것이 아니라, 바로 자기 자신의 예술 절차인 의미 작용의 고안과 창조를 뜻하는 것이다.

따라서 시인은 더 이상 각각 개인들의 특성과 행동을 구성하는 경

---

7) Aristote, 《Poétique》, Les Belles Lettres, (1ʳᵉ éd. 1932), 1979, 〈Introduction〉, p. 12

험적* 소여(所與, donné)를 모방하지 않을 뿐만 아니라, 적어도 이미 진행되었던(진행되었다고 생각하는) 여러 가지 사건들의 소개를 목표로 삼는 역사학자들의 방법을 따라 하는 것도 아니라고 아리스토텔레스는 설명한다. 역사학자들은 복원하기 위해 모방하며, 시인들은 구성하기 위해 모방한다. 즉 "한 사람은 이미 일어났었던 일을 언급하며, 다른 한 사람은 앞으로 일어날 법한 일들에 대해 언급하는"(51 *b* 4, 65쪽) 것이다. 로즐린 뒤퐁 록과 장 랄로에 의하면 미메시스는 따라서 "이미 존재하는 대상들에서 출발하여 하나의 시적 가공물에 다다르는 운동 그 자체이며, 아리스토텔레스에 따를 때 시작술은 이러한 과정에서 나타난 기법"(20쪽)을 의미하는 것이다.

우리는 미메시스를 '모방'으로 번역함으로써 야기할 수 있었던 모든 오해에 관하여 익히 알고 있다. 만약 미메시스 개념을 플라톤적인 관점에다가 일치시킨다면, 이 개념은 아리스토텔레스의 관점에서 볼 때는 거짓으로 변하게 되는 것이다. 로즐린 뒤퐁 록과 장 랄로가 아리스토텔레스의 《시학》에 나타난 미메시스 개념을 '재현'이라는 개념을 선택해서 번역한 것은 바로 이러한 이유 때문이며, 이때 접두어 '재(再, re)'는 단순하고 기계적인 반복을 의미하는 것이 아니라 근본적으로 '2차적'으로 표현한다는 의미를 강하게 내포하고 있는 것이다. 그리고 이때 이러한 '2차적인 표현'은 항상 독자들이나 청중들에게 '있는 그대로' 세계의 순수한 반영을 표현하고자 하는 예술 활동의 꿈과 매우 강하게 연관을 맺게 되는 것이다.

문학과 실제(le réel)

가공물이나 실현된 작품을 구축하는 실질적 적용처럼 간주된 미메시스에 그 가치가 놓여 있는 이러한 아리스토텔레스의 관점은 비극의 종국에 관한 묘사에서도 명백하게 드러난다. 아리스토텔레스에 의하면, 비극의 특수한 기법은 동정심과 근심에 영감을 줄 수 있는 플롯(muthos)을 실현하는 데 놓여 있다. 그리고 이 플롯이 '실제 벌어진' 사실들에 기초하여 구성되었건, 상상적 사실들에 기초하여 구성되었건 시인의 활동성은 이러한 소재들을 플롯의 총체를 구성하는 소재들처럼 조합하는 데 달려 있다. 이러한 사실에 대해 아리스토텔레스는 다음과 같이 언급하고 있다:

"사실상 몇몇 사람들이 생각하는 것과는 정반대로 플롯의 단위는 유일한 영웅을 갖추고 있다는 사실에서 비롯되지는 않는다. 왜냐하면 유일한 한 개인의 삶에서는 전혀 단위를 형성하지 않는 어떤 것들로 이루어진 사건들의 수없이 많은, 게다가 무한하기까지 한 것들이 생산되기 때문이다. 더구나 유일한 존재인 개인조차도 사건 속에서 오로지 행동만을 하나씩 차례로 만들어 내는 것이 아니라, 상당수에 달하는 행동들을 동시에 완수하기 때문이다."

아리스토텔레스, 《시학》, 51 *a* 16, 63쪽.

시인의 임무가 행동들의 조합, 다시 말해서 행동들에 관한 글쓰기에 놓여 있다는 사실은 아리스토텔레스에 있어서 시학의 구축이 실제와 예술과의 관계를 포착해 내는 일, 그리고 실제에서 의미 작용으로 도달하게 만드는 데 놓여 있다는 사실을 잘 드러낸다. 따라서 플롯은 '행동들(pragmata)'을 텍스트로 만드는 작업이나 이 행동들에 의미를 부여하는 작업과 마찬가지로 문학적 요소들 자체에 관여하는 이론적인 입장을 구성하는 행위들에 관한 하나의 의미론(意味論, sémantique)처럼 정의된다.

따라서 시인의 기술은 이러한 잡다한 요소들이 구축하는 진정한 하나의 '체계(système)'(53 b 2, 81쪽), 다시 말해서 잡다한 요소들이 작품의 '내적 필연성'에 따라 조직된 체계 속에서 실현되는 것이다. 이를테면 다음과 같은 지적에서 나타나듯 잡다한 요소들을 상호 의존적인 관계로 전환하는 이러한 체계를 구축하는 방법에 토대를 두고, 이 잡다한 요소들의 총체를 조합하는 데 바로 시인의 기술이 놓여 있는 것이다: "요소들을 구성하는 각 부분들은 만약 이 요소들 중 어느 하나라도 다른 곳으로 옮겨지거나 삭제되면 전체가 붕괴되고 전복되게끔 구성되었음이 틀림없다. 왜냐하면 첨가나 삭제를 하여도 어떠한 가시적 영향도 갖고 있지 않은 부분은 전체에 속하는 부분이 아니기 때문이다."(51 a 31, 63쪽)

작품을 하나의 체계 속에서 요소들이 관계를 맺는 방식의 총체로 파악하는 아리스토텔레스의 이러한 사유는 이야기([敍事], récit)에서 한 가지 요소만을 고립시키는 비평가들의 견해를 견제하는 역할을 할 것이다:

"누군가에 의해 언급되었다거나 이루어졌었던 것에 관해 긍정이나 부정의 기준을 확립하기 위해서는 행동이나 말 자체로 그것이 고상한지 저속한지를 검토하는 일에 만족하여서는 안 되며, 행동하는 자나 말하는 자가 누구를 겨냥하고 있으며, 언제, 누구를 위하여, 혹은 어떤 연유로 그렇게 하는지, 예를 들어 위대한 덕을 얻기 위해서인지, 혹은 더

심한 악행을 피하기 위해서인지 따위를 고찰하여야만 하는 것이다."

아리스토텔레스, 《시학》, 61 *a* 4, 131쪽.

이처럼 아리스토텔레스는 작품의 구성 요소들간의 관계를 '상호 의존성(interdépandance)' 이라는 용어를 통해서 사고하였던 것이다. 다시 말해 작품의 구성 요소들을, 예를 들어 문학 장르와 연계될 외적 필연성과는 사뭇 다른, 작품의 법칙에 해당되는 내재적 필연성의 관점에서 사고하였던 것이다.

바로 이러한 이유 때문에 비극의 효율적 생산은 비극의 공연에 달려 있는 것이 아니라, 바로 텍스트 자체에 놓여 있는 것이다. 아리스토텔레스에 있어서 공연은 "연출의 관건"(53 *b* 8, 81쪽)으로서, 시학의 외부 언저리에 머무는 것이지 시작술에 직접 관계되는 개념은 아니다. 이를테면 "가장 위대한 매력을 실행하고 있는 공연에 관해 언급한다면, 공연이란 결국 예술에는 완전히 낯선 것이며, 또한 시학과도 아무런 연관이 없는데, 이는 비극이 심지어 공연이나 배우 없이도 자신의 목적을 실현하기 때문"(50 b 17, 57쪽)인 것이다. 비록 아리스토텔레스가 비극 속에서의 텍스트와 연출의 상관 관계를 이론화하는 데 어려움을 토로하였다 하더라도(특히 《시학》의 62 *a* 14, 139쪽과 같은 경우) 비극이──심지어 서사시와 마찬가지로──"비극 자신에 고유한 효과를 생산하기 위해 움직임을 생략할 수도 있다"(62 *a* 10)는 아리스토텔레스의 사유는 정확히 문학 작품의 특수성의 연구를 드러내고 있는 것이다. 따라서 아리스토텔레스가 만약 "[작품의] 질이 작품의 독서를 통해 드러난다"고 언급했다면, 이것은 작품의 효율성 역시 작품의 언어 활동 속에서 고유하게 드러난다고 생각했기 때문인 것이다.

문학 작품의 내적 일관성에 관한 이와 같은 사유는 연대편찬가의 기법과 시인의 기법을 서로 구분하게 만드는데, 특히 이 둘의 차이는 다음과 같이 작품 속의 사건들을 취급하는 과정에서 도출된다:

"사건들의 구조는 연대기적 구조와 닮지 않은 것이 분명하다. 연대기적 사건들은 행동 하나하나에 의해 노출되는 것이 아니라 필연적으로 한 명이나 여러 사람들을 감동시키거나, 이들 서로간을 우발적인 관계를 유지하며 생산된 유일한 한 시기에 발생한 모든 사건들과 함께 노출되는 것이다. 동시에 일어났음에도 불구하고 살라미스 해전과 시칠리아 섬에서의 카르타고인들과의 전쟁이 결코 동일한 결말로 치닫지 않았던 것과 마찬가지로, 심지어 하나의 사건이 다른 사건과 연차적으로 발생한 경우조차도 이 두 사건이 서로 동일한 관계로 귀결되는 것은 결코 아니다."

아리스토텔레스, 《시학》, 59 *a* 21, 119쪽.

하나의 일관적인 행동에 관한 '문학적' 주장을 통하여 아리스토텔레스가 여기서 사유한 것은 바로 사건들을 우연적인 관계에다 결부시키는 설익은 역사주의에 대한 비판이다. 그러나 역사주의적인 관점과는 달리 문학 활동은 내적 일관성을 사건들과 결부시킨다고 아리스토텔레스는 생각한다. 바로 여기서 "여러 가지 에피소드들로 이루어진 이야기들"에 관한 비판, 다시 말해서 "여러 가지 에피소드들이 유사성도, 필연성도 없이 연속적으로 일어나며"(51 *b* 33, 67쪽), 바로 이런 이유 때문에 "복잡한 이야기들"에 대립되는 이야기들에 관한 비판이 발생한다. "복잡한 이야기들"은 시인의 예술이 "심지어 이야기의 체계적인 조합을 전개하는 이야기들, 다시 말해서 선행 사건의 결과처럼 돌발적으로 발생하게 하는 이야기들인데[…], 왜냐하면 이것이 저것 때문에 발생한다고 말하는 것과 이것이 저것에 이어서 발생한다고 말하는 것은 매우 다른 것이기 때문"(52 *a* 18, 69쪽)이다. 이 후자의 경우에 있어서 에피소드들의 중첩은 기술된 행동들 *전체의 의미 작용을* 전제하는 것은 아니다.

시학의 대상

보다 일반적인 차원에서 아리스토텔레스는 시학의 고유성을 드러내는 것들과 언어 활동의 다른 분야에 속하는 것들을 서로 구별하는데 매우 각별한 주의를 기울였다. 이렇듯 사상에 관한 연구, 다시 말해서 "말(parole)에 의해 생산되었음에 틀림없는 모든 것"(56 *a* 36, 101쪽)에서부터 매우 실질적인 것들, 이를테면 "증명하기, 반박하기, 감정(연민, 공포, 분노)을 생산하기"에 관한 아리스토텔레스의 작업은 수사학에 활력을 불어넣는다. 순수하게는 텍스트의 음성적 실현이며, 특수하게는 "질서 부여하기"나 "기도 올리기"(56 *b* 16) 같은 특별한 언표 행위의 양태들인 표현술(élocution)은 배우의 기법에 속한다.

아리스토텔레스에게 있어서 미메시스는 예술 작품과 세계와의 관계를 이해하는 장소인 동시에 예술, 보다 특별하게는 문학의 특수성과 효율성을 고찰하는 장소이다. 때문에 미메시스와 시학은 동일한 이론화 과정 속에서 서로 매우 긴밀하게 연결되어 있는 것이다. 예컨대 미메시스는 시학의 대상이지 결코 문학 장르의 문제에 해당되는 것은 아니다. 이런 의미에서 비극은 아리스토텔레스가 보기에 오로지 최대한으로 '재현' 과정을 실현한다는 이유에서만 《시학》의 주된 자료가 될 뿐이다. 시작법 연구가 《시학》의 구성 요소 중 하나가 되지 못하는 까닭도 바로 이러한 사실 때문이다. 이를테면 "시인은 정형 시구를 만드는 시인이기보다는 이야기의 시인이어야만 하는데, 까닭은 한 사람이 시인이라면 이것은 오로지 재현을 한다는 이유에서만 그렇기 때문"(51 *b* 27, 67쪽)인 것이다. 따라서 아리스토텔레스가 서정시나 계몽시 등등을 자신의 연구서에서 제외시키고서 오로지 행동들을 *재현하는* 운문으로 쓰여진 장르들(비극 · 서사시)만을 연구했던 사실은 비로소 논리적으로 설명되는 것이다.

이처럼 아리스토텔레스의 사유에서 미메시스와 시학을 별개의 문제로 분리하는 것은 오로지 《시학》의 몇몇 구절들을 좀더 모호하게 만들 뿐이다. 예를 들어 시적 재현의 세 가지 양태를 기술한 다음 같은 부분은 이와 같은 사실을 증명한다: 사물을 재현하는 것은 항상 "세 가지 가능한 측면 중 하나에서이다. 이를테면 시인은 사물이 그러했던 상태나 현재 그러한 상태, 혹은 우리가 사물들을 언급하는 상태나 사물들이 무엇처럼 보이는 상태를, 혹은 사물이 있을 법한 상태를 재현한다."(60 *b* 8, 129쪽) 이처럼 미메시스 · 복제의 개념("있었던 상태" "현재에 있는 상태" "우리가 그것을 언급하는 상태" "무엇처럼 보이는 상태"의 사물의 재현)을 상기하는 듯한 이러한 아리스토텔레스의 확신은 언뜻 보기에 미메시스 · 재현이라는 일반적인 관점과 모순되어 보일 수 있는 것이다.

아리스토텔레스에 따를 때, "사물들이 그러했던 상태"의 범주에 머무르기 위해서는 우선 미메시스의 과정과 연대편찬가의 작업 과정을 동일하게 간주하지 말아야만 한다. 사실상 후자의 경우는 현실과 직접적이며 즉자적인 관계를 맺는다. 엄밀히 말해서 연대편찬가의 작업은 현실을 '재현'하는 것이 아니라 현실을 반복해서 단순히 되풀이하는 일에만 만족할 뿐이다. 비록 우리가 연대편찬가의 '이야기'가 예술에서 벗어나며——역사학자의 이야기와 비교해서는 훨씬 덜 극단적인 방식으로——따라서 연대편찬가의 이야기가 사건들의 조합에 있어서 자의적(恣意的)이라고 반증을 제시할 수 있을지라도, 중요한 사실은 문학 예술의 개념을 명확하게 밝히는 관점에 놓여 있는 것이다.

비록 "그러했던 상태" 혹은 "현재에 이러한 상태"의 사물들을 재현할지라도 사실상 시인은 재현의 측면에서 설정되어 있다. 이를테면 시인은 '재현하는 자(mimètès)' 다시 말해서 재현하는 행위를 근본적으로 문제삼는 자인 것이다. 따라서 현실과 시인의 관계는 간접적인 관계이며, 또한 재현 활동에 의해 매개되는 관계인 것이다. 시인은 오로지 '있을 법한 것,' 다시 말해 《시학》에서 장르 법칙들의 합당성을 가리키며 '필연적인' 무엇과 같은 공동체적이고 합의적인 세계관을 드러내는 것만을 시인은 직접적·즉각적인 관계로 인정할 뿐이다. 이를테면 "시인의 역할은 현실적으로 일어난 일을 말하는 데 놓여 있는 것이 아니라 필연성 혹은 유사성의 질서 속에서 일어날 법한 것을 말하는 데"(51 *a* 36, 65쪽)[8] 놓여 있는 것이다.

여기서부터 시학의 책임성을 벗어난 거부, 현실의 회화적이거나 문

---

8) 이러한 관점은 바로 롱사르가 받아들인 관점이기도 하다. "역사는 위장도 외양을 치장하는 법도 없이 오로지 사물을 있는 그대로, 혹은 있던 그대로 받아들일 뿐이지만, 시인은 유사성과 있을 법한 사실, 그리고 공통 견해로 이미 인정되었던 것 앞에서 결코 멈추는 법이 없는 것이다." (〈Préface〉 de 《Franciade》, livre Ⅳ) in 《Œuvres complètes》, t. 2, Gallimard, coll. 'Bibliothèque de la Pléiade,' p.1009.

학적인 수용에서 끊임없이 미끄러지는 실수들, 마치 "두 다리를 [동시에] 앞으로 내딛으려 하는 한 마리 말"(60 *b* 18, 129쪽)이나, 심지어 '불가능한 사물' 조차 재현하려 드는 순전히 '우발적인' 실수들이 발생한다. 매 경우에 있어서 과오는 "예를 들어 의학이나 또 다른 기술과 같은 특정한 기술"에 관여하거나, 혹은 불가능한 사물의 경우에는 '아무것'에나 관여하지만, 그러나 "이러한 과오는 시학적 질서에 속하는 것은 아니다." 아리스토텔레스가 진리와의 관계에 있어서 플라톤의 이론을 벗어나 시학을 사유했음은 자명한 사실이다. 혹은 "암사슴에 뿔이 없다는 사실을 모르는 것은 재현의 예술로 암사슴을 그리면서 뿔을 없애 버리는 것보다 경미한 일이다"(60 *b* 31, 131쪽)라고 지적하고 있는 것처럼, 아리스토텔레스에게 있어서 만약 예술이나 문학 작품의 진리가 존재한다고 한다면, 적어도 이때의 진리는 재현 가능한 현실 속에서 실행되는 내적 필연성에 놓여 있는 무엇일 뿐이다. 보다 나중에 살펴보게 되겠지만 시에 연관지어 말하자면, 과오들은 오히려 재현의 원동력을 구성하는 렉시스(lexis, 표현 방식)를 특수하게 드러내는 것이다.

재현과 세계의 의미론

아리스토텔레스에 의할 때 미메시스는 단지 문학이나 예술에 한정되고, 특이한 '재현적' 개념에 속하는 특수한 이론만을 의미하지는 않는다. 이러한 사실과 더불어 미메시스는 플라톤적 개념에서 출발하여 세계와의 관계에 대한 물음에 관여하는 심오한 고찰인 것이다. 이러한 고찰은 심지어 의미 작용에 대한 물음에도 해당된다. 예컨대 심지어 복제나 '현재 상태'의 사물들을 모방한다는 의미에서조차도 미메시스를 드러내는 모든 현상들이란 필연적으로 아리스토텔레스적인 의미에서의 *재현*을 의미할 뿐이라는 사실이 아리스토텔레스의 고찰에서 비롯되는 것이다.

이것이 바로 시학 · 미메시스 체계에서 벗어나서 모순되어 보일 수 있는 다음과 같은 구절이 의미하는 바라고 할 수 있다:

"우리는 보기만 해도 고통스러운 악독하고 흉측한 동물이나 송장처럼, 우리의 현실 속에서 잘 보기 어려운 사물들이라 하더라도 가장 정성스럽게 그려 놓은 이미지를 통해서 그것들을 바라볼 때는 쾌락을 느낀다. 예컨대 그 까닭은 무엇을 배운다는 것이 비단 철학자들뿐만 아니라, 그밖의 다른 사람들도 동시에 느끼게 되는 일종의 쾌락에 해당되기 때문이다. [...] 만일 우리가 이미지들을 보기를 좋아한다면, 그것은 이미지들을 보면서 우리가 인식하는 법을 배우기 때문이다. 심지어 그 이유는 '저것은 누구누구의 모습을 그린 것이구나' 하는 식으로 우리가 말하는 것처럼 매 사물이 무엇인지 우리가 결론을 내릴 수 있기 때문이다."

아리스토텔레스, 《시학》, 48 b 9, 43쪽.

아리스토텔레스를 회상하는 것이 명백한 부알로의 《시작술》(1674년)의 다음 네 개의 시구를 통해 우리는 아리스토텔레스의 이러한 구절을 자주 마주하게 된다:

그는 결코 뱀이 아니며, 더구나 추악한 괴물도 아니다
흉내낸 기법을 통해서라면 그 누가 눈을 즐겁게 할 수 없단 말인가

섬세한 붓끝에서 나온 편안한 느낌을 주는 기교에서
가장 가증스러운 대상은 사랑스런 대상으로 변하게 된다

부알로, 《시작술》, Ⅲ장, v. 1-4.

위의 시구는 회화적 은유 때문에 원칙적으로 상당 부분 《시학》의 아래 구절로부터 영감을 받은 것으로 보인다:

"비극이 우리들보다 잘난 사람들에 대한 재현이므로 유능한 초상화가의 예를 따라야 할 것이다. 다시 말해서 초상화가들은 실물과 유사한 초상화를 그리면서도 고유한 형식을 부여하여 그 그림을 [그리고 있는 대상보다] 한층 돋보이게 그리고 아름답게 만드는 자이다. 마찬가지로 시인은 성을 잘 내던가 게으르던가, 또는 이런 종류와 유사한 특성을 지닌 인물들을 재현하면서도 그런 특성에도 불구하고 그들의 성격이 훌륭함을 보여 주어야 한다. 인간들에게 시인은 이런 종류에 있어서 최상의 품질을 부여하는 자임이 분명하다."

아리스토텔레스 《시학》, 54 *b* 8, 87쪽.

위에 인용된 첫번째 구절에서 관건은 미메시스의 인지적인 기능(fonction cognitive)을 정의하는 데 있으며, 미메시스를 세계의 경험적* 소여가 한 차례 재현된 후에 인식의 범위 안으로 자리잡게 될 과정을 보거나, 또는 보게 만드는 일종의 기계로 만드는 데 놓여 있다. 로즐린 뒤퐁 록과 장 랄로에 있어서 《시학》의 이러한 구절과 다음 구절 간의 관계 설정은 사물들을 개별적으로 구분하는 '고유한 형태'에 도달함으로써 인지적 쾌락이 발생될 것이라는 사유를 촉발시켰다. 우리가 출발해야 하는 관점은 바로 이러한 관점인데, 그 까닭은 예술적 전망이 의미 작용의 세계를 우리에게 통고한다는 사실을 담고 있기 때문이다. 예술적 전망은 이처럼 현실에 관한 진정한 하나의 의미론을 구축하며, 따라서 이때의 현실은 시인들이나 화가들의 무한한 인식을 통해서, 즉 매번 특별한 시선을 통해서 무한 속에서 인식 가능케 된다.

"유능한 초상화가는 [⋯] 실물과 유사한 초상화를 그림에도 불구하고 그림을 [그리고 있는 대상보다] 더욱 아름답게 한다"라는 사유는 오로지 유사성에 관한 물음과 미메시스에 관한 물음, 그리고 이 둘 사이의 가치에 관한 물음을 따로 분리할 때에만 모순적으로 보일 뿐이다. 사실상 유사성은 어떤 모델에서 비롯되는 것이 아니라 시적이거나 예술적인 실질적 적용에서 비롯된다. 유사성의 전개 과정과 그림이나 글쓰기의 활동성 사이에는 전자를 후자에 적용시키는 인과 관계가 존재한다. 예컨대 그것은 '보기에 전념하는 기술'이다. 재-인식의 감정이란, 보다 정확히 말해서 형식과 정체성을 세계에 부여하는 한 명의 화가나 한 명의 시인의 전망을 통해서 알려지게 된 세계의 소재들을 인식하는 감정인 것이다:

"어떤 유사한 사물들을 만드는 것과 마찬가지로 무엇에 놀라거나 무엇을 배우는 것이 유쾌한 일인 것처럼, 모방인 어떤 것 또한 필연적으로 유쾌한 것이라는 결론이 발생한다. 예를 들어 그림, 입상(立像) 조각가, 시학[여기서는 시를 쓰는 행위를 의미함], 그리고 훌륭한 모방에 속하는 모든 것이 바로 이러한데, 이러한 사실은 심지어 모방에 관한 주제가 유쾌하지 않을 경우조차도 그렇다고 할 수 있다. 왜냐하면 유쾌하게 만드는 것은 이러한 주제가 아니라, 오히려 우리로 하여금 나중에 무언가를 배울 수도 있게 만드는 '이것은 아주 좋은데'라고 말하게 하는 논법이기 때문이다."

아리스토텔레스, 《수사학》, 1371 b, 151쪽.[9]

위에서 인용된 아리스토텔레스 《수사학》의 구절이 표현하는 바는 한마디로 '재인식'의 경험이 귀납적으로 인식의 경험을 뜻한다는 사실이다. 따라서 인식이라는 단어 앞에 붙은 접두사 재(re)는 인식의 반복을 의미하는 것이 아니라 '뒤집힌(à rebours)' 인식 운동의 의미를 지니는 것이다.

앞서 인용했던 구절에 관해 다시 언급해 보면, 화가 난 사람은 시작술(즉 플롯, muthos)의, 다시 말해서 자신이 삽입된 이야기의 '최고의 질'을 부여받는다. 자신의 작품을 구성할 때 시인은 특성들의 유형을 고안하는 것이 아니라, 화가 난 사람과 화가 난 사람의 분노를 의미 작용의 거시적인 과정 속에 통합함으로써 포착되는 가치들의 총체를, 자율적이고 제한적인 방식이 아니라 작품의 체계를 *위하여*, 그리고 체계에 *의하여* 의미하게 만들며 실현하는 것이다.

《시학》에 나타난 아리스토텔레스의 관점과 전망은 문학이라는 한 가지의 물음을 넘어선다. 보다 더 정확히 말해서 문학의 특수성을 결정하는 조건들을 고안하는 데 놓여 있는 아리스토텔레스의 시학은 문학과 예술에 관한 물음을 세계관의 차원에다 결부시키며, 바로 이러

---

9) 아리스토텔레스의 《수사학》에 관한 참고 자료는 뤼엘(Charles-Émile Ruelle)과 반헤메를릭(Patricia Vanhemelryck)이 출간한 1991년도 리브르 드 포슈(Le Livre de Poche) 판본을 사용하기로 한다.

한 물음에 의해서 미메시스 개념에다가 인류학적인 차원을 부여한다고 할 수 있다. 이를테면 아리스토텔레스에 따를 때, "인간이 여타의 동물들과 다른 이유는 인간만이 특별하게 재현하는 경향이 있기 때문이며, 또한 인간이 최초의 배움에서 재현을 수단으로 사용하기 때문" (48 b 8, 43쪽)이며, 나아가 "자연적으로 유년기부터 인간은 재현하려는 경향과 [⋯] 재현을 통해서 쾌락을 증명하려는 경향을 동시에 지니고 있기 때문"(48 b 5)인 것이다. 바로 여기서 미메시스와 카타르시스의 개념들을 아울러 이론화하는 시적이며 인류학적인 이중적인 필연성이 생겨나는 것이다.

카타르시스[10]

카타르시스 개념은 '정념(情念)의 정화(淨化)'라는 고전적 의미를 통해서 매우 유명해진 개념이라 할 수 있다. 미메시스 개념과 마찬가지로 이 개념 역시 여러 가지 다양한 관점들을 통해서 논쟁거리로 부각되었으며, 한편 수많은 오해의 원인을 제공하기도 하였다. 이러한 다양한 해석에 관해서 무엇보다도 우선 우리가 언급할 사항은, 만일 미메시스라는 개념이 상대적으로 아리스토텔레스의 《시학》에서 발전된 개념이라면, 카타르시스 개념은 오히려 암시적인 상태에 머물고 있는 개념이라는 점이다. 실제로 카타르시스라는 단어는 비극에 할애된 《시학》의 제6장 도입부 중 단 한 단락에서만 언급되었을 뿐이고, 번역자들 또한 카타르시스라는 용어를 정화라는 개념으로 곧잘 이해했다:

---

10) 'Catharsis'는 그리스어 'καταρσις'를 그대로 옮겨 적은 전통적 표기이다. 마찬가지로 'Katharsis'라는 형태의 표기도 존재한다.

"극의 등장 인물에 의해 작품을 만드는 재현은 내레이션(敍述)에 호소하지 않는다. 오히려 연민과 공포를 재현하는 과정에서 비극은 이런 종류의 감정들의 정화를 수행하는 것이다."

아리스토텔레스, 《시학》, 49 *b* 26, 53쪽.

이 부분은 온갖 종류의 연극을 통한 교화라는 아리스토텔레스 이후의 기획들을 정당화하는 데 사용되었으며, 또한 이 부분을 읽은 르네상스 시대 이후의 주석가들은 비극의 결말이 전적으로 정념의 정화에 달려 있다고 피력하기도 하였다. 다시 말해서 한편의 연극 작품은 감정의 절제와 통제를 생산하는 도구이어야만 한다는 사실이 이 부분에 의해서 정당화되었던 것이다. 미학적·종교적·교훈적·심리적 혹은 의학적 특성 등등, 상당수의 다양한 해석이 카타르시스 개념에서 개진된다. 카타르시스에 관한 이러한 다양한 해석들은 카타르시스 개념을 일반적으로 관람객과 연극 사이의 *직접적인* 상관 작용으로 사유하면서 마치 하나의 동일화 현상, 즉 투영(投影, projection)이나 전이(轉移, transfert) 과정에 힘입어 수행하게 되는 '정화'로 몰고 간다.

비록 아리스토텔레스가 이러한 문제를 능숙하게 처리하지 못하였다는 사실을 우리가 인정해야만 한다고 하더라도, 적어도 《시학》의 몇몇 구절을 다시 읽는다면 우리는 새로운 가설들이 생겨날 가능성 또한 존재한다고 말할 수 있다. 이렇듯 피에르 솜빌은 "우리에게 카타르시스를 실현하는 것으로 소개된 미메시스가 카타르시스 효과에 일방적인 책임을 부과한 장소는 비극이 아니다"[11]라며 이러한 문제를 상세하게 지적하였다. 이러한 피에르 솜빌의 지적은 매우 중요하다. 왜냐하면 앞서 인용했던 아리스토텔레스의 텍스트를 다시 거론하자

면, 사실상 카타르시스는 "연민과 공포를 재현하면서[…]" 이러한 감
정들로부터 "정화를 실현하는 […] 극의 등장 인물들에 의해 작품을 만
드는 재현[…]"을 의미하는 것이지, '재현된 것' 을 실현한다는 것을 의
미하지는 않기 때문이다. 행동들을 이야기로 만드는 작업과 체계화시
키는 작업은 문학 작품인 내적 자료들의 체계에다가 연민이나 공포를
발생시키는 행위들을 결부시키면서, 감각적인 차원의 작동 기능을 시
적 혹은 미적 차원으로 이전시킨다. 예술과 문학의 범주를 넘어 발생
한 감정들의 실용적 차원과 오로지 간접적인 관계를 지니고 있을 뿐
인 의미와 가치가 구축되는 것은 바로 시적 · 미적 차원에서인 것이다.

미메시스의 원동력인 재현적 '포착' 은 카타르시스가 시적 쾌감, 보
다 특수하게는 비극의 쾌감과 관계를 맺는다는 사실을 설명해 준다.
이렇듯 "비극에 요구해야 하는 것은 아무런 쾌감이 아니라 비극에 고
유한 쾌감"이며, "분명히 시인이 생산할 이러한 쾌감은 [재현된] 연민
과 공포에서 발생하는"(《시학》, 53 b 10, 81쪽) 것이다. '비극적' 정념의
재현에서 비롯된 쾌락에 관한 이러한 사유 속에는 미(美, beauté)의 인
상을 생산하는 것이 소름끼치는 사물들을 재현하면서 비롯된다는 사
실을 전제하는 사유와 유사한 논리가 존재하는 것이다.

이 경우 아름다움(le beau)은 선(善, bien)의 미학과 짝을 이루는 본질
(essence)을 의미하는 것이 아니라 재현에 의해서, 그리고 시적이거나
조형적인 체계화 작업에 의해서 생산된 쾌감과 관계를 맺는 예술의 효
과라는 것을 의미한다. 따라서 '이야기' 역시 자신을 구성하는 부분들

---

11) P. Somville, 《Essai sur la Poétique d' Aristote》, Vrin, 1975, p.93.

의 비율에 맞추어 미가 결정되는 모든 종류의 살아 있는 생물들과 마찬가지인 것이다. 이러한 사실에 관해서 아리스토텔레스는 다음과 같이 언급한다:

"뿐만 아니라 그것이 살아 있는 하나의 생물이건, 여러 부분으로 구성된 사물이건 간에 하나의 존재가 아름답게 되기 위해서는 반드시 요소들이 어떤 질서 속에 배열되어 있어야 할 뿐만 아니라, 규모 역시 우연 속에 아무렇게나 버려져 있어서는 안 된다."

아리스토텔레스, 《시학》, 50 *b* 34, 59쪽.

우리가 카타르시스를 이해하게 되는 것은 쾌감의 재현적 인식에 의해 검증된 쾌락주의적(hédoniste) 범주를 넘어서 '쾌감을 주는 행위 (plaire)'에 관한 일반 이론을 목표하는 관점 속에서이다. 그렇다면 과연 '쾌감을 주는 행위'가 의미하는 바가 무엇이며, '쾌감을 주게 하는 것'은 또한 무엇인가라는 질문을 던질 수 있을 것이다. '쾌감을 주는 행위'를 의미하는 동사가 '흥미를 유발하는 행위'나 '감동시키는 행위'라는 동사에서 비롯된 용어라고 한다면, 이러한 물음은 실상 관객들이나 독자들에 대해 예술과 문학이 지니는 효율성의 문제와도 연관된다. 그리고 이러한 물음은 미메시스 속에서 포착의 과정이나 사건들·감정들·정념들의 체계화, 즉 창조를 통한 사건들·감정들·정념들의 의미 작용을 향한 접근 속에서 답을 발견하게 될 것이다.
바로 이러한 이유 때문에 카타르시스에 관한 이해는 미메시스 개념과 따로 분리되어 파악될 수 없는 것이다. 예컨대 비극의 공연에 의해 촉발된 도덕적이거나 심리적인 '정화'에 관한 고전적인 사유는 아리스토텔레스적이라기보다는 오히려 플라톤적인 미메시스 개념, 다시 말해서 '드러난 정념'과 '검증된 정념' 사이에 복제와 동일시라는 직접적인 관계를 설정한 미메시스의 사유와 굳게 결속한다. 따라서 이러한 고전적 사유에 충실한 카타르시스의 이해는 '다시 제시한다(re-présenter)'라는 의미의 '재-현'보다는 오히려 현실적인 착각의 측면에 훨씬 더 가깝게 설정되어 있는 것이다.

시학의 근본적인 개념들 가운데에서 미메시스와 카타르시스 개념을 선별하는 작업은 필연적으로 언어 활동의 작동 기능(fonctionnement), 특히 렉시스[12]의 개념 속에서 재편된 언어 활동의 구성 요소들이 지니는 가치에 보다 각별히 주의하게 만든다.

렉시스

때때로 진정성의 측면에서 이의가 제기되었다는 관점에서 볼 때, 아리스토텔레스 《시학》의 한가운데에서 문법적 범주들, 명사의 종류, 은유의 사용법에 각각 할애된 서로 상관적인 관계에 놓인 세 챕터(20장, 21장, 22장)가 출현한다는 사실은 우리를 조금 놀라게 한다. 분명 작품 전체를 놓고 보면 이 세 챕터들 사이의 구분은 결코 명확한 것이 아니다. 그러나 한편 아리스토텔레스의 《시학》과 더불어 우리가 결코 잊지 말아야 할 사항은, 아리스토텔레스의 《시학》에는 편집된 한

---

12) 'lexis'의 사전적인 의미는 "자신의 진리와는 별개로 간주된 언표(énoncé consi-déré independamment de sa vérité)"이다. 따라서 이 용어를 '가상 판단'으로 해석하는 것도 한 방법이겠지만, 불필요한 중복을 피하기 위하여 주로 원어를 표기하기로 하고, 때때로 문맥이 요구하는 정도에 맞추어 '표현'이나 '표현법'으로 번역하기로 한다.〔역주〕

편의 작품이 별개로 존재하는 것이 아니라 이와 유사한 강의 노트들, 때때로 주제별로 분류된 후에서야 비로소 하나로 연결될 챕터들이 존재할 뿐이라는 사실이다.

또 다른 한편 우리는 여러 가지 방법을 통해서 이 작품 속에 문학 이론의 언어적 속성을 지적해 놓은 부분들이 등장한다는 사실을 증명할 수 있다는 점을 언급해야만 한다. 무엇보다도 우선 "문법이 독립적인 하나의 과학으로서 자리매김을 한 것은 오직 아리스토텔레스 이후"[13]라는 사실을 다시 강조하면서, 우리는 아리스토텔레스의 《시학》이 시를 다루면서 이와 동시에 언어 활동에 관한 연구를 무시하거나 언어 활동을 구성하는 요소들에 대한 고찰을 배제하는 것은 아니라는 사실을 지적할 수 있다.

이어서 우리는 《시학》에 등장한 '렉시스'에 관한 연구는 아리스토텔레스에 있어서 문학 연구가 무엇보다도 언어 활동에 관한 고찰과 불가분의 관계에 놓여 있다는 사실을 의미한다는 점을 강조할 수 있다. 재차 강조해야만 하는 것은 아리스토텔레스에게 있어서 문학은 결코 이야기의 언표(énoncé)나 이야기를 구성하는 사건들의 체계로 요약될 수는 없다는 점이다. 따라서 아리스토텔레스에게 있어서 언어 활동의 총체적인 측면이란 하나의 진정한 시학을 목적으로 제시된 텍스트들에 접근하는 과정 속에서만 고려되어야 하는 것이다. 이를테면 작품을 '형성하는' 중요한 부분인 렉시스——'표현' '문체' '글쓰기'를 모두 의미하는——의 측면에서 고려되어야 하는 것이다. 사실상 재현

---

13) 장 아르디(J. Hardy), 앞에서 인용된 책, p.10.

적인 개별성이나 '미메시스적' 개인화 과정*과 마찬가지로 《시학》 속에 기록된 "말하는 것에 관해 말하는 방법"은 《시학》의 구조적 측면과 《시학》의 언어 활동의 측면을 매우 긴밀하게 연결시켜 준다.

《시학》에서 아리스토텔레스는 요소(élément)(로즐린 뒤퐁 록과 장 랄로의 번역)나 현대 언어학에서 음소(音素, phonème)로 구분하는 개념에 거의 근접한 음성학적 단위를 의미하는 문자(lettre)(장 아르디의 번역) · 음절 · 접속사 · 관사(장 아르디의 번역) 또는 분절사(로즐린 뒤퐁록과 장 랄로의 번역)에 대한 고찰과, 명사 · 동사 · 격(格, cas) · 언표(言表, énoncé)(로즐린 뒤퐁 록과 장 랄로의 번역)나 관용구(locution)(장 아르디의 번역)에 대한 고찰을 연속적으로 전개한 바 있다. 이러한 범주는 몇 세기에 걸쳐서 이루어진 언어 활동에 관한 고찰 덕분에 서로 다른 차원에서 결속되었던 수많은 언어 요소들만큼이나 불규칙해 보일 수 있는 하나의 집합을 형성한다. 예를 들어 '문자'와 음절은 음성적 구성 요소이며, 접속사나 '분절사'는 논리적 · 통사적 구성 요소이고, 동사와 명사는 논리적 · 의미론적인 요소이며, 언표는 이러한 단위들을 관계로 연관지으면서 구축된 언어학적 단위라 할 수 있다.

그러나 한편 《시학》과 관련되어 아리스토텔레스가 '무(無)의미한' 요소들(문자 · 음절 · 접속사 · 분절사)과 '유(有)의미한' 단위들(명사 · 동사 · 언표)처럼 소개된 언어 활동의 기능적 단위들을 '동일한 이론적인 관점하에' 하나로 집결시켰다는 사실은 절대적으로 신뢰해야만 한다. 이러한 사실을 강조하면서 신뢰해야 하는 까닭은, 아리스토텔레스에게 있어서는 언어의 구성 요소들의 *전체*가 담화에서 의미의 생산에——아리스토텔레스적인 의미에서는 '재현'의 구축에——적극

참여하기 때문이며, 나아가 문법이 하나의 개별적인 학문처럼(비록 아리스토텔레스 시대에 문법 자체가 완벽하게 구축되지 않았다고 하더라도) 《시학》 속에 포괄되어 있기 때문이다. 이러한 점은 "문학 이론과 언어 이론을 서로 통합할 수 있는"[14] 언어 활동의 고찰을 전제한 에밀 벤베니스트의 직감에도 해당될 것이다.

따라서 아리스토텔레스에게는 담화(dis cours)를 총괄성(globalité)[15]으로 간주하는 사유가 존재하는 것이다. 그리고 바로 이런 의미에서 문학 이론은 **요소**, 즉 언어 활동의 '비의미적'인 최소 단위와 **언표**, 즉 '유의미적'인 최대 단위, 그리고 서로간의 상호 의존성의 관계 속에 자리하는 '렉시스(표현)'의 구성 요소들을 서로 분리(요소들을 완전히 구분하면서)할 수는 없는 것이다.

---

14) É. Benveniste, 《Problèmes de linguistique générale》, t. 2, Gallimard, 1974, coll. 'Tel,' p.38.

15) 벤베니스트 언어학 이론의 중점을 이루는 개념인 총괄성은 총체성(totalité)과 서로 구분된다. 헤겔적 개념인 총체성은 텍스트 속에 존재하는 구성 요소들이 서로 간에 "아무런 상호 연관성을 맺지 않은 채" 모여 있는 개념을 의미한다. 이 경우 텍스트는 소쉬르적 의미에서의 체계(système)를 이루지 못한다. 따라서 하나의 담화 속에 여러 가지 기호들이 존재한다고 가정할 때, 총체성은 각 기호들간의 연관 관계를 배제한 개념이라 할 수 있는 반면, 벤베니스트적 의미에서의 총괄성은 이 구성 요소들이 필연적으로 서로 연결되어 있음을 전제하는 개념이다. 따라서 총괄성의 경우 하나의 담화 속에 여러 가지 기호가 존재한다고 가정할 때, 이들 기호들은 서로 의미를 생산하기 위해 상호 의존적으로 얽히고 설켜서 '관계'를 맺고 있다는 사실을 전제하기 때문에 '체계'를 이룬다. 이처럼 텍스트의 총괄성과 텍스트의 총체성은 서로 상이한 개념을 상정한다. 예를 들어 양자간의 개념적 차이를 가장 극명하게 표출하는 것이 바로 그레마스적 의미에서의 구조(structure) 개념과 소쉬르적 의미에서의 체계 개념이라고 할 수 있다. 전자는 총체성에, 후자는 총괄성에 관여한다. 이런 관점에서 볼 때 총체성은 언표(énoncé)의 구성 요소들이, 총괄성은 담화(discours)의 구성 요소들이 관계를 맺는 방식을 나타낸다고 할 수 있다. [역주]

'언표'에 관해서 좀더 언급하자면, 이 개념의 확장은 아무래도 좋은데, 왜냐하면 언표의 확장 범위가 단순 명제에서 출발하여——아리스토텔레스는 인간의 정의를 예로 제시하고 있다——《일리아드》텍스트의 전체까지 아우르고 있기 때문이다. 따라서 '언표'란 결국 언표의 **단위**(unité), 다시 말해서 언표를 이루는 요소들의 응집력에 의해 정의되는 개념인 것이다. 언표를 이루는 요소들의 응집력은 그것을 정의해야 하는 경우 의미 작용에 의해서, 그리고 문학 작품의 경우 재현에 의해서(하나의 언표를 이루는 두 가지 양태가 존재한다는 점을 고려하면서) 생산된다. 비록 명시적이지는 않다고 해도, 아리스토텔레스가 제기한 것은 다름 아닌 바로 언어 활동의 모든 대상을 생산하는 '렉시스(표현)'를 구성하는 요소들간의 연대성에 다름 아닌 것이다.

한편 렉시스의 고찰을 통해 제기된 가장 흥미로운 문제 중 하나는 아리스토텔레스가 "일상적인 사용에서 벗어난 모든 것"(58 *a* 21, 113쪽)이라 이해한 '비정상적인' 특성에 의해 이탈(écart)을 도입한 경우, 즉 일반 용법에 낯선 말들에 대해서도 다음과 같이 높은 가치 평가를 내렸다는 데 놓여 있다: "언어에 기이한 흔적을 부여해야만 하는 이유는 격리가 놀람을 촉발하기 때문이며, 놀람은 또한 유쾌한 것이기 때문이다."(《수사학》, 1404 *b*, 302쪽) 이와 같은 언급 속에는 아리스토텔레스에게 있어서 이탈의 개념이 재현의 토대를 이루는 개념이 아니라, 표현의 여러 부분들 가운데 하나의 작동 기능에 해당되는 개념이며, 이와 동시에 어휘 부분에 관여하는 조작의 결과를 의미한다는 사실을 여기서 강조하기로 하자. 수사학의 원칙으로 이탈을 선별해 내고, 이어서 그것을 시적 담론의 본질처럼 이해하는 작업은, 앞으로 우리가 살펴보겠지만 고전수사학과 신고전수사학의 특징 중 하나에 해당된다.

아리스토텔레스는 시로 된 담화보다 한결 더 "순수하고 간결한 담화 속에서" 단지 "기법만을 보는 것을 허용하지 않아야 한다"고 언급해야만 하며, 오히려 "멋부린 언어가 아니라 자연적인 언어를 사용하는 것처럼 보이게 열중해야만" 한다는 사실을 상세히 지적한 바 있다. 시적 담화에서 격리의 '기교'를 드러내는 일과 '자연적인' 격리가 아니라 '인공적인' 격리를 생산하는 작업은 시적 담화의 모든 문화적 차원을 언어 활동에 결부시키기에 이른다. 한마디로 아리스토텔레스에 의하면 '기교'를 드러내는 일은 바로 작품의 재현적 특성을 드러내는 일에 해당되는 것이다. 아리스토텔레스의 이러한 입장은 "기교란 다행스럽게도 우리가 대화체에서 담화를 구성할 때, 즉 우리가 담화의 용어들을 선택하는 과정을 거쳐 하나의 담화를 구성할 때 사라져 버린다"(《수사학》, 1404 b, 303쪽)는 사실을 설명해 준다. 따라서 대화에서는 오로지 "드물게, 그리고 아주 극소수의 경우에 한해서만 낯선 단어들, 부자연스러운 단어들, 그리고 꾸며낸 단어들을 사용"해야만 하는 것이다.

'격리'의 또 다른 기법인 은유의 용법에 관해서 아리스토텔레스는 "모든 사람이 대화에서 은유를 사용"하기 때문에 은유는 변론적 담화 속에서 자신의 자리를 확보하며, 또한 변론적 담화에서는 은유가 일종의 '자연스러운' 격리 기법이라고 자세히 밝힌 바 있다. 게다가 만일 은유가 시적 글쓰기에 속한 하나의 기법이라면, 그것은 바로 시적 글쓰기에서 기교의 표식, 즉 글쓰기를 지칭하는 표식을 만들어 내는 은유 자신의 낯섦(étrangeté) 때문이다. 그리고 이러한 낯섦은 언어 활동의 매개적 특성을 은폐하지 않는 하나의 요소, 즉 미메시스 이론의 토대인 언어적 생산성의 징후를 의미하는 것이다.

바로 여기에 왜 시적 활동에서 "수많은 요인들 중 가장 중요한 것이 은유를 구사할 줄 아는 능력"(《시학》, 59 a 6, 117쪽)에 놓여 있는가 하는 까닭이 드러나 있다. 앙드레 브르통의 표현 "프리즘식 피"나, 폴 엘뤼아르의 시구 "창문들은 양팔을 활짝 벌리고 있다"의 이미지에서 나타나는 것처럼 은유적 표현이 지니는 부조화를 강조하면서 낯섦의 잠재력을 극한까지 실현한 바 있는 초현실주의자들이 은유에 관해서 잘못된 관점을 제시한 것은 아니라 할 수 있다. 그러나 한편 아리스토텔레스가 정확하게 의미론적 장(場)의 부조화에 따라 나타나게 되는 위험성을 목격한 것도 바로 여기라 할 수 있다. 예컨대 아리스토텔레스는 "아주 멀리서 은유를 추출할 것이 아니라, 동일한 계열이나 동일한 종(種, espèce)의 사물들에서 은유를 차용해 와야 한다"(《수사학》, 1405 a, 306쪽)라고 언급한다.

은유는 플라톤 이후 세계와 언어 활동 사이의 관계를 주재하는 명명(命名) 속에 놓인 의미 작업의 표식이다. 모든 명명은 일상적인 이름들——비록 지시 대상의 '직접적' 명명을 전제하며 등장한 경우라 하더라도——이나 은유에 연관된 언어 활동의 의미론적 활동의 표시인 것이다. 은유가 세계관의 표식이기 때문에——아리스토텔레스는 은유에서 "그럴듯한 것을 보는"(《시학》, 59 a 8, 117쪽) 예술, 실제로는 그럴듯한 것을 발명하는 예술을 만들어 낸다——은유는 개별성과 주체성의 표식의 다름이 아닌 것이다. 즉 아리스토텔레스에 따를 때, "은유를 구사할 줄 아는 것 […] 그것만큼은 타인으로부터 배울 수 없는 것"이다.

아리스토텔레스는 언어로 이루어진 작품에서 특수한 연구 대상을 고
안해 내는 과정에서 결과적으로 《시학》을 발전시키기 위해서건, 혹은
부각시키기 위해서건, 자신의 작업 이후에 《시학》을 참고 자료로 삼
아 끊임없이 전개되고 있는 여러 가지 고찰들에 토대를 마련했다. 이
처럼 아리스토텔레스에게는 작품과 세계 사이의 매개 관계가 전제되
어 있으며, 그렇기 때문에 그의 미메시스 이론은 문학적·예술적 적
용과 실천을 개별화하는 특성에 대한 괄목할 만한 하나의 직관, 다시
말해서 플라톤과는 정반대로 근본적으로 역사적인 특성에 대한 괄목
할 만한 하나의 직관을 만들어 내었던 것이다.

선별된 참고 문헌

리쾨르(RICŒUR Paul)
《생생한 은유 La métaphore vive》, 〈수사학과 시학 사이 : 아리스토
텔레스 Entre rhétorique et poétique: Aristote〉, Seuil, 1975.

솜빌(SOMVILLE Pierre)
《아리스토텔레스 《시학》에 관한 에세이 Essai sur 《la Poétique》 d'
Aristote》, Vrin, 1975.

아리스토텔레스(ARISTOTE)

《수사학 *Rhétorique*》, traduction de Charles-Émile Ruelle revue par Patricia Vanhemelryck, Le Livre de Poche, 1991.

《시학 *Poétique*》, texte, traduction, notes par Roselyne Dupont-Roc et Jean Lallot, Seuil, 1980.

플라톤(PLATON)

《공화국 *La République*》, dans 《전집 Œuvres complètes》, Gallimard, 1950, coll. 'Bibliothèque de la Pléiade,' tome I.

제2장
시작술(詩作術)

루이 세바스티앵 메르시에는 《신(新)드라마 예술론》(1773년)에서 부알로(1669-1674년)의 《시작술》을 매우 적대적으로 묘사한 바 있다. 메르시에의 비판은 부알로 작품의 특성에 관계된 것이었다. 보다 자세히 말하자면 메르시에는 부알로의 《시작술》이 시 자체에 대한 근본적인 고찰이기보다는 오히려 시를 만드는 일종의 '기법'만을 취급한 작품이라 비판하고 있다:

"여기서[부알로의 《시작술》에서] 시는 느껴지지도 평가되지도 않았다. 예컨대 여기에는 시에 관한 그 어떠한 애정이나 열정, 그리고 따스함조차도 존재하지 않는 것이다. 차가운 학자인 그는 각운(脚韻, rime), 휴지(休止, césure), 6음절로 된 시구를 언급하는 과정에서 시의 문제를 오로지 소네트[1] · 론도[2] · 발라드[3] 등으로 확장할 뿐이다. 이러한 과정에서 예술은 그 어떤 위대한 사상이나 비약적인 발전 속에서 포착되지 않

---

1) 13세기의 이탈리아에서 탄생한 시 형식인 소네트(sonnet)는 일반적으로 14개의 알렉상드랭(alexandrin) 시구[두 개의 육음절로 만들어진 시구]로 이루어진 시 형식으로 알려져 있으나, 실제로는 6개의 알렉상드랭 시구로 만들어진 6행시(sixain)와 8개의 알렉상드랭 시구로 만들어진 8행시(huitain)가 합쳐져 총 14개의 시구로 이루어진 (8행시 + 6행시 혹은 6행시 + 8행시의 형태로) 시 형식을 의미한다. [역주]

았다. 따라서 예술은 오로지 부알로의 예민한 시선에 잠시 포착된 하나의 액세서리에 지나지 않게 된 것이다. 예컨대 나의 지적 이전에 많은 사람들이 되풀이해서 말했던 것처럼 부알로의 《시작술》은 결국 각운을 만드는 자의 기술일 뿐인 것이다. 때문에 그가 사용한 방법론은 실상 시인에게 대담성을 촉발시키거나 공급해 주기보다 오히려 그것들을 숨막히게 억압하는 기능을 할 뿐이다."

메르시에, 《신(新)드라마 예술론》.[4]

루이 세바스티앵 메르시에가 부알로에게서 비판한 것은 "자리를 분배하고 문학적 법령들을 선포하려하는 의도"(279쪽)이다. 이와 같이 전통적인 학습서 역할을 해왔던 부알로의 시작술의 유효 기간이 만료되었다는 관점에다 부알로를 위치시키는 것은 어쩌면 조금은 부당하게 비칠 수도 있을 것이다. 하지만 정작 부알로의 저서를 비판하면서 메르시에가 다시 문제를 제기한 것은 세월과 함께 이미 낡아 버린 줄로만 알았던 '장르'의 제반 문제들이었던 것이다.

만약 메르시에가 "작문에서 뛰어난 재능이 있다고 생각하는 모든

---

2) 론도(rondeau) : 두 가지 후렴구로 시작되고 종결되며, 첫번째 후렴구가 시절의 내부에서 다시 취해진 시 형식. 론도는 발라드와 함께 르네상스 이전에 주로 사용되었다. [역주]

3) 발라드(ballade) : 하나 혹은 두 개의 후렴 시구로 끝나는 동일한 세 개의 시절(strophe)과 반(半)시절의 발구(拔句)로 구성된 시 형식. 14세기에 등장하여 1700년경까지 성공을 보인 시 형식으로서, 그후 한동안 사용되지 않다가 19세기 테오도르 방빌과 파르나스파에 의해서 다시 사용되었다. [역주]

4) L. S. Mercier, 《Du théâtre, ou Nouvel Essai sur l'art dramatique》(1773), Genève, Slatkine, 1970, pp.277-278.

젊은이들에게 온갖 종류의 《시학들》을 불 속에다 과감히 던져 버릴 것"(14쪽)을 주문하였다면, 그 이유는 메르시에가 다음과 같이 문학의 '모험적인' 개념을 보다 중요하게 생각했기 때문이다:

"예술에서 무언가를 발견하려면, [⋯] 타인이 남긴 전례나 방법론에 의해서 인도되거나 수동적으로 이끌리는 것보다 차라리 혼자서 그 지점을 향해 나아가는 것이 보다 유리하다. 바로 이때 우리는 그 어떤 안내도 받지 않고, 미지(未知)로 향하는 행로를 새롭게 개척할 것이다."

메르시에, 《신(新)드라마 예술론》, 13쪽.

"시작술은 단 하루도 빠짐없이 가장 창조적인 인간 정신을 그르쳐 왔으며, 지금도 그르치고 있는 중이다"와 같은 메르시에의 시작술 비판은 모방 · 복제의 원리에 본격적으로 이의를 제기하는 문학적 · 예술적 개인화(individuation)*의 개념으로서, 처음 선보인 1773년 당시에는 충분히 현대적인 비판에 해당되었다고 할 수 있다. 예를 들어 모방 · 복제 원칙에 대한 메르시에의 문제 제기는 "저속한 자들은 소위 예술이라는 것이 스스로 완성된다고 믿고 있는데, 그 까닭은 오로지 복사본들이 증가하기 때문이다. 그러나 복사본의 증가는 초라하고 보잘것없는 수(數)의 증가만을 의미할 뿐이며, 이러한 거짓 풍요로움은 예술에서 진정한 풍요로움을 획득할 수 있다는 사유마저도 깨끗하게 제거해 버린다"라는 그의 지적에서도 나타난다. 따라서 작품의 독창성은 재생산의 반대를 선호하면서 표출되며, 시인이 '작문의 규칙들'에서 해방되어야 한다는 점 또한 다음과 같은 비판을 통해서 정당화되기에 이른다: "[시인들은] 거만함에 가득 차서, 자기 자신들에게 고유하게 존재했던 방식이 지닌 명예에 흠집을 내고 말 것이다[⋯].

[시인들은] 자신들의 성찰을 직접 창조하는 대신 전적으로 선입견으로 가공된 성찰만을 받아들일 뿐이다.″ 문학적 특수성을 이론화하는 작업인 시학이 자신을 발전시킬 보다 덜 제도화된 장소를 모색하고 있던 한 시기에 메르시에의 이러한 비판은 시작술을 단지 장르로서 인식하는 것만으로는 불충분하다는 사실을 증명한다.

만약 일반적인 관점들이 문학에 관한 개론서들(혹은 협약집들)——바퇴 신부의 《문학의 원리들》(1764년)⁵⁾을 흉내낸 다양한 문학 장르뿐만 아니라 《문학학파들》을 본뜬 수사학, 번역, 서간 기법, 비평, 소설, 역사를 고찰하였던——을 탄생시켰다면, 시에 관한 주해들은 이를테면 비평들, 고찰들, 기본 원리, 성찰록, 작문들, 담화들, 평론, 문예, 성찰, 협약⁶⁾과 같은 다양한 형식들과 범주들, 그리고 변화무쌍한 관건들을 취한다.

한편 소설적 글쓰기에 관한 고찰들은 크레비옹의 《마음과 영혼의 방황》⁷⁾(1735-1738년)의 서문처럼 소설의 서문이나 디드로의 《운명론자 자크와 그의 스승》⁸⁾(1773-1775년)에서처럼 소설의 본문 속 여기저기에 분산되어 있다. 이 두 작품의 글쓰기는 글쓰기 자체에 항구적인 거리두기를 적용하면서 진행된다. 따라서 이야기 속에는 독자를 향

---

5) Batteux, 《Principes de littérature》(1764), Genève, Slatkine Droz, 1967.
6) 이 점에 관해서는 A. Becq, 〈Les arts poétiques en France au XVIIᵉ siècle〉, in 《Études littéraires》, Université de Laval, vol. 22, n° 3, hiver 1989-1990, pp.45-55를 참조할 것.
7) Crébillon, 《Égarement du cœur et de l'esprit》(1735-1738), Gallimard, 1990,
8) D. Diderot, 《Jacques le fataliste et son maître》(1773-1775), Librairie générale française, 2000.

한 능란한 솜씨와 소설 장르, 등장 인물의 단위, '사랑의 동화들'에 대한 대중들의 취향, 혹은 외설의 사용법에 관한 이론적 특성을 다룬 화제들이 군데군데 섞여 있다.

물론 다양한 형식들은 앞선 세대에서도 문학에 관계된 제반 문제들의 사상을 표출하는 데 사용된 바 있다. 예컨대 롱사르의 문학적 사유들은 단지 《시작술 요약집》(1565년)에만 국한되는 것이 아니라 그의 시 작품 속의 다양한 서문들, 예를 들어 1550년의 《오드》의 서문 〈독자에게〉나 《모음집》(1560년)과 《프랑시아드》(1587년)의 서문에서 표출될 뿐만 아니라, 마찬가지로 구체적인 그의 시 작품들, 예를 들어 자크 그레뱅(1561년)과 크리스토프 드 수아죌(1556년)에게 바친 애가(哀歌)나 〈그의 작품에 바침〉이라는 부제가 붙은 《사랑의 새로운 시작》(1556년)의 후기(後記)에서도 이미 표출된 바 있다.

그러나 철학자들의 시기를 맞이하여 문학의 물음에 관련된 이론적 관건들은 점차 바뀌게 되었으며, 시작술에 관한 사유 역시 강세(accent), 박자(cadence), 구성, 양태, 운율, 숫자, 시, 산문, 프로조디(prosodie),* 각운(rime), 문체, 음절 등등, 시에 관한 다양한 이름의 형태들과 수사학의 문채(文彩, figure) 개념과 더불어 더 이상 《백과전서》의 여러 쪽에서 알파벳 순서에 의거해 분류되고 고립되어 있던 언어 체계의 구성 요소들이나 다양한 문학 생산물을 조망하는 새롭고 분석적인 관점에는 호응하지 않게 된다.

따라서 메르시에 같은 작가는 '시학'을 더 이상 아리스토텔레스의 《시학》처럼 특별한 개별 작품을 지칭하기 위해서가 아니라 시의 이해,

심지어는 한 작가의 작품들을 통해 표출되는 문학의 이해를 지시하기 위해 언급할 뿐이다. 예를 들어 메르시에는 "디드로의 시학"과 "마르몽텔의 시학"으로 대표되는 "두 가지 현대적인 시학들"(《연극론, 혹은 신(新)드라마 예술론》, 281쪽)을 거론하거나, 영의 《독창적 구성에 관한 서간시》(《독창적 구성에 관한 가설》[1759년]의 프랑스어 번역본)[9]를 "천재가 만든 진정한 시학"이라고 규정하기도 한다.

바로 이런 의미에서, 분명 부알로의 《시작술》은 장르를 합리화하는 위대한 최후의 화신이라 할 수 있다. 1674년 출판된 그의 《시작술》은 시 이론서 분야에서 고전 시대의 원리들을 담고 있는 요약집처럼 소개되는 동시에 어쩌면 고전 시대 원리들의 가장 '전형적인 형식'처럼 소개될 것이다. 어떤 시각에서 보면, 부알로는 작품의 조직에 의해서뿐만 아니라 작품을 구성하는 대화 이론의 토대와도 연관된 하나의 긴 연작을 막 마감한 것이다. 시작술 계열의 작가들은 플라톤·키케로·호라티우스·퀸틸리아누스, 그리고 아주 드물게는 아리스토텔레스라는 동일한 선조들을 다시 차용했고, 때때로 이들이 제시했던 동일한 원리들을 다시 기술하면서 사실상 서로가 서로를 베꼈다고 할 수 있다.

---

9) E. Young, 《Epître sur la composition originale》(《Conjectures on Original Composition》), 1759.

I
시작술의 이론적 범주

시작술은 과연 시학일까? 원칙적으로 시작술이 문학 이론을 구축할 것을 목표로 하지 않는다는 관점에서 볼 때는 그렇지 않다고 할 수 있다. 우선 시작술이란 용어 주위로 흔히 행해지고 있는, 이 용어의 첫번째 단어 '시'와 두번째 단어 '작술' 사이의 동일시 현상은 근본적으로 모호성을 촉발시킨다. 그리고 이러한 사실은 우리가 이미 서문에서 강조한 바 있는[9쪽] **시학**이라는 용어의 승인과도 연관되어 있다. 그러나 하나의 배제를 전제하는 물음은 잘못 제기된 물음에 해당될 것이다. 이같이 시학처럼 소개되지는 않는 시작술은 사실상 총괄성 속에서 취해진 언어 활동만큼이나 문학이나 심지어 작시법을 토대로 구성된 시로 축소된 문학――이미 문학적인 것의 이해를 촉발하는――에 관여하는 이론적 토대에 의존하고 있다.

시작술들의 시학을 검토한다는 것은 이론적 내용――명시적이건 암시적이건――을 연구한다는 것을 의미한다기보다는 과연 무엇 때문에 문학 창작물이나 작시법(versification)에 관여하는 이론적이고 적용적인 물음들이 시학에서 중요한가라는 점에 관해 자문해 본다는 것을 의미한다. 따라서 시작술의 관건들은 시작술이 포괄하는 이론적인 내용에 달려 있다기보다는, 이를테면 자크 플르티에[10]에 있어서 언어적 '표현성(expressivité)'의 문제, 혹은 보다 일반적으로 말해서는 르네상스 시대의 시작술에 나타난 일상 언어 체계와 시적 언어 체계의 관계 따위 같은, 한마디로 말해서 전적으로 시학의 틀 속에다가 시작술을 조망해 보는 연구에 달려 있는 것이다.

한편 이 책에서 제기될 시작술에 관한 물음들은, 시작술이란 용어의 전통적인 의미에서 전개될 것이라는 점을 미리 밝혀둔다. 다시 말해서 교육적이고 공론(公論)의 범위에 해당되는 작품들, 이를테면 중세와 르네상스, 그리고 고전주의 시대에 출간되었던 작품들에 관해서만 물음을 제기할 것이다. 이와 같은 흐름을 거쳐서 시작술은 또 다른 장소에서 문학을 고찰할 것을 제기하면서 점차로 과학적인 차원을 주장했던 고전주의 말기에 이르러 노쇠하기 시작한다.

물론 테오도르 방빌의 《프랑스시 소론》,[11] 루이 베크 드 푸키에르의 《프랑스 시작법 일반론》,[12] 쥘 로맹과 조르주 슈느비에르가 함께 집필

---

10) J. Peletier, 《L'Art poétique》, in : 《Traité de poétique et de rhétorique de la Renaissance》, édité par Francis Goyet, Le Livre de Poche, 1990, p.276. 이 작품에는 토마스 세비에(Tomas Sébillet)의 《프랑스 시작술 Art poétique français》, 앙투안 푸클랭(Antoine Fouquelin)의 《프랑스 수사학 Rhétorique française》, 그리고 롱사르의 《프랑스 시작술 요약집 Abrégé de l'art poétique française》에 관한 자료들이 함께 실려 있다.

11) Th. de Banville, 《Petit Traité de poésie française》, Paris, Ressouvenances(Édition originale chez Charpentier en 1872), 1998.

12) Louis Becq de Fouquières, 《Traité général de versification française》, Charpentier, 1879.

한 《작시론》[13]처럼 19세기와 20세기의 첫 반세기까지 시와 작시법을 다룬 작품들은 계속해서 쓰여져 왔다. 하지만 이 작품들은 해당되는 시기의 관건들에만 연관된 문제들을 다루었으며, 그렇기 때문에 이 분야에서 사상 논쟁을 거쳐 매우 빠른 속도로 중요성이 인식되었던 또 다른 형태의 작품들, 예를 들어 공히 1912년에 출간되었고 잡지에 기고된 논문들을 모은 것으로서, 항간에는 오로지 기법을 다룬 작품처럼 비추어졌던 로베르 드 수자의 《프랑스어의 리듬에 관하여》[14]나 역사적·비평적 연구 형태를 띠고 있는 필립 마티농의 《시절론(詩節論)》[15] 연구로부터 강력한 도전을 받게 된 것이다.

한편 우리는 또한 19세기와 20세기에 《시작술》이라는 이름을 달고 출간된 다양한 시작품들에 관해서도 고찰하지 않기로 하는데, 그 이유는 비록 우리가 이 작품들의 교육적인 가치에 일정 부분 동의할 수 있다 하더라도 사실상 이 작품들은 장르의 경계를 벗어나고 있기 때문이다. 우리에게 잘 알려진 폴 베를렌의 작품(1874년 쓰여진)은 고전주의 시작술에서 매우 강력하게 부각되었던 장점들에 반대를 표방하고 있다. 베를렌은 "모든 것에 앞서 음악에 관하여"라고 기술하면서 음성에 대한 의미의 우월성에 비난을 가하는가 하면, 음절의 등가성은 "그래서 짝수를 좋아한다네," 어휘의 우선권은 "너는 다소간의 경멸도 없이 네 단어들을 / 결코 선택하지 말아야 한다네," 각운에 관해서는 "이 보잘것없는 보석은 / 공들여 공허하게 거짓으로 울린다네"

---

13) J. Romains, G. Chennevière, 《Petit Traité de versification》, Gallimard, 1923.

14) R. de Souza, 《Du rythme en français》, H. Welter, 1912.

15) Ph. Martinon, 《Les Strophes : Étude historique et critique sur les formes de la poésie lyrique en France depuis la Renaissance》, Honoré du Champion, 1912

라는 시구를 통해 비판한다. 결국 베를렌에게 끼친 수사학의 영향력은 변론술에 관한 그의 유명한 단죄인 "변론술을 움켜쥐고 / 변론술의 목을 비틀어 버려라!"[16]라는 시구와 더불어 나타난다.

한편 외젠 기유빅의 《시작술》(1989년)[17]은 작품의 통일성에 있어서 시를 하나의 모험처럼 정의하는 진정한 시학과 매우 밀접하게 연관된 시집이라 할 수 있다. 예를 들어 기유빅은 "시는 / 열림을 향한다"(42쪽)라는 사유와 더불어 "한 편의 시는 / 하나의 모험인 / 동시에 / 모험의 기록"(49쪽)으로 인식된다. 기유빅에게 이러한 모험은 앎(savoir)에 관한 모험이다:

"내가 알고 있지 않다고 생각하는 것, 내가 기억 속에 갖고 있지 않은 것, 그것은 가장 빈번하게, 나의 사유에다가 내가 기술하는 것."

기유빅, 《시작술》, 34쪽.

이것은 한마디로 개인화*에 대한 앎을 의미한다: "시는 / 우리를 세상에 위치시키며"(153쪽), "만약 오늘 아침 내가 쓰지 않는다면 / 내가 존재할 수 있는 방법에 대해 / 잘 알지 못할 것이며 / 전혀 알지 못하게 될 것이다"(9쪽)라고 기유빅은 기술하고 있다.

이제 그라두스 아드 파르나숨(Gradus ad Parnassum) 같은 시작술이

---

16) "Et pour cela préfère l'impair," "Il faut aussi que tu n'ailles point / Choisir tes mots sans quelque méprise," "ce bijou d'un sou / Qui sonne creux et faux sous la lime," "Prends l'éloquence et tords-lui son cou!"

17) E. Guillevic, 《Art Poétique》, Gallimard, 1989.

남아 있다. 시인을 파르나스 산(山)[18]을 향해 점차 상승할 것을 허용하는 일종의 론(論)인 그라두스 아드 파르나숨 같은 시작술은 자신들의 관심사를 오로지 현대적 의미에서의 시에다만 한정시키며――실질적인 적용에 자신들의 궁극적인 목적이 놓여 있음에도 불구하고 그들이 만들어 놓은 한계――문학의 고찰 범위를 제한한다. 따라서 이 경우 토마스 세비에의 《프랑스 시작술》(1548년)이나 베를렌의 《시작술》이라 이름 붙여진 작품들을 고려하더라도 결국 연관되는 것은 오로지 시――특히 정형시(poème en vers)――일 뿐이다. 따라서 '시작술'이라는 표현 속의 '술'이라는 용어는 수완(手腕, savoir-faire)을 나타내는 명칭에서부터 기술들(技術, technique)의 집합을 가리키는 명칭으로 향하는 의미 영역을 포괄하는 라틴어 ars의 어원에 맞추어 차용된 용어라고 할 수 있다. 그리고 이러한 사실은 시작술이 아리스토텔레스가 기획했던 '그 자체로서의 시학'의 연구보다 훨씬 더 축소된 범위에 관여하는 연구 분야라는 것을 의미할 것이다.

하지만 일반적인 이론에 관한 관심이 시작술 전반에서 아예 결여되어 있는 것은 아니다. 잠시 후 우리가 다시 거론하게 될 암시적인 개념들을 차치하고 우선 언급하자면, 전통적으로 이 작품들은 문학 창작(혹은 축약해서 말하면 창작)에 관한 연구에 몇몇 챕터들을 할애하기도 한다. 취급하는 주제가 일반적인 범위에 속하는 정도에 따라서 시작술의 궁극적 목적은 시작술 자체에다가 시학――일시적인――의 차원을 부여하는 데 놓여지기도 한다. 이러한 이행 과정은 독창적

---

18) 19세기 후반의 프랑스 고답파(高踏派) 시인들이 차용한 이 용어는 아폴론과 뮤즈가 살았다는 고대 그리스 신화에 등장하는 산 이름을 의미한다. 〔역주〕

인 이론 작업을 구축하려는 시도보다는 오히려 창작적인 주제에 관한 공론(公論)들을 다시 구축할 뿐이다. 더욱이 이 양자는 서로 베끼거나 더러는 상호간의 의사 소통을 전개하지만, 철학적이고(근본적으로 플라톤적인) 수사학적인(키케로 — 호라티우스 — 퀸틸리아누스 계열) 이중적 전통으로부터 계승된 자신들의 이론적 근거만큼은 결코 건드리지 않는다. 따라서 이러한 시작술들은 오랫동안 오로지 시에만 관여하는 일종의 장막을 친 후, 그 안에서 문학 창작의 이론적 토대를 구축할 자신들의 이론적 대상을 고안했던 것이다.

때문에 정작 문제는 시작술 작품들의 이러한 두 가지 구성 요소 사이의 유기적인 결합에 달려 있다. 다시 말해서 시의 본질이라 판단하는 사변적인 관점, 그리고 시구들과 시 형식들의 유형의 고안을 주도하는 기술적 관점 사이의 유기적인 결합이 바로 문제로 부각되는 것이다. 그러나 이 두 가지 요소들을 지탱하는 관계들은, 우리가 앞으로 다룰 테지만 항상 동일한 것은 아니다. 이를테면 하나의 불변 요소가 서로 다른 두 부분으로 구성된 작품들의 수사학적 조직으로부터 추출되기도 한다는 것이다.

사실상 모델은 르네상스 시대의 시작술 편집자들에게 영감을 준 바 있는 호라티우스에서 유래하며, 부알로의 시작술을 본보기로 삼아 후세 시작술들의 토대로 남게 될 것이다. 호라티우스의 창시적인 텍스트(기원전 20년을 전후로 쓰여진)는 피종(Pison)이라 불리는 자와 그의 아들들에게 바쳐진 시구로 이루어진 서간체 형식의 글이었다. 바로 여기서 이 텍스트에 부여되었던 《피종 가(家)에게 바쳐진 서간》[19]이라는 제목이 발생한다. 이 텍스트에 최초로 《시작술》[20]이라는 이름을 부여할 자는 바로 《웅변교육론》(기원후 90년에 쓰여진)으로 유명세를 떨칠 퀸틸리아누스이다.

호라티우스의 텍스트는 서로 연관된 세 개의 장으로 구성되어 있다. 첫번째 장(v. 1-152)은 시의 일반 원리들을 다루고 있으며, 두번째 장 (v. 153-294)은 극시(劇詩)의 규칙들을, 그리고 마지막 장(v. 295-476) 은 오히려 시인의 윤리성에 관한 고찰로 이루어져 있다. 한편 호라티 우스 텍스트에서 나타나는 이러한 분리는 이후 호라티우스의 후계자 들에 의해서 오히려 강화되었으며, 나아가 일반적으로 보편적 관점과 기술적 관점 간의 대립으로 귀결되는 결과를 낳았다. 예를 들어 보편 적 관점과 기술적 관점 사이의 대립은 자크 플르티에의 《시작술》(1555 년)에서처럼 일반적 범위로 구성된 첫번째 장, 그리고 작시법과 시 형 식들에 관계된 기술적 물음들에 접근하고 있는 두번째 장으로 구성 된, 각각 자율적인 두 부분으로 구성되기에까지 이른다.

시학의 관점에서 볼 때 이러한 분리(혹은 구분)가 매우 의미심장한 까닭은, 이러한 분리 자체가 단순하게 교육적인 적절성과 파급 효과 를 의미하는 것만은 아닌 관점에 의거해서 '이론의 측면'과 '실질적 적용의 측면'을 서로 떼어 놓으려는 시도에 해당되기 때문이다. 다시 말해서 모든 수사학에서 나타나는 이러한 분리 현상은 문학성에 관한 사유와 시의 실질적 적용에 관한 사유 사이의 상관성 같은 매우 중요

---

19) Horace, 〈Épître aux Pisons〉, 《Art poétique》, in 《Œuvres》, Garnier-Flamma-rion.

20) 〈De aete poetica, ou Ars poetica〉, 〈Dédicace à Tryphon〉, in 《Institution ora-toire》, I, § 2, éd. J. Cousin, Éd. Les Belles Lettres, 1975, p.48.

한 이론적인 문제에 대해 정해진 하나의 정답을 만들어 낸다는 것이다. 대략적으로 이러한 분리는 이론적인 형이상학과 실질적인 적용의 경험성(empiricité)*을 서로 대립시키는 지점으로 귀착되고 만다. 그러나 '기술적인' 부분이라고 해도 그것이 결코 하나의 온전한 기술성(technicité)으로 환원될 수는 없는 것이다. 이를테면 우리는 문학 창조에 관한 하나의 관점이 일반 원리들에 할애된 부분의 방향이 아닌 이론적인 방향으로 전개되는 것을 목격하는 것이다.

글쓰기 이론과 실질적 적용 사이의 관계의 문제를 제기하는 정도에 따라 개별적으로 시작술들을 두 가지 부분으로 구분하는 이러한 분리는 오로지 문학적 특수성의 이해와만 연루될 뿐이다. 따라서 분석을 세분화하고 해결 방식들을 다양화해야 할 것이다. 왜냐하면 비록 시작술들이 그 구성에 있어서 동일한 모델을 복제한 것처럼 보인다 하더라도, 시작술들의 관건들이 항상 동일한 것은 아니기 때문이다.

이처럼 뒤 벨레의 《프랑스어의 보존과 현양(顯揚)》(1549년)[21]에서 나타나는 이같은 두 가지 부분으로의 분리 현상은, 예를 들어 몇 가지 측면에서 볼 때 이 작품과 비슷한 특징을 드러내는 토마스 세비에의 《프랑스 시작술》(1548년)과는 또 다른 방식으로 검토되어야만 하는 것이다. 비록 뒤 벨레의 작품이 일정하게 시작술 계열로 분류되어 있다 하더라도, 이미 제목에서 지적되어 있듯이 이 작품의 근본 계획은 다른 데 놓여 있는 것이다. 두 부분으로의 분리가 이론적 일반성과 기

---

21) Ch. Du Bellay, 《Défense et Illustration de la langue française》(1549), in 《Les Regrets, Les Antiquités de Rome》, Gallimard, 1967.

술적 특수성 사이의 대립——언어의 기원과 시 번역의 문제들에 접근하고 있는 첫번째 부분과 시의 장르와 각운의 용법을 다루고 있는 두번째 부분——을 포괄하는 것처럼 보인다고 하더라도 사실상 《프랑스어의 보존과 현양》의 구성은 또 다른 논리에 따르고 있으며, 이 또 다른 논리는 우리가 앞으로 살펴보겠지만 하나의 시학에 매우 가까운 논리에 속한다.

여기서 잠시 시작술에서 문학 창작의 개념을 주관하는 이론적 토대를 살펴보기로 한다. 우리는 르네상스 시대의 작품에서 완수되었던 두 가지 관점과 전망을 구분할 것이다. 영감을 통해서 시인이 물려받은 신성한 재능이라는 관점과 문학의 실질적 적용을 모방과 번역으로 파악하는 고찰만큼이나 작시법의 기술(테크닉)을 작품으로 만드는 작업을 모두 포괄하고 있는 기술적 관점을 서로 구분할 것이다.

II
문학 이론

1. 영감

신성에 의해 시의 재능을 이해하는 작업은 모든 시작술 작가들에게서 공통적으로 발견된다. 외스타슈 데샹(1392년)에게 있어서 시는 내재되어 있고 '자연적인' 재능, 다시 말해서 "만약 고유한 용기가 자연스럽게 녹아 있지 않다면 그 어떤 장소에서도 습득될 수 없는"[22] 재능을 의미한다. 이처럼 데샹이 작시법을 가르치고자 하는 자는 오로지 이러한 자연의 재능을 부여받은 자로 국한된다.

자크 플르티에에 있어서도 "다른 예술과 마찬가지로 시는 공통적으로 모든 사람들에게 분배되기 위해서 하늘의 은총에서 비롯된 하나의 재능"(《시작술》, 266쪽)을 의미한다. 부알로는 자신의 《시작술》의 처음

---

22) E. Deschamps, 《Art de dictier et de faire chansons》(1392). 샤르피에(J. Charpier)와 세게르(P. Seghers)의 《시작술 L'Art poétique》(Seghers, 1956) 95쪽에서 인용된 부분.

여섯 시구에서 "만약 시인이 하늘에서 내린 비밀스런 영향력을 감지하지 않는다면 / 만약 태동하는 하늘의 별자리가 시인에게 이러한 영향력을 부여하지 않았다면"(v. 3-4)이라고 언급하는 과정에서, 모든 시인의 시도를 미리 불신하면서 재능이라는 사유를 보다 신성화한다. 이러한 관점은, 예를 들어 "시인은 하늘에서 주어진 자이며, 변론가는 만들어진 자이다"(세비에, 《프랑스 시작술》, 58쪽)라는 언급에서 나타나는 것처럼, 시인의 내재된 특성과 후천적으로 배워서 갖추게 되는 변론가의 특성을 서로 대비시키는 그리스 · 로마 시대에서 초래한 공론에 해당되는 것이다.

뒤 벨레는 이러한 영향이 "때때로 시적 영혼을 뜨겁게 달아오르게 만들고 뒤흔드는 신성한 분노"의 형식을 통해 드러난다고 상세히 언급하면서, 이러한 분노 없이는 "지속되는 사물을 만들 수 있는 그 어떤 희망도 존재하지 않는다"(《프랑스어의 보존과 현양》, 255쪽)라고 덧붙였는데, 이러한 뒤 벨레의 입장은 "만일 태고의 시작이 신에게서 비롯되지 않았다고 한다면 그 어떤 것도 선할 수 없으며, 또한 완벽할 수 없다"(롱사르, 《시작술 요약집》, 469쪽)는 사유에 토대를 둔 입장이라고 할 수 있다. 호라티우스에 의할 때 이러한 시의 신성한 기원에 관한 이해는 인간에게 시를 가져다 준 "신들의 해석자"(《시작술》, v. 391)인 오르페우스 신화에 동기를 부여하였다.

시적 영감의 이러한 신성한 특성은 시의 측면에서 볼 때 보편적 질서의 기준이라 할 수 있는 작시법의 사용법을 통해서도 드러난다:

"하늘이 부여한 특권은 […] 시인이 자신들의 작품을 재단하는 숫자

〔數〕들, 경탄할 만한 이러한 세계의 걸작품을 지탱하고 유지하는 완벽성과 신성성, 그리고 하늘이 부여한 특권만이 지니고 있으며, 또한 닫아 놓은 모든 것에 의해서 명백하게 드러난다."

세비에, 《프랑스 시작술》, 52쪽.

시의 소우주와 세계의 대우주 사이의 교감을 전제하는 이러한 사유는, 오드[23]의 구조에 관해서 마크로브(**Macrobe**)(약 400년경)를 인용한 바 있는 플르티에에 의해 다음과 같이 다시 취해진다: "시절(詩節, strophe)이 바로 그 예에 속한다. 시절은 곧게 솟은 탑이나 천구 운동을 모방하였다. 또한 회귀나 복귀를 의미하는 반시절[24]은 행성의 역행 운동의 모방이었다."(《시작술》, 298쪽)

수를 우주의 근원으로 파악하는 이러한 수의 신성적 본질은 "도덕적인 작품의 모태를 […] 이루는" 과학과 예술에서 다음과 같이 유사한 영역들을 만들어 낸다: "미덕과 예술은 동일한 근원, 다시 말해서 신성이 존재하는 천상의 깊은 심연에서 솟아나는 것이다."(세비에, 《프

---

23) 오드(ode): 세 가지 시절로 이루어진 한 편의 시를 가리키는 용어. 그러나 한편 세 가지 시절의 구성은 작가별로 상이하게 나타난다. 예를 들어 판다로스의 오드는 시절(strophe) + 절반시절(antistrophe) + 장·단격으로 이루어진 이행시절(épode)로 구성된 반면, 롱사르의 오드는 자유로운 구조로 구성된 첫번째 시절과 나머지 두 개의 시절로 구성되어 있다.〔역주〕

24) 시절(詩節, strophe): 일반적으로는 동일한 길이의 시구가 그룹으로 모여 형성된 단위를 의미한다. 시절의 개념은 고유한 각운과 정형 시구들에 따라 구조화된 시구들의 집합을 지칭하며, 한 편의 정형시는 여러 개의 시절로 구성되어 있다. 따라서 '연'으로 번역될 수 있는 개념이다. 반시절(半詩節 antistrophe)은 시절의 절반을 의미한다. 주로 정형시의 마지막 부분에 비치되며, 발라드 형식에서 주로 사용된다.〔역주〕

랑스 시작술》, 51쪽) 따라서 시의 리듬은 우주의 리듬을 모방하게 되며, 이러한 관점은 리듬의 신성화 작업, 이를테면 플라톤의 《이온》에서 묘사된 것 같은 '바쿠스적 열정'의 원동력을 전제하게 된다:

"숫자들이 빈번하게 조화와 리듬 속에 정착해 있는 만큼 바쿠스적인 열정은 이 숫자들을 포착해 내어 이내 그것들을 소유하게 된다. 숫자들은 바쿠스신들이 숫자들의 영혼을 지니고 있을 때가 아니라 소유된 상태에 있을 때, 강에서 꿀과 젖을 길러 오는 바쿠스와 닮게 된다."[25]

따라서 시의 신성한 본질은 첫장부터 "완벽하게 제가 신성한 영감이라 부를 것으로 예술의 이름을 부여할 수 있도록 허락하소서"(《프랑스 시작술》, 52쪽)라고 선언한 토마스 세비에(1548년)의 원리를 본떠서 모든 시작술의 첫번째 원칙으로 자리잡는다. 이렇듯 영감 이론은 매 시 작품에서 시의 신성한 기원을 다시 상기시키는 특별한 측면을 지닌다. 우리가 곧 살펴보겠지만 이러한 유산은 궁극적으로 플라톤(《이온》)이 남긴 유산이자, 키케로(《시인 아르키아스를 위하여》)에 의해 다시 차용된 유산에 해당된다. '시의 기술(art du poème)'이란 따라서 시인의 정신 속에서 자체로 하나의 이슈이기도 한 '신성한 불똥'을 일깨우며 열광의 상태를 촉발시키는 것을 의미한다.

자장적인 이해에서 출발하여 영감과 열광 이론은 플라톤에 의해서 지속적으로 전개되었다. 플라톤에 따를 때 시인들을 옳게 해석하는 능

---

25) Platon, 《Ion》, 532 a, in 《Œuvres complètes》, t. I, Gallimard, 1950, coll. 'Bibliothèque de La Pléiade,' p.62.

력과 마찬가지로 창조하는 능력은 "결코 예술이 아니라 [⋯] 에우리
피테스에 의해서 '자장적'이라 불렸던 돌의 경우처럼 동요를 유발시
키는 신성한 힘"(《이온》, 533 d, 62쪽)이다. 이러한 물리적 설명은 시
를 통해서 뮤즈들, 시인들, 독자들, 그리고 다양한 '해석가들'을 서로
결속시키는 상호 주관적인 연속성의 사유를 발생시키는 모델을 구축
한다:

> "당신이 호메로스를 칭찬할 수 있게 하는 능력은 방금 내가 말했듯
> 이 하나의 기술이 아니라 당신 속에서 작용하는 거룩한 힘이오. 그것은
> 에우리피테스가 자석이라 부르고, 일반인들이 헤라클레스의 돌이라 부
> 르는 저 이상한 돌 속에 들어 있는 힘과도 같소. 이 돌은 쇠고리를 끌어
> 당길 뿐 아니라 그 고리에 달린 다른 고리들까지도 그런 힘을 발휘하
> 게 하여 어떤 경우에도 아주 긴 쇠사슬을 이루는데, 모두 그 돌에서 힘
> 을 얻어 그러는 것이오."
>
> 플라톤, 《이온》, 533 e, 62쪽.

플라톤이 시적 소유 이론을 구축한 것은 다름 아닌 바로 자장주의
에 근거한 이러한 물리적 모델을 통해서이다. 예컨대 시인은 "사실상
가벼운 자, 하찮은 자, 성스러운 자이며, 신이 거주하는 인간이 될 때
까지, 정신을 잃을 때까지, 자신의 고유한 영혼이 더 이상 자신에게 속
하지 않게 될 때까지는 전혀 창조할 능력이 없는 존재이다!"(《이온》,
534 b, 63쪽)라고 플라톤은 강조한다. 따라서 시인은 오로지 한 명의
해석가(interprète) 그 이상의 역할을 지니고 있지 않다. 결국 "훌륭한
시인이란 신성한 분배를 통해서 신에서 비롯된 사유를 우리에게 해석
해 주는 자"(《이온》, 534 a, 64쪽)의 다름 아닌 것이다. 여기서 우리가

확인하게 되는 것은 시적 텍스트들을 설명하는 방법론에 있어서 오랫동안 우위를 점하였던 것이 바로 이러한 감정 이입(직관적인 인식)의 원리들이었다는 사실이며, 나아가 모든 독서와 주관주의적 평가를 문학의 합법적인 접근 방법처럼 설립하면서 신성한 열광의 모델에 기초해서 민감한 하나의 열광을 생산하였던 것 또한 바로 이러한 감정 이입의 원리들이었다는 사실이다.

그러나 한편 이와 같은 플라톤적인 이해의 본질적 요소는 시적 테크닉(技術)과 시적 가치의 분리에 놓여 있다고 할 수 있다. 플라톤은 시의 시학성(詩學性, poéticité)을 신성의 측면에서 설정하면서 언어 수행의 외부에서 사고한다:

"그것[시학성]은 예술의 효과에 의해 발생하는 것이 아니라 […] 신이 그것의 내부에 존재하기 때문에, 신이 그것을 소유하기 때문에 발생한다. 모든 서사시인들이나 서로 잘 화합하는 선한 자들이 모든 아름다운 시를 구성하기 때문에 발생하는데, 이는 서정시인에게 있어서도 마찬가지이다."

— 플라톤, 《이온》, 534 *e*, 62쪽.

이렇듯 플라톤에 있어서 "그것은[시성은] […] 시의 언어 활동을 지탱하는 기술에 의해서가 아니라 바로 신성한 힘 덕택에 형성"(534 *c*, 63쪽)되는 것이다.

플라톤의 뒤를 이어서 세비에는 나무의 비유를 통해 '기술'을 대리인의 기능에 맞추어 축소하면서 시학성——혹은 시의 특수성——을

신성의 바로 곁에 위치시킨다:

> "시에서 기술이라 이름 붙여진 것, 그리고 우리가 이 보잘것없는 글
> 에서 기술로 취급하는 것은 자연적인 수액과 본질적으로 신성한 영혼
> 을 인위적인 방식으로 감추는 시의 벗겨진 껍질일 따름이다."
>
> 세비에, 《프랑스 시작술》, 52쪽.

텍스트가 지닌 시적 특질의 직접적 효과를 배제한 채 시작술이 일
종의 기술적 규칙들의 집합으로 스스로를 축소시키면서 시의 특수성
에 관한 접근을 '선험적으로(a priori)' 포기한다는 사실에 비추어 볼
때, 이러한 입장은 매우 중요하다고 할 수 있다. 이처럼 시작술은 《이
온》의 대화에서부터 계획되었다고 할 수 있는 플라톤의 이해의 두번
째 일면을 실현하고 있는 것이다.

플라톤의 전통은 시의 언어 활동이 구축하는 역사적 질서로부터 언
어적 우연성을 '초월하며(transcendant),' 기호의 모델, 다시 말해 시에
본질과 우연이라는 이원주의와 신성적 본성에서 비롯된 시적 본질을
설정하는 하나의 도식을 뒤쫓는다. 언어적 요소에서 시적 요소를 따
로 분리해 내는 이러한 시의 본질주의적 이해에서부터, 예를 들어 르
베르디가 《시라 불리는 이 감동》(1950년)에서 "시는 단어 속에서보다
는 오히려 일몰이나 여명의 찬란한 개화 속에──슬픔보다는 기쁨
속에──존재한다"[26]라고 주장한 바 있는, 일몰과 같은 몇몇 자연 현
상들의 승인 속에서 시적인 본질이 남게 된다.

성스러움(sacré)과 직접적인 이러한 관계에 역사적 특성인 간접적인
관계가 추가된다. 고전 시대에는 "시구를 통해서 신탁(神託)이 반환되

었다"(호라티우스, 《시작술》, v. 403)는 사실이나, 헤브라이 시대나 그리스·로마 시대의 종교적인 문서들이 주로 "시적으로 율격을 갖춘 시구로"(세비에, 《프랑스 시작술》, 52쪽) 쓰여졌다는 사실은 "신의 영혼에 의해 영감을 받은"(53쪽) 이러한 성스러운 텍스트들을 시적 담화의 추상적인 모델로 변형시키는 역할을 수행한다. 시구로 쓴다는 것은 세계의 질서를 주재하는 신성성의 원리와 함께 수(數)에 의해서 조화를 이루고자 하는 것이다.

2. 본성(nature)과 예술

따라서 이같은 문학 창작의 성스러운 범주는 더할나위없이 르네상스 시대에 이르러 공유하게 되는 하나의 토포스(公論, topos)인 셈이다. 하지만 그렇다고 해서 이러한 공론을 바탕으로 문학 작품의 가치가 이러한 신성의 흔적 속에서 집약적으로 표출된다거나, 작가가 자신의 생산물에 관해 아무것도 할 수 없다고 말할 수는 없는 것이다. 시작술의 작가들은 출발의 불씨, 즉 작품의 초월적인 부분이라 할 수 있는 시의 '신들의 재능'과 '역사적·인간적' 측면이자 문학의 기법인 글쓰기 작업을 서로 구분하였던 것이다.

문제는 문학적·예술적 활동 영역 속에서 좀처럼 헤아릴 수 없이 복잡하게 얽혀 있는 이 두 가지 구성 요소의 비율이 어떠한가에 대해서 알아보는 데 놓여 있는 것이 아니라, 문학성의 표출에 있어서 이 두 가

---

26) P. Reverdy, 《Cette émotion appelée poésie》, Flammarion, 1974, p.34-35.

지 구성 요소 각각이 관여하는 책임의 한계를 인식하는 데 놓여 있다. 문학성은 과연 영감 이론 이후 작품의 구체적인 실현을 계획할 역동적인 하나의 가치로서 자신의 효과를 발휘하는가? 그렇다면 언어 활동의 실현인 작품과 이러한 작품의 가치는 근본적으로 시인의 작업에 달려 있는가? 이것은 과연 본성의 열매인가, 혹은 기법의 열매인가?

고대에서 르네상스 시대까지 계승된 문학성에 관한 이러한 논쟁은 주로 본성(natura)·교훈(doctrina)·기법(ars) 사이에 어떤 관계를 형성하는 세 가지 용어를 바탕으로 성립된 모델에 맞추어 제시되었다. 그러나 각각의 입장들은 르네상스 시대의 작가들이 명백히 주장하는 바와는 매우 거리가 있는 것들이었다. 예를 들어 퀸틸리아누스는 본성이 없다면 "규약이나 협약이라는 것도 무용지물이다"(《웅변교육론》, I, 〈저자 서문〉, 26, 56쪽)라고 언급하면서 무엇보다도 우선 '본성'을 앞세우거나, "심지어 질료는 기법 없이도 가치를 담고 있는 무엇"이라고 전적으로 인정하면서도 다른 한편으로는 기법의 완성도란 "질료를 가장 풍요롭게 만든다"(II, XIX, 3, 102쪽)라고 주장하면서 기법에다가 많은 이점을 남겨 놓기도 한다. 결국 중요한 것은 관건들을 결정하는 논쟁이나, 논쟁에서 사용된 용어들의 해석과 이해에 놓여 있을 것이다.

이러한 논쟁에서 르네상스 시대의 작가들은 자신들의 고유한 입장을 합리화하기 위해서 고대 작가들의 권위에게 의지한다. 이처럼 기법에 대한 본성의 우선권을 전제한 토마스 세비에는 다음과 같이 언급하며, 본성의 우선권을 호라티우스와 퀸틸리아누스에게서 다시 불러낸다:

"호라티우스는 본성과 기법에다가 동일한 권한을 부여하고 있는 듯 보이며, 만일 시인이 자신의 본성이 행한 충고를 최초이자 주된 스승처럼 받아들여야 한다는 사실이 명백하게 드러났다고 한다면, 시인은 이 두 가지 요소를 시인 자신을 완벽성에 도달하게끔 도와 줄 사랑스런 주술사처럼 충원한다. [⋯] 이것은 심지어 퀸틸리아누스가 생각했던 것이기도 하다. 이러한 점에 관해 퀸틸리아누스는 기법을 언급하는 과정에서 본성과 기법 중 하나가 없다면 다른 하나가 완벽해질 수 없다고 역설하였던 것이다. 이를테면 진리가 그것을 원하듯 퀸틸리아누스는 인공보다는 본성에 훨씬 더 우월성을 부여한 것이다."

세비에, 《프랑스 시작술》, I, 3, 58쪽.

우리는 여기서 다음과 같은 고대 토포스의 영향력을 다시 한번 확인하게 된다: "시인은 하늘에서 주어지며, 변론가는 만들어진다."(95쪽 참조)

한편 문학의 '본성적' 특성에 대비되는 변론술의 '습득된' 특성은 《백과전서》의 〈머리말〉을 그대로 흉내낸 고전주의 이론가들에 의해 다시 한번 문제가 제기되기에 이른다: "기법이 변론가의 것이라고, 기법이 수(數)에서 비롯되는 것은 아니라고, 더러는 기법이 본성에는 이율배반적이라고 주장했던 최초의 사람들. 오로지 본성만이 변론가를 창조할 수 있을 뿐이다. 성공하기 위해서 변론가가 연구하였음이 분명한 최초의 작품은 무엇보다도 인간이며, 위대한 모델들이란 바로 이러한 인간 바로 그 다음이다."(《백과전서》, 10쪽) 변론가 양성에 있어서 인간 행동의 경험적 연구를 무엇보다도 중시하면서 《백과전서》의 〈머리말〉은 변론술을 본성의 모방처럼 인도할 것이다.

자크 플르티에는 시에서 본성의 첫번째 역할을 인정하면서도 기법에 중요한 자리를 부여한다. 그는 이와 같은 사실을 전제하고 나서 기법과 본성을 "서로간의 상호적인 도움을 요청하며 우호적인 결속을 통해서 협력하는"(v. 408-411) 두 가지 실체처럼 묘사하면서, 호라티우스의 《시작술》(1541년에 프랑스어로 최초 번역 출간된)의 한 구절을 그대로 답습한다. 플르티에는 이같은 호라티우스의 사유를 다시 취하면서 한걸음 나아가 이러한 사유를 질료와 형식의 이분법 속에서 다음과 같이 전개한다: "본성은 길을 제시하며, 나아가 그 길을 손가락으로 가리켜 준다. 이에 비해 기법은 타락을 경계하게끔 인도한다. 다시 말해서 배열을 마치 하나의 질료처럼 부여하는 본성이 본성에 비해서 기법은 실질적 적용을 마치 하나의 형식처럼 부여한다. 예컨대 본성은 장인의 손길과 도움을 필요로 하며, 기법 역시 본성적인 것 없이는 아무것도 할 수 없는 것이다."(I, 2, 245쪽)

이처럼 플르티에의 작업은 예술과 문학 활동에 높은 가치를 부여하려는 경향을 보이는데, 이는 플레이아드파 회원의 한 사람으로서는 지극히 당연한 입장에 해당된다고 할 수 있다. 문학에 관한 그의 이해는 시인의 '본성적' 정의에 대한 이의 제기의 차원에서 볼 때, 《시작술》(1555년)보다 앞서 출간되었던 《프랑스어의 보존과 현양》(1549년)에서 전개되었던 이해에 조금 더 가깝다고 할 수 있다. "시인들이 탄생시킨 것만큼 나를 설득시키지는 못하는 것"(《프랑스어의 보존과 현양》, II, 3쪽)이라고 기술한 뒤, 벨레는 시의 실질적인 적용을 "시인들에게 결여되고 불필요한 모든 원칙 없이 시인을 자연스레 흥분시키는 영혼의 격정이나 희열"과 서로 혼동하지 않았다. 사실상 영감의 신성한 분노를 경험한 시인은 퀸틸리아누스에게 빌려 온 개념인 정정(émendation)이나 교정(correction)(《웅변교육론》, X, IV, 1, 124쪽)을 작품에 포함시켜야 만 한다: "정정이나 교정의 역할은 처음 글쓰기에서 격렬함과 격정이 허용하지 않았던 것들을 마음껏 첨가하고 삭제하는 작업, 혹은 허물 벗기는 작업[변형시키는 작업]을 의미한다."(《프랑스어의 보존과 현양》, II, XI, 254쪽)

플르티에의 논거에서 우리는 "본성적인 모든 것"에 대한 문제 제기 를 다시 발견하게 된다. 본성 개념의 논쟁에 근본적으로 관여하는 플 르티에의 논거에는 두 가지 종류의 본성에 관한 승인이 서로 구별되 어 있다. 우선은 "세계에 존재하는 모든 것과 인간의 사색 속에 포착 된 모든 것에 보편적으로 영향을 끼치는 본성"이 존재하며, "[…] 따 라서 세계의 본성이 존재할 때에만 시인의 본성 또한 존재하게 될 것 이다. 마치 우리가 본성적 질서를 언급하면서 본성적이라고 말하는 것 처럼 이러한 방식에 따를 때, 심지어 인공물조차 자신의 본성을 지니 게 될 것이다"(《시작술》, 244쪽)라는 지적에 따라 널리 확장된 본성의 승인이 있다. 그리고 마지막으로 "우리의 노력과 최초의 의도와는 하 등 상관없이 우리 내부에 부과된 것"으로 이해하는, 즉 좁은 의미에 서 본성을 이해하는 본성의 승인이 또한 존재한다.

이러한 구분은 다음과 같이 시인의 작업을 문학 이론에 연관시키게 끔 허용한다: "만약 우리가 습성·모방·연구에 의해 외재적인 무엇 을 획득할 수 있다고 인정하려 든다면, 분명 우리는 시인의[시인에 관 한] 장소인 예술이 위대한 힘을 소유한다고 생각할 것이다."(245쪽) 다 음과 같이 뒤 벨레에 의해 고안된 근면하고 고독한 시인의 이상적 이 미지는 익히 알려져 있다:

"양손과 입으로 비상하려는 자는 오랫동안 자신의 방에 머물러야만 한다. 또한 후손의 기억 속에서 살아남으려는 자들은 자기들이 하고 싶은 대로 먹고 마시고 잠자는 궁정시인들과는 정반대로 끊임없이 땀 흘리고 긴장으로 떨어야 하며, 끊임없이 배고픔과 갈증을 참아내는 각 성을 연마해야만 한다. 바로 이것이야말로 인간이 쓴 글들을 하늘로 날 아오르게 만드는 날개인 것이다."

뒤 벨레, 《프랑스어의 보존과 현양》, II, III, 237쪽.

자기 자신에 대해 깊이 성찰하는 시인에 관한 이러한 표현은 시와 시의 실현 조건에 관심을 갖게 된 시적 활동의 개념을 알레고리를 통해서 증명하고 있다. 이처럼 시인은 작시법의 적용과 마찬가지로 변론술을 위해 수사학 이론가들이 고안했던 방법들을 작품에 이용할 수 있게 된 것이다.

III
수사학의 유산

문학의 이론화 작업, 특별하게는 시의 이론화 작업에 끼친 수사학
의 영향력은 헬레니즘 시대(기원전 3세기)부터 실질적으로 나타난다.
우리는 호라티우스(《시작술》, v. 38-72)에 있어서 시의 실질적 적용
에 사용되었던 수사학의 규범들 —— 논거 발명술(invention), 논거 배
열술(disposition), 표현술(élocution) —— 을 익히 알고 있다. 우리는 이
러한 수사학의 규범들을 마치 하나의 토포스처럼 다음 세기들의 문학
론과 시작술에서 다시 발견하게 될 것이다.

1. 개념틀 : 논거 발명술, 논거 배열술, 표현술

세비에에게 있어서 수사학의 규범들은 자신의 《프랑스 시작술》(1548
년)의 첫번째 장 제3챕터와 제4챕터에서 등장한다. 마찬가지로 플르
티에에게 수사학의 규범들은 〈일반적인 시의 구성에 관하여: 논거 발
견술, 논거 배열술, 표현술에 관하여〉(251쪽)라는 제목이 달린 《시작
술》(1555년)의 첫번째 장 제4챕터에서 등장하며, 나아가 〈논거 발명

술에 관해서〉〈논거 배열술에 관해서〉〈표현술에 관해서〉 연속적으로 다루고 있는 롱사르의 《시작술 요약집》(1560년)의 중심 내용을 차지하기도 한다. 한편 뒤 벨레(1549년) 역시 "언급할 만한 부분은 대략 다섯 가지로 논거 발견술, 표현술, 논거 배열술, 기억술, 발성술이 이에 해당된다"(《프랑스어의 보존과 현양》, I, v, 210쪽)라며 일반문학에 있어서는 퀸틸리아누스의 분류에 일임한 바 있다.[27]

비록 수사학의 분야들에 대한 상세한 명칭들은 거론되지 않았지만, 부알로에 있어서도 이 분야의 영향력은 이야기의 고안에서 '사실임 직한 것'의 우월성, 구성의 통일성, 혹은 문체의 명증성과 고유성을 강조하고 있는 《시작술》(1674년) 전반에 걸쳐 매우 강하게 감지된다.

수사학이 변론적 담화의 기능에 따라 시를 정의한다는 의미에서 볼 때, 시의 이론화에 대한 이와 같은 수사학의 강점(强占, prégnance) 현상은 역사적 · 이론적 현실이라고 할 수 있다. 세비에는 자신의 독자들에게 시를 수사학의 카테고리들 중 하나로 여기는 것을 "이상하게 생각지 말라"고 경고하였는데, 그 까닭은 세비에가 "수사학이 모든 종류의 글[담화]에 의해 널리 퍼져 있는 것과 마찬가지로 모든 종류의 시에 의해서도 널리 퍼져 있다"(《프랑스 시작술》, 57쪽)고 생각했기 때문이다.

---

27) 수사학의 규범들——논거 발명술, 논거 배열술, 표현술——에 아리스토텔레스는 발성술(prononciation: 담화의 음성적 · 제스처적 실현)——혹은 행동술(action)을 첨가할 것이다. 또한 로마 시대에는 이 네 가지 분야에 기억술(mémoire)이 첨가될 것이다.

시에 대한 수사학의 이러한 영향력은 적어도 리듬(rythme)에 관계되어서는 전통적으로 시가 수사학을 위한 하나의 모델을 대표했었다는 점에 비추어 볼 때 어쩌면 당연한 결과에 해당된다고 할 수 있을 것이다. "변론가와 산문으로 말하는 자들은, 그들이 시인들에게서 크기와 수를 빌려 왔듯이 시의 여신들의 감미로움[=부드러움]과 전조를 횡령하고 착취하였다"(A. 푸클랭, 《프랑스 수사학》, 1555, 436쪽)고 푸클랭은 언급한다. 이러한 사유는 테오프라스토스와 키케로를 참조한 퀸틸리아누스에게서도 발견된다: "우리가 사상을 위한 영감을, 형식을 위한 상승을, 정념을 위한 온갖 종류의 흥분을, 그리고 인격을 위한 조화를 요구하는 것은 바로 시인들에게서이다."(《웅변교육론》, X, 1, 27쪽)

본 챕터의 마지막 부분[167쪽]에서 다시 한번 거론하기 전에, 우리는 수사학적 관점이 시와 변론적 산문 사이의 연속성을 사유하게 만든다는 사실, 그리고 시와 변론적 산문 사이의 차이란 '본성'에 놓여 있는 것이 아니라 단지 '등급과 단계'에 불과하다는 사실을 지적해야할 것이다. 예를 들어 세비에는 "변론가와 시인은 여러 가지 측면에서 유사하게 서로 닮은 것만큼이나 서로 매우 밀접하게 결합되어 있으며, 단지 차이라면 원칙적으로 한 사람이 다른 한 사람에 비해서 수(數)에 제약을 받지 않는다는 사실뿐이다"(《프랑스 시작술》, 57쪽)라고 언급한다. 따라서 세비에가 수사학의 범주에 근거하여 시의 특수성과 나무껍질 속의 단단한 본질에 접근하려는 목적을 갖고 있었다는 것은 그다지 놀랄 만한 일이 아니다. 시적 '마음' 또는 '영혼'에 관한 연구는 세비에의 《프랑스 시작술》의 제3챕터와 제4챕터의 주된 주제를 이룰 것이며, 또한 이러한 연구는 "시의 주요한 부분이자 토대"(57쪽)인 논거 발명술, 시의 "경제성"을 의미하는 논거 배열술, "시인의 문체"

(60쪽)를 의미하는 표현술에 할애될 것이다.

논거 배열술은 시인이 "끝과 시작을 격에 맞게 배치하면서, 전적으로 자기 시를 발전시킬 수 있는 서로 다른 요소들간의 결합을 정성스레 고려할"(59쪽) 작품의 조직화(organisation)를 가리킨다. 여기서 논거 배열술의 개념은 아리스토텔레스가 플롯(이 책의 51쪽 참조) 개념에서 언급하였던 사건들의 내적 체계에 관한 사유와 작품의 진행과 사상의 진행 간의 적절성을 나타내는 변론적 개념에 관한 사유의 중간에 놓여진 용어이다. 어찌되었건 이 개념은 롱사르가 아리스토텔레스를 다시 인용하면서(이 책의 52쪽 참조) 다음에 언급하고 있는 것처럼, 혼동을 피하려 정성을 기울인 바 있는 시인의 작업과 역사가의 작업 사이를 구별해 주는 기능을 한다: "상당수의 사람들이 시인과 역사가가 동일한 직업에 종사한다고 믿고 있다. 그러나 이 사람들은 대단한 착각을 하고 있는 것이다. 왜냐하면 이 둘과 아무런 공통점도 가지고 있지 않는 자들은 바로 다양한 장인(artisan)들이기 때문이다."(《프랑시아드》의 〈두번째 서문〉, 1578, 1019쪽)

역사가들은 "바늘과 실처럼 […] 처음부터 끝까지 일관되게 기획된 자신들의 주제"를 추적하면서 "진정한 하나의 서사(敍事, narration)"를 실행한다. 하지만 이와는 반대로 "고심한 작업으로 점철된 신중한 시인들은 논거의 한복판에서, 때때로는 말미에 이르러서야 자신의 작품을 개시하는 자"(1018쪽)이다. 사건의 시간성과 사건의 이야기의 시간성 사이의 구분은, 비록 이 구분이 역사가의 이야기에 선험적인 객관성을 부여한다고 할지라도 이와는 완전히 반대로 문학적 특수성의 연구와 재현에 관한 아리스토텔레스적 이해와의 연장선상에서 볼 때는 매우 중요한 요소가 된다. 13세기 초반에 조프루아 드 뱅소프는 《새로운 시》[28]에서 하나의 텍스트를 시작하는 두 가지 방법을 서로 구분한 바 있다. 텍스트의 도입부와 사건의 도입부를 일치시키는 본성적 질서에 따른 방법이 그 하나이며, 일반 사상들이나 예들에 의해 사건의 한복판이나 말미에서 텍스트를 시작하는 인위적 질서에 따른 방법이 나머지 하나이다.[29]

그러나 논거 배열술이 문학성의 요소라 하더라도, 특히 논거 배열술이 사건들의 본성적 질서라는 가설에 충실히 따르고 있는 역사적 담화의 '본성성(naturalité)'과 대립한다는 점에서 문학성의 요소라 하더라도, 논거 배열술은 시인의 특수성을 정의하기에 충분한 개념은 결코 아니다. 시이론가, 다시 말해서 16세기까지 여전히 문학이론가를 의미하였던 시이론가는 특히 작시가(作詩家, versificateur)와 시인을 구분하게끔 허용하는 논거 발견술과 표현술의 카테고리에 토대를 둘 것이다.

2. 시의 특수성을 향하여

사실상 시구(詩句, vers)의 실질적 적용은 시의 특수성을 보장하기에 충분한 것은 아니다. 시작술의 저자들은 시와 작시법을 오늘날 우리가 예술과 기술(기교 · 기법)을 구별하는 식으로 구분하였다. 이처럼 〈프

---

28) Geoffroi de Vinsauf, 《Poetria nova》, 1210.
29) E. Faral, 《Les Arts poétiques du XIIe et du XIII siècle》, Champion, 1924.

랑스 사람이 각운으로 불러야 하는 것은 무엇인가?〉(54쪽)라는 제목이 달린 《프랑스 시작술》의 한 챕터에서 세비에는 '각운'이란 용어에 의해서 시 전체를 지칭하는 방식이 전적으로 환유에 의지한 부적절성을 구성한다는 사실을 드러내면서, 한편으로는 '시' '카름(carme)' '시구'라는 용어들간의 구별을, 또 다른 한편으로는 '각운'이라는 용어의 차별성을 설정한 바 있는데, 세비에가 이러한 작업을 개진한 까닭은 결국 각운이란 오로지 프랑스 시구나 프랑스 시의 수많은 구성요소들 중의 하나에만 해당될 뿐이라고 생각했기 때문이다.

각운과는 달리 전문 용어의 차원을 넘어서 주요한 관건으로 부각되는 것은 바로 시 개념이다. 시와 각운을 구분하는 과정에서 세비에는 작시법의 '순수한 기술성'과 일정 부분 거리를 유지한다. 세비에에 따르면, 시의 실질적 적용이 작시법의 기술성으로 인해서 축소될 수는 없는 것이다. 그의 눈에 비친 '각운'이란 따라서 본질적인 용어들과 함께 시를 지칭했었던 예전의 명칭과의 관계에서 보자면 이미 하나의 후퇴를 의미하는 셈이다. 이를테면 그리스인들은 시를 자신의 운율(혹은 정형률)에 따라 기능하는 '정형 시구(mètre)'로 명한 바 있으며, 라틴 사람들은 원래 가락(chant)을 지칭했던 '카름'(이 단어의 라틴어인 carmen은 마술적 가락을 의미한다)이나, 어원적 형태 때문에 운율의 회귀(versus)를 뜻하는 '시구(vers)'라고 부른 바 있다. 이와는 대조적으로 '각운'이라는 용어는 고유하게, 그리고 제한적으로 "이러한 동일성과 유사성, 그리고 프랑스 시구를 끝맺는 음절의 자음 동조 현상(子音同調現像, consonance)"(55쪽)을 가리킨다.

이처럼 전문 용어 차원에서의 이와 같은 차별 작업은 '시인'과 '각운가(脚韻家, rimeur)'를 서로 구분하게 만들어 준다: "시인들의 발명술이자 표현술인 수액과 나무는 그냥 내버려둔 채 벗겨진 나무껍질에만 주목한 프랑스 시인들을 각운가들이라고 불렀었던 무뚝뚝하고 무식한 대중들"(57쪽)에 의해서 전자[시인들]는 바로 후자[각운가들]와 혼동되었던 것이다. 뒤 벨레는 "라틴 사람들이 형편없는 시인들을 작시가(作詩家, versificateur)라고 불렀던 것과 마찬가지로 우리 언어에 각운가라는 우스꽝스런 이름을 부여하였던"(《프랑스어의 보존과 현양》, II, XI, 255쪽) 무지한 시인들을 나무라며 이러한 비판을 재개할 것이다. 한편 롱사르 또한 시인과 작시가 사이의 이러한 구분을 다음과 같은 비교를 통해서 개진할 것이다: "카름 형식으로 글을 쓰는 모든 사람들은 그들이 아무리 유식한 체한다고 하더라도 결국 시인은 아니다. 나폴리의 튼튼한 군마와 하찮은 조랑말 사이의 차이만큼이나 시인과 작시가 사이에는 커다란 차이가 존재하는 것이다."(《프랑시아드》의 〈두번째 서문〉, 1018쪽) 따라서 작시가는 오로지 "각운으로 이루어진 산문"을 생산하면서 "장식도, 은총도, 기술도 없이 시구를 만드는 데 만족하는 자"임에 비해서, 이와는 정반대로 "영웅적인 시인은 전적으로 새로운 논지를 만들어 내며 무언가 발명[고안]하는 자"인 것이다.

이와 같은 관점에서 볼 때 작시가는 전적으로 테크닉(기술)의 측면에서 존재하며, 시인은 20세기 초반까지 문학 사상을 지배한 모호한 개념인 은총과 세련됨(élégance) 곁에 존재하게 된다. 하지만 보다 정확히 말해서 이 은총과 세련됨의 개념은 시작술의 저자들에게 있어서는 '장식(ornement)'에 관한 사유와 매우 밀접하게 결속된다. '장식' 개념은 한 작가가 자기 시의 주제들(롱사르가 언급한 '논거들[arguments]')을 통해서 발견하게 되는 일종의 조작인 발명술만큼이나 문체적 질서를 총체적으로 조작하는 표현술에도 밀접히 관련되어 있다. 따라서 '장식하기(ornementation)'는 미적 요소들을 임의적으로 첨가할 때 구축되는 부수적인 조작을 가리키는 것은 아니다. 다시 말해서 장식하기는 산문 개념과 시 개념 사이의 대립을 결정짓는 근본적인 문학성의 요소로 자리잡는 것이다.

실제로 고전 시대에는 잊혀졌던 산문과 시 사이의 연속성에 관한 사유는 특히 강세(accent)에 관한 언어학적 개념, 시적 산문(prose poé-tique)과 자유시(vers-libre)에 관한 문학적 개념들을 통해서 리듬에 관한 총괄적인 사유를 다시 정립할 19세기 후반의 이론가들과 작가들의 중요한 연구 영역 가운데 하나를 구성할 것이다. 하지만 르네상스 시대의 시작술에서 산문과 시 사이의 연속성에 관한 사고는 근본적으로 리듬을 운율적인 개념(정형률적인 개념)으로 인정하면서 완전히 소멸된다. 때문에 "산문적인 문체를 마치 시적 표현술의 치명적인 적"(《프랑시아드》, 1015쪽)으로 간주한 롱사르에게서 나타나는 것처럼, 산문과 시 사이의 연속성에 관한 사고는 오히려 산문과 시 사이의 '차이'에 관한 사유로 바뀌게 되며, 나아가 이러한 양자간의 차이에 관한 사유는 르네상스 시대의 시작술에서보다 심지어 강화될 따름인 것이다.

우리가 앞서 살펴본(이 책의 109쪽) 산문과 시 사이의 근본적인 대립은 운율법이 개입되는 정도나 시구를 정의하는 수의 규칙성에 의해 드러나기도 하지만, 한편 이와 마찬가지로 음절(音節, syllabe)이나 음소(音素, phonème)와 같이 직접적으로 언어학적 구성 요소는 아닌 다른 요인들, 이를테면 수사학의 어떤 형상들의 사용과 신화적 요소들의 수단과 같은 발견술과 표현술을 최대한 드러내는 또 다른 요인들에 의해서 드러나기도 한다.

  산문을 "공동체적 언어 활동"과 동일하게 파악한 롱사르는 "하찮고 저속한 산문에서 완전하게 격리되었거나 적어도 일정 부분 떨어져 있는 문채(文彩, figure)들, 도식들, 전의들(轉意, tropes), 은유들, 문장들, 우언법(迂言法, périphrase)으로 인하여 풍부해진" 시를 산문에서 근본 적으로 구별할 것을 주문한다. 따라서 산문과 시 사이의 구별은 시구에 의해서라기보다는 시구의 *풍부하게 만들기*(enrichissement)에 의해서 형성되었다고 할 수 있다. 우리는 앞서 작시법 자체가 시를 의미하는 것은 아니라는 사실을 살펴보았다. 시구들은 오로지 "보다 적절하게 적용된 비유들, 만개한 묘사들, 다시 말해서 시적인 꽃봉오리들을 장식하고 미화하거나, 촘촘한 자수(刺繡)를 통한 풍부한 묘사들을 첨가하면서" 비로소 시적으로 변하게 된다. 이처럼 롱사르는 예전에 자신이 적용해 보았던 방식과는 반대로 서사시 《프랑시아드》를 알렉상스 랭[30]이 아니라 10음절로 이루어진 시구로 기술했는데, 이는 롱사르가 "알렉상드랭 시구를 매우 손쉽게 만들어진 산문의 냄새를 풍기며, 또한 무기력하고 신경에 무딘 형식"으로 파악했기 때문이다.

  만약 산문과 시 사이의 이러한 대립 속에 문학의 근본적인 물음이

---

30) 알렉상드랭은 통상 12음절로 쓰여진 시구를 의미하나, 프랑스 시구가 휴지를 취하지 않고 8음절을 초과할 수 없다는 관점이 제기됨에 따라 오늘날 6음절＋휴지 기＋6음절로 이루어진 복합 시구를 의미한다. 프랑스 시구의 역사와 특성에 관해 서, 코르뉘리에(B. de Cornulier)의 《시구 이론 Thoéorie du vers》, Seuil, 1980을 참 조할 것.〔역주〕

놓여져 있다고 한다면, 그것은 산문이 영도(零度, degré zéro)로 구성된 일상적 언어 활동으로 변형된 채 인식되기 시작하기 때문이다. 이처럼 변론적 산문에서 시에 이르기까지 풍부하게 만들기 개념을 통해 변별 요소가 구성되는 문학성의 층위가 성립되는 것이다. 수사학에서 유래한 원리인 장식하기의 형태로 자리잡은 풍부하게 만들기 개념에 관해서는 다음장에서 다시 언급하기로 한다.

여기서 플레이아드파가 장식 개념을 단지 문채들의 용법에만 제한한 것이 아니라 이 개념 자체를 형용사의 용법, 혹은 방언에 사용되거나 기술적으로 사용되는 어휘의 용법에 관계된 언어 활동의 작업으로 생각했다는 점을 강조하기로 하자. 이처럼 뒤 벨레는 오드에 관해서 사람들에게 "이런 종류의 시를 저속함과 멀찌감치 거리를 유지하게 만들 것, 고유 명사나 흔히 사용되지 않는 부가 형용사를 풍부하게 만들고 이것들을 표현할 것, 육중한 구문들을 아름답게 하고 시적 장식들과 모든 종류의 색채를 표현하는 방식을 다양하게 할 것"(《프랑스어의 보존과 현양》, II, IV, 239쪽)을 주문한다. 롱사르는 시의 어휘를 공식적인 프랑스어에만 제한할 것이 아니라 "프랑스 모든 지방"(1027쪽)의 단어들에서 선택할 것을 충고하기도 하였다.

한편 발명술을 시의 '토대'처럼 여기고 있음에도 불구하고 이상하게도 세비에는 수사학 협약들의 일반성에 관해서만 언급할 뿐 제반 물음들을 넓게 확장시키지 않는다. 세비에는 "무엇보다도 우선 자신의 시에서 파괴할 주제들을 자신 있게 말할 수 있으며, 매우 용이하게 적용할 수 있는 시인을 발견해야 한다"(《프랑스 시작술》, 58쪽)라고 언급하며, 독자들에게 "선하고 고전적인 프랑스 시인들"(59쪽)을 읽을 것을 권고할 뿐이다. 그는 오로지 형식주의에 대한 비판의 필요성을 시인들에게 촉구할 뿐이다. 세비에가 마로의 숭배자로서 비록 가장 공들여 만들어진 각운의 형식에 높은 가치를 부여하면서 각운의 다양한 형식들을 매우 풍부하고 세밀하게 열거하였다고 하더라도, 그는 "마치 가벼운 물기를 살짝 제거하여 색깔이 씻겨나간 종이와 마찬가지로 사람들은 견고한 발명술이 전혀 존재하지 않는 단어들의 빈 음성을 이용하지 않는다"(57쪽)라고 언급하기도 한다.

비록 키케로의 《변론술에 관하여》(XII)를 다시 차용하고 있지만, 한편 세비에가 착수한 이러한 "단어들의 빈 음성"에 관한 색인 작업은 《프랑스 시작술》이 출간된 맥락에서 볼 때는 수사학의 대가들과 언어활동의 음성적 구성 요소에 집중된 그들의 실질적 적용을 목표로 하지 않을 수 없다. 따라서 "단어들의 빈 음성"에 관한 색인 작업은 영감의 신성성을 상기하기 위해서만 고안된 것일 뿐이다. 세비에는 "시구는 시구를 만든 작가를 시인으로 부르기 위한 수와 음절을 갖추고 있다"라는 사실 자체만으로는 불충분하다고 판단하였던 호라티우스의 관점에 근거하여 시인에게 "시인이란 이름의 명예를 부여할 만한 분별력과 신성한 정신을 갖출 것"(57쪽)을 요구한 바 있다.

문학 이론들의 역사는 작품의 기술적·형식적 측면과 작품의 내용적 측면을 의미하는 의미론적인 측면 사이의 대립, 즉 '기저(le fond)'와 '형식(la forme)' 사이의 대립에 의해 매우 강하게 각인되었다. 이러한 대립은 제2차 수사학의 기술론에서 발견되는 작시법과 '시인 양하는 것들(poétrie)'의 구분을 정당화하였다. 첫번째 용어[작시법]는 시적 테크닉들을 가리키며, 두번째 용어는 신화와 역사에서 단지 몇몇 페이지로 요약되었을 뿐인 고대 신성들과 영웅들의 이름에 주석을 단 텍스트의 목록을 의미한다. 이러한 대립이 실질적 적용의 차원으로 확장될 때, '시인 양하는 것들'은 문화적 자료들에 근거한 허구(fiction)의 발명술을 지칭하게 된다. 15세기 초입에 자크 르그랑은 시인 양하는 것들과 작시법 사이에 존재하는 차이를 다음과 같이 공고히 세운 바 있다:

"시인 양하는 것들은 우리가 말하려는 사물들의 유사성의 논리에 기초하여 허구를 만들어 내고 가장(假裝)하는 법을 배우는 기술이자, 가식적으로 말하기를 원하는 사람들에게는 상당히 필요한 기술을 의미한다. 내가 생각하기에 대부분의 '시인 양하는 것들'은 수사학보다 더 하위에 속한다. [⋯] '시인 양하는 것들'은 논리적인 것에 관해 논증하는 법을 배우지 않으며[논리가 만들어 낸 것을 배우려 들지 않으며], '시인 양하는 것들'은 또한 시작법의 기술을 전혀 드러내지 않는다. 왜냐하면 그것은 바로 이러한 기술이 일부분은 문법에, 그리고 일부분은 수사학에 속한 것이기 때문이다."[31]

비록 '시인 양하는 것'들이 작시법에 통합되지 않는다고 하더라도, 그렇다고 해서 여기서 언급된 '시인 양하는 것들'이 시의 활동성의 측면을 덜 지칭하는 것은 아니다. 그 지향점이 "역사를 가장하는 것, 혹은 우리가 말하려는 의도에 따라 다른 어떤 것을 위장하는 것"인 '시인 양하는 것들'은 발명술을 취급하는 수사학의 일부분, 다시 말

---

31) J. Legrand, 《Archiloge Sophie》, cité par E. Langlois, 《Recuil d'arts de seconde rhétorique》, Imprimerie nationale, 1902, p.Ⅷ, Ⅸ.

해서 사상들과 주제들에 관해 연구하는 수사학의 일부분에 시를 결부
시키는 역할을 하는 것이다.

IV
모방

시작술들의 수사학적 전통 속에서 "모든 것들의 어머니"(롱사르,
《프랑스 시작술 요약집》〈발명술에 관하여〉, 472쪽), 다시 말해서 문학
창작의 기본 토대를 의미하는 발명술은 르네상스 시대와 고전주의 시
대에 이르러 보다 일반적인 개념에 의해 그 의미가 제한되기에 이른
다. 이러한 일반적인 개념이란 다름 아닌 바로 모방이다. 이 개념은
복제 행위――표절(plagiat)에까지 이르는 이러한 복제 행위에서 작가
의 이름 없이 차용된 부분은 도덕적이고 법률적으로 부정한 행위처럼
간주되는 것이 아니라, 이와는 정반대로 '인용된' 텍스트들의 적합성
을 구분하는 기준처럼 간주된다――와 동시에 오히려 '모방된' 텍스
트의 변형과 함께 '적응(appropriation)'의 아리스토텔레스적인 의미 속
에서 이해될 재현 행위를 지칭하는 미메시스 개념의 가장 광범위한 확
장 속에서 취해졌음이 분명하다.

1. 시의 실질적 적용으로서의 융합(融合, incorporation)

우리는 모방의 생물학적 이해를 전개하는 소화적(digestive) 은유나 융합의 개념으로 번역되는 점유 사상에 대해 잘 알고 있다. 뒤 벨레는 "그리스 최고 작가들을 모방하고 그들로 변형되면서, 그들을 집어삼키고 잘 소화해 낸 이후 그들을 피와 영양분으로 바꾸면서"(《프랑스어의 보존과 현양》, I, VII, 214쪽) 로마인들을 묘사한다. 이러한 은유는 전통적으로 꿀벌의 은유와 한 쌍을 이룬다. 이때 시적 작업은 선조들의 모방 사상을 다시 차용한 앙드레 셰니에(1787년)의 〈발명술〉에서 나타나는 것처럼 꿀로 된 꽃가루의 변형과 동일한 것으로 묘사된다:

"가장 오래된 그들의 꽃을 우리들의 꿀로 바꿉시다;
우리의 사상을 그리기 위해서 그들의 색채를 빌려 옵시다;
그들의 시적 불꽃에다가 우리의 화염을 지피도록 합시다;
새로운 사상에 관한 고대의 시구들을 만들도록 합시다."[32]

〈발명술〉, v. 181-184.

롱사르에 있어서 발명하기, 모방하기, 재현하기는 동일한 하나의 과정의 세 가지 양상을 의미한다. "변론가의 목적이 설득하는 데 놓여 있는 것과 마찬가지로 시인의 목적은 존재하거나 존재할 수 있는 사물들, 혹은 선조들이 진짜라고 평가한 바 있는 사물들을 모방하고 발명하고 재현하는 데 놓여 있다"(《프랑스 시작술 요약집》, 472쪽)라고 롱사르는 말한다. 이 세 가지 행동들이 연속적이거나 자율적이 아니라

---

32) 롱사르에 있어서 시인은 "맛있는 꿀에 빠진 한 마리 파리처럼, 온갖 종류의 꽃술을 빨고, 거기서 꿀과 자신의 관심사에 따른 이익을 만들어 내는 자"이다. (《프랑시아드》의 〈서문〉, édition des Œuvres de 1587, in 《Œuvres complètes》, t. 2, Gallimard, coll. 'Bibliothèque de la Pléiade,' 1018쪽).

상보적이고 상호 의존적이라는 점을 고려한다면, 우리는 르네상스 시대의 시작술에 있어서 수동적인 태도를 가리키는 것과는 거리가 먼 모방 이론이 얼마만큼 문학에 관한 사유를 실질적 적용에뿐만이 아니라 문학적 적용의 고찰에로도 귀결시키는지 보다 잘 이해할 수 있게 된다.

이러한 점은 퀸틸리아누스의 기획을 비판하는 플르티에에게서 보다 명백하게 드러난다. 플르티에가 볼 때 "[퀸틸리아누스의] 《웅변교육론》이 아주 오랫동안 실질적 적용에 관계된 진지한 연구의 자리를 점령했었다는 사실 자체"(《시작술》, 246쪽)가 이미 어떤 혐의가 있는 것이다. 한편 실질적 적용에 관한 연구는 16세기에 이르러서는 무엇보다도 우선 시 작품들의 연구를 거치게 된다. 바로 이러한 점에서 플르티에는 "우리는 항상 시인들이 어떤 책을 읽는가 주시할 것이다"(278쪽)라며 극단적 입장을 취한다고 할 수 있다.

독자들로 하여금 시 자체를 자주 접촉하게 만드는 행위와 독자들에게 시의 실질적 적용을 평가할 방법을 제공하는 행위는, 예컨대 시작술이 이론적이라기보다는 오히려 교육적인 방식으로 제시한 프로젝트에 해당된다. 이를테면 "예술 지침서란 단지 독자들을 작가의 세계 한가운데에 실질적으로 적용하게 만들기 위해서 독자들을 일깨우는 기억술의 한 방편일 뿐"이며, "[기억술의 방법은] 독자들에게 하품을 유발할 뿐인 협약론들이 지닌 섬세한 부분에 관해서도 적절한 충고를 함으로써 독자들이 이것을 생생한 이미지처럼 인식하게"(246쪽) 만드는 하나의 방법인 것이다. 이처럼 시작술들의 시학은 글쓰기의 개념과 독자의 개념을 서로 유기적으로 구성하는 데 놓여 있었던 것이다.

《시작술》에서 이론과 실질적 적용을 각각 한 권의 책으로 따로 할

애해서 묘사했던 플르티에의 경우와 마찬가지로 다른 시작술 작가들에게 이론 영역과 실질적 적용 영역의 분리는 보다 명백하게 드러난다. 작품의 도입부에서 이론을 "서둘러 처리해 버린"(22개의 챕터 중에서 단지 네 챕터에만 할애한) 세비에의 작업에 관해 언급하자면, 이 작업 속에는 지적인 공론의 중요성이 결여되어 있다는 사실이 목격되는데, 한편 이러한 결여는 시작술 저자들 모두가 만들어 낸 것이기도 하였다. 적어도 16세기 중반 이전까지 작가의 '입장'은 사실상 플라톤과 호라티우스로부터 계승되었거나, 일시적인 몇 가지 변화 이외에는 별다른 차이 없이 반복된 공론에 전적으로 의지해서 구성된다.

우리가 살펴보았듯 '작가를 읽는' 행위는 모방 이론의 근거로 사용되는 수확과 소화의 논리뿐만 아니라 마찬가지로 작가와 직접 관련된 파종(播種, ensemencement) 논리의 성격을 띠고 있다. 이를테면 기성 시인들을 읽으면서 초보 시인은 "암암리에 기성 시인들에게서 자신들의 시(詩)밭을 풍족하게 할 모든 종류의 씨앗을 얻을 수 있게 되는 것"(플르티에, 278쪽)이다. 이처럼 발명술·모방 이론은 실질적 적용에 기초한 적극적인 이해를 제안하는 독서 이론을 함께 등장시킨다. 발명술·모방 이론은 창조라는 것이 연속적인 하나의 활동, 무엇보다도 상호 텍스트*적인 하나의 활동임을 전제하는 것이다.

모방에 관한 물음은 매우 복합적으로 얽혀 있다. 그러나 한편 모방에 관한 물음은 모방하기와 발명하기 사이에 양자택일을 해야 하는 문제는 결코 아닌데, 까닭은 이 시기에 발명술 이론의 토대를 세운 것이 바로 모방이기 때문이다. 그러나 또 다른 한편 모방과 발명에 관계된 물음이 지니는 관건들은 문학과 문학 창작의 변화에 대한 이해를 전제하는 과정에서 이 두 가지 개념[모방하기와 발명하기]이 실질적 적용에 관한 단순한 관점을 넘어설 때 이따금씩 서로 대립되는 것처럼 나타난다. 대략적으로 말해서 시작술의 저자들은 실질적으로 이의 여지가 없는 모델처럼 승인된 호메로스와 베르길리우스를 전적으로 신뢰하며, 모방에 관해 절제된 이론을 전개한 것이다.

이처럼 플르티에는 상당 부분 퀸틸리아누스(《웅변교육론》, X, II)를 다시 인용하는 과정에서 이러한 문제를 다룬 한 챕터(《시작술》, 〈모방에 관하여〉, I, v)를 통해서 "세기를 통틀어 가장 위대한 두 명의 시인"을 일반 시인들이 모방할 것을 권고하는데, 그 이유는 이 두 명의 시인이 "시인[플르티에가 모방할 것을 권고하는 대상: 역주] 자신의 일상적인 생활 패턴뿐만 아니라 가장 중요한 핵심적 사항에 있어서도 자신의 기억 속에 융합되어 있는 존재이기 때문"(《시작술》, 256쪽)이다. 플르티에는 일반적인 모방, 특히 '다른 여러 시인들'의 모방이 표출할 수 있는 위험성을 다음과 같이 언급하며 경계한 바 있다: "뛰어남에 분명한 시인은 공공연한 모방자도, 영원한 모방자도 아니어야만 한다. 하지만 그는 자기 것을 첨가할 수 있도록 제안을 받는 자일 뿐만 아니라, 여러 가지 관점에서 보다 잘할 수 있게끔 제안을 받은 자이다. [⋯] 모방 하나만으로 위대해지는 것은 결코 아니다. [⋯] 항상 남의 뒤를 좇기만 하는 자는 늘 꼴찌를 하는 자일 뿐인 것이다." 바로 이러한 논리에서 위험한 바다에 관한 다음과 같은 알레고리가 생겨난다: "우리는 시인의 글을 암초, 유사(流砂), 웅덩이 따위가 산재한 바다로 착각하곤 한다. 훌륭한 항해사는 학식과 뛰어난 주의력을 바탕으로 이를 피해 가려 애쓸 것이다. 예컨대 그는 어떤 부분을 취해야 하는지, 가능한 용적은 얼마이며, 어떠한 바람을 깊이 들이마셔야 하

는지 따위를 훌륭히 고려하는 자인 것이다."(262쪽)

플르티에의 이러한 사유 속에는 모방이 현대적 의미에서의 발명술에 장애가 되지 말아야 한다는 염려, 다시 말해서 독창적인 문학적 개인화*에 장애가 되지 말아야 한다는 염려가 존재한다. 이미 퀸틸리아누스에게서 등장했던 이러한 논쟁을 통해 부각되는 사실은 다름 아닌 바로 동일한 하나의 개념의 한복판에 놓인 모방에 관한 두 가지 상이한 해석, 즉 반복 · 복제라는 플라톤적인 이해와 재현 · 창조라는 아리스토텔레스적인 이해 사이의 혼동이다. 아리스토텔레스적 이해는 플르티에가 특히 "낡은 사물에 새로움을, 소설들에게 권위를, 투박한 것들에게 아름다움을, 어둠에게 빛을, 의심스러운 것들에게 믿음을 부여하는 데" 놓여진 시인의 개혁적 · 창조적 역할을 주장할 때 보다 명백하게 드러난다.

플르티에는 뒤 벨레의 《프랑스어의 보존과 현양》의 방향, 즉 우리가 앞으로 언급할 창조로서의 모방론의 방향으로 나아간다. 하지만 뒤 벨레의 관심은 단순하게 한 편의 좋은 시를 만드는 데 놓여 있기보다는 보다 멀리 나아가는 데, 왜냐하면 이 경우 모방이란 규범 언어(즉 랑그)를 보다 풍요롭게 만들기 위한 수단이 되기 때문이다.

2. 아름다운 본성의 모방

르네상스 시대의 시작술에 있어서 모방은 '본성'이 아니라 작가를 대상으로 삼는다. 혹은 적어도 본성을 직접적인 대상으로 삼지는 않는다. 창조는 의미 작용이 이미 실려 있는 세계관에 놓여 있으며, 이러한 사실을 바탕으로 창조는 글쓰기와 세계 사이의 간접적 관계의 토대를 마련한다. 심지어 세비에와 뒤 벨레를 대립시키는 모방에 관한 '논쟁' 조차 문학 내부에서 형성된다. 세비에는 프랑스 작가들의 예를 권장한 반면, 뒤 벨레는 외국 작가들의 예를 권장한다. 고전주의는 호라티우스의 "회화 같은 시(up pictura poesis)"(《시작술》, v. 361)를 잘못 이해한 견해에서 출발한다. 다시 말해서 고전주의는 문학의 실질적 적용의 미메시스적 · 회화적 활동(세계의 대상들을 재현하기)을 어디론가 이전시키면서 본성의 모방을 강요하는 것이다.

하지만 본성의 모방에 관계되어서 우리는 **본성** 개념의 특수성, 특히 고전주의 연구가들이 '아름다운 본성'이라 부르게 될 무엇으로부터 야기된 이해를 통해서 이해해야만 한다. 18세기에 매우 특별하게 다루어진 이러한 물음은 이 용어가 취향(嗜好, goût)의 주관성과 미적 인식의 객관성 사이에서 자신의 개념화 과정을 취하게 됨에 따라 논쟁의 주제로 자리잡게 된 바 있다. 바퇴 신부의 작품 《하나의 동일한 원칙으로 축소된 보자르》(1746년)는 이에 관한 좋은 예에 해당된다고 할 수 있다. 모방 개념의 주위에서, 그리고 모방 개념에서 구상하여 바퇴 신부는 "[예술의] 공통 대상은 아름다운 본성의 모방"[33]이라고 제기한 바 있다.

이러한 지적에 관해서 우리는 우선 모방이 복제 행위와 전적으로 동

---

33) Ch. Batteux, 《Les Beaux-Arts réduits à un même principe》, édité par J.-R. Mantion, Aux amateurs de livres, 1989, p.100.

일시되어——"모방한다는 것은 하나의 모델을 복제한다는 것을 의미
한다"(86쪽)——모방이 마치 창조의 활동성처럼 정의되고 있다는 점
을 지적할 것이다:

"시는 오로지 모방에 의해 존속될 뿐이다. 이러한 사실은 회화 · 춤 ·
음악도 마찬가지이다. 이들 예술 작품에서는 그 어떤 것도 실재가 아
닌데, 그 까닭은 예술 작품에서는 모든 것이 상상되거나 위조되고, 복
제되거나 가공되기 때문이다. 본성에 대립되는 예술의 본질적인 성격
을 형성하는 것도 바로 이러한 사실이다."

바퇴, 《하나의 동일한 원칙으로 축소된 보자르》, 89쪽.

이러한 논리에 따를 때 모방하기는 상상하기나 위조하기와 같은 계
열에 속하게 되며, 따라서 실재의 모사(模寫, calque)를 생산하는 작업
과 모방하기는 서로 동일한 의미를 지니지 않게 된다.

오히려 본성의 모방은 하나의 선택이 지니게 되는 활동성을 의미한
다: "만약 예술이 본성의 모방자라면, 이는 본성을 비열하게 복제하
는 모방이 아니라 대상과 특징들을 선택해서 가능한 이들을 완벽하게
보존하는 현명하고 양식 있는 모방일 것이다. 한마디로 말해서 모방
이란 본성을 있는 '그 자체로' 파악한 모방이 아니라, '존재할 수 있
는 상태'로 파악한 모방이나 우리가 정신을 통해서 본성을 이해할 수
있는 모방을 의미한다."(91쪽) 본성이 그 *자체*로 보여질 수 있다는 사
유를 전적으로 받아들인 바퇴 신부는, 그러나 한편 예술을 사실상 특
별한 전망과 관점의 발현이라 간주하면서 예술의 목적을 본성으로부
터 상정하지는 않는다.

간략하게 말해서 이러한 창조 · 전망은 본성 속에서 '아름다운 본성'을 추구하는 '아름다움의 미학'에 의해 의미가 제한되어 나타난다. 따라서 본성은 하나의 이상성(理想性, idéalité)의 버팀목으로 변한다. 바퇴 신부는 "우리가 아름다운 본성이라 부르는 것은 [...] '존재하는' 진실이 아니라 '존재할 수 있는' 진실, 그리고 그것이 포함시킬 수 있는 온갖 종류의 완벽성과 함께 마치 실재로 존재하는 것처럼 재현된 아름다운 진실이다"(92쪽)라고 기술하고 있다. 따라서 이때 발명술의 개념은 전적으로 어원적 가치(라틴어 invenire는 도래하다(venir sur), 발견하다(découvrir)를 의미한다)를 다시 발견하게 되는데, 왜냐하면 다음과 같이 본성 속에서 이미 존재하는 미의 이상적 상태를 발견하는 것이 바로 문제의 관건으로 자리잡기 때문이다: "본성은 가장 아름다운 모방에 의해 구성될 수 있는 모든 종류의 특성들을 자기만의 보고(寶庫) 속에 지니고 있다. 이를테면 이러한 이치는 한 화가의 화판 속에는 연구될 수 있는 모든 종류의 특성들이 들어 있다는 사실과도 같은 것이다. 근본적으로 관찰자인 예술가는 이러한 특성들을 인식하고, 나아가 대중에게서 이러한 특성들을 꺼내 와 그것들을 한데 모은다."(96쪽)

아름다운 본성에 대한 이와 같은 감각적인 이해는 《백과전서》의 〈머리말〉(1751년)에서도 전개된 바 있다. 〈머리말〉에서 아름다운 본성은 모방을 "그것이 무엇이건간에 생생하거나, 또는 쾌적한 감정을 우리 내부에서 촉발시킬 수 있는 대상"(11쪽)으로 여기는 데 놓여 있다. 하지만 철학자들의 이성 중심적인 목적은 오로지 '아름다운 것(le beau)'과 '사실인 것(le vrai)'을 동시에 겨냥하는, 다시 말해서 미학과 인식의 영역을 동시에 들추어내는 단 하나의 개념에만 문제를 부여할 수

있을 뿐이었다. 이처럼 개념의 '자명한 사유'를 제시하기 어려운 이유
는 "아름다운 본성이 오로지 세련된 감정에 의해서만 비롯되기" 때문
이라거나, 더러는 "이러한 영역에 있어서 진실과 독단을 구분하는 경
계가 아직 정해지지 않았으며, 몇몇의 자유로운 견해들만이 남아 있
기" 때문이라는 이유에 의해서 합리화될 뿐이다. 여기서 문제가 되는
것은 인식의 장에서 주관과 객관, 사견(私見)과 과학의 양축 사이에 놓
여 있는 개념인 감정(sentiment)이라는 개념이 지니는 위상이다.

앙드레 셰니에는 이러한 이상화 작업을 공통적인 경험으로 간주하
고 나서, 글쓰기와 독서의 동일하고 이중적인 행위에서 개인적 모험
과 공동체적인 모험을 연관지으면서 아름다운 본성에 관한 이론을 자
신의 작품 〈발명술〉에서 다음과 같이 재개할 것이다:

"따라서 예술에서 발명가는
각자가 자신처럼 느낄 수 있는 것을 그리는 자이며
가장 어두운 은신처와 사물들을 뒤적거리면서
그들의 은밀한 부유함을 열거하고 빛나게 하는 자이며
새롭고 예견치 못한 어떤 매듭에 의해
경쟁자처럼 나타나는 대상들을 결합하면서
태초의 본성을 채택하게 만들며, 이러한 것들을 드러내는 자이다
태초의 본성이 하지 않았던, 그러나 할 수 있었던 것은
스무 개의 아름다운 조각으로 나누어진
단 하나의 모습을 자신의 시선 속에서
단 하나의 최상의 예술에 의해 조화롭게 탄생한 사실들과
미(美) 그 자체를 형성하는 스무 개의 아름다움의 특성들을

발견하는 풍부한 붓질이다."

〈발명술〉, v. 45-56.

본성에 관한 바퇴 신부의 일반적 사유는 "존재하는 모든 것, 혹은 우리가 가능한 무엇처럼 용이하게 이해할 수 있는 모든 것," 즉 '사실인 것'과 '사실임직한 것' 모두를 의미한다. 하지만 이러한 개념은 시학의 관점에서는 개념 자체에 서로 대립되는 하나의 변이를 생산한다. 예컨대 미학과 시학의 개념인 '아름다운 본성'은 모방·창조의 장으로 이전되어 적용되는 것이다. 더구나 이러한 두 가지 개념 사이의 대립은 산문과 시 사이를 구분하는 하나의 기준처럼 나타나기도 한다. 이 경우 산문과 시는 각각 언어 활동의 지시적 기능과 언어 활동의 창초적 기능을 대표하게 된다. 이를테면 "시는 아름다운 본성을 '규격화된 담화(discours mesuré)'로 표현한 모방을 의미하며, 산문이나 변론은 본성 자체를 '자유로운 담화(discours libre)'로 표현한 모방"(《하나의 동일한 원칙으로 축소된 보자르》, 104쪽)을 의미하게 되는 것이다. 다시 말해서 변론가나 산문가는 사실·실체(vrai-réel)의 측면에서 설정되어 있는 데 반해서, 시인은 사실·가능성(vrai-possible) 혹은 '사실임직한 것'의 측면에서 설정되어 있는 것이다.

V

뒤 벨레의 번역 이론

뒤 벨레의 작업과 기획은 시작술 계열 중에서도 매우 각별한 위치를 차지하고 있다. 뒤 벨레는 특히 모방을 과거의 작품들을 단순하게 베끼는 작업으로는 축소되지 않는다고 이해함으로써, 그리고 보다 일반적으로 말해서는 시적 테크닉에만 매달리지 않는 그의 연구 규모에 의해서 각별한 위치를 차지하고 있다. 한편 이 《프랑스어의 보존과 현양》의 저자가 선학들에게 많은 빛을 지고 있다는 것 또한 사실이다. 예를 들어 뒤 벨레보다 전세대에 속했던 호라티우스나 퀸틸리아누스와 같은 인물들이나 《언어들의 대화법》(1542년 베네치아에서 출간된)을 통해서 '현대적'[34] 사유들을 뒤 벨레에게 제공하였던 스테로네 스테로니를 흉내낸 동시대 인물들의 영향을 받았다고 할 수 있다. 중요한 사실은 시간 속에서 서로 동떨어져 있는 이러한 관점들이 나란히 '속어'와 현대시에 대한 이중적 선언을 구축하기 위해서 한 권의 책 속으

---

34) 이러한 주제에 관해서는 앙리 샤마르(H. Chamard)의 《프랑스어의 보존과 현양》 비평서(Librairie Marcel Didier, 1970) 가운데 특히 6-7쪽의 머리말 부분을 참고할 것.

로 다시 모일 수 있었다는 사실이다.

우리는 연구 대상이 시의 실질적 적용이 아니라 프랑스어의 합법성에 놓여 있는 《프랑스어의 보존과 현양》의 특성——더구나 이러한 사실은 이미 뒤 벨레의 책 제목에서도 표출된다——에 대하여 이미 강조한 바 있다. "내가 원하는 주요 목표는 우리 언어를 보존하는 작업, 우리 언어를 장식하는 작업, 우리 언어를 확장하는 작업이다"(II, XII, 258쪽)라고 뒤 벨레는 말한다. 그리고 이러한 목표를 위해서 뒤 벨레는 "자신의 언어 체계를 지탱하는 두 개의 기둥과 같은 존재인"(II, I, 231쪽) "시인들과 변론가들 같은 훌륭한 언변을 직업으로 삼는 사람들"(I, x, 220쪽)에게 전적으로 의존하는 모방의 이해를 전개한다.

여기서 문제로 떠오르는 것은 모방에 관한 뒤 벨레의 이해가 통상적으로 표절로 알려진 복제와는 정반대 방향에서 설정되었다는 점이다. 이처럼 뒤 벨레는 "밤낮으로 흉내내기 위해서——다시 말해 "옮겨적기(轉寫, transcription)" 위해서——벽을 보며 하얗게 밤을 새우며 골머리를 썩이고 있는 이러한 사람들," 예컨대 "베르길리우스나 키케로 같은 자들의 반구(半句, hémistiche)[35]에서 자신들의 시를 구축하거나, 이들의 구문과 단어에서부터 자신들의 산문들을 확신하는 또 다른 베르길리우스와 또 다른 키케로"(I, XI, 227쪽)를 비난한다. 여기서 뒤 벨레가 고발한 것은 바로 원어(原語)로 행해진 한 텍스트의 모방이다. 원어로 행해진 한 텍스트의 모방은, 이를테면 그리스어의 호메로스, 라틴어의 키케로, 그리고 호라티우스에 따르면 "숲 속에서 나

---

35) 알렉상드랭 시구를 구성하는 2개의 6음절 시구 중 하나. [역주]

무를 운반하는 일"(II, XII, 261쪽)로 귀착되는 것, 다시 말해서 오로지 언어들이 이미 소유하고 있는 단어들을 통해서만 언어를 풍부하게 하는 작업으로 귀착되는 것이다. 뒤 벨레가 고대 작가들에 있어서 사실인 것이 프랑스 작가에게도 마찬가지로 사실이라고 생각했던 이유는 뒤 벨레 자신이 보기에 모방이란 "우리의 속어[대중적인 프랑스어: 역주]에게 그 어떠한 이익도 가져다 주지 않으며, 단지 속어와 다른 것에 해당될 뿐"이라고 파악했기 때문이며, "혹 그렇지 않다면 모방은 이미 속어에 속한 어떤 것을 다시 속어에다 부여할 뿐"(I, VIII, 216쪽)이라고 판단했기 때문이다.

프랑스어를 '확장'시키고자 하는 목적을 갖고 있었던 뒤 벨레는 오로지 "외국어에서 구문과 단어를 빌려 온 후, 이 구문과 단어를 자신의 언어[즉 프랑스어]로 적응"시킬 수 있는 형식만을 모방의 창조적 형식으로 인정할 뿐이었다:

> "나는 네가 한 언어와 다른 한 언어의 속성(propriété)이 그것을 허용하는 정도에 맞추어 라틴어 문장과 라틴어로 말하는 방법을 될 수 있는 한, 너의 언어와 가장 자연스러운 상태에 가까워지게끔 만들 수 있도록 노력하기를 바란다. 이는 그리스어에 대해서도 마찬가지이다."
>
> 뒤 벨레, 《프랑스어의 보존과 현양》, II, XI, 251쪽.

뒤 벨레에게 있어서 언어학적 적응을 선호하는 것은 적어도 그가 번역으로 이해했던 '충실성(fidéliste)'의 수용 속에서 '번역하는 행위(traduire)'를 의미하는 것이 아니라[이에 관해서는 나중에 다시 언급하기로 한다], 오히려 그것은 출발어를 모방하면서 새롭게 도착어에 '말하는 방식'을 부과하는 일련의 과정에 놓인, 일종의 도착어 전달 능력을 연습하는 행위를 의미한다. 이러한 관점은, 예를 들어 동사 원형의 실사화(substantivation)('변화하기(le changer)' '살기(le vivre)')나 형용사의 실사화('액체(le liquide)' '두께(l' épais)'), 조동사적 가치를 지닌 동사의 사용('거기로 날아가기(volant y aller)'), 부사적 가치로 사용되는 형용사의 사용('그는 가볍게 난다(il vole léger)') 등등의 경우처럼 뒤 벨레에게는 주로 이행(translation)[36]을 실행하게끔 인도한다. 한편 우리는 이러한 예를 통해 뒤 벨레가 파악한 언어는 '행위의 언어(la langue en acte),' 즉 '담화의 언어(la langue en discours)'라는 사실을 알 수 있다. 따라서 그가 복제하는 것은——다시 한번 그의 표현을 인용하자면——'말하는 행위의 한 방식'의 다름 아닌 것이다.

이러한 까닭은 뒤 벨레의 관점에서 볼 때 "모든 언어들이 동일한 가치를 지니고 있기"(I, X, 221쪽) 때문이며, 또한 모든 언어들은 서로 간의 상호 접촉 속에서 진보하는 능력과 유연성을 소유하고 있기 때문이다. 한편 뒤 벨레의 이러한 언어적 영향력은 '자의적인 구조와의 관계'를 고려해서 파악된 관점을 의미하는 것은 아니다. 오히려 이러한 언어적 영향력은 언어들의 특수성, 다시 말해서 언어의 고유한 체계를 이전할 수 있는 언어 자신의 역사적 능력을 고려하였기 때문에 생겨난 것이다. 예컨대 "한 언어와 다른 한 언어의 속성이 그것을 허용하기 때문"(I, V, 211쪽)에 언어는 [자신들의 고유한 체계를: 역주] 이

---

36) "이행이란 [···] 하나의 문법적 카테고리에 절대적인 한 단어를 또 다른 문법적 카테고리로 이전하는 데 놓여 있다." Lucien Tesnière, 《Éléments de syntaxe structurale》, Klincksieck, 1988, p.364.

전할 수 있는 능력을 갖추고 있는 것이다. 뒤 벨레의 모방 이론에서 '다른 것(le différent)'으로 '같은 것(le même)'을 만들 수 없다는 사실이 전제되어 있기 때문에, 뒤 벨레의 모방 이론의 주된 관건은 한 언어가 다른 한 언어나 다른 텍스트가 '되는 것' 그 자체에 놓여 있는 것은 결코 아니다. 이를테면 "각각의 언어는 오로지 자신에게 고유한 '미지의 무엇'을 지닌다"(I, v, 211쪽)라는 뒤 벨레의 사유는 언어의 역사적 환원 불가능성(irréductibilité)을 표출하는 것이다. 한편 이러한 언어의 역사적 환원 불가능성은 언어의 토대를 형성하는 담화들의 역사성*과도 매우 밀접하게 연관되어 있다.

뒤 벨레의 입장은 이타성(利他性, altérité) 속의 언어적 정체성에 관한 사유에 해당되며, '다른 것'에 의한 '같은 것'의 열림을 전제하는 사유에 해당된다. 바로 이러한 이유 때문에 외국어 명사들을 빌려 오거나 그것들을 프랑스어로 만드는 작업과 관련될 경우, 뒤 벨레는 시인들에게 "몇몇 용어들을 […] 유사성과 청각의 판단을 토대로 혁신할 것"(II, VI, 245쪽, 강조-인용자)을 권고한다. 더욱이 뒤 벨레에 있어서 어휘의 고안은 단지 신조어를 만드는 작업에만 제한되지 않는다. 다시 말해서 어휘의 고안이란 "목표한 곳에 타격을 가하다라는 뜻의 'assener'라는 단어"처럼 "게으름 때문에 우리가 상실하게 된"(246쪽) 프랑스 고어의 영역에까지도 마찬가지로 확장되는 것이다. 그리고 이 경우 뒤 벨레에 있어서 어휘들을 다시 활성화하는 작업은 실질적인 언어학적 창조를 의미하게 된다.

한편 뒤 벨레의 이러한 관점은 번역 훈련에 의해서 지니게 된 능력 앞에서 절제된 태도를 드러내는 등, 다음과 같이 일종의 모순을 만들

어 내기도 한다: "자신이 그린 그림에 대해 화가들이 그런 것과 마찬가지로 외국어에 무지한 사람들에게 외국어에 관한 지식을 심어 주는데 매우 유용한 번역가들의 역할과 열성은 한편으로는 우리가 바라는 수준의 완벽성과 최후의 손길을 모국어에 부여하기에는 충분하지 않다"(I, V, 212쪽)라고 뒤 벨레는 말한다. 게다가 이러한 불신은 〈나쁜 번역가와 시인을 번역하지 않기〉(213쪽)라는 제목이 달린 제2권의 6장에서 이르러서는 번역의 적용 대상에서 시를 아예 제거하게끔 뒤 벨레를 인도하면서 보다 증가한다.

플레이아드파 시인이었던 플르티에는 비록 맹목적인 모방 행위와 일정 부분 거리를 유지하였음에도 불구하고――플르티에는 "뛰어남이 분명한 시인은 그러나 한편, 영원히 서약한 모방자가 되어서는 결코 안 된다. [시인은] 자신에게 고유한 무엇을 첨가할 수 있는 능력뿐 아니라, 여러 가지 관점에서 보다 뛰어난 능력을 제안해야만 한다"(《시작술》, 256쪽)라고 언급한 바 있다――뒤 벨레와는 정반대로 "가장 진실한 종류의 모방이란 바로 번역이다"(262쪽)라고 생각한다. 《프랑스어의 보존과 현양》의 저자가 '같은 것'의 논리에 토대를 둔 동일한 번역 이론이라는 이름의, 텍스트의 동일성과 번역가의 예속을 정면으로 거부했던 것을 플르티에가 오히려 다음과 같은 물음을 통해 권장하였다는 사실은 매우 주목할 만하다: "작가가 될 가능성에 가장 가까이 근접한 주체이지 않고서 어떻게 번역가가 자신의 의무를 훌륭히 수행할 수 있단 말인가?"(265쪽) 플르티에에 있어서 모방 행위는 "한 명의 타인이 행하는 것을 단지 반복해서 행하기를 원하는 또 다른 무엇에 지나지 않는다. 그것[모방 행위]은 타인의 논거 발명술뿐만 아니라, 타인의 논거 배열술과 심지어 타인의 표현술에도 복종하면서 번역가가 만들어 내는 것의 다름 아닌 무엇"(262쪽)이다. 한편 앞으로 우리는 뒤 벨레가 번역의 실질적 적용에서 표현술 연구를 제외시킨다는 사실을 목격하게 될 것이다. 그리고 이러한 뒤 벨레의 태도는 뒤 벨레 자신의 모방 이론의 결정적인 방향과 관점을 형성한다.

이러한 관점에서 볼 때, 번역 이론[이 책의 146쪽 리바롤의 인용을 참조]에서 진보적이거나 현대적인 경향을 구축하는 사고, 즉 "번역은 잘 되었을 경우 언어를 훨씬 풍족하게 만들 수 있다"(《시작술》, 263쪽)라고 생각하는 플르티에에 비해서, 뒤 벨레는 일보 후퇴할 뿐만 아니라 전적으로 번역에서 시적 장르를 만들어 내는 일반적인 흐름에 비해서도 한걸음 후퇴한 것처럼 보인다. 뒤 벨레에 비해 세비에는 다음과 같이 기술한 바 있다: "오늘날 번안되거나 번역된 작품들이 흔한 가운데, 시 번역이 시인들과 박식한 독자들에 의해서 훌륭하다고 평가받는 까닭은 위대하다거나 위대한 가치를 지녔다고 평가받는 작품들이 시인들의 맑고 순수한 발명술을 만들어 내거나, 우리 언어를 풍부하고 복되게 하는 발명술을 평가하게끔 만들기 때문이다."(《프랑스 시작술》, 146쪽) 하지만 세비에는 "훌륭하고 오래된 작가들의 작품을 […] 번안하는 것"(61쪽)이 "프랑스 모국어의 묘사와 확대에 긍정적인 영향을 미친다"는 사실을 전적으로 확신하면서도 이러한 영향을 단지 어휘의 차원, 특히 "힘들고 고되 보였던 단어들을 혁신하는 방법"의 차원에다만 결부시킬 뿐이다.

한편 이러한 두 가지 관점 사이의 대립은 이해의 차이에 의해서도 설명될 것이다. 플르티에는 모방의 개념을 담화(discours)를 통해서가 아니라 랑그(langue)를 매개로 사유하였다. 이러한 개념적 이해에 따를 때, 번역이 플르티에에 있어서 오직 '전형(典型)'일 뿐인 것도 바로 이러한 이유 때문이다. 이때 프랑스어를 풍부하게 만드는 작업은 담화들을 거쳐서 하나의 언어 체계에 대한 또 다른 언어 체계의 작업에 의해서 이루어지는 것이 아니라 랑그에서 랑그로, 다시 말해 언어적 재료의 직접적인 견본 채취를 통해서 이루어지는 작업을 의미할 뿐인 것이다. 예컨대 "번역가는 프랑스어를 아름다운 라틴어나 그리스어의 어법으로 만들 수"(263쪽) 있을 뿐인 것이다. 게다가 이러한 관점은 플르티에가 "한 명의 번역가는 결코 작가의 위상을 지니지 않는다"[37]는 시대의 토포스를 전적으로 다시 만들어 내고 있다는 사실을 또한 뒷받침해 준다.

번역에 관한 이러한 관점은 단지 '단어 대 단어'의 적용 수준에만 만족할 뿐인데, 왜냐하면 이러한 관점은 결국 텍스트의 용어들과 용어들 간의 호응에만 개입하는 관점이기 때문이다. 따라서 이러한 관점이 촉발시키는 관건은 이론적 질서에 놓여 있다기보다는 오히려 실질적인 적용의 질서에 해당된다: "우리의 작업에 따를 때, 단어 대 단어 번역은 별다른 재능을 필요로 하지 않다. 이는 단어 대 단어 번역이 번역의 규칙에 반대되어서가 아니라 두 가지 언어가 문장들 속에서는 결코 동일한 형태를 지니지 않기 때문이다."(《시작술》, 265쪽) 이러한 플르티에의 지적을 보다 자세히 설명해 보면, 한마디로 이러한

---

37) 이에 관해서는 뤼스 기예른(Luce Guillern)의 〈16세기 프랑스의 작가, 모델들, 그리고 번역의 권력 혹은 화두 L'auteur, les modèles, et le pouvoir ou la topique de la traduction au XVIe siècle en France〉, in 《RSH》(Presses universitaires de Lille, 1980-4, 5-31쪽)를 참조할 것. 시학과 번역 사이의 관계에 관해서는 마지막 챕터의 255쪽을 참조할 것.

관점은 플르티에 자신이 **번역**에 관한 이해를 공유하였기 때문에 발생하였다고 할 수 있을 뿐만 아니라, 이와 동시에 언어들을 풍부하게 만드는 작업에서 있어서 뒤 벨레가 플르티에와는 반대로 번역의 중요성을 과소평가하였기 때문에도 발생하였다고 할 수 있다. 더욱이 뒤 벨레의 이러한 입장은 **모방**에 관한 상이한 이해를 통해서 현실화된 것이기도 하다.

한편 세비에는 호라티우스의 논지를 소개하면서 원텍스트의 충실성과 일정 부분 거리를 유지한다. 하지만 이 경우 역시 세비에의 관점은 랑그의 차원에 머물 뿐이다. 따라서 세비에에게는 무엇보다도 프랑스어로 글을 쓰는 것이 가장 중요한 문제로 부각된다: "너는 너의 [네가 번역하려는 텍스트의] 저자의 단어들을 맹목적으로 믿지 말아야 하며, 외국어 화법보다는 오로지 네 언어의 특성과 네 언어의 문장에 가까워지게끔 단어들을 최대한 이용해야 한다."(《프랑스 시작술》, 146쪽) 단어 대 단어 번역을 적극적으로 권장하지 않는 세비에의 방법론은, 번역에서 작가의 텍스트를 정확하게 재생산하는 것이 불가능하다는 판단에 의거해서 모방의 실질적 적용을 정당화하면서 '같은 것'의 논리에만 머문다. 이러한 사실은 세비에가 "네 작품이 드러내는 모습과 똑같은 네 자신의 얼굴을 재현하는 것은 오로지 거울이 그 모습을 재현할 때에만 가능하다"(146쪽)라고 언급할 때 드러난다.

이러한 사실은 시 번역이 《프랑스어의 보존과 현양》에서 금지 항목으로 정해졌음에도 불구하고 뒤 벨레가 1552년 《아이네이스》의 제4권을 번역한 이유를 설명해 준다. 다시 말해서 습관처럼 그렇게 하듯이, 뒤 벨레의 경우를 두고 우리가 모순되고 일관성 없는 태도를 환기하는 것은 어쩌면 성급한 것일 수도 있는 것이다. 예컨대 시를 번역하면서 사실상 뒤 벨레는 새로운 시적 텍스트를 만들어 냈다고 말할 수 있다. 그는 시를 번역하는 과정에서 '같은 것'의 이론적 논리에 더 이상 복종하지 않는 언어적 자료들을 변형시킨 것이다. 번역에 관한 뒤 벨레의 비판은 한마디로 **논거 발명술**에서의 번역의 유용성을 문제삼은 것이 아니라 **표현술**, 다시 말해서 거칠게는 '문체(style)'를 만들 수 있는 번역의 능력을 겨냥한 것이다:

> "표현술에 관해 말하자면, [⋯] 형편없고 무언가 결여되어 있으며, 바보 같은 모든 연설문과 시에 표현술의 미덕은 존재하지 않는다. 그것은 고유하고, 흔히 사용되며, 보편적으로 말하는 용법에도 결코 소외되지 않은 단어들, 은유, 알레고리, 직유, 유추, 에너지, 수많은 형상과 장식 속에 존재한다. 따라서 나는 이러한 모든 것들을 번역가들에게서 배울 수 있다고는 결코 생각지 않는데, 왜냐하면 번역가에게 작가가 사용한 재능과 똑같은 재능을 부여하는 것은 사실상 불가능하기 때문이다."
>
> 뒤 벨레, 《프랑스어의 보존과 현양》, I, V, 211쪽.

이러한 구분은 "예술의 가장 어려운 부분이라고 변론가들이 일반적으로 고백하는"(《웅변교육론》, VIII, 〈서문 13〉, 47쪽) '문체 이론(thé-orie du style: elocutionis ratio)'을 소개한 퀸틸리아누스에게 이미 존재했었다. 퀸틸리아누스는 문체 이론을 장식의 문제("변론적 인간의 속성은 장식된 언어 활동에 달려 있다")로 집중시킨다. 한편 뒤 벨레는 문체의 문제를 이와는 다른 곳으로 이전시킨다. 그는 작가의 특수성과 '재능'의 난해함을 번역상에서 발생한 문제로 '여긴다.' 바로 여기서 "다른 사람들보다 시인들이 더 많이 소유하고 있는 발명술의 신성한 문체의 위대함, 단어들의 웅장함, 구문들의 엄숙성, 문체들의 다양성과 과감성, 그리고 시의 또 다른 수천 가지 장점 때문에 시인을 번역하지 말 것"이라는 강령이 발생하는 것이다. 이처럼 뒤 벨레가 시에게 영감(열정의 전통적인 이해)을 준 것으로 간주한 신성한 본성을 담고 있는 시를 '번역하는 행위'의 난해함이나 불가능성은 바로 시에 적재되어 있는 '주체성의 최대치(maximum de subjectivité)'에 놓여 있는 것이다.

여기서 문제는 실제로는 실현이 불가능한 '같은 것'의 반복(회화에서 한 모델의 실체를 흉내내는 행위를 가리키는 '되돌려 준다'에 기초한 '같은 것의 반복'이라는 용어가 온갖 종류의 모호성을 표출하는 데 비해서 번역은 착시(錯視, trompe l'œil)를 꿈꾼다)에 기초한 번역 이론에 놓여 있다. 그리고 이러한 번역 이론에 작가의 담화와 작가가 실현한 랑그를 서로 구분함으로써 발생한 번역 대상의 모호함이 추가된다: "각각의 랑그가 자신에게 고유한 미지의 무엇을 소유하고 있는 만큼 만약에 당신이 작가의 영역 밖에서는 그 어떤 공간도 확보하지 못한 번역의 규칙들을 관찰하면서 순진하게 믿는 것을 다른 한 언어로 표현하려 노력한다면, 당신의 표현은 제한될 것이며, 차갑고 서툰 재능을 드러내고 말게 될 것이다."(I, V, 212쪽)

이러한 언급은 뒤 벨레에게 있어서 다른 텍스트들과의 접촉──특히 외국어와의 접촉──에 의한 언어의 풍부화 작업이 번역을 통해서 이루어지는 것이 아니라 동일시와 '소화'인 또 다른 적용, 모든 '다시 쓰기〔再記述〕로서의 독서'의 토대인 시적 상호 주체성 이론을 생산하는데, 여기에서 어려움을 표출하는 은유의 사용에 의해 이루어진다는 사실을 설명해 준다.

"매일을 한결같이 프랑스 시의 증진에 전념하여 헌신하고 있는 마로 · 생 즐레 · 사렐 · 에로에 · 세브와는 또 다른 훌륭한 영혼들에서" 영감을 가져올 것과 "어린아이에게 자양분을 공급하듯이 차츰차츰 시라는 풀밭에서 마음껏 뛰놀기를 원하는" 초보 시인들에게 "이러한 시인들의 뒤를 좇을 것"(《프랑스 시작술》, 59쪽)을 충고하는 세비에와는 달리, 뒤 벨레는 고대 그리스 · 라틴 시인뿐만 아니라 이탈리아나 스페인 시인의 모방마저도 권고한다. 사실상 뒤 발레는 단 하나의 모방만을 허용하는데, 이것도 외국어를 통한 모방에서 프랑스어 속어를 풍부하게 만들 최대치의 조건이 가능할 경우에만 그렇다. 이러한 사실은 뒤 벨레에게 있어서 언어들을 풍부히 만드는 작업이 번역의 논리를 원본 텍스트의 복원처럼 인식한 모방 이론에 의해서가 아니라, 담화들의 '독서를 통한 점유(lecture-appropriation)'──어떤 의미에서는 매번 언어가 아니라 담화의 모방인 내면의 모방을 뜻하는──속에서 실현된 모방 이론에 의해서 매개된 상이한 언어 체계들 사이의 만남에 의해서만 오로지 최대치로 형성될 수 있다는 사실을 드러낸다.

이탈리아의 격언('번역자는 반역자(traduttore traditore)')은 랑그들의 관계가 아니라 담화들의 관계처럼 번역 문제를 제기하는 천부적 재능의 물음과 직면하여 뒤 벨레에 의해 다시 취해진다. "발명술의 신성성" "문체의 위대함" "에너지" 그리고 "[내가] 알지 못하는 미지의 정신"(《프랑스어의 보존과 현양》, I, VI, 213쪽)을 동시에 포괄하는 용어인 천부적 재능과 함께 뒤 벨레는 개인화,* 다시 말해서 구성 요소들의 분석이 고갈되지 않는 하나의 총괄성만을 우리가 분석할 수 있을 뿐인 매력을 겨냥한 것이다.

만일 뒤 벨레에게 있어서 모방 이론이 번역을 경유하지 않는다면, 그것은 그가 언어적 구성 요소의 집합으로 축소될 수 없는 담화나 주체, 작품의 특성을 시인에게서 추구했던 것에 비해 번역에 있어서 고전주의 시대에 *번안*(version)이란 용어로 이해되었던 것에 보다 근접한 랑그들의 조작을 뒤 벨레가 만들어 내고 있기 때문이다. 뒤 벨레가 작품에서 오로지 형식적인 외재성만을 추려내는 관점을 다음과 같이 비판할 수 있었던 것은 바로 이러한 까닭에서이다: "모든 언어[랑그] 속에는 작가의 감추어지고 가장 내적인 부분들을 파악하지 않은 채 제시된 것들, 오로지 첫인상에 의해서 수용된 것들, 단어들의 아름다움에 매료되어 사물의 힘을 상실케 만드는 것들이 상당수 존재한다." (I, VIII, 216쪽) 이러한 뒤 벨레의 관점은 "담화의 질에 대해서 심오하게 고려하지 않은 채 단박에 담화의 외적 측면에만 집착한 자들, 최상의 경우라 해봐야 모델에서 벗어나지 못한 채 어휘와 리듬에 의해 표현술과 발명술이 지닌 생명력에 가닿지 않고서도 모방에 곧잘 성공적으로 합류한 자들"(《웅변교육론》, X, II, 16, 110쪽)을 비판하였던 퀸틸리아누스를 다시 차용한 관점에 해당된다. 뒤 벨레는 퀸틸리아누스와 마찬가지로 작품의 내면성, 체계로서의 작품, 작품에 역사성*을 부여하는 필연성에 관여하는 작품의 부분들의 각각을 겨냥한다. 앞으로 우리가 살펴보겠지만, 이것은 퀸틸리아누스가 합목적성(finalité: propositum)이란 사유에 의해 표현했던 것이다.

실상 모방에 관한 벨레의 입장은 "예술이 상당 부분 모방에 의존하지 않는다는 사실은 의심할 여지가 없다"(X, II, 1, 106쪽)라고 여기는 퀸틸리아누스의 입장과 매우 근접해 있다. 때문에 뒤 벨레에게 '모방하다(imitari)'의 개념은 '무엇을 추종하다(consequi)'의 의미에서의 '재생산하다'나 '복제하다'의 개념과는 매우 상이한 개념에 속한다: "모방한 모델의 재생산에 우리가 만족한다는 것은 매우 수치스러운 일이다."(X, Ⅱ, 108쪽) 따라서 모방에 관한 뒤 벨레의 사상은 대상과 대상간의 복제에다 객관적 외재성의 관계를 전제하는 모방 대상의 복제를 의미하는 것이 아니라, 하나의 '주체'의 중재와 이러한 '주체의 동일성'에 관여하는 행위를 전제하는 모방 대상의 '점유'를 의미한다. 이에 관해서 퀸틸리아누스는 "suum facere"(《웅변교육론》, X, Ⅱ, 26, 113쪽), 다시 말해 "자신의 것으로 만들기"라는 표현을 사용한 바 있다.

객관적인 합목적성의 의미에서 볼 때, 복제 행위의 취약점은 서로 연루된 두 가지 담화간의 역사성의 차이에 놓여 있다. 역사 속에 자신을 등재해야 하는 필요성에 의해서 모방하는(복제하는) 담화는 모방된(복제된) 담화에 연관된 형식과는 분리된 형식을 재생산한다. 목적과 합목적성에 관해서 퀸틸리아누스는 다음과 같이 언급한다: "우리가 모델로 여기고 있는 것들은 모델 자신을 지탱하는 데 필요한 본질적이고 진정한 힘을 소유하고 있다. 하지만 이와는 반대로 모든 종류의 모방은 인공적이며 낯선[원작에 비해] 합목적성에 종속된다."(X, Ⅱ, 11, 109쪽) 이처럼 각각 담화의 역사적 차원은 텍스트 사이의 관계를 근본적으로 이타성의 관계, 즉 모방 이론에 존재하는 모든 종류의 유사성의 사유를 무효화시키는 이타성의 관계를 만들어 내는 것이다.

프랑스 작가가 아니라 "훌륭한 그리스·로마 작가나, 나아가 이탈리아·스페인, 그밖에 다른 작가들"을 모방할 것을 권고했던 뒤 벨레의 입장이 "온화하고 성스러운 작가 [⋯] 생 즐레를 즉흥적으로"(《프랑스 시작술》, 125쪽) 모방할 것을 충고했던 세비에의 입장과 단순히 반대되는 입장에 해당되는 것이 아니라 세비에와는 또 다른 영역을 확보했다는 점을 지적하는 것은 매우 흥미로운 일에 속한다. 세비에와 경쟁심이 없지는 않았던 뒤 벨레가 세비에를 염두에 두고 "우리가 오랫동안 만족했던 문체보다 더 고귀하고 나은 무엇"을 "새로운 시에 도입했던 최초의 프랑스인"(《프랑스어의 보존과 현양》, Ⅱ, Ⅰ, 232쪽)이라 감히 선언했던 사실을 우리가 인정한다고 해도, 뒤 벨레에게 있어서 이러한 새로운 시는 선조들을 모방해서 형성된 것은 근본적으로 아니다. 이에 관해서 뒤 벨레는 다음과 같이 언급한다: "만일 몇몇 학자들이 연구를 착수하려고 시도라도 했더라면, 우리는 프랑스 작가들에게는 존재하지 않는 옛 그리스 · 라틴 시에서 발견될 훨씬 더 세련된 시 형식을 우리의 언어 속에서 발견할 수도 있었을 것이다."(Ⅱ, Ⅱ, 235쪽)

뒤 벨레의 입장은 언어들간의 교류야말로 상호적인 풍부화를 전개할 최적의 요인이라는 확신에 바탕을 두고 있다. 이러한 입장은 번역이 "언어 활동을 보다 세련되게 만든다"는 리바롤 같은 고전주의 시대의 작가에게서 인식된 바 있는 입장이기도 하다:

"자신의 진정한 풍부함을 인식하고 발전시키기 위해 프랑스어는 오로지 자신 주변의 언어들로 향할 때 모든 완벽성을 부여받게 될 것이다. 예컨대 프랑스어는 오로지 자신에게 최초의 원인을 제공한 골동품을 뒤적거리면서, 그리고 자신과 타언어들을 가르는 경계에 관해서 연구하면서 완벽성을 부여받게 될 것이다. 오로지 번역만이 프랑스어에 봉사할 수 있다. 완숙한 번역가에게 외국어의 관용적인 표현은 항상 힘을 다하여 모든 의미를 고려하는 과정에서 그 표현의 뜻을 모색하게끔 제시한다. 그리고 얼마 안 가서 번역가는 자신의 언어가 할 수 있거나,

혹은 그렇지 못한 모든 부분에 대해서도 인식하게 될 것이다. 예컨대 번역가는 온갖 방편을 다 동원하고 소진하면서 자기 자신의 힘을 증가시키게 되는데, 이러한 사실은 특히 번역가가 문법 구조의 구속을 뒤흔들 때나, 언어 활동에 날개를 부여하는 상상력에 바탕을 둔 작품들을 번역할 때 더욱 그러하다고 할 수 있다."38)

언어들 사이의 모방이 지니는 이러한 장점은 자신들의 언어로 쓰여진 작가들만을 모방하는 자들에 반대한 뒤 벨레의 비판[이 책의 133쪽을 볼 것]을 잘 설명해 준다. 그러나 한편 이러한 지적은 번역에 대한 뒤 벨레의 불신을 설명하기도 하며, 다른 한편 우리가 여기서 강조해야 할 것은 모방에 의한 이러한 언어들간의 풍부화 작업의 관계는 오로지 담화를 매개로, 다시 말해서 창조성에서 창조성으로 향하는 관계, 시에서 시로 향하는 관계처럼 사고될 뿐이라는 것이다.

이러한 교훈은 비단 플레이아드파 시인에 의해서 지속될 뿐 아니라, 이와 마찬가지로 고전주의 시대 내내 지속된다. 이처럼 우리는 모방의 원리에 기초한 시 작품들과 동시에 롱사르가 꼽은 예들, "마릴르(Ma-

---

38) 리바롤은 자신의 단테의 《지옥》 제22장의 번역에서 이처럼 언급하였다. 조르주 무냉, 《아름다운 반역 Les Belles Infidèles》(Cahiers du Sud, 1955, 23-24쪽)에서 인용된 부분. 창조의 텍스트들은 그들이 고유한 언어 내부에서 실행한 창조성에 의해서 '언어 활동에 날개'를 부여한다는 이러한 사고는 롱사르에 의해 다음과 같이 훌륭하게 표현된 바 있다. "프랑스 시인에게 몇몇 자격을 허용하는 기준"이었던 롱사르는 "타인의 광기를 이용하면서 [⋯] 사려 깊은 의미의 변론가들이 설명을 시도했던 이후, 시인들이 자신들의 분노 속에서 문법의 법칙을 넘어서 발견했던 아름다운 형상들"(《프랑시아드》의 제2판 서문, 1022-1023쪽)을 생산하는 이러한 글쓰기의 자유에 관해 언급한 바 있다.

rulle)의 모방자"와 "마르시알(Martial)의 모방," 더러는 라퐁텐의 "아나크레옹(Anacréon)의 모방"처럼 제목이나 인용문에서부터 모방의 원리를 표방하는 작품들을 살펴볼 것이다.

VI
언어 활동과 문학

뒤 벨레의 《프랑스어의 보존과 현양》은 전체적으로 보아 하나의 시학에 해당되는데, 이러한 사실은 동시대의 시작술들——보다 통합된 조화에 목적이 놓여 있는 시의 기법을 다루고 있는 작품들——과 이 작품을 비교할 때 그런 것이 아니라, 이 작품이 시 이론과 언어 이론을 따로 분리하지 않고 있다는 사실에 비추어 그런 것이다. 이 작품은 전반적으로 언어와 담화를 언어 활동에 관한 동질적인 사고로 전제하면서 문학성의 물음을 던지고 있다. 이러한 관점에서 볼 때, 비록 《프랑스어의 보존과 현양》이 프랑스어 양성에 관한 염려와 구분되지 않으며, 더욱이 이러한 염려를 상세히 지적한 한 편의 선언문에 해당된다고 하더라도 이 작품에서 구축된 이론적 자장이 결코 철회되는 것은 아니다. 하나의 언어라는 것은 항상 형성중에 있으며, 또한 루이 14세 시대의 언어를 완벽한 언어, 다시 말해서 완성된 언어라고 판단할 고전주의 시대에 믿었던 것과는 정반대로 하나의 언어란 항상 주석을 달아 설명해야 하며 보존해야 하는 것이다.

1. 규범 언어(랑그) 속에서의 작업

비록 뒤 벨레가 호라티우스 같은 위대한 선조들의 계승자로서——
프랑스인 에티엔 돌레나 이탈리아인 뱀보 같은 인본주의자들이 일반
적으로 그런 것과 마찬가지로——문학 창작에 관해서 이들과 엇비슷
하거나 동일한 개념을 단순하게 반복하고 있는 것이 사실이라고 인정
하더라도, 뒤 벨레 시학의 특이함은 이와는 또 다른 지점에서 형성된
다고 말할 수 있다. 만약 《프랑스어의 보존과 현양》이 토마스 세비에
의 《시작술》에 반대해서 고안된 동시에 새로운 시에 관한 문학적 선
언이자 문학적으로 '제2서열' 이었던 프랑스어의 보존에 해당된다고
한다면, 이와는 달리 뒤 벨레 시학의 특수성은 언어의 개념화와 문학
의 개념화 사이의 유기적인 결합의 성격을 지닌다.

뒤 벨레의 저서가 지니는 이점은 '현양' 과 언어학적 '보존' 이라는
이중 과정을 언어학적 울타리를 뛰어넘는 글쓰기와 독서의 실질적 적
용으로 인식된 문학적 모험과 불가분의 관계에 놓여 있는 무엇으로
사유한다는 데 놓여 있다. 이러한 관점에서 볼 때 뒤 벨레의 모방 이
론은 〈헌사문〉에서 반복된 것처럼 비록 서두의 계획이 "우리 프랑스어
의 보존과 현양"(199쪽, 강조는 인용자)에 놓여 있었음에도 불구하고
언어(랑그)에서 출발한 것이 아니라 문학 작품에서 고안된 번역 이론
을 전제한다는 사실을 드러내고 있다. 더구나 뒤 벨레의 작품은 관점
이 이전된 이중적 전망에 따라 구성되어 있다. 다시 말해서 작품 제
목과 〈헌사문〉에서부터 이미 예고된 언어학적 계획에서 하나의 문학
적 계획으로, 즉 저서를 마무리하며 '독자들에게' 건네는 말에 나타

난 "우리 프랑스 시의 현양"(266쪽, 강조는 인용자)에 대한 계획으로 이전하는 이중적 전망을 바탕으로 구성되어 있는 작품인 것이다.

사실상 《언어의 대화》(1542년)의 저자 스페로네 스페로니와 호라티우스의 《시작술》을 번역한(1545년) 플르티에 이후, 그리고 사후에 출간된 《프랑시아드》(1587년)의 서문에서 논의를 재개할 롱사르 이전에 뒤 벨레는 만약 우리가 그리스·라틴어를 무시한 채 "속어로 뛰어난 작품을 집필할 수 없다고 한다면"(《프랑스어의 보존과 현양》, I, XI, 226쪽), 우리 자신의 고유한 언어 속에서 우리가 글을 쓰는 것은 그 무엇도 대신할 수 없다는 문제를 제기한다. 나아가 롱사르는 "선조들의 재(災)가 남긴 미지의 것을 발굴하는 데 있어서 살아 있으며 번창하는 자기 국가의 언어를 포기하는 것은 대역죄"(《프랑시아드》, 1028쪽)에 해당한다고 판단할 것이다. 언어학적 정치성의 물음을 넘어서, 우리는 여기서 한 국가에 언어적 동질성을 부여하며 합법화할 것을 목적하는 규범 언어(랑그)의 진정한 시학이 존재함을 알게 된다. 상호적인 작업이 언어 속의 발명과 시 속의 발명을 불가분의 관계로 만든다는 사유와, 자신의 언어로 글을 쓰는 행위가 단지 언어의 풍족함뿐만 아니라, 나아가 언어 생명체에 의해서 구체적으로 구축되는 작품의 풍부함을 형성한다는 사유가 바로 여기에 존재하는 것이다.

언어의 모험과 문학의 모험을 서로 연관짓는 이러한 사유는 플레이아드파의 충고들, 특히 새로운 언어 형식의 사용법에 관계된 뒤 벨레와 롱사르의 충고들을 설명해 준다. 따라서 뒤 벨레는 "위대한 작품을 시도할 사람들은 그리스 작품을 모방하여 몇몇 프랑스어 단어들을 구성하고, 차용하고, 고안하기를 두려워하지 않는 자들이다"(《프랑스어의 보존과 현양》, II, VI, 244쪽)라고 말할 수 있었던 것이다. 뒤 벨레가 구성에 의한 어휘의 고안을 동일한 차원의 계획으로 여겼다는 사실은 매우 의미심장하다고 할 수 있다. 이를테면 "미래의 시인이여, 어쨌든 겸손함을 지니고서 몇 가지 용어들과 *유사성과 청각의 판단*을 혁신하는 일을 두려워하지 말라"(II, VI, 244쪽, 강조는 인용자)고 말하며——롱사르 역시 "국민에 의해 이미 받아들여진 모형처럼 주조되었거나 가공되지 않았다는 조건하에서 새로운 단어들을 고안할 것"을 충고한 바 있다——뒤 벨레는 'ajourner(미루다)' 'faire jour(날이 밝다)'와 같이 "오래된 소설과 프랑스 시인들"(《프랑스어의 보존과 현양》, 245쪽)에게서 다시 발견되는 '옛 단어들'과 고어 어휘들을 다시 활성화시키는 작업뿐만 아니라, 'ouvriers(노동자들)'와 'laboureurs(농부들)'와 같이 기술적 단어들로 전문화되어 현재 존재하며 능동적으로 사용되는 단어들의 용법, 그리고 신화에 관계된 어휘처럼 전통적인 관점에서 볼 때 보다 '시적이었던' 어휘와 마주해서 발생한 긴장감을 시 속에서 불러일으킬 전문적인 사용법을 다시 활성화하는 작업을 동일한 연구 계획에다 위치시켰던 것이다.

이러한 언어 활동적 전망의 총괄성은 호라티우스에서 비롯된다. 호라티우스는 다음과 같이 언급하며, 구성과 문맥 설정(contextualisation)에 따른 의미론적 이전을 어휘적 발명과 동일한 반열에 올려 놓는다: "만약 그것이 그림자 속까지 고여 있는 사고들을 새로운 표식들에 의해 표출하는 필연적인 모험에 관계된 것이라면, 우리는 단어들을 공들여서 만들게 될 것이다. […] 만약 이러한 새롭고 최근에 창조된 용어들이 그리스의 샘물에서 솟아난다면, 우리는 이 용어들을 신뢰할 수 있게 될 것이며, 우리는 신중하게 그것들을 분리시킬 것이다."(《시작술》, v. 48-53) 이 경우 논거 발명술은 담화에 속하게 되며, "완숙한 결합에 의해 새로운 용어"를 형성할 수 있는 "단어들의 연쇄"(v. 46-48)에 관여하게 된다.

랑그의 체계에 속하는 것과 담화 속의 특이한 용법을 드러내는 것 사이의 이와 같은 비구분은 이행을 실질적으로 적용하라는, 형태론 (形態論, morphologie)이 아니라 '통사화(統辭化, mise en syntaxe)'를 촉발시키는 단어들의 범주화와 문맥 설정의 양상을 띤 실사화된 부정사나 실사화된 형용사, 그리고 부사화된 형용사를 이용하라는 앞서 이미 환기되었던 충고들[이 책의 133쪽을 볼 것] 속에서 다시 발견된다.

2. 2차 수사학의 기법들

고유한 특수성을 지니고 있음에도 불구하고 이와 유사한 가치를 지닌 작업은 여전히 저속한 수사학, 혹은 저속한 수사학의 기법이라 불리고 있는 2차 수사학의 기법들을 적용하는 작가들에게서 착수되었다. 이에 관련된 작품들은 한편으로는 이론화의 모든 형식에 맞추어 재단된 기술적인 작품들처럼 소개된 작품들이며, 또 다른 한편으로는 저속한 언어 영역을 작업과 변형의 장소처럼 여기는 작품들이다. 부알로는 완벽한 언어의 시기에는 이 저속한 언어 영역이 문학적 아름다움을 생산하기 위한 완성된 도구가 될 수 없을 것이라고 생각했다. 더욱이 이러한 사실은 왜 부알로의 협약집이 한 편의 시학에 해당되기보다는 오히려 상당 부분 문학의 미학에 보다 근접해 있는가 하는 이유를 설명해 준다.

솔직히 말해서 2차 수사학의 기법들은 에른스트 랑글루아가 정확히 지적하고 있듯이 시작술에 속하는 것은 아니라고 할 수 있다. 그 이유는 2차 수사학 기법들이 시의 일반적인 문제들을 다루는 것이 아니라 시적 형식의 연구에만 제한되는 양상을 띠기 때문이다. 하지만 2차 수사학 기법들이 이론적인 협약집보다는 작시법 개론서에 보다 가까워지는 과정에서 시학의 관건들, 특히 문학 이론과 사회 이론, 다시 말해서 시와 정치의 관계의 관건들을 덜 연루시키는 것은 아니다.

이처럼 랑글루아는 15세기에 형식 영역과 사회적 사용 영역이라는 언어 활동의 상이한 두 가지 영역에서 작동하는 '2차 수사학 기법들'의 다목적성(polyvalence)을 강조한 바 있다. 《2차 수사학 독트린》에서 보데 헤렌크는 '2차 수사학'이라는 표현을 "최초의 수사학은 산문적이었다"(165쪽)라는 사실을 근거로 설명한다. 따라서 '최초의 수사학' 기법은 산문으로 기술하는 기법을 가리키며, 이에 비해 '2차 수사학' 기법은 시구로 기술하는 기법을 지칭하게 된다. 이러한 사실은 랑글로아가 출간한 7개의 협약집 중 두 가지에서 취해진 입장이기도 하다.

또 다른 관점은 "수사학을 세속적으로 만드는 기법과 학문"(199쪽)을 대상으로 삼은 로렌 지방의 어느 무명작가에 의해서 쓰여진 《수사학 기법 협약집》, "저속한[통용어로 이루어진] 수사학"(216쪽)을 다루었던 장 몰리네의 《수사학의 기법》,[39] "모성적이고 저속한 수사학"(265쪽)에 관해 언급한 《수사학의 기법과 학문》과 같은 또 다른 무명작가

---

39) J. Molinet, 《L'Art de rhétorique》, Lyon, Imprimeur du Champion des Dames, 1488-1492.

의 작품에 의해 발전되었다. 위에 언급된 이러한 지칭들은 라틴어 작시법 교육에 관련된 라틴어로 쓰여진 성직자들의 수사학에다가 '로망어 체계로' 각운을 만드는 기법을 가르치는 속어로 쓰여진 세속학자들의 수사학을 대립시킨다.

따라서 이러한 작품들은 방법에 따라 다양한 방식의 '프랑스어의 보존과 현양'인 셈인데, 그 이유는 이 작품들이 프랑스 시의 규준을 구축할 만한 형식들의 목록을 작성하는 과정에서 문학을 약호화하는 데 만족한 것이 아니라 시의 실질적인 적용을 위해, 그리고 실질적 적용에 의해 언어에 관한 작업을 개진하면서 속어의 점유 운동을 주장하고 있기 때문이다. 이 작품들은 이후 르네상스 시대의 시작술들이 계속해서 이어갈 절차들에 의거하여 모음(母音) 체계를 다시 분류하고, 종결 방식에 따라서 정리된 단어들의 리스트를 확정하며, 궁극적으로는 발음과 철자 사이의 일치를 조율하면서 프랑스어의 발음에 주의를 기울인다.

3. 철자(graphie)와 발음(phonie)

언어와 시의 실질적 적용 사이의 유기적인 결합은 각운들의 철자와 발음 사이의 관계를 사고하게끔 유도한다. 뒤 벨레는 발음을 고려하여 이러한 문제를 다음과 같이 단언한 바 있다:

"만약 프랑스어 철자법이 적용자들[법을 집행하는 자들]에 의해 변질되지 않았다면, 마지막 두 음절을 일치시키는 것만으로도 충분할 것이

분명하며, 이것은 글로써 뿐만 아니라 목소리로도 도달하게 될 가장 중요한 부분에 해당된다.”

《프랑스어의 보존과 현양》, II, VII, 247쪽.

철자와 발음 사이의 일치에 관한 사유는 세비에에 있어서도 목격된다. “각운이 음성과 철자법 사이의 조화에 부응하면 부응할수록 각운은 보다 완벽하고 매력적으로 변하게 된다”(《프랑스 시작술》, 90쪽)라고 세비에는 지적한 바 있다. 그러나 보다 일반적으로 이러한 사유는 16세기에 이르러서 로베르 에티엔(《프랑스어·라틴어 사전》, 1549년) 같은 용법에다가 철자법적·경험적* 해결 방안을 제시한 적용가들인 전통을 개혁하려는 자들, 루이 메그레(《프랑스 글쓰기의 공통 사용법에 관계된 협약집》[40])와 자크 플르티에(《철자법과 프랑스어 발음의 대화》[41]) 같은 음성적 표기법의 개혁가를 서로 대립시킨, 프랑스어 철자법의 일관성 연구라는 결정적인 물음과 마주하게 된다.

한편으로 철자법의 현대화 작업을 위한 모든 운동들이 프랑스 시의 연구와 일치한다는 사실은 매우 놀라운 것이다. 세비에에 의해 실현된 몇 가지 개혁을 다시 취하며 “루이 메그레의 가장 옳은 부분들”(《오드》의 서문, 1550, 974쪽)을 추종할 것을 선언한 롱사르는 다음과 같이 철자를 단순화시키는 방향으로 나아갈 것이다: “과잉 첨가된 모든 철자법을 피해야 한다. 만일 단어들을 큰 소리로 말하지 않을 것

---

40) L. Meigret, 《Traité touchant le commun usage de l'Écriture Française》(1542), Genève, Slatkine reprints, 1972.

41) J. Peletier, 《Dialogue de l'orthographe et prononciation française》(1555), Genève Droz, 1966.

이라면, 단어들에 그 어떠한 문자도 첨가하지 말아야 한다. 그렇지 않다면 적어도 최상의 개혁을 기다리며, 될 수 있는 한 가장 적게 문자를 활용해야 할 것이다."(484쪽) 특히 롱사르는 시인들에 의해서 이러한 방식을 추구하게 될 것이다. 샤를 보리외(《프랑스 철자법의 역사》)는 이러한 롱사르의 입장에서 출발하여 다음과 같은 기록을 남긴다: "인쇄에는 두 가지 종류의 철자가 존재한다. 하나는 과잉 첨가된 자음(子音)의 상당수를 지워 버리고 충분히 넓은 범위에서 강세를 이용하는 시를 위한 인쇄이며, 또 다른 하나는 전통적인 인쇄로서 산문에 소용되는 인쇄이다."[42] 비록 철자법의 당사자가 작가인가, 인쇄업자인가를 언급하는 것이 늘 가능한 것은 아니라 하더라도 프랑스어의 보존과 현양과 프랑스 시의 보존과 현양 사이에 존재하는 어떤 관계가 성립되는 것이다.

2차 수사학 기법들 이후 르네상스의 시작술은 시의 실질적 적용이 무엇보다도 언어 체계의 적용, 동시대 언어 체계의 적용을 의미한다는 사유에 크나큰 자양분을 공급하였다. 바로 여기서 이중모음화 현상(diphtongaison)(《프랑스 시작술》, 84쪽)과 모음 앞의 'c'나 'g'를 발음하는 현상, 더러는 동사 시제의 형태에 관해 언급하였던 세비에를 모방하여 프랑스어에 고유한 몇몇 음성적이고 철자적인 특성을 묘사하는 데 쏟아부은 작가들의 정성이 발생하는 것이다.

각운에 초점을 맞추면서 세비에는 사실상 저서의 세 장을 언어학적

---

42) Ch. Beaulieux, 《Histoire de l'orthographe française》, t. I, Champion, 1927, 349쪽. 이러한 문제에 관해서는 13-15세기의 철자법을 다룬 제2장과 16세기의 철자법을 다룬 제3장을 참고할 것.

형태론과 철자적 표상법에 할애하고 있다. 비록 각운을 조화롭게 맞추는 데 적합한 단어에 관해서 세비에가 작성한 목록이 규범적인 목록에 해당된다 하더라도 이 목록이 시의 프로조디*와 언어의 프로조디*를 더불어 사고하는 데 덜 주의를 기울이고 있는 것은 결코 아니다. 청각을 일반적인 미학(심리학적)의 차원에서부터 '평범하게 말하기(parler ordinaire)'의 미학의 차원으로 이동시키는 현대적인 태도가 여기에 존재한다: "여기저기 장소에 구애받지 말고 연설[=담화]의 주된 사용법을 따라야 한다. 예컨대 청각의 음성, 연설에 적당하게 할당되는 청각의 음성을 따라야 한다."(89쪽) 이처럼 단호하게 '음운학자'의 자세를 취하며 세비에는 "청각의 음성은 각운에 있어서 가장 주된 중심점"이며, "철자법은 […] 음성의 대신(臺臣)일 뿐"(91쪽)이라는 사실을 상기한다.

어원적 문자에 관한 그의 비판은 그 사용법에 있어서 이 문자들이 원칙적으로 발음되지 않는다는 사실에 의거하고 있다. 다시 말해 "프랑스어를 기술하면서, 그리스어나 라틴어 원본에서 오로지 종이를 가득 메우는 데 소용될 뿐인 발음되지 않는 몇몇 문자를 포착하려고 원전을 그대로 추종하는 행위는 맹목적이며 불필요한 것이다"(97쪽)라는 그의 비판 속에 존재하는 일반 규칙은, "프랑스어로 기술하면서 발음되지 않는 그 어떤 문자도 집어넣어서는 안 된다"는 원칙이다.

초보 시인은 "훌륭하게, 그리고 순수하게 프랑스어"로 기술해야 한다는 목표를 추구하며 세비에는 자신의 시작술 범위의 규범과 미학, 그리고 암시적으로는 시학 이론의 원리를 만든다. 비록 세비에가 시작술을 발성과 철자 간의 관계의 장으로만 제한하며, "시작술보다는 문법을 가르친다는 사실"을 보다 염려하고 있다고는 하지만, 시의 실질적 적용과 '일상적' 언어 활동의 실질적 적용 사이의 관계 설정은 그의 문학 이론이 지닌 일종의 장점에 해당된다고 할 수 있다.

이러한 차원에서 볼 때, 르네상스 시대의 시작술에 의해 수행된 작업은 프랑스어의 이중모음에 할애되었던 세비에의 작업처럼 2차 수사학 기법의 협약론에 의해서 기획된 작업과의 연속성을 드러낸다. 발성법 혹은 담화의 음성적 실현을 다루는 수사학의 일부와 상응하는 이러한 염려는, 특히 쓰여진 시와 비속한 언어 활동의 프로조디와의 관계를 제기하는 데 관련된다.

이처럼 각운에 의한 시구 정의에 관해서 세비에는 직접적으로 대답한다: "각운을 만든다는 것은 2개의 시구를 서로 같은 어떤 문자에 의해 종결되게 하는 것과는 전적으로 다른 작업이다."[43] 음성적 재료의 초점화(focalisation)에 의거한 시작술은 비속한 수사학에 관한 다음과 같은 장 몰리네의 정의에 의해서도 증명된다: "그 어떤 자음 동조 현상(consonance)[44]의 온화함도 없이 오로지 음절의 몇몇 숫자들을 포괄하고 있으며, 단어 없이, 음절 없는 단어 없이, 문자 없는 음절 없이는 결코 형성될 수 없는 '리듬적'이라 불리는 음악의 일종이다."[45]

---

43) Anonyme Lorrain, 《Traité de l'art de rhétorique》, in E. Langlois, ouvrage cité, p. 201.

44) 일반적으로 'consonnance'를 '협화음'으로 'allitération'을 '반해음'으로 옮기고 있으나, 이는 적절하지 못한 번역이라 할 수 있다. 전자는 자음의 중복에 의한 조화 현상을, 후자는 모음의 중복에 의한 조화 현상을 의미하기 때문에 각각 '자음 동조 현상' '모음 동조 현상'으로 번역하기로 한다. [역자]

4. 언어 활동의 음악

숫자에 관한 고찰은 시적 리듬 이론과 음악적 리듬 이론을 결합시키기 위해 상당수 시도된 바 있다. 이 경우 숫자에 대한 고찰은 세계의 조화에 관련된 고대의 사유에 지배된다. 우리가 이미 지적했던 것처럼 장 몰리네가 '비속한 수사학'의 개념을 비속한 수사학이 담화의 음절적·음성적 조직을 활용하며 "자음 동조 현상의 온화함도 전혀 없이 오로지 음절의 몇몇 숫자들만을 포함시킨다"라고 설명했을 때, 의미심장한 사실은 그가 "리듬적이라 불리는 음악의 일종"을 새로운 개념으로 여기면서, 다름 아닌 바로 '음악'을 모델로 삼았다는 점이다. 따라서 비록 그가 언어적 리듬을 음악적 리듬과 전적으로 동일시하며 접근한 것은 아니었다고 하여도——그는 음악의 '일종'이라 표현하였다——음악이란 그에게 있어서 담화의 리듬적 특수성을 표현하는 데 가장 고유한 용어인 셈이다.

외스타슈 데샹은 저서 《발성과 작곡술》[46]에서 음악의 개념을 인공 음악과 자연 음악의 두 가지 카테고리로 구분한 바 있다. 전자는 음계표에 따라 획득되며, 곡조만큼 악기에 의해서도 형성된다. 반면 "운율화된 말을 큰 소리로 읊는 입의 음악"[47]으로 정의된 후자는 시적 언어 활동의 리듬과 프로조디*를 가리킨다. 여기서 중요한 것은 리듬적

---

45) J. Molinet, 《L'Art de rhétorique vulgaire》, in E. Langlois, ouvrage cité, p. 216.

46) E. Deschamps, 《Art de dictier et de faire chansons》(1392), East Lansing (Mich.) : Colleagues press, 1994.

이고 프로조디적인 두 가지 특성의 구분에 놓여 있다. 외스타슈 데샹은 "목소리의 부드러움과 입의 열림에 의해 모든 것이 발음되고 강조되는 말들과 마찬가지로 곡조에도 부드러움을 주는 이 두 가지 종류의 음악은 각각이 훌륭한 음악이라 불릴 정도로 서로가 매우 협화음적이다"라고 상세히 지적한다.

두 가지 음악 사이의 관계 문제는 이 둘을 보완적이라고 파악하여 제기되었다. 한편으로 외스타슈 데샹은 가락이 "파롤[말]과 풍부하게 말해진 것들에 의해 보다 고상하게 되고, 보다 향상되며," 다른 한편으로 인공 음악은 "오직 자신 스스로 속에서 존재할" 본성적 음악과 동반하게 될 때 보다 아름답게 된다고 판단한다. 더욱이 그는 상호 보완적인 관점에서 "자연적인 가락은 […] 인공 음악의 노래 멜로디에 의해서 보다 유쾌하고 아름답게 변한다"라고 선언한다. 이러한 두 가지 음악 사이의 관계에 관한 사고는 혼동 속에서 형성된 것은 아니다. 그는 이 두 가지 음악 각각의 특수성을 확신하면서, 이 둘이 "각각 개별적으로 듣기에 만족감을 준다"라고도 선언하였던 것이다.

"입으로 읽히는, 노래할 수 없는 목소리로 발음되는" "말해진 것들" "가락들" "운율법에 의해 운문화된 서적들"을 음악으로 여기면서, 데샹은 상이한 두 가지 개념을 서로 접근시켜 따로 구분하는 데 정성을 쏟았으며, 음악적 미학의 개념과 시학의 개념이라는 두 가지 개념을 동일한 하나의 용어를 통해서 만들어 내었던 것이다.

---

47) E. Deschamps, 《Art de dictier et de faire chanson》, ouvrage cité, p.95.

여하튼 시구의 새로운 체계에 관한 연구에서 앙투안 드 바이프의 시도를 결정짓는 것은 바로 시의 리듬적 실체와 같은 언어 활동의 음악성에 관한 공상이다. 예컨대 바이프는 고대에 운율법에 따라 정형화된 시구들, 다시 말해서 더 이상 음절수에 따르는 것이 아니라 장음이 2개의 단음의 가치를 지닌다는 규칙과 함께 장음절과 단음절로 구성된 운율적 운각(韻脚, pieds)의 연속성에 의거하는 새로운 시구 체계를 시도한 것이다. 비록 바이프 이전에 몇몇 시인들이 이러한 공상을 시도한 적이 있지만, 음성적 지속성과 음악적 지속성을 동일시하며 이에 관련된 방향으로 가장 멀리 밀고 나간 자는 다름 아닌 바로 바이프 자신이라고 할 수 있다.

롱사르의 보호 아래 플레이아드파 시인들은 시와 음악이 서로 상보적이라는 생각이 들 때까지 이 둘을 적극적으로 결합시키려는 작업에 몰두하였다. 이처럼 롱사르는 저서 《프랑스 시작술 요약집》에서 "시가 탄생한 것은 어쩌면 음악에 가장 고유하게 변질되기 위해서, 악기와 일치하기 위해서인 듯하다"(470쪽)라고 언급하면서, 음악적 질서의 연구에 근거하여 남성운(rime masculine)과 여성운(féminine) 간의 교차 규칙을 정당화하였다. 이러한 필요성은 사실 상호적이다. 예컨대 롱사르는 "악기 없는 시나, 하나 혹은 여러 가지 목소리의 은총이 없는 시는 전혀 매력적이지 못하며, 기쁨에 찬 목소리의 멜로디에 의해 자극되지 않는 악기들 역시 이와 마찬가지이다"라고 간주한다. 문학 이론가들이 뒤 벨레의 "내가 알 수 없는 미지의 무엇"의 구성 요소인 각각의 고유어에 특이하게 주어진 프로조디나 수사학자들이 단순히 '음악의 일종'이라고 말한 언어 활동의 음악성으로부터 시가 음악적이라는 사유로 이행하게 되는 것은 틀림없이 르네상스 시대부터이다.

운율법에 맞추어 정형화된 시구에 대한 물음으로 다시 돌아와서, 프랑스 정형시의 원칙인 동음절주의(同音節主義, syllabisme) 원리는 시구의 실현 시간을 '측정'하지 않는다. 따라서 동음절주의 원리는 음악의 지속 시간에서 시의 지속 시간을 별개로 분리하거나, 적어도 동음절주의 원리에 따르면 전자는 '인위적인' 방식으로 박자를 맞추어야 하는 제약이 존재하는 후자에게 종속되어 나타난다. 고대에 운율화된 체계와 더불어 하나의 장음이 2개의 단음값을 한다는 원칙은 일종의 롱드(ronde)/블랑슈(blanche), 블랑슈(blanche)/누아르(noire), 누아르(noire)/크로슈(croche) 등등의 각각의 쌍처럼 상대적인 크기와 함께 거기에 적용될 수밖에는 없는 음악적 체계를 예상하게 만든다.

고대 운율법에 근거한 음절적 수량의 카테고리가 더 이상 라틴어에서 떨어져 나오게 되면서 오로지 음절적으로만 변하게 된 프랑스어 프로조디의 현실과 상응하지 않기 때문에 바이프의 기획은 결코 내일을 기약할 수 없다. 하지만 그의 꿈이 그 시기에 널리 확산되어 있었다는 사실, 그리고 그가 음악가 티보 드 쿠르빌과 함께 시·음악 아카데미를 창조하며(1570년) 자신의 꿈을 제도화하였다는 사실은 다시 한 번 강조되어야 한다. 시·음악 아카데미는 연구의 주요 목표를 다음과 같이 명백히 밝히고 있다:

"[시·음악 아카데미는] 음악을 음악의 완성도에 따라서 통용되게끔 복원할 것을 주요 목적으로 한다. 음악은 문자의 의미가 강력하게 요구하는 정도에 따라 형성되는 효과를 만들어 내기 위해서, 말을 보다 잘 적응된 목소리의 규칙과 음성적 조화의 선택에 놓여 있는 하모니와 멜로디로 완수된 가락처럼 재현한다. 음악은 정신을 긴장시키거나 이완시키면서, 운율법에 따라 동일하게 규격이 갖추어진 가락들을 규격화된 시구에 적용하기 위해서 규격화된 시구를 구성했던 옛 방식들을 갱신할 것을 목적으로 삼는다."[48]

　시의 실질적 적용에 의해서 언어 활동의 음악성을 연구하는 이와 같은 방법은 사실상 기호의 논리를 벗어나는 언어 활동의 측면, 즉 언어 활동의 프로조디적 · 리듬적 차원에 관한 당시의 관심이 어떠했는가라는 사실을 증명한다.

---

48) 푸키에르와 앙리 샤마르가 저서 《플레이아드파의 역사 Histoire de la Pléiade》, tome 4, 141쪽에서 인용한 부분.

VII
리듬과 숫자

    중세 초기와 르네상스 시대의 시작술에서 숫자(nombre) 개념은 문학의 이론화 작업에 있어서 가장 중요한 용어 가운데 하나이다. 한편이 개념이 그 진의 여부를 확인하지 않은 채 리듬 개념을 포괄하기 때문에 언어 활동과 문학적 담화의 관계에 관해서는 오로지 단도직입적으로 '본론'만을 언급할 수 있을 뿐이다. 고대로부터 물려받은 담화에 관련된 숫자 개념은 언어의 위상이 모음(단모음과 장모음)의 양적 특성을 상실하면서 변형됨과 동시에 두 번의 가치를 변화시키게될 것이다.

    키케로는 변론적 산문 속의 리듬을 "시구와 유사한 무엇, 다시 말해서 숫자의 일종"[49]이라 거론하면서 다루었다. 이 경우 모호함은 "문제는 엄밀한 의미에서의 리듬에 놓여 있는 것이 아니라 리듬에 매우 가까이 근접한 무엇에 놓여 있다"(《수사학》, 322쪽)라고 언급한 바 있

---

49) Cicéron, 《De l'orateur》, texte traduit par Edmond Courbaud et Henri Bornecque, Les Belles Lettres, 1956, III, 173, p.70.

는 아리스토텔레스에게서 이미 발생하였고 할 수 있다. 산문의 리듬에 대한 연구를 통해서 키케로가 겨냥했던 것은 "호흡이나 숨가쁨, 또는 구두점 기호에 의해서 결정되는 것이 아니라 단어들과 사상에서 목격되는 숫자에 의해 결정되는" 담화의 "정지 지점들," 그리고 관계절 논리처럼 호흡의 필요성과 구분되는 문장을 조직하는 형식이었다.

리듬에 관한 수사학자들의 관점은 전적으로 운율법(정형률을 만드는 규칙)에 토대를 둔 관점인데, 그 이유는 수사학자들이 '담화의 일정한 크기' 라는 사유를 보다 발전시키기 때문이다. '담화의 일정한 크기' 라는 사유가 운율법의 범주에 머무르고 있기 때문에 리듬 이론은 시와 비교해서 전적으로 상대적인 거리를 유지하게 되는 한편, 시에서 자신의 모델을 취하여야만 하는 역설적인 태도마저 지니게 되는 것이다. 바로 이러한 이유 때문에 아리스토텔레스의 교훈을 여전히 추종하며 키케로는 "산문에서 만약 시구를 형성하는 방식으로 단어들이 모이게 된다면, 이것은 전적으로 실수에 해당된다. 이렇듯 시구 속의 리듬화된 박자나 대칭적이고 충만한 형식에 의존해서 시구를 기억하기를 바란다"(《변론가에 관하여》, III, 175, 71쪽)라고 명확하게 말할 수 있었던 것이다.

수사학적 이해에 따른 리듬의 또 다른 특성은 문학성 이론과 관계된다. 예컨대 이러한 특성은 명백히 문학에 관한 물음들을 다시 취하며 나타나는 언어 활동의 몇몇 기법들(시적이고 변론적인)만을 환기하는 기능에 의존하는 것이다. 여기서 중요한 것은 언어 활동의 기법을 결여한 '일상적인' 형태의 언어 활동이 존재한다는 사고에 토대를 둔 리듬의 차별적·식별적 기능에 놓여 있다: "수많은 요소들 중에서 말을 실행하지 않은 자와 말의 규칙을 인정하지 않는 자로부터 진정한 변론가를 근본적으로 구분하게 만드는 요소가 존재하는 까닭은 무지한 자들이 기법도 없이 자신이 할 수 있는 만큼 최대한의 말을 지껄이기 때문이며, 원칙이 아닌 자신의 호흡을 바탕으로 문장들을 재단하기 때문이다. 그러나 이와는 정반대로 진정한 변론가는 고정된 동시에 자유로운 리듬의 순환 속으로 사상을 감싸는 단어들의 골격에다가 자신의 사상을 정착시킨다."

이러한 관점이 물론 시구의 모델에 대한 극단적으로 운율적이자(여기서 제약은 '골격'이라는 단어에 의해서 제기되었다) 모호한 관점에 해당되지만, 리듬에 관한 보다 '느슨한' 이해가 전제되어 있는 관점이기도 하다. 키케로는 "산문은 자신의 명칭[oratio soluta]이 나타내는 것처럼 보다 자유로우며, 진정으로 모든 구속에서 벗어난다[soluta=자유로운, 연관이 없는]"(《변론가에 관하여》, III, 184, 75쪽)라고 상기한다. "작시법의 협소한 규칙과 유사한 골격 속에 갇혀 있지도, 멋대로 떠돌아다닐 정도로 충분히 자유롭지도 않은"(III, 176, 71쪽) 말들을 조화롭게 조직할 만한 리듬 개념은 실질적으로는 발견되지 않는 듯하다.

변론적 산문에 관한 고찰은 장르의 엄격한 틀을 벗어나는데, 왜냐하면 이러한 고찰이 리듬의 운율적인 이해가 지닌 한계를 인식하게끔 허용하기 때문이다. 다시 말해서 리듬의 운율적 이해란 리듬의 중간단계의 사유를 지탱할 수 없게 만들어 버리는, 한마디로 "엄밀한 것이 아니라 충분히 자유로운 리듬"(III, 184, 76쪽)의 사유에서 벗어날 때 이론적으로 유지될 수 있는 운율적 제약의 원리인 것이다. 사실상 여기서 리듬의 외생적(外生的, exogène) 이해와 내생적(內生的, endogène)

이해가 서로 대립된다. 예컨대 '하나의' 리듬 원칙이 존재한다는 생각은 변론적 산문이 "연쇄에서 벗어나" "자기 스스로에게 규칙들을 부여할 수 있다"고 말한 키케로의 바람과는 양립 불가능한 것이다.

전적으로 운율적인 관점을 유지하면서도 이와 동시에 언표 행위의 경험적* 특성을 통해서 리듬의 개념을 사고하려 애쓰는 이러한 전망은 한편 파악하기 매우 어려운 관점에 속한다고 할 수 있다. 이처럼 키케로는 시에서 이용된 운율적 운각의 몇 가지 유형이 "스스로" 제공되고 "불려지지 않은 호출"(III, 191, 78쪽)에 대답하면서 마치 자연스럽게 산문 속에서 등재될 수 있다는 생각을 표방한 바 있다.

여기서 숫자의 사유에 의존해서 표출된 리듬의 개념은 사실상 음악적 모델에서 빌려 온 것이라 할 수 있다. 키케로는 담화를 측정해야 하는 필요성을 다음과 같은 사실로 정당화한다: "귀가 지닌 본능은 어투를 음악적인 박자, 즉 이 어투 속에 리듬이 존재하지 않는다면 불가능한 어떤 것에다가 구속한다. 따라서 끊어지지 않은 것 속에서 리듬이란 결코 존재하지 않는다."(III, 185-186, 76쪽) 음악적 모델은 리듬의 개념을 박자, 다시 말해서 규칙성——변주(變奏, variation)의 사유가 축소시키는 게 아니라 반대로 강화하는 규칙성——으로 인식하면서 리듬의 개념을 결정짓는다. 이와 마찬가지로 퀸틸리아누스 역시 산문 속에서 "리듬은 착수된 순간 […] 리듬의 또 다른 유형의 변화에까지 치닫는다"(《웅변교육론》, IX, 4, 50, 245쪽)라고 설명한다.

리듬에 관한 이러한 지적들은 플라톤이 《공화국》에서 천문학과 화성학(和聲學)을 유사한 학문처럼 소개하면서 언급했던 피타고라스주의자들의 구(球)의 조화 이론을 상기하게 만든다. 천문학이 수많은 천체들에 의해 "시선을 고정"시킨 것과 마찬가지로 심지어 "화성학적 운동과의 관계 속에서 고정되었던 것은 바로 귀"(VII, 530 d, 1124쪽)였던 것이다. 플라톤 이후 세비에는 저서 《시작술》에서 이와 같은 교훈을 되새긴다. 그는 주석에서 플라톤의 《티마이오스》에 근거하여, "시인들이 자신의 시구를 측정하는 숫자에 의해서 감탄할 만한 우주를 보존하고 지탱하는 완성과 신성, 그리고 우주가 가두고 포괄하는 모든 것을 보다 명백하게 드러내는 것은 바로 시의 신성한 본성"이라고 확인한다.

  변론적 산문과 시가 언어 연습의 '다량의 숫자로 구성된' ——다시 말해 리듬적인—— 두 가지 순간이라는 사유는 두 가지 차원에서 볼 때 중요하다고 할 수 있다. 첫째 이러한 사유는 시를 리듬적 근거지(ghetto)에서 따로 고립시키는 것이 아니라——리듬을 실재로 정형 시구에 동일시할 고전주의 시학과는 정반대로——숫자에 의해서 이러한 두 가지 형태의 담화간의 연속성이 보장되기 때문이며, 둘째 이러한 사유가 모든 언어 활동이 리듬적 성질의 것이라 간주하는 데 있어서 특이한 '장르들'에 제한되지 않고 '산문—시'라는 짝을 넘어서 언어 활동을 총괄적으로 제어하는 무엇으로 숫자를 파악하려는 시도와도 그리 멀리 떨어져 있지 않기 때문이다: "모든 사물들은 숫자에 의해 결정되며, 표현술의 형식에 적용된 숫자는 정형 시구들이 분할되어 소속된 리듬이다."(아리스토텔레스, 《수사학》, 1408 b, 322쪽) 이것이 바로 인간 생산물을 야기하는 우주적 조직의 중심에 숫자를 위치시킨 피타로라스주의자들과 플라톤주의자들의 우주생성론적인 숫자중심주의(numérisme)인 것이다.

퀸틸리아누스는 장음절과 단음절로 구성된 라틴어에서 발화자가 필요에 따라 '운율적 운각(metrici pedes)'을 발생케 하는 음절적 조합을 조작한다는 사실을 고려하여 이러한 언어 활동의 숫자적 전능을 전적으로 언어학적 제약에 의존하게 만들 것이다: "모든 문장의 전개에는 리듬이 개입한다. 사실 나는 운각을 형성하는 장음절과 단음절의 도움 없이는 한마디로 말할 수 없다."(《웅변교육론》, IX, 4, 61, 248쪽) 이러한 지적은 키케로와 마찬가지로 퀸틸리아누스에 있어서도 리듬이 근본적으로 운율적 운각의 이미지를 흉내내어 구성된 정형 시구(mè-tre)와 크게 다르지 않게 설정되었다는 사실을 의미한다. 그러나 상대적으로 고정된 운율적 도식에 복종하는 정형 시구와는 정반대로 하나의 장음절이 두 개의 단음절과 동일하다는 규칙에 근거하여 운각의 길이를 중요하게 파악한 장음절과 단음절의 질서란 사실상 리듬에서는 전혀 중요하지 않다.

퀸틸리아누스에 의하면, 언어 활동을 일반화하는 이러한 운율법은 산문에서는 "모든 종류의 시구에서 벗어나게" 하거나, 심지어 "산문으로 쓰여진 모든 글로부터 그 어떠한 것도 소시구(小詩句)나 운율적인 그룹으로 환원되지는 않게"(IX, 4, 52, 245쪽) 만든다. 단음절과 장음절의 질서(단음절의 경우 고정된, 장음절의 경우 자유로운)를 차치하고, 한편 시의 운율법과 산문의 운율법 사이의 이러한 차이는 산문에서는 방대한 구성적 규칙들의 난해함 때문에 발생하는데, 그 이유는 "무엇보다도 우선 산문이 충분히 긴 주기를 자주 동반하는 반면에 시구는 운각의 작은 숫자에 포함되어 있기 때문이며, 또한 산문에서 단어들의 질서는 만약 우리가 그것을 보고자 할 때 그것이 다양하게 변화하지 않고 획일적으로 표출된 경우에 한해서만 눈에 드러나는 반면에, 늘상 자기 자신과 닮아 있는 시구는 단 하나의 규칙에 맞추어 진행되기 때문이다."(IX, 4, 60, 248쪽)

따라서 이 경우 시는 고정된 운율적 도식을 시구에서 실현하는 담화로 정의된다. 아리스토텔레스는 자신의 《수사학》에서 "산문의 언어 활동은 하나의 정형 시구가 아니라 필연적으로 리듬을 소유하는 것이 분명하며, 이는 정형 시구란 시에서 비롯될 것이기 때문"(1408 b, 322쪽)이라고 언급한 바 있다. 음절적 길이를 더 이상 인식하지 않는 언어에는 시가 적용될 수 없다는 이러한 사유는, 르네상스 시대의 시작술에서 산문에서보다는 오히려 시에서 숫자의 제약이 심할 것이라는 감정의 형태로 지속될 것이다. 이러한 사유는 등가 운율(等價韻律, isométrie)의 원칙, 다시 말해서 시구의 음절적 동등성의 원칙에 토대를 둔 시에서 사실상 보다 제약적으로 나타나는 음절적 숫자 중심주의에 리듬을 연관짓는 또 다른 방식에 해당되는 것이다.[50]

요약하자면, 중세와 르네상스 시대의 시작술들이 숫자 이론의 형태로 계승한 바 있는 리듬에 관한 사유는, 리듬적 표식들이 의미론적으로 연관되지 않고 오히려 미학적이나 심리적 인상을 유발하는, 즉 전적으로 형식적인 조합(운각, 병행주의, 주기의 구성 요소에 있어서 숫자

---

50) 이형(異形) 운율적(hétérométrique) 시구의 사용은 이러한 원칙에 상반되는 것이 아니라 오히려 이러한 원칙을 강화한다. 왜냐하면 코르네유가 기술했듯이 이형 운율적 시구는 '일상적 담화'에 보다 더 가깝기 때문이다. "우리의 공통적인 언어 활동 중에서 하나는 짧고 다른 하나는 긴 이러한 비동등적 시구(vers inégaux)보다는 [⋯] 단위가 항상 동등한 시구가 더 많이 통용되고 있기 때문이다."(《La réflexion sur Andromède》, 1660)

의 역할)처럼 인식되었기 때문에 리듬의 미적 이해에 해당된다고 할 수 있을 것이다. 더욱이 우리는 이러한 이해가 개념들의 혼란만을 가중시키는 음악적 은유에 근거하고 있다는 사실을 한번 더 상기해야만 할 것이다.

우리는 고전주의 시학이 주장하는 것처럼 '숫자'가 산문과 시 사이의 불연속성의 요인은 아니라는(예를 들어 설교적 산문 속에서조차 숫자적 산문의 사유를 고집하는데도 불구하고) 사실을 강조할 것이다. 마찬가지로 우리는 리듬이 결여된 '일상적' 언어 활동과 리듬적인 예술(산문·시)의 언어 활동을 하나의 '본질'을 기준으로 해서 서로 분리하려는 이러한 이해가 언어 활동을 근본적으로 리듬적 대상으로 파악하는 이해와 숫자를 두고 서로 다툰다는 사실, 숫자의 피타고라스적인 동시에 형이상학적인 관점에 근거한 이러한 이해가 나아가 우주를 측정한다는 사실을 강조할 수 있다. 그러나 한편 담화의 그 어떠한 유형도 담화가 실행하고 있는 언어의 구성 요소들, 즉 리듬을 만들어 내는 구성 요소들을 결코 벗어날 수 없다고 파악하는 역사적 관점 또한 강조해야 할 것이다.

한편 수사학 이후 중세를 기점으로 시작술이 강조한 것은 리듬의 개념──혹은 '숫자'의 개념──이 단지 음절에만 관계된 물음이 아니라 음성적 반복 현상(récurence)과 결코 떨어질 수 없다는 사실이었다. 이들은 각운은 작시화된 언어 활동의 특수한 속성만이 아니라 산문의 리듬을 구성하는 요소이기도 하다는 사실을 드러낸다. 이러한 사실은 자크 르그랑이 각운에 관한 사유와 정형 시구(음절적 숫자)에 관한 사유를 따로 분리하면서, 오로지 후자만을 시적 담화에 연관지은 바 있는 《아르키올로그 소피》(1407년 이전)의 일부 발췌문에서 다음과 같이 기술한 것이기도 하다: "각운이 때로는 산문으로 때로는 시구로 형성된다고 할 때, 각운이 산문으로 형성될 경우 각운의 음절수에 주목하는 것은 적절하지 않다라는 사실을 알아야만 한다." 따라서 "산문의 구문은 비슷하게 종결된 단어들에 의해 끝나는 것으로" 충분하며, "이때 언어는 보다 아름답게" 된다. 르그랑은 똑같이 'ir' 로 끝나는 단어들로 종결된 구문의 예를 든다: "너는 내가 기쁘게 해야 하는 (plais[ir]) 자이며, 너는 나의 기쁨이자 나의 마음이며 욕망(dés[ir])이다. 어찌되었건 나는 너에게 봉사하기(serv[ir])를 원한다. 이성이 원하는 것처럼 만약 내가 너에게 항상 복종할(obé[ir]) 준비가 되었다면."[51]

이러한 사유는 앙투안 푸클랭의 《프랑스 수사학》(1555년) 같은 작품에 의해서 계승된다. 푸클랭은 '발성의 문채' (379쪽)의 또 다른 이름인 '숫자' 가 "변론적 산문에서 유지된 몇 가지 음절의 크기와 양에 의해서" 다시 말해서 동음절주의(isosyllabisme: 음절들의 동일한 수)에 의해서, 혹은 "유사한 음성의 발성이 야기한 부드러운 공명" 다시 말해서 단어들의 동음이의(同音異義, homophonie) 현상(각운의 원리)에 의해서 실현되는 무엇으로 기술한다.

이와 마찬가지로 푸클랭은 "변론적 산문에서 음절의 관찰은 전적으로 시적이며, 그 까닭은 프랑스 산문에서 음절수가 어떤 발성으로 이

---

51) "Tu es celui à qui je dois faire plaisir, tu es ma joie, mon cœur et mon désir; en tous cas je te servir, et si suis prêt, comme raison le veut, de toujours toi obéir," 앞서 인용된 랑글루아의 작품 1쪽.

루어져 있는가도, 심지어 어떤 결구(clausules)와 주기(période)에 의해서 닫히게 되는가도 우리가 고려하지 않았기 때문이다"라고 말한다. 더욱이 푸클랭은 "음절들의 관찰은 모두 라틴어로 카르멘(Carmen) 혹은 베르수스(Versus)[52]라고 불렸으며, 이 두 단어는 모두 프랑스어로 시구(Vers)를 뜻한다"(380쪽)라고 구체적으로 지적한다. 그러나 한편 이에 비해서 "숫자의 다른 방식"(384쪽), 다시 말해서 "유사한 종결과 유사한 어미의 발성법에서 비롯된 모음 조화 현상"(종결적 동음이의 현상)은 "시구에 뿐만 아니라 산문에도 적합한 것"이라 할 수 있다. 결과적으로 말해서 "변론가와 시인은 너나 할 것 없이 모두" 이러한 현상을 이용할 수 있는 것이다. "시인이 시구의 가장자리와 말미에서 촉발된 음성의 유사성을 바탕으로 프랑스 시구의 마지막 음절로 이용되는 멜로디"(394쪽)인 각운은, 이런 관점에서 볼 때 보다 일반적인 하나의 문채나 **결구 반복**(épistrophe) 혹은 "발성의 유사한 음성에 의해 변론적 산문의 주기들에서 마지막 부분에서 반복되는 [⋯] 숫자"(392쪽)의 일종처럼 나타난다. 따라서 이때 문채는 "모든 프랑스어의 각운과 관련"되는 무엇에 속하게 된다.

시적인 담화에서 만큼이나 변론적 담화에서도 이음동의 현상의 원리를 리듬의 원동력처럼 상정하는 작업은 라틴어에서 고유하게 드러나는 양적 원리가 소멸됨에 따라서 새로이 리듬을 대치할 이론을 생각하려는 시도를 구상할 수 있었다. 예를 들어 뒤 벨레는 각운을 "우리들에게는 단지 그리스어와 라틴어에 있어서 양에 해당되는 것"(《프

---

52) 'versus'는 시구의 프랑스어 'vers'의 어원을 이루는 라틴어로서, '회귀하다' '반복되다'를 의미한다. [역주]

랑스어의 보존과 현양》, II, VII, 144쪽)이라 여긴다. 따라서 장음절과 단음절의 연속은 자발적이건 그렇지 않건 운율적 운각을 생산할 수 있었으며, 시구에 관한 이러한 사유를 벗어나 프랑스 시구의 원리로 자리 잡은, 상대적으로 '간결해진' 동음절주의는 산문 속에 도입되었을 때 사실상 산문을 시로 변형시키기에 이른다. 숫자들의 관계가 숫자적 반복이나 숫자적 동등성의 원칙을 벗어나서 포착되기가 매우 어렵기 때문에 통사 그룹의 종결에 동일한 음성성(音聲性, sonorité)들의 재개는 반복 현상에 관한 어떤 사유를 창출할 수 있었던 것이다.

각운 개념의 국지적인 가치(종결 동음이의 현상)와 총괄적인 가치(리듬적 원리) 사이의 결탁은, 뒤 벨레가 여전히 리듬(《리듬과 리듬 없는 시구에 관해서》: 2권 7장의 제목)이라 기술하고 있는 단어의 철자가 정착된 과정과 연관된다는 점은 명백한 것이며, 폴 줌토르는 라틴어 리트무스(rhythmus)와의 리듬의 어원적 연관성은 이치를 따져 볼 만하다는 점을 드러낸 바 있다.[53]

16세기에 각운이란 단어는 매우 모호하게 쓰였다. 한편으로 이 단어는, 예를 들어 토마스 세비에의 《프랑스 시작술》의 〈프랑스어에서 각운이라 불리는 것은 무엇인가?〉라는 챕터에서처럼 그리스어의 ρυθμος [rhuthmos]를 다시 차용한 라틴어의 리트무스에서 유래한 단어처럼 간주되며, 이때 각운에는 리듬 · 숫자 · 박자 · 조직 등으로 가정할 수 있는 어원에 가장 근접한 가치가 부여된다. 또 다른 한편으로 이 단어는

---

53) P. Zumthor, 〈Du rythme à la rime〉, in 《Langue, Texte, Énigme》, Seuil, 1975, p.125-143.

뒤 벨레에게서처럼 각운화된 시구를 각운이 없는 시구, 여기서는 '자유시(vers libres)'라 명명된 의사시구(vers blanc)에 대립시키는 동음이의적 시구의 종결을 지칭하며 특수화된다. 그러나 뒤 벨레 자신은 정작 "리듬의 여러 종류들 중에 단 하나"일 뿐인 "시구의 마지막 음절들의 이러한 자음 중복 현상을 리듬이라 부르면서 종(種, espèce)의 하위 개념인 장르의 이름하에"(《프랑스어의 보존과 현양》, II, VIII, 248쪽) 각운의 의미를 제한했던 프랑스 고대 시인들을 비판한 바 있다.

문학적 어휘 영역에 속하는 이 두 가지 개념들 사이의 결탁을 넘어서 이 두 개념의 근접성은 각운에서 담화 조직의 리듬적 가치를 인식하고, 리듬에 관한 사유를 언어 활동의 프로조디*에다 확장시키는 이중적인 효과를 지니고 있다. 실상 시작술이 수사학의 협약들로부터 다시 취했던 숫자 개념에는 담화의 미화(美化, esthétisation)와 질서 부여하기라는 이중적 측면에서 볼 때 운율학에 근거한 형식주의적 사유가 명백히 존재하는 것이다. 하지만 이러한 원리의 인위성을 넘어서 숫자의 개념은, 비록 숫자의 개념이 주기 요소들의 결합 형태로 표출되고, 또한 그 자체로 우주적 조화의 이미지를 본뜬 음악적 하모니[54]의 원칙에 근거한다 하더라도 담화의 연속성을 형성하는 내적 일관성을 전제하게 된다.

수사학자들이 일반적으로 일상적 담화에서 제거해 버린 숫자에 관

---

54) 17세기에도 여전히 "변론술은 음악과 마찬가지로 자신의 조화를 가지고 있어야만" 했다. Abbé J. Cassagnes, 《Préface sur les Œuvres de M. de Balzac》, 1665. K. 미에르호프의 작품(선별된 참고 문헌에 제시해 놓은)의 338쪽에서 인용된 부분.

한 사유는 어떤 의미에서는 부가적인 효과처럼 나타나기도 하지만, 변론적 산문과 시에서는 결코 임의적인 것은 아니다. 왜냐하면 이 둘을 구분하는 주요한 특징을 구축하는 것이 바로 숫자 개념이기 때문이다. 여하튼 숫자에 대한 고려는 번역의 실행을 통해서 근본적으로 다루어진다. 이를테면 숫자에 대한 고려는 다음과 같이 에티엔 돌레의 《한 언어를 다른 언어로 훌륭히 번역하는 방법》[55]에서 다섯번째 원칙을 구성한다: "변론적 숫자들을 관찰하는 까닭은 영혼을 만족시킬 뿐만 아니라 귀 역시 반겨 맞이할 언어 활동의 조화를 결코 위배하지 않는 온화함과 더불어서 단어들의 전체와 그 관계들을 알아보기 위함이다. 그것이 무엇이건간에 우리는 숫자를 관찰하지 않은 채 단지 몇 가지 구성을 통해서는 경탄할 수 없으며, 더욱이 숫자 없이 구문은 장엄해질 수 없을 뿐만 아니라 인정받고 정당성을 획득한 구문의 장중함 또한 결코 소유할 수 없다." 에티엔 돌레는 심지어 숫자와 문학 창작을 서로 연관지으며 다음처럼 한걸음 더 멀리 나아간다: "숫자에 대한 위대한 관찰 없이 그 어떤 작가도 존재하지 않는다."[56]

선별된 참고 문헌

고대

---

55) É. Dolet, 《La Manière de bien traduire d'une langue en autre》(1540), Genève, Slatkine, 1972.

56) É. Dolet, 《La Manière de bien traduire d'une langue en autre》, 키에스 미르호프의 작품 73쪽에서 인용된 부분.

퀸틸리아누스(QUINTILIEN)

《웅변교육론 *Institution oratoire*》, trad. J. Cousin, 7 vol., Les Belles Lettres.

키케로(CICÉRON)

《변론가에 관하여 *De l'orateur*》, trad. E. Courbaud, et H. Bornecque, Les Belles Lettre, 1956, 3 vol.

《변론가 *L'Orateur*》, trad. A. Yvon, Les Belles Lettres, 1964.

호라티우스(HORACE)

〈시작술 Art poétique〉, dans 《서사시 *Épitres*》, trad. Fr. Villeneuve, Les Belles, Lettres, 1955.

중세

랑글루아(LANGLOIS Ernest)

《2차 수사학 협약집 *Recueil d'arts de seconde rhétorique*》, Imprimerie nationale, 1902.

짐토르(ZUMTHOR Paul)

《중세 시학론 *Essais de poétique médiévale*》, Seuil, 1972.

르네상스 시대

뒤 벨레(DU BELLAY Joachim)

《프랑스어의 보존과 현양 *Défense et Illustration de la langue fran-çaise*》, dans 《회한, 로마의 유산들 *Les Regrets, Les Antiquités de Rome*》, Gallimard, coll. 'poésie,' 1967.

롱사르(RONSARD Pierre de)

《시작술 요약집 *Abrégé de l'art poétique français*》, dans 《르네상스 시대의 시학과 수사학 협약집 *Traités de poétique et de rhétorique de la Renaissance*》, édités par Francis Goyet, Le Livre de Poche, 1990.

〈《프랑시아드 *La Franciade*》 제2판 서문〉, dans 《롱사르 전집 *Ronsard, Œuvres complètes*》, tome II, Gallimard, coll. Bibliothèque de la Pléiade, 1950.

미르호프(MEERHOFF Kees)

《16세기 프랑스 수사학과 시학 *Rhétorique et poétique au XVIᵉ siècle en France*》, Leiden, E. J. Brill, 1986.

샤마르(CHAMARD Henri)

《플레이아드파의 역사 *Histoire de la Pléiade*》, Didier, 1939–1940 (4 volumes).

세비에(SÉBILLET Thomas)

《프랑스 시작술 *Art poétique français*》, dans 《르네상스 시대의 시학과 수사학 협약집 *Traités de poétique et de rhétorique de la Renaissance*》, édités par Francis Goyet, Le Livre de Poche, 1990.

플르티에(PELETIER Jacques)

《시작술 L'Art poétique》, dans 《르네상스 시대의 시학과 수사학 협
약집 Traités de poétique et de rhétorique de la Renaissance》, édités
par Francis Goyet, Le Livre de Poche, 1990.

고전주의

부알로(BOILEAU Nicolas)

《시작술 L'Art poétique》, dans 《전집 2 Œuvre II》, Garnier-Flam-
marion, 1969.

키베디 바르가(KIBÉDI-VARGA Aron)

《고전주의 시학들 Les Poétiques du classicisme》, Éd. Aux amateurs
de livres, 1990.

제3장
수사학(修辭學)

시작술과 수사학의 협약들은 이중적인 관계에 의해서 서로 결속되어 있다. 역사적으로 볼 때 우선 시작술은 수사학에 토대를 두고 있으며, 특히 시 영역에서 전문화된 수사학의 계승자처럼 등장한다. 하지만 이론적인 차원에서 볼 때 이와는 반대로 변론적 산문에 관한 이해가 특히 리듬에, 그리고 문채들의 용법에 관련되어 빈번하게 시의 실질적 적용, 다시 말해서 수사학의 표현술이나 문체를 취급하는 부분들에 기초하여 형성될 때 수사학과 시작술 사이의 자료들은 서로 달라지게 된다.

담화의 유형들을 서로 뒤섞지 말아야 한다는 점에 주의를 기울인 바 있는 아리스토텔레스——"이것은 산문의 언어 활동이고, 이것은 시의 언어 활동이다"(《수사학》, 1404 a, 300쪽)——는 다음과 같이 시인에게서 변론술의 아버지 자격을 인정한 바 있다: "영혼의 움직임을 촉발시키기 시작하는 최초의 사람들은 바로 시인들이다." 한편 시적 담화는 아리스토텔레스의 《수사학》에서 빈번하게 변론술의 실질적 적용에 다가갈 수 있는 하나의 기준처럼 작용한다. 이처럼 "작시법과 비교된 언어 활동의 형식은 가능성을 덜 지니게 된다"(1405 a, 304쪽)는 사실에 근거하여 은유의 합법적인 사용은 변론적 담화 속에서 정당화되기에 이르는데, 한편 이러한 정당화는 "지나치게 시 냄새를 풍기는" (1406 b, 311쪽) 몇몇 표현들을 사용하지 않는다는 조건에서만 성립될 뿐이다. 우리는 "시적 문체가 유지되기만 한다면 은유나 수식어와 함께 자신의 생각을 표현할 수 있으며"(1407 b, 317쪽) "영감받은 자의 어떤 것"(1408 b, 321쪽)을 지니고 있는 시를 표현할 수 있는 것이다. 예컨대 아리스토텔레스는 롱사르가 산문의 외형과 알렉상드랭의 외형을 구별하기 위해 주문할 이러한 "증폭"(《시작술 요약집》, 480쪽)의 방법, 즉 과장을 경계한다. 만일 아리스토텔레스가 "옛 시인들의 반시절과 닮은 순환과 반복에 의해 진행되는"(《수사학》, 1409 a, 325쪽) 주기적 표현술을 주문했다고 한다면, 그것은 주기적 표현술이 "산문보다는 시구를 잘 포착하게끔 유도하는 기억에 가장 유리한 조건인 숫자에 대부분의 사람들이 종속되어 있기 때문"(1409 b, 326쪽)이다.

차후에 다시 발생할 이러한 유사성──예를 들어 앙투안 푸클랭은 키케로의 《아르키아스를 위하여》를 인용한 퀸틸리아누스(《웅변교육론》, X, I, 27, 77쪽)를 이같이 인용한다: "산문으로 말하는 변론가는 시인들의 규격과 숫자를 빌림으로써 시적 영감의 물결과 우아함을 횡령하였으며, 결국 없애 버렸다"(《프랑스 수사학》, 1555, 436쪽)──은 시학이 시를 사고하려는 목적하에 시작술들이 근본적인 요소들을 차용해 왔던 수사학에서 언어 활동과 문학의 이중적 이론 형태로 작업한다는 사실을 전제한다.

만약 시작술이 제시한 전망들이 시에 관한 근본적인 관점으로서는 실질적으로 19세기말부터 사라졌다고 한다면, 이와는 반대로 수사학이 제시한 전망은 문제의 이론적이거나 제도적인 측면을 고려해 볼 때

반세기에서 약 두 세기에 걸쳐 지속되었던 시련기 이후에 스스로 변모를 꾀하며, 20세기 후반까지 계속해서 유지되었다고 볼 수 있다. 만약 수사학이 19세기 후반부까지 자신의 구체적인 교육 대상을 설정할 수 있었다고 한다면, 사실상 이와는 반대로 언어 활동과 문학에 관한 지식의 장으로서 수사학이 지니는 중요성은 수사학의 규범들을 "진정한 철학에 속한 스콜라학파의 변론술에 존재하는 현학적인 유치함"(《백과전서》의 〈머리말〉, 1751, 10쪽)으로 간주하였던 18세기 철학자들의 감정이 증명하는 것처럼 훨씬 이전부터 감소하기 시작했다.

따라서 수사학은 "사상에 적합한 연관성을 매우 유용하게 제시하는 기술"인 논리학과 "단어들의 사용을 규범들로" 체계화시키는 문법, 그리고 "논리학과 문법이 정신에 호소하는 데 비해 감정에 호소하기 위해서" 형성된 표현술을 서로 결속시키면서 보다 일반적인 2차적인 계획, 즉 "사상의 의사 소통에 관한 학문"이라는 계획을 전개한다. 이러한 정신과 감정의 이중적 카테고리라는 수사학의 분할은 "인간들이 자신의 사유를 상호간 소통하며, 또한 인간들 자신의 정념들을 서로 소통할 것을 추구하는" 원리에 대한 수사학 자신의 필요성을 정당화하면서 표현술을 심리학의 방향으로 돌려 놓는 결과를 낳았다. 이처럼 표현술은 설득 과정의 파토스를 보다 세밀하게 다루고 있는 아리스토텔레스 《수사학》의 제2권으로 귀착된다.

논리적인 동시에 심리적인 이러한 수사학의 차원은 카힘 페를만의 작업[1]에 의해 수사학적 논증의 **비형식적 논리**와 과학적 증명의 **형식적 논리**를 서로 대립시키면서 1950년대에 개정된 수사학의 차원으로 향하게 될 것이다. 수사학의 이러한 차원은 곧이어 미셀 메이에에 의

해서 연구되는데, 메이에는 페를만 이후 언어 활동의 문제 제기적 특
성에 대한 수사학과 수사학의 접근을 참이나 거짓 제안의 확언에 의
한 절차에 따라서 로고스(logos) 자체를 가두는 존재론적* 형이상학과
대립시키려 시도할 것이다. 이에 관해서는 이후 아리스토텔레스를 언
급하면서 다시 살펴볼 것이다.

　하지만 연구의 장이 대략 지난 25년——⟨수사학 연구⟩(1970년)에
할애된 《코뮈니카시옹》지 제16호에서부터 ⟨수사학의 문채들과 수사
학의 언어학적 활동성⟩(1994년)이라는 논문이 실린 《프랑스어》지 제
101호에 이르기까지——을 포괄하고 있는 신-수사학의 곁에는 언어
활동의 화용론(話用論, pragmatique)적 측면의 언어학적 연구(오스왈드
뒤크로의 《말하기와 말하지 않기》,[2] 카트린 케르브라 오르치오니, 《생
략법》[3])로 향하는 수사학이 존재하거나, 혹은 그룹 뮤의 《시의 수사
학》[4]처럼 담화 이론과 문학 이론의 차원에 도달하여 시적 담화 영역
을 연구의 장으로 끌어들인, 이와는 상이한 형태에서 전개된 또 다른
형식의 수사학이 존재한다.

　1) Ch. Perelman et L. Olbrechts-Tyteca, 《La Nouvelle rhétorique. Traité de l'
argumentation》, 1958.
　2) O. Ducrot 《Dire et ne pas dire》, Seuil, 1972.
　3) C. Kerbrat-Orecchioni, 《L' Implicite》, Seuil, 1986,
　4) Groupe Mu, 《Rhétorique de la poésie》, Seuil, 1977.

I
수사학의 변모 양상

관건은 수사학의 역사를 재구성하는 데 놓여 있는 것이 아니라, 지식 장의 변모 단계와 수사학의 구성 요소 중 하나인 표현술에서 출발해서 점진적으로 진행된 문학 이론의 극단화 과정을 드러내는 데 놓여 있다. 이러한 변화는 고전수사학과는 원칙적으로 상이한 20세기 문학 일반 이론을 구축하였던 제라르 주네트가 '제한된 수사학(혹은 줄어든 수사학)' 이라 이름 붙일 수 있었던 것에까지 이르렀다.

1. 고전수사학

플라톤은 시를 불신했던 이유와 동일한 이유로 변론술 또한 불신하였다. 예컨대 공화국을 조직하고 개인을 설립하는 데 있어서 시와 변론술이 위험하다면, 그것은 바로 진리에 대해 미메시스적인 이 둘의 관계 때문인 것이다. 이러한 문제는 설득력을 묘사하면서 "개인에게는 독립성의 원칙인 동시에 공화국 내부의 구성원들에게는 타인들에 대한 권위의 원칙"[5]처럼 변론술의 '미덕' 을 이해한 고르기아스와 그

대상이 정치적 진리의 전파보다는 상당 부분 타인의 견해를 변형시키는 데 달려 있다는 의미에서 변론술을 "정치술의 한 종류인 가상"(463 d, 398쪽)이라 이해한 소크라테스가 서로 직면한 《고르기아스》의 대화에서 다루어졌다

이러한 관점은 "하나는 아첨이자 추악한 반면, 또 다른 하나는 미래에 시민들의 영혼을 가능한 가장 아름답게 만들기 위해서, 그리고 보다 나은 것을 언급하기 위해서 모든 것을 사용하는 아름다운 형태"(503 a 454쪽)로 이루어진 정치적 변론술의 대립된 두 가지 유형들을 전제하는 관점에 해당된다. 따라서 수사학에 대한 소크라테스의 불신은 근본적으로 표현술을 "아첨의 도구로 만드는 표현술"이라는 선동적인 용어의 사용에서 비롯된다. 소크라테스에게 있어서 시가 수사학에 보다 가까워질 수 있는 것은, 소크라테스가 시를 고유한 언표들의 윤리적 · 정치적 가치를 고려하지 않은, 단지 아부할 운명에 놓여진 언어 활동의 실질적 적용에 해당된다고 생각했기 때문이다. 시인들이 "연극에서 [⋯] 변론가들의 작품"(502 d)을 만든다고 인정하면서 소크라테스는 수사학을 "변론술에 속하는 대중적인 표현술"로 정의했다.

수사학의 위상은 변론술을 더 이상 '진리의 적합성'과 견주어서 평가하지 않는 아리스토텔레스와 더불어 달라지게 되며, 더 이상 의심받지 않게 된다. 때문에 수사학의 가치는 아리스토텔레스의 일반철학 체계 속에서 수사학이 차지하는 비중을 고려하여 평가되어야 한다.

---

5) Platon, 《Gorgias》, 452 d, 《Œuvres complètes》, t. I, Gallimard, 1950, coll. 'Bibliothèque de La Pléiade,' p.383.

보다 특수하게는 아리스토텔레스 자신의 진리명제론과의 관계 속에서 수사학은 고려되어야만 하는 것이다.

세부 사항으로 들어가지 않고 우선 몇 가지를 언급하자면, 아리스토텔레스의 논리학 체계는 진리가 현상 세계에서 측정되는 명제론, 혹은 "A는 B이다"와 같은 유형(예를 들어 "이것은 분리된다[합쳐진다]" "너는 하얗다" 따위)의 단정적 언표(énoncé assertif)에 기초한다: "참이라는 것은 분리된 것이 분리된다고, 합쳐진 것이 합쳐진다고 사고하는 것이다. 거짓이라는 것은 사물들의 본질과 반대로 사고하는 것이다."[6] 따라서 이와 같은 아리스토텔레스의 사유 속에는 진리의 의미가 존재하는데, 이것은 이를테면 담화에서 세계로 향하고, 세계에서 담화로 다시 되돌아오는 검증의 의미를 지닌다: "네가 하얗다는 사실은 우리가 참된 방식으로 네가 하얗다고 생각하기 때문이 아니라, 그것은 네가 하얗다고 말하면서 우리가 진리를 말할 때에만 오로지 네가 하얗기 때문이다." 존재론적* 진리——즉 담화와 사상들을 초월하는 존재의 진리——는 추론적 진리를 결정하며, 이 추론적 진리는 항상 추론적 진리를 초월하는 진리에 종속되는 것이다.

이러한 단정적 명제론은 필연적으로 또 다른 원칙, 즉 "동일한 술어(attribut)가 동일한 주제와 동일한 관계에 속한다거나 동시에 속하지 않는다는 것은 불가능하다"(1005 b, tome I, 195쪽)라는 모순 원칙을 파생시킨다. 아리스토텔레스에게 있어서 "사실상 하나의 동일한

---

6) Aristote, 《Métaphysique》, 1501 b, édition de J. Tricot, 2 tomes, Vrin, 1986, tome II, p.522.

사물이 있고 있지 않음을 인식하는 것은 불가능하다." 서양 전반에 걸쳐 수용된 이러한 논리 체계에 의하면 "있음(être) 혹은 있지 않음(n' être pas)이라는 말들은 결정된 무엇을 의미한다. 즉 그 무엇도 그런 동시에 그렇지 않게(ainsi et non ainsi) 있을 수는 없는 것이다."(1006 a, tome I, 200쪽)[7]

언어 형식, 즉 술어적 단정의 형식에 토대를 두고 있기 때문에 진리 이론인 동시에 언어 활동 이론인 이러한 체계에서 주체성의 심급을 위한 자리는 마련되어 있지 않다. 아리스토텔레스에게 담화의 가치는 언표 행위의 활동성에 놓인 모든 관계들을 벗어나 초월적* 방식으로 부여된다. 따라서 주체는 명제 속에서 단정된 논리적 진리의 주체이지 단정하는 담화의 주체는 아닌 것이다.

이와는 대조적으로 파롤의 모든 경험적인* 부분은 의사 소통의 화용론적 차원에 토대를 둘 뿐만 아니라, 이와 마찬가지로 논증이 객관적 진리를 명백히 드러내는 것이 아니라 '주관적인' 관점에 권위를 부여할 것을 목적으로 하기 때문에 모순 원리를 인식하지 않는 수사학

---

7) 아리스토텔레스가 모순적 언표(단 하나인 존재의 진리에 역행하는 존재 같은)를 인정하지 않는다는 관점에 따르면, 모순 원칙은 마찬가지로 '비모순 원칙'으로도 불리게 된다. '모순 원칙'이라는 명칭은 아리스토텔레스가 사유에 관한 두 가지 용어나 두 가지 행동 사이의 모순의 가능성을 인식했다라는 사실을 의미한다. 다시 말해 존재의 진리도 단위도 존재할 수 없다는 원칙을 인식했다는 사실을 의미하는 것이다. A.라랑드에 있어서는 "진실의 반대는 거짓"이라는 명제가 전적으로 "모순 원칙 (더 정확히 말해서 모순성(contrariété)의 원칙)"(A. Lalande, 《Vocabulaire technique et critique de la philosophie》, 2 tomes, PUF, coll. 'Quadrige,' 1991, tome II, p.829)으로 불리는 문제를 제기하는 원리인 것이다.

에서 재개되어 나타난다. 명제가 아니라 전체적으로 담화에 공존하면서 논증적 '진리'는 존재의 진리와의 적합성에 따라 평가되는 것이 아니라 오히려 몇몇 개념들, 예를 들어 언어의 행위들을 규정하는 데 놓여 있는 철학자 존 랭쇼 오스틴(《말할 때와 행동하기》)[8]의 언어학 이론에서 발견되는 성과나 실패, 성공이나 패배 개념처럼 평가의 경험적·주관적 요소들에 따라 평가되는 것이다.

논증적 논리는 절대적인 차원이 아니라 역사적인 것과 개별적인 것의 규율을 형성하는 상관적인 차원을 지닌다. 더구나 아리스토텔레스는 수사학의 궁극적인 목표가 "매번의 물음과 관련된 사물들의 개연적 상태를 이해하는 것만큼이나 설득하는 데"(《수사학》, 1355 b, 81쪽) 놓여 있다고 명확히 말하였다. 이러한 사실은 아리스토텔레스가 수사학을 "매번의 물음에 있어서 설득하는 데 고유한 무엇을 고려하는 능력"(82쪽)처럼 정의하게끔 인도한다. '주어진 물음'에 중점을 둔 논증적 관점은 매번 상이하게 설득의 양태를 조건짓는 문제의 특수성을 고려하는 것이다.

이것이 바로 아리스토텔레스의 《수사학》의 출발점인 증거에 관한 모든 물음이자 제1권의 핵심인 것이다. "증거란 과연 무엇인가"라는 물음에 대한 대답은 우리가 존재론적* 초월성*에 위치하느냐, 혹은 대화적 역사성*에 위치하느냐에 따라서 상이하게 달라질 것이다. 첫번째 경우 증거는 의사 소통의 활동성에 있어서 절대적이며 초월적일 것이고, 두번째 경우 증거는 역사적이며, 아리스토텔레스가 세 가지

---

8) J. L. Austin, 《Quand dire, c'est faire》, Seuil, 1962. coll. 'Points.'

요인, 즉 변론가-화자(에토스)의 도덕적 특성, 청자-수용자의 정신 상태(파토스), 그리고 담화 그 자체(《수사학》, 1378 b, 185-186쪽) 사이의 상호 작용처럼 파악했던 언표 행위의 상황과 밀접하게 연관된다. 게다가 아리스토텔레스에 있어서 담화 개념은 심지어 언표 행위의 상황을 포괄한다: "하나의 담화 속에는 항상 변론가, 무엇에 관해 언급하는 자, 청자, 이 세 가지 고려해야 할 것들이 존재한다."(1358 a, 93쪽)

논증의 역사적·경험적 특성은 수사학이 취급하는 요소들이 "이미 확립된 사건들에 관한 학문의 영역으로 이전"(1359 b, 98쪽)할 수 없게 만드는데, 이는 만약 그렇게 된다면 "오직 담화들의" 영역일 뿐인 자신의 고유한 속성을 아예 상실하게 되기 때문이다. 따라서 이 경우 유효성의 기준은 더 이상 명제 논리에서처럼 '진실인 것'이 아니라, 아리스토텔레스가 "일상적인 것에서부터 생산된 무엇"이라고 명확히 정의를 내린 바 있는 '진실임직한 것'이다. 이를테면 유효성의 기준은 "절대적으로 말하면서"가 아니라 "우연적 사물들과 마주하여 일반적인 것이 개별적인 것에 속하는 것과 같은 관계 속에 존재하는 무엇"(1357 a, 89쪽)에 놓이게 되는 것이다. 절대적인 것이 아닌 일반적인 것에다 '진실임직한 것'을 위치시키며, 이로부터 아리스토텔레스는 개별적 담화들의 우연성과 연관된 역사적 가치를 만들어 낸 것이다.

이와 같이 정의된 '진실임직한 것'은 언어의 실질적 적용과 떨어질 수 없는 무엇처럼 나타나며, '진실인 것'과는 반대로 재현에 연관된 개념을 만들어 낸다. 다른 용어로 말하자면, '진실임직한 것'은 미메시스의 활동성을 드러내는 개념인 것이다. 바로 이러한 이유로 인해서 논증적 증거의 수사학은 특히 "가능성과 불가능성에 기초한" 논증법에 의해 '허구적인 것(le fictionnel),' 그리고 "앞으로 발생할 물음들과 이미 발생된 물음들을"(1391 *b*, 245쪽) 드러낼 임무를 지닌 변론가들을 모두 포괄하게 된다. 이처럼 "한 인물의 호의적이거나 혹은 적대적인 성격은 그것이 존재할 때는 증명하는 것이 가능하고, 그것이 존재하지 않을 때는 이해시키는 것"(1382 *a*, 202쪽)이 가능한 것이다.

문학적 차원에 속하는 이 '허구적인 것'은 수사학과 시학 사이를 유기적으로 결합하는 하나의 접점을 구성한다. 예를 들어 아리스토텔레스는 '이야기(敍事, récit)'의 사용을 권고했는데, 그 까닭은 이야기들이 "과거 속에서 소진된 듯한 사건들을 발견하는 것이 어려운 일인 반면에 이야기들을 고안하는 것은 쉬운 일이라는 훌륭한 측면을 지니고 있기 때문"이다. 이를테면 그것은 "우리가 유사성을 포착할 수 있다는 사실에 주의를 기울이면서 우의(寓意, parabole)와 마찬가지로, 그리고 우의처럼 이야기들을 상상해야 하기 때문"(1394 *a*, 253쪽)이다. 따라서 추구해야 할 모델들은 철학자 소크라테스만큼이나 우화작가 이솝이 되는 것이다.

특히 담화들의 가공과 의식적인 생산의 차원에서 담화들에 주의를 기울인 이와 같은 태도는 변론술에 접근하는 데 있어서 변론술의 언어적 형식에 관한 보다 세밀한 연구를 전제하게끔 만들었다. 표현술, 다시 말해 대략 담화의 문체적 구성 요소들에 할애되었던 수사학의 부분들이 획득되었던 것은 바로 이러한 기획에서인 것이다.

다음장에서 표현술에 관해 다시 언급할 것이기에 여기서 자세한 내용은 다루지 않겠지만, 그러나 한편 몇 가지 지점을 강조하는 것은 매우 중요하다고 할 수 있다.

우선 아리스토텔레스가 "때론 약하기도 하고 때론 중간이기도 할 목소리에 의존하는"[9] 행동술이나 변론적 행위를 표현술에서 중요하게 생각했다는 점이다. 아리스토텔레스는 목소리의 세 가지 구성 요소, 즉 '위엄'이나 강도, '조화'나 억양의 정도, 그리고 '리듬'이나 음성의 지속성을 서로 구분하면서 "인간이 각자의 영혼을 표현하기 위해서 어떻게 목소리를 사용하는가? 어떠한 사용법이 목소리를 날카롭거나 위엄 있게, 혹은 그 중간으로 만드는 억양들을 형성하는가?"라는 문제와 "이러한 매 상황을 뒤쫓는 몇 가지 리듬들"을 검토해야 한다고 주장한 바 있다.

또 다른 한편 《수사학》이 《시학》을 규칙적이고 전반적으로 반영한 텍스트라고 할 때, 서로 참고할 자료가 가장 방대해지기 시작하면서 언어 활동의 형식에 할애된 작업이 두 가지 연구 영역 사이의 가교를 형성하는 장소는 바로 표현술과 논거 배열술에 할애된 《수사학》의 제3권이다. 예를 들어 제3권의 2장(1404 *b*, 303쪽)에서는 《시학》의 반영이 명사와 동사에 관한 '문법적' 연구를 효과적으로 절약하게 해준다. 게다가 문헌적 근거가 명기되어 있건 그렇지 않건 간에 두 텍스트의 본문은 특히 문체의 고양, 문체적 격리에 관한 연구, 은유의 용법과 적합성의 기준에 대한 관찰에서 서로 자주 병행해서 나타난다. 한편 《시학》의 반영은 유추에 관한 예들, 혹은 수수께끼에 관해서 흡판 달린 인간을 분석하면서 예를 들고 있는 것처럼(《수사학》, 1405 b,

---

9) 키케로에게 행동은 "육체의 변론인데, 왜냐하면 행동이 목소리와 몸짓을 포함하기 때문이다."(키케로, 《변론가》, XVII, 55, 보른네크(H. Bornecque) 번역, Les Belles Lettres, 23쪽)

306쪽과 《시학》, 58 ɑ 29, 113쪽) 다시 취해진 예들까지 이르는 것은 아니다.

여하튼 대부분의 예들이 어떠한 분야에만 '정확히 맞아떨어지게(ad hoc)' 제시된 것이 아니라 시인들, 특히 호메로스에게서 취해졌다는 사실은 언어 활동의 이해에 있어서 아리스토텔레스가 문학과 비문학적인 담화를 별개로 분리하지 않았다는 사실을 드러낸다는 점을 강조하기로 하자. 만약 아리스토텔레스가 시학과 수사학을 구분한다면, 그것은 아리스토텔레스가 이 둘을 하나의 사실에 관한 상이한 설명처럼, 즉 담화라는 동일한 대상을 목표로 한 두 가지 관점처럼 간주했기 때문이다. 이를테면 언어 활동의 물질성에 관계되어 시학과 수사학 양 텍스트에 병행되어 나타난 전개 부분은 바로 담화에서부터 시작되는 부분들인 것이다. 이처럼 플레이아드파에서 초현실주의에 이르기까지 은유가 시학의 선택받은 장소로 간주되어 왔던 것과는 반대로, 아리스토텔레스에게 있어서 은유는 문학적 담화와 마찬가지로 변론적이고 일상적인 담화의 구성 요소로 자리잡는다.

2. 제한된 수사학

논거 발명술(euresis, inventio), 논거 배열술(taxis, dispositio), 표현술(lexis, elocutio), 행동술 혹은 발성술(hypocrisis, actio), 그리고 보다 나중에 추가된 기억술(memoria)[이 책 108쪽의 주 27을 참조할 것]에 토대를 두는 수사학에 대한 아리스토텔레스적인 포괄적 이해는 오랫동안 키케로가 그 저자로 알려졌던 《헬레니우스의 수사학》과 그리스의 역사학자이자 비평가인 디오니시오스(기원전 마지막 세기)를 거치며 키케로에서 퀸틸리아누스에 이르기까지, 로마 시대까지 그 틀을 유지할 것이다. 한편 중요성의 변모는 변론술의 규준적인 범주들 사이의 관계들뿐만 아니라 수사학에서 시학에 이르는 관계에도 영향을 미치면서 지속적으로 발생할 것이다.

이러한 변모는 제라르 주네트가 "'줄어든 가죽(peau de chagrin)'[10] 처럼 몇 세기에 거쳐 자기 권한의 영역을 끊임없이 축소시키고 있는 연구 분야, 혹은 적어도 행동이 덜한 분야"[11]라고 평가한 바 있는 '제한된 수사학'이라는 표현에 의해 드러난다. 모든 것이 '일반적인 것'이 되기를 결코 원하지는 않았던 아리스토텔레스의 수사학에서 출발한 제한된 수사학의 전 과정은 역설적으로 오직 표현술로만 축소된 하나의 《일반수사학》[12]을 이해하는 데로 귀착되고 만다. 하지만 우리는 프랑수아즈 두에 수블랭에 힘입어 이러한 '제한' 과정이 비교적 최근에 등장한 현상, 다시 말해서 어찌되었건 고전수사학 이후에 나타나기 시작한 현상이라는 사실을 지적할 것이다.[13]

실상 여기서 관건은 오히려 수사학의 선행 상태로의 회귀에 놓여 있다고 할 수 있다. 왜냐하면 그것은 한편으로는 고르기아스(기원전 427년)와 더불어 변론술이 담화의 문채들에 주의를 기울이면서 발전

---

10) 발자크의 소설 제목. 주인공의 소망을 이루게 해주는 신비한 힘을 지닌 가죽이 이용하면 할수록 계속 줄어든다는 발자크의 이야기에서 착상한 표현.(역주)

11) G. Genette, 〈La Rhétorique restreinte〉, 《Communications》, 16, 1970, p.158. 이 논문은 《Figures II》(Seuil, 1972)에 재수록됨.

12) Groupe Mu, 《Rhétorique générale》, Seuil, 1992, coll. 'Points.'

되었기 때문이고, 또 다른 한편으로는 이에 대한 대응으로 아리스토 텔레스가 《수사학》의 도입부에서부터 표현술과 논거 배열술에 비해 논거 발명술(증거의 연구)에 더 우위를 부여했기 때문이다. 아리스토텔 레스는 선임자들이 "서두(exorde)나 내레이션 혹은 담화의 각 부분들 을 포함하고 있음에 분명한 것들"(《수사학》, 1354 b, 78쪽)을 밝히려 시도하는 과정에서 정작 "변론적 증거들의 장(章)에 관해서는" 전혀 설명하지 않았으며, 오히려 "발생의 원인이 기이한 주제들"만을 취급 하였다고 판단한 바 있다. 이러한 선임자들에 비해 아리스토텔레스의 기획은 언어적 측면과 담화의 문체적 측면을 서로 별개로 분리하지 말아야 한다는 의지, 증거들에 관한 세 가지 개념(변론가, 군중, 언어 활동)을 설립하는 의사 소통적인 상호 작용의 의지처럼 나타난다.

아리스토텔레스의 체계에서 표현술과 논거 배열술이 차지하는 상대 적으로 줄어든 자리——이 둘에 관한 연구는 《수사학》에서 가장 적 은 양을 차지하고 있는 제3권에 집결되어 있을 뿐이다——는 따라서 이중적인 차원에서 의미심장하다고 할 수 있다. 우선 표현술과 논거 배열술의 축소된 자리에 지협적인 언어학을 윤리와 정치에 종속시키 는 담화의 관점이 마련된다는 점에서 의미심장하며, 두번째는 이러한 축소된 자리가 변론술에서부터 점차적으로 문체론적(미학적)이고 문 학적으로 변할 수사학의 미래와 관건들을 명확히 알려 주고 있다는 점 에서 의미심장하다고 할 수 있다.

---

13) Fr. Douay—Soublin, 〈Les figures de rhétorique: actualité, reconstruction, rem-ploi〉, 《Langue française》, 101, février, 1994.

수사학을 문체론으로 축소시킨 운동은 키케로에게 있어서 이미 민감하게 나타난 바 있다. 비록 아리스토텔레스의 체계를 계승하고 있지만, 키케로는 표현술을 변론술의 토대처럼 승격시키려고 애쓰며, 또한 이러한 토대를 바탕으로 수사학을 변론술의 기법으로 변형시키려 노력한다:

> "변론가는 무엇보다도 우선 표현술에 의해 만들어지며, 표현술은 그 이름이 지시하는 것처럼 온갖 종류의 또 다른 특성들을 함축하고 있다. 실상 우리가 어떤 이를 모든 부분들에서 월등했던 자로 지칭했던 것은 논거 발명술, 논거 배열술, 혹은 행동술에 의해서가 아니라 우리가 그리스어로 ρητωρ[수사학자 rhètor], 라틴어로 eloquens라고 이름 붙였던 표현술에 대한 사유에 의해서였던 것이다."

> 키케로, 《변론가》, XIX, 61, 25쪽.

이러한 지적은 수사학자를 말의 감정인, 말하기의 전문가, 담화의 예술가(함축적으로 '가식으로 말하는 자'라는 경멸적 가치를 지님과 동시에 수사학을 말의 미학의 측면에서 설정할 수용에 해당되는)로 정의하면서, 수사학에서 차츰 사라질 추론(raisonnement)과 토론(discussion)의 영역뿐만 아니라 특히 언표 행위의 상황이 지니는 중요한 위상, 즉 담화를 언어 활동의 순수한 대상이나 장식화, 문체의 재료처럼 자율적인 방법으로 취급하는 것에 해당된다.

이러한 문채들의 처리에 관한 이전 현상은 어떤 유형을 확립하는 대신 문채적인 기법들(예를 들어 활사법(活寫法, hypotypose), 과장법(hyperbole), 격언(proverbe) 따위)[14]을 오로지 은유에 종속시켰던 아리스토텔레스에게 있어서 상대적으로 제한된다. 더구나 아리스토텔레스는 다음과 같이 은유에서 전적으로 이미지의 토대를 마련하였다: "이미지들이란 은유들이며, 우리는 그것을 자주 언급한다."(《수사학》, 1413 *a*, 343쪽) 한편 키케로와 퀸틸리아누스에게 있어서는 이미 문채들의 분류가 고안되었으며, 이러한 분류는 수사학을 문학적 문체론에 동일시하는 데 열중이었던 고전 시대 수사학 이론가들의 주된 연습 대상을 이룬다. 문채에 관한 이러한 물음에 관해 우리는 후반부에서 다시 살펴볼 것이다.

논거 발명술, 논거 배열술, 표현술, 행동술의 개별적인 분리는 르네상스 시대에 이르러 보다 완벽하게 이루어진다. 특히 라뮈스(Ramus)라 불리는 피에르 드 라 라메(1515-1572년)는 논거 발명술과 논거 배열술 이 두 가지를 문답법(dialectique)이라는 과목으로 통합하며, 오로지 표현술과 행동술만으로 수사학을 구성하기에 이른다. 1555년 한 해에 걸쳐 출간된 두 작품 라뮈스의 《문답법》과 라뮈스의 제자 앙투안 푸클랭의 《프랑스 수사학》은 이러한 분리를 보다 공식적으로 인정하는 역할을 한다. 프랑스어로 작성된 최초의 철학론처럼 간주된 라뮈스의 작품은 논거 발명술과 판단술(논거 배열술)에서 이성의 두 가지 카테고리를 만들어 낸다. 한편 푸클랭의 작품은 "수사학은 표현술과 발성술이라는 두 부분으로 이루어진다"(《프랑스 수사학》, 351쪽)라는 정의를 통해서 대뜸 이론과 확신에 있어서 이중적인 가치를 표출한다.

---

14) 활사법(hypotypose): 한 장면이 실제로 눈앞에서 펼쳐지는 것처럼 묘사하는 데 놓여 있는 문채. 용어들의 과장에 놓여 있는 문채("3만 6천 가지의 촛대를 보는 것"). 격언법: 아리스토텔레스는 특별한 언표 속에서 일반적 의미를 이해하게 허용하는 경구들을 암시한다(끝내야 할 지점에 시작하기를 뜻하는 "소 앞에 쟁기를 놓아두기" 따위).

수사학(논증에 의한 설득술)에서 문답법(추론술·철학)을 떼어내며, 우리는 실상 '역사적인 것'과 '사변적인 것' 간의 연결고리를 상실하게 된 것이다. 다시 말해서 담화의 실질적 적용 양상들을 윤리와 정치와 함께 사유하는 것을 가능하게 해주는 조건을 상실한 것이다. 한편 이러한 연결고리에 대해서 특히 퀸틸리아누스는 애착을 가지고 있었다:

> "흔히 사람들이 그렇게 생각하는 것처럼 올바르고 진솔한 삶의 규칙을 부각시킬 책임감이 철학자들에게만 예정되어 있어야 한다는 사실을 나는 인정하지 않는다. 왜냐하면 진정한 시민으로서 자신의 역할을 수행하고자 하는 사람, 공적이고 사적인 일들을 관리할 능력이 있는 사람, 자신의 충고에 따라 공화국을 이끌 수 있는 사람, 법률의 근간을 공화국에 부여할 수 있는 사람, 자신이 결정한 정의(正義)에 따라 공화국을 개혁할 수 있는 이러한 사람들은 오로지 변론가를 제외하고는 확실하게 그 누구도 될 수가 없기 때문이다."
>
> 퀸틸리아누스, 《웅변교육론》, I, 〈머리말〉, 10, 51쪽.

이러한 관계들은 우선 언어 활동에 의해 개인들을 *대화자*(inter-locuteurs)의 관계로 변화시키면서 언표 행위의 최초 상황을 거치게 된다.

퀸틸리아누스에게 있어서 현자와 변론가는 동일한 인물을 의미한다. 사실상 "우리가 빈번하게 정의, 용기, 절제, 혹은 이와 비슷한 또 다른 덕목들에 관해 이야기해야만 할 때, 그리고 우리가 이러한 물음들 가운데 하나가 전제되어 있지 않거나 논거 발명술과 표현술의 특성들이 전개되는 데 있어서 이 두 가지를 요구하지 않는 명확한 하나의 경우를 발견하는 데 매우 어려움을 느낄 때"(1권의 〈머리말〉, 12, 52쪽), 우리는 오로지 단어의 이중적인 수용을 통해서만 지혜를 갖고 행동할 수 있을 뿐이다.

만일 변론가가 공화국의 핵심적인 인물이라고 한다면, 그 이유는 변론가가 언어 연습에 의해 시민들의 이권과 활동에 가장 가까이 근접해 있는 자들이기 때문이며, 반면에 철학자들은 그렇지 못하기 때문이다:

"우리는 철학의 거의 독점적인 영역으로 여겨진 모든 것에 대해 아주 무관심하게 언급한다. 사실 개인들 중 최악의 경우가 아닌 바에야 그 누가 정의와 공평성, 그리고 선을 언급하지 않겠는가? 과연 어떤 농부가 자연 현상의 원인에 대해 물음들을 제기하지 않겠는가? 말의 속성과 말의 구별에 관해서 언급하자면, 이것들은 자기 언어에 대한 근심을 갖고 있는 모든 사람들이 공통적으로 지니고 있는 연구 대상임에 분명하다. 이러한 문제를 가장 잘 파악하고 있는 자가 바로 변론가이며, 더욱이 이러한 문제를 가장 잘 언급할 자 또한 변론가인 것이다."
퀸틸리아누스, 《웅변교육론》, I, 〈머리말〉, 16-17, 53쪽.

수사학에서 문답법을 해방시키면서 고전주의 시대 이론가들은 철학자와 수사학자를 서로 등을 맞댄 관계처럼 양립시킨다. 위의 인용된 부분에서 퀸틸리아누스가 논쟁적으로 제안했던 것을 모방하며 고전주의 시대의 이론가들은 수사학과 문답법을 통해서 적어도 철학자와 수사학자의 관계를 문제삼으려 하였으며, 혹 그렇지 않다면 수사학과 문답법을 서로 동일시하려 시도하였던 고전수사학——아리스토텔레스 · 키케로 · 퀸틸리아누스의 수사학——에 반대하며 사상과 언어 활동을 서로 대립시킨다.

수사학의 영역을 오로지 표현술에 가두는 이러한 제한은 문학 이론과 제한된 수사학을 동시에 문학적 수사학으로 변형시키기 때문에 중요한 의미를 지닌다고 할 수 있다. 다시 말해서 이러한 제한은 수사학을 강한 의미에서의 하나의 시학이나 하나의 이론으로, 그렇지 않다면 적어도 문학의 이해를 경유하는 하나의 문학적 담화론으로 변형시키기 때문에 매우 중요한 것이다. 비록 아리스토텔레스가 행동상의 언어로서의 담화를 공통 대상으로 지니는 두 가지 규율을 서로 대립시키지는 않았지만, 한편 아리스토텔레스는 수사학에다가 설득의 문제를, 시학에다가 문학의 문제를 설정하여 상호간의 관점이 기능하는 정도에 따라 이 둘을 구분하였다. 그러나 우리가 살펴본 것처럼 문체의 선호와 함께 로마 시대에 이 둘간의 동일시 현상이 발생한다. 그리고 중세는 이를 충실히 계승하는데, 이러한 사실은 전통적인 의미에서 *시작술*[이 책의 115쪽을 볼 것]을 지칭하는 데 사용되는, 다시 말해서 문학 이론에 관한 작품들보다는 시적 담화들의 협약들을 지칭하는 데 사용되는 *2차 수사학*위 기술들이란 명칭이 증명하는 것이다.

이러한 사실은 동일시 현상이 하나의 방향 속에서 형성되었다는 것을 의미한다. 다시 말해서 문체 개념의 주위로 '수사학적인 것'에 의한 '문학적인 것'의 침투라는 하나의 방향 속에서 이러한 동일시 현상이 발생했다는 것을 의미한다. 퀸틸리아누스는 작법(art d'écrire)에 할애한 《웅변교육론》의 제10권에서 서로간의 장점들을 비교한 상당수 작가들을 읽을 것을 주문하면서, 문체에 의해 평가받은 시인들에서 출발하여 역사가·변론가·철학자들을 모두 인용하기에 이른다. 이러한 대목은 시인의 글쓰기에 주의를 기울인 문학 비평의 시도이자 동시에 시적·역사적·변론적·철학적 담화들 사이에 그가 창출된 통속화 (banalisation)에 따른 '탈문학화 과정(délittérarisation)'의 기획인 것이다.

롤랑 바르트는 '문학 작품성(littératurité)'을 찾아 오비디우스와 호라티우스에서부터 디오니시오스──문체의 리듬적 구성 요소에 주의를 기울인 바 있는──를 거쳐 무명 작가의 《숭고론》에 이르기까지, 바로 이러한 혼합의 과정을 비교적 상세히 묘사한 바 있다. 롤랑 바르트가 묘사한 이러한 운동에 따르면 "표현술은 '문학'을 향해 이동하며, 문학을 관통하고 구축하기에 이른다(결국 표현술(eloquentia)은 문학을 의미하기에 이른다)."[15] 이러한 운동은 고전 시대에 전적으로 체계를 갖추고 있었던 수사학자의 시각이 문학 영역을 투사했던 것으로, 비록 빅토르 위고나 보들레르에게서처럼 구체적인 자료를 살필 때 나타난다고 할지라도 실질적으로는 19세기의 모든 문학 생산물 속에 남아 있는 흔적인 것이다.

앙투안 푸클랭과 그 저서 《프랑스 수사학》의 예는 이러한 관점을 잘 드러낸 대표적인 경우라 할 수 있다. 그는 하나의 시작술을 실현할 것을 주장하지 않았는데, 그 이유는 수사학을 정의하는 데 있어서 "우아하고 훌륭하게 말하는 기술"──다시 말해 더 이상 증거의 연구 따위에 의존한 설득술을 의미하는 것이 아니라 '말의 미학'을 의미하는──

---

15) R. Barthes, 〈L'ancienne rhétorique: aide-mémoire〉, 《Aventure sémiotique》, Seuil, 1985, coll. 'Points,' p.101.

과 같은, 즉 라틴어에 의해 이미 확립된 정의에 그가 지나치게 집착했기 때문이다. 그가 시인들에게 연구의 토대를 두었던 까닭은 전적으로 시인들이 가지고 있는 문채들의 유형을 제시하기 위해서였는데, 결과적으로 이러한 사실은 우리가 살펴본 작품들처럼 수사학, 특히 표현술을 부분적으로 모델로 삼은 동시대 시작술들과 그의 작품 간의 유사성에 의해서 강조된 문학의 미화(美化)를 낳는다.

문학의 문제틀을 수사학적 장식화의 문제로 이전시키는 것이 바로 문채 개념의 첫번째 효과일 것이다. 푸클랭의 저서에서 작시법(동음절주의와 각운의 체계)은 문채들에 할애된 부분, 보다 자세히 말해서 숫자의 다양한 형태들의 다른 이름인 발성의 문채들 속에 통합되어 있다. 시의 운율법이 산문의 운율법을 드러내는 데 사용되었다고 생각했기 때문에 '실질적으로(de facto)' 변론술의 한계에서 벗어났던 아리스토텔레스와는 정반대로, 푸클랭은 작시법의 음절적 운율과 "산문에 적합한 만큼이나 운문에도 적합한" 음성적 반복의 리듬적인 효과를 동일한 항목 속으로 집결시키면서 작시법 연구를 문채의 수사학 속에 포함시킨다.

3. 새로운 수사학

수사학은 르네상스 시대와 고전주의 두 세기에 걸쳐 군림한 이후 명백한 후퇴 현상을 보인다. 만약 수사학이 1885년 쥘 페리의 개혁 직전까지 교과목 중의 하나에 해당되었다면, 이와는 반대로 변론적 기법의 이해(《백과전서》의 판단을 참조할 것, 100쪽)와 문학적 기법의 개념으로서의 수사학은 18세기부터 차츰 정당성을 의심받기 시작한다. 이처럼 위고는 1854년에 "수사학과의 전쟁"을 선언할 것이며, "아리스토텔레스의 영역"으로 다시 거슬러 올라갈 것을 추구하면서 "평등하고, 자유롭고, 주된 말들"(《명상》, I, VII)을 선포할 것이다. 1885년 수사학 살해 계획에서 베를렌은 자신의 《시작술》에 기술된 다음과 같은 말로 위고의 바통을 이어받을 것이다: "변론술을 움켜쥐고 / 목을 비틀어 버려라 !"(《예전과 최근에》[16]) 1961년 앙리 모리에의 《시학과 수사학 사전》[17]의 출간이 상징적으로 증명하는 수사학의 일시적 호전이 표출되기 위해서는 20세기 후반부까지 기다려야만 할 것이다.

20세기 후반부에 새로운 수사학이 문학 이론, 다시 말해 시학을 구성하려는 야망을 갖고 시작한 작업은 일종의 '제한된 수사학'과의 연속성 속에서 진행되었다. 앞서 이미 인용했던 1970년에 발표된 논문에서 제라르 주네트는 오로지 표현술에만 제한된 수사학을 '일반화하는' 계획을 설립하는 등, 연구에 있어서 역설적인 행보에 보다 주의를 기울인 바 있다. 더욱이 이러한 수사학은 다음과 같이 오로지 문채이론에만 집착할 뿐이다: "오늘날 우리가 일반수사학이라 이름 붙인 것은 사실상 문채들의 협약을 의미한다."(158쪽) 따라서 주네트는 그룹 뮤의 작품 《일반수사학》(1970년), 미셸 드기의 논문 〈일반화된 문채 이론을 위하여〉(1969년)[18]와 자크 쇼세의 논문 〈일반화된 은유〉(1969년)[19]에 보다 가까이 근접해 있다.

---

16) P. Verlaine, "Prends l'éloquence et tords-lui son cou!," 《Jadis et Naguère》.
17) H. Morier, 《Dictionnaire de poétique et de rhétorique》, PUF, 1981.

이러한 새로운 수사학의 정체성을 파악하는 일은 이 새로운 수사학이 사실상 고전수사학의 '문채적인' 경향과 언어학에 의해 부과된 구조주의적 경향이라는 두 가지 경향이 서로 만나는 접점을 형성한다는 의미에서 볼 때 결코 단순한 것은 아니다. 구조와 문채는 이러한 수사학에 있어서 근본적인 두 가지 용어로 자리잡으며, 또한 공간적이고 이론적인 측면에서 이 두 용어는 자주 근접해 있다. 이처럼 장 코앵의 《시적 언어 활동의 구조》(1966년)는 "낡은 학문에 진 빚을 알고 있는 동시에 낡은 학문을 혁신하려 시도하는 현대 문체론"과 "형식화의 상위 단계에 위치한 구조적 시학"[20] 즉 "형식들에 관한 하나의 형식, 모든 문채들이 매우 개별적이고 잠재적으로 실현될 일반적인 시적 수행"(49쪽)을 추구하는 구조시학이라는 이중적인 운동 속에 등재된다. 1970년 논문에서 코앵은 우리가 앞으로 다시 언급할 '문채 이론'을 제안할 것이다.

앙리 모리에가 명명한 바 있는 이러한 대다수 '구조수사학' 이론가들의 행보는 언어학자 로만 야콥슨의 작업에 강한 영향을 받았다. 특히 프랑스어로 1963년에 출간된 《일반언어학 에세이》에 함께 실려 있는, 언어 활동을 "은유적이고 환유적인 축"에 따라 조직된 "양극의 구조"(61쪽)처럼 정의한 〈언어 활동의 두 가지 측면과 실어증의 두 가지 유형〉[21]이라는 제목의 연구에서 크게 영향을 받았다고 할 수 있다.

18) M. Deguy, 〈Pour une théorie de la figure généralisée〉 in 《Critique》, 1969.

19) J. Sojcher, 〈La métaphore généralisée〉, in 《Revue internationale de philosophie》, 1969.

20) J. Cohen, 《Structure du langage poétique》, Flammarion, 1966, coll. 'champ,' p.48.

로만 야콥슨은 언어 활동이 유사성(simularité)의 요소들(형태소 계열)과 함께 작동하는 '선별적 기능'과 비유사적인 요소들(예를 들어 한정사나 실사 따위) 사이의 인접성(contiguïté)의 관계를 확립하는 '결합적 기능'을 서로 조합하면서 작동한다는 생각에서 출발한다. 야콥슨은 바로 이러한 두 가지 방식을 바탕으로 "화자는 단어들을 선택하고, 그것을 문장으로 조합한다"(46쪽)라고 요약한다. 이 양축의 각각은 야콥슨이 은유와 환유 개념의 도움을 받아 식별할 것을 제안한 두 가지 방식에 따라서 파롤의 실행을 조직한다: "첫번째 경우를 은유적 사행(事行, procès)이라 하고, 두번째 경우를 환유적 사행이라고 하는 것이 보다 나을 것이다. 왜냐하면 이 둘은 하나는 은유에서, 또 하나는 환유에서 가장 집약된 자신들의 표현을 발견하기 때문이다."(61쪽)

우리는 고전수사학에서는 부차적이고 임의적인 질서였던 것이 야콥슨으로 넘어와서 다시 필수 불가결하며 구성적인 질서로 변하고 마는 것을 목격한다. 미학적 개념 차제였던 은유와 환유는 언어학적 개념, 심지어 시적 개념으로까지 변하게 되는데, 이는 야콥슨이 은유와 환유가 문학적 담화의 가치나, 적어도 문학적 담화의 형식적 동기를 이해하는 데 도움을 줄 것이라 판단하였기 때문이다. 이처럼 은유와 환유라는 전문 용어 쌍은 시와 산문 사이의 대립──심지어 이러한 대립은 강화되기도 한다──을 정당화한다: "시를 지배하는 것은 바로 유사성의 원리이다. 이를테면 시구의 운율적 병행주의와 각운들의 음성적 동등성은 직유와 의미론적 대비의 문제를 부여한다. [⋯] 그러나 이와는 반대로 산문은 근본적으로 인접성의 관계 속에서 움직인다.

---

21) R. Jakobson, ⟨Deux aspects du langage et deux types d'aphasies⟩, 1956.

이를테면 은유는 시에 있어서, 그리고 환유는 산문에 있어서 최소한의 저항선을 구성하는 것이다."(67쪽) 여기서 우리는 두 가지 비유법의 사용이 시구의 형태로 축소된 시, 그리고 이야기(récit)와 동일시된 산문 사이의 극단적 대립을 객관화하는 효과를 발생시킨다는 사실을 지적해야만 할 것이다.

이와 마찬가지로 우리는 이 두 가지 용어 체계가 문학 유파의 정의에도 활발하게 관여한다는 것을 알 수 있다. 예컨대 "낭만주의와 상징주의 유파에서 나타나는 은유적 기법의 우월성"을 "리얼리즘이라 부르는 문학적 흐름을 실질적으로 정의하고 지배하는 환유의 우세"(62쪽)에다가 대립시키는 것이다. 이러한 이분화와 더불어 발생하는 근본적인 문제는 이러한 이분화 작업이 '담화의 복수성(pluralité du discours)'을 미리 설정된 초월적*·기능적 대립에 축소시키면서 문학의 이분법적 질서의 토대를 세우고 한층 강화한다는 데 놓여 있다. 이경우 적절한 예를 수사학에 제공하며 수사학에 봉사하는 것은 다름아닌 바로 문학이며, 이러한 사실은 마치 변론적 개념의 시학적 개념으로의 변형을 수사학에 전제하는 것과 마찬가지의 작업이며, 그러나한편 그 반대의 경우는 결코 발생하지 않는다. 문채들을 두 가지 단위로 축소시키는 일종의 비약과 더불어 모델은 전통수사학의 모델로 변하게 된다.

결국 야콥슨의 이론적 행보는 전적인 '일반화 작업,' 즉 방법론의 차원에서는 도식주의, 이론의 차원에서는 새로운 수사학을 범-수사학으로 확장시키려는 보편주의(universalisme) 같은 작업 속에 내재되어 있게 마련인 다음과 같은 극단적인 위험성마저 드러낸다:

"이러한 두 가지 기법들 상호간의 이환율(prévalence; 어느것이 더 우세한가의 문제)이 문학예술에 국한된 것은 전혀 아니다. 이와 같은 문제는 언어 활동 이외의 기호 체계들에서도 나타난다. 회화의 역사에서 빌려 온 대표적 예로서 대상을 일련의 제유들의 계열로 변형시키는 입체파의 명백히 환유적인 성향을 또한 지적할 수 있다. 더구나 이에 비해서 초현실주의 화가들은 눈에 띄게 은유적인 인식으로 대응하였다.

야콥슨, 《일반언어학 에세이》, 63쪽.

우리가 앞으로 살펴보겠지만, 기호학이라는 또 다른 수사학에 접근하는 하나의 범-수사학을 고안하려는 이러한 경향은 수사학적 시학이 목표했던 것과는 정확하게 반대되는 효과를 생산한다. 그 이유는 이러한 경향이 문학에서 '문학의 특수성'을 박탈하면서 문학 자체를 '탈문학화' 하기 때문이며, 이는 정확히 야콥슨 시학의 목적인 문학성을 제거하는 작업에 해당되기 때문이다.[이 책의 371쪽을 볼 것]

야콥슨의 이론적 모델에 관계된 또 다른 작업들은 언어 활동 이론을 축소하건 혹은 확장하건 간에 문채 이론으로 환원하려 시도할 것이다. 은유와 환유의 우월성에 반대하여 츠베탕 토도로프는 다음과 같이 제3의 문채의 위상을 드높이려고 시도할 것이다 : "은유와 환유라는 선배 때문에 우리가 오래전부터 게을리 해왔던——그 존재 자체를 망각할 정도로——제유(提喩, synecdoque)는 오늘날 가장 근본적인 문채로 보인다."[22] 상세히 분석하는 대신 우리는 여기서 이러한 지적이 "은유가 […] 단지 이중적인 제유일 뿐"이며, "환유 역시 이와 마찬가지로 이중인적 제유"(16쪽)일 뿐이라는 절차에 따른 전반적인 축소 현상을 의미한다는 사실을 강조할 것이다. 수사학 연구의 이와 같은 방향 설정은 야콥슨의 경우보다 더욱 극단적인 방식으로, 연구 대상을 담화가 아니라 문채에서 포착하기 때문에 시학의 방향이라기보다는 오히려 논리학의 방향에 해당된다고 할 수 있을 것이다.

한편 그룹 뮤의 계획은 공공연하게 시학의 계획을 표방하는데, 그것은 이들의 계획이 문학적 의미에서 "어떻게, 그리고 왜 하나의 텍스트가 하나의 텍스트일 수 있는가라는 문제를 설명하는 데" 놓여 있기 때문이다: "우리는 *문학을 특정짓는 언어 활동의 기법들이 무엇인가에 관해서 언급하기를 원한다.*"[23] 스스로를 시학으로 여기는 하나의 *일반수사학*이라는 사유는 수사학의 개념에 의해 전제된 관점과 일반화의 개념에 의해 전제된 관점, 이렇게 두 가지 관점을 발생시킨다. 첫번째 관점은 변론적 혹은 문학적 수사학에서 전통적으로 나타나는 언어 활동의 도구적인 이해이다. 이러한 관점은 문학을 "언어 활동의 특이한 사용"(14쪽)으로 인식한다. 문체에 관해서 다루게 될 때, 이러한 관점에 대해 다시 언급하기로 한다.[이 책 245쪽을 참조할 것]

두번째 관점은 수사학적 시학, 혹은 '일반수사학'에서부터 출발하여 '일반화된 수사학(Rhétorique généralisée)' 혹은 범-수사학을 구축하려는 야콥슨에게서 이미 다음과 같이 촉발되었던 야망에 해당된다:

---

22) T. Todorov, 〈Synecdoques〉 in 《Sémantique de la poésie》, Seuil, 1979, coll. 'Points,' p.15. 여기서 '근본적인 문채' 란 표현은 '가장 중심적인 문채' 로 표시되어 있는 '수사학 연구' 에 할애된 바 있는 1970년 출간된 《코뮈니카시옹》지에서 기술했던 표현을 대치한 것이다. 용어의 이러한 대치는 문채적 근본주의의 사유를 보다 극단적으로 만드는 효과를 지닌다.

23) Groupe Mu, 《Rhétorique générale》(1970), Seuil, 1982, coll. 'Points,' p.13-14.

"일반수사학, 그리고 어쩌면 모든 것을 일반화할 수 있는 수사학의 첫번째 목표를 구성하는 것은 바로 언어 활동의 특이한 사용에 관한 이론인 것이다."(14쪽) "수사학적 '문채들'은 […] 언어적 의사 소통 방식에 제한되는 것은 아니다. 화가들과 예술비평가들이 '조형적 은유'에 관해 언급한 것은 매우 오래전부터이다."(25쪽) 이러한 관점의 실질적 적용은 앙리 르페브르의 주거 환경에 관한 수사학 작업을 통해서 제안된 바 있다: "우리는 심지어 '아슈·엘·엠(HLM)'[24]에 대해서까지도 스타일의 문채들을 추구하는 것이 부질없는 작업이라고 생각하지는 않는다. 이와 반대로 우리는 바로 이런 작업이 일반화된 수사학의 목표라고 믿고 있다."(9쪽)

범-문채화 작업(pan-figuration)은 문채를 도처에 배치하며("상징적인 것과 마찬가지로 수사학적인 것은 사방에 존재한다"[25]), 언어 활동 속에서와 마찬가지로 문채의 주제 역시 사물 속에 배치하는 범-윤리성을 전제한다: "이러한 특질('시적' 의미의 효과 외에도 심리학적인 효과, 이를테면 '유머, 비극, 경이로움'의 효과를 생산하는 특질)을 회화와 음악적 표현, 심지어는 자연 광경(일몰…)과 유사하게 분배하는 작업은 분명히 말해서 아무런 의미가 없는 작업은 아니다."(123쪽)

"역사적·개인적 가치들을 마련하면서 문학적 용법의 불변 요소들을 언어 활동에서 추출하는"(17쪽) 이러한 논리주의적·형식주의적 의지는 실현의 개별성을 추상화시키는 과정에서 경험성*과 역사성*을

---

24) 'H. L. M.'은 'Habitation à loyer moderé'의 약자로, 영세민을 위한 임대 아파트를 의미한다.〔역주〕

벗어난 과학적 논리 가까이에다가 문학의 이론화 작업을 근접시킨다. 이러한 과정은 옐름슬레우의 언어학적 용어 속에서 다음과 같이 표현된다: "형식적 기법들은 충분히 추상적 방식으로 결정되었기 때문에 표현의 특수한 실체(substance)에 의존하지 않을 것이다."(《시의 수사학》, 15쪽)

이러한 형식적 추상화 작업의 추구는 "전통수사학과 역사적으로 결별했던 두 가지 경향들"(12쪽), 그리고 여기서는 로만 야콥슨의 언어학적 용어로 표현된 두 가지 경향들[이 책의 398쪽을 볼 것], 즉 "인지적 기능[수신자에게 설정된]을 토대로 한 언어 활동의 논리적 경향과 시적 기능에 대한 고찰인 미학적 경향" 사이의 선택을 실행하게끔 유도한다. 이러한 미학적 전망은 수사학적 기능(23쪽)과 동일시된 시적 기능의 관점을 문학성에 관한 동일한 자기 목적적(autotélique)(자기 지시적, autoréférentielle) 이해의 이름하에서 선호한다. 이처럼 야콥슨은 시적 기능을 "자신의 고유한 목적을 위해 메시지(전언)에 취해진 강조"(《일반언어학 에세이》, 218쪽)라고 정의한다. 바로 이러한 관점에서 그룹 뮤는 시적 파롤이 "자기 스스로와 의사 소통하며, 이러한 하위-의사 소통은 심지어 형식 원리의 다름 아니다"(《일반수사학》, 19쪽)라고 확신한다.

자기-지시성(auto-référentialité) 원리의 귀결인 문학성을 작품의 종결로 여기는 사유는 다음과 같이 문학적 구조주의에서 다시 취해진

---

25) Groupe Mu, 《Rhétorique de la poésie》(1977), Seuil, 1990, coll. 'Points,' p. 16.

다: "시인은 담화를 담화 그 자체로 닫는다. 우리가 작품이라 부르는 것은 바로 이러한 닫힘인 것이다."(《일반수사학》, 19쪽) "문학적 담화는 변환법(métabole)[26]에 의해서 자기 스스로 닫히는 것이다."(27쪽) 이러한 입장은 작품과 자기 목적적이지 않은, 즉 문학적이지 않은 일상적 언어 활동이나 혹은 "그냥 간단하게 말해, 언어 활동"과의 대립을 강화한다: "따라서 우리는 시적 언어 활동을 자신의 내부에서 종결되지 않는 단순한 언어 활동의 모델로 파악하는 능력과는 상당히 동떨어져 있다."(19쪽) 우리는 이와 같은 작품의 종결에 대한 문제에 관해서 기호학에 할애될 다음 챕터에서 다시 살펴볼 것이다.

"수사학성(rhétoricité)과 문학성 사이의 조직적 관계를 전제하는 데"(《시의 수사학》, 18쪽) 자신의 전망이 놓여 있음을 전적으로 인정하면서도 그룹 뮤는 수사학과 시학의 관계에 관해서는 다음과 같이 상대적으로 모호한 입장을 전개한다: "수사학은 문학에 관한 특성적인 언어 기법에 관련된 지식을 의미한다. 시가 엄밀한 의미에서 문학의 표본이라는 이해를 바탕으로 우리는 '시학'이라는 단어를 통해서 시의 일반적인 원칙들에 관한 보다 철저한 지식을 인식한다."(《일반수사학》, 25쪽) 하지만 문학성의 토대를 세우는 원칙들에 관해서 사유하지 않고서, 과연 어떻게 문학적 기법에 관한 연구를 개진할 수 있단 말인가? 따라서 수사학은 불가피하게 '암시적인 시학'만을 소유할 뿐이다. 왜

---

26) 변환법(變換法, métabole)은 그룹 뮤가 문채들의 상이한 유형들에게 부여한 이름이다. 이를테면 어음 변이(語音變異, métaplasme)는 "언어 활동의 음성적 혹은 철자적인 측면에서 작용한다." 통사 변이(métataxe)는 "문장의 구조에 작용하는" 통사의 문채들이며, 의소 변이(métasémème)는 "의소(意素, sème) 집단을 변형시키는" 의미 작용의 문채들이며, 사상의 문채들과 가까운 논리 변이(métalogisme)는 "문장의 논리적 가치를 변형시킨다"라고 설명한다.(Groupe M, 《Rhétorique générale》, p.34-35)

냐하면 어떤 담화를 문학의 표본으로 특징짓는 기법들을 연구하는 수사학은, 한편 어떤 담화를 문학적이라 선언하는 데 있어서는 결정적으로 시학 이론가들의 승인을 기다리지 않기 때문이다.

비록 전통수사학과 거리를 취하고 있지만 작품들 속에서 시학이나 문학 비평과 같이 충분히 폭넓은 '과목들'을 포괄한 제라르 주네트는 이러한 '새로운 수사학'의 도래에 상당한 기여를 한다: "우리가 인정하는 비평이란 적어도 부분적으로는 새로운 수사학과 동일한 무엇일 것이다."(《문채들 II》, 16쪽) 이러한 수사학을 그는 '문채들의 수사학'이라 정의하는데, 한편 주네트는 1970년대에는 문채의 특성이 제한되었다고 고발했으며, 나아가 "문채 개념의 상대적인 남용 상태"(《문채들 III》, 21쪽, 노트 4)에 대한 책임감을 묻는다. 이러한 사실은 각기 1966년과 1969년에 출간된 《문채들》과 《문채들 II》 두 작품, 그리고 이에 이어서 1976년에 출간된 《문채들 III》[27]에서 비유를 통해서 나타난다.

옛 수사학이 "역사적이라는 장점 외에는 아무것도 갖추고 있지 않다"라고 간주하기 때문에 "우리 문학에 적용하기 위해 옛 수사학의 약호들을 부활시키려는 사유"는 제라르 주네트에게는 "무익한 시대착오 현상"처럼 비추어진다.(《문채들》, 221쪽) 따라서 제라르 주네트의 입장은 사회학적 역사성*의 입장, 즉 옛 수사학의 체계가 "조화를 상실했으며 문채들을 이러한 체계 속에 유기적으로 결합시키는 관계들의 망과 함께 문채들의 '의미하는 기능(fonction signifiante)'도 사라져 버렸다"는 관점을 바탕으로 한 옛 수사학의 폐지를 주장하는 입장이다. 이러한 입장은 다른 시간, 다른 풍속, 이를테면 다른 문학, 다른 수사학을 취하는 입장인 것이다: "문학의 '스스로 의미하는 기능'

은 더 이상 문채들의 약호를 경유하지 않는다. 보다 상세히 지적하자면, 현대 문학은 수사학의 거부(최소한 지금은)라는 자기 고유의 수사학을 갖고 있다." 이러한 역사적 이해는 매우 의미심장한데, 왜냐하면 문제로 부각된 것이 일반수사학(la rhétorique)이 아니라 바로 하나의 수사학(une rhétorique)이기 때문이다. 따라서 제라르 주네트에 따르자면 문학의 매 시기에 따라 각각 특수한 수사학들이 존재하는 것이다.

수사학이라는 용어는 문학을 장르로 구분하는 옛 방식을 구조주의적인 교체를 통해 증명하면서 이야기나 심지어 묘사까지도 담화의 유형들과 '새로운 수사학'이란 표현 속의 '새로운'과 '수사학'이라는 두 가지 용어를 통해 이해하는 방식을 정당화한다. 이처럼 "오늘날 장르의 개념은 오히려 잘못 수용되었다"고 간주하면서 제라르 주네트는 "문학적 담화의 근본적인 구조들"에 관해서 언급할 것을 제안한다. 한편 용어들의 이러한 대치 현상은 상당 부분의 수정에 해당된다. 이를테면 용어들의 대치는 시학을 언어학의 영역에 결부시키면서 시학을 언어 활동의 유형학적 구조화의 연구로 유도하는 수사학적 관점의 전이를 그대로 증명한다: "새로운 수사학은 있는 그대로의 문학에 관해서, 혹은 야콥슨의 용어를 다시 빌려 말하면, 문학의 문학성에 관해서 언급할 체계를 갖추고 있는 유일한 학문 분과임에 틀림없는 언어학의 세력권 안으로 아주 자연스럽게 편입될 것이다." 이러한 언급에서 우리는 언어학과의 관계가 새로운 수사학에는 여전히 의무적인 우회의 수단임을 목격하게 된다.

---

27) 쇠이유 출판사에서 출간된 이 작품들은 'Points' 시리즈로 재출간된 바 있다.

문학적 구조주의와의 공모는 *문채* 개념과 텍스트 개념의 연합에 의해 촉발된다. 사실상 주네트에게는 "모든 작품들 혹은 문학 작품의 모든 부분들은 무엇보다도 우선 하나의 *텍스트*, 다시 말해서 문채의 직물로 여겨야 하는 것"[이 책의 301쪽을 참조할 것]이 바로 관건으로 자리잡는다. 여기서 언급된 텍스트의 개념이 롤랑 바르트의 〈텍스트 이론〉(1973년)에 할애된 《유니베르살리스 백과전서》[28]의 항목에서와 마찬가지로 구조주의 비평가들에 의해 대중화된 바 있는 텍스트-직물(라틴어로 textum: '직조된' 이라는 뜻)의 어원을 토대한 비유를 통해 이해되었다는 사실을 지적해야 할 것이다. 롤랑 바르트는 〈텍스트 이론〉에서 "비록 선조적(線條的)인 상태에 머문다 하더라도 문자들의 구성은 심지어 파롤, 직물의 얽힘(어원적으로 '텍스트' 는 '직물' 을 의미한다)을 암시한다"[29]라고 명시한 바 있다.

제라르 주네트에 있어서 시학의 개념은 문학의 개념에 '밀착' 해 있는 정도에 따라서 다양하게 변화한다. 이처럼 "우리는 야콥슨과 더불어 문학 이론이 시학임을 인정하였다"라는 주네트의 제안은 *문학에 관한 이론*과 *문학 형식들에 관한 이론* 사이에 발생하는 의미의 차이를 등한시하게 될 "*문학 형식들에 관한 이론, 혹은 간략하게 말해서 시학*"(《문채들 III》, 13쪽)과 같은 정의를 통해서 강화되는 시학의 개념과 문학 이론의 개념 사이의 동일시를 의미하거나, 또는 암시적으로 하나의 시학이 반드시 문학 이론이라기보다는 오히려 보다 일반화된 장르들의 이론——문학적이건 그렇지 않건——이거나 담화들의 이론이라는 것을 의미할 것이다.

---

28) 《Encyclopoedia Universalis》, Paris, Encyclopoedia Universalis France, 1989.

여하튼 전통적으로 "아리스토텔레스 이후 전통을 규범으로 설립하거나, 인정된 지식들을 규범화하는 데 놓여진" "고전주의의 닫혀 있는 시학"(11 쪽)과 "이미 기술된 작품들과 이미 채워진 형식들이 예측 가능하거나 연역해 낼 수 있는 다른 조합들의 윤곽이 드러나는 경우를 초월하여 오로지 특수한 경우처럼 나타날 뿐인 담화들의 다양한 가능성의 탐구"를 겨냥하는 "열려 있는" 새로운 하나의 시학 사이의 대립을 정당화하는 것은 바로 이 장르들의 이론인 것이다.

그러나 한편 주네트의 시학 개념은 단지 문학과의 관계에 맞추어 변모하는 것은 아니다. 더구나 주네트의 시학 개념은 "규율의 약하거나 혹은 중립적인 의미"와 "독트린에 속한 강한 의미나 최소한의 가설"(《픽션과 딕션》, 15쪽) 사이의 대립을 모두 포괄하고 있다. 대략적으로 말해서, 시학의 소위 "실질적 적용"의 승인은 온갖 종류의 "테크놀로지들"(《문채들 III》, 68쪽)을 활성화하고 텍스트들을 개입시키면서 이중적인 '과학적' 일관성의 수립을 겨냥하는 오히려 '이론적인' 승인을 의미한다. 방법론의 이중적 일관성과 연구 대상의 이중적 일관성이 바로 그것이다.

'분석적 방법론' 의 형식하에 《문채들 III》에서 이야기의 구조적 작동 기능을 식별하기 위해 '내레티브의 시학' 이 고안한 '연대기적 서술 순서의 위반(anachronie)' '예변법(豫辨法, prolepse)' '회상(analepse)'

---

29) 1966년에 작성된 주석에서 데리다는 《글쓰기와 차연 Écriture et différence》(1967년)을 구성하는 에세이 모음을 이와 같은 방식으로 언급한다: "만약 텍스트가 직물을 의미한다면, 이 모든 에세이는 텍스트에서 강하게 가봉된 재봉질처럼 정의된다."(438쪽)

'유추 반복 서술(反復相, itératif)' '초점화(focalisation)' '정보 더 주기(paralepse)' '정보 덜 주기(paralipse)' '메타디에게시스(métadiégétique)' 등등으로 불리는 "담화 속에서 두드러지게 공통적인 요소들, 대중적으로 유용하며 통상적으로 순환되는 문채들과 기법들"은 바로 이러한 '규율적인' 하나의 시학에 속하는 것이다.

II
문채(文彩, figure)의 개념

문학에 관한 사유에 관련되어 만약 옛 수사학과 새로운 수사학 사이에 이론적 연속성이 존재한다면, 이러한 연속성은 전통적으로 시적 장식화에 속했던 국지적인 요소들이나, "하나의 문채를 일반적인 수준까지 상승시키는 것이야말로 […] 텍스트적 요소나 한 작품에 대한 사유를 '수식된 것(le figural)'으로 결집되게끔 배려하는 것"이라 언급한 미셸 드기처럼, 한 작품의 종합적 배열의 반열로까지 상승되는 **문채** 개념에서 발현된다. 전통적인 관점에서 문채 개념은 문학적인 무엇을 의미하였는데, 이러한 개념 설정은 특히 덜 문학적이라 여겨진 산문과의 대립 속에서 문채와 시 사이의 동일시 현상에 의해서 강화되었다.

물론 우리가 이해하고 있듯이 수사학의 역사에 비추어 볼 때 제반 문제는 상호간의 배타적인 대립을 전제하는 용어들과 마찬가지로 극단적인 용어들 속에서 제기된 것은 결코 아니었다. 문채에 의한 담화의 장르들간 차별은 '옛 수사학자들'에게 있어서는 문채들의 현존이나 부재보다는 오히려 문채들의 다소간의 '자유'에 놓여 있었다. 이처럼 퀸틸리아누스는 변론가에게 "용법에서 조금 멀어진 말보다는 좀더 자유로운[변론적 산문의 문채들에 비해서] 문채들"(《웅변교육론》, X, 1, 31, 79쪽)을 사용하는 역사가들과 "단어 선택의 자유와 문채들을 허용하기 위해서" 시 장르를 "환상적이거나, 심지어는 믿기 어려울 만큼의 놀라운 고안을 통해서"(X, I, 28, 78쪽) 실현하는 시인들을 신중하게 읽을 것을 주문한 바 있다.

그러나 '문채적인 것'의 '문학적인 것'으로의 동일시 현상은 우리가 살펴본 옛 수사학에도 속했던 시작술의 협약들과 마찬가지로 "훌륭히 기술하는 데 초점이 맞추어진"[30] 수사학의 경향일 것이다. 예를 들어서 자크 플르티에는 '학술적인' 시들을 정당하지 않다고 판단한다. 다시 말해서 플르티에는 학술적인 시들이 "장식도 문채도 없는 용어들의 신랄함과 자료의 제한된 성격"에 의해 "본성적인 것들"을 다룬다고 판단하면서 수식된 담화를 사용해서 변론가와 시인을 대립시킨다: "변론가는 바다를 묘사하기 위해 라틴어로 'altum'[=높은 바다: 전통적으로 시에서 선택되었던 단어]을 말하지 않을 것이다. 모든 종류의 선박에 관해서 변론가는 선미(船尾)도, 수식된 유사한 다른 단어들도 말하지 않을 것이다."(250쪽) 시에 특수한, 수식된 어휘에 관한 이러한 사유는 우리가 문체(style)의 개념에 관해서 다시 살펴보면서 언급하게 될 신화의 기원에 속한다.

---

30) 최초에 '잘[훌륭하게] 말하는 학문'처럼 인식되었던 수사학의 마지막 변모인 표현술의 수사학: "만약 수사학이 그 자체로 훌륭히 말하는 학문이라고 한다면, 수사학의 정의와 최상의 궁극적 목표 역시 훌륭히 말하는 것임에는 분명하다."(퀸틸리아누스, 《웅변교육론》, II, 15, 38, 85쪽)

우리가 첫번째로 살펴볼 것은 문채의 *수사학적인* 사유의 토대를 구성하는 '이탈'에 관한 것이다. 그러고 나서 특히 상징 이론과 해석학을 지탱하고 있는 관계들을 연구하면서 우리는 '문채적인 것'과 '문채화된 것' 간의 결탁에 관심을 가질 것이다.

1. 이탈(écart)의 원칙

문채의 수사학적 이해는 파롤의 이탈, 혹은 우회(détour)의 원칙에 토대를 둔다. 문제는 이탈에 대한 여러 가지 이해와 관점이 존재한다는 사실에서 발생한다. 예를 들어 이탈은, 전의(轉義, trope)("전의는 고유한 의미가 수식된 의미로 변화된 단어들이다"[31])의 경우 단어들의 고유한 의미에 대립될 뿐만 아니라 언어 활동의 일상적 사용에도 대립되면서 소개된다. 아리스토텔레스에 있어서는 동일한 언어 활동의 계획 속에서 설정되지 않았을 뿐만 아니라 서로 경쟁적이지도 않았던, 문채에 관한 이러한 두 가지 이해는 하나는 언어학적이고 또 다른 하나는 사회학적인 언어 활동에 관한 두 가지 관점들처럼 오히려 서로 대립되기에 이른다.

사실상 아리스토텔레스의 《시학》에서 '적절한 것(le propre)'과 '부적절한 것(l' impropre)' 사이의 대립은 문채, 특히 전의의 *내적* 작동 기능을 지배한다. "은유란 장르에서 종으로의 이전이나, 종에서 장르로

---

31) Fréron(1757), in 《Les Tropes de Dumarsais, avec un commentaire raisonné par M. Fontanier》(1818), Paris, p. LV, Genève, Slatkine Reprints, 1967.

의 이전, 혹은 종에서 종으로의 이전이나 유추 관계에 의한 이전에 따른 부적절한 이름의 실질적 적용"(《시학》, 57 b, 107쪽)인 것에 비해서 일상적인 것과 수식된 것 간의 대립은 다음과 같이 문채의 *외적* 양태를 구축한다:

"표현은 […] 익숙하지 않은 명사들을 사용할 때 일상적인 것들에서 빠져나온다. 따라서 나는 빌려 쓰기(emprunt), 은유, 길게 늘이기(allon-gement) 등, 결국 통상적인 용법에서 이탈된 모든 것을 익숙하지 않은 것이라고 부른다."

아리스토텔레스, 《시학》, 58 *a* 18, 113쪽.

언어 활동의 사회적 용법에 관해 지적하고 있는 이탈에 관한 이러한 이해는 따라서 문채라는 좁은 틀을 넘어서며, 담화 즉 아리스토텔레스가 '낯선 것들'이라 특징지은 바 있는 '수식된' 담화의 일반적인 양태를 구성하기에 이른다: "한 단어의 다른 한 단어로의 대체는 표현술에다가 보다 상승된 형식을 부여하는데, 그 까닭은 우리들에 관해 외국인들과 우리 동향인들이 생산하는 서로 다른 효과가 표현술에 의해서도 마찬가지로 생산되기 때문이다. 바로 이렇기 때문에 언어 활동에 외국적 봉인을 부여해야만 하는데, 왜냐하면 격리란 놀람을 자극하기 때문이다."[32]

---

32) 로즐린 뒤퐁 록과 장 랄로가 자신들의 《시학》의 번역본에서 인용했던 수사학의 동일한 구절의 번역은 다음과 같다: "이탈은 보다 중요한 표현을 등장시킨다. 이를테면 사실상 사람들은 표현과 마주하여 외국인들이나 동향인들과 마주하여 그들이 느끼게 되는 표현을 느끼는 것이다. 그렇기 때문에 언어 활동에 낯섦(étrangeté)을 부여하여야만 하는데, 이는 우리가 격리된 것을 찬양하기 때문이다."(《시학》, 358쪽)

퀸틸리아누스는 동일한 문장에서 두 가지 관점을 한꺼번에 취한다. 문채들은 "논지의 선상에서 이탈되며[…] 통상적인 사용법에서 격리되어 나타나는 장점을 표현한다."(《웅변교육론》, II, 13, 11, 72쪽) 피에르 퐁타니에(1821년)는 "담화의 문채들은 […] 단순하고 공통적인 표현이었던 것들에서 다소간 멀어진 사상, 사유, 혹은 감정의 표현에 따른 협약들이다"[33]라고 말하면서 문채들을 더 이상 서로 대립시키는 것이 아니라 지지한다. 공통적인 것과의 관계를 희생시켜서 단순한 것과의 관계의 선택을 이탈의 기준처럼 연관지어야만 하는 곳은 바로 문체들-전의들의 영역에 놓여진 속에서 수사학의 특수화인 것이다.

뒤마르세의 《전의들》(1730년)[34] 협약집은 수사학의 한복판에서 사회학적 표식에 비해서 언어학적 표식을 우선시하는 '문법학자'의 운동을 상징한다. 이처럼 "본성적이고 일상적인 문채들과 거리를 두고 말하는 방법들"(2쪽)로서 문채들을 정의하는 것을 비판하면서, 뒤마르세는 "문채는 몇 날 며칠에 걸쳐 아카데미 회의에서 만들어진 것보다도 레알 시장에서 단 하루 만에 만들어진다"(3쪽)라고 확신하며, 문채를 "특별한 변형에 의해서 다른 것들과 구분되게 말하는 방법"으로 정의한다. 따라서 문채는 "하나 혹은 여러 가지 단어들의 특별한 배치"(J. C. 스칼리제, 1540년)를 만들어 낸다는 문법학자의 정의와 매우 가까운 괄목할 만한 언어학적 양식인 것이다.

---

33) P. Fontanier, 《Les Figures du discours》, Flammarions, 1977, coll. 'Champs,' p.64.

34) Dumarsais, 《Des tropes ou des différents sens dans lesquels on peut prendre un même mot dans une même langue》(1730), in 《Les Tropes de Dumarsais》, avec un commentaire raisonné par M. Fontanier(1818).

다음에서 우리는 장 코앵의 문채 이론 비평(《시적 언어 활동의 구조》, 1966)에 관해서 제라르 주네트가 확신한 이탈의 *비유적*(tropologique) 기준을 발견한다: "이탈-문채는 심리-사회학적으로 통상적인 표현과 상이한 무엇처럼 정의되는 것이 아니라 언어학적으로 적절한 용어와 상이한 무엇처럼 정의된다."(138쪽) 여기서 언어학적 규범 개념의 암시적인——정당화된——비평이라는 이름하에서 격리된 것은 다름 아닌 바로 언어학적 요소를 사회학적이고 윤리적인 것에서 따로 분리하지 않았던 아리스토텔레스가 언급한[이 책의 73쪽을 볼 것] 담화의 낯섦(étrangeté) 혹은 '낯설게 만드는 것(étrangèreté)'의 성격이다. 이러한 구분을 전적인 대립으로 몰고 가는 해결 방식은 20세기에 이르러 언어 활동, 그리고 분리된 과목으로 변해 버린 언어 활동의 제도화에 관한 관점들의 분열을 예고한다.

어찌되었건 확실한 것은 문학이나 시의 관계는, 문채의 사유와 함께 문학적인 것을 상징화의 실질적 적용으로 이론화하는 경향이 있다는 것이다. 신화적인 문채들의 '문학적' 사용을 극단화시키는 '시인 양하는 것들(poétries)'의 예[이 책의 117-118쪽을 참조할 것]는 이러한 사실을 잘 드러낸다. 고상한 문체를 형성하며 필연적으로 특수한 어휘의 사용을 파생시키는 과정은 바로 시가 18세기말까지 어디에 동일시되었던가 하는 사실을 잘 드러내 준다. 우리는 시에서 "돼지를 돼지의 이름으로" 부를 것을 주장했던 빅토르 위고의 반발을 잘 알고 있다. 예컨대 이러한 반발은 '일상적인' 단어들이나 기술적인 영역처럼 전통적으로 시적이라고 여겨지지 않았던 어휘들을 시적 글쓰기 안에 포괄시킬 19세기 초입에서부터 실질적으로 나타날 모든 운동을 상징하는 것이다. 보들레르에 의해 극찬을 받았던 1820년대 초반의 알퐁스 라브는 파이프를 "섬세한 심줄의 동력 측정기"[35]에 비유하였는데, 이 어휘는 고작해야 1802년에 이르러 사전에 정식으로 포함된 용어에 해당될 뿐이었다.

비록 이견의 여지가 있다고 해도 이탈의 원칙은 일반적으로 문채 개념과 밀접하게 관련되어 있다. 이러한 사실은 '새로운 수사학' 뿐만 아니라 '그 이름이 무엇이건간에' 동시대의 언어학과 논리학에서도 마찬가지로 계승되고 있다. 이는 마치 조르주 클레이버(1994년)[36]가 은유란 "일상적 혹은 있는 그대로의 언표들과 구분짓는 특수한 용법을 대표하며, 우리가 그것에 부여하는 이름이 무엇이건간에 하나의 언표를 은유적으로 확인하는 데 사용되는 규범을 벗어난 무엇이 늘 현존하는 것이다"(36쪽)라고 언급하는 것과도 마찬가지이다. 규범의 이러한 이탈 행위(déviance)는 "부적절하거나"(55쪽) "협약적이지 않은 범주화 작업"(54쪽)의 절차로 해석되기도 하고, 카트린 케르브라 오르치오니(1994년)[37]에게 있어서는 편차(décalage)나 우회라는 완화된 개념들을 통해서 파악되기도 한다. 따라서 "하나의 전의의 식별은 항상 있는 그대로의 의미와 활성화된 의미 사이에 존재하는 편차의 인식을 전제하며"(59쪽), 또한 전의란 "전의가 포착한 언표를 곧고 올바른 길에서 벗어나게 하고 마는데"(64쪽), 이것이야말로 문채들이 "기준에

---

35) A. Rabbe, 〈La Pipe〉, in : 《Album d'un pessimiste》(1835), José Corti, 1991, p.170.

36) G. Kleiber, 〈Métaphore: le problème de la déviance〉, in 《Langue française》, 101, février 1994.

37) C. Kerbat-Orecchioni, 〈Rhétorique et pragmatique: les figures revisitées〉, in 《Langue française》, 1994, p.101.

서 벗어난다"는 퀸틸리아누스를 계승하는 관점인 것이다.

1960년대와 1970년대에 발생하였던 '이탈 논쟁'의 역사를 여기서 되새기는 일은 불필요한 것이지만, 한편 중요성은 매우 복잡하게 표출되었던 논리에 의해 일반화되었던 사안들을 다시 점검해 보는 일에 놓여 있을 것이다. 문제는 이탈의 사유가 문학성을 이해하는 데 필요한 토대를 세우기 위해서 문학 연구들의 개념들(문채, 장르, 문체)을 초월하기 때문에 사실상 그것이 하나의 논리를 의미한다는 데 놓여 있다. 이처럼 장 코앵이 "시학성의 변별 자질"(〈이탈 이론〉, 《코뮈니카시옹》지, 16, 4쪽)을 발견한 "규범의 체계적인 위반"으로 여기는 이탈의 개념에 반대해서 그룹 뮤는 "여기서 규범의 일탈에 매달리는 것은 유치한 일"(《일반수사학》, 17쪽)이라고 판단하는데, 사실상 이러한 판단은 규범에 관한 사유를 상대적으로 언어적 대상에다 일임하는 작업에 해당된다. 그러나 한편 "있는 그대로의 이탈이 아니라 문체를 구축하는 규범-이탈의 관계"(22쪽)를 제시하면서 그룹 뮤는 동일한 논리에 머물게 된다.

"구조적 시학"(《시적 언어 활동의 구조》, 49쪽)의 계획을 수사학이라는 "낡은 과학"(48쪽)이 쇄신하는 삼은 장 코앵은 문채-이탈이라는 짝패의 개념을 "언어 코드를 구성하는 규칙들 중 위반처럼 스스로 특수화된 문채들 각각과 언어 코드의 체계적인 위반처럼" 전개한다. 문학성에 관한 사유의 전형적인 예를 구축하는 이러한 정의는, 한편 비판에도 불구하고 문학 비평에서 대표격으로 부상될 것이며, 나아가 이탈에다가 주관성을 부여하기에 이른다. 그리고 이러한 주관성은 위반의 윤리적 측면과 위배의 정치적 측면에 의해 해석되어질 뿐만 아니라, 이와 마찬가지로 시를 '언어 활동의 병리학적 형태'로 인식하는 질환의 심리적 측면에 의해서도 해석되어질 것이다.

이탈의 논리는 문채의 작동 기능을 시를 '반(反)산문'처럼 구축하는 작동 기능과 동형으로 만들며, 이렇게 해서 옛 수사학과 시-문학 *vs* 산문-변론적 언어 활동, 일상적 언어 활동 사이의 관계를 첨예하게 대립시킨다. 이러한 논리에 따를 때, 시는 결국 다음과 같이 문학의 전형으로 파악된다: "자연적인 언어 활동을 정의하자면 그것은 바로 산문을 의미한다. 이에 비해 시는 예술 언어 활동, 말하자면 기교(artifice)인 것이다."(장 코앵, 《시적 언어 활동의 구조》, 47쪽) 나아가 이탈 개념은 결과적으로 문학성 개념을 부정성에 의해서 결정짓기에 이른다: "각각의 수준에 따라서 정상적인 언어 활동의 코드를 위반하는 상이한 방식처럼 자신의 특수성의 내부에서 시적 언어 활동을 구축하는 것은 기법들 혹은 문채들 각각인 것이다."(189쪽) 〈시와 부정성〉(1969년)에 관한 연구에서 줄리아 크리스테바는 "파롤 체계의 내부에서"(《세미오티케》, 268쪽) 작동하는 "시적 글쓰기의 위반하는 작업"에 관해 언급한다. 그리고 이러한 일련의 과정은 시적 담화와 '일상적 담화' 사이의 대립 속에서 활발하게 기능하며, 후자는 여전히 '통용어' '의사 소통적 파롤' 혹은 '말해진' 언어 활동으로 명명되어진다.

이러한 전망 속에서 문채의 언어학적 측면을 구성 요소의 일부로 축소시키면서 지배하려는 경향을 내비치는 것은 바로 이탈의 사회학적 차원이다. 이러한 태도는 역사적으로 설정되어 있으며, 언어의 벗어나거나 혁명적인 형식을 문학에서 만들어 낼 것을 자신의 목표로 삼는다. 1966년 그룹 뮤에 의해서 수행된(《일반수사학》, 16쪽) *시적 언어*

활동에서 고안된 용어들의 다음과 같은 목록들은 바로 이러한 관점을 강력하게 시사한다고 할 수 있다: '남용'(폴 발레리), '위반'(장 코앵), '스캔들'(롤랑 바르트), '비정상'(츠베탕 토로로프), '광기'(루이 아라 공), '일탈'(레오 슈피처), '전복'(장 페이타르), '위배'(마르셀 티리). 여기서 의미심장한 것은 용어 자체가 아니라 바로 이러한 목록이다.

이처럼 리스트의 서두에 위치한 '남용'이라는 단어는 사실상 발레리에게 있어서는 존재하지 않는 가치를 계승한다. 비록 발레리가 문학은 "자신의 고유한 목표하에 일상적 담화가 게을리 하는 음성적 특성들과 말하는 행위의 리듬적인 가능성들을 이용한다"(《바리에테 5》,[38] 290쪽)라고 간주하지만, 그의 문채 이론은 무엇보다도 우선 전의의 언어학적 개념에 토대를 두고 있다. 교육에서 수사학 문채들의 영역이 사라지는 것을 유감스럽게 생각하면서 발레리는 언어 활동의 전의적인 본성에 준거하여 다음과 같은 연구를 정당화시킨 바 있다:

"문채들의 형성은 언어 활동 그 자체와 분리될 수 없다. 모든 단어들은 1차적 의미의 망각에 따른 몇 가지 남용이나 몇 가지 의미 작용의 운반으로 획득되는 언어 활동과 분리될 수 없는 것이다. 따라서 문채들을 증대시키는 시인은 문채들에서 언어 활동 자체를 *생성중인 상태*에서 무언가를 다시 발견하게 할 수밖에 없는 것이다."

발레리, 《바리에테 V》, 290쪽.

여기서 우리가 목격하게 되는 것은 이탈이, 용법의 이탈이 아니라

---

38) P. Valéry, 《Variété V》, Gallimard, 1944.

의미의 이탈이라는 사실이다. '남용'과 '의미 작용의 운반'이라는 표현은 전의가 *확장적 의미*나 *수식된 의미*를 제공한다고 주장했던 전의의 전통적인 대립을 재생산한다. 전자(확장적 의미로서의 전의)를 대표하는 것이 "남용을 의미하기 때문에, 그리고 의미의 확장이 일종의 남용에 해당되기 때문에 자신의 본성과 용법을 매우 잘 표현하는 단어들"[39]을 의미하는 *남유*(catachrèse)이며, 후자(수식된 의미로서의 전의)를 대표하는 것은 은유·제유·환유이다.

구조주의자들의 이론적 영역으로 발레리를 '병합(annexion)' 하는 이러한 행위는 한편 한 시대의 실상이었다. 1960년 《텔 켈》지는 발레리의 후광 속으로 자신의 몸을 의탁하며 창간호의 〈선언〉에서 발레리로부터 자신들의 제목을 차용해 온다: "세계를 원하고, 그것을 매순간 원하는 것은 현실을 부인하거나 표상하는 것보다 현실을 다시 붙잡으려 할 때 현실에 추가되게 마련인 의지이다. 이럴 때 작품은 발레리의 말처럼 진정한 '마력을 지닌 체계'가 될 것이다." 문학의 과학처럼 이해된 시학에다가 문학 연구를 종속시키려 고민한 한 세대가 전적으로 빚지고 있는 것은 어쩌면 시인이자 콜레주 드 프랑스의 시학 교육의 창시자라기보다 오히려 발레리를 통해서였던 것이다.

《텔 켈》지 제23호(1965년)에서 제라르 주네트는 "본질적인 것은 바로 *문채*였다는 사실을 나는 알고 있었다"라는 시인의 말을 다시 한번 상기하며 발레리에게서 "동시에 […] 매우 현대적이며 매우 오래된 문

---

39) P. Fontanier, 《Les Figures du discours》, Flammarion, 1977, coll. 'Champs,' p.77.

학에 대한 사유, 최근의 형식주의에 근접해 있을 뿐만 아니라 구조주의의 현재 연구와도 매우 근접한 […] 문학 사상"을 인식한다. 따라서 발레리는 옛 수사학과 새로운 수사학 사이의 가교를 연결하는 대표였으며, 발레리 자신과 동시대 시학에 문채 개념의 중요성에 귀납적으로 동기를 불어넣은 자였다.

우리는 문학성의 '사회학적인' 이해를 향해 변화하는 과정에서 이탈 이론이 *비유적* 이탈을 설정하는 문채의 언어학적인 또 다른 차원을 은폐한다는 사실을 알게 된다. 이러한 문채의 언어학적 차원은 제라르 주네트가 고유한 의미와 수식된 의미 개념과 병행적인 개념들을 가리키는 두 가지 용어들을 서로 대립시키면서 "문자와 정신 사이의 가변적이며 자주 의식되지 않지만 항상 활동적인 간격"이라 부른 것 속에 존재한다. 우리는 지금부터 이러한 개념들이 지닌 상이한 가치들을 살펴볼 것이다.

2. 고유한 것과 수식된 것

한 단어의 부적절한 용법에 따른 문채의 정의는 문채에 관한 사유를 전의의 모델에 끼워맞춘다. 예컨대 뒤마르세는 전의를 "정확히 말해서 한 단어에다가 이 단어에 고유한 의미 작용이 아닌 의미 작용을 싣게 함으로써 생겨나는 문채들"로 정의한다. 우리가 살펴본 것처럼 이러한 정의는 심지어 아리스토텔레스가 내린 은유의 정의이기도 하다. 이러한 정의는 어휘의 정확한 용법이라는 사유, 다시 말해서 한 단어의 시니피에와 한 단어가 이용하는 문맥 사이의 적합성의 관계에 관한 사유에 토대를 두고 있는 것이다.

'부적절성 개념'에 의해서 문채(전의)를 개념화하는 이와 같은 관점이 야기하는 문제들은 매우 다양하다. 예를 들어 은유의 작동 기능이 "고유한 의미와 수식된 의미에 동시에 연루되는가"(그룹 뮤, 《일반수사학》, 22쪽)라는 물음이 제기될 수 있다. 그러나 어쩌면 보다 근본적으로 우리는 고유한 의미의 개념 자체에 대해 의구심을 가질 수도 있을 것이다. 롤랑 바르트는 고유한 의미를 "단어의 최초 의미 작용," 다시 말해서 "단어가 의미하기 시작할 때 그것과 동시에 확립되는 무엇"(《기호학적 모험》, 160쪽)처럼 이해한 뒤마르세를 상기하면서 '이전(以前)'의 낙후성을 바탕으로 성립한 정의가 지니는 바람직하지 못한 특성을 강조하였으며, 이에 옛것이기 위해 '낯설게 되는,' 따라서 '수식된' 의미의 생성자인 의고주의(archaïsme)의 예를 제시하였다.

시학의 역사에 있어서 중요한 사실은 부적절성에 관한 사유가 곧 문학을 의미하였다는 점이다. 예를 들어 롱사르는 문학에 관해서 "뛰어난 시인들이 사물 고유의 이름에 따라서 사물을 명명하는 것은 매우 드문 일"(《프랑시아드》의 서문, 1587년 《작품집》의 출간본[40])이라고 선언하면서 문학성과 부적절성의 비율을 매우 밀접하고도 비례하게끔 만들었으며, 특수화된 시적 어휘에 대한 일련의 조치를 정당화하였다. 우리는 경멸을 강조하였던 베를렌의 행보를 이러한 식별 작업을 나타내는 것으로도 간주할 수 있다: "똑같이 하면 안 된다네 / 몇

---

40) In, Ronsard, 《Œuvres complètes》, t. 2, Gallimard, 1950, coll. 'Bibliothèque de la Pléiade,' p.1016.

몇 경멸 없이도 네 단어들을 선택해야 하네." 비록 비유적인 틀 안에서 위치하지 않았다고 하더라도 이 〈시작술〉의 저자는 '상징적으로' 의미론적 불분명성을 활용하였던 것이다: "잿빛 노래보다 더 값어치 나가는 것은 없다네 / 분명한 것과 분명하지 않은 것이 만나는 그곳."

하지만 이탈의 논리는 단어의 문채라는 제한된 틀을 넘어서 적절성과 부적절성의 관계에 의해서 지배받는다. 이와 마찬가지로 이탈의 논리는 해석학*을 통해서 수식된 것의 물음을 텍스트 해석의 영역에서 제기하며 문자와 정신의 대립에 몰두한다.

우선 고유한 의미와 문자 그대로의 의미 사이의 등가성(等價性)에 관해서 언급하기로 하자. 이 둘은 "전의 개념은 문자 그대로의 의미 개념과 전적으로 불가분의 관계에 있다"(앞서 인용한 논문, 58쪽)라거나, "혹 어휘화된 전의의 경우 '고유한' 의미 개념과 전적으로 불가분의 관계에 있다"라고 주해를 달아 확신하는 케르브라 오르치오니와 마찬가지로 매우 빈번하게 동의어처럼 여겨진다. 랑그의 코드와 연관된 고유한 무엇과 문자 그대로의 무엇에 대한 그녀의 이해는 전의를 문학성 개념과 함께 연관짓는 확신보다는 여기서 덜 중요하다고 할 수 있다. 예컨대 그녀에 따르면 "문학성에 관한 믿음 없이 전의 또한 존재할 수 없는 것"이다.

그러나 한편 고유한 것 vs 수식된 것, 그리고 문자 그대로의 것 vs 수식된 것처럼 짝패를 이루는 두 가지 대립 축은, 비록 이들이 서로가 서로를 지칭하면서 매우 빈번하게 사용됨에도 불구하고 결코 동등한 것은 아니다. 고유한 것에서 부적절한 것의 관계에 기초한 첫번째 대립 축은 하나의 단어, 하나의 표현에 영향을 미친다. 이를테면 그것은 국소적인 효과, 전의들의 효과라 할 수 있다. 문자와 정신의 관계에 근거하는 두번째 대립 축은 담화에 관계한다. 이를테면 그것은 하나의 언표 행위의 총괄적인 효과라 할 수 있다. 이 두 가지 작동 기능에 관해서 《백과전서》는 문채의 신학적 개념에서 '수식된 표현'과 '전형적인 서술'을 대립시키면서 서로 구분한다:

"신학에서 *문채*는 매우 상이한 두 가지 상태에서 승인된다. 이를테면 〈창세기〉에 등장하는 이삭의 희생에 관한 서술이 *수식되었다*고 말하는 것은 다양한 두 가지 의미에서인 것이다. 첫번째 경우 수사학자들이 문채라는 단어에 은유를 부여한 의미에서의 문채가 존재한다. 두번째 경우 하나의 유형, 즉 우리가 이야기하는 유형으로부터 구별된 하나의 사건의 재현이라는 의미에서의 문채가 존재한다."

《백과전서》, 〈문채〉 항목.

문자와 정신의 관계는 문자 그대로의 의미에서 신비적 의미로 상승되는 유추적 해석에 관한 작동 기능의 토대를 구축한다. 성스러운 텍스트들은 문자 그대로 취급해서는 결코 안 되는, 즉 언표의 의미에는 따르지만 *은유적이거나 알레고리적으로* 텍스트들을 초월하는 의미의 문채 현상처럼 해석해야 하는 구절들을 포함하고 있다. 이처럼 《백과전서》에 따를 때, 문채라는 용어는 "신학자들 사이에 《구약성서》에 등장하는 몇 가지 사건들이나 유형들 속에서 모호한 방식으로 우리에게 예고되거나 재현되었던 신비를 지칭하기 위한 용법"을 의미한다. 샹브르 사제에 의하면 "문자 그대로의 의미가 몇 가지 불완전성과 불경스러움을 신의 탓으로 돌리는 독트린을 포함하고 있을 때, 우리는 성서에다가 수식되고 은유적인 의미를 부여할 것이 분명하다"라고 언급한다. 마찬가지로 파스칼 역시 "진정한 신의 말씀이란 문자 그대로는 거짓일 때, 영적으로 진실인 무엇이다"(《팡세》, 272-687)라고 언급한 바 있다.

또한 수식하는 것의 윤리가 존재하는데, 그것은 〈고린도서〉 제2장에서 성 바울에 의해 다음과 같이 제기된 바 있다: "문자가 아니라 영혼[정신]인 새로운 계약의 집행자일 수 있도록 우리를 만드신 자는 바로 그분[신]이시다. 왜냐하면 문자는 살생하지만 영혼[정신]은 삶을 부여하기 때문이다."(III, 6) 파스칼은 이러한 사상을 다시 취한다: "문자는 살생한다——모든 것은 형상들로 이루어져 있었다."(《팡세》, 268-683) 문자와 정신에 대한 이러한 가치 평가는 모든 성서의 기록이란 은유적으로 해석된다고 주석가들이 제안하도록 만들었다. 이러한 논리는 성서에서 출발하여 의미 안에 또 다른 의미가 항상 존재한다는 사유를 일반화하는 데로 귀결되었으며, 이로부터 이탈에 기초한 텍스트들의 해석 이론을 창시하는 데로 귀결되었다. 예를 들어 《백과전서》는 "사실상 신비적이거나 영적인, 혹은 알레고리적거나, 비유적이거나, 유추적인 의미"를 정확하게 언급하면서 "이러한 모든 의미들은 […] 그것들을 감추고 있는 일종의 껍질 속에서 문자 그대로의 의미와 항상 만나게 된다"라고 명시한 바 있다. 주석학적인 해석의 궁극적 목적은 바로 이 감추어진 의미를 명확하게 연구하는 것에 놓이게 되는 것이다.

유추를 토대로 한 주석학적 태도가 야기하는 문제는 이와 같이 명확하게 밝혀진 의미의 정당성 여부에 달려 있다. 파스칼과 함께 "법이란 상징적이다"(《팡세》, 245-647)라고 제기하면서, 우리는 해석의 법률적 질서, '진정한 의미,' 즉 의미와 이 의미의 의미를 동시에 부여하는 자로서 주석가를 창시한다: "유일하게 성스러운 책들을 해석하는 최고의 권리를 지닌 [⋯] 성당의 권위는 그 자체로 기록들의 진정한 의미를 전혀 부여하지 않는 특별한 학자들의 주해들을 잊게 하고, 소멸시켜 버린다."(《백과전서》, 〈문채〉 항목) 문자 그대로의 무엇과 수식하는 무엇을 서로 대립시키는 체계는 오로지 그것의 실현에 토대를 둔 해설적 권위에 대한 물음, 그리고 이러한 권위가 종교적·법률적 혹은 정치적이라는 물음을 야기할 수 있을 뿐이다.

성서적 해석학*에서 본질적인 이와 같은 물음은 이와 마찬가지로 문학적 해석학에서도 제기되어야 한다. 즉 19세기 초반의 프리드리히 슐라이어마허, 20세기 초반의 빌헬름 딜타이와 마찬가지로 존재론적* 해석학을 주장하거나(마르틴 하이데거, 《언어에의 길》,[41] 1959년; 한스 게오르크 가다머, 《진리와 방법》,[42] 1960년) 혹은 방법론적 해석학을 주장하는(폴 리쾨르, 《해석의 갈등, 해석학 에세이》,[43] 1969년) 일련의 계승자와 같은 문학적 해석학의 창시자들에게서도 이와 동일한 물음이 제기되어야 하는 것이다.

문학적 해석학에 미친 신학적 영향력은 텍스트에 관해 해석가에게 부여된 우선권을 통해서 표출된다. 설명하는 행위는 따라서 이해하는

---

41) M. Heidegger, 《Acheminement vers la parole》(1959), Gallimard, 1981.
42) H. G. Gadamer, 《Vérité et Méthode》(1960), Editions du Seuil, 1976. Collection L'Ordre Philosophique
43) P. Ricœur, 《Le Conflit des interprétations. Essais d'herméneutique》, Seuil, Collection L'Ordre philosophique, 1969.

행위에 종속되게 된다. 〈해석학의 기원과 발전〉(1900년)[44]에서 딜타이는 "시에 관한 사유"를 "작품의 조직에 영향을 끼치고 내적 형식에 의해 드러나는 무의식적 집합"(337쪽)으로 정의하며, "시인은 이러한 사실을 의식할 필요도 없으며, 심지어 전적으로 그럴 수도 없다"고 명기한다. 내적 형식을 되찾는 것이야말로 정확히 말해서 바로 해설가의 임무인 것이다. "해석학의 최후의 승리는 어쩌면" 바로 여기에 놓여 있을 것이라고 딜타이는 결론짓는다.

심지어 문헌학의 역사주의자적 탐구를 겸한 문학적 해석에 대한 이러한 이해는 문학성에 관한 물음과 평가에 관한 규범의 창립을 가치의 적합성에 관한 관점과의 관계로 제기한다. 딜타이는 문학 비평과 해석학의 궁극적 목표를 서로 연관지으며 문헌학적 비평을 두 가지 방식에 의해서 설명한다. 그에 따르면 무엇보다도 우선 문헌학적 비평은 "장르의 규범들"(338쪽)을 결정지으며, 또한 "문헌학적 비평은 작품의 일반적인 궁극적 목표를 확립하며 문헌학적 비평과 모순되는 부분들을 제거"한다. 혹은 "문헌학적 비평이란 다른 작품들에서 하나의 규범을 추출하며, 여기에 합당하지 않은 작품들을 제거하는" 방법론이라고 딜타이는 설명한다.

성서 해석적 방법론과의 연관성은 하이데거에게 있어서 암시적인 동시에 명시적으로 나타난다. 암시적이라고 함은 시의 독서 방법에서 하이데거가 형상적 주해를 찾아낼 때 그런 것이고, 명시적이라고 함은 《언어에의 길》(1959년)에서 해석학에 대한 자신의 이해를 '신학적

---

44) W. Dilthey, 《Le Monde de l'esprit》, tome I, Aubier, 1947.

기원'에 의해 다음과 같이 설명할 때 그런 것이다: "나는 특히 신성한 성서의 문자와 신학의 사변적인 사상 사이의 관계에 대한 물음에 관여하는 작업을 하였다."[45] 하이데거가 언어 활동에서 제기한 이러한 '말과 존재' 사이의 관계 모델은 딜타이가 문학성과 심리학 사이에 그렇게 했던 것과 마찬가지로 하이데거 자신이 문학성과 존재론* 사이의 동일성을 제기하면서 "순수한 상태의 언표가 바로 시"(18쪽)라고 간주하는 정도에 따라 시학에 관여하게 된다.

딜타이가 문학적 해석에서 출발하여 텍스트의 사유에 관한 연구를 개진했던 것과 동일한 방식으로 한스 로베르트 야우스는 《문학적 해석학을 위하여》(1982년)[46]에서 "진정한 독서 훈련," 다시 말해서 "결정적으로 객관적인 독서"(398쪽)의 훈련에 의해서 시의 "의미 작용을 발견할" 의무를 전적으로 해석가에게 일임한다. 게오르크 가다머의 테제를 차용하면서 야우스는 두 가지 순간에 놓여 있는 하나의 실행을 제안한다. 야우스에 의하면 1차 독서는 시적 텍스트의 미학적인 특성을 단순하게 지각하는 데 놓여 있는데, 이는 시적 텍스트가 "효과적으로 지각할 무엇, 이해할 무엇을 제공"(360쪽)하기 때문이다. 2차 독서는 "유일하게 이전 독서의 경험에서 독자에게 가능태처럼 등장하였거나, 혹은 등장할 수 있을 의미 작용들만을 구체화시킬" 진정한 해석을 의미한다.

---

45) M. Heidegger, 《Acheminement vers la parole》, Gallimard, 1976, coll. 'Tel,' p.95.

46) H. R. Jauss, 《Pour une herméneutique littéraire》, Gallimard, 1988, p.386.

비록 이러한 방식이 문자와 정신 사이의 대립이라는 낡은 형식에 귀결되는 것은 아닐지라도, 두 가지 수준의 독서를 명백히 구별하는 이러한 야우스의 작업은 전통 해석학의 모델에 근거하는 것이다. 이러한 작업의 절차는 "법률적·신학적 해석학에서 출발하여 인문과학의 해석학을 재-결정하는 가다머의 제안이 해석학에 있어서 일종의 행운"(358쪽)이라고 간주하는 방법론적 논리에 포함된다. 독서의 지각적 순간과 해석적 순간 사이의 관계는 문자 그대로의 순간과 성스러운 주해가의 유추적 순간 사이의 관계와 동형을 이룬다.

독서의 지각적 순간이 "중간 수준의 독서"(371쪽)의 경험일 수 있다는 야우스의 사유는 해석학에서는 "문자 그대로의" 지각, "공통적이거나" 혹은 "통상적인" 수사학적 사회학을 드러내는 작업에 매우 근접해 있다: "시는 통상적이고 임의적인 것이 새롭고 보다 심오한 의미 작용을 획득하거나, 혹은 오래되거나 지금 이 순간에 망각된 의미를 다시 발견하는 도구일 수 있다." 그러므로 문학성은 메시지의 일상적인 것에 참가된 미학적 추가분의 꾸미는 질서에 의해 정의된다.

우리는 야우스의 **중간 수준의 독서** 개념을 비판할 수 있다. 우리는 타연구 분야에서 적용될 때 이 개념의 규범적 실체가 발견될 수 없다는 특성에 의해서 뿐만 아니라, 이 개념이 해석학적 방법론의 첫번째 단계에서 '진실-거짓이라는 순진성'에 관여한다는 사실, 나아가 해석가의 입장에서 '가능한' 의미 작용을 향해 '열려 있으면서' 방향이 제시되지 않은 독서 게임을 펼치고 있다는 사실을 의문으로 제기할 수 있을 것이다. 이처럼 보들레르의 《우울 II》의 독서에 관해서 야우스는 다음과 같이 말한다: "병행주의가 문장의 도입부들을 안내하도록 놓아두는 독자, 첫 시구로 다시 옮아가는 독자는 만약 …이라면 하고 자문할 수 있다."(376쪽) 야우스에 의해서 강조된 이러한 부분은 지각적 독서가 내포하고 있는 전제의 주관적 요소를 잘 드러낸다. 필연적으로 해석적 순간을 '준비하고 있는' 지각적 독서는 사실상 미리 행해진 과정처럼 나타난다. 야우스는 이러한 과정을 이번에는 같은 시에 관한, 그러나 언어학적인 또 다른 분석에서 역설적으로 고발하기에 이른다: "항상 해석가는 미리 앞서서 우울이 시에서 의미하는 바를 알고 있으며, 해석가는 독자가 시를 통해서 어떻게 곧바로 우울이 의미할 수 있는 바를 배울 수 있는가에 대해서 자문하지 않는다."(411쪽) 여기서 명백하게 드러나는 문제는 *시를 통해서 배운다는* 야우스의 표현에 놓여 있다.

텍스트의 의미론적이고 형식적인 구성 요소들을 서로 별개의 것처럼 간주하기 때문에 문학적 해석학의 방법론은 상당 부분 수사학과 밀접히 결속되어 있다. 해석학은 수사학이 장식의 비율을 문채들에게 할당하는 바로 그 지점——"똑같은 사상적 토대는 문채 없이 그것을 표현하는 것보다 문채들의 도움에 의지한다면 보다 생생하고 고상하며, 혹 유쾌하게 표현될 것이다"(뒤마르세, 《전의들》, 13쪽)——에 매우 근접하여 미적 추가분으로서 의미 작용에 첨가된 표현성의 가치를 전적으로 시의 형식에다가 일임한다. 이러한 미적 추가분이란 바로 리듬적·프로조디적·통사적 현상들이 **하모니, 디스하모니**[47]라는 용어, **모방적 하모니**(harmonie imtative),[48] 그리고 **돌출시키기**(mise en relief)(382쪽)라는 용어를 통해서 해석된 바 있는 문체의 전통적인 개념에

---

47) H. R. Jauss, 《Pour une herméneutique littéraire》, p.373.

해당된다.

따라서 문학적 담화의 이해에 근거하여 하나의 해석 이론처럼 드러나는 해석학에 존재하는 특수한 시학에 관해 우리는 오로지 고전수사학이 모델로 창시했던 것만을 언급할 수 있을 뿐이다. 이러한 사실은 해석학적인 관점에 머무르게 될 때, 예로 제시된 보들레르의 시와 마찬가지로 한 편의 시는 "그냥 지나치면서" 정신의학적 자료의 가치를 지니게 된다는 것을 설명한다: "만일 우리가 우울을 세계를 마주한 불안에 대한 시적 경험과 응축으로 여긴다면, 시는 우리가 현상학적 정신의학에서 불안의 정신병에 관해서 배운 것에 보다 잘 상응한다."(389쪽) 시가 "이러한 병리학적 기반을 초월한다"(390쪽)는 주장은 "병리학적 기반"과 더불어 내용으로 축소될 수 있는 언어 활동의 도구적이고 표현적 이해의 근간을 유지하며, 문학성의 미학적 이해를 형식적 추가분처럼 확신한다.

---

48) "un granit: la pierre la plus dure, dure comme le son *k* dans l'enjambment [⋯] *qu'un granit*" 380쪽(화강암: 가장 단단한 돌, 화강암이라는 행걸침에서[이 경우 '껭 그라니' 라 발음된다: 역주] 드러나는 음성 k처럼 단단한).

III
형식주의

1. 기저(le fond)와 형식(la forme)

우리는 《고르기아스》에서 문학적 언어 활동에 관한 이원론적 이해의 가장 오래된 발현 중에 하나를 발견하게 된다: "모든 시에 관련되어서 우리가 음악적인 동반 현상들, 리듬, 시구의 박자를 삭제한다고 한번 상상해 보시오, 그렇게 되면 과연 어떤 말이 남게 되겠소?"(502 c, 453-454쪽) 따라서 소크라테스는 시를 '대중적 변론'과 똑같이 여길 수 있었으며, 시구들의 운율법을 의미하는 형식적 추가분에다가 문학적 특수성의 자리를 부여하면서 시인들이 '변론가의 작품'을 만드는 것을 지지할 수 있었다.

1857년 8월 20일 《악의 꽃》의 재판에서 국가에서 명백하게 반대된 이유처럼 비추어졌던 임명된 검사와 보들레르의 변호사의 동일한 태도는 바로 이와 같은 사실을 잘 나타낸다. 보들레르의 시 속에서 나타난 "공중도덕을 위배하는 관능적인 모습들"을 드러낼 목적으로 검사는 분쟁의 소지가 있는 작품들을 다음과 같이 요약하였다: "매혹적인 관점에서 치마와 풍만한 젖가슴을 통해 레테를 묘사한 〈미친 처녀 La Vierge folle〉[…], 정부(情夫: 시인을 의미)가 계속해서 입술을 열면서 관능적인 피부를 보다 세련되게 만든 〈지나치게 유쾌한 여인 La Femme trop gaie〉."[49] 보들레르의 변호사는 작품집에 가해진 종교적 모독죄를 기각시키기 위해서 《악의 꽃》에 등장하는 최초의 시 〈독자에게 Au Lecteur〉를 탈작시화(déversifier)할 것을 다음과 같이 제안하였다: "이것을 산문으로 변형시키고 각운과 휴지를 없애 버리지요. 이 힘차고 상상력이 가미된 언어의 기저에 존재하는 무엇, 즉 거기에 숨겨져 있는 의도를 찾아내기로 합시다. 만약 우리 모두가 기독교의 설교와 이글거리는 몇 명의 설교자들의 입술에서 흘러나온 이 글과 동일한 언어를 결코 들어 본 적이 없다고 한다면, 당신들은 나에게 한 번 말해 보시오."(728쪽) 한마디로 이러한 관점은 바로 변론적 산문에다 작시법을 보태면 곧바로 시가 된다는 소크라테스의 사유 그 자체였던 것이다.

보들레르의 시는 변호사의 담론 안에 편입되어 보들레르의 변호사에 의해서 드러난 언어 활동 이론——다시 말해서 의미 작용과 문학에 관한 이해——을 명백히 경유하게 된다: "판사는 결코 비평가가 아닙니다. […] 바로 이러한 까닭에 이 공판에서 우리가 문제를 제기해야 하는 것은 형식이 아니라 바로 기저인 것입니다." 원칙에 해당되는 이러한 발언 다음에 그것의 효과들에 대해 변호사는 다음과 같은 말을 전개한다: "만약 과장되고 잔인하며, 여기저기에 산재해 있는 몇몇 표현들에 이끌리게 되어 사물들의 기저에 접근하지 않거나 진

49) Ch. Baudelaire, 《Œuvres complètes》, Seuil, 1968, coll. 'L'Intégrale,' p.726.

정한 의도를 연구하지 않은 채, 심지어 우리가 저서에 활력을 불어넣은 정신을 정확하게 이해하지 않는다면 그것은 엄청난 실수를 저지르거나, 혹은 선하고 공정한 정의를 그르칠 위험성마저 불러올 수 있는 것이오."(727쪽) 이와 같은 지적에서 목격되는 것은 문자와 정신의 해석학적 관계에 연관된("진정한 의도" "저서에 활력을 불어넣는 정신"), 문체의 장식적이고 그때그때 나타나는 기능들("여기저기에 산재해 있는 몇몇 표현들")과 함께 형성된 기저와 형식의 수사학적 이원론("사물들의 기저")인 것이다.

문채에 관한 뒤마르세의 마지막 인용[이 책의 239쪽]이 드러내듯 수사학적 체계는 형식과 기저 사이의 자율성, 그리고 그것들의 이전(移轉)에 관한 체계화 작업에 토대를 두고 있다. 우리는 이러한 수사학적 체계에서 "일상적 대화들"[50]에 관한 언어학적 분석에 적용된 두 가지 문채의 예증을 발견한다. "t+1 심급의 단어 x가 t 심급을 지니는 의미를 반드시 소유하지는 않는다"("진정한 변론술은 변론술을 조롱한다")는 분석에 바탕을 둔 발성의 문채를 의미하는 이의 반복(異議反復, antanaclase)과 "한 화자가 x라 부르면 대화자는 그것을 y로 부르기를 선호하는 방법"("당신들의 영웅은 살인자들이오")에 기초한 장치를 지칭하는 사유의 문채를 의미하는 반어 대구(反語對拘, paradiastole)가 바로 그것이다. 수사학적 분석은 첫번째 경우는 두 가지 의미에 대한 단 하나의 형식만이 존재한다고 간주하며, 두번째의 경우는 단 하나의 의미에 대한 두 가지 형식이 존재한다고 간주한다.

---

50) Fr. Douay-Soublin, 앞서 인용된 논문, 23쪽.

발레리에 있어서 형식과 기저 사이의 분리는 언어 활동의 형식주의 이론을 정당화하는 구실을 한다: "*형식은 기저를 반박한다.* / 어조(語調)의 따뜻함, 변론가의 에너지, 변론가의 화려함, 변론가의 이미지, 변론가의 재능, 천재성…… 기저에 반대되어 대단히 압도적인 논법."[51] 여기서 우리는 구조주의 시학의 선구자로 여겨진 발레리가 얼마나 해석학 옹호자들의 입장과 정확하게 일치하는 입장을 취하고 있는지를 알게 된다. 이들은 각각 *기저*(더러는 *의미*의 기저, 더러는 *내용*의 기저)에서 형식을 따로 분리해 내는 경계선에 위치하는 것이다. 이러한 대립은 마찬가지로 폴 리쾨르에게서처럼 **시니피앙**과 **시니피에**의 언어학적 용어들을 통해서도 표출된다: "구조주의가 언어 활동의 모든 결과물들을 언어 활동의 형식과 언어 활동의 내적 대립들의 놀이에서 추출한 것에 비해서, 해석학은 텍스트의 의도와 텍스트 저자의 의도를 파악하기 위해서 극단적으로 시니피에와 시니피에의 초월을 강조한다."

리쾨르의 지적이 드러내는 것처럼 언어 활동의 두 가지 구성 요소의 자율성과 이들의 이질적인 특성은 필연적으로 문학 작품의 의도적인 이해——그것이 의식과 동일시되었건 그렇지 않건 간에——를 파생시킨다. 예컨대 새로운 수사학은 자신들의 선학인 옛 수사학이나 고전수사학과는 반대로 문학적 특질이 작가의 의식적인 의도의 생산물이라고는 더 이상 생각지 않는다. 우리는 이러한 입장이 문학적 해석학에 있어서도 마찬가지였다는 사실을 앞서 살펴본 바 있다.

---

51) P. Valéry, 〈Rhumbs〉, in 《Tel Quel II》, Gallimard, 1943, p.42.

자신의 체계에 관련된 두 가지 원칙인 수사학적 사유의 이러한 두 가지 구성 요소들──형식과 의미의 이질성, 의도성──은 문채와 장르의 분류학에 관련된, 기술적인 대상인 동시에 언어 활동과 문학의 개념을 연루시키는 이론적 대상인 하나의 개념 속에서 *실현된다*. 그것은 바로 **문체**(style) 개념이다.

2. 문체와 장르의 개념들

우리는 언어 활동의 한복판에서 개인적인 것과 집단적인 것의 관계, 이를테면 일종의 개인적인 방식과 사회적인 방식의 관계를 사고하려 시도하면서, 옛 수사학과 고전수사학이 고안하였던 것과 마찬가지로 우리는 문체의 개념을 담화의 일관성의 원리처럼 간주할 수 있다. 이러한 개념은 리바롤(1784년)이 문체들의 위계 질서를 설명하기 위해서 다음과 같이 제시하였던 정치적인 비교를 설명해 준다: "우리 언어에서 문체들은 우리의 군주제 속의 주제들처럼 분류되어 있다. 동일한 한 사물에 적합한 두 가지 표현 방식은 사물들의 동일한 질서에는 적합하지 않은 것이다."[52] 이러한 적합성의 논리는 담화들을 고립시키는 이론으로 귀결된다. 담화들을 고립시키는 이론은 근본적으로 특수한 어휘의 설립에 근거한 시 언어의 신화에 토대를 제공하며, 이때 어휘란 따라서 문학적 언어 활동과 일상적 언어 활동 사이의 대립을 수행하는 장 속에서 구축된다.

---

52) Rivarol, 《De l'universalité de la langue française》(1784), Pierre Belfond, 1966, p.124.

네 명의 작가들이 편집한 자료에서는[53] 다음과 같은 '시적' 단어들의 리스트가 제공된다: 고대의(antique), 새벽(aube), 국가(cité), 관대한(clément), 노여움(courroux), 준마(coursier), 잔해(décombre, 단수로 쓰인), 영원(l' Éternel), 희망(espoir), 숨결(expire), 구속(fer), 내면(flanc), 중죄(fortait), 검(glaive), 결혼(hymen), 옛날의(jadis), 수고(labeur), 인간(mortels), 최근에(naguère), 배(nef), 하늘(nues), 물결(onde), 상상력(le penser), 눈물(pleur, 단수로 쓰인), 회개(repentance), 품(sein), 별안간(soudain), 죽음(trépas). 물론 이같은 리스트는 완벽한 것은 아니며, 더욱이 완벽할 수도 없다. 이러한 용어들의 비교는 여기서는 지적되지 않은 다른 용어들(옛(ancien), 아침(matin), 도시(ville)…)과 이러한 용어들이 마주할 때 표출될 수 있다고 여겨지는 '시적 본질'이라는 사유와는 정반대로 '시적 단어'의 역사성*이 존재한다는 사실을 드러낸다. 예를 들어 드 와일리의 《프랑스어의 일반적이고 특수한 원리들》(1763년)은 espérance(기대)란 단어에 비해 시적이라 지적된 espoir(희망)를 기록하고 있는 한편, 이와는 정반대로 《현대 프랑스어 사전》(라루스, 1966년)은 espérance(기대)를 "보다 문학적인 espoir(희망)의 동의어"로 기록하고 있다.

자신들의 입장을 극단적으로 표출하고 있지는 않지만, 어찌되었건 문법학자들은 산문과 시 사이의 수사학적 분할을 다시 반복한다. 예

---

53) 시적 재현의 초안을 설정하는 이러한 리스트의 고안은 전혀 과학적이지 않다. 이 리스트는 18세기의 한 문법학자(드 와일리, 《프랑스어의 일반적이고 특수한 원리들》)와 3명의 20세기 시 전문가들을 다시 집결시킨다. 이 3명의 시 전문가들은 형식들에 관한 역사학자(필립 마티농, 《프랑스 각운 사전》, 1962년) 1명, 철학자(앙리 라르송, 《시의 논리》, 1919년) 그리고 이러한 종류의 어휘적 격리를 고발한 문학비평가(로제 카이유아, 《시에 접근하기》, 1978년)로 구성되었다.

를 들어 드 와일리는 다음과 같이 언급한다: "시는 일반적으로 산문과 동일한 단어들을 사용한다. 하지만 시인들이 빈번하게 사용하는, 산문에서는 만족하지 않을 몇몇 표현들이 존재한다." 레스토의 《문법》(1730년)은 "시구에서 말을 아껴야 하는데, [···] 그 까닭은 말이란 지나치게 저속하거나 지나치게 산문을 느끼게 하기 때문이다"라고 지적하고 있다. 시와 산문을 고급한 것과 저속한 것으로 서로 대립시키는 이러한 이중적 패러다임은 *고상한 문체* 속에서 구현되는 시적 귀족주의가 어떠했는가를 증명한다: "우리는 여기서 전적으로 산문에 속하는 몇몇 단어들을 표시하는 것에 만족한다. 우리는 이러한 단어들을 매우 드물게, 그리고 몇몇 경우에 한해서만 시구 속, 특히 얼마간의 고상함을 지니고 있는 시구 속에 편입시켜야만 할 것이다. 이 단어들이란 바로 이러한 이유 때문에(c'est pourquoi), 그 이유는(parce que), 하지 않는 한(pourvu que), 다음으로는(puis), 이처럼(ainsi), 왜냐하면(car), 사실상(en effet), 그 결과로(de sorte que), 이기 때문에(d'autant que), 뿐만 아니라(outre que), 게다가(d'ailleurs)와 같은 접속사들" 다시 말해서 바로 통사의 논리를 표시하는 단어들이었다.

한편 이러한 고찰은 다음과 같이 확신하고 있는 보즐라스의 견해(《프랑스어에 관한 몇 가지 고찰》[54])에는 반대되는 것이었다: "모든 우리 프랑스 시에서 산문으로 사용할 수 없는 특수한 단어란 존재하지 않는다. [···] 우리 프랑스 시는 오직 산문에서만 사용되었던 단어들을 사용함으로써 가장 부드러운 자신의 특성을 표출한다." 시에 고유한 어

---

54) CI. F. Vaugelas, 《Remarques sur la langue française》, utiles à ceux qui veulent bien parler et bien écrire, Paris, La Vve J. Camusat et P. Le Petit, 1747.

휘라는 사유, 다시 말해서 시적인 것의 재현은 따라서 프랑스 시의 역사에 비추어 볼 때 상대적으로 최근에 발생한 사유인 것이다. 보즐라스에 반대한 위고의 비난("비열하고 천박하고 세련되지 못함의 대명사 보즐라스 / 도살장에다가 프랑스어를 기록하는 자," 《고발 행위에 대한 답변》)은 《프랑스어에 관한 몇 가지 고찰》에서 고상함-저속함의 대립이 시와 산문 사이의 언어학적 대립이 아니라, 궁정의 언어 활동과 평민들의 언어 활동 사이의 사회학적인 대립에 기반을 제공하는 논리라는 사실을 폭로하고 있음에 분명하다.

플레이아드파 시인들의 관점과 전망에 반대되어——뒤 벨레는 시에서 진정한 신조어 작업과 언어적 점유를 제안하며, 롱사르는 '일꾼들' 의 어휘를 사용할 것을 권고한 바 있다——특수한 어휘를 본성으로 여긴 자들은 후기 고전주의 이론가들인 듯하다.

1838년의 《고전주의 문학론》은 시가 "산문과 다른 것은 리듬, 혹은 시구의 규칙적인 크기, 그리고 단어의 선택과 시적 표현법에 의해서라고" 명기하고 있다. 필립 마티농에게 있어서 이러한 사실의 표명은 더 이상 의심의 여지가 없는 것에 해당된다: "시적 언어 활동은 대화나 산문으로 사용된 몇몇 단어들이 시구에서 제외되었으며, 여전히 제외된다는 의미에서 볼 때 산문과는 매우 상이하다. [...] 우리는 이러한 [시의] 단어들이 적은 수임에도 불구하고 힘과 가치를 동시에 간직하고 있다는 점을 인정해야만 한다는 사실을 받아들여야만 할 것이다."[55] 우리는 이러한 확신을 이브 본푸아에게서도 발견한다: "어쩌면 첫번째 지적은 매우 자명한 것이다. 예컨대 그것은 한 언어의 시적 의도에 있어서 모든 단어들이 동일한 급으로 여겨지기에는 결코 적합하

지는 않기 때문이다."(《프랑스 시와 동일성의 원리》[56])

고전수사학에서 어휘의 가치는 언어에 관한 물음은 아니었다. 문체와 연관되어 어휘의 가치는 담화의 문제, 보다 정확하게 말해서 언표행위의 문맥의 문제처럼 고찰되었다.

"사실상 친숙한 문체와 고상한 문체에서 동일한 단어들이 사용되는 것이지 일상의 필요성 때문에, 혹은 대표적인 용어록을 만들기 위해서 문체에서 다른 단어들을 연구할 필요는 없는 것이다. 예컨대 우리 앞에 존재하는, 우리에게 맡겨진 이러한 단어들을 우리는 끌어모으고 채택하는 것이며, 매우 고분고분한 사람처럼 이 단어들에게 우리의 마음에 드는 문채와 형식을 부여하는 것이다. 바로 이렇게 해서 우리의 문체는 어떤 때는 고양되기도 하고, 어떤 때는 단순해지기도 하며, 또 어떤 때는 이 두 가지 종류의 문체 그 중간에서 유지되기도 하는 것이다."

키케로, 《변론가에 관하여》, Ⅲ, 177, 72쪽.

키케로의 사상은 언어 활동의 유연성에 관한 사유라 할 수 있다: "사실상 우리가 언어 활동에 부여하기를 원하는 모든 형식들을 가장 효과적으로 취하고 있는 언어 활동만큼 유순하고도 유연한 것도 없다." 문체에서 도구를 만들어 내는 의도성("이 단어들에게 매우 고분고분한 사람처럼 우리의 마음에 드는 문채와 형식을 부여한다")은 차치하고라

---

55) Ph. Martinon, 《Dictionnaire des rimes françaises》, Larousse, 1962, p.60.
56) Dans Y. Bonnefoy, 《L'Improbable et autres essais》, Gallimard, 1980, coll. 'Idées,' p.255.

도, 담화에 관한 키케로의 관점은 고전주의적 전망과는 다르다고 할 수 있다. 한마디로 담화에 관한 키케로의 관점은 아리스토텔레스와 마찬가지로 *총괄적인*(global) 관점인 것이다.

언어 활동의 이성화(rationalisation) 프로젝트를 실행했던 수사학은 담화들의 분화와 명기(明記, spécification)의 요인인 언어의 물질성을 주목하는 과정에서 담화 속에다가 문체들의 유형을 증거로 도입하였다. 언어 활동의 미적 차원에서 수행되는 근본 체계, 즉 **고양된 문체**(style élevé), **중간 문체**(style moyen), **단순한 문체**(style simple)의 삼분(三分)으로 간주된 무엇에 관해 접근하기 전에, 우리는 여기서 심리학과 언표 행위의 경계에 놓인 파롤의 육체성의 관점에 자리잡은 또 다른 삼분을 환기해야만 한다. 이러한 삼분이란 바로 **세련된 문체**(style atti-que), **아시아풍의 문체**(style asiatique), **합성된 문체**(style rhodien)를 의미한다.

세련됨(atticisme)이란 정확성의 특성과 무미건조함의 결점을 생성하는 표현의 간결성(brièveté)과 엄밀성에 토대를 둔 문체의 특성을 가리킨다. 이와는 반대로 **아시아주의**(asianisme)는 풍부함의 특성과 과장의 결점을 생성하는 증폭(amplification)과 장식으로 특징지어진다. 합성된 문체는 이 두 가지 사이의 중간을 형성한다.(퀸틸리아누스, 《웅변교육론》, XII, x, 16-19, 118-119쪽) 르네상스 시대를 맞이하여 이러한 원칙의 또 다른 구분이 고안될 것이다. 예를 들어 자크 플르티에는 다음과 같이 네 가지 종류의 문체를 구별한 바 있다: "**장황한 문체**(Co-pieux)라 불리는 흐르고 중복되는 문체, **간결한 문체**(Bref)라 불리는 압축적이고 간략한 문체, **건조한 문체**(Sec)라 불리는 우아함[치장]이 결여된 절제된 문체, 라틴 민족들이 **만개한 문체**(Floride)라 이름 붙인 바 있는 화려하고 활기찬 문체."(《시작술》, 314쪽)

　비록 이러한 두 가지 문체론적 유형이 실상은 빈번하게 혼용되고 있다고 하더라도――증폭과 결속된 고양된 문체, 간결성과 결속된 단순한 문체[57]――고전주의를 통틀어 모델처럼 인식된 바 있는 문체의 삼분이란 이의 여지없이 고양된 문체(혹 근엄한 문체, 숭고한 문체, 고상한 문체), 중간 문체(혹 절제된 문체), 단순한 문체(혹 경박한 문체, 저속한 문체)를 구분하였던 삼분을 일컫는다. 이러한 삼분은 말의 분석을 가늠하는 일종의 격자(格子)였다. 다시 말해서 이러한 삼분은 고상한 문체와 동일시된――이러한 동일시는 후기 고전주의 아카데미즘의 결과물이었다――문학을, 일상 언어 활동과 동일시된 경박한 문체에 제한된 비문학과 대립시키는 차별의 체계를 의미하는 것은 결코 아니었던 것이다. 고대에 오히려 산문(일상적이고 변론적인)과 시를 대립시켰던 것에 비해서 세 가지 문체의 도식은 현대적 개념으로 넘어와서 '문학적인 것'과 '비문학적인 것'의 대립적 도식을 다방면에서 횡단한다. 키케로는 세 가지 문체의 체계를 산문에다 적용한 바 있다. 이를테면 리듬화된(운율법에 기초한) 산문, 변론가의 산문, 일상 언어 활동의 산문을 미리 설정되지 않은 리듬과 장르에다가 적용한 것이다("지금 현재 우리가 사용하는 리듬 없는 이 언어 활동, 다변적인 단위와 다양한 장르의 언어 활동").
　로마 제국 말기에 수사학자들이 '베르길리우스의 바퀴'라고 불렀

---

57) 이에 관해서는 《La Rhétorique à Herennius》, IV, 11-14, traduction de Guy Achard, Les Belles Lettres, 1989, p.138-143을 볼 것.

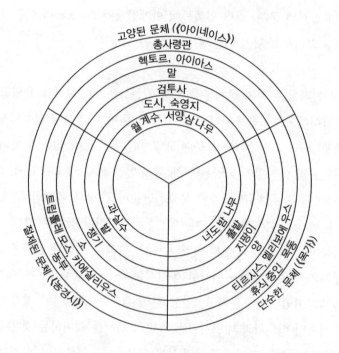

던 복잡한 도식 속에서 우리는 시에 적용된 세 가지 문체를 체계적으로 목격한다. 이러한 배치는 문체 각각을 베르길리우스의 서로 다른 작품들에서 기초하여 확립된 것이다. 《아이네이스》에 토대를 둔 고양된 문체, 《농경시》에 기초한 절제된 문체, 《목가》를 바탕으로 한 단순한 문체는 하나씩 차례로 인물, 동물, 도구, 장소, 그리고 나무 유형과 서로 결합하면서 테마적인 패러다임을 각각의 문체 속에서 조금씩 변형시키고 있다.

이러한 체계는 시적 담화들의 테마적 · 언어적 유형과 동시에 언어의 용법에 기초한 세계의 지리적 · 사회적 분류학을 대표한다. 각각의 영역과 기능은 하나의 문체에 일임되어 나타나는 것이다. 이러한 분류의 중요성은 물론 삼분 그 자체에 놓여 있는 것이 아니라 세계에 대한 언어적인 동시에 사회적인 구조화의 모델에 놓여 있다.

'베르길리우스의 바퀴'는 그것이 하나의 문체와 하나의 테마가 서로 결합된 집합처럼 문학 장르의 개념을 구축한다는 사실에 비추어 볼 때 여전히 전형적인 모델처럼 작용한다. 이를테면 단순한 문체와 전원시, 절제된 문체와 계몽시, 고양된 문체와 서사시가 바로 그 예라 할 수 있다. 언어 활동에서 경계들을 정립하고 장르들의 체계 속에 이러한 경계들을 제도화하면서 담화와 언표 행위의 상황 사이의 관계가 존재한다는 사실에 토대를 둔 문체의 수사학적 사유는 문학적 담화들의 법제화를 야기했으며, 문체와 톤(ton), 그리고 기호(嗜好)의 결여라는 사유를 정립하였다. 이는 정확하게 당나귀와 아이아스 사이의 호메로스적 비교에 의해서 18세기 번역가들이 제기한 문제와 번역에서 문학적으로 부당한 동물의 존재를 교묘하게 회피하기 위해 전개되었던 번역상의 상당한 노력이 시사하는 지점이기도 하다. 이러한 예를 극명하게 보여 주는 것은 당나귀라는 단어를 다음과 같은 장황한 설명으로 대치한 바 있는 다시에 부인의 번역이다: "참을성 있고 튼튼하지만, 느리고 게으른 동물⋯⋯."[58] '베르길리우스의 바퀴'를 참조하면서 우리는 《일리아드》의 영웅과 말, 혹은 오히려 '준마'와의 비교는 이러한 문제를 제기하지 않았을 것이라는 사실을 알게 된다.

---

58) 이러한 사실은 Egger, 〈Revue des traductions d' Homère〉, 《Nouvelle revue en-cyclopédique》, 1845(cité par Georges Mounin, 《Les Belles infidèles》, Éditions des Cahiers du Sud, 1995, p.93)에서 제기된 바 있다.

문체 개념과 상관 관계에 있는 장르의 개념은 비단 하나의 접근뿐만 아니라 문학의 분류학적인 정의를 또한 전제한다. 따라서 문학적 장르들의 구성 요인들처럼 묘사된 특징들에 적합하게 쓰여진 텍스트들은 문학적이며, 혹은 이러한 특징들에 이의를 제기하는 텍스트들은 문체적이거나 테마적인 자신들의 공간 내부에 위치한 텍스트들인 것이다. 장르들의 체계는 문학성을 정의해야 한다고 주장하는 것이 아니라 이와는 상관없이 텍스트들이 문학적으로 '인정된' 장르들, 그리고 장르들이 설정된 텍스트들에서 출발하여, 오로지 텍스트들간의 순환적인 운동을 설립함으로써 문학적인 것의 유형적 접근에만 기여할 뿐이다. 만약 텍스트들이 장르들에 의해서, 그리고 장르들에 토대해서 텍스트 자신이 된다는 사실만큼이나 장르가 텍스트에 의해서 형성된다는 것이 사실이라고 한다면, 우리에게 남게 되는 것은 다음과 같이 단지 '장르들'에 의해 문학을 코드화하는 전망을 설정하는 일, 장르들을 언어들의 체계와 비교하는 작업뿐이다: "언어들이 존재하는 것과 마찬가지로 장르들이 존재한다는 사실은 인정해야만 한다."[59]

장르들은 하나의 관점, 언어 활동과 특히 문학에 관한 하나의 접근 방법이다. 고전 시대에 장르들에 기초한 사유는 아리스토텔레스의 시학 이후 전통적으로 비극 · 희극 · 서사시 혹은 소설이나 동화처럼 보다 최근에 등장한 장르들을 서로 상이하게 구분하는 것을 자신의 관건으로 삼으면서 언어 활동의 서로 다른 수준들에서 발현된다. 혹은 산문과 시를 구분하는 작업을 자신들의 관건으로 삼기도 한다. 예를 들어 *시적 변론술*(《문학의 원리》, 1787년)이라는 사유에 찬성하면서 마

---

59) Fr. Douay-Soublin, 앞서 인용된 논문, p.22.

르몽텔은 "장르들을 혼합하는 행위"를 적극적으로 지지한 바 있다.

　문제는 여기서 장르들의 유형을 드러내는 데 놓여 있지 않다. 우선 언급해야 하는 것은 장르들의 유형들이며, 이러한 유형들이 역사 속에서 관점들의 차이에 따라서, 그리고 이론적이고 이데올로기적인 이권들에 따라서 다양하게 구축된다는 사실이다. 이를테면 동일한 문학적 '체계' 한복판에서 유형들은 고찰의 수준에 맞추어 기능하면서 서로 겹쳐지기도 하며, 서로가 서로를 결정짓기도 하는 것이다. 아리스토텔레스에게 있어서 산문과 시의 구분은 《수사학》과 《시학》 속에서 제각기 나뉘어져 자신들의 역할을 정당화하였다. 후자는 극시·서사시──비록 아리스토텔레스가 다루어지지는 않았다 하더라도──서정시를 구분한다. 극적 장르에 관해서 아리스토텔레스는 비극과 희극으로 재분할하였다.

　보다 역사적인 전망을 도입하면서 빅토르 위고는 《크롬웰》의 서문(1827년)에서 시의 세 가지 시대를 구분한다: "오드·서사시·극시 각각은 사회의 한 시대와 상응한다. 원시 시대는 서정적이며, 고대는 서사적이고, 현대는 극적이다. 오드는 영원성을 노래하며, 서사시는 역사를 성대히 축하하고, 극시는 삶을 그린다." '베르길리우스의 바퀴'와 동일한 절차를 밟으면서, 빅토르 위고는 시 장르별로 각각 순진성·단순성·진리라는 서로 다른 특성과 《성서》·《일리아드》·셰익스피어라는, 이에 상응하는 전형적인 작품들을 각각 할당한다. 이러한 분류는 "그로테스크한 것과 숭고한 것, 공포스러운 것과 우스꽝스러운 것, 비극과 희극을 동일한 숨결 아래 하나로 융합하는" 극의 카테고리 속에 통합하며, 비극·희극·서사시라는 고전주의적인 삼분을 해체하는 작업에 해당된다.

　장르의 개념은 의심을 면제받은, 적어도 역사적인 검토에 있어서 의심을 면제받은 개념은 결코 아니다. 이처럼 우리는 장르의 개념에 관한 《시학》의 행보와 부알로의 《시작술》(1674년)의 행보를 서로 비교하면서, 아리스토텔레스의 조치와 고전주의 이론가들의 차이를 서로 가늠해 볼 수 있다. 아리스토텔레스는 차이와 공통점의 체계 내부에서 문학적 재료들을 사고하려고 시도하였다. 차이와 공통점의 복잡성을 분석하고, 한편 확신하면서 아리스토텔레스는 이와 병행하여 문학의 특수성에 관해 사유하였던 것이다. 이처럼 "재현[=미메시스]에 적용된 구분의 세 가지 기준"(《시학》, 48 *a* 24, 39쪽)에 관한 연구는 비평적 관점의 상대성의 문제를 해결해 준다.

　세 가지 기준이란 '수단들(moyens)과 대상들(objets), 그리고 *방식*(le mode)'이다. 수단들은 근본적으로 시와 산문 사이의 대립을 실현하는 운율적이거나 그렇지 않은 담화들의 본성을 가리킨다. *대상들*은 미메시스의 테마적인 차원을 구성하고, 주로 재현된 등장 인물들의 윤리에 관련된다: "성격에 있어서 모든 사람들에게 차이를 부여하는 것은 바로 비열함과 고귀함이다."(《시학》, 48 *a* 3, 37쪽) 방식의 개념에 관해서 언급하자면, 이 개념은 《공화국》의 제3권(392 c - 394 c, 994-946쪽)에서 플라톤이 확립한 바 있는 간접 서술(시인이 자신의 고유한 이름으로 한 등장 인물의 말을 연루시키는 것)과 직접 서술(시인이 등장 인물에게 말을 건네는 것)의 구분을 이동시키면서 착상된 개념이다. 아리스토텔레스는 이러한 구분을 재현의 동일한 양태 속에 결집시킨다. 그것은 바로 말들의 *극적인 실현*, 즉 무대 위에서 말들에 행동을 부여하는 일과 대립되는 *서사*(敍事, narration)인 것이다.

이러한 세 가지 기준의 조합은, 예를 들어 테마적 혹은 '양태적' 관점에 특권을 부여하는 정도에 따라서 다음과 같이 소포클레스의 작품을 호메로스와 아리스토파네스의 작품에 접근하게끔 허용하는 상이한 관점들을 결정짓는다: "어떻게 보면 소포클레스는 재현에 있어서 호메로스와 동일한 유형의 작가일 것이다. 왜냐하면 이 둘은 공히 고귀한 등장 인물을 재현하고 있기 때문이다. 그러나 또 달리 보면 소포클레스는 아리스토파네스 쪽에도 놓일 수 있을 것이다. 왜냐하면 이 둘 모두 극에 관계되고, 극을 구성하는 등장 인물들을 재현하기 때문이다."(《시학》, 48 *a* 24-28, 39쪽)

17세기에 문학적 명기의 주요 기준을 구축할 장르의 원칙은 문학성 연구 속에서 자신의 작동적인 차원이 약화되는 것을 목격할 것이며, 오로지 분류의 도구로 귀착되는 경향을 띠게 될 것이다. 이는 소네트· 론도 혹은 발라드처럼 시의 형식에 따르거나, 애가(哀歌, élégie)·오드 혹은 풍자시(satire)처럼 시의 주제에 따라 취급된 시의 유형들, 그리고 비극·서사시·희극처럼 전통적으로 위대한 장르를 동일한 차원에다 설정한 부알로에게서 드러나는 구분과도 같은 이치이다. 《시작술》의 구성은 '장르들'의 두 가지 유형 사이의 분화를 매우 구체적으로 실현한다. 첫번째 유형은 제2장에서, 두번째 유형은 제3장에서 취급하면서 아리스토텔레스의 '체계적인' 방법론은 시 영역의 질서 만들기의 특혜를 위해서 상실되며, 시의 담화성을 완전히 소멸시키는 곳으로 귀결된다.

방금 장르가 작품의 총체성으로의 일종의 확장이라고 우리가 살펴보았던 문체 개념으로 다시 돌아오기로 하자. 장르가 확장인 까닭은 작품에서 표현술(문체)뿐만 아니라 논거 발명술(테마)과 논거 배열술(구조) 역시 드러내는 무엇에 동시에 관여하기 때문이다. 기저와 형식의 이중성처럼 언어 활동의 이질적 이해와 연관되어서 수사학이 고안하였던 문체 개념은, 그것이 옛 수사학과 고전수사학 시대에 의식되었건, 새로운 수사학의 몇몇 이론가들에게서처럼 그것이 의식되지 않았건 간에 의도성의 이해 속에서 사유 개념과 짝을 이루어 작동한다.

사유와 언어 활동을 분리시키는 이원론적 논리 속으로——리바롤(1784년)에게 "말은 사유의 번역"이거나 혹은 "사유의 의복"이다——정착되면서 사유와 문체를 연결시키는 것은 바로 도구화의 관계이다. 이 경우 문체는 사유의 언어적 발현처럼 여겨진다: "우리의 사유가 한 차례 멈출 때, 문체는 효과적으로 귀를 매혹시키고 가슴을 울리기 위해 형식과 외양을 바꾸면서 사유를 고려한다."(키케로, 《변론가에 관하여》, III, 177, 72쪽) 한편 이러한 관계가 인식되는 것은 장식화와 표현성이라는 두 가지 방향을 통해서이다.

장식의 사유——마찬가지로 우리는 수사학의 *색채*(couleur)를 언급할 수 있다——는 명백하게 장식에서 담화와 구분되는 하나의 요소를 만들어 내는 이탈 논리의 성격을 띤다. 이처럼 푸클랭은 두 가지 말하기 방법을 서로 대립시킨다: "하나는 단순하고 저속한 것이며, 다른 하나는 수식된 것, 즉 통상적이고 친숙한 것에 조금 변형을 가한 것이다."(《프랑스 수사학》, 378쪽) 마찬가지로 퀸틸리아누스는 문채에서 "담화의 본질적인 장식"(《웅변교육론》, X, v, 3)을 만들어 낸다.

우리가 이미 살펴보았듯이[이 책의 113-114쪽], 시작술의 저자들은 장식으로부터 미학적 변별 요소와 담화에 첨가된 가치의 표식을 동시에 만들어 내면서 문체의 문학화에 적극 동참하였다. 바로 이러한 이유 때문에 플레이아드파 시인들은 글쓰기를 *윤색하기*로 인식하였다. 훌륭한 알렉상드랭 시구를 만들기 위해서는 알렉상드랭 시구를 "통상적인 언어 활동"에서 따로 분리해 내야 하며, "알렉상드랭 시구를 문채로 장식하고 윤색할 것"(《프랑시아드》, 1015쪽)을 충고했던 롱사르는 표현술을 "위대한 주님의 손가락에 소중하게 간직된 보석처럼 시구를 빛나게 하는 육중하고 짧은 구문으로 장식된 선택된 말들의 점유와 광채"(《프랑스 시작술 요약집》, 474쪽)라고 정의하였다. 플르티에의 《시작술》의 〈시의 장식〉이라는 챕터에서는 이와 동일한 이미지가 다음과 같이 할애된다: "시 가운데 어떤 것이 과연 풀밭 한복판에 피어난 꽃이나 손가락의 반지처럼 소중하며, 빛을 발하고 있는가?" 이 경우 중요한 것은 담화의 다양한 차원에 속한 장식들——수식어, 묘사, 전의, 각운——의 본성이 아니라, 이러한 장식들에 관계되는 윤색하기의 가치, 전적으로 문체적이고 문학적인 가치인 것이다. 이처럼 플르티에는 "글을 윤색하는 것은 바로 묘사들이다"(《시작술》, 273쪽)라고 주장한다.

문체의 장식적 이해 속에서 윤색하기 개념이 설정하는 문체의 미학적 관점은 언어 활동과 사유 사이의 구분을 바탕으로 하는 표현성의 미메시스적 관점을 통해서 배가된다. 퀸틸리아누스는 고전주의의 이론과, 여전히 빈번하게 문체론의 이론이 될 문체의 표현 이론에 관해 다음과 같이 설명한다: "모든 담화는 표현된 것이나 표현하는 것, 다시 말해서 기저와 형식에 의해서 구성된다."(《웅변교육론》, III, v, 1,

154쪽) 이러한 전망 속에서 사유와 자의적인 관계('동일한 것'을 표현하면서 문체는 변화할 수 있다)에 놓인 문체는 수식에 의해서 정당성을 부여받을 수 있는 것이다. 다시 말해서 문체는 사유와 함께 모방의 유추적 관계를 유지할 수 있는 것이다. 퐁타니에가 다음과 같이 정의하고 있는 고전수사학의 **하모니즘** 문체가 바로 그것이다:

"*의성어와 자음 중복 현상*을 이루는 요소의 일원이 될 수 있는 *하모니즘*은 톤, 음성, 숫자, 하강, 휴식, 모든 종류의 또 다른 물리적 특질들에 의한 문장이나 주기의 구조와 배열, 그리고 단어들의 선택과 조합에 의해 결정되며, 표현은 사유나 감정과 함께 일치를 이룬다."

《담화의 문채들》, 392쪽.

여기서 '일치'란 다른 단어로는 '모방'을 의미한다. 이처럼 베르길리우스는 하나의 모델처럼 여겨졌는데, 왜냐하면 베르길리우스에게는 "음성에 의한 모방이 아닌 그 어떤 시구들의 분절이나 한 단어, 그리고 한 음절도" 존재하지 않기 때문이다. '하모니즘'이라는 이름하에 수사학의 문채로서 유명한 모방적 원리는 "그것은 하나의 대상의 묘사를 완수하고 완벽하게 만드는데, 이는 그것이 대상이 만들어 내는 감각과 인상을 청각에 부여하기 때문"(《보편성에 관하여》, 146쪽)이라고 리바롤이 언급한 바 있는 **모방적 하모니**라는 이름의 문체론적 기법으로 자리잡는다. '문장들의 분절'로 범위가 확장된 기법은 근본적으로 음성적 발현 속에서 인식된다: "천둥(tonne*rr*e), 우박(grêle), 소용돌이(tou*r*billon)는 모두 [r]를 지니고 있는 단어들인데, 이는 이러한 단어들이 시끄러운 느낌을 생산하지 않고는 존재할 수 없다는 것을 의미한다."(147쪽) 기호의 지시 대상(référent)을 흉내낸 시니피앙은 감정

뿐만 아니라 대상에도 마찬가지로 적용된다. 모방하는 활동성은 이처럼 물리적 차원에서 심리적 차원을 경유한다.

문학적 문체의 장식적인 이해에 대한 비판은 이러한 이해가 전제하는 문체의 불연속적 이해——문학성에서 출발하여——에 근거한다. 다시 말해서 문체의 불연속적 이해는 제라르 주네트가 "《엄지공주》의 조약돌들처럼 언어학적 연속체(continuum)를 따라서 일정한 간격을 두고 배열된 점괄적인 일련의 사건들처럼 구성된"(《픽션과 딕션》, 132쪽) 문체라는 사유에 기대고 있다. 여기서 문체는 기법 개념과 연관된 문학성의 *국지적인*(locale) 이해에 놓여 있으며, 이러한 이해는 그 자체로 문학과 문학성에 대한 도구적 전망에 토대를 두고 있는 것이다. 이러한 관점에 따르면, 문체는 담화에 첨가된 부가적 표식임에 비해서, "담화 없이 문체가 존재하지 않는 것과 마찬가지로 문체 없이 담화가 더 이상 존재하지 않는다." 이를테면 "문체는 담화의 상(相, aspect)인 것"이다.

만약 문체의 수사학적 이해의 주요 특성이 국지화(localisation)에 놓여 있다면, 또 다른 측면은 일종의 분류학적 도식의 음지라 할 수 있는 형식주의에 놓여 있다. 장르와 문체 사이의 순환적 관계는 하나의 문체적인 유형이 개인적인 문체들을 항상 초월하게끔 만든다. 미리 결정된 변별 요소들의 집합으로 구성된 유형과 문체론적인 각도에서 연구된 한 작품을 서로 관계짓게끔 만드는 작업은 명백히 몇몇 문학 생산의 사회학을 주장하는 것임에도 불구하고 한편 이러한 관계맺기 작업은 마치 문학성의 문체틀적 기준처럼 나타난다. 까닭은 이때 가치가 일종의 형식적 모델을 바탕으로 설립되기 때문이며, 이러한 형식적 모델은 역사적 담화들을 종합하기 위한 방편으로 역사적 담화들 각각을 역사에서 따로 떼어내며, 역사적 담화들의 특수성들을 이러한 추상적 모델과 더불어 동일성이나 이탈이라는 용어로 평가하기 때문이다.

모델이나 문학적 전형처럼 취해진 문체론의 권위가 기술적 기법들, 미학적이거나 혹은 심리학적인 어떤 가치와 상응하는 자신들에 대해서 항상 익명성을 유지하는 것은 아니다. 오히려 이와 반대로 문체론의 권위가 이러한 익명성을 간직한 채로 머물고 있는 것은 매우 드문 현상이라 할 수 있다. 대부분의 유형들은 학생과 작가에게 구체적인 자료와 추종해야 할 모델을 제공하는 선조들의 이름을 갖추고 있다. 여기서 문제를 만드는 것은 바로 모델의 사유, 모델화의 사유, 그리고 문학적인 것을 대표한다는 사유인데, 왜냐하면 선조들의 작품은 자신에게 결부된 문체적 특징을 반복하는 효과를 지니기 때문이다. 이 효과는 바로 이러한 문체적 모델을 바탕으로 희생되어도 좋다고 판단된 작품들의 효과와 비교할 만한 탈역사화(déshistoricisation)에 해당된다. 이처럼 19세기의 "역사, 모델, 그리고 문체" 사이의 관계를 분석하면서 자크 필립 생 제랑은 클리셰(상투성, cliché)의 효과를 드러내었다. 그는 모델이 작동함으로써 "창조적인 자신들의 독창성"[60]을 제거당한 텍스트들의 클리셰의 변모 양상을 드러낸 바 있다.

문체의 개념은 현재 재고를 요청받고 있는 상태이다. 뷔퐁의 "문체는 바로 인간 그 자체이다"(1753년)라는 정의에 의해 상징화된 휴머니

---

60) J.-Ph. Saint-Gérand, 《Morales du style》, Toulouse, Presses universitaire du Mirail, 1993, p.59.

즘적이고 이상적인 내용의 비판이 구조주의에 의해서 계승된 이후, 언표 행위의 언어학에 의해서 고발된 것은 바로 구조주의의 탈역사화하고 탈주체화하는 형식주의인 것이다. 이러한 사실은 *문체* 개념이 1950년대부터 글쓰기 개념과 경합을 벌이게 된 이유를 설명해 준다. 만약 이 두 용어의 사용이 때때로 중복되었다면——작가의 작품이 개별적인 방식에 의해서 기술되었다는 것을 의미하기 위해서 우리는 한 작가가 '글쓰기'를 소유하고 있다라거나, 혹은 '문체'를 소유하고 있다라고 약간씩 다르게 언급할 뿐이다——역사적으로 볼 때 이 두 가지 개념은 근본적인 대립 속에서 존재해 왔다.

1953년 롤랑 바르트는 이러한 대립으로부터 《글쓰기의 영도》의 관건들을 만들어 낸다. 《글쓰기의 영도》에서 문체는 작가의 심리적이고 전기적인 삶과 연관되어 나타나며, 여기서 문학성에 관한 사유는 심지어 제거되기에 이른다. 따라서 "상위-문학적 수행의 일종"[61]이 되어 버린 문체에 반대되어 승격한 글쓰기는 사실상 랑그의 측면, 다시 말해서 형식적인 도구화의 측면에 위치한 규범적인 특성의 비판을 대표하게 된다. 랑그의 작동 기능의 분류인 문법과의 유사성에 의해서 문체의 협약들은 형식적 기법들의 카탈로그처럼 등장하게 된 것이다.

롤랑 바르트의 〈텍스트 이론〉에서 문체 개념과 글쓰기 개념 사이의 관계는 보다 복잡하게 나타난다. 이러한 관계에 관해서 우리는 기호학의 시학에 할애될 부분에서 상세하게 다룰 것이다.[이 책의 332쪽]

---

61) R. Barthes, 《Le Degré zéro de l'écriture》, Seuil, 1953, p.22.

선별된 참고 문헌

그룹 뮤(groupe Mu)

《일반수사학 Rhétorique générale》, Seuil, 1982, coll. 'Points.'

《시의 수사학 Rhétorique de la poésie》, Seuil, 1990, coll. 'Points.'

두에 수블랭(DOUAY-SOUBLIN Françoise)

〈유럽 수사학 교육사(1598-1815) La rhétorique en Europe à travers son enseignement(1598-1815)〉, in: 실뱅 오루스(Sylvain Auroux)(éd.), 《언어학 사상사 Histoire des idées linguistiques》, 2, Liège, Mardaga, 1991, p.467-507.

로브리외(ROBRIEUX Jean-Jacques)

《논증수사학의 기본 요소들 Éléments de rhétorique et d'argumentation》, Dunod, 1993.

메이에(MEYER Michel)

《형이상학에서 수사학까지 De la métaphysique à la rhétorique》, Édition de l'Université de Bruxelles, 1986.

야우스(JAUSS Hans Robert)

《문학적 해석학을 위하여 Pour une herméneutique littéraire》, Gallimard, 1988.

야콥슨(JAKOBSON Roman)

《일반언어학 에세이 Essais de linguistique générale》, Édition de Minuit, 1963.

주네트(GENETTE Gérard)

《문채들 Figures》, Seuil, 1976, coll. 'Points.'

《문채들 II Figures II》, Seuil, 1979, coll. 'Points.'

《픽션과 딕션 Fiction et diction》, Seuil, 1991.

《팔랭패스트: 2차적 문학 Palimpestes: La littérature au second degré》, Seuil, 1992, coll. 'Points.'

퀸틸리아누스(QUINTILIEN)

《웅변교육론 Institution oratoire》, trad. J. Cousin, 7 vol., Les Belles Lettres, 1975-1980.

〈수사학 연구 Recherches rhétoriques〉, 《Communications》(16), Le Seuil, 1970.

키케로(CICÉRON)

《변론가에 관하여 De l'orateur》, trad. E Courbaud et H. Bornecque, Les Belles Lettree, 1956, 3 vol.

페를만(PERELMAN Chaim) 올브레츠 티테카(OLBRECHTS-TYTECA Lucie)

《새로운 수사학: 논증술 La Nouvelle Rhétorique: Traité de l'argumentation》, PUF, 1958.

제4장
기호학(la sémiotique)

알지르다스 쥘리앙 그레마스의 《시적 기호학 에세이》(1972년)의 서
문을 읽다 보면, 시학의 대상으로서 기호학과 문학성 사이의 관계에
관해서 고찰하는 것이 과연 정당한 것인가라는 의문을 제기하게 된
다. 사실 이 텍스트의 저자는 "시적 대상은 전적으로 자신의 특수성
을 소유하며, 문학 영역에 속한다"[1]라고 주장하였던 이전의 입장으로
다시 회귀하면서, **시적 현상**에 관한 사유와 **문학**과 **문학성**에 상관되
는 개념들을 서로 대립시키거나, 아예 이 둘을 서로 분리시킨다:

"오늘날[1972년] 시적 현상을 일반적인 문학 이론 속에 포함시키면
서, 즉 예를 들어 본다면 시적 텍스트들을 문학 텍스트들의 하위 집합
으로 간주하면서 그것을 언급하는 것은 더 이상 가능하지 않으며, 이것
이 바로 매우 간략한 첫번째 이유에 해당된다. 예컨대 문학이 자신 속
에 자신의 고유한 규칙들과 자신의 내재적 특수성을 포괄하는 자율적
담화라는 사실은 거의 만장일치로 반론이 제기되었으며, 문학의 토대
를 구축하려는 '문학성' 이란 개념 역시 자연스럽게 인간의 시간과 공간

---

1) A. J. Greimas, 〈La linguistique structurale et la poétique〉, repris in 《Du sens》,
Seuil, 1970, p.27.

에 따라 다변적인 사회·문화적 내포로 해석될 수 있다."[2]

만일 '문학'에 관한 이러한 이의 제기가 기호학자들에 있어 어쩌면 만장일치의 의견이라고 한다면, "기호학을 위해서 문학은 존재하지 않는다"(《세미오티케》, 1969, 41쪽)라고 선언한 줄리아 크리스테바에게 있어 이러한 이의 제기는 보다 극단적으로 표출된다. 알지르다스 쥘리앵 그레마스는 문학적 담화들의 특이성과 다양성, 그리고 역사성*의 이름 아래 취해진 방법론에 반대해서 문학성 개념에 관한 실체론적 관점을 고발하며, 역사 속에서 그것을 정의하려 시도하였던 접근 방식들의 상대성 때문에 문학성의 개념을 사실상 상세하게 비판한다. 담화의 엄격한 형식적 기준 속에서 "시적 현상의 특수성"(8쪽)을 포착하려 연구하는 과정에서 그레마스는 불변 요소들에 관한 연구로 귀착되며, 따라서 역사 범주의 거부, 그리고 결과적으로 문학성 개념을 거부하는 데로 귀착된다. 이러한 연구 방향은 1970년대 기호학 연구의 대표적인 특성이랄 수 있다.

한편 이런 과정에서 비록 그레마스가 발견할 수 없는 언어학적 특질로서의 문학성 개념을 거부하고 있다고는 하더라도, 그가 구조적 관계의 고안을 통해서 "시적 담화를 특징짓는 요소들"(17쪽)을 덜 연구하는 것은 결코 아니며, 결국 그는 문학성의 개념적 전신인 텍스트의 **시학성**(poéticité)을 겨냥하는 지점으로 다시 되돌아온다. 우리가 기호학에서 시학에 이르는 관계나 문학에 관한 기호학적 이해에 다가갈 수 있는 것은 바로 이러한 입장에 맞추어서인 것이다.

---

2) A. J. Greimas, 《Essais de sémiotique poétique》, Larousse, 1972, p.6.

물론 장 클로드 코케가 지적하고 있는 것처럼 "언어학에 여러 학파가 존재하듯이 기호학에도 여러 학파가 존재"[3]하는 것은 사실이다. 그러나 전적으로 입장들의 특수성을 드러내면서, 이 특수성들이 시학과의 관계 형성에 있어서 중요하게 개입할 때, 우리는 명확하건 그렇지 않건 기호학적 예속을 주장하는 이론가들의 문학, 문학적 담론, 혹은 문학적 결과물에 대한 이론적 윤곽을 구성하려는 비교적 명시적이며 공통된 어떤 방향성을 강조할 수 있다.

예를 들어 문학으로부터 기호학의 특별한 분과를 만들어 내는 데에 거의 대부분의 모든 학파들은 서로 동의한다. 이를테면 《시적 기호학》(알지르다스 쥘리앵 그레마스)이나 《문학적 기호학》(장 클로드 코케)이라는 제목은 문학의 영역을 마치 기호학을 적용하는 실질적인 장으로 삼으려는 의지를 표출한다. 이러한 관점에서 문학은, 이제 우리가 곧 살펴보게 되겠지만 기호의 모델을 토대로 이루어진 하나의 방법론으로 대치된다. 이렇듯 알지르다스 쥘리앵 그레마스는 "시적 담론은 복잡한 기호처럼 간주될 수 있다"(《시적 기호학 에세이》, 10쪽)라고 기술한다.

---

3) J. -Cl. Coquet, 《Sémiotique : l'Ecole de Paris》, Hachette, 1982, p. 5.

I
기호학적 원리

  1960년대 초반부터 기호학은 자신들의 방법론을 "기호들의 과학" (바르트, 《교훈》, 29쪽)으로 여기는 정의를 거쳐서 "의미 작용의 체계 들"(장 클로드 코케, 《담화와 담화의 주체》,[4] 5쪽)에 관한 이론을 기호 학에서 만들어 내는 정의에 이르기까지, 언어 활동에로의 접근 속에 서 변모하고 발전하였다. 그러나 한편 기호의 소쉬르적인 이해를 토 대로 하거나, 혹은 그레마스가 옐름슬레우의 이론에 관하여 언급한 것 과 마찬가지로(《시적 기호학 에세이》, 13쪽) 소쉬르적인 이해의 '해체' 를 실행하는 이런 체계들은 기호에서 간단한 '작동 기능(fonctionne-ment)'이 아니라 하나의 원칙을 형성하는 동일한 기호학적(혹은 기호 론적) 논리에 충실히 따른다. 이것은 바로 1977년 1월 7일 콜레주 드 프랑스에서 문학 기호론 강좌를 개설할 당시에 표출된 롤랑 바르트의 사유이기도 하였다: "나는 기호학이 여타 연구들의 자리를 차지하는 것이 아니라 이와는 반대로 모든 연구를 돕기를 바라며, 기호 자신이

---

4) J.-Cl. Coquet, 《le Discours et son sujet》, t. I, Méridien-Klincksieck, 1989, p.9.

모든 담화에 그러한 것처럼 기호학 역시 정해진 위치에 있어서 일종의 유동적인 무엇, 오늘날 앎의 조커이기를 바란다."(38쪽)

따라서 우리는 심지어 기호학적 원칙이기조차 한 기호에 관한 사유를 점검해 봐야 할 것이다. 한편 그 이전에 우리가 근거할 두 작업에서 사용된 '기호론(sémiologie)' 혹은 '기호학(sémiotique)'의 명칭에 관해 잠시 언급을 해야만 한다. 이 두 용어는 기호를 뜻하는 그리스어 sèmeion의 어원에서 유래한 쌍형어이다. 이 두 단어의 역사적 특질의 공존은 프랑스어권과 영어권에서 개념의 이중적인 기원에 상응한다.

만약 기호에 관한 관심이 고대까지 거슬러 올라간다고 한다면, 조직된 학문 분과로서의 기호학은 "사회적 삶 한가운데 기호들의 삶을 연구하는 하나의 과학"을 소망하며, 이를 세미올로지라고 명한 바 있는 제네바 출신의 언어학자 페르디낭 드 소쉬르(1857-1913년)와 존 로크에게 빌려 와 세미오틱스(semiotics)라는 이름 아래 기호의 본질에 관한 논리적 접근을 고안하였던 미국 출신의 철학자 찰스 샌더스 퍼스(1839-1914년)의 유사한 작업으로부터 구성되었다고 간주할 수 있다. 비록 세미오티크(sémiotique)라는 용어가 마침내 세미올로지(sémiologie)라는 용어를 처분하지 않은 채 우세를 점한다 하더라도——여기서 우리는 이 두 용어를 지탱하는 특별한 체계에 관한 전문가들의 수용 양상에 관해서는 검토하지 않기로 한다——세미올로지와 문학 이론 사이의 관계에 있어 '기호들의 과학'의 논리학적이고 언어학적인 이러한 이중적 기원을 인식하는 것은 결코 사소한 문제는 아니다.

1. 두 가지 측면의 기호

문학기호학은 주안점을 논리학자에게보다는 오히려 언어학자들에서 발견하였다. 1964년에 소개된 〈기호학의 요소들〉에서 롤랑 바르트는 "언어학으로부터 기호학적 연구를 착수하기에 충분할 정도로 일반적이라고 우리가 선험적으로 생각하는 분석적 개념들을 따로 떼어내야 한다"(92쪽)고 주장한 바 있다. 한편 그가 인용한 언어학자들——소쉬르·야콥슨·옐름슬레우——가운데에서 문학기호학에다가 바르트 자신의 기호 이론을 제공하였던 자는 전적으로 옐름슬레우라 할 수 있다.

루이 옐름슬레우는 소쉬르에서 출발한다. 이를테면 옐름슬레우에게 있어 소쉬르는 "이론(異論)의 여지없는 선구자처럼 인용될 만한 가치가 있는 유일한 이론가"[5]인 셈이다. 시니피앙 혹은 청각적 이미지와 시니피에 혹은 관념[이 책의 316쪽을 볼 것]을 조화롭게 분절하는 두 가지 측면의 단위로서 기호를 인식한 소쉬르적 정의에 토대를 두면서 옐름슬레우는 소쉬르 언어학의 원칙을 네 가지 용어로 구성된 하나의 체계로 해석해 낸다. 옐름슬레우에 의해 감행된 첫번째 이전은 시니피앙과 시니피에 사이의 상관 관계——소쉬르가 언급한 종이의 앞면과 뒷면처럼 결코 분리될 수 없는——를 표현(expression)과 내용(contenu) 사이의 대립으로 해석하는 과정에서 소쉬르적 용어의 차

---

5) L. Hjelmslev, 《Prolégomènes à une théorie du langage》(1943), éd. de Minuits, 1968, p.14.

원에서 수행되었다. 옐름슬레우의 두번째 수행은 매번 이 두 용어들 각각을 '기능적(fonctifs)' 상관 관계로 편입시키는 하나의 체계로 분석하는 데 놓여 있다. 예컨대 **실체**(substance)와 실체를 조직하는 **형식**(forme)이 바로 그것이다. 따라서 옐름슬레우에 따를 때, 하나의 *형식*과 하나의 *내용의 실체*(substance du contenu), 그리고 하나의 *형식*과 하나의 *표현의 실체*(substance de l'expression)가 서로 구분된다.

이렇듯 공히 "나는 모른다"를 뜻하는 영어의 "I do not kown"와 프랑스어의 "Je ne sais pas"의 언어학적 시퀀스에서 옐름슬레우는 동일한 *내용의 실체*, 이를테면 "임의적으로 무정형의 덩어리처럼 나타난다고 간주되는 의미와 사상"(75쪽), 그리고 의미가 두 언어에서 각각 다르게 분석되는 "특별한 방법"인 *내용의 두 가지 형식*들을 따로 구분한다. 때문에 "의미는 매번 새로운 형식의 실체가 되며, 어떤 형식의 실체가 되는 것 이외에는 다른 무엇도 소유할 수 없게" 되는 것이다. 전적으로 형식과 실체 사이에 필연적인 상관 관계를 제기하면서 옐름슬레우는 "여러 가지 서로 다른 언어들에서 서로 다른 형식들을 취하는 것은 바로 동일한 의미이다"(76쪽)라는 사고와 함께 이러한 필연적 상관 관계를 이질적(hétérogène)인 무엇으로 이해한다.

이와 마찬가지로 표현의 측면은 *표현의 형식*에 의해 조직된 "분리되어 있지 않으나 분리가 가능한 연속체처럼 나타나는 [···] 청각적·생리학적 영역"에 의해 재현된 실체에 의해 구성된다: "이러한 무정형의 장 속에는 언어들에 따라 다양하게 변화하는 문채들(음소들)이 박혀 있게 마련인데, 왜냐하면 이는 연속체의 다른 여러 지점들에서 경계가 자의적으로 형성되어 있기 때문이다."

옐름슬레우의 체계는 문학기호학, 특히 서두의 두 장이 각각 〈표현의 문제들〉과 〈내용의 문제들〉이라는 제목을 달고 있는 공동 저작 《문학기호학 에세이》(1972년)에서 하나의 모델처럼 여겨질 것이다. 그레마스는 옐름슬레우의 체계에서 "언어 활동의 간략한 두 가지 초안들의 분리——표현과 내용"의 관점을 다시 확신한다. 그가 보기에 "문채들" 즉 "구축되어 더 이상 표출되지 않은 단위들"(13쪽)로의 분석이 "기호의 파괴"를 증명하는 것이다. 그러나 한편 이러한 관점을 인정하는 것은 논란의 여지를 남기는데, 이는 오로지 이전되어 자리할 뿐인 것이 바로 기호의 동질성에 대한 소쉬르적 원칙이지 대표적인 이중성에 기초하는 기호 자체의 원칙은 아니기 때문이다.

2. 불변 요소(invariance)와 동형성(isomorphisme)

기호학의 한 가지 특징(의미 작용의 체계들을 연구하는 기호학의 일반적인 목표에서)은 우리가 위에서 살펴본 것처럼 문학적·시적 현상과 비교해서 종속적인 자신의 입장이다. 이러한 입장은 비록 변론적 담화와 시적 담화를 구분하였지만 자신들의 수행 능력을 언어 활동의 유일한 영역에 한정시킨 바 있는 옛 수사학과 고전수사학뿐만 아니라 아리스토텔레스의 시학과도 구분되는 입장에 해당된다. 이것은 문학의 특수성 문제에서 문학적 의미 작용의 문제를 따로 분리한 바 있는 구조주의의 효과이기도 하며, '보편화하는(universalisant)' 구조주의 자신의 관점에서 비롯된 효과이기도 하다. 새로운 수사학이 범-수사학이 되고자 하는 전망을 스스로 제시하는 것과 마찬가지로 기호학도 하나의 범-기호학적인 전망, 다시 말해서 "모든 종류의 형식과 모든 종류의 의미 작용의 표출에 책임이 있는 일반화된 기호학"[6]의 전망을 제시한다.

기호학에 미친 구조주의의 효과는 언어 활동, 조형 예술, 영화, 행동 양식, 도시 계획 같은 상이한 본질——혹은 발현——의 기호학적 조직 유형들 사이에 '구조적' 교감들을 전제하며 표출된다. 체계들을 조직하는 다양한 방식들간의 유사성을 가정하는 것은 **동형성**의 개념하에 작동 기능의 원리가 되고 만다. 유사 관계와 마찬가지로 동질 관계를 나타내는 한 용어의 어휘적 구성 요소에 의해 제기된 문제에서 어느 정도 떨어져 나와 우리는 일반적인 수용 속에서 형식적 발현들간의 동질성의 관계가 제기된다는 사실을 인정할 것이다.

동형성의 개념은 지식의 특수성과 역사성*의 물음과 동떨어져서 지식의 이질적인 장들을 관계짓는 가능성의 토대를 구축하기 때문에 구조주의 방법론에 있어서는 매우 중요한 개념으로 자리잡는다. 이런 점에서 볼 때 미셸 세르의 작업, 특히 그의 예술 혹은 문학 영역으로의 접근 방식은 매우 의미심장하다고 할 수 있다. 미셸 세르는 불변 요소의 원리에 기초한 기호학의 외부에서부터(그의 학문의 근거는 무엇보다도 우선 수학과 철학이다) 범-기호학의 논리를 검증한다.
이렇듯 《카파치오에 관한 미학》(1975년)에서 베네치아 화가의 그림 속에 나타나는 형식들은 "하나의 불변적인 핵심 요소가 반복적으로 취해진 표현들"(19쪽)[7]이며, 이 불변적 핵심 요소는 모든 형태소를 동형

---

6) A. J. Greimas, 〈Conditions d'une sémiotique du monde naturel〉(1968), in 《Du sens》, p.49.

으로 변형시킨다: "동형들은 표현된 형태소에 의해서 넘쳐나게 된다." (102쪽) 발현된 형식들을 초월하는 불변 요소에 관한 연구는 발현된 형식들 각각에서 근본적·신화적·초문화적인 표상된 하나(un re-présenté)에 대해 은유적이고 상징적인 표상하는 것(le représentant)을 만들어 낸다: "대상들, 관계들, 유적들 등등의 집합과도 같은 그림은 […] 종교적·언어적으로 이루어진 문화적 형성과 동형적이다."(130쪽) 이러한 언급 이후 동일한 한 폭의 그림에서 출발하여 "상징적 대상들을 이용하여 원하는 만큼의 이야기를 한다"(127쪽)고 미셸 세르는 기술하면서 다음과 같이 덧붙인다: "이처럼 나는 인도 유럽적, 또는 순수 셈족적, 혹은 유대 기독교적 풍경들 속에서 산책할 수 있다."(128쪽) 그리고 이러한 사실에서부터 "이야기는 그물망처럼 서로 겹쳐지고 서로 얽혀 있으며" "기둥·새·수류탄 등등과 같은 상징적 대상들은 단일성을 상실하며, 고르디우스 신전의 매듭처럼[8] 초과적으로 부과된 하나의 매듭"이 된다.

그것이 "무한하게 다시 취해진 동일성"을 의미하기 때문에 "같은 것"의 논리에 토대를 두는 이러한 "동형의 법칙"(132쪽)은, 단지 회화의 영역에만 제한되는 것이 아니라 한 사회의 모든 문화적 영역에까지 확장되기에 이른다: "어떤 단체가 머물고, 노동하고, 영유하고, 논증하고, 혹은 말하는 문화적 공간은 동형들의 공간이다."(102쪽) 한 폭의 그림 속의 형태론적인 관계들의 의미와 마찬가지로 인간 관계의

---

7) M. Serres, 《Esthétiques sur Caroaccio》, Hermann, 1975, Le livre de Poche, coll. 'Biblio-essais,' p.19.

8) 고르디우스가 맨 매듭을 푸는 자는 아시아의 왕이 된다는 소식을 듣고 알렉산더 대왕은 이것을 한 칼로 양단하였다. [역주]

의미 속에도 우선적이고 고유한 의미가 존재한다는 이러한 전제로부터 비평 활동은 "정확하고 다양한, *이미 그곳에 존재하는* 신화나 이야기 혹은 텍스트를 다시 발견하기 위하여 문화 영역의 모든 방향으로 여행을 떠나는 일"(129쪽)에 놓이게 될 것이다. 모든 활동——사회적이건 예술적이건——을 불변성의 수학적 논리를 바탕으로 한 증명 가능한 '지표' 처럼 여기는 미셸 세르의 방법론은 강력하게 요청된 하나의 기호론을 의미한다: "평가의 결과에 따른 동형들과 동형들의 법칙, 도식들로부터 *구조적 상태가 발생한다.* 개념이 결여된 보편적 상태와 판본 요소들의 연산의 안정성. 그래프. [⋯] *이것이 바로 기호학적 상태이다.*"(135쪽)

연구 대상이 다르다는 점을 제외하면, 이러한 방법론은 구조적 동형주의와의 관계를 통해서 **모델** 개념을 정의하는 줄리아 크리스테바의 방법론과도 유사하다고 할 수 있다: "우리가 기호학이라고 말할 때, 우리는 [⋯] 모델들의 고안을 생각한다. 다시 말해서 다른 한 체계의 구조와 유사하거나 동형인 형식적 체계를 생각하고 있는 것이다." (《세미오티케》, 29쪽) 이 경우 모델화는 의미 작용 체계들을 구체화하는 과정 속에서 자신의 역사적 차원을 초월하는 추상적 불변 요소들의 연구를 의미한다. 그 예로 크리스테바는 "사회적 조직 역시 포함되어 있는 소우주적이고 대우주적인 우주적 현상을 망라한 모든 체계들과 음악적 체계 사이의 상관 관계"(51쪽)를 드러내는 인디언 음악의 톤을 들고 있다.

따라서 기호학은 '특이한 것' 속에서 '일반적인 것' 의 연구에 따라 요약될 수 있는 논리적 절차들의 집합을 표현하는 데 적절한 언어 활동을 수학에서 발견한다. 이렇듯 기호학적 작업에 관해서 크리스테바는 다음과 같이 말한다: "작가들이 제안하였으며 의식(儀式)이나 수수 께끼에 관계된 기호들, 샤머니즘의 담화나 시간적·공간적 표상들 등 등을 감싸고 있는 중층의 도식은 상이한(지리적·역사적으로) 문화들 속에서, 그리고 상이한 기호학적 범주 안에서 반복되는 단 하나의 구 조적 유형을 확립할 수 있게끔 허용한다."(52쪽) 이러한 지적 속에서 구조적 인류학*을 드러내는 방법론은 사회적 적용에 관한 의미론의 틀을 넘어설 것이며, "수정(水晶)에서 서적에 이르기까지 우리를 감싸 고 있는 다양한 구조적 현상 속에서 상이한 층위에 관계망을 확립시 킬 공리(公理)"를 전제하면서, 소우주와 대우주 사이를 연결짓는 중세 적 몸짓에서부터 점차로 우주를 포괄하는 작업으로 나아갈 것이다.

　이러한 전망은 "반사, 반향, 복제의 그물망으로 우주"를 이해하는 관점에서 출발하여 "일반화된 시학"[9]을 투사하는 로제 카이유아의 전망과 근본적으로 크게 다르지 않다: "나는 상상력과 망상을 모두 포함한 지배에 있어서 모든 것이 대비를 이루는 다른 하나의 형식 속 에 등장하지 않는 속성은 존재하지 않는다라고 생각한다." 이러한 계 획의 틀이 기호학적이지 않으며, 완전히 구조주의적이 아니라고 하더 라도 "반복되어 겹치는 하나의 우주"(13쪽)를 상정하는 이와 같은 사 유는 명백하게 사물과 인간 사이에 연속성을 전제하는 동형주의에 근 거한 것이다. 그리고 이러한 입장은 《기호들의 장》[10]에서 카이유아를 "돌을 시의 일종으로" 간주하게끔 유도하거나 "미세할지라도 몇 가 지 수단에 의해 쪼갤 수 없는 우리 세계의 대비되고 분리된 부분들을

---

9) R. Caillois, 《Approches de la poésie》, Gallimard, 1978, p.14.
10) R. Caillois, 《Le Champ des signes》, Hermann, 1978, p.7.

연결하려 시도하게끔" 유도하는 입장이라고 할 수 있다.

기호의 신성한 측면을 탐구하는 데 놓여져 있기 때문에 로제 카이
유아의 방법론이 구조주의와 기호학의 근본적인 개념들을 모델 개념
으로 파악하고 있다는 사실은 별로 놀라운 일이 아니다: "영구적인
모델은 재료를 극단적으로 제약하며, 다른 한편으로는 우화에 영감을
준다."(72쪽) 근본적인 모델이란 곧 **동형주의**를 의미하며, 여기서는
다음과 같이 동형의 특별한 형식하에 놓이게 된다: "예상된 형태하에
서 이건, 다른 방식하에서 이건, 어디선가 똑같은 것을 마주할 위험
성을 결여하는 것은 세상에서 그 어떤 것도 존재하지 않는다." 바로
이렇기 때문에 동형주의는 *대칭*의 형식하에 리듬을 규격화하며, 특수
성들을 희석시킨다: "나는 단지 박자와 리듬에 일반적으로 존재하는
감수성이 돌들과 담화들 사이에 의심할 여지없는 연속성을 추측하게
끔 허용한다는 점을 암시했을 뿐이다."(59쪽) 《기호들의 장》의 부제
가 드러내듯, 시는 따라서 "숨겨진 반복들"의 해석학적* 적용 분야가
되는 것이다.

카이유아가 '몽상'이라 불렸던 것을 넘어서, "돌들을 우화들에 연
관지으려는" 사유는 발현된 담화들에 관한 구조적 모델의 초월성*을
설립하려는 것과 동일한 방법론에 토대를 두고 있다: "내가 보기에
매 수준에서 동일한 통사들은 자신의 표현 속에서는 명백히 양립 불
가능하지만 연루된 담화들을 자신들의 방식에 의해서 계속해서 지배
하는 듯하다." 카이유아는 "마치 명령이 지속되는 것처럼"이라고 덧
붙이고 있는데, 이러한 관점은 현상들의 특수성들의 반대편에서 동일
성을 보존함으로써 우주의 결집력을 다양성 속에서 보장하는 상위 결
정된 *이성*을 가정하는 행위에 해당된다: ***Eadem in diversis***(=상이한 것

들 속에서의 동일한 것): 모델들, 가상들, 의도들, 야망들이나 혹은 이 것들을 알려 주는 것은 돌에서부터 민첩한 사유에 이르기까지 모두 동일한 무엇이다." 일반화된 시학은 비평적 혼합주의에 기초하여 다음과 같이 환상적 혼합주의의 토대를 세운다: "나는 돌 안에서 얼어 붙어 있는 이미지와 픽션의 증기를 만들어 내는 이미지 같은 두 종류의 이미지를 서로 구별하는 데 점점 덜 성공한다. 나는 이 두 가지 이미지가 서로 다른 경로를 따라 형성되었지만, 결국 똑같은 이유에서 형성되었다는 사실을 잘 알고 있다."(80쪽)

줄리아 크리스테바의 사유는 기호학, 이어서 언어학을 수학화하는 데 놓여 있다: "기호학은 형식적 과학들(언어 모델들의 방대한 '과학'의 갈래로 위상을 확립한 수학이나 논리학)에서 자신의 개념들을 빌려 오면서 의미하는 체계들을 공리화하는 작업(axiomatisation)처럼 고안 될 것이며, 역으로 언어학은 새로운 모습으로 혁신되기 위해서 그것을 수용할 것이다."(《세미오티케》, 29쪽) 결국 "기호학자란 한 명의 언어학자라기보다 오히려 비어 있는 기호들의 도움으로 의미하는 분절들을 계산할 수학자일 것이다. 그리고 만약 기호학자가 수학자의 모습을 띠게 된다면, 그의 언어 활동은 더 이상 추론적 언어 활동이 아닐 것이다. 다시 말해서 그의 언어 활동은 숫자의 질서에 관한 것이며, 공리적일 것"(56쪽)이다.

만약 "기호학의 장소"가 전적으로 "숫자들의 공간"(55쪽)이라고 한다면, 숫자의 모델은 '무한'으로 여겨진 의미 작용의 과정을 인식하게끔 허용할 것이다. 예컨대 시니피앙스(significance)*를 인식하게 허용할 것이다. 언표들의 의미의 닫힘을 조절하는 기호의 논리에 복종하지 않으면서 시니피앙스*의 단위, 크기의 단위, 그리고 가변적인 언어적 특성의 단위(음소, 통사 그룹 등등)는 "숫자적 기능을 담당하며, 상징적인 것 속에서 '숫자'에 의해서 지칭된 것과 동형을 이루게 될 것"이다. "기호에 관해서 지시체와 시니피에를 소급하면서 구성되는 대신 텍스트는 시니피앙의 숫자적 기능을 구사하며, 차별화된 시니피앙의 집합들은 수의 질서에서 비롯된다. 이러한 시니피앙, 텍스트적 시니피앙은 하나의 숫자체(數字體)[11]이다"(294쪽)라고 줄리아 크리스테바는 말한다.

그러나 일반적으로 수학은 언어 연구에 적용된 형식화 작업의 모델은 아니다. 그럼에도 수학은 담화들의 시학성의 여부를 결정하는 특수한 기준이 되어 나타나며, "대수학(algèbre)이 인위적인 기호들의 체계에서 형식화했던 일상 언어의 수준에서 외재적으로 발현되지 않는 조합에 의한 모든 형상들"(178쪽)을 내포하고 있는 "시적 언어 활동"이 된다. 이처럼 대수로의 우회는 언어적 리듬을 "숫자적으로 환원하는" 하나의 해석을 제공한다. 그리고 이때 언어적 리듬은 매우 상징적으로 다음과 같이 음악적 리듬으로 해석된다: "만약 우리가 시적 언어 활동의 분석에 있어서 형식화의 절차를 이용한다면, 그것은 [⋯] 무엇보다도 우선 '내용'과 '표현' 아래 놓여진 것들 속에서 하나의 초언어학적——음악적——이고 대수적인 장면을 드러내기 위해서이다. 이러한 대수적 장면 속에는 문자에 앞서는, 그리고 언어를 넘어서는 하나의 법칙(의미의 리듬 현상, rythmique du sens)을 생산하는 관계들

---

11) 프랑스어 nombrer(세다)라는 동사의 3인칭 현재 진행형으로 쓰인 크리스테바의 nombrant이란 개념의 우리말 번역을 이 용어가 '계속 진행중'이라는 뜻을 포함하고 있음을 고려하며 숫자체로 번역하기로 한다. [역주]

의 흔적이 남아 있다."(191쪽)

알지르다스 쥘리앵 그레마스는 "표현과 내용의 동질주의"(《시적 기호학 에세이》, 13쪽)가 담화의 시학성을 표출시킬 것이라고 제시한다: "예를 들어 우리는 시적 담화의 특수성을, 표출의 측면에서 하나는 음소적이고 하나는 의미론적으로 병행된 두 가지 담화들의 공통적인 반복에 의해서 정의할 수 있다. 공통적인 반복이란 각각의 자율적인 차원에서 동시에 진행되며, 비교 가능하고, 경우에 따라서 동질적으로 변하는 것이 가능한 형식적인 규칙성들과 심층 구조의 수준에 위치한 이중적인 시적 문법에 복종하는 추론적 규칙성을 생산한다."(15쪽) 이처럼 형식적인 본질을 시학성의 기준으로 삼을 때, 가치의 질적 문제들은 양적 현상처럼 취급될 수 있으며, 다음과 같이 비율로 정의할 수 있게 된다: 이 비율은 "밀도에 의해서 시적 담화를 특징지으며, 이러한 밀도를 통해서 우리는 시적 대상의 구축을 요구하는 구조적 관계들의 숫자를 개념화한다. 이제부터 밀도의 강도는 시적 대상들을 분류하는 기준으로 사용될 수 있다."(17쪽)

줄리아 크리스테바에 의하면 "문학적 기호학"은 "스스로 사고하며 문학적 생산성에서 동형적인 하나의 형식주의를 발견하는"(《세미오티케》, 174쪽) 임무를 지닌다. 글쓰기의 기호화 작업은 따라서 글쓰기의 형식화와 모델화로 귀착된다: "기호적 설명은 […] 반복되고 체계화된 하나의 글쓰기여야만 할 것이다. 더욱이 이전의 체계들에서부터 기호학자는 자연 언어에서의 자신들의 생산물과 동시에[혹은 심지어 그 이전에] 기호적 형식주의를 생성할 수 있을 것이다. 글쓰기들의 대화 속에서 기호적 글쓰기란 변환적 글쓰기들의 반복적인 글쓰기이다."

(59쪽) 글쓰기의 이러한 '모델화 작업'은 글쓰기에서 경험적*인 차원을 박탈하며, 사실상 담화의 실현을 역사성*의 범위 밖에서 형식적 조합처럼 인식할 미래의 언어학적 체계들을 예고하는 결과를 초래한다.

II
기호학과 시학

우리는 롤랑 바르트의 '텍스트 이론,' 줄리아 크리스테바의 '의미 분석,' 알지르다스 쥘리앵 그레마스의 '구조적 의미론'을 프랑스 기호학 영역의 세 가지 커다란 방향으로 간주할 수 있다. 물론 프랑스 기호학이 이들 세 명의 이름으로 요약될 수 있다고 주장하는 것은 결코 아니다. 그러나 한편 이들은 각자의 고유한 전망을 지니고 두각을 나타내며 다른 연구자들을 이끌고 있다는 점에서 가장 중요한 사람들일 것이다.

또 다른 한편 이들 사이에 존재하는 빈번히 복잡하게 나타나는 상호간의 영향력은, 그 기원이 늘 정확하지만은 않은 개념의 순환을 통해서 밝힐 수 있을 것이다. 단지 명백한 인용들을 임시로 환기하기 위해서 지적하자면, 예를 들어 〈구조적 언어학과 시학〉(1967년)에 할애된 연구에서 그레마스는 글쓰기의 개념을 바르트에게 연루시키며, 이와는 반대로 바르트는 자신의 〈드라마, 시, 소설〉(1968년)에서 문장의 모델에 근거한 이야기 분석을 제안하기 위해서 그레마스에게 토대를 둔다.

유사한 예들은 또한 크리스테바에게서도 발견될 수 있는데, 한편 이러한 상호간의 인용과 영향력은 더 이상 아무것도 드러내지 않는 행위에 해당된다. 그러나 만약 우리가 이 세 이름 사이에 존재하는 이론적 관계가 지니고 있는 일종의 도식(극단성과 조급함 때문에 필연적으로 거짓인)을 설정해 본다면, 우리는 바르트의 작업에서 두 가지 다른 영역들을 초래한 하나의 근본적인 원인, 다시 말해서 그레마스의 작업에서 발생한 의미론적 구조주의와 크리스테바의 작업에서 근간을 이루는 정신분석학에 끼친 이중적인 영향력을 목격할 수 있을 것이다.

1. 알지르다스 쥘리앵 그레마스의 구조의미론

알지르다스 쥘리앵 그레마스에 있어 포에틱의 개념은 모호하다. 형용사로 사용될 경우 '시적'이라는 이 용어는 '문학적'이라는 용어와 동의어가 되며——"시적(혹은 '문학적') 대상"[12]——더욱이 이 '문학적'이란 용어는 자신의 사회·문화적 내포 때문에 "절대적으로 부적절한" 용어에 해당된다. 다른 한편으로 '시의 특수성'에 관한 연구를 지칭하면서 실사로 사용된 이 용어는 제한된 문학적 대상에 적용되며, 시의 시적인 무엇을 지칭한다.

그레마스에게 있어서 시의 특수성에 관한 연구로서의 시학은 이중

---

12) A. J. Greimas, 〈La linguistique structurale et la poétique〉, in 《Du sens》, Seuil, 1970, p.282.

적인 목적을 부여받게 된다: "한편으로 시학은 구조언어학의 용어들 속에서 시적 의사 소통을 묘사하고 이해하려 시도하며, 또 다른 한편으로 시학은 모든 특이한 시적 대상의 구조적 존재를 인식할 능력이 있다."(280쪽) 그러나 그레마스의 이러한 계획은 크게 두 가지 문제를 제기한다. 우선 "시적 의사 소통"(혹은 "문학적 의사 소통" 282쪽)이라는 그레마스의 사유가 시에서부터 "일상적 의사 소통"(275쪽)과 대비되는 언어적 의사 소통의 특수한 경우를 만들어 낸다는 데서 문제가 발생한다. 단순하게 "시적 의미의 효과들"이 자주 "독자의 의식에서 그런 것과 마찬가지로 집필자의 의식의 통제"를 벗어나기 때문에, 이러한 의사 소통은 "어떤 방법으로든 발신자만큼이나 수신자에 의해서"[13] 수용된다. 시적 현상을 발신자—화자—작가로 이루어진 한 축과 독자—청자—수신자로 이루어진 한 축 사이의 의사 소통적 교환으로 귀결시키는 이러한 행위는 "의미들의 한 효과"(《시적 기호학 에세이》, 7쪽)처럼 정의된 시학성을 심리학화하는 결과를 낳는다.

또한 '구조적 존재' 개념은 한 담화의 시학성을 구조적인 존재론*처럼 정의한다는 사실을 전제하는데, 바로 이 때문에 시는 시가 발현되는 형식과는 독립적으로 성스러움에 가까운 하나의 본질처럼 정의되기에 이른다: "언뜻 보기에 시는 시가 발현되고 있는 언어 활동과는 무관한 듯 보인다. 예컨대 우리는 시적 연극과 영화에 관해 언급하거나 시적 꿈을 갖는 일이 우리에게 종종 일어나기도 하는 것이다. 청자에 관해서 생산된 의미 효과들의 관점에 위치해서 우리는 이보다 확장하여 성가나 복음서뿐만 아니라 철학적이거나 종교적인 몇몇 텍

---

13) A. J. Greimas, 《Sémantique structurale》, Larousse, 1966, p.98.

스트들을 모두 망라하여 다른 문명들이 성스러움을 드러내고 있는 무엇을 시적이라고 여길 수 있을 것이다."(6쪽)

'시적 현상'이 '언어 활동'의 한 유형(시·영화·연극)도, 특이한 담화의 유형도 드러내지 않기 때문에, 더구나 시적 현상이 "어떤 담화들의 유형틀 속에서 설정되기 때문에"(7쪽) "직감적으로 포착된 시적 결과물의 특수성은 생산된 효과가 오로지 시적 현상에 적절한 담화의 구조적 배열에 의해 증명되는 경우에만 한해서 인식될 수 있을 뿐이다." 이러한 그레마스의 지적 속에 전제된 것은 '시적 현상'이란 담화들의 역사성*과 무관하게 시학성의 보편적 원리처럼 주어진 구조의 형태——혹은 구조적 외형——로 실현된다는 사실이다.

시적 현상의 이와 같은 구조적 이해는 사실상 문학성을 정보 이론의 용어들 속에서 표현하게끔 만든다. 이처럼 〈'문학적' 대상들의 독창성〉(《의미에 관하여》, 272쪽)은 "담화의 전개와 상관적인 정보의 점진적 소진"에 의해 정의될 것이다. 이러한 제안은 그것이 무엇이건 하나의 담화는 빈약한 내용에 비해 넘쳐나는 언어적 특성을 생산하기 때문에 정보의 차원에서 거의 경제성이 없을 것이라는 사유——널리 알려진——에 토대를 두고 있다. '문학적' 담화의 경우, 이러한 정보의 한정성은 부정적 특성과는 동떨어진 시학성의 토대를 구축할 것이다. 그러므로 일상적 담화——물론 정보의 차원에서 이해된——속의 표식들의 중복은 "획득되어야 할 결핍"으로 해석된 반면에, 이러한 중복이 문학적 담화의 틀 속에서 다루어질 때는 "폐쇄되고 선별된 내용들에 더 높은 가치를 부여하는 데 놓여 있는" 새로운 기능을 담당하게 된다.

닫힌 텍스트

"스스로 닫혀 있는 의미론적 소우주"와 같은 텍스트의 이해는 **자기 반성성**(sui-réflexivité)의 기능, 다시 말해서 텍스트 밖의 지시체들과 더불어서 기호학의 외적 관계들을 텍스트에서 떼어내는 자동-참고 자료, 자동-재현의 기능을 텍스트에 일임한다: "담화는 매우 신속하게 자기 자신 안에 스스로 갇힐 것을 목표로 한다. 다시 말해서 담화의 존재 방식은 이미 담화 자신 속에 자신을 표상할 조건들을 지니고 있는 것이다."(143쪽) 구조 · 폐쇄의 장치는 참고 자료의 차원에서 담화의 자율성을 설립하며, 윤리적 차원에서는 시적 담화의 특이성과 주체성을 정의한다: "정보의 고갈에 의한 텍스트의 이러한 폐쇄성은 텍스트에 *개인 언어적*(idiolectal)인 특성을 부여한다."(《구조의미론》, 93쪽)

구조를 주체적 심급으로 설정하기 위한 *필수 불가결한*(sine qua non) 조건인 텍스트의 이와 같은 폐쇄성은, 1970년대 문학적 담화의 기호학적 이해에 있어서는 매우 보편적인 관점에 해당된다. 줄리아 크리스테바의 연구는 상징적으로 "닫힌 텍스트"(《세미오티케》, 113쪽)라는 제목을 달고 있으며, 이때 텍스트 개념에 있어서 이 '닫힌'이라는 형용사가 '속성'을 뜻하는 부가 형용사로 쓰이게 되면 될수록 텍스트의 개념에서부터 동어 반복의 양상이 형성되는 것이다. 이렇듯 제라르 주노는 텍스트(시적)를 하나의 "닫힌 체계"와 "닫혀 있고 미리 배열된 하나의 집합"으로 정의하면서, "우리는 텍스트가 포괄하고 있는 요소들을 이러한 정의에 따라서 닫혀 있는 목록들에 속한 것으로 간주해야만 하며, 또한 이러한 사실은 텍스트의 연구를 임의적으로 열려 있는 목록들('통상적인' 언어 활동) 체계의 연구들과 비교할 수 없게 만드는 주요 원인으로 자리잡는다"[14]라고 기술한다.

　구조에 의한 닫힘은 담화를 공간에 배치하는 효과를 지니고 있다. 이처럼 담화는 다음과 같이 시간성을 벗어난 *비연대기적* 언어 활동의 대상이 된다: "하나의 닫힌 총체로 간주된 시적 담화는 이렇듯 당장이라도 포착할 수 있으며, 비연대기적 구조나 '총체적 대상' 처럼 손쉽게 기억될 만한 것이다."(《의미에 관하여》, 281쪽) 문학 작품의 공간화는 사실상 "시적 대상인 닫힌 체계들의 내용들과 '음악적 톤들' 의 유형"을 고안하기 위한 필연적인 절차라고 할 수 있다. 물론 여기서 음악은 구조의 형식주의에서 영향을 받은 가치(미학적)를 대표한다.

　이러한 닫힘과 동일 선상에서 알지르다스 쥘리앵 그레마스는 담화에다가 시간성을 다시 포함시키며, 시적 대상은 또한 "열려 있는 하나의 체계"(282쪽)라고 제안한다. 이러한 운동은 그러나 한편으로 변증법적*이지 않은데, 왜냐하면 열림-시간성은 바로 닫힘-비시간성의 관점과 비교해 볼 때 또 다른 관점에서 사유된 것이기 때문이다. 문제는 시적 대상의 "추론적 전개" 과정에서 "내용의 통시적 변형처럼 해석될 수 있는, 의미론의 전과 후를 구축하는 연속성"을 인식하는 데 놓여 있다. 담화의 내적 내용물의 이전처럼 인식된 열림은 텍스트의 닫힘 속에서 작동한다.

　이와는 반대로 《시적 기호학 에세이》의 〈서문〉에서 열림의 개념은

---

14) G. Genot, 〈L'écriture libératrice〉, in 《Communications》 11, 1968, p.35.

텍스트의 내부로 향하는 하나의 운동이 아니라, 상호 텍스트적인* 동시에 *상황적인* 이중적 외연을 향하는 하나의 목표처럼 간주되었다. 다시 말해서 시적 대상은 한편으로는 "시적 형식들의 세계를 향해 열려 있으며, 이러한 세계의 내부에서만 오로지 존재하고,"(22쪽) 또 다른 한편으로 이 시적 대상은 "자신의 문맥, 즉 모든 실질적 적용들을 담당할 뿐만 아니라 비언어학적 언표 행위의 주체가 다른 기회 속에서, 그리고 다른 텍스트들에 의해서 표출한 의미론적 세계를 향해 열려 있는" 것이다. 그러나 이러한 열림은 텍스트의 폐쇄성을 배가시키는 위험성을 안고 있다. 예컨대 담화의 총계 위에다가 텍스트 단위의 닫힘을 투사하는 상호 텍스트적인 차원, 텍스트를 텍스트 자신 속에서 가두어두며 텍스트와는 비교가 될 수 없는 텍스트의 외부에다가 텍스트를 '여는' 문맥적인 차원, "텍스트의 생산자"[15]와 동일시된 언표 행위 주체의 언어학 영역 밖의 영역이 바로 위험성을 나타내고 있는 것이다.

텍스트의 폐쇄성은 시적 담화의 기호학적 접근에 있어서 "해석의 첫번째 요소"(《의미에 관하여》, 278쪽)를 구성하는 본질적인 매개 변수이다. 텍스트의 폐쇄성은 내용과 표현의 두 가지 구조적인 초안들의 '유기적인' —— 제라르 주노가 "한 텍스트는 하나의 체계가 아니라 하나의 유기체이다"라고 제기했던 의미에서 볼 때(앞서 인용된 제

---

15) A. J. Greimas, 《Maupassant》, Seuil, 1976, p.9. 우리는 작품의 열림이 "가치로서의 모호성"(10쪽)의 실현처럼 정의되어 나타난 《열려 있는 작품 *L'Œuvre ouverte*》(1962년) 속에서의 움베르토 에코의 특이한 관점을 이러한 고찰 속으로 편입시키지 않을 것이다. 에코는 "하나의 작품이 자신의 모호성을 강조하고, 관객의(따라서 독자의) 적극적인 개입에 의존할 수 있는 한계들 속에서 형식과 열림 사이의 변증법을 세울 것"을 제안한다.

라르 주노의 논문)──관계짓기와 이들의 공존 가능성(co-occurence)[16] 을 전제하는 것을 가능하게 만든다: "이로부터 표현과 내용의 시적 도 식들이 공존적 입장을 취한다는 개연성이 도출된다. 이 두 가지 초안 들 형식의 공존 가능성은 시적 언어 활동을 정의하는 요소들 중 하나 인 것이다."

구조적 동기

시간성의 등재를 드러내는 동시성(concomitance)과 공존 가능성 개념 들은 이 두 개념이 두 가지 현상의 동시적인 현존을 지칭하기 때문에 구조의 공간성에 의해서 상위 결정된다. 구조의 공간성은 상관 관계처 럼 조작된다: "시적 언어 활동은 표현의 차원과 내용의 차원 사이에 필연적인 상관 관계처럼 고유한 주장을 내포한다."(《모파상》, 12쪽) 이 와 동시에 구조의 공간성은 '적합성(adéquation)'처럼, 다시 말해서 동 일성의 관계처럼 조작된다: "표현과 내용의 형식들의 공존 가능성은 자신들의 형식적 구조에 있어서 동일한, 음소(音素)적[음소의 차원]이 고 의소(意素)적[의미 작용의 차원]인 모체들이 표현과 내용의 실체들을 대칭적으로 분절할 때 적합성으로 변형된다."(《의미에 관하여》, 279쪽) 이러한 분석은 궁극적으로 시의 정의를 "두 가지 차원의 '내적 융해'" (278쪽)로, 다시 말해서 담화의 내적 동기의 결과로 여기면서 분석의 목표를 완성하게 된다. 그리고 이러한 점은 기호학적 시학의 일반적인 입장을 반영하는 것이다: "이러한 언어 기호의 철저하고 완벽한 동기

---

16) 복수의 언어 요소가 동일한 문장 속에서 나타나는 것. [역주]

는 […] 시적 언어 활동의 특수성을 매우 정확하게 재현한다."[17]

　여기서 "시니피앙과 시니피에 사이의 거리의 단축"(279쪽)처럼 표현된 구조적 동기의 원리는 시적 담화로부터 기호의 두 가지 차원이, 소쉬르의 용어에 따르자면 자의적인(시니피앙과 시니피에 사이의 본질적 관계의 부재를 의미하는) 이중 분절(형태소와 음소)의 단위인 '*일상적*' 언어 활동과, 관계에 동기가 부여되어 있는(본질적인 관계) 단순한 분절(음소들의 분절의 부재)의 단위인 *외침*(cri) 사이에 하나의 절충안을 만들어 낸다.

　"기호들로서, 다시 말해 하나의 자연 언어 속에서 자신들이 발현되는 바로 그 순간에 시적 대상들은, 만약 소쉬르적 전통 속에서 우리가 시니피앙과 시니피에 사이의 비-자의적인 관계들의 존재를 동기에 의해서 이해한다면, 소위 동기가 부여되어 있다고 말할 수 있을 것이다. 인간 언어 활동의 경계에 설정된 외침 속에서 만나게 되는 것 같은 절대적이라고 말할 수 있는 동기와, 시니피앙과 시니피에의 초안들의 발현 순간에 동형주의가 부재함으로써 기호들의 무동기적 성격들 사이에 시적 동기가 정착된다. 이 시적 동기는 언어 활동의 두 가지 계획들 사이에서 의미심장한 상관 관계들을 설립하고, 이러한 사실들에서 표출된 기호들-담화에 특수한 위상을 부여하는 병행적이고 비교 가능한 구조들의 실현처럼 정의될 수 있다."

《시적 기호학 에세이》, 23쪽.

---

17) J. Kristea, 《Polylogue》, Seuil, 1977, p.462.

외침을 시의 전망에다 이동시키는 행위는, 시의 실질적 적용을 진리의 효과를 생산하면서 언어 활동의 기원을 다시 추적하는 작업과 동일하게 여기는 것이다: "우리는 시적 언어 활동이 언어 활동으로 머무르면서 '최초의 외침'과 만나려 애쓴다고 말할 수 있을 것이다. […] 따라서 이로부터 '의미의 효과'가 발생하는데 […] 이 의미의 효과는 재발견된, 즉 경우에 따라서는 근원적이거나 독창적인 진리의 효과이다."(《의미에 관하여》, 279쪽) "진리라는 의미 작용을 내용과 표현의 적합성에 위임하려는," 다시 말해서 구조를 문학성의 가치로 구축하려는 시적 담화의 구조적 동기에 관한 이러한 사유는 시학성의 구조적 이해를 심리적 주체의 표현성에 결부시키는 결과를 초래한다: "모든 수준들이 상관 관계 속에 놓여 있으며, 모든 동형화된 구조적 단위들이 어쩌면 가장 시적일 하나의 이상적인 담화는 심지어 문장의 차원에서조차 표현과 내용의 구조들을 동형화할 능력을 결여하고 있다. 필연적으로 이상적 담화는 시인의 '가슴으로부터 나온 외침'으로 환원될 것이다."(《시적 기호학 에세이》, 23쪽)

두 가지 구조적 배치를 동시에 분절하는 동형주의의 개념은 개별적인 두 가지 문법을 구축하게끔 허용하면서 이 두 가지 구조적 배치의 각각을 자율성 속에서 정당화하기에 이른다. 이를테면 구조적 의미론의 대상인 시적 내용의 문법과 음소적 생성과 조직의 '형식적 모델들'을 고안하면서, '시의 음악성'에 대한 수사학적 사유를 흡수할 수 있는 시적 표현의 문법이 바로 그것이다. 사실상 자신들을 위해서, 혹은 자신들 속에서 고려된 표현 차원의 음소적 구조들은 언어학적 구성 요소(음소적 측면)나 음악적 구성 요소(음성학적 측면)로 동시에 취급되기도 한다: "시적 표현은 목구멍을 빠져나오면서 지니게 되는 자신의 차별적이고 유일한 효력을 언어 체계의 음성으로 조직한다. 시적 표현은 음악 언어 체계의 구성적이고 정돈된 유성들의 연속으로 구성된 함수들 사이의 중간에서 설정된다. 시적 담화는 표현의 측면에서 동시에 잡음과 음성으로 *이루어진 하나의 언어 체계처럼 나타난다.*"(17쪽)

궁극적인 목표가 "시적 의사 소통뿐만 아니라 마찬가지로 시적 대상들의 구조를 이해하는 데"(《의미에 관하여》, 281쪽) 놓여 있는 시학(기호학적)에는 "시적 대상들인 닫힌 체계들의 내용들과 '음악적 톤들'에 관한 하나의 유형학"을 실현해야 하는 임무, 그리고 두 가지 차원의 동형주의에서 발생한 "시적 도식들의 카탈로그"를 설립해야 하는 임무가 부여된다.

알지르다스 쥘리앵 그레마스에 있어서 시학의 기호학적 개념화는 따라서 수사학에서 말하는 이원론의 원리를 다시 발견하는 데로 귀결된다. 이에 관해서 무엇보다도 우선 언어학적 구성 요소들의 수준에서 보자면, 내용과 표현 사이의 대립은 각각의 두 가지 차원의 이질적 관계 속에서 고유한 자율성을 위임하기에 이른다. 이어서 담화의 구성 요소들의 수준에서 보면, '담화의 *나타내기*(paraître)'와 '기호학적 텍스트*이기*(être)' 사이의 대립은 기호의 상징적 모델에 근거한 의미 작용과 "'영혼 상태'의 형상적 재현을 위해 주어진 묘사와 같이 오로지 다른 것만을 의미하기 위하여 존재하는"(《모파상》, 267쪽) *나타내기*의 초안을 해석한다. 결국 담화들의 유형학 수준에서 일상적 혹은 자연적(이형적, hétéromorphe) 언어 활동과 시적(동형적, isomorphe) 언어 활동 사이의 대립은, 전자에 비교할 때 후자가 지닌 이탈의 시학성과 "통사적 분절들과 더불어서도, 자연적 담화의 프로조디적 분절들과 더불어서도 동시에 발생하지 않는 시적 단위들"을(273쪽) 만들어 낸다.

이러한 접근 방식은 심지어 문학적 담화를 "일상적 의사 소통"(275쪽)의 '뒤틀림'처럼 간주하는 문체의 고전적인 개념 정의를 다시 발견한다. 그리고 이때 "일상적 의사 소통"은 랑그의 구조와 동일시된다. 한편 이러한 입장은 기호학적 방법론에서는 항구적으로 등장하는 것이라는 사실을 지적해야만 한다. 알지르다스 쥘리앵 그레마스에 따를 때 이러한 입장은 줄리아 크리스테바와 미셸 아리베의 입장들이 지닌 공통점에 해당된다. 그레마스는 줄리아 크리스테바와 미셸 아리베가 "자연적인 언어들의 규범화된 위상을 확신하면서 [⋯] 시적 담화를 하나의 이탈, 혹은 오히려 이탈과 함께 비틀림의 관계들을 유지하면서 또 다른 규범성을 마련하는 것이 가능한, '체계화할 수 있는 이탈들'의 집합으로 간주한다"(《시적 기호학 에세이》, 9쪽)라고 지적한 바 있다. 줄리아 크리스테바의 의소분석(意素分析, sémanalyse)[18]이 이러한 '또 다른 규범성'에서 출발하여 주체와 언어 활동 사이의 관계에 대한 몇몇 관점들을 형성할 것이다.

---

18) sème analyse의 합성어인 이 신조어에 대한 번역은 언어학에서 sème을 '의미의 최소 단위(unité minumum du sens)'처럼 정의한다는 사실에 비추어 "의소분석"이라 하기로 한다. 물론 다양한 언어학적 관점의 차이가 존재하는 것처럼 의미의 최소 단위에는 꼭 sème만이 해당되는 것은 아니다. 예를 들어 음소 phonème와 의미의 관계를 설정했던 야콥슨의 반발이 있을 수 있으며, 기호소 혹은 단소로 번역되는 monème가 의미의 최소 단위라고 여기는 이론도 있음을 밝혀둔다. 〔역주〕

2. 줄리아 크리스테바의 의소분석

줄리아 크리스테바의 의소분석이 구조의미론의 비판처럼 소개되는 것은 기호학의 유물론적 이해라는 이름하에서이다. 줄리아 크리스테바에 의하면 구조의미론은 "의소들을 한 어휘소(lexème)의 내부에서 자의적으로 고립"시키는데, 이는 "의소들이란 어떠한 물질적 매체나 통계에 의해 보장된 수신자의 직관(그레마스·포티에)을 제외하고는 다른 어떠한 존재 이유도 지니지 못한 '사유들'일 뿐"(《세미오티케》, 290쪽)이기 때문이다. 줄리아 크리스테바는 이상주의를 비판하면서 "의미 작용이 이원적 대립 속의 자율적 단위들의 조합으로 여길 *선험성*(l'a priori)에 토대를 둔 몇 가지 음성학적 원리들의 직접적인 치환"(292쪽)임을 증명하며 의미 작용을 실증주의에 관한 비판으로 연결짓는다. 이처럼 "'부분들'로 구성된 하나의 '총체성'과 같은 의미 작용에 대한 통계적·기계론적인 이해"를 확인하면서도 구조의미론이 제기한 방법론은 "의미 작용의 문제를 전개 과정처럼" 사고하는 방법론을 자신 스스로에게 부여하지는 않을 것이다.

기호에서 텍스트로

의미 작용의 역동적인 이해에 열려 있는 기호학은 "지시체—시니피앙—시니피에"(55쪽)의 삼각형 모델로부터 둘로 갈라져 나온 '내용—표현'의 이원주의를 통해서 이해된 기호 개념을 비판하면서 전개된다. 줄리아 크리스테바에 따를 때, 만약 기호의 문제틀이 "선험주의, 실증주의, 혹은 대중적 사회과학주의를 붕괴시키는 데 필연적"이었음이 사실이라고 한다면, 기호학은 "형이상학적인 전제"(46쪽)를 기호에 부여하며 이러한 기호의 문제를을 "중단시킨다." 이 경우 목표하는 것은 시니피에와 시니피앙의 대립을 통한 "영혼 / 물질이라는 낡은 분리에 상응하는 상징적인 것 / 비상징적인 것 사이의 구분"에 놓여 있다. 의미하는 재료들에서 시니피에들의 초월성*을 정착시키는 이러한 이상주의는 "고대 사회에서는 존재하지 않던"(47쪽) 기호 개념이 "규범들에서 벗어나거나, 혹은 규범들을 변형시키는 경향이 있는 기호학적 적용들(혁명적 담화, 마술, 철자오류주의(paragrammatisme)) 앞에서는 무기력할 뿐"이라고 설명한다.

줄리아 크리스테바는 "기호에 의해 지배된 논리와 구별되는 텍스트적 논리를 보여 주는" 소쉬르의 **아나그람들**[19]의 실질적인 적용 속에서 "기호의 모체에 대항하는 첫번째 징후"(18쪽)를 목격한다. 다음장 [이 책의 353쪽]에서 소쉬르의 아나그람 이론에 관해서 다시 살펴보겠지만, 여기서 간략하게 환기하고 넘어갈 것은 소쉬르가 사투르누스 시의 토대를 문자들이 하나 혹은 여러 개의 연속적인 시행(詩行) 속에 분산되어 있던 고유 명사의 철자 오류적인 분해에 놓여 있다고 간주했다는 사실이다. 소쉬르의 방법론에서 줄리아 크리스테바가 관심을 두는 부분은 "행위임을 주장하는 하나의 의미에 의해 해체된 하나의 시니피앙을 통한 의미 작용"(292쪽)을 연구하는 이론적인 전망이다. 소쉬르의 작업에서 견본을 찾는 줄리아 크리스테바의 비판과 탈이성화 작업은 아나그람 이론이 소쉬르의 《일반언어학 강의》에서 소개된 바 있는 기호 이론에 반대되는 측면을 구축할 것이라는 사유를 바탕

---

19) 354쪽의 역주 8을 참조할 것. [역주]

으로 하고 있다: "마치 자신의 고유한 기호 이론을 부인하기라도 하는 듯이 소쉬르는 우두머리, 혹은 신의 이름일 수 있다고 믿었던 무엇에서 텍스트를 통하여 *분산*(dissémination)[자크 데리다에게서 빌리고 참조한 개념]을 발견한다." 이것은 바로 줄리아 크리스테바가 "철자오류주의"(〈철자 오류의 기호학을 위하여〉, 1966년, 《세미오티케》, 174쪽)라 이름 붙인 바 있는 시니피앙의 분쇄 속에 나타나는 기호의 폭발 과정인 것이다.

  기호의 비판을 토대로 한 이와 같은 기호학은 문학 작품에서 더 이상 대상이 아니라 작품이 단지 효과일 뿐인 '생산성'(208쪽)을 형성하는 "텍스트적 작동 기능"(17쪽)의 이해를 목적으로 삼는다. 소비의 문화적 대상의 생산과 연관되어 있으며, 자신의 의미 작용의 방식에 관해서는 기호의 논리에 고유한 "상징적·기호적 체계"를 드러내면서, *문학*에 관한 사유는 심지어 낡은 것으로 치부되며 문학을 이용하는 담화들은 수상쩍은 것이 되어 버린다. 줄리아 크리스테바가 문학이라는 단어에 특별히 별도의 표시를 하지 않을 때, 그녀가 언급하는 것은 "문학적이라 일컫는 행위"(7쪽)를 의미한다. 그리고 이러한 시효가 만료된 개념을 대치하기 위해서 문학적 기호학은 한 쌍의 용어를 제안한다. 예컨대 생산의 측면에서 텍스트를 지칭하는 **글쓰기**는 "'문학'과 '파롤'의 개념들에서 텍스트 개념을 차별화하기 위해서"(41쪽), 그리고 **텍스트**는 "활력이 부여된 대상"(280쪽)으로서 의미 작용의 생성을 지칭하기 위해서 제시된다. 별도로 표시된 문학과 텍스트 개념의 동일성을 드러내기 위하여 줄리아 크리스테바는 "'문학'/텍스트"(10쪽)와 같은 의미 심장한 표기법을 사용하며, 《시적 언어 활동의 혁명》(1974년)에서 이러한 "'문학'/텍스트"를 "'문학,' 그것은 우리가 보다 특수하게는 텍스트라고 부르는 것"[20]이라고 주해를 단다.

　비록 그것이 문학 비평의 낡은 사유를 대치한다 하더라도 "텍스트
의 과학"(《세니오티케》, 23쪽)이 제시하는 전망은, 비록 그것이 문학
과 문학성의 개념들이 시학을 드러내는 문제 제기 형태의 내부에 연
관되지 않는다 하더라도 문학성의 문제들을 드러내는 것 속에서 여전
히 작용하게 된다. 한편 이러한 '텍스트의 과학'이 제시하는 전망은
수사학의 행보를 상기시키는데, 그 까닭은 우선 이러한 전망이 텍스트
개념에서 문학적인 것을 벗어남을 지칭하는 초담화적(transdiscursive)
이자 확장된 전망을 구축한다는 점에서 그렇다고 할 수 있다. 이를테
면 텍스트는 사실상 "시적이거나, 문학적이거나, 혹은 다른 형태"(8
쪽)이며, 곧이어 이탈——여기서는 전복과 무의식이라는 용어로 분
석되어진——에 의한 정의를 다음과 같이 다시 찾아내는 것이다: "랑
그 속에 몰입된 '텍스트'란 […] 가장 기이한 것을 소유한 랑그를 의
미한다. 다시 말해서 텍스트는 랑그를 심문하는 것, 변화시키는 것, 랑
그의 무의식과 랑그의 습관적인 전개에서 비롯된 기계적 반응으로부
터 랑그를 떼어내는 것이다."(9쪽) 또한 텍스트는 "파롤의 표면에서
수직으로 파고 들어가거나, 혹은 모방적·의사 소통적 언어 활동이 비
록 그것들을 표시한다 하더라도 큰 소리로 읊지는 않는 시니피앙스*
의 모델들이 활발하게 모색하게 되는" 것이다.

　텍스트의 개념은 "앞선 혹은 공시적 언표들의 여러 가지 상이한 유
형들과 함께, 직접적인 정보를 목적으로 하는 의사 소통적 파롤과 관

---

20) J. Kristeva, 《La Révolution du langage poétique》, Seuil, 1974, p.14.

계를 맺으며, 언어의 질서를 재분배하는 초언어학적 장치처럼"(113
쪽) 정의된다. 이러한 논리는 우선 텍스트를 "순수하게 언어학적이기
보다는 오히려 논리적 범주에서 접근 가능한 것"으로 정당화하면서,
텍스트와 "텍스트가 위치한 랑그의 관계가 재분배적(파괴적-건설적)"
이라는 사실을 전제한다. 이어서 "하나의 텍스트의 공간에서 다른 텍
스트들에서 취해진 여러 가지 언표들이 서로 겹치고 상쇄된다"는 의미
에서 볼 때, 텍스트는 "텍스트들의 치환, 즉 하나의 상호 텍스트성"*
자체를 의미한다. 상호 텍스트성 개념은 기억과 무의식의 이중적 하
중을 텍스트에 일임하면서 문학적 기호학의 연구에서 매우 활발하게
작동할 것이다.

　텍스트의 개념을 사고하는 행위와 "소위 '문학적' '시적'이라고 일
컬어지는 담화들의 총체성"(278쪽)으로부터 대상으로서의 텍스트를
구분하는 행위는 기호학과 기호 이론에 의해 구분된 특수한 "의미 작
용 이론"(279쪽)의 고안을 정당화한다. 시니피앙과 사니피에의 이원
성은 소비에트 언어학자 S. K. 사웁얀과 P. A. 소보레바[21]를 '재해석
한' 노엄 촘스키의 변형 생성 문법의 모델에서 영감을 받은, 두 가지
수준에 놓인 하나의 체계에 의해 대치되었다: "언표의 현상학적인 표
면"으로 정의된 **현상-텍스트**(phéno-texte)(《세미오티케》, 288쪽), 텍스
트의 "의미하는 작동 기능"(282쪽)으로 정의된 **발생-텍스트**(géno-
texte)가 바로 그것이다. "경계는 현상-텍스트에 있어서 하나의 문장

---

21) 기호학의 영역에서 이들 작업의 중요성에 관해서는 J. Kristeva, 〈La linguistique
et la sémiotique aujourd'hui en URSS〉, in 《Tel Quel》 38, automne 1968, 3-8쪽을
볼 것.

(주어-술어)이 아니라 하나의 *시니피앙*을 산출하는 데에서 발생하며," 이 경계는 현상-텍스트에서는 "하나의 단어, 하나의 단어의 열, 하나의 명사구 문장, 하나의 단락, 하나의 '비-의미'"일 수 있다. 여기서 *시니피앙*이라는 용어는 소쉬르의 이론에서 개진된 '청각적 이미지'의 가치를 지니는 것이 아니라 *의미 작용*의 단위로의 가치를 지니며, 그 자체로 현상-텍스트 내에 담겨진 언표의 *의미*로 축소되는 것이 아니라, 이제부터 명확하게 밝혀두어야 할 개념인 *시니피앙스*처럼 이해된다.

시니피앙스* 개념을 언급하기 전에 현상-텍스트/발생-텍스트 도식에 관하여 한 가지 지적하기로 한다. 전적으로 기호 개념에 대한 비판적 체계처럼 여겨지는 이러한 도식은, 그렇다고 해서 기호의 논리에서 유래한 전통적인 이분법을 반영하지 않는 것은 결코 아니다. 다시 말해서 이러한 도식은 의미 작용의 과정을 두 가지 용어 속에 놓인 하나의 체계처럼 분석하며, 내용과 표현의 수사학적 모델이나 문자 그대로의 것과 수식된 것의 해석학적* 모델, 혹은 표층 구조와 심층 구조의 생성 문법적인 모델과 밀접하게 관계한다. "이처럼 현상-텍스트와 발생-텍스트의 개념을 이중화하면서" 획득된 장치는 이러한 개념을 "표층과 심층, 의미화된 구조와 의미하는 생산성"(280쪽)으로 해석한 줄리아 크리스테바에 의해서 이원론적 도식과 결부되어 나타난다.

이론의 이원론은 나아가 텍스트의 두 가지 차원을 지탱하고, 이 두 가지 측면을 찾아내려는 방법론의 이원론을 전제하며 진행된다: "현상-텍스트와 발생-텍스트의 구별은 의미하는 작동 기능에 결부된 담화를 모든 언어적 언표들 속에서 두 가지 차원을 정의하는 항구적인 양분(兩分)에다 강제로 결부시킨다: 첫번째 차원은 *기호를 드러내는 언어학적 현상(구조)*이며 […] 두번째 차원은 기호에 의해 더 이상 포착될 수 없으나 숫자적 특성에서 비롯된 *차이들의 실질적 적용*에 의해 조직되는 의미하는 생성(발아(germination))이다." (284쪽) 이러한 양분은 텍스트 한가운데에서 "소위 정상적이라고 일컬어지는 의사 소통 속에서 표출된 파롤"의 수준과 "의미하는 작동 기능"의 수준을 서로 구분할 것을 강요한다. 이러한 양분은 "*시니피앙스의 공간*"을 자신의 영역으로 착각할 "텍스트적 의미 작용 이론"에 의해서 적용된 시학과 결코 무관하지 않은 것이다.

위반

줄리아 크리스테바가 *의소분석*이라 부르는 것이 전제한 시학성이나 문학성은 사실상 규범과의 관계에 놓인 이탈에 관한 수사학적 사유를 통해서 형성된다. 이러한 사유는 "생산하는 사회에 관한 모든 의미하는 행위들(담화, 실질적인 문학적 적용, 생산, 정치 등등)을 규범의 적용이나 부정에 의해 연결된 의미 작용의 관계망처럼 연구하는"(《세미오티케》, 55쪽) 일반기호학의 중심에 위치한다. 보다 자세히 말하면, 이러한 사유는 "랑그를 통해서 랑그의 관습들에 기이한 것을 포착하려 시도하거나 랑그의 순응주의를 거부하는, 이를테면 텍스트와 텍스트의 과학을 방해하는"(26쪽) '의소분석적' 방법론의 내부에서 설정된다. 이와 마찬가지로 이러한 사유는 시를 이해하는 근간으로 자리잡는다. 다시 말해서 "우리 문화의 틀을 가르는 기호학적 적용"(51쪽)과 동일시된 "시적 언어 활동"의 일반 차원만큼이나 "부르주아 혁명" 이후 "특히 19세기 후반에 이르러"(612쪽) 전개된 시적 생산물들의 역사적 측면에서 보더라도, 텍스트는 이러한 작품들 속에서 "의사 소통적 언어 활동의 규범성을 전복시키는 기호학적 장치처럼" 나타나는 것이다.

따라서 시학성은 문학 작품들의 혁명적이고 위반하는 특성, 다시 말해서 다음과 같이 규범적인 것의 반대 측면과 혼동되는 경향을 보인다: "만약 공격·점유·파괴·건설 등의 태도, 간략히 말해 명백한 폭력의 태도 속에 무의식적·주체적·사회적 관계들의 집합을 전제하는 실질적인 적용의 요소인 하나의 '담화'가 존재한다면, 그것은 다름 아닌 바로 '문학'"(14쪽)인 것이다. 우리는 이러한 확신에 찬 주장을 줄리아 크리스테바가 공동 집필자로 참여한 백과전서 《프로이트의 기여》(1933년) 속의 〈정신분석학과 언어학〉 항목에서 다시 발견하게 된다. 의소분석에 관해 크리스테바는 다음과 같이 기술한 바 있다: "의소분석이 의문을 제기하는 의미하는 상이한 적용들 사이에 의소분석이 의미론적·통사론적으로 '대가들의 담화'를 붕괴하는 언어 활동, 즉 서양의 형이상학이 구축한 오랜 담장을 부수어 버리는 언어 활동을 인식하는 것은 바로 '의미하는 실질적 적용'으로서의 문학 텍스트(특히 로트레아몽·말라르메·조이스·아르토·바타유와 같은 작가들에게서 나타나는)의 근본적인 환원 불가능성(irréductibilité) 속에서다."[22] 이에 관해서 첨언하자면 "문학 텍스트의 근본적인 환원 불가능성"을 붕괴시키는 미덕——따라서 문학성의 영역에 속하는 무엇——과 특이한 작품들 속에서 문학 텍스트의 국지화를 만들어 내는 일반적 관점의 연결은 한편 문제틀을 형성하게 하지는 않는다.

---

22) 《L'Apport freudien》, Bordas, 1994, p.533.

표층과 심층의 생성문법적 이분법은 크리스테바에 의해서, 더러는 현상–텍스트의 구조적 차원에서 읽힐 수 있는 무늬처럼 발생–텍스트의 의미하는 활동성에 의해 정의한 *시니피앙스*의 개념화 속에서 발현된 것과 감추어진 것의 해석학적* 이분법과 결속한다: 의소분석은 "텍스트가 기호들의 체계를 제시한다는 사실을 기억하면서 이러한 체계의 내부에 또 다른 하나의 장면을 제기한다: 그 장면이란 구조라는 드러난 화면이 감추고 있는 것이며, *구조가 단지 어긋난 낙하(retombée)일 뿐인 작동으로서의 시니피앙스이다.*"(《세미오티케》, 279쪽) 하나의 의미 작용(시니피앙스의 의미 작용)이 의미 작용(기호들의 의미 작용) 밑에 감추어져 있다는 이러한 사유는 의소분석의 방법론을 해석학적* 주해의 방법론에 동일시한다.

"순환적인 '말하기,' 의사 소통, 교환, 의미에 선행하는, 무언(無言)이지만 드러나며 변형되는"(37쪽) 이러한 의미하는 생산의 모델은 부분적으로 생성 문법 언어학에서 비롯되었으며, 사실상 상당히 많은 부분을 현상학에 빚지고 있다. 이를테면 "이러한 과정에서 후설과 하이데거의 위대한 공헌을 지적해야만"(38쪽) 하며, 또 다른 한편 "주체의 과학"(《시적 기호학 에세이》, 207쪽)으로서의 정신분석학, 즉 근본적으로 프로이트 과학의 공헌 또한 지적해야만 하는데, 그것은 줄리아 크리스테바가 프로이트를 "생산된 의미와 재현적 담화에 선행하는 의미 작용에 도달한 작업을 가장 먼저 고안한 자"(《세미오티케》, 38쪽)로 여기기 때문이다. 《세미오티케》에서 소개된 시니피앙스 이론에서 주체에 관한 물음은, 나아가 《시적 언어 활동의 혁명》(1974년)에서는 핵심을 이루면서 "주체의 진행 과정"(40쪽)과 명백하게 일치된 "시니피앙스의 진행 과정"처럼 드러나게 될 것이다.

충동적 주체

텍스트 이론 속에서 의소분석은 표층과 심층, 잠재태와 표현태, 상부 구조와 하부 구조가 근본 개념들의 쌍을 형성하는 기호의 이분법적 도식에 의존할 때 분석 가능한 생성 문법 언어학, 프로이트의 정신분석학, 마르크스주의라는 세 가지 영역을 유기적으로 연결하면서 언어 활동과 주체, 그리고 역사(《세미오티케》)를 서로 분리하지 않으려 시도할 것이다. 줄리아 크리스테바가 기술한 것처럼 "의소분석은 프로이트적인 타격으로부터, 그리고 또 다른 차원에서는 마르크스주의에 가초한 주체와 주체의 담화에 영향을 받는다."(23쪽) 그러나 이후 출간된 줄리아 크리스테바의 저작들(《공포의 권력》(1980년), 《검은 태양》(1987년), 《영혼의 새로운 병들》(1993년) 등)에서 "주체의 위상"(《시적 언어 활동의 혁명》, 13쪽)을 다루는 과정에서 가장 우선시되어 나타나는 것은 바로 정신분석학 관점이다.

이처럼 *상징적 구성 요소*와 연관된 시니피앙스의 전개 과정을 구성하는 *기호학적 요소*는 "프로이트의 정신분석학이 충동의 구조를 결정하는 *소통*(frayage)과 *배치*(disposition)뿐 아니라, 에너지나 심지어 에너지의 등재조차도 이동시키고 응축시키는 *원시적*이라고 불리는 *절차* (processus)를 가정하면서 지시한 무엇"(《시적 언어 활동의 혁명》, 23쪽)과 근접해 있다. 따라서 문학 작품들의 역사성*은 다음과 같이 충동적 주체와 사회적 구조화 작업 사이의 유기적인 연결처럼 인식된다: "생물학적 충동은 사회 기구들과의 관계 속에서 하나의 과잉을 생산하는 식으로 사회적으로 포착되고, 유도되며, 배열된다."(14쪽) 이러한 충동의 작동 기능은 "언어적이고 사회적인 의사 소통의 코드"(15쪽)를 만나면서 "실질적인 적용, 다시 말해서 자연적이고 사회적인 저항들과 유한성, 그리고 침체들의 변형"으로 변하게 되는데, 이것이 바로 "문학의 실질적 적용"을 특징짓는 무엇인 것이다.

작품의 텍스트 속에서 "형태 음소론적 수준, 통사 구조, 담화적 심급들의 분배, 그리고 문맥적 관계들에까지 이르는 변형을 야기하는 것"은 바로 "언어 활동의 상징적 체계 속에서 놓여 있는 충동의 소통"(207쪽)이다. 또한 비록 "이 변형들이 현상-텍스트 속에서 확인될 수 있다" 하더라도, 이러한 변형들을 설명하기 위해서는 "발생-텍스트로 거슬러 올라갈" 필요마저 존재하게 된다. 더욱이 이러한 이중적 장치는 텍스트의 양면적인 본성을 형성한다. 따라서 한편으로 "텍스트는 '사회 질서의 첫번째 검열' 즉 충동적인 리듬을 텍스트에서 대치하기 위해서 시니피앙과 시니피에의 차이를 탈취하겠다고 위협하며,"(616쪽) 다른 한편으로 심지어 텍스트는 "재발견되고 갱신된 사회성의 보증인"이 된다. 여기서 적용된 원리는 나선형의 논리라고 할 수 있는데, 왜냐하면 텍스트란 "주체의 설립과 파괴를 흉내내며" 언어적 설립/파괴의 무한한 변증법적* 운동의 장소처럼 인식되기 때문이다. 언어적 리듬과 충동적 리듬을 동일한 무엇으로 파악하는 이러한 모방적 과정은 시학성——그렇지 않다면 문학성——을 무의식의 직무와 일치시킨다.

죽음의 충동과의 관계에서 이론적 체계를 갖추려는 시적 시니피앙스*의 정신분석학적 해석은 예컨대 예방 의학적인 가치를 문학에 할당하면서, 결국 대리 만족의 기능이나 사회적 배출구의 기능을 다음과 같이 문학에 부여하기에 이른다: "예술이나 문학은 언어 활동이 이러한 충동에서 붙잡을 수 없었던 것을 포착해 내며, 언어 활동을 새로운 기호학적 장치 속에 다시 배치한다. 이런 과정에서 예술과 문학은 육체와 사회적 육체에 영향을 미치는 부정성에 대한 억제일 뿐 아니라, 사회 구성원들의 주관적 경제성이 사회적으로 수락된, 의미하는 실질적 적용들에서 인정받는 정도에 따라, 의미하는 자신의 자동 제어를 재구성하는 사회에 의한 메커니즘들인 것이다." 예술의 실질적 적용과 마찬가지로 문학은 "주체들의 충동적 경제성을 사회적으로 인정할 만한 코드에 연결시키며," 따라서 시학성이 존재하는 곳 역시 바로 이러한 운동 속에서이다: "우리는 심지어 이러한 변증법이 쾌락(jouissance)의 조건이라고 말할 것이며, 랑그의 체계를 통해서 이러한 향유를 재현하는 것이 바로 시라고 말할 것이다." 문학을 정의하는 데 있어서 이와 동일한 논리가 셀린의 작품을 통해서 다음과 같이 적용된다: "문학이란 어쩌면 최상의 저항이 아니라 비천한 것들에 관한 폭로일 것이다. 문학은 하나의 고안, 하나의 배출이며, **말의 위기**에 의해서 비천함을 도려내는 행위인 것이다."[23]

명백하게 이중적 차원의 도식(현상적-발현된/발생적-잠재된)을 통해서 텍스트의 생산성을 이해하는, 충동의 정신분석학적 논리에 따른 문학성으로의 접근은 전통수사학에서 취해진 바 있는 문체 개념과 의미심장하게도 동일시된 글쓰기 개념의 도구화로 귀결된다. 줄리아 크리스테바의 작품 《공포의 권력》은 "셀린적 문체"(211쪽)를 통해 셀린 문체의 "환상"과 "미개한 아름다움"(205쪽)을 강조하면서 셀린의 작

---

23) J. Kristeva, 《Pouvoirs de l'horreur》, Seuil, 1980, coll. 'Points,' p.246.

품과 비천함 사이의 관계 연구에 바쳐진다. 비록 "셀린, 문체주의자"라는 생각이 내용과 표현의 이중성을 강조한 셀린의 선언——"나는 사상에 중점을 두는 사람이 아니라, 문체에 중점을 두는 사람이다"——에 근거한다고 하더라도 줄리아 크리스테바의 연구에서 글쓰기와 문체 사이의 관계는 매우 모호하게 나타난다. 줄리아 크리스테바는 "최대한의 문체적 강도(폭력, 음란성, 혹은 텍스트를 시에 귀속시키는 수사학의 언어)"(166쪽)와 "셀린의 글쓰기를 구성하는 지속적인 긴장감"(238쪽)을 서로 무관하게 묘사하고 있다. 때때로 "글쓰기의 문체"(157쪽)처럼 문체는 표층 구조와 심층 구조의 관계 속에서 글쓰기에 종속된 개념처럼 등장하기도 하고, 때때로 이 두 가지 개념들은 다음과 같이 완벽한 동의어의 관계에 놓이기도 한다: "셀린에게 있어서 신의 소멸에 따른 빈자리를 차지하는 것은 바로 글쓰기, 즉 문체이다." (218쪽)

따라서 "정념과 언어 활동의 비등점"(242쪽)인 문체는 텍스트적 생산성의 과정에 편입될 때 민감한 표출처럼 등장한다. 크리스테바는 "시작에 있어서 정열적이며, 곧 리듬화될 명명할 수 없는 이타성(alte-rité)에 이끌려 언어 활동을 문체로 변환하는 완벽한 여정"(226쪽)을 셀린에게서 환기한다. "쓰여진 것 속에서 말하기를 통과시키려는" 셀린의 기획은 "셀린이 언어 활동의 질서 속에서 발현시키려 열망하는 지나치게 충만한 감정을 시니피앙 자체에 운반하게 한 것"(227쪽)을 주장하는 "문체론적 전략"처럼 간주되는 동시에, "문장을 분절하거나 규칙성을 부여하거나 음악적으로 만들기 위해서"(230쪽) 마련된 구두점을 포함한 "프로조디적*이고 수사학적인 조작들의 다양성"을 매개로 "기술된 언어의 논리적이거나 문법적인 지배 요소"를 구술성

(oralité)의 감성적 측면에다가 종속시킬 것을 목표하는 '언표 행위의 전략'처럼 간주된다.

근본적인 물음은 문학적 담화의 주체, 다시 말해서 주체를 '표현성–문체'라는 식의 수사학적 이해 방향이나 생산성–문체(구조주의자와 기호학자의 전망에 의하면 글쓰기를 의미하는)식의 이해 방향으로 몰고 가는 문체의 의도적이거나 비의도적(심리학적으로) 특성, 즉 의식적이거나 무의식적인(정신분석학적으로) 특성에 관계된다. 그러나 한편 '문체론적 전략'에 복종하는 감정은 "규범적 통사 체계에 첨가되면서 복잡한 정신적 기계를 구축하는 억압된 언표 행위적 전략의 귀환에 의해서만 오로지 설명될 뿐이다."(233쪽) 결과적으로 리듬과 프로조디*의 기호학적 차원과 동일시된 문체는 표현성의 전통적 개념화 과정을 들추어 낸다. 이처럼 담화의 "감정적 기저"는 "오직 멜로디가 드러내는"(225쪽) 하나의 "은폐된 내면성"을 가리키는 것이다.

구두점에 귀속된 심리적 표현성의 역할은 문체의 이러한 이해에서 비롯된 하나의 결과라 할 수 있다: "매번 (/) 기호는 […] 셀린적 글쓰기에서 음악적인 무엇이나 내면적인 무엇, 간략하게 말해서 욕망하는 무엇, 성적인 무엇을 내포하는 매우 특이한 전율을 생산하고 제시하는 가벼운 떨림이다."(230쪽) 전쟁 테마의 모방적 재현의 예와 같이 우리는 이러한 논리가 언어 활동의 모든 수준에까지 확대되는 것을 발견한다: "《리고동》의 응축적 글쓰기가 자신의 특정한 표현을 발견하는 것은 바로 폭격에 관한 자료 속에서이다."(237쪽) 나아가 "전적으로 시대이자 동시에 작가의 문체인 이러한 페이지 위에서, 이 전쟁 속에서 감탄사는 문장의 흔적을 각인시키고, 목적격 명사구[…], 한정사[…], 주격 명사구[…], 축약 상황절[…], 명사절[…], 전체 문장들에 정서를 부여하기 위해 발생한다."(238쪽)

크리스테바에 의하면 담화 속 주체의 충동적인 발현처럼 이해된 억양(intonation)은 "감성의 신호"인 동시에 "통사를 조직하는 자"이다. (232쪽) "언표 행위의 기초 구조 속에 내재된 […] 감정의 초-통사적 등재"(240쪽)의 구성 요소인 억양은 "감성적인 것(l' émotif)과 통사적인 것(le syntaxique)이라는 일종의 두 가지 질서에 걸쳐"(232쪽) 설정되며, "랑그가 있는 그대로 명확해지기 이전에 랑그의 체계를 만든다." 억양은 "단어들의 반대편에서 멜로디의 시원적(archaïque)인 곡선——통사와 주관적인 위치에 대한 최초의 표식——을 통해서 자신의 욕망을 증명하고, 독자들을 거기에 동조하게끔 호소하는"(236쪽) '말하는 주체'의 문체론의 성격을 띠기 때문에 주체의 심리학적 이해를 드러낸다. 이렇듯 최대치의 표현성은 "발화자의 열광 · 놀람을 나타내는" (235쪽) 감탄적인 억양에 위임된다.

3. 롤랑 바르트의 텍스트 이론

롤랑 바르트의 기호학은 특이하다. 언어학적 구조주의의 계승을 명백히 주장하는 바르트의 기호학은 줄리아 크리스테바의 의소분석에서 "의미하는 실질적 적용, 생산성, 시니피앙스,* 현상-텍스트와 발생-텍스트, 상호 텍스트성* 등등, 이론적 주요 개념들[…]"을 차용한 '텍스트 이론'을 구축하는 데로 귀결된다. 방금 우리가 인용했던 부분이 실려 있는 《유니베르살리스 백과전서의 〈텍스트(의 이론)〉(c권, 1014쪽)

항목에서 바르트는 텍스트의 현대적 개념의 토대를 구조언어학에서 출발하여 이론화 과정의 본질을 형성하는 줄리아 크리스테바의 작업들에 이르는 이론의 장처럼 묘사한다.

텍스트에 관한 동시대적 이해는 "문학의 현대적 연구에 있어서 선구자와 창설자" 중 한 명(혹은 대표적?)처럼 바르트를 소개하고 있으며, 바르트의 작업에 상당 부분을 할애한 바 있는 줄리아 크리스테바의 논문 〈어떻게 문학을 언급할 것인가?〉(1971년)[24]와 이에 대답하는 롤랑 바르트의 논문 〈텍스트 이론〉(1973년) 사이에 형성된 유명한 개념적 대화를 계승하는 다음과 같은 이중적인 계보에 의해서 총괄적으로 표출되었다:

"자세히 말해서 [바르트의 텍스트 이론은: 역주] 문학의 실질적 적용을 주체와 역사의 교차로에서 설정하기 위해서 존재한다. 이를테면 [바르트의 텍스트 이론은] 한 사회의 이데올로기적 분열의 징후처럼 텍스트를 연구하기 위해서 존재하며, 텍스트 속에서 이러한 분열이 상징적으로――기호학적으로――실행되는 메커니즘을 찾아내기 위해서, 낡은 담화들의 포화를 빗나가게 만드는 변화와 다양성, 그리고 운동을 지닌 지식의 구체적인 대상을 텍스트에서 구상하기 위해서 존재하는 것이다. 예컨대 이러한 인식은 이미 일종의 글쓰기, 하나의 텍스트인 것이다."

〈어떻게 문학을 언급할 것인가?〉, 24쪽.

---

24) 1971년 《Tel Quel》지 제47호에 실린 것이 나중에는 《Polylogue》(1977)에 재수록됨.

명백히 바르트의 작업을 각별하게 수용한다는 사실을 반영하는 이와 같은 소개는, 문학이라는 단어에서 비롯된 전문 용어들이 때론 서로 상이한 의미를 담고 있는 미학적이고 사회적인 위상의 담론들을 선별하기 위해서 이용되고 있다는 난점에도 불구하고 문학의 실질적 적용을 연구의 주된 목표로 설정한다는 이점을 제공한다.

기호의 논리

이렇듯 롤랑 바르트의 이론적 행로는 범-기호학에서 문학 텍스트 기호학으로의 이행처럼 요약될 수 있다. 바르트의 논문 〈기호학의 기본 요소들〉(1964년)은 "기호학 연구의 목적이란 랑그와는 다른 체계들"[25] 다시 말해서 "음식물, 의복, 이미지, 영화, 패션, 문학"(〈오늘날 문학은〉, 1961년[26]) 같은 것들의 "의미 체계의 작동 기능을 구축하는 작업"으로 제기하였다. 우리는 여기서 구조주의적 방법론의 영향력, 특히 찰스 샌더스 퍼스(1867-1905) · 버트런드 러셀(1903-1942) · 루돌프 카르나프(1926-1960) 같은 논리학자들의 기호 이론보다는, 결과적으로 언어학자 페르디낭 드 소쉬르(1906-1911)[27]의 기호 이론에 보다 더 토대를 두고 있는 인류학*(1958년에 발간된 클로드 레비 스트로스의 《구조인류학》)으로부터 더 많이 영향받았다는 사실을 확인할 수 있다.

---

25) R. Barthes, 《L'Aventure sémiotique》, Seuil, 1985, coll. 'Points,' p.80.

26) R. Barthes, 〈La littérature aujourd'hui〉, in 《Essais critiques》, Seuil, 1964, coll. 'Points,' p.155.

이럴 때 기호학은 더 이상 의미 작용의 방식들을 연구하는 과학이 아니라 "기호들의 모든 체계들에 관한 과학"(〈기호학의 기본 요소들〉, 19쪽)이 된다. 다시 말해서 기호는 "두 가지 관계소(relata)들 사이의 하나의 관계"(36쪽)를 표현하는 것으로서, 집기류와 광고 문안들의 메시지를 거쳐서 자동차에서 문학에 이르기까지 문화적 체계들에 관한 해석의 모델을 자처한다. 이렇듯 문화는 "동일한 조작에 의해 지배된 상징들의 일반적 체계"처럼——벤베니스트가 담화분석에 기초한 '문화학(culturologie)'을 창시했던 것과는 매우 대조적으로——소개된다: "상징적 영역의 단위가 존재하며, 문화는 이러한 단위들의 모든 측면 속에 있는 하나의 랑그이다."(〈쓰는 행위, 자동사?〉, 1966년, 《언어의 속삭임》, 23쪽) 소쉬르의 제안과 맞추어 기호학은 하위-집합의 지위를 소유한 언어학처럼 인문과학의 또 다른 영역을 포섭한다.

그러나 한편, 그리고 역설적으로 기호학적 기호 이론에 모델로 사용된 것은 다름 아닌 소쉬르의 《일반언어학 강의》(1916년)에서 작동 기능으로 여겨졌던 언어학적 기호이다: "기호학적 기호 역시 자신의 모델과 마찬가지로 시니피앙과 시니피에(예를 들어 도로 교통 법규에서 신호등의 색깔은 통행의 질서를 의미한다)로 구성되어 있지만, 한편 자신들의 실체의 수준에서 서로 갈라진다."(〈기호학의 기본 요소들〉, 40쪽) 여기서 우리는 소쉬르에 의해 고안된 기호 모델은 실상 시니피앙과 시니피에의 이원성으로 환원되는 것이 아니라 기호의 이러한 두

---

27) 괄호 속의 날짜는 대략 그들의 연구 기간을 나타낸다. 그들의 탄생과 사망 날짜는 다음과 같다. Ch. S. 퍼스(1839년에 태어났으며, 그의 연구들은 사후인 1914년 출판되었다), B. 러셀(1872-1970), 카르나프(1891-1971), F. de 소쉬르(1857-1913).

가지 측면의 동질성, 다시 말해서 이 둘의 '분리 불가능성'을 제기한다는 사실을 상세히 언급할 필요가 있다. 그러나 이러한 사실에도 불구하고 롤랑 바르트의 기호학은 두 가지 구성 요소들이 서로 '이질적인 하나의 기호,' 즉 서로 연관되어 있지만 '자율적인' 두 개의 카테고리를 표현과 내용에서 만들어 내는 옐름슬레우 이론의 모델[이 책의 275-276쪽을 볼 것]에 토대를 두고 있다.

기호 논리의 사회적 행동들로의 적용은 "용법들의 보편적인 의미화" 과정을 마치 기능적인 동시에 명확히 표출되는 지표(indice) 모델의 이중적인 실체로 분석하는 데로 귀결된다: "비옷의 용도는 비로부터 우리를 보호하는 데 있지만, 이러한 용도는 한편으로는 대기의 어떤 상황을 나타내는 기호와 심지어 분리될 수 없는 것이다."(41쪽) 롤랑 바르트는 의미 작용으로부터 영향을 받는 이러한 기능적이지만 비언어학적 대상들인 '기호학적 기호들'을 '기능 기호들'이라 이름 붙인다.

롤랑 바르트는 비언어학적 의미 작용 체계들을 분석하기 위해서 소쉬르 언어학에서 두 가지 개념을 빌려 온다. 이것이 바로 **랑그**와 **파롤**이다. 랑그는 의사 소통하는 발화자들의 공동체에 의한 추상적인 체계를 가리키며, 파롤은 구체적인 언어 활동의 대상들 속에서 이러한 체계의 개인적인 실현을 가리킨다. 따라서 의복 분야로 옮겨 온다면, 착용된 옷은 의미 작용 과정의 발현처럼 인식된다. 그리고 이에 대한 분석은 "1) 천조각이나 허리에 대는 천, 혹은 변주에 의해서 의미 변화를 유도하는 '액세서리'와의 대립에 의해서 구축되거나, 2) 개별 옷가지들의 연관성을 주관하는 규칙들, 이를테면 신체의 길이나 두께 등에 의해 구축되는"(30-31쪽) *의복의 랑그*(langue vestimentaire)

를 밝힐 수 있을 것이며, "옷의 공정 과정에서 일어나는 모든 것들(규범과 차이를 보이는)이나 개인적인 착용(옷의 치수, 청결과 사용 정도, 개인의 기호, 액세서리의 자유로운 조합)을 의미하는" *의복의 파롤(pa-role vestimentaire)*을 밝힐 수 있을 것이다.

롤랑 바르트에게 있어서 이분법적 논리에 의해 해석된 소쉬르적 랑그 / 파롤 커플은 기능적 차원과 의미론적 차원이라는 두 가지 차원에 놓인 하나의 체계처럼 나타난다. 이러한 도식을 언어 활동에 적용하여 롤랑 바르트는 도구적 기능(의사 소통의 사용법)과 미적 기능(부분적으로 문학성과 혼동된) 사이의 구별을 정착시킨다. 그리고 이러한 두 가지 차원으로 분절된 언어 활동은 *일상적 언어 활동과 문학적 언어 활동*의 대립에 의해서 구체적인 담화들의 틀 속에서 구체화된다. 이렇듯 롤랑 바르트에 따르면, 사드와 푸리에 혹은 이그나티우스 데 로욜라라는 세 명의 '언어 창조자'가 창조해 낸 '언어'는 "명백하게 언어학적 차원의 언어나 의사 소통 차원의 언어가 아니다." 그것은 "자연 언어를 관통하는(혹은 자연 언어를 가로지르는) 새로운 언어이며, 한편 이러한 새로운 언어는 텍스트의 기호학적 정의에 의존해서만 마련되는 언어"[28]인 것이다. 비록 "이러한 인공 언어가 [⋯] 부분적으로 자연 언어를 구축하는 방식을 모색한다고" 하더라도, 이러한 롤랑 바르트의 사유에서 중요한 것은 근본적으로 상이한 기능이 제시된 두 가지 '언어들' 사이의 구분에 놓여 있다.

따라서 한편으로는 의미의 전달에 바쳐진 의사 소통의 도구적 언어가 존재하며, 다른 한편으로는 가치들의 생산자인 '인공' 언어가 존재

---

28) R. Barthes, 《Sade, Fourier, Loyola》, Seuil, 1980, coll. 'Points,' p.7-8.

한다: "만약 사드와 푸리에 그리고 로욜라가 언어의 창시자이며, 만약 이들이 오로지 그럴 뿐이라고 한다면, 그것은 바로 하나의 비어 있음(vacance)을 관찰하기 위해서 이들이 아무것도 말하지 않기 때문이다(만약 이들이 *무언가*를 말하기를 원했다면, 언어학적 언어나 의사 소통의 언어, 혹은 철학적 언어로도 충분했을 것이다. 예컨대 우리는 이 세 명 중 그 누구도 이러한 경우에는 해당되지 않는다고 결론지을 수 있을 것이다)".(11쪽) 이처럼 롤랑 바르트의 논리 속에는 담화들의 분리가 명백히 시니피앙과 시니피에, 즉 기호의 두 가지 측면에 의거해서 형성된다. '텍스트들'로 간주된(따라서 '문학적' 담화들의 일부를 포함하는) 담화들의 '랑그'는 '시니피앙의 영역에서' 작동하는 반면에, 의사 소통의(그리고 철학의) '랑그'는 의미를 전달한다는 근본적인 기능을 담당하는 것이다.

의사 소통의 언어 활동에 비해 부정적으로 묘사된 문학은 따라서 오로지 문학 자신의 **자기 목적성**(autotélisme), 즉 스스로를 대상으로 삼는 주체의 활동성을 묘사하는 개념에 의해서만 특징지어질 수 있다. 롤랑 바르트는 **동어 반복**(tautologie)에 관해서 언급한다: "어떻게 보면 재료 자체에 자신의 고유한 목표가 놓여 있는 문학은, 예컨대 *자기 자신을 위해* 구축된 인공 지능 기계의 활동과 마찬가지로 동어 반복적인 활동성을 의미한다."(《비평 에세이》, 148쪽) 여기서 언급된 문학의 자기 목적적 특성은――이와 마찬가지로 *자기 지시적*(suiré-férentiel)*이라고 말할 수 있는[이 책의 425쪽을 참조할 것]――문학에서 '자동사적 활동성'을 만들어 낸 분석의 결과라 할 수 있다. 따라서 롤랑 바르트에 의하면 이러한 문학의 자동사적 활동성은 무언가를 말하는 것을 목적으로 삼지 않는 '인공 언어'의 연습인 것이다: "작가

에게 있어서 쓴다는 행위는 자동사이다."(149쪽)

이러한 자동사적 특성은 문학을 '언어 활동의 기생(寄生) 대상' 으로 정의하게끔 유도한다. 다시 말해서 이러한 자동사적 특성은 때때로 롤랑 바르트가 언어 활동이라 명명한 랑그 자체인 의미 작용의 최초 의 체계에서 빗겨져 나온 부차적인 체계인 것이다: "문학에는 문학에 집착하며 언어 활동과 함께 형성된 특별한 위상이 존재한다. 다시 말 해서 문학이 독점하는 그 순간 *이미* 의미를 내포하는 하나의 재료와 함께 형성된 특별한 위상이 존재하는 것이다. 예컨대 문학은 문학에 속하지 않는 하나의 체계 속으로 *미끄러져야만* 하는 것이다." 따라서 문학은 랑그의 작동 기능에 첨가된 가치처럼 나타난다: "당신들이 소 비하고 있는 것은 단위들, 관계들, 간단히 말해서 단어들과 첫번째 체 계의 통사 구조(프랑스어의 다름 아닌)이다. 그러나 한편 당신들이 읽 고 있는 이러한 담화의 있음(담화의 '실체'), 그것이 바로 문학이며, 당 신들에게 메시지를 전달하는 일화는 아닌 것이다." 독서 행위는 "두 가지 체계 사이에서 끊임없이 돌고 있는 회전문"에 비유되며, 문학적 대상은 번갈아 가며 이 두 가지 측면의 한쪽이나 다른 한쪽 속에서 제시되거나 독점된다: "당신들이 나의 단어들을 본다면 나는 언어이 며, 나의 의미를 본다면 나는 문학이다."

텍스트 속에 의미의 복수성을 도입하는 개념인 내포(connotation)[29]는 외연의 논리 속에서 지탱되는 의사 소통의 언어 활동과 대조된다는 사 실을 강조하며 문학의 떨어져 나온 부분이 된다: "기능적으로 내포는 이중적 의미를 야기하는 원리에 의해서 의사 소통의 순수성을 변질시 킨다. 다시 말해서 내포는 작가와 독자의 허구적인 대화 속에 삽입되고 정성들여 고안된, 자발적인 '잡음(bruit)'[30]인 것이다. 간략하게 말하자면 그것은 반(反)-의사소통인 것이다."[31] 롤랑 바르트가 문학을 '의도적인 불협음,' 불협음의 언어적 버전처럼 정의하는 것은 바로 이런 의미에서인 것이다.

문학을 이러한 위상 속에서 고찰하기 때문에 기호학은 시학과 만나게 될 수밖에는 없는 것이다. 실상 문제는 롤랑 바르트의 초기 텍스트에서나 혹은 이보다 최근에 《S/Z》(1970년)에서처럼("텍스트의 가치 문제를 어떻게 제기하는가?" 10쪽), 심지어 문학에 관한 용어를 사용하면서 제기될 때, 문학의 이러한 '의미'가 무엇에 놓여 있는가를 알아보는 데 놓여 있다. '구조주의적 활동'을 위해서 롤랑 바르트가 꿈꾼 시학은 "시학이 발견한 대상들에 충만한 의미들을 일임하기보다는 어떻게, 즉 어떠한 가치와 어떠한 방향으로 의미의 문제가 가능한가를 알아볼 것을 추구하는"(《비평 에세이》, 218쪽) 사유처럼 정의된다.

---

29) 옐름슬레우의 정의를 다시 사용하면서 바르트는 내포를 "시니피앙이 그 자체로 하나의 기호나 표현의 체계에 의해 형성되는 2차적 의미"로 묘사한다.(《S/Z》, 13쪽) 외연의 차원은 최초의 의미론적 체계의 차원이다.

30) '잡음'을 의미하는 프랑스어의 'bruit'는 바르트의 기호학에서 뿐만 아니라 거시적인 관점에서 볼 때 기호학 전반에 걸쳐서 이론을 형성한다. 잡음은 언어의 의사소통적 기능을 방해하는 요소로 인식되어, 특히 시의 언어 활동 전반을 설명하는 이론적 대안으로 부상된 바 있다. 기호학에서 시적 언어 활동과 의사 소통적 언어 활동을 구분하는 기준으로 자리잡은 잡음 이론은 특히 소비에트 언어학자 유리 로트만(Iouri Lotman)의 영향을 받았다고 할 수 있다. 로트만은 저서 《예술 텍스트의 구조 La structure du texte artistique》(Traduit du russe par Anne Fournier, Bertrand Kreise, Ève Malleret et Joëlle Yong sous la direction d'Henri Meschonnic, Gallimard, 1973)에서 의사 소통의 채널을 붕괴시키는 잡음의 출현을 예술 작품의 징후로 파악하였다. 〔역주〕

31) R. Barthes, 《S/Z》, Seuil, 1970, p.15.

이러한 연구에서 출발하여 "의미하는 형식들의 역사"(157쪽) 다시 말해서 "문학적 시니피에들이 아니라 의미 작용의 역사, 즉 자신이 언급한 것에 의미('비어' 있었던)를 부여한다는 사실 덕분에 형성된 의미론적 기술들의 역사"를 고안하는 것이 가능해질 것이다. 시학의 관점에서 보면 문학 작품은 하나의 의미론적 실험실처럼, 그리고 문학은 "하나의 언어 활동의 문제틀"(165쪽)처럼 나타난다.

텍스트와 즐거움

문제는 픽션 작품들을 의상(패션)의 목록들과 동일한 서열에 위치하게 1961년 롤랑 바르트를 유도하였던 이러한 시학자적 계획에서부터 문학 대상의 '넓혀진' 이해에 이르기까지의 적응에 놓여 있다: "의상 분야에 정착하면서 나는 이미 문학 속에 있었다. 예컨대 쓰여진 의상은 단지 개별적이고 대표적인 문학일 뿐이지만, 한편 문학은 의복을 *묘사하고 있는 중이기* 때문에 의복에게 문장의 문자 그대로의 의미가 아닌 의미(의상의)를 부여한다. 이것이야말로 바로 문학의 정의 그 자체가 아닐까?"(《비평 에세이》, 156쪽) 문학에 관한 사유의 이러한 이전은 문학 개념의 탈신성화를 표현하면서, 논리적으로 *텍스트* 기호학에 가담한다. 이때 텍스트 개념은 문학 작품의 전통적인 측면들과 일치하는 대상을 가리키는 것이 아니라 이러한 전통적인 측면들을 거스르는, 어떤 의미에서 볼 때는 전통에 의존해 작품들에게 영향을 미치는 '문학적'(혹은 비문학적) 가치를 사회학적 본성으로 여기는 것을 거부하는 개념을 지칭한다:

"심지어 텍스트가 불가산적(수로 계산되는 것이 아니라)이 아니기 때문에, 텍스트가 반드시 작품과 혼동되는 것은 아니기 때문에, 옛날에 생산된 작품들 속에서[현대성의 작품들 속에서보다] 최소한의 심급을 텍스트에서 다시 발견하는 것은 분명히 가능하다. 이를테면 고전적인 작품들(플로베르 · 프루스트 혹은 보쉬에는 왜 아니겠는가?)은 글쓰기의 파편이나 초안들을 동반할 수 있다. […] 이와 마찬가지로 쓰여진 것의 분야에 한해서 텍스트 이론은 문학적인 '명작'과 '졸작' 사이의 상투적인 구분을 고수하는 것을 더 이상 신뢰하지 않는다. 다시 말해서 텍스트의 주된 기준들은 귀족이나 인본주의자의 문화에 의해 거부되었거나 경멸의 대상이었던 작품들 속에서 최소한 고립되어 나타난다. […] 상호 텍스트, 말놀이들(시니피앙들의)은 매우 대중적인 작품들에서도 나타날 수 있으며, 전통적으로 '문학'에서 제외되었던, 소위 '헛소리하는' 글들 속에도 시니피앙은 나타날 수 있는 것이다."

《유니베르살리스 백과전서》, 1016쪽 *a. b.*

여기서 텍스트 개념은 크리스테바에서 빌려 온 시니피앙스[이 책의 304쪽을 볼 것]와 상호 텍스트*[이 책의 307쪽을 볼 것]에 예속된 개념들과 동반되어 나타난다. 더욱이 텍스트 개념은 이 개념이 언어 활동의 대상이 아니라 문학 작품 속에서 나타난 것이건 그렇지 않은 것이건 하나의 *가치*를 지칭하기 때문에 어떤 의미에서 볼 때는 문학성 개념을 대치한다: "텍스트는 과학적인 개념이며, (…) 이와 동시에 비평적 가치이다. 텍스트는 작품들 속에 있는 시니피앙스의 강력한 힘에 의존하여 작품의 진화를 가능하게 만든다."(1016쪽 *a*) 바로 이러한 까닭에 여기서 문제가 되고 있는 것은 바로 구성의 부분적 의미에서의 특정한 텍스트가 아니라 '보편적인 텍스트'인 것이다: "우리가 말할 수 있는 모든 것은 이러이러한 작품 속에 *보편적인 텍스트*가 존재한다(혹은 존재하지 않는다)는 사실이다."(1015쪽, *c*) 텍스트를 의미하는 이러한 개념의 가치는 우리가 이미 언급했으며[이 책의 261쪽에서] 다시 언급할 개념인[332쪽] 글쓰기라는 또 다른 개념과 결합하기 위해 문학의 개념에서 사실상 떨어져 나간다. 이를테면 고전 작품 속에 텍스트가 다소간 존재하게 되는 것은 바로 "고전적인 작품이 [⋯] 글쓰기의 초안들이나 혹은 파편들을 동반하는 정도에 따라서"(1016쪽, *a*)인 것이다.

우리는 1973년 정의된 이와 같은 텍스트 개념이 롤랑 바르트가 자신의 첫 글에서부터 제기한 문학 이론의 토대를 이루고 있다고 제기할 수 있다. 사실상 텍스트는 (현대) 문학의 전복적 기능을 소유하고 있는데, 그 까닭은 텍스트가 "의사 소통, 모방, 혹은 표현의 언어를 파괴"하기 때문이며, "심층도 표층도 없이 방대한 또 다른 하나의 랑그를 구축하기"(1015쪽, *a*) 때문이다. 작품에 부여된 이 *방대하다*는 성격은 시니피앙스의 특수성, 즉 복수성에 대한 표현이다. "단숨에 복수가 의미하는 실질적 적용의 중심부에 위치한다"는 사유는 시니피앙의 차원과 시니피에의 차원과 따로 떨어져 해석되어지며, 텍스트의 이해 속에서 두 가지 차원을 마치 "여러 가지 가능한 의미들이 서로 중첩되는 다의적 공간"(1015쪽, *b*)처럼 충돌시킨다.

시니피앙의 차원에서 복수성은 비록 "역사적으로 예견하는 것이 불가능"(1015쪽, *a*)할지라도 작가가 소유하거나, 혹은 예견되지 않은 시니피앙들의 연속적 충돌에 의해 의미의 효과들을 생산하는 말놀이들의 원리나 놀이의 실질적 적용의 원리를 따른다. 작품을 평가나 가치로 제한하였던 전기적·심리학적 매개 변수로부터 해방시키기 위해서 롤랑 바르트는 작가-독자의 심리적-사회적 쌍에서부터 주체성에 관한 사유를 구조의 형식을 향해 이동시킨다. 롤랑 바트르에 따를 때 주체는 텍스트이며, 행동하는 것도 텍스트이다: "지칠 줄 모르고 작업을 수행하는 것은 진정 예술가나 소비자가 아니라 바로 텍스트인 것이다." 이러한 언급은 "시니피앙이 모든 사람에게 속한다"는 사실과, 작품에는 초월적인 진리나 역사성이 존재하지 않을 것이라는 사실, 혹은 작품의 역사성이란 적어도 독서의 다양한 실질적 적용에 따른 작품의 편입-해체의 역사성이라는 사실을 설명한다.

시니피에의 차원에서 우리는 텍스트적 복수성을 **내포**의 개념, "혹은 이탈되고 연결된 2차적 의미들의 부피, 드러난 메시지 위에 부가된 의미론적 '떨림들' 의 부피"(1015쪽, *b*)에 의해서 이해할 수 있을 것이다. 한 작품의 내포들은 표현들(lexis), 혹은 연속적 "독서의 단위들"(《S/Z》, 20쪽)에 의해 생산된 '의미의 단위들' 을 조명함으로써 별개로 고립될 수 있을 것이다. '표현들' 이나 연속적 '독서의 단위들' 속에서 작품은 발자크의 텍스트 《사라진》이 몇 가지 단어에서 몇 가지 문장에 이를 수 있는 단위들로 분절됨을 《S/Z》에서 보여 준 바 있는 롤랑 바르트의 방식에 따라 잘려지게 될 것이다. 따라서 작품은 코드들의 무한성의 교차로처럼 등장하며, 독서는 "수천 개의 망을 연결하는 하나의 입구"(19쪽)처럼 인식된 텍스트의 행위에 의해 "작은 파편들, 다른 텍스트들이나 다른 코드들에서 비롯된 목소리" 의 전망을 추구할 것이다.

텍스트가 **시니피앙스**에 접근하는 것은 바로 의미들의 복수성에 의해서이다. 따라서 지금부터 **의미 작용**과 시니피앙스(의미화 과정을 뜻하는) 개념을 서로 구분해야만 하는데, 왜냐하면 전자는 "생산물, 언표, 의사 소통의 차원에 귀속"되는 반면, 후자는 "생산 과정, 언표 행위, 상징화의 차원에 속하기"(《유니베르살리스 백과전서》, 1015쪽 *b*) 때문이다.

따라서 시니피앙스는 언어 활동 속에서 발생한 작품의 특수한 작업이며, 한 텍스트의 의미 작용의 전통적인 개념(일반적으로 통용되는 용어 차원의)에 이의를 제기할 뿐 아니라, 주체의 민감한 개념에도 마찬가지로 적용되는 해체-재구축이라는 이중적 진행 과정인 것이다:

"시니피앙스는 의미 작용과 즉각적으로 구분되는 것이며, 따라서 시니피앙스는 하나의 개별적인 작업을 의미한다. 시니피앙스는 언어를 지배하려 노력할 주체(손상되지 않은 상태의 외부적인)에 의한 보편적인 작업(le travail)이 아니라 주체가 랑그 속으로 들어간 순간 (랑그를 감시하는 대신) 랑그가 어떻게 주체를 고려하는지, 어떻게 해체하는지를 주체가 탐색하는 극단적인 개별 작업(이러한 작업은 그 어느것도 손상되지 않은 상태로 놔두지 않는다)인 것이다."

《유니베르살리스 백과전서》, 1015쪽 b.

텍스트 이론은 작품의 내부에다가 작품의 주체성을 편입시키면서 문학의 수사학적 이해와 구별된다. 텍스트 이론에 비해서 작가의 모습을 한 주체는 전통적 이해 속에서는 언어 활동, 즉 의미 작용이 의식적으로 지배되었던 작품의 외부에 머물렀다. 시니피앙스 개념은 주체성이 언어 활동 속에서 구축된다는 사실을 전제하는데, 이러한 사유는 우리가 다음 챕터에서 살펴보게 될 언어학자 에밀 벤베니스트의 사유에서 빌려 온 것이다.

롤랑 바르트에게 있어서——줄리아 크리스테바와 마찬가지로——
시니피앙스 개념이 '부정성'에 의해서 표출된다는 사실을 지적해야만
한다. 이러한 부정성은 근본적으로 텍스트 개념 그 자체를 형성한다:
"작품 속에서 체계는 넘쳐흐르며 해체된다(이러한 범람, 이러한 감염,
그것이 바로 시니피앙스이다)."[32] 시니피앙스에서 발생하는 이러한 주
체의 이해 과정 역시 마찬가지로 부정적인 방식을 좇는다: "시니피앙
스는 텍스트의 '주체'가 에고-코기토(ego-cogito)의 논리를 벗어나면
서 또 다른 논리들(시니피앙의 논리와 모순의 논리)에 동참하며 의미와
싸우고 스스로 해체되는('스스로 상실하는') 과정에 놓인 진행 절차이
다."(《백과전서》, 1015쪽, b) 이러한 부정성의 상징적인 개념——역시
줄리아 크리스테바에게서도 발견되는——은 줄리아 크리스테바에게
영향을 미쳤으며, 롤랑 바르트에게는 조금 적게 영향을 미친 철학자
자크 데리다에게서 빌려 온 해체(déconstruction) 개념이다.

작품의 '시니피앙스 속에서, 그리고 시니피앙스에 의한' 주체의 분
해는 쾌락(jouissance)과 같은 정신분석학적 모델로 해석된다: "시니피
앙스는 [...] 텍스트 속에서 주체(작가나 독자의)를 환상적인 분출로서
가 아니라 하나의 '상실'(동굴학에서 사용되는 의미에 따른 용어)로 설
정한다. 바로 여기서 쾌락과 동일시된 텍스트 개념으로부터 발생하며
텍스트가 에로틱하게(이를 증명하기 위해 에로틱한 '장면들'을 재현할
필요는 전혀 없다) 변하게 되는 것은 시니피앙스 개념에 의해서인 것이

---

32) R. Barthes, 《Le Plaisir du texte》, Seuil, 1973, p.49.

다."(1015쪽, *b*) 그러나 만약 텍스트가 쾌락의 대상이라고 한다 해도, 텍스트는 그렇다고 해서 대상에서 즐거움(plaisir)을 생산하는 것은 아닌데, 왜냐하면 의미론적으로 근접해 있는 이 두 가지 개념이 바르트에게 있어서는 윤리적인 반대말처럼 작용하기 때문이다. 이처럼 무언가를 안심시키는 즐거움의 텍스트와 무언가를 방해하는 *쾌락의 텍스트*를 서로 구분할 것이 요구된다:

"즐거움의 텍스트: 만족시키고 충만히 채우며 행복감을 부여하는 텍스트. 문화에서 유래된 즐거움은 문화와 단절하지 않으며, 독서의 *안락한* 실질적 적용과 연관을 맺는다. 쾌락의 텍스트: 낙담시키며(어쩌면 어떤 권태의 상태까지 이르게 하는), 독자의 역사적·문화적·심리적 토대에 동요를 일으키게 하는 텍스트. 이 텍스트의 기호나 가치, 그리고 기억의 일관성은 언어 활동과 이 텍스트의 관계에 일종의 위기를 맞게 한다."

《텍스트의 즐거움》 25-26쪽.

바르트에게 있어서 기호학의 시학은 문학성에 관한 물음을 텍스트성에 관한 물음으로 이전시키지만, 한편 텍스트성에 관한 물음은 근본적으로 쾌락의 텍스트와 동일시되어 있다. 즐거움의 텍스트와 쾌락의 텍스트 사이의 분할이 텍스트의 기호학적 개념의 구분과 닮았다고 할 수 있는 반면에, 사실상 이러한 기호학적 개념은 오히려 *언어 활동의 대상의* 특수화되지 않은 수용에 보다 가까운 두 가지 표현에서는 텍스트라는 단어에 의해 표현된 개념과 구분된다. 이렇듯 바르트에 의하면 텍스트의 *기교*(brio)가 존재하며, 이 기교는 '쾌락의 의지'를 의미하며, 이러한 기교 없이는 "텍스트도 존재하지 않는다." "쾌락을 전제하는"(95쪽) 텍스트 이론은 작품을 횡단하는 텍스트의 쾌락적이고 파괴적인 이중적 특성을 작품의 최대한의 가치로 설정한다: "쾌락의 작가들과 함께(그리고 그의 독자들과 함께) 지탱할 수 없는 텍스트, 불가능한 텍스트가 시작된다."(37쪽)

자신의 부정성──"지탱할 수 없는 텍스트, 불가능한 텍스트"──에 의해 정의되는 이러한 작품은 모든 미학적 · 비평적 영향력에서 벗어나 있다: "이 텍스트는 즐거움과 비평의 영역을 벗어난 텍스트이다." 그리고 여기서 "우리가 언급하는 것은 어떤 텍스트에 관해서가 아니라" "단지 그 텍스트 속에서, *텍스트의 방식에 따라서*이며, 우리는 광기에 사로잡힌 표절 속으로 진입할 수도 있고, 신경질적으로 쾌락의 공허함을 주장할 수도 있는 것이다."(37-38쪽) 텍스트와 텍스트의 독서 사이의 모든 차이를 취소하는 이러한 설명은 자크 라캉이 정신분석학에서 취하고 있는 입장, 즉 "메타-언어 활동도 없다"(1969년)[33]라는 입장을 문학에 그대로 적용한다. 이런 관점에서 본다면 문학으로의 접근은 그 자체로 바로 문학이 되며, 또한 글쓰기의 쾌락에 관한 고찰은, 앞으로 계속 살펴보겠지만 바르트가 《텍스트의 즐거움》에서 교훈을 주려고 한 것처럼 단지 쾌락*에 관한* 글쓰기를 실질적으로 적용하면서만 실현될 수 있을 뿐인 것이다.

줄리아 크리스테바에 관하여 언급하면서 우리가 지적한 것처럼 시니피앙스의 기호학 이론의 기저에는 언어 활동 속에서 육체의 등재를 욕망하는 이론, 즉 쾌락의 *부정적* 이해를 통해서 이론화된 정신분석학적 관념이 자리잡고 있다. 바르트에게 있어서 이러한 충동적 차원

---

33) J. Lacan, 《Écrits I》, Seuil, 1970, coll. 'Points,' p.11.

은 관능성과 연관을 맺는다: "시니피앙스는 무엇인가? 그것은 *관능적으로 생산된 것에 관계된* 의미이다."(《텍스트의 즐거움》, 97쪽) 관능성과 같이 매우 모호한 개념에 의해 제기된 문제를 해결하지 않고——경우에 따라서 이 개념은 즐거움의 심리적 측면과 마찬가지로 쾌락의 정신분석학적 측면 또한 반영한다——우리는 바르트가 이러한 관능성으로부터 육체의 말들과 함께 언어 활동을 *묘사하면서* 하나의 글쓰기 주제를 만들어 냈다는 사실을 지적할 수 있을 것이다. 이렇듯 "높은 목소리의 글쓰기"에 관해서 바르트는 다음과 같이 언급한다:

> "높은 목소리의 글쓰기가 추구하는 것은(쾌락의 관점에서) 충동적인 사건들이나 피부를 덮고 있는 언어 활동으로써 목구멍에서 발생하는 낟알 같은 소리, 자음의 고색창연함, 모음의 관능성 등등, 육신의 깊은 곳에서 울려나오는 온갖 종류의 입체 음향을 들을 수 있는 텍스트이다. 다시 말해서 그것은 의미 언어 활동의 분절이 아니라 육체 혀의 분절이다."

> 《텍스트의 즐거움》, 105쪽.

글쓰기 자신의 소망들을 호출하는 "높은 목소리의 글쓰기"를 특징 짓는 쾌락을 해명하기 위해서 롤랑 바르트는 비유적으로 상이한 감각들의 *교감*을 관계짓는 육체적 표현들("목구멍에서 발생하는 낟알 같은 소리" "육신의 깊은 곳에서 울려나오는 온갖 종류의 입체 음향")과 언어 활동의 영역("모음의 관능성")을 이용하는데, 이는 전적으로 언어 활동을 육신화하기 위해서이다. 그 방식은 영화——이와 같은 "발성적 글쓰기"를 해명하는 것이 가능할지도 모르는——에 관해서 바르트가 다음과 같이 말하고 있는 육체의 심리학적 차원에 극단적으로 위치할

때 드러난다:

"시니피에를 아주 멀리 추방하는 데 성공하기 위해서, 말하자면 내 귀속에 배우의 익명의 육체만이 제시되게끔 하기 위해서 영화는 파롤의 음향(이것은 결국 글쓰기의 '낱알'에 대한 일반화된 정의이다)을 아주 가까이 담고 있으며, 물질성·관능성 속에서 숨결, 거친 소리, 입술의 물렁물렁한 소리, 인간 주둥이의 모든 모습(동물의 주둥이처럼 목소리와 글쓰기가 신선하고, 유연하고, 매끄럽고, 섬세하게 오톨도톨하며 진동하는)을 들리게 한다는 사실을 지적하는 것만으로 충분하다. 예컨대 그것은 알갱이로 만들고, 탁탁 튀고, 어루만지고, 줄로 썰고, 자른다. 즉 그것은 쾌락을 느낀다."

《텍스트의 즐거움》, 105쪽.

롤랑 바르트는 글쓰기에서 쾌락에 대한 등가적 가치와 무언의 몸짓(마임)을 만들어 낸다. 그러나 한편 이러한 사실을 시니피에의 차원에서 구현하면서 글쓰기는 쾌락(텍스트가 에로티시즘과는 하등 상관이 없다고 롤랑 바르트가 언급한 바 있는 에로틱한 장면의 동의어)이 아니라 즐거움의 글쓰기의 위상을 지닌다. 텍스트의 종결어구로 제한된 음성적 반복들(저서의 마지막 문장에 해당된다)—— ça granule(그것은 알갱이를 만든다), ça grésille(그것은 시끌벅적하게 만든다), ça caresse(그것은 애무한다), ça rape(그것은 잘게 간다), ça coupe(그것은 자른다): ça jouit[34]——은 표현성(expressivité)의 수사학에 속하는 것이지, 바르트 자신이 텍스트의 시니피앙스 속에서 '음성들'을 만들어 낸다고 언급한 바 있는 "충동적인 운동들"(《백과전서》, 1016쪽, a)을 표출하는 것은 아니다.

글쓰기

한편 시니피앙스와 쾌락의 사회적 차원이 존재하는데, 그것은 언어 기관에 의해 검열되고 처벌되는 차원, 다시 말해서 "언어학(규범적 · 실증적인 과학과 같은)에 의해서 전적으로 거부되거나 겨우 용인되는 모든 것"(《텍스트의 즐거움》, 55쪽)을 의미한다. "언어 활동의 무한성의 예측할 수 없는 희미한 빛과 번쩍거림"이 설명하는 것은 시니피앙스가 "언어과학에 의해 부과된 영역들을 인식하지 못한다"는 사실이다. 억압 쪽에 놓이면서 시니피앙스와 쾌락은——이들은 억압의 '주관적인' 측면이다——무의식의 미덕들을 갖추게 된다. 이처럼 과거보다 훨씬 더 무의식의 미덕을 선호하는 새로운 문학은 "담화의 해체에까지 도달할 수 있는, 이성을 잃은 열광"처럼 "상투성 아래 억압되어 온 쾌락을 역사적으로 다시 부상시키기 위한 시도"(《텍스트의 즐거움》, 66쪽)처럼 인식된다. 이러한 논리는 성적 도착인 동시에 전복을 의미하는 쾌락의 윤리적이고 정치적인 이중적 가치를 설명한다. "성적 도착의 극단"(83쪽)을 대표하는 이러한 이중적 가치는 자신을 표출하면서 "파편적인 즐거움, 파편적인 랑그, 파편적인 문화"(82쪽)가 된 텍스트들 속에서 부정성을 표시한다. 롤랑 바르트는 "텍스트는 상상이 가능한 모든 합목적성을 벗어나 있을 때 도착적이다"(83쪽)라고 덧붙인다.

---

34) 여기서 음성적인 반복이라 함은 바르트가 예로 든 문장에서 나타난 [sa] : ça, [gr]: granule, grésille, [k]: caresse, coupe, [p]: rape, coupe 같은 동일한 음소의 조화, 즉 전통수사학에서 '표현성'이라는 개념으로 이해하였던 음성(모음이나 자음 간의)들의 조화 현상을 의미한다. [역주]

문학성, 혹은 적어도 문학성에 가장 가깝게 근접한 기호학적 개념
인 텍스트성은 전통적인 용어들 속에서 표현되지 않으려 하지만, 한
편 규범을 이탈에다가, 그렇지 않다면 적어도 규범을 위반하는 무엇
에다가 대립시키는 수사학적 논리에 매우 적합한 이원론적 도식의 내
부에서 등재될 뿐이다: 반드시 "대립(가치의 칼날)이 이미 인정되고 명
명된(유물론과 관념론, 수정주의와 혁명 등등) 대립항들 사이에 존재하
는 것은 아니다. 오히려 대립은 *예외와 규칙* 사이에서 늘 *그리고 어디
에나* 존재한다. 규칙은 남용이며, 예외는 바로 쾌락이다."(67쪽) 정치
적 차원으로 도치된 텍스트적 쾌락은 문학적 테러리즘, 보다 정확히
말하자면 문학 *속에서의* 테러리즘이 된다. 따라서 이러한 설명의 궁
극적인 목표는 테러리즘을 밝히는 데 놓여 있으며, 이와 상관적으로 작
품들의 독서로부터 비판적 행동주의의 형식을 형성하고자 하는 공모
를 주장하는 데 놓여 있다:·

　"사실상 오늘날 부르주아 이데올로기를 벗어나서는 그 어떤 언어 활
동의 장소도 존재하지 않는다. 우리의 언어 활동은 부르주아 이데올로
기에서 기인하며, 거기로 되돌아가고, 거기에 갇힌 상태로 머문다. 가
능한 단 하나의 대응 방식은 대결도 파괴도 아니며, 오로지 도둑질일
뿐이다. 예컨대 도둑질한 상품을 위조하는 것과 마찬가지의 방식으로
우리가 문화·과학·문학의 옛 텍스트를 토막내는 것, 그리고 이것들
속에다가 인식 불가능한 정식들에 기초한 요소들을 퍼뜨리는 것이 바
로 그것이다. 따라서 나는 옛 텍스트와 마주하여 결정된 사항들의 사회
적·역사적·주관적인 거짓 화려함, 전망, 투사를 지우려고 노력할 것
이다. 예컨대 나는 메시지가 아니라 메시지의 격정에 귀를 기울일 것이
며, 세 가지 작품들(사드와 푸리에 그리고 이그나티우스 데 로욜라의)에서

나쁜 피부처럼 끊임없이 작품을 점유하고자 하는 억압적인(자유로운) 담
화와 받아들여진 의미를 떨쳐 버리려 하는 테러리스트적인 텍스트, 의
미하는 텍스트의 의기양양한 전개 양상을 목격할 것이다."

《사드, 푸리에, 로욜라》, 15-16쪽.

이탈 이상으로, 심지어 *예외* 이상으로 사실상 법의 타자는 바로 *과
잉*에 놓이게 된다. 따라서 한 작품의 *가치*를 결정하는 "한 텍스트의
사회적 개입"의 정도는 "한 사회, 하나의 이데올로기, 하나의 철학이
제시한 규칙들을 작품에서 *초과하도록* 조장하는 폭력"에 의해 결정
된다. 과잉의 개념과 더불어 의도된 것은 다름 아닌 바로 무한한 활동
속에서 근본적으로 법을 초과하고, 법에 부과되어 있는 운동과 동일
한 법칙을 강점하는 운동에 관한 사유인 것이다. 이러한 사상은 한편
자신들이 필요로 하는 하나의 규범을 유지한다고 추정된 이탈 개념과
예외 개념에 대한 법의 의미론적 우월성이 어디에 놓여 있는지를 짐
작케 한다. 결국 이분법적 원리는 두 가지 경우에서 모두 동일하게 남
겨진다. 예컨대 서로 상이하게 사고된 것은 바로 초월하는 용어(규범·
규칙·법칙)와 위반하는 용어(이탈·예외·과잉) 사이의 관계 양태들인
것이다.

이러한 과잉을 '글쓰기'라 명하면서 롤랑 바르트는 문학성의 사유
에다 고전적 개념에서 비롯되어 구축된 새로운 개념을 도입한다. 현실
적으로 비판적 현대성의 상징적인 징후들 중의 하나가 되어 버린 글
쓰기 개념은 여기서 우리가 그 궤적을 모두 추적할 수는 없지만 *문체*
개념과 관련되어 촉발된 개별적인 역사를 지니고 있다. 간략하게 말
하자면 이 두 개념이 고전주의 시대에 서로 공존했던 것과는 반대로,

롤랑 바르트의 막강한 영향력하에 동시대 비평은 전자를 후자로 대치한 것이다. 어찌되었건 우리가 계속 살펴보겠지만, 이 두 개념들의 관계는 《글쓰기의 영도》(1953년)의 저자에게 있어서 즉각적이고 배타적인 대립의 관계는 아니었으며, 《사드, 푸리에, 로욜라》(1971년)에서 이러한 입장들은 이 세 작가의 연구에서 출발하여 매우 잘 드러난다:

"그들은 문체의 진부함에다가 […] 글쓰기의 볼륨을 대치할 줄 아는 작가들이다. 문체는 기저와 형식의 대립을 전제하고 실행한다. 이것은 바로 하부 토대의 양면이 서로 붙어 있는 합판이다. 한편 글쓰기는 언어 활동의 그 어떠한 기저도 발견될 수 없는 것처럼 시니피앙들의 점진적인 배열(échelonement)이 생산되는 순간순간에 나타난다. 왜냐하면 '하나의 형식'처럼 고려된 문체는 '일관성'을 전제하기 때문이다. 하지만 글쓰기는 라캉의 용어를 다시 사용해서 표현하자면 오로지 '규칙적인 반복(insistance)'만을 인식할 뿐이다."

《사드, 푸리에, 로욜라》, 11쪽.

문체는 고전주의·과거·역작용·이원론의 측면에 위치한다. 다시 말해서 문체는 문학계 거장들의 무덤에서 "위대한 작가들"(10쪽)을 골라내었던 형식적 탐미주의인 것이다. 그러나 이와 대조적으로 글쓰기는 현대적·진보적·일원론(이원론이 아니라)적이다. 예컨대 글쓰기의 기능은 하층에 숨겨진 유한한 내용을 표현하는 것이 아니라 "언어 활동을 제한하지 않는 것"이며, 무한하게 만드는 데 놓여 있는 것이다. 바로 이러한 이유 때문에 롤랑 바르트의 개념화 작업은 고전주의자들에 의해서 지적되었던 문체 개념을 지나치게 글쓰기 개념으로 대치하는 데 놓여 있는 것이다.

이처럼 서양 문화의 언어 활동을 '탈중심화' 시키기 위해서는 "새로운 글쓰기(새로운 문체가 아니라)"[35]가 절대적으로 요구된다. 따라서 글쓰기 개념은 문체와 동시에 문학을 이데올로기의 골동품 가계에 처박아 버린다. 바로 이렇기 때문에 글쓰기는 "이제부터 문학에 대립되고 있는 중"[36]인 것이다. 이론적 대상으로서 글쓰기 개념은 따라서 문학성*에 관한 새로운 접근과 특수한 인식론적* 장, 문체론의 관건들과는 또 다른 관건들을 제공할 시학의 장을 결정할 것이다.

따라서 글쓰기 개념은 문체 개념에 반대되어 구축된다. 그리고 이러한 지점은 《글쓰기의 영도》의 관건이기도 하였다. 이 작품에서 문체는 심리학과 작가 개인의 생리학과 연관을 맺는다. 생물학적 생리학과의 관계에 관해서 롤랑 바르트는 "문체란 자신의 생물학적 기원에 의해 예술을 벗어나 자리한다"(22쪽)라고 언급하며, 깊이의 심리학과의 관계에 관해서는 "오로지 작가의 [⋯] 비밀스럽고 개인적인 신화 속에서만 몰두할 뿐이며, 책임감에서 벗어나서 전개된 언어 활동이 문체라는 이름하에 형성된다"(19-20쪽)라고 언급한다. 이러한 고찰에서 우리가 살펴볼 첫번째 단계는 문체가 "생리적인 기질의 단순한 변환"처럼 간주되었다는 것이며, 이러한 관점은 문체를 "사회에 무관심하고 투명한 것"으로 만든다는 것이다. 이런 의미에서 볼 때, 문체는 오직 모든 역사적인 차원을 벗어날 뿐이다: "문체의 참고 자료들은 역사가 아니라 하나의 과거나 생물학의 수준에서 설정된다."

---

35) R. Barthes, 〈Drame, poème, roman〉, in 《Théorie d'ensemble》, Seuil, 1968, p.27.

36) R. Barthes, 〈Linguistique et Littérature〉, in 《Langages》 12, décembre 1968, p.8.

이러한 전망에서, *문체*는 수평성에 대한 수직성-깊이처럼 *파롤*(《글쓰기의 영도》에서는 랑그와 혼동되었다)과 대립된다: "문체의 인유(引喩, allusion)들이 깊이로 분할되는 것과 마찬가지로 파롤은 수평적인 구조를 가지고 있다. 파롤 속에서는 모든 것은 제공되며, 즉각적으로 마모되게끔 운명지어져 있다. […] 그러나 이와 반대로 문체는 오로지 수직적인 차원밖에는 가지고 있지 않으며, 개인의 닫힌 기억 속으로 깊이 침투한다."(20-21쪽) 한편 이러한 대립은 이 두 대립항의 종합이 아닌 세번째 개념을 향해서 나아간다: "모든 **형식**은 또한 **가치**이다. 바로 이러한 까닭에 랑그와 문체 사이에는 또 다른 형식적 실체를 위한 자리가 존재하는데 그것이 바로 글쓰기인 것이다." 따라서 글쓰기는 문체를 랑그와 더불어 심리적 · 생물학적 하위-언어 활동으로 되돌려보내면서 **문학적 개인화***의 열쇠를 제공하는 개념이 된다: "그 어떤 문학적 형식 속에서도 톤이나 에토스(éthos)에 대한 일반적인 선택이 존재한다. […] 작가가 명백하게 개인화를 이루는 것은 정확하게 말해서 바로 여기인데, 그 까닭은 작가가 연루되는 곳이 바로 여기이기 때문이다. 랑그와 문체는 언어 활동에 관한 모든 문제틀에 있어서 선행된 소여들이며, 시간과 생물학적 개인의 자연적 생산물일 뿐이다."(23-24쪽)

따라서 문체는 랑그 속에, 다시 말해서 문법 속에 존재하는 사회적 규범들을 벗어나서 작가들의 특이한 버릇의 측면에 위치한다: "작가의 형식적 정체성은 오로지 문법의 규범들과 문체의 불변적 요소들의 정착을 벗어나서만 진정하게 설립될 뿐이다."(24쪽) 문법과 생물학에 연루되어 랑그와 문체는 주체의 문제틀에서 제외되기에 이른다. 그러나 이와는 반대로 '형식의 도덕률' 처럼 정의된 글쓰기는 역사적인 것과 인류학적인 것 속에서 움직인다: "랑그와 문체는 눈먼 힘을 소유하고 있다. 이에 비해서 글쓰기는 역사적 연대성의 행위이다. 랑그와 문체는 대상이다. 이에 비해서 글쓰기는 하나의 작동이다. [⋯] 이를테면 글쓰기는 인간적이고, 역사의 커다란 위기들과 관련된 의도 속에서 구체적으로 포착된 형식을 의미한다."

형이상학적 개념인 문체와 마주하며, 글쓰기는 하나의 사회적 소여처럼 나타난다. 예컨대 바르트는 잡지들에서 '정신'의 글쓰기 혹은 '현대(Temps modenre)'의 글쓰기를 추출해 낸다. 이러한 전망에서 시는――순수시――문체의 측면에서 설정될 것이다: "시적 언어 활동이 담화의 내용을 사용하지도 않으며, 이데올로기의 중재로 멈추어지지도 않은 채 오로지 자신의 구조가 지닌 효과에 따라서 극단적인 방식으로 본성에 문제를 제기할 때 더 이상 글쓰기는 존재하지 않으며, 그어떤 역사의 모습들이나 사회성도 경유하지 않은 객관적 세계에 도전하거나 완전히 등을 돌린 인간을 통해 만들어진 문체들만이 존재할 뿐이다."(75-76쪽) 이와는 반대로 만약 고전주의 작가들의 "시적 글쓰기"에 관해서 언급할 수 있다면, 그것은 고전주의 작가들에게서 글쓰기가 라신과 프라동 사이에 모든 '즉각적인 차이'를 취소하면서 '문체를 흡수하기' 때문인 것이다.

우리가 목격하듯이, 글쓰기에 유리하도록 문학성의 물음으로부터 이탈되어 나타난 문체에 의한 조작은 제거된 개념의 이전 없이는 작동하지 않는다. 사실상 바로 직전까지 글쓰기는 '눈먼 힘'과 마찬가지로 박탈당한 후 자리잡게 된 문체의 전유물이었던 의도성의 차원을 계승한다. 이처럼 글쓰기 개념에 의해서 롤랑 바르트는 20세기 초입에 샤를 발리에 의해서 노출된 문학적 의도에 관한 수사학적 이해를 다시 복원시킨다: "문학가는 [⋯] 언어로부터 자발적이고 의식적인 용법을 만들어 낸다."(샤를 발리, 《프랑스 문체론의 협약집》, 1905년) 샤를 발리에게 있어서 문체 개념——문학적인——이 일상 언어 활동을 대상으로 간주하는 문체론의 수행 능력을 초과하는 것은, 정확히 말해서 바로 이런 문학성의 의도적인 특성의 이름하에서인 것이다: "거의 예외 없이 예술가의 의도인 이러한 의도는 결코 자신의 모국어를 자발적으로 말하는 국민들의 의도를 의미하는 것은 아니다. 이러한 사실만이 유일하게, 그리고 영원히 문체와 문체론을 구별하는 기준이다."

그러나 한편 글쓰기의 개념은 롤랑 바르트의 후기 저작들에서는 변형될 것이다. 텍스트와 문학의 개념들과 동의어——"나는 따라서 서로 구분하지 않고 문학, 글쓰기 혹은 텍스트를 언급할 수 있다"[37]——인 글쓰기는 "실질적 적용의 흔적들이 남긴 복잡한 그래프, 다시 말해서 글쓰는 행위의 실질적 적용"(16쪽)과 같은 문학의 이해와 밀접하게 연관된 의도성의 심리화하며 관념화하는 범주에서 해방될 것이다. 따라서 글쓰기가 랑그의 "파시스트적인"(14쪽) 권력에 이의를 제기하는 혁명적이고 실질적인 적용임에 비해서, 문학은 "언어 활동의 항구적인 혁명의 광채 속에서 권력 밖의 랑그를 이해하게끔 도와 주는 유익한 속임수, 교묘한 회피, 환상적인 술책"(16쪽)을 지칭하면서 설정된다.

이어서 글쓰기의 개념은 결정적으로 문체의 개념으로 대치될 것이

---

37) R. Barthes, 《Leçon》, Seuil, 1978, p.17.

다. 〈작가와 서술기사〉(1960년)의 연구는 글쓰기의 개념을 언급하고 있지만, 한편 이러한 언급은 기술적인 용어를 단호하게 인정하는 방식을 통해서 이루어진다. 이 텍스트에서 롤랑 바르트는 *작가*(écrivain)에 고유한 언어 활동의 변형에 관한 작업을 근본적으로 비-작가(비평가)·지식인을 지칭하는 신조어인 *서술기사*(écrivant)의 보수적이고 도구적인 활동성에다가 대립시킨다: "서술기사는 파롤에 관한 그 어떠한 기술적 행동도 연습하지 않는다. 우리가 분명히 방언들과 구분할 수 있으며 […] 매우 드물게는 문체들과 구분할 수 있는 공통적인 글쓰기가 모든 서술기사들에게 배치된다. 서술기사의 의사 소통 계획은 *순진하다*[…]. 이에 비해 작가는 완전히 반대의 경우에 해당된다."(《비평 에세이》, 151쪽) 여기서 문체는 예술, 그리고 반-순진성에 기초한 형식으로 격상된다. 그러나 〈문학과 의미 작용〉(1963년)에서 롤랑 바르트는 야콥슨의 언어학[이 책의 392쪽을 볼 것]에서 출발하여 "'문체'의 이론"이 탄생하기를 희망하는 계획을 구상하며, 여기서 *문체*란 단어에 매겨진 따옴표는 개념의 문제적인 특성을 표출하고 있다.

글쓰기의 기호학적 개념은 수사학적인 문체 개념보다 자신이 우월하다는 사실을 숨기지 않는데, 그 까닭은 글쓰기의 기능이 언어 활동의 한 대상이라기보다는 하나의 특질, 즉 **육필적인 것**(scriptible)으로서 현대 작품들을 특징짓는 문학성의 진정한 가치를 가리키기 때문이다. 육필적인 것은 고전 시대의 작품들을 특징짓는 '하위 가치'인 **읽힐 수 있는 것**(lisible)에 대립된다: "육필적인 텍스트의 맞은편에 부정적이고 반사적인 반대 가치가 확립된다. 예컨대 읽힐 수 있지만 쓰여질 수는 없는, 읽힐 수 있는 것이 확립되는 것이다. 우리가 고전주의라고 부르는 모든 것은 읽힐 수 있는 것에 해당된다."(《S/Z》, 10쪽) 닫혀 있고 완수된 작품들을 특징짓는 '읽힐 수 있는 것' 과 반대되어, '육 필적인 것' 은 열림의 측면에, 모험의 측면에 놓여진다:

"육필적인 텍스트는 그 어떠한 논리 *귀결적인* 파롤로도 제기될 수 없 는 항구적인 현재이다. 논리 귀결적인 파롤은 육필적인 텍스트를 필히 과거로 변형시킬 것이다. 이에 비해서 육필적인 텍스트는 세계의 무한 한 놀이(놀이로서의 세계)가 입구들의 복수성, 망의 열림, 언어 활동의 무한성을 완화시키는 몇몇 특이한 체계(이데올로기, 장르, 비평)에 의해 서 방해받고, 잘려 나가고, 멈추어지고, 침해받기 이전에 글쓰는 *행위 를 진행하고 있는 중인 우리 자신*을 의미한다. 육필적인 것은 소설 없 는 소설적인 것, 시 없는 시적인 것, 논문 없는 에세이, 문체 없는 글쓰 기, 생산물 없는 생산 과정, 구조 없는 구조화이다. 이에 비할 때 읽힐 수 있는 것은 무엇인가? 그것은 생산물들(생산 과정이 아닌)이며, 이것 은 우리 문학의 거대한 덩어리를 형성한다."

《S/Z》, 11쪽.

여기서 글쓰기의 개념은 소설 · 시 그리고 논문의 측면, 다시 말해 서 사회의 사용법에 의해서 규범화된 형식들의 측면인, 문학 제도의 측면에서 설정된 문체와 명백하게 구분된다. 어찌되었건 포스트 구조 주의 시대의 이론가들이 비평적 개념으로서 계승한 것은 바로 이러한 롤랑 바르트의 글쓰기 개념이다. 미셀 보주르는 "글쓰기는 문체, 운 율법, 논증, 줄거리의 고안을 모두 조롱한다"[38]라고 기술한 바 있다. 새로운 개념인 글쓰기는 수사학적 고정관념으로부터 벗어난 문학성 에 관한 사유를 정착시킨다: "만약 고전주의 시대의 수완이 '아름다 운 문학들' 이라고 우리가 부르는 무엇을 생산해 내었다고 한다면, 그리고 만약 이러한 수완이 곧이어 '문학'에 의해 반론이 제기되었다고 한다면, 원칙적으로 이러한 수완은 글쓰기에서는 더 이상 흔적이 남지 않게 된다."

글쓰기는 기호(嗜好)의 판단을 벗어난다. 이론적 대상으로서 글쓰기는 "마음에 든다거나 아름답다거나 하는 것에 관해서는 거의 관심을 갖지 않는다."(15쪽) 이는 글쓰기가 훌륭하게 기술하기라는 하나의 이데올로기와 더불어 작가를 종속 관계 속에서 유지하는 전통에 매우 단호하게 반대하면서 구축되기 때문이다: "반기를 들 것을 주장하는 문화와 문학의 현재 상황에 충실한 시학을 실질적으로 적용하는 작가에게 있어서 훌륭하게 기술된 것은 [⋯] 글쓰기의 적으로 자리잡는다." 이러한 까닭에 글쓰기는 전통적으로 문체 개념과 밀접한 관계에 놓였던 미학적 혹은 심리학적 범주들을 공유할 수 없게 되는 것이다.

훌륭하게 기술하기의 의도성에 대한 비판을 통해서 문학성에 관한 동시대적 사유의 가장 주요한 관건을 드러내는 것은 바로 주체에 관한 물음이다. 이처럼 "글쓰기의 거친 개인적 특이성(idiosyncrasie)," 다시 말해서 글쓰기의 주체적인 특이성은 "선택의 자유와 지배와 연관된 독창성" 개념과 혼동되는 것은 아니다. 사실상 독창성은 만약 의도적인 적용의 용어 속에서 사고된다면, 고전수사학의 이데올로기였던 문학적 창조의 수완과 기술적 도구의 이데올로기를 반영하는 개념일 뿐이다. 이러한 관점에서 볼 때 '새로운 것'이란, 만약 그것이 이미

---

38) M. Beaujour, 〈Le Drame de l'écriture〉, 《La Nouvelle Revue Française》(467), décembre 1991, p.14.

취해진 무엇의 효과를 의미한다면, 그리고 정반대를 드러내거나 혹은 단순하게 "기필코 새로운 것을 하고 말려는"[39] 욕망을 드러내는 효과를 의미한다면, 그것은 글쓰기의 특질은 아닌 것이다.

그러나 글쓰기 개념의 비평적 자장은 이 개념이 "단지 문학에 비해서 소위 말하는 기이하고 존재론적*으로 상위에 위치한 실질적 적용을 의미할 뿐인 이데올로기적 가공물"[40]이 될 수 있다는 위험성을 인식하는 수준에 도달해 있다. 최근의 문학사는 글쓰기라는 용어가 "문학에서 벗어나기" 위해서 자동적 글쓰기를 고안했던 초현실주의자들을 흉내내기 때문에 사실상 "장르와 구분되지 않으며, 오히려 발생분류학의 측면에서 볼 때 문학의 길을 벗어나서 자신들의 위험성과 위기의 모험을 펼치고 있는 텍스트의 집합을 규정할 수 있다"라고 증언한다. 만약 물음이 글쓰기 개념의 타당성에 놓여 있다고 한다면, 한편 이러한 물음은 글쓰기 개념과 더불어 문학의 실질적 적용의 역사적이고 내재적인* 특성을 영감의 초월성*과 대립시키면서 명확하게 드러나는 것이야말로 바로 문학성에 관한 새로운 이해라는 사실을 다시 검토하지는 않는 것이다.

선별된 참고 문헌

---

39) 위스망스(J.-K. Huysmans)는 이러한 방식으로 자신의 작품 《거꾸로 À rebours》(1884년)가 출간된 지 20년이 지난 후에서야 자신의 소설을 고안하게끔 주재하였던 정신성을 판단한 바 있다.

40) M. Beaujour, 앞서 인용된 논문, 15쪽.

그레마스(GREIMAS Algirdas Julien)

《구조의미론 *Sémantique structurale*》, Larousse, 1966.

《의미에 관하여, 기호학 에세이 *Du sens, Essais sémiotiques*》, Seuil, 1970.

《시적 기호학 에세이 *Essais de sémiotique poétique*》, Larousse, 1972.

《모파상, 텍스트의 기호학: 실질적 적용들 *Maupassant. La sémiotique du texte: exercices pratiques*》, Seuil, 1976.

바르베리스(BARBÉRIS P.), 베르제(BERGEZ D.), 드 비아지(DE BIASI P. -M.), 마리니(MARINI M.), 발랑시(VALENCY G.)

《문학적 분석을 위한 비평적 방법론 입문 *Introduction aux méthodes critiques pour l'analyse littéraire*》, Dunod, 1990.

바르트(BARTHES Roland)

《글쓰기의 영도 *Le Degré zéro de l'écriture*》, Seuil, 1972, coll. 'Points.'

《S/Z》, Seuil, 1976, coll. 'Points.'

《사드, 푸리에, 로욜라 *Sade, Fourier, Loyola*》, Seuil, 1980, coll. 'Points.'

《비평 에세이 *Essais critiques*》, Seuil, 1981, coll. 'Points.'

《텍스트의 즐거움 *Le Plaisir du texte*》, Seuil, 1982, coll. 'Points.'

《언어의 속삭임 *Le Bruissement de la langue*》, Seuil, 1984, coll. 'Points.'

《기호학적 모험 *L'Aventure sémiologique*》, Seuil, 1991, coll. 'Points.'

카우프만(KAUFMANN Pierre) (sous la direction de)

《프로이트의 기여: 정신분석학 백과사전을 위한 요소들 *L'Apport freudien: Éléments pour une encyclopédie de la psychanalyse*》, Bordas, 1994.

코케(COQUET Jean-Claude),

《문학적 기호학 *Sémiotique littéraire*》, 1973.

《기호학: 파리학파 *Sémiotique : l'École de Paris*》, Hachette, 1982.

《담화와 담화의 주체 *Le Discours et son sujet*》, Méridiens Klin-cksieck, 1989.

크리스테바(KRISTEVA Julia)

《세미오티케, 의소분석 연구 *Semeiotiké. Recherche pour une séma-nalyse*》, Seuil, 1969, coll. 'Points.'

《폴리로그 *Polylogue*》, Seuil, 1977.

《시적 언어 활동의 혁명, 19세기말의 아방가르드: 로트레아몽과 말라르메 *La Révolution du langage poétique. L'avant-garde à la fin du XIXe siècle: Lautréamont et Mallarmé*, Seuil, 1985, coll. 'Points.'

《공포의 권력. 비천함에 관한 에세이 *Pourvoirs de l'horreur. Essai sur l'abjection*》, Seuil, 1983, coll. 'Points.'

제5장
언어학(la linguistique)

"기호학이라는 연구 분야를 만들어 놓은 후, 스스로 위축된 언어학"(《세미오티케》, 58쪽)의 죽음을 미리 예견하며 기호학자들이 줄리아 크리스테바를 본떠서 "언어학의 시체 위에서" 기호학이 구성될 수 있을 것이라고 생각할 수 있었던 반면, 언어학과 문학 이론이 맺어 온 관계의 역사는 비록 언어학의 이론적 유산의 일부를 구성함에도 불구하고 사실상 언어학과 문학의 관계들의 단 한순간, 그리고 역사적으로 언어학의 방향에 설정되었던 단 하나의 전개의 예만을 대표한다는 사실을 드러낸다.

시학의 토대를 이루는 문학성의 문제와 언어학의 토대를 이루는 언어 활동의 조직화 문제 사이의 관계는 우리가 앞서 살펴본 것처럼[이 책의 67쪽] 아리스토텔레스에서부터 시작되었는데, 이는 아리스토텔레스가 《시학》에서 문학적 가치와 언어의 다양한 범주의 묘사를 서로 분리시키지 않았기 때문이다. 마찬가지로 이러한 이중적인 관심은 비록 연구 분야를 오로지 시적 담론들에만 국한시키고 있지만 르네상스 시대의 시작술을 주창한 자들이 몰두한 문제이기도 했다. 또한 이러한 입장[1]은 20세기에 와서도 연구 대상을 명백하게 "언어의 연구와 시의 연구 사이의 관계"라고 표명한 바 있는 다니엘 들라스와 자크 필리올레의 《언어학과 시학》(라루스, 1973년)을 특징짓는 요소이기도 하다. 위 책의 저자들은 '포에틱'이라는 용어가 "문학에 관한 일반화된 이론"(8쪽)을 의미한다는 사실을 정확하게 인식한 상태에서 "시의 특수성과 시학성의 연구," 그리고 이와 같은 시각에서 볼 때 "장르(문학적)들의 점진적 분해"를 폭로하는 힘을 의미하는 '문학성' 개념을 일반화하는 가치를 파악하는 일에 몰두한다.

따라서 만약 언어 활동의 문제들과 문학적 특수성의 문제들 사이의 관계가 전혀 새로운 것이 아니라면, 이 둘의 관계는 20세기에 와서 문학성에 관한 현대적 개념, 혹은 적어도 담화의 가치에 의해 촉발되는 물음들, 특히 이러한 개념에 의혹을 제기하는 특성에도 불구하고 여전히 문학에 관한 사유를 표방하는 담론들을 향하고 있다.

언어학이란 단어를 통해서 우리가 여기서 이해하는 것은 20세기 초반 페르디낭 드 소쉬르에 의해 시작되고, 이어서 루이 옐름슬레우·로만 야콥슨 혹은 에밀 벤베니스트처럼 소쉬르의 유산을 서로 다양한 방식으로 표방하는 언어학자들에 의해서 매개된 언어 활동의 고찰 운동이다. 이들의 이름은 신-수사학(néo-rhétorique)과 기호학에 할애되었던 앞선 챕터에서 이미 인용된 바 있다. 이러한 점은 유기적으로 언어학과 연관되어 20세기 문학 연구를 상위 결정하였던 구조주의의 맥락에 의해서 설명된다.

그럼에도 불구하고 발생론적으로 '영향들'의 문제를 제기하는 것은

---

1) 형식과 내용을 분리하지 않으려는 태도. 〔역주〕

매우 어려운 일이다. 그 까닭은 매우 일찍 진정한 인식론처럼 이해되었던 구조주의적 사유의 형식이 사실상 인문과학의 영역과 언어학의 출현 영역에서는 서로 분리되지 않은 채 등장하기 때문이다: "구조주의는 금세기초에 기능심리학에 대립되기 위해서 심리학자들에게서 탄생하였지만, 방법론의 진정한 출발점은 모든 인문과학의 현대적인 승인 속에서 진행된 언어학의 발달에서 유래하였다."[2] 야콥슨에 의하면, '구조언어학'이란 용어를 최초로 제기했던 것은 바로 프라하 언어학파의 토론에서이며, 1929년부터 슬라브 언어학의 간행물[3]에서 이 용어를 사용했던 자는 바로 그 자신이었다.

20세기 내내 지배적이었던 언어학적 구조주의와 시학 사이의 동일시 현상은 단지 가변적일 뿐이다. 현재 언어 활동에 관한 모든 고찰은 구조주의적 인식론*을 인정하지 않으며, 심지어 앙리 메쇼닉과 같은 몇몇 이론가들은 구조주의와 근본적으로 갈라선다.

기호학자들이 내세우는 옐름슬레우나 생성 문법의 창시자인 노엄 촘스키, 화용언어학의 시초를 이루는 분석적 철학자 존 오스틴 같은 중요한 언어학자들이 본 챕터에서 부재할 것이라는 사실을 지적할 수 있을 것이다. 이들이 부재하는 근본적인 이유는, 문학에 관한 물음이 이들 작업의 현실적인 관심사가 아니었다는 사실에 기인한다. 옐름슬레우에게 있어서 문학에 관한 물음은 부분적으로만 명기될 뿐, 그에

---

2) Fr. Dosse, 《Histoire du structuralisme》, Gallimard, 1991, t, 1, p.12.

3) R. Jakobson, 〈lettre du 4 décembre 1970〉, in 《Change》, 10, mars 1972, p.181 을 참조할 것.

게 문학은 내포의 언어 체계——옐름슬레우는 "문학적 문체"[4]를 말한다——일 뿐이며, 언어 활동이 시에서는 진지하게 사용되지 않았다는 이유로 시를 자신의 연구에서 제거한 오스틴에 있어서 문학은 그원리와 방법론에 의해서 명백하게 이탈된다. 오스틴에게 시는 "정상적인 용법에 비해서 *기생적인*(parasitic) 용법——언어 활동의 *감퇴*(eti-olations)의 영역을 드러내는 기생"[5]이 문제가 되는 대상일 뿐이다.

  이번 챕터의 목적은 언어학과 시학의 관계, 다시 말해서 언어 활동 이론과 문학 이론 사이의 관계를 고찰하는 것이다. 우리는 이러한 관계들의 연구를 이중적인 운동에 의해서 유도할 것이다. 첫번째로 우리는 소쉬르나 로만 야콥슨 같은 언어학자들이 어떻게 문학의 물음을 다루었는가에 관해서 자문할 것이고, 이어서 러시아 형식주의자들의 이론이나 앙리 메쇼닉의 이론 같은 문학 이론들이 어떻게 현대 언어학에 의해서 전개된 언어 활동 이론들과 직접적인 관계 속에서 구축되는가를 살펴볼 것이다.

---

4) L. Hjelmslev, 《Prolégomènes à une théorie du langage》(1943), Éditions de Minuit, 1968, p. 157.

5) J. L. Austin, 《Quand dire, c'est faire》, Seuil, 1970, p. 55(《How to Do Things with Words》, 1962, Oxford University Press의 프랑스어 번역본). 오스틴에 있어서 이러한 문학의 "기생적" 특성이 바르트에 있어서 동일한 위상을 차지하는 것은 아니라는 사실을 지적할 필요가 있다.

I
페르디낭 드 소쉬르의 아나그람[6]

시학이 개념화되어 온 역사 속에서 페르디낭 드 소쉬르의 자리는 우리를 무척 놀라게 하는데, 그 까닭은 20세기에서 가장 중요한 언어학자처럼 여겨지는 그가 문학적 담화를 취급하지 않았기 때문일 뿐만 아니라,[7] 하물며 문학성에 관한 어떠한 이론도 전개한 적이 없기 때문이다. 하지만 《일반언어학 강의》의 본질을 구성할 수업 자료들은 소쉬르가 1906년에서 1910년 사이에 작성되었던 1백여 권의 노트에서 저술한 바 있는, 시와 직접적으로 관련된 또 다른 연구들과 병행하여 고안되었다고 할 수 있다. 《일반언어학 강의》의 저자가 고대 시와 베다 시의 아나그람적 개념[8]을 전개한 이 《노트들》은 60년대부터, 특히 기호학적 본질에 관한 작업들[이 책의 302쪽을 참조할 것] 속에

---

6) 본장의 몇몇 구절은 《라 리코른 *La Licorne*》(16호, 1989년)지에 실렸던 제라르 데송의 연구 〈어떻게 읽을 것인가? 페르디낭 드 소쉬르의 방법론〉에서 다시 취하여졌다.

7) 그러나 한편 장 스타로빈스키는 "소쉬르는 거의 매년 〈음운론〉이라는 제목하에 일반적으로 '프랑스 시작법; 16세기에서 오늘날까지 시작법의 규칙에 관한 연구'라는 이름의 과목 강의를 진행한 바 있었다고 지적한다."(J. Starobinski, 《Les Mots sous les mots》, Gallimard, 1971, p.158)

서 전개된 시적 담화 이론에 매우 중요한 역할을 한 바 있다.

하지만 소쉬르에 의해 적용된 방법은 이러한 기존 연구들에서 매우 특이하게 드러나며, 《일반언어학 강의》──"20세기 문화사에서 가장 많이 인용되고 가장 널리 알려진 텍스트들 가운데 한 텍스트이며, 과학적·합리적 사유의 토대"[9]라고 우리가 강조하였던──의 합리성의 바깥에서 드러난다. 《일반언어학 강의》에서 기존의 연구들은 랑그-이성/시-비이성이란 대립 속에서 자신들의 논리를 발견할 수 있었다. 이처럼 《일반언어학 강의》의 합리성은 《노트들》의 '광기'의 형태에 대립되었으며, 미셸 드기는 시의 존재론적 관점에서 출발하여 《노트들》을 "랑그에 고유한 소음의 호출에 답하는 매력[…], 가장 필요하고 무동기적인 자신의 놀이 속에서 스스로를 검토하는 랑그에 고유한 무한성의 호출"[10]이라 정의한 바 있다.

---

8) 아나그람은 한 단어를 구성하는 철자들을 가지고 그 위치를 변환시켜 또 다른 단어를 만들어 내는 것을 의미한다. 예컨대 signe(기호) → singe(원숭이), dog(개) → god(신), rose(장미) → oser(감행하다) 따위를 들 수 있다. 아나그람 연구는 소쉬르가 말기에 몰두했던 분야로서, 시를 기존의 단어와 의미 중심 혹은 테마 중심으로 연구하는 방법론에서 '시니피앙' 중심으로 연구할 수 있는 가능성을 제시하였다는 의의를 지닌다. 때문에 정작 이분법(시니피앙과 시니피에, 랑그와 파롤, 공시태와 통시태, 통합체와 계열체)의 출발점처럼 인식되어 왔던 《일반언어학 강의》보다 오히려 1906에서 1910년 사이의 소쉬르의 연구는 이분법을 벗어난 지점에서 시니피앙의 시학을 제시하였다고 할 수 있다. 이러한 소쉬르의 아나그람 연구의 가치에 관해서는 장 스타로빈스키(J. Starobinski)의 《단어들 속의 단어들 Les mots sous les mots》(Gallimard, 1971)과 미셸 드기(M. Deguy)의 〈소쉬르의 광기 La folie de Saussure〉(in 《Critique》, janvier, 1969)를 참조하되, 이 책에서 제시된 관점과 서로 비교해 볼 필요가 있다. [역주]

9) T de Mauro, Introduction du 《Cours du linguistique générale》, Payot, 1975, p. XIV.

10) M. Deguy, 〈La folie de Saussure〉, in 《Critique》, janvier 1969, p.22.

"과학적이며, 과학적인 것 그 이상도 이하도 아니며," "시의 비밀을 해소시키는 격정"(21쪽)의 형식을 취한 "가장 집요하고 광기에 가득 찬 사유"라는 생각은 소쉬르의 시도를 시학 연구의 장 속으로 인도한다. 라틴 시에 제한되었기 때문에 처음에는 국지적이었던 연구의 뒤편으로, 시뿐만 아니라 문학의 사유를 담화 개념과 더불어 착수하는 보다 일반적인 고찰의 윤곽이 드러나기 시작하는 것이다.

이러한 모든 것은 일반적으로 사투르누스 시구의 구성 원리가 고유명사인 주제-단어(mot thème)의 아나그람적 반복에 놓여 있다고 생각한 소쉬르의 직관에서 시작된다: "Taurasia Cisauna Samnio cepit"는 "Scipio라는 이름을 완벽하게 담고 있는(앞선 시구의 ci+pi+io 음절들과 심지어 거의 모든 Scipio란 단어가 반복되는 그룹의 도입부인 Samnio cepit의 S 음절에서) 아나그람적인 시구이다."[11] 이러한 도식에다가 시구에서 적어도 두 번 이상 등장하는 각각 단어들의 음소나 짝의 빈도수에 의해 도식을 이루는 강제성이 추가된다.

그러나 한편, 언뜻 보기에는 소쉬르의 방법론을 무효화시키는 듯 보이는 동시에 일반적인 범위의 이론적 정식화를 야기할 비평적 효과들의 문제들이 바로 여기서 부각되기 시작한다. 그것은 《노트들》이 끊임없이 시에 의한 '아나그람 법칙'의 범람을 드러내기 때문이다. 시에 의한 이러한 범람은 사전에 미리 고정되었던 어떤 한계를 넘어서서 자신의 연구를 전개하게끔 소쉬르를 인도한다. 이처럼 아나그람이 실

---

11) 장 스타로빈스키의 앞서 인용된 저서, 29쪽. 소쉬르의 《노트들》에 관한 모든 참고 자료는 이 저서에서 인용된 것이다.

현되는 장은 우선적으로는 시구에만 제한되는 것 같지만, 곧이어 과잉의 상태에서 넘쳐나는 음소들을 통합시키기 위해서 시의 그룹으로까지 확장되기에 이른다: "간혹 가다 오로지 몇몇 시구에 이르러서만 연장된 자음과 만날 뿐이거나, 이를 기다리는 하나 또는 심지어 두 개의 자음이 존재한다."(25쪽) 이와 마찬가지로 우리는 홀수인가 짝수인가를 결정하는 패리티(parité)[12] 제약의 후퇴를 목격한다: "짝수의 절대적인 재분할은 드물게 발생한다."(34쪽)

소쉬르는 자신의 연구가 항상 자신을 "허용된 것의 한계"(49쪽)에 놓는다는 사실을 완벽하게 의식하고 있었으며, 소쉬르가 고민한 문제는 음소들의 연속적인 호출에 의해 촉발되는 범람과 마주하여 아나그람적 규칙을 어떻게 유지하는 것인가에 놓여 있었다. 음성적 잔여물이 없는 텍스트의 이해로 귀결되고 정착된 이러한 소쉬르의 통괄적인 관점은 《아이네이스》의 동일한 구절에서 추출된 프리아모스와 헥토르의 이름들을 본뜬 아나그람들을 다양하게 증식시킨다. 사실상 "모든 것이 아나그람적"이라는 이러한 소쉬르의 관점은 중립적이고 수동적인, 다시 말해서 자체로 아나그람적이 아닌 수신된 텍스트에서 전통적으로 특이한 음소들의 내포를 가정하는 아나그람의 원리를 심지어 부정하는 데로 귀착되게 된다.

따라서 소쉬르는 다음과 같은 패러독스 앞에 놓여 있었던 것이다: 매번 국소적인 음소들에 관여하기 때문에 담화에 불연속성을 정착시

---

12) 두 가지 자음이나 모음 사이의 짝수 음절이나 홀수 음절이 일치하는 관계를 나타내는 용어. (역주)

킨다는 아나그람 이론이 사실은 연속적인 아니그람적 현상으로 귀결된다는 결론이 바로 그것이다: "텍스트 속에서 발음되지 않은 이러한 이름[프리아모스]은 중단 없는 아나그람적 연쇄를 이루는 주요 테마가 된다."(53쪽) 아나그람에 연루되는 것은 따라서 바로 모든 단어들인 것이다: "각각의 복문(複文) 주위로 확장된 단어들은 정확히 테마-단어 모델에서 결여된 음절들에 의한 보완의 필요성을 유발한다." 아나그람의 해석가는 따라서 "매순간에" "집요한 규칙성과 함께" "넘칠 정도로"(116쪽) 등장하는 연속적인 흐름을 실현하는 텍스트의 모든 음성적 요소들의 연대성에 직면하게 되는 것이다.

하지만 소쉬르가 "매순간 의심이 생길 수 있다"(123쪽)는 사실을 또한 감추지 않았던 이러한 아나그람적 번식의 원리는, 그의 의심에도 불구하고 "시구에서 모든 것이 어쨌건간에 풍부하게 주어져 울려 퍼지고 있다는 사실에 관한 최고의 증거"를 구축한다. 아나그람의 기본 원리가 유한하고 국소적인 독서를 유발하는 것에 비해서, 소쉬르의 탐구는 무한한 독서에 귀결된다: "모든 것이 서로 관계를 맺고 있기 때문에 우리는 어디서 멈추어야 할지 모른다."(129쪽)

초기에 시와 시구에만 제한되었던 이러한 아나그람의 연구 과정은 나아가 산문에까지 확장되어 진행된다. 소쉬르는 아우소니우스·플리니우스·키케로·카이사르, 즉 "전체 라틴 산문가들"(116쪽)의 텍스트에서 이러한 과정을 추출한다: "가장 위대한 문학가들의 텍스트에서 풍부하게 나타나는 것과 마찬가지로 카이사르의 텍스트에서 또한 아나그람이 풍성하게 다량으로 흘러넘친다." 모든 수사학에서 행해진 담화들의 유형적 분리는 이처럼 아나그람주의에 의해서 반대 입장에 부딪히게 된다. 다시 말해서 산문과 시 사이의 대립, 그리고 또 다른 차원에서 볼 때는 대중적 글쓰기와 개인적 글쓰기 사이의 대립은 이렇게 반대 입장에 봉착하게 되고 마는 것이다: "수많은 그의 편지들을 열어 본 몇몇 지점에서 내가 말할 수 있는 것은 키케로의 모든 작품들이 가장 매력적인 아나그람 속에서 말 그대로 헤엄치고 있었다는 사실이다."(115쪽)

아나그람 《노트들》의 중요한 부분들을 발췌하여 출간하였던 장 스타로빈스키는 다음과 같은 사실을 강조한다. 그는 시구 속에 산재해 있는 주제-단어들을 복원하는 데 놓여 있는 소쉬르의 방법론이 "심리적·사회적·경제적 삶을 표출한 표현들이 제공한 참고 자료에서 출발한 잠재적인 구성물을 회복할 것을 목표하는"(62쪽) 독트린, 다시 말해서 해석학적* 방식[이 책의 237쪽을 볼 것]을 만들어 내는 독트린에 속한다고 언급한다. "다양한 설명적 활동들 사이에 구조의 유사성" "발산의 교리" 즉 세계에서 복잡·다양하게 발현된 존재들은, 그것이 신성한 것이건 그렇지 않건 간에 유일한 하나의 원리에서 유래하고 발산되었다고 설명하는 과정을 스타로빈스키는 그대로 받아들이고 있는 것이다.

이러한 방법론 속에서 스타로빈스키는 "복잡한 구조를 보다 단순한 하나의 기원으로 축소하고, 앞서 전제되었던 사항[이 경우 주제-단어를 의미함]을 변경시키기를 원할 것이다." 하지만 이러한 방법론은 사실 순환적이며 동어 반복적이라고 할 수 있는데, 왜냐하면 "주제-단어의 음소들을 추출하기 위해 언어학자가 능숙한 실력을 발휘하면 할수록 주제-단어는 반드시 전개된 담화를 생산하게 되기"(63쪽) 때문이다. 다시 말해서 특히 한 언어의 음소들의 유한한 수가 하나의 담화 속에서 반복됨에 따라 매우 높은 개연성을 제시할 때, 우리는 항상 처음에 제시되었던 것을 또다시 발견하게 되는 것이다. 소쉬르 연구의 '착각적인 특성'을 강조하는 이러한 설명은 이와 마찬가지로 구조주의 비평에서 어떻게 아나그람들이 적용되었는가 하는 사실을 쉽게 예상하게 한다. 이처럼 주석가들은 로트레아몽의 《말도로르의 노래》에 산재되어 있는 '남근(phallus)'이란 단어를 해석할 수 있었으며,[13] 르네 샤르의 시 〈종달새 L'Alouette〉에서 "ALoUETte"의 조작을 통해서 "그녀를 살해한다(la tue)"라는 표현[14]을, 보들레르의 시 〈고양이들 Chats〉 첫번째 시구에서 "Fervent"과 "AUSTère"의 조합을 통해 "파우스트(Fauste)"를, "SAvANTs"에서 "사탄(Satan)"을, "FERvANt"에서 "지옥(enfer)"이라는 단어[15]를 해석할 수 있었던 것이다.

그러나 소쉬르는 단지 자신의 발견에만 눈먼 자는 아니었다. 소쉬르는 아나그람에서 우연과 개연성(확률)의 가설──소쉬르는 "매 심급에 제공된 언어에 의해 실현된 전적으로 음성적인 기회들"(《단어들 속의 단어들》, 119쪽)이라고 말한다──그리고 리듬을 발굴해 낸다: "텍스트의 한 줄에서 적어도 중간 길이 정도 단어의 한 음절이, 언어에서는 오로지 자연적인 기회들과 가능한 이중 모음(diphones)의 제한의 효과에 의해서만 자리하는 것이 분명하다는 사실을 나는 미리 인정한다."(50쪽) 결국 아나르람은 아나그람을 초과하며, 따라서 아나그

---

13) J. Kristeva, 《Semeiotikè》, Seuil, 1969, p.186.

14) D. Delas, J. Filliolet, 《Linguistique et Poétique》, Larousse, 1973, p.181.

15) J.-M. Adam, 《Pour lire le poème》, Deboecke-Duculot, 1986, p.108.

람은 아나그람을 해체하기에 이르는 것이다:

"첫번째 아나그람이 등장했을 때, 그것은 빛 같다. 그런 다음, 우리
가 두번째, 세번째, 네번째 아나그람을 거기에 추가할 수 있다는 사실
을 알게 될 때는 모든 의심이 줄어들기는커녕 심지어 첫번째 아나그람
에 대해서조차 그 어떠한 믿음도 갖지 못하기 시작한다. 그 까닭은 매
텍스트에서 가능한 모든 단어들을 결정적으로 발견할 수 없다고 우리
가 의심하는 지경에 이르게 되기 때문이다."

《단어들 속의 단어들》, 132쪽.

여기서 말하는 자는 바로 아나그람의 수사학자에 반대하는 체계의
언어학자이다. 개연성(확률)의 수학은 이름의 생산 과정을 랑그의 조
합, 랑그의 음소들의 제한된 특성에만 귀결시킬 뿐이다: "예문의 수
가 괄목할 만큼 증가할수록, 거의 규칙적으로 이러한 우연을 생산할
것이 분명한 스물네 개의 알파벳 문자에 놓여진 기회들의 놀이라는
생각도 함께 증가한다."(151쪽)

음소들의 재편성에 기초한 아나그람은 말하자면 랑그의 작동 기능
을 흉내낸다. 아나그람은 설령 그것이 동사나 명사의 어미 변화의 회
귀에 의하거나, 어떠한 방식으로든 모든 종류의 수사학적 의도와 독
립된 아나그람들을 만들어 내는 것이다: "가설을 확신할 만한 외양을
띠고 있는 단어들은, 예를 들어 피스트라투스(Pisistratus)란 단어를 실
현하기에 매우 용이하다. 왜냐하면 이 단어는 원칙적으로 모든 -atus
로 끝나는 어미처럼 평범한 음절들과, 심지어 si나 기타 등등을 언급
하지 않더라도 단어 속에 주어진 두 is를 포함하고 있기 때문이다."

(118쪽) 사실상 아나그람이란 항상, 그리고 이미 단어 속에 존재하고 있는 것이다.

소쉬르가 자신의 시도에 제기될 비평적 결과들에 대해서 무지하지 않았다는 사실을 드러내고 있는 이러한 지적과 예들은, 일반적으로는 문학 텍스트에서 실행된 언어 활동을 통해서 제기된 문제들과도 직접적으로 연관된다. 사투르누스 시구에 관한 고찰에서 비롯된 아나그람 이론은 사실상 파롤 속의 의미 작용, 즉 **담화** 개념으로의 접근을 의미한다. 이 개념은 《일반언어학 강의》에서는 등장하지 않는데, 그것은 소쉬르가 랑그와 파롤 사이의 변증법적* 관계에 의해서 설정된 중요한 요인들뿐만 아니라 무엇보다도 우선 언표 행위에 관련된, 언표 행위를 통해서 주체에 관한 사유와 연관된 요인들에도 몰두했기 때문이다. 그러나 이와는 반대로 《노트들》은 아나그람에 관한 연구의 중심에다가 담화를 위치시킨다.

"랑그에서 담화를 분리시키는" 것, "*랑그가 담화처럼 행위에 가담하게끔 허용하는*" 것에 관한 물음에, 소쉬르는 랑그의 존재를 주관적인 하나의 행동과 연관지으면서 다음과 같이 답하고 있다: "그 어떠한 상징도 오로지 상징이 순환 속에 *내던져졌기 때문에만* 존재할 수 있을 뿐이다."(16쪽) 주체의 의도적인 개념이 아직 남아 있다: 단어들의 단순한 연속은 "한 개인에게 다른 한 개인이 단어들을 발음하면서 무언가를 *의미한다*(signifier)는 사실 그 이상은 결코 나타내지 않을 것이다."(14쪽) 비단 이러한 사실뿐만 아니라, 언어 활동에서 주체성의 포착은 《노트들》의 주요 관건들을 드러낸다.

담화의 주체(언어학적)에 관한 고려는 소쉬르에게 있어서 주체성의 심리적 개념을 경유한다. 소쉬르의 정식들은 의도성과 글쓰기의 의식하지 않는 차원 사이에서 주저한다. 예를 들어 《노트들》에서 그는 "조심스런 조합"(119쪽)처럼 아나그람의 실질적 적용을 묘사하고 있다: "이러한 관심은 작가의 항구적인 고정관념을 형성하는 지점으로 인도된다. 이를테면 작가는 이러한 고정관념을 벗어나서는 단 한 줄조차 기술할 권리를 인정하지 않는다"(120쪽)라고 언급하고 있으며, 또 다른 한편으로 소쉬르는 "이러한 놀이는 펜을 움켜쥔 모든 라틴 사람들에게 있어서 그들이 자신의 사유에, 거의 뇌에서 분출하는 심급에 부여한 형식의 습관적인 동반 현상이 될 수 있었다"는 사실을 전제하면서 사유와 아나그람적 표현의 동시성으로 향한다.

비록 의식적이건 그렇지 않건 소쉬르가 기법이나 '놀이'에 관한 사유에 머물고 있다고 하더라도 아나그람은 언어적 개인화*의 형식처럼 고려되었다고 말할 수 있다: "이러한 습관은 가장 하찮은 단어를 표현하기 위해 펜을 잡도록 교육받은 모든 로마인들에게 있어서 부차적인 본성이었다."(117쪽) 비록 로마 세계에 제한되지만, 이러한 언급은 하나의 언어학적 '본성'의 실현, 다시 말해서 하나의 주체의 실현과 발화된 메시지의 '무의미성'과 관계를 맺는다. 이처럼 소쉬르는 가치(valeur)와 의미(sens)를 서로 분리한다. 따라서 아나그람은 모든 종류의 미학적·수사학적 의도를 벗어나는 의미 작용의 활동적이고 특이한 과정을 가리킨다. 이처럼 카이사르에 관해서 소쉬르는 "우리가 카이사르에게서 발견한 희귀한 문자들은 설명적이라기보다는 특징적인데, 그것은 이 희귀한 문자들이 글쓰기"에 공들인 것과는 전적으로 다른 무엇과 연관된 어떤 순간에 카이사르를 놀라게 하기 때문이다."

아나그람들의 원리는 표출된 첫번째 언표와 잠재된 두번째 언표 사이의 관계에 관한 용어들 속에서 의미 작용의 문제를 제기하는데, 이는 아나그람들의 원리가 "단어에서 음절들을 반복하려 애쓰거나, 말하자면 원단어에 인공적으로 첨가되는 또 다른 존재 방식을 단어에 제공하면서 한 단어를 강조하는 데"(31쪽) 달려 있기 때문이다. 이러한 "또 다른 존재 방식"은 음소들이 구성하는 단어들의 시니피에에 연관되어 있지 않은 음소들의 작동 기능을 드러내면서 사실상 다르게 의미하는 방식을 가리킨다. 하지만 아나그람에 의해서 촉발된 이러한 사유는 아나그람에 의해서, 보다 정확하게 말해서는 항상 한 단어를 다시 구축하는 아나그람에 의해서 실패하게 되는 것이다.

《일반언어학 강의》의 이론적 입장들과 마주한 기호 개념의 부적절성은 다름 아닌 기호가 전제하는 선조성(線條性, linéarité)과 연속성에 연관된 의미 작용의 이해에 이의를 제기하면서 나타난다. 의미 작용의 과정은 이러한 사유와는 반대로 비-선적이고 비-연속적인 사상처럼 나타나는데, 이는 "독자를 이끄는 곳은 연속성 속에서의 중첩이 아니라 시간을 벗어난, 요소들이 소유하고 있는 시간 속의 질서를 벗어난, 선조적 질서를 벗어난 청각적 인상들의 평균치"(47쪽)에 관계되기 때문이다.

따라서 언어 활동에서 의미 작용의 과정은 《일반언어학 강의》에서는 체계와 가치 개념을 통해서, 《노트들》에서는 특히 전설에 관여된 개념들을 통해서, 즉 의미에 관한 비역사적인 근본주의자, 기원주의자적 전망을 거부하면서 제기된 소쉬르의 위대한 물음에 해당되는 것이다: "랑그와 같은 전설의 고귀함을 만드는 것은, 서로서로가 오로지 자신들 앞으로 운반된 요소들과 몇몇 의미만을 사용하는 데 감염되어 이러한 요소들을 결집시키고, 거기서 연속적으로 새로운 의미를 추출하기 때문이다[…]. 전설이 하나의 의미에 의해 시작된다고, 전설이 자신이 지니고 있는 *의미*를 태곳적부터 이미 소유하고 있었다고 상상하는 것은 나의 한계를 초과하는 활동이다."(19쪽)

《일반언어학 강의》에서 이론화된 가치 개념은 정체성에 할애된 참고 자료 없이도 정체성의 개념을 사고하게 만든다: "순환 속에 한번 던져진 모든 상징은 […] 심지어 자신의 정체성이 다음에 어떤 심급에 놓여질 것인가를 절대로 언급할 수 없는 심급에 속한다."(16쪽) 가치에 관한 사유는 따라서 역사성*에 관한 사유에 귀결되며, 담화의 의미 작용과 담화의 실질적 적용 사이의 불가분의 관계는 랑그에 고유하게 등재되어 있던 시니피앙과 시니피에의 떨어질 수 없는 특성을 담화의 차원에서 투사하는 것이다.

이는 바로 랑그에서나 담화에서나 의미의 기원은 체계의 작동 기능에 달려 있다는 사유에 해당되는 것이다: "그 어떤 시대를 망라해서 사물이 *왜* 존재하는가를 말하려는 주장들은 사실을 넘어서는 지점을 향하였으며, 다른 모든 것을 차치하고라도 서사시에 관한 물음을 제기할 만한 이유조차 가지고 있지 않았다."(60쪽) 아나그람 이론에서 우리는 다음과 같은 사유를 다시 발견한다: "나는 시적 수단으로서 어떠한 역할을 부여했었는지 등등 같은 말을 사전에 미리 선언할 필요성을 전혀 목격할 수 없다. […] 매 시대는 자신이 원하는 것을 자신의 시대에서 목격할 수 있었다."(126쪽) 담화에 제기된 물음은 따라서 *왜*가 아니라 바로 *어떻게*인 것이다.

소쉬르의 아나그람 이론에서 검토된 것은 한 이름의 삽입이라기보다는 오히려 "단어들에 의해서 작가가 자신의 사유에 부여하는 형식"(134쪽)인 것이다. 이러한 사실은 담화 개념의 이행에 관한 소쉬르의 주된 물음에도 호응한다: "소, 호수, 하늘, 붉은, 5, 갈라지다, 보다와 같은 다양한 개념들이 랑그 속에 준비되어 있다. […] 어떤 순간에 혹은 어떠한 조작에 근거하여 이들 사이에 확립된 어떠한 놀이로 인해서, 어떤 조건을 통해서 이러한 개념들이 담화를 형성하는가?"(14쪽)

《노트들》의 핵심을 구성하는 독서 연습의 관건은 아나그람적 탐구의 결과물에 놓여 있는 것이 아니라 이러한 결과들을 뒤흔드는 비판적 동기 부여에 있다. '랑그-총체적 목록(langue-nomenclature)'의 이해에 이의를 제기하며 《노트들》에서 보충된 아나그람들의 적용은 의미 작용이 언표의 차원으로 환원되는 것이 아니라, 음소가 최소 단위를 구성하는 언어학적 요소들의 '비서열적인 상호 작용'의 결과라는 사실을 자신의 원리에서 제기한다. 의미에 관한 이러한 '이론'이 시적 담화들에서부터 고안되었다는 사실은, 전통적인 유형학을 벗어나서 문학성에 관한 사유로 우리를 유도하며 문학의 특수성과 언어 활동 이론 사이의 관계를 암시적으로 제기한다.

II
러시아 형식주의

문학성에 관한 동시대 사상에 있어서 형식주의(우선 러시아, 그리고 체코슬로바키아)라는 이름으로 알려진 운동의 중요성은 괄목할 만하다고 할 수 있다. 문학 연구에서 언어학의 도입(근본적으로 소쉬르의 언어학)과 문학적 구조주의의 설립은 전적으로 형식주의에서 빚진 것이다. 특히 신-수사학과 기호학의 방법론은 문학 연구를 무엇보다도 과학적이고 이론적인 접근에서 시작해야 한다는 생각을 러시아 형식주의에서 얻어 왔다. 토마체프스키의 작품 제목 《문학 이론》(1925년)은 이러한 관점을 집약적으로 나타낸다. 문학 작품들에 관한 순진하고 지배적인 접근 방식을 거부하는 것이 바로 이러한 관점에 해당된다. 이를테면 문학 이론을 구축한다는 것은 문학적 특수성이 담화들의 이성화 과정(processus de rationalisation)의 내부에서 정의된다는 사실을 전제하는 것이다.

1948년에 르네 웰렉과 오스틴 워런은 형식주의자들의 작품 《문학 이론》이 주창한 방법론을 "'시학'(혹은 문학 이론)과 '비평'(혹은 문학에 관한 평가[16])을 하나로 합치려는" 시도, 나아가 전자를 "문학의 원리들, 문학의 카테고리들, 문학의 기준들에 관한 연구"(55쪽)로, 후자를 "작품 자체에 관한 연구"로 정의하는 시도에 해당된다고 설명한 바 있다. 여러 연구가들 중에서도 토마체프스키의 계승(7쪽)을 주장하는 형식주의자들의 계획은 "작품들 자체의 연구에서 출발하지 않는 문학 이론은 존재할 수 없다"라거나, 혹은 거꾸로 "그 어떤 문학 비평이나 문학사도 개념들의 체계 없이는 가능하지 않다"(56쪽)라는 변증법적*인 운동을 주장하였다. 어쩌면 20세기 초반에 형식주의자들에 의해 실현된 작업의 중요성을 가장 잘 나타내 주는 것은 바로 문학의 접근에 있어서 이론과 비평을 서로 분리하지 않는 바로 이와 같은 계획일 것이다.

1. 형식주의와 미래주의

러시아 시기에서 형식주의는 모스크바 언어학파가 창립되던 해인 1915년부터 약 15년 사이에 확장되었다. 곧이어 1926년 창립된 프라하 언어학파의 후원 속에서 형식주의는 체코슬로바키아로 옮아와 전개된다. 만약 이러한 운동의 언어학적 방향——1917년 오포야스(O-poïaz)라는 단어로 축약된 시적 언어 활동 연구회가 창립되었다——이 결정적이었다고 한다면 이러한 방향은 또 다른 영향, 즉 유럽의 예술적·문학적 아방-가르드를 대표하였던 미래주의의 영향을 감출 수는 없을 것이다. 이처럼 블라디미르 마야코프스키나 보리스 파스테르나크는 모스크바 언어학파와 공동 작업을 진행하였다. 로만 야콥슨은 형

---

16) R. Wellek et A. Warren, 《La Théorie littéraire》(1948), Seuil, 1971, p.7.

식주의에 끼친 이러한 미래주의의 영향력을 다음과 같이 강조한 바 있다:

"나는 화가들 가운데서 성장하였으며, 공간·색채·그림들의 도면과 짜임새의 근본 요소들에 관한 물음은 시와 일상 언어 활동에서 단어 덩어리의 구조에 대한 기초적인 물음들과 마찬가지로 나에게는 매우 친숙한 것이었다. [···] 추상회화와 소위 '상위 의식적인' 문학만큼 의미심장한 실험들이 형상화되었거나 더러는 지칭된 대상을 수포로 돌아가게 한다는 사실로부터 나는 일부는 공간화된 이미지들 속에서, 그리고 나머지 일부는 언어 속에서 의미론적 기능을 소유하는 요소들의 범위와 본질의 문제를 제기하였다. 회화와 언어에서 의미 작용의 요소들에 관한 새로운 이해와 새로운 예술에 이르기 위한 방법들의 결정적인 문제가 바로 여기에 존재하였던 것이다."[17]

예술 작품의 형식적 차원에 대한 이와 같은 주목은 따라서 지각의 자율성에 반대해서 작동하는 비판적 가치를 지닌다: "반복될 때, 지각은 점점 기계적으로 변한다. 예컨대 대상은 더 이상 지각되는 것이 아니라 믿음을 통해서 수용된다. 회화는 지각의 자율성에 대립되어 대상에 관해 주목한다."(로만 야콥슨, 〈미래주의〉, 1919년)[18] 따라서 대상들에 관한 진정한 관점을 다시 발견하기 위해서 예술가는 자신들의 형식적인 구성 요소들에 정확성을 부여한다. 바로 이러한 이유 때문에 빅토르 슈클로프스키는 "대상의 감각을 인식이 아니라 전망처럼"

---

17) R. Jakobson, K, Pomorska, 《Dialogues》, Flammarions, p.12-13.
18) R. Jakobson, 《Questions de poétique》, Seuil, 1973, p.29.

부여하면서 예술에다가 "지각적 자율성으로부터 대상을 해방시키기 위해"(〈기법으로서의 예술〉, 1917년[19]) 투쟁하는 목표를 일임한다. 시각적 지각 현상의 탈자동화를 유발하기 위해서 시선과 세계 사이에 놓이게 된 '난해성'의 개념이 부각되는 것도 바로 여기서이다: "예술의 기법은 대상들을 부각시키는 기법, 형식을 난해하게 만들고, 지각의 지속과 어려움을 증가시키는 데 놓여진 기법이다."

"예술의 일반적인 *규칙*"(96쪽)으로 여겨진 이러한 "모호함과 감소의 현상"은 "난해하고 복잡하며, 난관들로 가득 찬 언어"처럼 정의된 "시적 언어"(95쪽)의 미덕처럼 완벽하게 주어진다. 그러나 만약 빅토르 슈클로프스키가 시적 담화를 근본적으로 "난해하고 뒤틀린"(96쪽) 담화로 정의했다면, 그것은 반대의 윤리에 따라 그가 시적 담화에 부여했던 비판적 기능을 고려해서이다. 시에 관한 이러한 이해는 문학 작품에서 언어적 이질성을 선호하는 놀람을 수사학에게 유도할 수 있었다: "모든 동시대 작가들이 프랑스어로 된 자신들의 담화에다가 러시아 단어들을 일반적으로 사용하였던 것처럼 푸쉬킨은 대중적인 언어를 주목을 끌기에 적합한 기법처럼 이용하였다."(95쪽) **낯설게하기** (ostranénie, 낯섦) 개념에 기초한 시에 관한 이러한 개념화는 "격리가 놀람을 촉발한다"[이 책의 71쪽을 볼 것]는 이유로 "언어에 기이한 흔적을 부여한" 아리스토텔레스의 요구에서 그다지 멀리 떨어져 있지 않다.

---

19) 《Théorie de la littérature, Textes des Formalistes russes》, édité par T. Todorov, Seuil, 1965, p.84-93. 형식주의자들의 여러 텍스트를 모아 놓은 이 작품을 이제부터는 《문학 이론》으로 줄여서 표기하기로 한다.

만약 미래주의와의 관계들이 형식주의의 초기의 작업들을 특징짓는다면, 문학과 언어학의 관계들은 문학적 분석의 전통과의 단절을 표방하면서 러시아인들을 중심으로 프라하에서 발전되어 한층 증가한다: "전통적 문학가들이 자신들의 연구를 사회적 삶이나 문화에 관한 역사를 향해 개진하는 것에 익숙해져 있는 반면, 형식주의는 연구 방향을 연구 재료에 있어서 시학과 중첩되는 과학처럼 소개되는 언어학으로 전환하였다."(보리스 예이헨바움, 〈형식주의 방법론〉, 1925년, 《문학 이론》, 38쪽) 상호성의 효과에 의해서 "언어 결과물로서의 시적 언어의 결과물들이 전적으로 언어학적 영역에 속한 무엇처럼 간주될 수 있기 때문에 언어학자는 역시 마찬가지로 형식적(문학적) 방법에 관심을 갖게 된다."

언어 활동을 인식 대상으로 삼는 언어학은 따라서 "문학적 재료들의 내재적 특질에서부터 자율적인 문학적 과학"(33쪽)의 창조를 위한 합리성의 모델을 구축할 수 있는 것이다. 예술과 마찬가지로 문학이 자율적인, 그렇지 않다면 적어도 특수한 적용이라는 사유, 문학이 세계의 기록과 정보들의 수송을 위해 고안된 언어학적 기호들의 체계가 아니라는 사유는 문학 비평의 생물학적 방법론과 마찬가지로 미래주의자들이 강하게 반대를 표명하였던 알렉산드르 포테브니아(《사유와 언어 활동》(1862)의 저자)학파의 상징주의자들에 고유한 이미지의 형이상학에 의문을 제기한다: "우리는 상징주의자들의 손에서 시학을 탈취하기 위해서, 그들의 미적·철학적 주관주의 이론들에서 시학을 해방시키기 위해서, 사실들에 관한 과학적 연구의 길로 시학을 이끌기 위해서 상징주의자들과 투쟁에 돌입했다."(《문학 이론》, 36쪽)

"시적 예술의 내적 법칙"(로만 야콥슨, 《문학 이론》, 10쪽)을 작업의 목표처럼 주장하는 것은, 형식주의자들에게 있어서 *선험적으로* 언어 활동의 기법으로서 문학적 담화의 특수성의 존재를 전제하는 것이었다: "예술 연구의 목적은 이러한 예술이 특수한 것을 소유한다는 사실, 다른 지적인 영역과 이것이 구분된다는 사실을 전제해야만 한다." (유리 티니아노프, 1924년[20]) 보다 구체적으로 이러한 근본적인 사유는 "이러한 특수성과 차이는 연구자의 도구나 재료를 구성할 것이다" 라는 지적을 통해서 표출되며, 한편 이러한 사유는 전기적이거나 심리적인 작품들의 불확실한 가치처럼 작품들에서 나타나는 또 다른 측면을 희생시킨다: "매 예술 작품은 서로 다른 요인들의 복잡한 상호 작용을 표현한다. 그러므로 연구자의 목적은 이러한 상호 작용의 특수한 성격을 결정하는 것이다."

2. 자율성과 특수성

문학적 특수성을 지칭하기 위해서 로만 야콥슨은 "문학과학의 목적은 문학이 아니라 문학성, 다시 말해서 주어진 하나의 작품을 문학작품이게끔 만드는 무엇"(《물음들》, 15쪽)이라 선언한 연구에서 '문학성(literaturnost)'이란 용어를 제안할 것이다. 그러나 한편 **특수성**(spécificité) 개념의 이론화에서 하나의 문제가 제기된다. 예컨대 문제는 특수성 개념이 미래주의자들에서 계승된 **자율성**(autonomie) 개념과 혼동된다는 데 놓여 있다: "만약 조형 예술이 시각적 재료를 자율적 가치

---

20) I. Tynianov, 《Le Vers lui-même》, UGE, 1977, coll. '10-18,' p.47.

로 형식화하는 것이고, 음악이 음성적 재료를 자율적 가치로 형식화하는 것이라면, 이에 비해 시는 단어로부터 자율적 가치를 형식화하는 것, 흘레브니코브가 언급하듯 자율적인 단어의 형식화인 것이다."

특수성에 관한 사유――이 경우 "주어진 하나의 작품을 문학 작품이게 하는 무엇"――가 반드시 필연적으로 자율성에 관한 사유를 전제하는 것은 아니다. 특히 언어 활동과 의미 작용에 관계되어, 문학은 인류학의 또 다른 분야들과 함께 문학성과 연대성을 불가분의 관계로 만드는 비교적 광범위한 관계를 유지한다. 이에 비해서 자율성은 관계의 부재를 전제하거나, 혹은 문학성을 자기 목적성에 동일시한 효과와 함께 전적으로 내적인 관계들의 체계를 구상할 뿐이다.[이 책의 215쪽을 볼 것] 시구 '자신'이나 '있는 그대로의' 단어들을 거쳐 형식주의자들을 인도하는 형식주의자들의 '객관적인' 관점은 "자신에게 고유하게 강조된 메시지"[이 책의 398쪽을 볼 것]처럼 정의된 로만 야콥슨의 시적 기능(fonction poétique) 개념에 귀착된다.

형식주의자의 연구에서 중심을 이루었던 특수한 것과 자율적인 것 사이의 이런 모호한 관계――암시적인 문제틀로서――속에서 1960년대 구조주의는 닫힌 집합처럼 텍스트를 간주하는 가운데 문학적 분석에 구조들의 자율성 연구의 궁극적 목적을 일임하면서 특권을 부여한다.[이 책의 290쪽을 볼 것] 방법론에 있어서 이러한 '형식주의적' 환원(용어의 엄밀한 의미에서[이 책의 241쪽을 볼 것])은, 한편 형식주의자들의 작업에서는 잠재적인 것이었다. 이러한 환원은 형식·테크닉, 그리고 기법의 관계화 과정을 거쳐서 형성된다. 이처럼 구성의 내적 원리이자 동시에 드러난――예를 들어 이야기의 배치 따위――외적 발현인 한 작품의 구조에 의한 "기법들의 의식적인 노출"(예이헨바움, 《문학 이론》, 52쪽) 원칙은 문학 작품의 문학성의 제시처럼 이해된 바 있다.

형식에 관한 물음은 따라서 시학의 역사에 있어서 절대적인 중요성을 지닌다. 형식주의자들에 있어서 형식의 개념은 "차츰차츰 문학 개념, 문학적 결과물과 혼동되었으며"(48쪽) 이러한 형식 개념은 형식을 마치 "외관처럼, 액체(내용물)를 담는 그릇처럼" 고려하였던 "형식 vs 기저라는 전통적인 상호 관계"의 입장을 취하였던 상징주의적 이해에 비할 때 보다 비판적인 입장을 구축하였다. 기호의 이원론에 대한 은유적인 해석(육체와 영혼, 문자와 정신 등등[이 책의 298쪽과 302쪽을 참조할 것])인 그릇과 내용물의 이러한 이미지는 이순간 비평의 공론을 이룬다. 이처럼 1924년 유리 티니아노프는 형식의 새로운 개념화를 알리는 과정에서 "최근에 들어 우리는 형식-내용물, 잔-포도주라는 유명한 유추를 모두 고갈시켜 버렸다"라고 기술할 수 있었던 것이다.

하지만 만약 형식이 하나의 기저-실체를 이야기하는 일화적인 그릇이 아니라고 한다면, 형식은 또한 미에 관한 미학적 발현을 의미하는 것은 더욱더 아닌 것이다. 이러한 사실은 형식주의자들이 몰두했던 것이 바로 형식을 "기저 그 자체처럼 이해한"(예이헨바움, 《문학 이론》, 44쪽) 형식의 *의미 작용* 이론을 구축하려는 작업이었다는 사실을 잘 알려 준다. 이처럼 형식은 "통합시키기 어렵거나 외부에 존재하는 하나의 기저에" 더 이상 대립되는 것이 아니라 형식주의자들에게 있어서는 바로 "시적 담화의 진정한 기저처럼 취급되었다는"(60

쪽) 의미를 지닌다. 비록 자신의 기저에 고유한 형식이라는 사유가 자기 목적성의 의미 속에서 사실상 형식-기저의 이원론을 다시 취하고 있다 하더라도 이러한 사유에 남게 되는 것은 형식 개념에 관한 새로운 가치인 것이다. 이를테면 이 새로운 가치는 형식이 작품에서 고립되지 않을 뿐만 아니라, 형식이 작품에서 구축하는 것이 바로 가치라고 간주하는 '통합성'인 것이다. 예를 들어 '재료'의 개념은 작품의 구성적 형식과 결부되어서 "구성의 외부적 요인들"(티니아노프, 《문학이론》, 115쪽)과 더 이상 혼동되지 않을 수 있는 것이다.

형식을 형식-기저 커플의 한 요소라 생각하는 형식 개념에 대한 비판적 사유는, 이와 마찬가지로 작동 기능을 해석하고 기술하기 위해 이용된 공간적 은유화 작업에 이의를 제기하는 과정을 경유한다. 티니아노프는 공간의 어휘 선택이 "구성적인 결과물들의 조화로운 대칭의 위험한 개념"을 발생시키는 형식의 정태적 개념과 연관된다는 사실을 강조한다:

"협소하게는 공간 개념과 연관된 정태적 특성은 형식 개념 속에서 항구적으로 미끄러진다. 따라서 우리는 공간적 형식들을 독특한(sui ge-neris) 역동적 형식으로 여겨야만 할 것이다. 전문 용어에 있어서도 마찬가지이다. '구성'이란 단어의 열의 아홉은 연구자에게 단어가 정태적인 형식에 적용될 수 있다는 사유를 감추고 있다. 시구 혹은 시절(詩節, strophe) 개념은 감지할 수 없을 정도로 역동적인 계열의 외부에서 추출되었다. 예컨대 우리는 더 이상 반복을 빈도수와 상이한, 양들에 따라 상이한, 강도의 결과물처럼 여길 수는 없는 것이다. 따라서 우리는 '구성적인 결과물들의 조화로운 대칭'을 '위험한 개념'으로 상정한다. 이 개념이 위험한 이유는, 결국 강조(강화)가 문제될 때 조화로운 대칭의 문제 자체가 제기될 수 없기 때문이다."

유리 티니아노프, 《문학 이론》, 117쪽.

여러 가지 개념들 중에서도 병행주의[이 책의 393쪽을 볼 것] 개념을 지배하는 이 대칭의 원리가 정태언어학에서 동일성의 논리에 관련되는 데 비해서, 티니아노프는 이 원리를 형식적 변별 요소들의 차별적 조직에 토대를 둔 체계처럼 간주한다. 게다가 '강조'에 관한 티니아노프의 사유는, 반복으로부터 보다 열린 리듬적 지형도의 내부에서 일어나는 음소의 강조화 현상(accentuation)을 인지할 것을 전제한다: "작품의 단위는 대칭적이고 닫힌 하나의 실체가 아니라 고유한 전개를 소유하고 있는 역동적인 통합성이다. 예컨대 작품의 요소들은 동등성과 합산의 기호에 연관되는 것이 아니라 상호 작용과 통합의 역동적인 기호에 연관된다."(117쪽)

하지만 이러한 역동주의는 시간성뿐만 아니라 공간성에 관한 그 어떠한 참고 자료도 없이 사고된다: "이러한 흐름, 이러한 전개의 인식에서 시간적인 뉘앙스를 개입시킬 그 어떤 필요도 존재하지 않는다. 흐름, 역동성은 시간을 벗어나 그 자체로 순수한 운동처럼 간주될 수 있다. 예술은 이러한 상호 작용과 투쟁을 통해서 영위된다."(《시구 그 자체》, 44쪽) 물론 우리는 여기서 제안된 용어들의 개념적 적절성에 이의를 제기할 수 있으며, 시간성이 결여된 역동성의 이러한 개념화를 거부할 수 있다. 하지만 중요성은 다른 곳에 있다. 다시 말해서 중요한 것은 공간-시간의 개념적 커플을 벗어나 시적 조직화와 리듬 개념을 제기하면서 형식을 역동적으로 이해하려 사유하는 시도에 놓여 있는 것이다. 여기서 리듬은 티니아노프가 "체계로서의 리듬," 다시 말해서 "구축적인 요인"처럼 간주된 리듬을 언급했다는 점에서 볼 때 차이적인 조직화처럼 파악된 것이다. 티니아노프의 제안에서 우리가 정작 이해해야 하는 것은 바로 "담화적 재료의 역동화 과정"(165쪽)과 같은 리듬 이론인 것이다: "문학적 형식은 역동적인 형식처럼 느껴지는 것이 틀림없다." 하지만 이러한 역동적인 형식은 특이성-특수성을 구성하기 위해서 또 다른 개념, 즉 체계(système)의 개념에 필연적으로 귀결된다.

3. 체계와 기능

사실상 '문학과학'의 구축은 본질적으로는 "문학 작품은 하나의 체계이며, 문학 역시 하나의 체계이다"[21]라는 사유를 바탕으로 한다. 체계로서 작품은 "다른 요소들과 함께, 실제로 체계의 집합과 함께 체계처럼 여겨진 한 작품의 모든 요소의 상관 관계"처럼 정의된 '구성의 기능'에 의해 지배된다. 이러한 사실은 하나의 형식이 자급자족할 것이라는 의미에서 '형식적인' 것이 아니라는 점을 설명해 준다. 한 체계에 종속되면서 체계의 기능은 따라서 영속적이지 않으며, 하나의 체계에서 다른 하나의 체계로 보존되지도 않는다: "주어진 하나의 체계에서 분리된 요소들을 추출하는 것과 이러한 요소들을 곧이어 체계의 외부, 즉 체계의 기능을 고려하지 않은 채 다른 체계에 속한 유사한 계열들과 비교하는 것은 명백한 실수이다."(235쪽) 이처럼 고어들

---

21) I. Tynianov, 《Formalisme et histoire littéraire》, L'Age d'Homme, 1991, p.234.

의 기능은 "전적으로 그것이 사용된 *체계*에 달려 있다. 로모노소프의 체계에서 고어들은 소위 '고양' 되었다고 불리는 사용 기능을 갖고 있다. [⋯] 티우체프의 체계에서는 이러한 기능은 매우 다르다. [⋯] 거기서 사용된 고어들은 추상적이다."

이러한 언급에는 역사 속에 작품들을 위치시키며, 작품들을 의미작용의 다른 체계들에 연관짓는 중요성이 발생한다. 유리 티니아노프에게 "문학의 진화에 관한 연구는 오로지 문학을 다른 체계들에 종속적인 체계, 문학이 상호 관계에 놓이게 되는 하나의 계열처럼 간주할 때 가능한 것이다."(〈문학적 진화〉, 1927, 《형식주의와 문학 역사》, 245쪽) 이론적으로, 그리고 경험적으로 "닫힌 문학적 계열의 수립과 이러한 닫힌 계열의 내부에서 진화의 연구"는 실현되기 매우 어려운데, 그 까닭은 이 양자가 "끊임없이 [⋯] 넓은 의미에서의 일상적인 삶과 이웃한 계열들, 문화적 계열들, 사회적 계열들과 부딪히기 때문에 실제로 결함이 있을 수 있다고 단죄되기 때문이다."(232쪽)

문학적 계열들과 '이웃한 계열들' 과의 관계에 관해 언급하자면, 체계들의 역사적 특성은 이 양자를 비교 가능하게(동등한 것이 아니라) 만든다. 하지만 여기서 여전히 "이러한 논리에 적용된 역사적 태도와 하나의 현상에 관한 역사성*을 서로 혼동하지 말 것이 요구된다."(232쪽) 역사적 태도는 "분리된 작품들과 이 작품들의 구성 법칙을 비역사적 관점에서 연구"하는 데로 귀결된다. 사실상 경험주의적 · 주관주의적 관점은 비록 역사 속에서 자리한다고 해도 한 작품에 관한 역사적 가치의 외부에 머물고 만다. 따라서 문학적 가변성(variabilité)의 연구는 "관찰하는 관점들의 혼동 결과인 순진한 감상 이론들"(233쪽) 그리고 한 작품을 언어 활동의 대상과 밀접한 관점으로서가 아니라 "한 시기의 체계와 또 다른 시기의 체계"의 관계처럼 사고하는 작품에 관한 평가와 결별해야만 한다.

한 작품의 역사성은 한 작품이 "문학의 체계와 자신과의 상호 관계를 넘어서, 말하자면 오로지 내재적인(immanent)* 방식의 체계로서"(235쪽)만 연구될 수 있다는 사실을 창조해 낸다. 그리고 이러한 사실은 작품이 생산된 시대가 무엇이건 상관없는 것이다: "심지어 동시대 문학이 문제가 될 때조차 고립된 연구의 해결 방식은 불가능하다." 사실상 "한 결과물의 *문학적 위상*"은 자율적이고 절대적인 미덕의 해석에 놓여 있는 것이 아니라, "결과물의 차이적 특질(다시 말해서 그것이 문학적 계열이건 비문학적 계열이건 결과물의 상호 관계), 다른 용어로는 결과물의 기능에 종속되는 것이다." 바로 이러한 까닭에 "만약 우리가 하나의 문학 작품을 고립시키면서 연구한다면, 이 문학 작품의 구성에 관해 우리가 정확하게 말하고 있는지에 대해 확신할 수 없는 것이다."(236쪽)

그러므로 문학적 형식은 자신이 결부된 장르의 진화와 결코 분리될 수 없다: "하나의 총체를 조직하며 세기에 걸쳐 자율적인 방식으로 전개된다는 인상을 주는 소설은 유일한 무엇처럼 인증되는 것이 아니라, 하나의 문학적 체계에서 또 다른 문학적 체계로 다양하게 변화하는 재료들과 더불어 변화하는 무엇처럼 드러난다."(237쪽) 문학적 형식들의 가치에 기반을 형성하는 역사적 가변성의 원리는 이와 마찬가지로 산문과 시 사이의 관계에 관한 물음에서도 작용한다. 이처럼 유리 티니아노프는 "시와 산문 사이에 상호적인 기능이 존재하는데, 이

기능은 예를 들어 시적 산문과 산문시의 공존을 설명해 준다"라고 기술하고 있다.

일상적인 삶과 문학의 상관 관계에 관해 언급하자면 이러한 상관 관계는 필연적인데, 왜냐하면 하나의 작품이란 필연적으로 위치되기 때문이다. 하지만 이러한 상관 관계는 아무 관계 방식을 따라서 형성되는 것은 아니다: "이러한 상관 관계는 *언어적* 행렬에 따라 실행된다."(241쪽) "일상적 삶과의 관계에서 문학이 언어적 기능을 소유하고 있다"고 제기하는 것은, 작품과 그것의 저자 개인 사이의 관계가 아리스토텔레스적 의미에서의 *재현*[이 책의 48쪽을 볼 것]에 관여하는 의미론적 작업을 경유하는 간접적인 관계라는 사실을 전제한다. 이처럼 "작가의 심리를 직접 연구하는 것, 작가의 성장 배경이나 그의 삶의 방식, 그의 사회적 계급과 그의 작품들에 인과성을 제기하는 것은 특히 위험한 일"(243쪽)에 속하는 것이다. "바티우츠코프의 관능적인 시는 이처럼 그의 시적 언어에 대한 작업의 열매"이지 그의 심리적 개성을 문학적으로 투사한 것은 아닌 것이다.

전기 비평과 심리 비평에 등을 돌리면서 형식주의자들은 작품을 형식적 체계들, 그리고 "형식들의 변증법적인 연속처럼 문학적 진화"(예이헨바움, 《문학 이론》, 70쪽)로서 인식한다. 현대 문학 작품의 형식은, 예를 들어 "과거의 작품들과 끊임없이 변모하는 진정한 기저처럼"(65쪽) 인식되어 있다. 문학적 역사는 따라서 더 이상 선조적 변화의 재현이 아니라 "내재적 가변성"(51쪽)으로 인식된다.

어떤 의미에서 볼 때, 형식주의적 방법론은 19세기에서 계승된 심리주의를 거부함으로써 담화를 장르의 분할을 통해서 취하는, 특히 시와 산문 사이의 대립을 취하는 고전수사학의 유형학을 복권시킨다고 할 수 있다: "하나의 과학적 시학의 창조는 애초에 우리가 서로 규칙이 다른 시적 언어와 산문적 언어가 존재한다는 사실을 인정할 것을 주장한다."(슈클로프스키 《문학 이론》, 46쪽) 시적 언어 활동은 시구(운문)에 귀결되며——유리 티니아노프는 "시구(운문) 개념이 산문 개념에 대립되는 한에서" 시구(운문) 개념을 분석할 것을 제안한다——산문으로 된 담화는 일상적 담화로 귀결된다: "만약 단어가 시구 속에 위치하게 되면 그 단어는 일상적 담화에서 추출된 단어에 해당된다. 다시 말해서 이 단어는 의미론적으로 새로운 분위기에 의해 둘러싸이게 되며, 일반적인 언어와 관계 속에서 인식되는 것이 아니라 새로운 시적 언어와의 관계에 의해 인식되는 것이다."(예이헨바움, 《문학 이론》, 62쪽) 특수성에 관한 연구가 만약 담화의 형식들을 차별하는 지점에 이르게 되었다고 한다면, 우리는 특수성에 관한 연구가 시의 작시법에 충실한 형식을 선호하고, 이것을 문학성에 일치시키는 간접적인 효과를 낳게 된다는 사실 또한 알게 된다.

비록 이러한 방법론의 이치들이 고전수사학의 회귀보다는 오히려 "이론과 적용에서 시구와 산문 사이의 경계를 폐지하려 시도했으며, 산문에서 정형 시구를 연구하는 방법론을 적용했던 바 있는"(55쪽) 상징주의적 대립의 회귀에 더 관련된다고 해도, 우리가 형식주의자들을 통해서 발견하게 되는 것은 수사학에 고유한 이탈 이론[이 책의 221쪽을 참조할 것]뿐만 아니라 심지어 "습관적인 언어적 배합을 위반하는 시적 의미론의 주요한 특성"이라 언급된 위반의 윤리로 대치되는 이론이다. 시학성에 관한 이러한 개념화 과정에서 분명히 고찰해 보아야만 하는 것은, 형식주의적 방법론에 제기된 비평들의 주요 표적을 구성하였으며, 이어서 구조주의에 의해서 가속되었던 주체성의 결여가 과연 잔존하는가의 여부인 것이다.

4. 미하일 바흐친의 비판들

1924년부터 러시아인 미하일 바흐친은 형식주의자들의 방법론이 창조적 의도보다는 재료——이 경우 언어 체계——에 보다 몰두한다는 사실, 미학보다는 오히려 언어학의 측면을 중요시한다고 비판해 왔다.[22] "시학이 언어학에 집착한다는 사실"을 유감스럽게 생각하며, 그는 시학과의 관계에 있어서 언어학의 역할이 "부차적인 학문"의 역할에 그치기를 원했으며, 시학을 재료의 유일한 발현 속에서 소진되는 형식이 아니라 "감동적인 의도에 의해서 기반을 이루는"(30쪽) 이론적 원리처럼 형식을 인식할 것을 원했다. 이처럼 미하일 바흐친에 따르자면 예술 작품의 형식은 "미학적으로 의미하는 것"인데, 이는 예술 작품이 "인간과 인간의 육체에서"(31쪽) 유래한 것이기 때문이며, 이는 한 작품의 미학적 형식(그것이 형상적이건 그렇지 않건)이 윤리적 내용을 담고 있다는 것을 의미한다.

형식주의 방법론에 관한 이러한 비판이 재료의 맹목적 숭배를 고발하면서 예술 작품의 평가와 고안 속에서 주체성의 중요성을 강조하려

---

22) M. Baktine, 〈Le Problème du contenu, du matériau et de la forme dans l'œuvre littéraire〉, 1924 dans: 〈Esthétique et théorie du roman〉, Gallimard, 1978, coll. 'Tel,' p.27.

는 목표를 추구한다고 할 때, 이러한 비판은 시학을 언어 활동에 관한 고찰이 아니라 일반적인 미학, 다시 말해서 모든 예술 형식에 공통적인 미학에 관한 고찰의 관점에서 이해하면서 다음과 같이 사실상 주체성에 관한 물음과 특수성에 관한 물음——특히 문학성——을 서로 분리시키는 결과를 야기한다: "*시학은 문학 예술에 관한 미학으로 체계적으로 정의되어야만 한다. 이러한 정의는 일반적인 미학과 마주하여 시학의 종속성을 강조한다.*"(27쪽) 바흐친에게 있어서 "시학의 연구 대상"을 지칭하는 "문학적 예술 작품"(26쪽)이라는 표현은 문학성——혹은 적어도 "언어적인 대다수의 작품들이 다른 종"과 구별되는 어떤 유의 담화들이 표출하는 특이성——에 관한 연구가 오로지 "미학적 분야의 체계적인 이해"를 거쳐서만 실현될 것이라는 사실을 잘 나타내고 있다.

바흐친의 이러한 지적에서 시학의 개념을 언어학적(보다 정확하게는 언어 활동적) 관점에서 일반적인 예술미학의 관점으로의 이전을 정당화하는 것은 다름 아닌 바로 형식주의자들에게서와 마찬가지로 특수성과 자율성 사이의 혼동인데, 한편 이러한 혼동은 작품들의 역사성을 작품들의 상호 독립성(indépendance)을 근거로 다음과 같이 정당화하면서 이루어진다: "예술의 세계는 예술의 본질에 의해서 나누어지고, 자율적이며, 개인적인 실체들로 분할됨이 분명하다."(43쪽) 바흐친에 따를 때, 이 실체들은 "지식과 행위의 실체와 마주하여 독립적인 상황을 점유하는 예술 작품 각각이며, 이러한 사실은 예술 작품의 내재적* 역사성을 창조한다." 따라서 작품의 '내용'을 "분리되고 완수된, 즉 자신 안에 차분하게 갇힌 존재의 차원, 이를테면 미의 차원"으로 옮기는 것은 바로 '미학적 형식'인 것이다. 작품이 예술 작품으로 변형되는 것은 바로 이와 같은 방식에 의해서이다.

미하일 바흐친이 **형식주의적 방법론**에 가한 비판은 그릇(용기)과 내용물이라는 전통적인 이원론의 복원에 근거한다. 바흐친은 "내용을 전적으로 부인하면서 논리적인 관점과 전문 용어의 측면에서 '형식'이라는 용어를 간직하는 것을 터무니없는 것으로 간주한다"(왜냐하면 형식이란 정확히 말해, 형식 자체가 내용과 상관적인 개념이기 때문에). 그리고 바로 이러한 이유에서 그는 "예술적 형식이란 바로 내용의 형식"(69쪽)이며, "미학의 대상은 형식을 갖추고 있는 하나의 내용"(82쪽)이라고 제기한다. 바흐친의 형식과 내용에 관한 이러한 입장은 형식-내용의 이원론에서 벗어난 형식 이론을 고안할 것을 시도하였던 형식주의자들의 입장에 비해서 후퇴하는 입장에 해당된다고 할 수 있다.

그렇다면 바흐친에게 있어서 "미학적으로 의미하는 형식"의 특수성은 어디에 놓여 있는가? 그것은 수동적이며, 말 그대로 무정형의 무엇처럼 묘사된 내용에 활기를 불어넣는 역동적인 힘에 놓여 있다: "형식이 필요한 수동적인 무엇, 예민한, 호의적인, 총괄하는, 고정된, 사랑받는 등등에 관한 무엇인 것처럼 내용은 형식에 대립된다."(70쪽) 미학적 형식에 관한 이해 없이 작품은 내용으로 축소되어 나타나며, 문학적 가치에 대한 평가는 '비문학적인' 모든 독서에 내재된 심리적인 효과에 의해 대치되어 나타난다: "내가 형식 속에서 활동적이기를 그치자마자 이러한 형식이 누그러트리고 완수한 내용은 전적으로 인지적이고 윤리적인 의미 작용 속에서 반항하며 나타난다." 예를 들어 바흐친에 따르면 "한 소설의 비문학적인 인식에서" 독자는 "자신의 독서에서 미학적 경험들을 만들어 내지 않으면서도" "등장 인물의 감동을 느끼거나, 그들의 모험과 성공, 그리고 실패를 체험할"(71쪽) 수 있는 것이다.

내용의 역동성은 이처럼 작품을 불연속적 실체로 구축하면서 미학적 형식을 특징짓는 "고립이나 분리의 기능"(72쪽)과 불가분의 관계를 맺는다: "한 작품의 내용은 도래할 사건에 놓여진 책임감의 형식에 의해 고립되고 해방된, 존재의 연속적이고 열려 있는 사건의 파편과 같다." 이처럼 작품은 "자신의 총체성 속에서 평온하고 자율적이며 완성된" 하나의 사건이 된 작품은, 한편 전적으로 자신의 미학적 존재를 실현한다: "사건의 완성, 사건의 자율적인 '여기에 존재함,' 사건의 필요 충분적인 현존이 형성될 수 있기 위해서는 미래의 사건과의 관계에서 내용을 고립시켜야 한다"고 바흐친이 언급하는 것처럼 문학성은 본질성으로 변하고, 시학은 존재론*에 종속되어 나타난다.

바흐친에 있어서, 게다가 시학에서 역사적으로 중요한 개념인 발명이 미학적 형식의 고립하는 기능에서부터 '부정적인' 과정처럼 재해석되어 자리하는 것도 바로 이러한 존재론적인 전망에서이다:

"예술에서 우리가 발명이라고 이름 붙이는 것은 단지 고립의 긍정적인 표현일 뿐이다. 고립된 대상은 심지어 바로 여기[예술]에서 발명된다. 다시 말해서 자연 단위에서 실재하지도 않으며, 존재의 사건 속에서 현존하지도 않는 고립된 대상이 발명되는 것은 바로 여기[예술]인것이다. 발명과 고립은 자신들의 부정적인 측면에 의해 서로 일치한다. 긍정적인 측면으로 이해된 발명에서는 형식에 고유한 활동성과 작가의 현존이 강조된다. 하나의 대상을 적극적으로 발명하는 자와 마찬가지로 발명은 나 자신에 관한 보다 날카로운 의식을 나에게 부여한다. 나는 나의 외재성 때문에 장애물을 만나지 않게 되며, 사건을 형성하고 완성하는 데 자유롭다고 느낀다."

《소설 미학과 이론》, 72쪽.

이처럼 형식의 자율화하고 고립시키는 기능에 관한 사유가 미학의 존재론적인 개념과 상관적이라는 주장은 논리적으로 전개된다. 그러므로 자신들의 고립성에 다시 갇혀서 작품들은 오로지 "예술의 본질"(25쪽)에 의해서만 미학적 대상들이 될 뿐이다. "예술의 본질"은 특이한 예술의 실질적인 적용뿐만 아니라, 이와 마찬가지로 "자연의 미학적 주시, 신화와 세계의 이해에 관한 미학적 측면"(37쪽), 간략하게 말해서 "탐미주의라고 명명된 모든 것," 바흐친이 "윤리적(개인적 · 실천적 · 정치적 · 사회적) 행동의 분야와 인식의 분야(미학적으로 전이된 사고, 니체와 같은 철학자들의 준-과학적인 사고)에서 미학적 형식들의 비합법적인 전이"로 정의했던 모든 것을 초월한다.

미하일 바흐친이 "미학은 유독 예술에서만 전적으로 실현된다"라고 제기했다는 사실을 고려한다면, 그가 *미학적*(esthétiques) 작품들과 *탐미주의*(esthétisme)의 발현들을 서로 혼동하였다고 말할 수는 없다. 단순히 그는 이 양자의 상호적인 가치를 구분함으로써 미학적 등급에 관한 물음을 만들어 내는데, 이는 바흐친이 예술을 벗어난 미학적 형식들을 "재료의 매우 완전하지 않는 조직이 도달할 수 있는 불순하고 혼종(混種)된 미학적 형식들"(67쪽)이라고 파악하기 때문이다. 바흐친은 예술 작품과 예술 작품에 속하지 않는 대상들(예를 들어 자연의 광

경들) 사이의 차이를 제기하는 동시에, 예술의 실질적 적용들의 특수
성에 관해서 물음을 던지는 것을 주저하면서 이 둘 사이의 연속성 유
지한다.

미하일 바흐친의 고찰 중에서 가장 흥미로운 것은 예술 작품 속에
서의 주체성에 관한 물음에 놓여 있다. 그는 "미학적 대상의 단위에
서 형식과 내용의 관계는 *개인적인* 특성을 지닌다"(82쪽)라는 주장을
통해서 이러한 부분을 언급한다. 이러한 문제 제기에서 뚜렷이 드러
나는 것은 예술적 활동성의 인류학적* 차원에 대한 감지라고 할 수
있다:

"예술적으로 창조적인 형식은 무엇보다도 우선 인간에게 형식을 부
여한 다음에서야 세계에게 형식을 부여한다. 하지만 이 세계 역시 오
직 인간의 세계일 뿐이다. 예술적으로 창조적인 형식은 직접적으로 세
계를 인간화할 수 있으며, 세계에 생명을 부여하며, 이 세계가 인간의
곁에서 세계 자신의 가치의 자율성을 상실하고 세계가 오로지 인간 삶
의 가치의 한 요소 이상이 되지 않는 인간과 함께 매우 직접적인 관계
속에 인간을 위치시킨다."

《소설 미학과 이론》, 82쪽.

여기서 문제는 문학에 관한 고찰이 언어적 인류학이 아니라 미학적
인류학에서 설정되어 있다는 사실에 달려 있는데, 이는 바흐친에게
있어서 문학적 특수성(문학성)이 미학적 특수성에 의해서 결정되어 나
타나기 때문이다. 그러나 한편 "내가 자아를 발견하는 형식 속에서"
(70쪽)라는 사유는, 비록 주체의 심리학적 이해——자아(moi)의 선호

——에 근거하고 있음에도, 특히 "의미하는 표현의 활동성(activité de locution signifiante)"처럼 분석된 말하는 방식(manière de dire)에 관한 주장에 의해서 문학의 개인화하는 기능에 대한 직관을 표출한다:

"무엇보다도 우선 작품의 언어적 총체의 모든 단위와 형식을 실현하는 모든 구성적 요소들의 단위는 자신의 형식적인 측면에서 말해진 것 속에서 문제를 제기하는 것이 아니라, 이러한 단위를 말하는 방식 속에서 의미하는 표현의 활동성의 감정을 전제한다. 이를테면 자신의 내용에 관한 객관적이고 의미론적인 단위나 반복된 것, 관계들을 맺어주는 것과는 독립적으로 유일한 것처럼 지속적으로 느껴질 것이 분명한 것은 바로 이러한 활동성인 것이다. 예컨대 그것은 직접적으로 단위들의 객관성 속에서의 의미론적 요소, 다시 말해서 말하는 주체의 개성과 전적으로 단절된 요소가 아니라 자신의 고유한 활동성의 감각을 단위에서 전제하는 활동성의 요소이다. 이러한 활동성은 대상 속에서 상실되지 않으며, 여전히 그리고 항상 육체적이고 도덕적인 자신의 입장에서 발생한 긴장 속에서 고유한 주체적 단위를 자신 속에서 감지한다. 이를테면 하나의 단위는 대상의 단위나 사건의 단위가 아니라 대상과 사건의 포괄, 즉 이 둘을 끌어안는 하나의 단위가 되는 것이다. 이처럼 형식의 단위라는 관점에서 한 작품의 시작과 끝은 하나의 활동성의 시작과 끝을 의미한다. 즉 시작하는 것이 바로 나이며, 끝내는 것이 바로 나인 것이다."

《소설 미학과 이론》, 76쪽.

의미하는 표현의 활동성 개념은 담화의 주체성과 의미 작용을 동일한 개념 속으로 결합시킨다. 더구나 "형식의 단위라는 관점에서 한 작품의 시작과 끝은 하나의 활동성의 시작과 끝을 의미하며, 즉 시작하는 것이 바로 나이며, 끝내는 것이 바로 나인 것이다"라는 바흐친의 주장은 자아의 심리학에서 차용된 전문 용어의 사용에도 불구하고 매우 강력하게 작품의 시간과 주체화 과정(subjectivation)(주체가 구축되는 행위)의 시간 사이의 동일성을 구체화시키고 있다.

미하일 바흐친의 또 다른 이론적 직관은 이러한 과정을 통한 리듬의 우월한 자리매김 놓여져 있다: "이러한 생성적 활동성의 중심점에서 첫번째로 분출되는 것은 바로 리듬(가장 광범위한 의미에서 산문과 마찬가지로 시구의 리듬)이며, 일반적인 방식으로는 객체와 관계없는 특성을 띠는 모든 언표의 질서는 발화자를 발화자 스스로에게, 그리고 역동적이고 생성적인 리듬의 단위에 결부시킨다."(75쪽) 이러한 사유는 중요하며, 심지어 정식화 속에서 리듬에 관한 형식주의의 선언들을 넘어서는 지점으로 향한다. 그러나 여기서도 여전히 리듬의 시학은 매우 어렵게 전개될 수 있을 뿐인데, 이는 바흐친에게 있어서 리듬이 언어적으로 특수한 개념처럼 사유된 것이 아니라 '육체'와 '영혼'으로 구성된 '인간 전체'의 사유와 결부된, 주체에 관한 전통적이고 심리적이며 생물학적인 이해와 관련을 맺게 되기 때문이다:

"고립된 인간-주체는 오직 예술에서 창조자처럼 체험된다. 확실하게 주체적인 창조적 개성은 예술 형식의 구성적인 요소이다. 여기서 예술의 주체성은 특수한 객관화 과정을 발견하며, 문화적으로 의미하는 창조적 주체성으로 변모한다. 마찬가지로 여기서 육체적이고 도덕적이며, 예민하고 정신적인 인간의 특수한 단위가 실현되지만, 한편 그것은 내부에서 체험된 단위이다. 형식의 구성적 부분을 이루는 작가란 바로 자신의 임무를 완전히 실현하는 총체성처럼 인간의 내부에서 비롯되고 조직된 활동성을 의미한다. 그는 완성에 도달하기 위해서 그 자신을 벗어난 그 무엇도 미리 예상하지 않는다. 작가는 머리에서 발끝까지 인간 그 이상을 의미하지 않는다. 이를테면 리듬을 호흡하는, 움직이는, 보는, 듣는, 기억하는, 사랑하는, 이해하는 작가가 전적으로 필요한 것이다."

《소설 미학과 이론》, 81쪽.

'형식의 구성적 부분'과 같은, 특히 '조직된 활동성'으로서의 작가의 정의는 리듬 개념을 문학 작품의 조직으로 삼는 잠재적인 가능성에 해당된다. 여기서 어려움은 바흐친이 호흡의 생물학적 모델에 리듬 개념(언어적)을 투사한다는 사실에서 발생한다. 때문에 모든 것은 마치 문학성 연구가 언어 활동의 주체적이고 리듬적인 활동성, 그리고 문학 작품의 특수성의 부정과 마찬가지로 이러한 과정의 부정에 의해서 역설적으로 진행되는 것처럼 보이는 것이다.

이는 시에서도 마찬가지이다. 한편으로 시는 개인화 과정과 조직화가 최대한으로 실현된 언어 활동의 실질적 적용처럼 소개된다: "의미심장한 언표를 야기하는 활동성의 감정이 형식의 단위를 매개하는 중심적인 구성 주체가 되는 것은 유일하게 바로 시에서이다."(75쪽) 이를테면 언어 활동은 "시에서 자신의 모든 가능을 드러내는데, 이는 시에서는 시 자체의 요구들이 가장 고조되어 있기 때문이다. 즉 모든 측면은 시에서 극도로 집중되어 있으며, 심지어 시에서는 측면의 한계에까지 이르고 있는 것이다."(60쪽) 그러나 또 다른 한편으로 시는 언어학적 재료의 상태(움직이지 않는)에서, 언어 활동을 추방하면서 언어 활동을 초월하는 것으로 인식되어 있다: "언어 활동에 대해서 매우 까다로운 요구를 하며 *시는 언어학의 대상으로서의 언어 활동보다 언어 활동을 덜 초월하지 않는다.* 시는 예술의 공통된 법칙에서 예외를 만들지 않는다. *예컨대 예술의 재료와의 관계에서 정의된 예술적 창조는 예술에서 초월을 만들어 내는 것이다.*"

이러한 초월은 시로부터——문학성으로부터——언어 활동의 존재에 대한 확신을 만들어 내는 본질화 작업의 과정을 의미한다: "그것은 마치 시가 자기 자체를 초과하면서 언어 활동의 모든 정수들을 표현하는 것과 같은 이치이다."(60쪽) 존재론적인 이러한 관점을 넘어서 언어 활동이 '초과' 될 수 있다라는 사유는 사실상 아무런 의미가 없는데, 왜냐하면 이는 언어 활동이란 오로지 담화들의 구체적인 실행 속에서 연속적인 변화일 때에만 오로지 '언어 활동 자신' 이 되기 때문이다. 언어 활동에 관한 본질주의적 이해는 여기서 언어학과 미학의 분리를 토대로 성립하는 하나의 시학을 결정짓는다: "언어학에서 결정되는 언어 활동은 미학적 대상에 포함되지 않는다."(60쪽)

언어 활동이 "자신의 모든 가능성을 드러내는" 예술적 적용처럼 소개된 시는 사실상 자율성의 주장이 더할나위없는 고립의 용어들 속에 묘사되어 나타나는 미학의 언어학적인(언어 활동적인) 최상급 역할을 수행한다: "시적 장르의 언어 활동은 자신을 넘어서는 그 무엇도 존재하지 않고 필요로 하지도 않는, 유일하고 고립된 프톨레마이오스적인 세계이다. 의미 발생적인 동시에 표현적인 언어적 세계에 관한 대다수의 사유는 시적 문체에는 조직적으로 접근할 수 없다."(108쪽) 여기서 '문체' 에 관한 사유는 형식주의자들에게 있어서 장르에 관한 사유와 마찬가지로 언어 활동의 '기술적인(technique)' 수준——미하일 바흐친에 의하면 재료의 수준, 즉 '언어학의 대상'——과 작품의 예술적 가치를 실현할 미학적 수준 사이의 분리를 조장한다.

문학의 본질화 작업을 언어 활동의 형식화 작업과 상관적인 관계에 놓으면서 미하일 바흐친은 자신이 '형식주의적 방법론'을 전개한 이론가들에게서 단죄했던 그 지점, 예컨대 형식의 자율적인 개념을 강조하는 지점으로 귀결된다. 그러나 한편 이러한 바흐친의 이론적 귀결과 비교해서 미셸 오쿠튀리에가 상기하듯이 러시아 형식주의자들의 작업은 의미와 형식 사이의 분리를 거부했었으며, 이러한 거부는 심지어 "러시아 형식주의자들의 가장 중요한 독트린"[23]에도 해당된다. 형식주의자들이 형식의 개념을 모든 종류의 이원론을 벗어나서 사유하려 시도했다는 사실은 오로지 "외부에서 부과되었으며, 그들이 가리킨 것을 추리고 왜곡한 전망을 그들에게 연루시킬 뿐인" '형식주의'라는 역설적인 이름을 통해서 나타날 뿐인 것이다.

---

23) M. Aucouturier, 《Le Formalisme russe》, PUF, coll. 'Que sais-je?,' 1994, p.3.

III
로만 야콥슨과 시적 기능

　로만 야콥슨의 태도는 현저하게 다르다. 모스크바 언어학파에 이어서 프라하 언어학파의 창시자 중 한 명이었던 그는 문학 연구와 언어 체계의 연구를 서로 떼어 놓지 않았을 뿐만 아니라 "심지어 문학 역사의 본질과 각기 다른 시대 문학들의 독창성이나 가장 명망이 높은 학파들과 대표들에 관한 물음조차" "문학 작품들의 언어학적 토대에 매우 밀접하게 결부되어 있다는 사실이 드러난다"(《대화들》, 10쪽)라고 주장하며, 문학 연구와 언어 체계 연구 사이에 필연성을 창조해 내었다. 이 경우 야콥슨에게 있어서 "언어학적 방법론에 무지하며 언어학적 문제들에 무관심한 문학 전문가와 마찬가지로 시적 기능을 귀기울여 듣지 않는 언어학자는 이제부터는 의심할 여지없이 시대착오적인 사람들"(《일반언어학 에세이》, 248쪽)인 것이다.

　러시아에서 뿐만 아니라 프랑스에서도 마찬가지로 낭만주의 이후부터 작가들에 의해 취해진 언어 활동에 관한 각별한 노력과 주의는 언어학과 문학 사이의 밀접한 관계를 보다 밀접하게 부각시킬 수 있었다. 이처럼 로만 야콥슨에 따를 때, 알렉산드르 블로크(1880-1921)

와 앙드레 벨리(1880-1934)의 작품들 속에서 포착될 수 있었던 "단어에 대한 즉각적이고 새로운 관계들"(《대화들》, 11쪽)은 말라르메 같은 시인에게 있어서는 진정한 이론적 차원에까지 이르게 된다:

> "프랑스 시, 무엇보다도 우선 말라르메의 시는 시적 구조를 정의함에 있어서 나를 매우 힘들고 당황하게 만들었다. 말라르메의 시구들과 시에 관한 아포리즘들은 시적 조직에 관한 가장 근본적인 질문들을 직접적으로 제기하였을 뿐만 아니라, 특히 음성과 의미 사이의 관계에 관한 이론적이고 실질적인 적용의 문제들 앞으로 우리를 인도하였다."
>
> 《대화들》, 11쪽.

언어 체계와 문학 작품 체계 사이의 이러한 상호 작용은 "시는 수사학적인 장식들을 담화에 추가하는 데 놓여 있지 않다"(《일반언어학 에세이》, 248쪽)라는 확신으로 귀결된다. 미학적 추가에 따른 제한과 동떨어져 야콥슨은 "시는 담화와 그것이 무엇이건간에 담화의 모든 구성 요소들의 총체적인 재평가를 연루시킨다"라고 언급한다. 따라서 '시학성' 혹은 시의 특수성은 언어 체계의 변화에 매우 밀접하게 연관되며, 사실상 최상의 역동적인 요인으로 부각되게 된다. 언어학과 시학, 특히 운율학에서 새로운 길과 새로운 가능성을 추구하려는" (《대화들》, 15쪽) 목표를 가지고 1915년 모스크바 언어학파가 창설되었던 것은 바로 이러한 "언어학과 시학 사이의 필연적인 관계의 토대 위에서" 인 것이다.

1. 병행주의, 회귀, 동일성

그러나 한편 이러한 관계 속에서 언어학은 시학을 초월하는 총괄적인 요소로 남게 된다: "언어학이 언어학적 구조들을 총괄하는 과학인 것처럼 시학은 언어학에 통합되는 부분으로 간주될 수 있다."(《일반언어학 에세이》, 210쪽) 따라서 "구조적인 시학"(《대화들》, 116쪽)이 사유되는 것은 바로 구조주의 언어학에서부터이며, 야콥슨은 구조주의 시학을 위해서 소쉬르의 체계 개념에서 그런 것만큼이나 기하학의 논리 속에서 자신의 이론적 도구들을 발견할 것이다: "기하학의 토대인 동시에 문법의 토대인 인간 사유를 추상화하는 힘은 언어 활동 예술의 구체적인 어휘적 재료에다가 기하학적 형상들이나 단어에 간략한 문법적 형상들——특이한 대상들을 '그리는 것'에 만족하는——을 부과한다."(《시학의 물음들》, 228쪽) 체코 혁명가에 대한 분석은 이처럼 "대각선의 형태" "복잡한 수직적 유사성들" 혹은 "수평적"이거나 "블록형" 혹은 "오목형 아치들"이거나 "기하학적 평형"(229-231쪽)을 구체화하는 집합으로 명명된 문법적 관계들에 명확성을 부여한다.

시분석에서 이와 같은 기하학적 모델의 '도입'은 18세기말부터 시학 연구의 장에 도입된 개념을 간접적으로 정당화하는 효력을 발생시킨다. 이 개념이 바로 **병행주의**이다. 야콥슨은 병행주의에서 1865년부터 시의 본질적인 요소로 만들어 내었던 영국 시인 제라드 맨리 홉킨스의 개념을 다시 차용한다: "어쩌면 모든 기교의 형식일 시의 작위적인 부분은 병행주의의 원리로 귀결된다. 시의 구조는 히브리 시와 고전 성가 음악의 기술적 병행주의에서부터 그리스나 이탈리아 혹은 영국 시구의 복합성에 이르기까지 연속적인 병행주의에 의해 특징지어진다."(《일반언어학 에세이》의 235쪽에서 인용된 부분) 병행주의는 이처럼 시의 운율적인 차원뿐만 아니라 문법적이거나 수사학적인 차원도 알려 주는 본질처럼 다루어진다: "병행주의의 거칠거나 밝혀진 종류에 속하는 것은 은유법 · 직유법 · 우의법(寓意法) 등이다. 이들의 효과는 사물들의 닮음에서 드러나며, 대조법 · 대비 등은 상이함에서 드러난다."

시의 조직을 나타내는 도식처럼 "일반화된 병행주의는 필연적으로 다음과 같은 언어의 모든 수준을 활성화시킨다:"(《시학의 물음들》, 271쪽) "단어에 고유하거나 프로조디*에 종속된 변별적 자질(음운학적)" "형태론적이고 통사적인 형식들과 범주들" "어휘적 단위들" "집중되어 있거나 분산되어 있는, 의미론적으로 상이한 층위의 단어들." 이러한 언어학적 구성 요소들은 짝의 위치에 자리하는 바로 그 순간부터 "자율적인 시적 가치를 획득하게 된다."

로만 야콥슨에게 있어서 병행주의는 동일한 것의 언어학적 실현 속에서, 같은 것의 문학적 논리 속에서 시의 특수성을 연구하는 한 경향의 상징처럼 나타난다. 병행주의는 대칭과 반복으로부터 문학성의 근본적인 개념을 만들어 낸다. 이처럼 **대칭**과 유사한 개념인 병행주의는 시의 글쓰기를 조직하는 원리일 뿐만 아니라 시의 미학적인 요소이기도 한 것이다. 따라서 시는 대칭과 비대칭——야콥슨은 "섬세한 역대칭(antisymétrie)"에 관해 언급한다.(《대화들》, 115쪽)——이 가치의 생산자들인 이항 대립적인 한 체계에 의해 지배된다. 야콥슨은 "시인은 대칭을 지향하며, 하나의 이항 대립의 원리에 기초한 완벽하게 명료하고 반복에 민감하며 단순한 대칭 모델들에 집착하거나, 혹은 시인이 '아름다운 무질서'를 추구할 때는 이와 반대되는 방식을 취한다"(《일반언어학 에세이》, 227쪽)라고 언급한다.

이와 마찬가지로 동일성의 원리는 문법적 반복 현상들에 가장 중요한 역할을 부여한다: "주목을 끌 만한 동일한 문법적 개념의 모든 회귀는 효율적인 시적 기법이 된다."(《시학의 물음들》, 225쪽) 기법의 '효율성'은 시의 특수성을 제시하며 "동일한 음성적 형상의 회귀"[24]를 흉내낸 "동일한 문법적 형상의 반복"이 "시작품의 구성적 원리의 반열에 오르게끔"(《시학의 물음들》, 222쪽) 만든다. 우리는 여기서 전적으로 러시아 형식주의자들에 의해 전개되었던 "기법들의 노출"의 논리에 놓이게 된다.[이 책의 373쪽을 볼 것] 반복이란 따라서 언어 활동에서 형식을 각인시키는 기법 중 하나인 것이다. 예컨대 하나의 단어나 하나의 정식이 담화에서 얼마간 규칙적으로 반복될 때 포착된 것은 다름 아닌 바로 반복된 요소와 회귀 자체의 절차 사이의 불가분성인 것이다.

야콥슨 이론의 이러한 측면은 《일반언어학 에세이》의 프랑스어 번역자인 니콜라 뤼에를 그대로 흉내내어 반복이 "음악적 언어 활동과 시적 언어 활동의 근본적인 속성"(《언어 활동, 음악, 시》, 10쪽)이라 고려하는 연구가들에 의해 시적 언어 활동의 주요 원리로 승격된다. 자신의 연구 〈병행주의와 일탈〉(1975년)에서 니콜라 뤼에는 야콥슨의 등

---

24) 홉킨스는 시구를 "동일한 음성적 형상을 전적으로 혹은 부분적으로 반복하는 담화"로 정의한 바 있다. G. M. Hopkins, 《The Journals and Papers》, 1959.

가 원칙을 다시 작성하면서, "우리가 자주 시적 텍스트 속에서 인정하였던 상당수에 이르는 이탈이나 일탈들"을 이해하기 위해서 "평범한 원리에다가 단순하게 중첩시키는 대신에 시에서 병행주의로 그것들을 대치할 것"(《언어 활동, 담화, 사회》, 317쪽)을 다음과 같이 제안한다: "미국 시인 에드워드 에스틀린 커밍스는 끊임없이, 그리고 다량으로 영어 통사에서 모든 종류의 보다 안정적으로 설립된 규칙들을 위반한다. 커밍스는 시들이 풍부한 등가 구조들, 특히 시들이 통사적이고 체계적인 병행주의를 소개하는 정도에 따라서 이러한 작업을 수행할 수 있었다."[25]

이러한 논리는 병행주의 원칙에 벗어나는 작품들을 시 작품에서 제거하기에 이른다: "시학 이론이 병행주의의 핵심적인 역할을 수행하게 하기 때문에 나는 현대 시의 몇몇 유형을 제거하는 데에 불편함을 느끼지 않을 것이다. […] 오히려 나는 이러한 제거를 통해 이론이 강화되는 것을 목격할 것이다."(〈병행주의…〉, 《일반언어학 에세이》, 349쪽) 결과적으로 병행주의는 심지어 시학성의 원리가 되며, 부재가 시적 대용품을 알리는 하나의 형식인 동시에 하나의 가치가 된다. 이를테면 "현대시들이 오로지 이름이나 인쇄상의 배열에 의해서만 시일 뿐"(〈언어학과 시학〉, 《일반언어학 에세이》, 13쪽)이라는 판단은 사회학적으로 '현대성의 위기'를 나타내는 징후처럼 여겨지는 것이다.

---

25) N. Ruwet, 〈Linguistique et poétique. Une brève introduction〉, in 《Le Français moderne》, janvier 1981, p.13.

2. 시적 기능

동일성의 원리를 시적 담화의 조직처럼 진행시키는 이러한 작업은, 야콥슨에 따를 때 언어 활동의 근본적인 여섯 가지 기능 중에서 하나를 구성하는 **시적 기능** 개념 속에서 확장된다. 이 이론에 의하면, 정보 이론의 모델에 따라 구성된 언어 의사 소통이란 *발신자*(destinateur)가 *문맥*(contexte)을 참조하고, 두 대화자 사이의 물리적이고 심리적인 *접촉*(contact)을 필요로 하면서 *수신자*(destinataire)를 향해서 언어 코드에 의해서 구조화된 하나의 *메시지*(message)를 보낸다는 사유에 기초한다. 이러한 요소들의 각각은 서로 상이한 언어학적 기능을 생성한다. 이를테면 발신자는 *표현적*(혹은 감정의) 기능을, 수신자는 *능동적*(혹은 인지적) 기능을, 문맥은 *지시적*(혹은 외연적) 기능을, 의사 소통의 통로(canal)는 *친교적*(혹은 접촉의) 기능을, 코드는 *메타언어적* 기능을, 메시지는 *시적* 기능을 만들어 낸다.

모든 종류의 담화에서 나타나지만 시적 담화 속에서 우월하게 나타나는 시적 기능[26]은 "그 자체로서 메시지의 조준이자 자신에게 고유하게 강조된 메시지"(《일반언어학 에세이》, 218쪽)처럼 정의된다. 스스로를 고유한 목적으로 여기기는 담화들을 특징짓는 이러한 속성은 일반적으로 **자기 목적성**(autotélisme: 그리스어의 telos는 목적·끝을 의미한다)이라 이름 붙여졌다. 언어 기호들을 의미 생산이나 세계의 지칭

---

26) 언어 활동의 다른 기능에 관한 기술에 관해서는 《일반언어학 에세이》의 제11장, 213에서 218쪽을 참조할 것.

(문맥) 속에서 추상화시키는 대신 야콥슨이 "만질 수 있는 측면"이라 불렀던 것을 명확하게 하는 것은, 예를 들어 바로 모든 담화의 말놀이나 동음이의어를 이용한 말놀이의 경우이다.

따라서 시적 기능은 "명명된 대상의 단순한 대치나 감정의 폭발로서가 아니라 단어 자체로 느껴진 단어"(《시학의 물음들》, 124쪽)를 표출시킨다. 여기서 문제를 삼은 것은 바로 세계나 심리적 개인성의 기호를 언어 활동으로부터 만들어 내는 언어 활동의 도구성, 언어 활동에 대한 매개적인 이해인 것이다. 시적 기능이 드러내는 것은 "단어들과 단어들의 통사, 단어들의 의미 작용, 단어들의 외적·내적 형식이 현실에 대한 무관심한 지표가 아니라 자신의 고유한 무게와 가치를 소유하고 있다는 사실"이다.

예를 들어 "아이 라이크 아이크(I like Ike)" 같은 슬로건 속에서 시적 기능을 표출하는 것은 음성적 반복[ajlajlajk]이며, 이러한 음성적 반복은 "선거 운동 양식의 무게와 효율성"을 강화하는 효과를 지니고 있다. **유음 중첩 현상**(paronomase)이라는 수사학의 문채 중 하나의 이름을 따라서 지시된 이러한 분석을 통해 야콥슨은 언어 활동에서 의미 작용의 특이한 작동 기능을 확신하기에 이른다. 고전주의 시대의 협약집에서 유음 중첩 현상은 동일한 문장에서 "음성이 거의 동일하지만 의미는 전적으로 상이한 단어들을 결속시키는"(퐁타니에, 《담화의 문채들》, 347쪽) 문채로 정의된 바 있다. 로만 야콥슨에 의해 언어 활동의 작동 기능처럼 승격된 유음 중첩 현상은 따라서 음운론적인 유사성이 의미론적 공통점처럼 느껴지는 모든 현상을 지칭한다. 유음 중첩 현상에 대한 예로 우리는 "계란을 훔친 자가 소를 훔친다(qui vole un œuf vole un bœuf)"와 같은 속담의 예를 들 수 있다. 여기서 '계란-소(œuf-bœuf)[외프-뵈프]' 사이의 유음 중첩 현상은 경범죄를 포함하고 있지 않은 일종의 도덕률을 음성적으로 실현하는데, 그 까닭은 '계란(œuf)[외프]'이 '소(bœuf)[뵈프]'의 음성적 어간처럼 느껴져 의미론적 인과성의 관계가 이 두 용어 사이에서 전제되기 때문이다.

로만 야콥슨은 유음 중첩 현상과 시적 담화 사이의 본질적인 관계를 다음과 같이 제기한다: "시에서 음성에 속한 모든 유사성은 의미 속에서 유사성과(이나) 상이성으로 평가된다."(《일반언어학 에세이》, 239쪽) 이처럼 시는 "음성과 의미의 잠재적 관계가 표출되며, 가장 만질 수 있으며 또한 가장 집중적인 방식으로 발현되는"(241쪽) 특이한 언어 활동의 장소처럼 나타난다. 정형시에서 가장 많이 언급되는 예는 바로 각운이다. 왜냐하면 각운에서는 동음으로 끝나는 단어들을 한 쌍이 되게끔 만드는 체계가, 의미의 또 다른 과정에 의해 '짧게 순환되어' 나타나는 논리적 구조화 작업의 통사적 시퀀스를 넘어서, 이러한 단어들을 의미론적인 동질성의 관계로 변화시키기 때문이다. 따라서 각운은 유리 티니아노프의 표현에 따르자면 "의미론적 수단"(《시구 그 자체》, 145쪽)의 형태를 만들어 낸다.

사실상 음소의 차원에서 유음 중첩 현상은 "조합축 위에다가 선택축의 동등성의 원칙"(《일반언어학 에세이》, 220쪽)의 투사에 놓여 있는 시적 기능의 근본적인 원리의 발현이다. 이러한 정의는 시적 기능이 통사적 조합에 내재된 의미 생산 체계를 언어학적 연쇄의 요소들이 상호간에 더 이상 논리적 서열이 아닌 동등성과 유사성의 관계를 유지하는 또 다른 체계로 대치한다는 것을 의미한다. 때문에 "유사성이 인접성에 중첩된 하나의 시퀀스 속에서 이웃한 서로 닮은 두 음소의 연속은 유음 중첩적인 기능을 실행하는 데 적당한 무엇이 된다." (239쪽) 로만 야콥슨에 따를 때, "인접성 위로 중첩된 유사성"의 이러한 원리는 시의 특수성을 사유하는 데 있어서 본질적인 무엇인데, 그것은 이러한 원리가 "상징적이고 복잡하며 다의적인 자신의 본성"을 시적 담화에 위임하기 때문이다. 이러한 다의성은 따라서 긍정적 자질로 변한 의미론적 모호성과 시적 기능에 의해 지배된 담화의 특성을 야기한다: "모호성은 자신에게 집중된 모든 메시지의 침해할 수 없으며 내부적인 속성이다." 이러한 사유는 "예술의 일반적인 *규칙*으로서 모호함과 감소 현상"(《문학 이론》, 96쪽)을 언급한 빅토르 슈클로프스키의 사유와 매우 근접해 있다.[이 책의 372쪽을 참조할 것]

로만 야콥슨의 언어 활동 이론에서 시적 기능은 유일하게 시적 담론으로만 축소된 것이 아닌, 다시 말해서 "넓은 의미에서의"(《일반언어학 에세이》, 222쪽) 시학의 중심 대상을 이룬다: "시학은 […] 언어 활동의 또 다른 기능들에 비해서 이러한 시적 기능이 주요하게 작동하는 시에서 뿐만 아니라 하나 혹은 또 다른 기능이 시적 기능을 능가하는, 시를 벗어난 곳에 전념한다." 이런 의미에서 볼 때, 담화들의 내부에 있는 여섯 가지 기능의 위계적인 조직은 시적 기능의 최대한의 실현으로 정의될 시적 담화에서 하나의 유형을 제기할 수 있다: "시적 기능이 지배적인 영향력을 행사하는 시학성이 문학 작품에서 나타날 때, 우리는 시를 언급한다."(《시학의 물음들》, 124쪽) 더구나 시적 담화와 시적 기능 사이의 동일시 현상은 시에서 출발하여 반대 의미에서도 작동한다: "시를 지배하는 것은 유사성의 원칙이다. 다시 말해서 시구의 운율적인 병행주의와 각운들의 음성적 동등성은 의미론적

인 유사와 대조의 문제를 제기한다."(《일반언어학 에세이》, 66-67쪽)

시학과 시적 기능의 관계들은 로만 야콥슨에 따른 문학성의 이해에 있어서 주요 관건을 구축한다. 시학과 시적 기능의 관계들은 어찌되었건, 시학에 관한 두 가지 정의의 병렬을 의미 있는 것으로 만든다. 우리가 방금 언급한 첫번째 정의는 시학을 "언어 활동의 다른 기능들과의 관계 속에서 시적 기능을 다루는 언어학의 부분"(《일반언어학 에세이》, 222쪽)처럼 묘사하며, 《일반언어학 에세이》의 〈언어학과 시학〉 챕터의 도입부를 장식하는 두번째 정의는 다음과 같은 문제를 제기한다: "시학의 목적은 무엇보다도 우선 다음과 같은 질문에 대답하는 것이다: 예술 작품에서 언어적 메시지를 만들어 내는 것은 과연 무엇인가?"(210쪽)

3. 시학성과 기호학

로만 야콥슨이 '자율성'을 확신하면서 미학적 기능과의 관계―― "시, 그것은 자신의 미학적 기능 속에서의 언어 활동이다."(《시학의 물음들》, 15쪽)――에서 파악했던 문제의 핵심은 문학 작품들과 "예술 작품들의 가치"에 관한 것이었다. 이처럼 '시 개념의 내용물'은 불완전한데, 이는 그것이 시대에 따라 다양하게 변하기 때문이다. 그러나 이에 비해서 야콥슨이 '시학성'이라 명명한 시적 기능은 언어 활동의 구성적 요소, "독특한(sui generis) 요소, 우리가 기계적으로 다른 요소들로 환원할 수 없는 요소"(123쪽)처럼 나타난다. 비록 미학을 언급하고 있지만, 시학성은 그렇다고 해서 장식적이거나 불필요한 여분처럼

기능하는 것은 아닌데, 이는 시학성이 인간 그룹의 조직 속에서 시에게 결정적인 역할을 일임하기 때문이다:

"사회적 가치들의 집합 속에서 시 작품은 우세하거나, 또 다른 가치들을 앗아가는 것이 아니라 끊임없이 자신의 목표를 향하고 있는 이데올로기를 근본적으로 조직하는 힘을 의미한다. 우리를 자동화로부터 보호해 주는 것은 바로 시이며, 사랑과 증오, 반란과 화해, 믿음과 부정에 대한 우리들의 표현을 위협하는 녹슨 것으로부터 우리를 보호해 주는 것이 바로 시인 것이다."

《시학의 물음들》, 124-125쪽.

러시아 형식주의자들로부터 계승받은 이데올로기에 생산적이자 비판적인 시에 관한 이러한 이해는 시학의 임무가 진지한 기획이라는 사유를 제기한다. 시학에 대한 이러한 탐구가 "목록으로 남겨진 기법들과 마주하여 한 편의 시 작품이 어떻게 이러한 기법들을 활용하는지, 새로운 결말에 이르러 어떻게 이러한 목록들에게 새로운 기능을 토대로 새로운 가치를 부여하는지"(《시학의 물음들》, 231쪽)라고 자문하게끔 시를 유도하기 때문에 시학은 언어과학에 토대를 두게 된다. 예컨대 이러한 언어과학은 해석가들이 검열가임을 자임하게끔, 문학 작품의 내적인 미의 묘사를 주관적인 판결에 의해 대치하게끔 유도하는"(211쪽) 경험적* 활동성을 바탕으로 한 문학 비평으로부터 오히려 시학을 구분하게 만드는 무엇인 것이다.

문학성의 접근을 전적으로 문학 텍스트의 특수성처럼 목표하는 로만 야콥슨의 시학은, 기호학의 논리 속에서 시적 담화의 이론처럼 기

록된다: "상당수의 시적 변별 요소들은 언어과학뿐만이 아니라 기호이론의 총체, 달리 말해서 일반기호론(혹은 기호학)의 총체를 드러낸다."(210쪽) 이런 의미에서 볼 때 "문학 작품을 그 자체로 구성하는 요소"[27]인 문학성은 "작품을 조직하며"(46쪽) "전적으로 시적 기호 자신을 향한, 기호들의 체계를 향한 하나의 경향"(45쪽)처럼 나타난다. 한편 이러한 이론적 행보가 모순되어 보이는 까닭은 기호 모델이 하나의 보편적인 모델이기 때문이며, 모든 기호학은 원칙적으로 범-기호학을 의미하기 때문이다: "기호학의 틀 속으로 편입되는 기호 장르에 관한 물음에는 오로지 하나의 답밖에 존재하지 않는다. 만약 기호학이 기호학이라는 용어의 어원이 제안하는 것처럼 기호들의 과학을 의미한다면, 기호학은 그 어떤 기호도 배척하지 않는다는 사실을 전제한다는 것이다."(《대화들》, 152쪽) 다시 말해서 기호의 사상은 언어적인 생산물에 특성을 부여하는 것과는 동떨어져서, 회화나 문학 혹은 도로 표지판을 대상으로 삼는 의미의 모든 실질적 적용을 경유한다: "언어학의 수많은 문제들은 [···] 언어 체계의 한계들을 초과하며, 상이한 기호 체계들에 공통되이 나타난다. 우리는 심지어 교통 신호들의 문법에 관해서조차 언급할 수 있다."(《일반언어학 에세이》, 230쪽)

상이한 기호 체계들의 비교는 여러 사람들 중에서도 특히 로만 야콥슨 · 장 무카로프스키 · 니콜라이 세르게예비치 트루베츠코이가 결집했던 프라하 언어학파의 주요 논쟁의 주제 가운데 하나였다. 예를 들어서 프라하 학파에서는 "예술의 다양한 형식들 사이, 특히 회화의 요소로서의 회화적 기호와 언어의 요소로서의 언어 기호 사이의 장소

---

27) R. Jakobson, 《Russie, Folie, Poésie》, Seuil, 1986, p.45.

와 차이의 문제"(《대화들》, 148쪽) 같은 주제가 취급되었다. 더구나 '미학적 기능' 개념을 모든 학문에서 일반화된 기능처럼 조망하는 이러한 연구는 하나의 *기호학*을 언어학이 한 부분을 구축하는 "사회적 삶의 한복판에서 기호들의 삶을 연구하는 과학"[28]으로 파악할 수 있는 가능성에 대해 고찰했던 소쉬르의 영향력을 증명하는 것이다.

---

28) F. de Saussure, 《Cours de linguistique générale》, Payot, 1975, p.33.

IV
앙리 메쇼닉의 리듬 이론

《시학을 위하여》가 출간된 1970년대부터 앙리 메쇼닉은 신-수사학과 기호학과 마찬가지로 구조주의에서 비롯된 개념들을 비판하는 ──메쇼닉에 의하면 "역사성, 가치, 주체" 이 세 가지에 대한 "완벽한 실패"[29]는 전적으로 구조주의 책임이다──문학 이론을 고안한다. 앙리 메쇼닉의 방법론은 언어학의 목표인 언어 활동 이론과 시학의 목표인 문학 이론 사이의 연대에 토대를 두고 있으며, 특히 페르디낭 드 소쉬르와 에밀 벤베니스트의 작업에 그 뿌리를 두고 있다.

그러나 언어 활동과 문학에 관한 이러한 이론적 작업의 진정한 관건은 《리듬 비평: 언어 활동의 역사적 인류학》(1982년)이나 《각운과 삶》(1989년) 같은 작품들의 제목에서 이미 나타난다. 다시 말해서 앙리 메쇼닉의 시학에서 문학적 특수성에 관한 연구는 곧 우리가 살펴볼 리듬 개념의 이론화를 경유하는 인류학적* 특수성 연구의 한 측면에 해당되는 것이다: "언어 활동과 역사, 그리고 주체 사이의 상호 관

---

29) H. Meschonnic, 《La Rime et la vie》, Verdier, 1989, p.110.

계의 필연성에 의해 시학은 리듬을 주된 요소로 인식하면서 언어 활동의 역사적 인류학에 관한 연구를 하게끔 야기한다."[30]

시학 속으로 인류학의 통합과 이 양자의 관계지음은 따라서 구조주의가 양립 불가능하게 만들어 놓은 언어 활동 이론과 삶의 이론, 이 양자의 접근을 정당화한다: "만약 언어 활동이 오로지 주체들에 의해서, 그리고 주체들 사이에서만 일어난다면 언어 활동은 삶 속에 존재한다. 언어 활동에 관한 언어 활동 중의 하나인 시 역시 삶 속에 존재하기는 마찬가지이다."(《각운과 삶》, 211쪽) 앙리 메쇼닉이 "모든 주체와 사회적인 것에 관한 이론이 펼쳐지는 곳"처럼 간주하며 시학을 "언어 활동과 역사, 그리고 문학 사이의 상호적인 연관성에 관한 연구"(《시학의 현황들》, 20쪽)로 정의하는 것은 바로 이 때문이다.

1. 소쉬르의 유산

소쉬르의 언어학에서 앙리 메쇼닉은 우선 네 가지 개념에서부터 형식주의적——용어 자체에 제한된 의미에서——이지도 미학적이지도 않은 언어 활동의 일반 이론을 거친 문학적 특수성을 사유하기에 이른다. 소쉬르의 새로움을 랑그와 파롤, 공시태와 통시태, 연합체와 통합체라는 개념적 짝패의 계열들로 축소한 구조주의가 《일반언어학 강의》에서 감행했던 독서의 행태를 전적으로 고발하면서, 앙리 메쇼닉은 소쉬르에게 있어서 *가치*(valeur)(의미가 아니라), *체계*(système)(단어의

---

30) H. Meschonnic, 《Les États de la poétique》, PUF, 1985, p.8.

어원 연구 속에 포괄된 분류 목록이 아니라), *작동 기능*(fonctionnement) (기원이 아니라), 기호의 *극단적인 자의성*(radicalement arbitraire)(자연 과 협약 사이의 대립이 아니라)[31]의 우월성을 인정하는 것이 매우 중요 하다고 강조한다. 또한 메쇼닉은 이러한 네 가지 개념(가치, 체계, 작 동 기능, 극단적인 자의성)이 상호 의존적이라는 점을 강조한다. 예컨 대 메쇼닉에 의하면 이 네 가지 개념은 "소쉬르가 정식화하지는 않았 지만 가능하게끔 만들었던 담화의 우월성이라는 가설의 전부를 규정 하는" 것이다.

만약 **담화** 개념이 《일반언어학 강의》에서 전개되었던 개념이 아니 라고 한다면, 이 담화 개념은 이와는 반대로 아나그람에 관한 소쉬르 연구의 토대에 해당된다.[이 책의 361쪽을 참조할 것] 이러한 사실은 담화 개념이 소쉬르의 언어 활동 이론에 결코 낯선 것은 아니었다는 점을 증명한다. 아나그람에 관한 연구는 "이 연구가 시학을 위해 촉 발시키는 물음들과 더불어, 비록 소쉬르 자신은 그것을 정식화하지는 않았지만 전체의 이론적 기능에 통합된다."[32] 사실상 모든 것은 특히 앞서 인용된 네 가지 관점을 발전시키면서 《일반언어학 강의》의 언어 학적 고찰이, 시의 작업이 오로지 경험을 만들어 낼 수 있는 담화에 관한 사유에 이론적인 토대를 제공해 준 것처럼 진행된다.

앙리 메쇼닉에게 있어서 "소쉬르가 가치의 개념을 고안한 것"은, 시 니피앙이 "의미의 담지자로 환원되어" 자리하는 시니피앙과 시니피에

---

31) H. Meschonnic, 《Critique du rythme》, Verdier, 1982, p.29.
32) H. Meschonnic, 《Le Signe et le poème》, Gallimard, 1975, p.208.

의 이질성에 기초한 기호 이론에서 *시니피에*와 동일시된 "의미 작용의 자리를 차지한" "새로운 개념"이 바로 《일반언어학 강의》에서 관건으로 부각되었다는 의미에서이다. 소쉬르는 이러한 "새로운 개념"을 자율적인 존재가 아니기 때문에 그 단위들을 의미가 아니라 가치를 상징하는 *체계* 개념과 관련되어 정의한 바 있다. 가치들은 "자신들의 내용에 의해서 긍정적으로 정의되는 것이 아니라, 체계의 또 다른 용어들과 함께 자신들의 관계에 의해서 부정적으로 정의된다. 가치들의 보다 정확한 특성은 다른 단위들이 존재하지 않는 곳에서 존재하는 것이다."(《일반언어학 강의》, 162쪽) 체계의 단위들은 상호 의존적이기 때문에 자신들이 구성하는 전체에 선행할 수 없으며, 따라서 이러한 전체로부터 고립될 수도 없다. "용어들에 의해서 시작할 수 있다거나 용어들로부터 합계를 만들어 내며 체계를 구축한다고 우리가 생각할 수 있지만, 이와는 정반대로 분석을 통해서 체계가 가두고 있는 요소들을 획득하기 위해서 우리가 출발해야 하는 것은 바로 연대적인 모든 것에서부터이다"라고 소쉬르는 언급한다. 바로 이러한 이유 때문에 "우리는 체계로부터 의미가 아니라 가치에 관한 사유에 이르게 되는"[33] 것이다.

시니피앙을 시니피에에 결합된 이항적 단위로 파악하는 기호 개념에 체계와 가치 개념을 통해 이의를 제기하면서 앙리 메쇼닉은 언어 활동에서 의미 작용의 기능을 해명하기 위해서 단 하나의 **시니피앙** 개

---

33) R. Godel, 《Les Sources manuscrits du cours de linguistique générale de F. de Saussure》, Genève, Droz, 1969, 앙리 메쇼닉의 저서 《기호와 시》(Gallimard, 1975) 216쪽에서 인용된 구절.

념──**시니피앙스***의 생산자──을 제안한다. 앙리 메쇼닉에 의하면 이 시니피앙은 "시니피에(의미하다) 동사의 3인칭 현재 분사형으로서, 자신에게 고유한 언어 활동에 주체적이고 문화적인 주체의 연속성"(《각운과 삶》, 49쪽)처럼 이해된다. 따라서 분석은 "억양, 음운론, 통사(단어들의 질서), 담화의 조직 등등 모든 언어학적 수준에서 담화로서의 언어 활동의 재현적인 기능"을 포착하는 방향으로 향한다. 결국 메쇼닉에 따르면 "하나의 시니피에에 대립되는 하나의 시니피앙은 더 이상 존재하지 않으며, 대신에 사방에서 의미를 만들어 내는 다수의, 구조적인 단 하나의 시니피앙, 끊임없이 만들어지고 해체되고 있는 중인 하나의 시니피앙스(시니피앙에 의해서 생산된 의미 작용)"(《기호와 시》, 512쪽)가 존재하는 것이다.

따라서 **시니피앙스***는 다음과 같이 문학적 특수성의 주요 요소가 된다: "글쓰기, 시는 이러한 시니피앙스의 양태들이다. 이들의 특수성의 하나는 자신에 의한 이러한 시니피앙스의 변환이며, 문화에 관한 특이한 영향을 행사하는 무엇이다." *양태*라는 용어들 속에서 사유된 문학성은 비문학적 담화들과의 결별을 전제하는 것이 아니라, 언어 활동의 모든 행동 속에서 나타나는 시니피앙스의 특수한 활동성을 전제한다. 이것은 고유한 수단과 함께, 그리고 고유한 관건들에 의해 '일상적' 담화를 다루고 있는 정신분석학의 작업이 드러내는 것이기도 하다.

기호의 자의성 개념은 언어 활동 이론과 문학 이론에서 절대적인 영향력을 지니고 있다. 언어 기호의 *시니피앙과 시니피에* 사이의 논리적이거나 자연적인 관계가 부재한다는 사실을 정의하기 위해서 《일반언어학 강의》(110-102쪽)에서 이론화된 기호의 자의성 개념(에밀 벤베니스트는 《일반언어학의 제 문제들 I》의 51쪽에서 자의성보다는 오히려 필연성의(récessité) 관계를 언급하기를 선호한다)은 이 개념이 언어 활동과 세계와의 관계를 가리킬 때 중요성을 드러낸다. 보다 정확히 말해서 "세계의 질서와의 관계 속에 놓여진 언어 활동의 특수성"의 의미에서, 특히 언어 활동에 의해서 세계를 "모방하는 것은 아니다"(《기호와 시》, 514쪽)라는 의미에서 앙리 메쇼닉은 이 개념을 언어 활동의 **역사성*** 개념을 구축하기 위해 취한다: "자의성과 역사성은 구조적으로 연관되어 있다."(219쪽) 특히 메쇼닉은 이러한 생각이 《일반언어학 강의》의 다음 구절에서처럼 우리가 소쉬르의 언어철학이라고 부르는 무엇 속에서 이미 근본적이었다는 사실을 드러낸다: "사실상 그 어떤 사회도 언어를 그 자체로 취하기보다는 앞선 세대들로부터 계승된 생산물로밖에는 인식하지 않으며, 인식하지 않았었다. 바로 이러한 까닭에 언어 체계의 기원에 관한 물음은 우리가 일반적으로 인정한 것만큼 중요성을 갖고 있지 않다. 이러한 문제는 심지어 제기할 필요조차 없는 문제에 해당된다."(105쪽)

만약 언어 체계의 기원에 관한 물음이 제기될 필요조차 없는 물음이라고 한다면, 그것은 언어학적으로 이러한 물음이 제기되지 않기 때문이며, 언어 활동은 담화들이 실현되는 그 순간 끊임없이 고안되고 있기 때문이다. 따라서 언어 활동의 토대를 마련하고 언어 활동을 "착수하는" 것은 언어 활동의 실질적 적용과 언어 활동 자신의 작동 기능 그 자체인 것이다: "체계와 작동 기능은 기원에 대한 형이상학적인 물음을 무효화하며, 소쉬르 언어학을 구축한다."(《기호와 시》, 219쪽) 메쇼닉의 이러한 지적은 언어 활동이 자신의 기원을 만들어 내는 것은 다름 아닌 바로 매번의 파롤의 재개를 통해서라는 사실을 의미한다: "삶과 언어 활동을 특징적으로 구분할 그 어떤 기원의 순간도 존재하지 않는다. 근본적인 것은 삶에 포괄되어 있다."[34] 언어 활동과 역사가 상호적으로 연관된 관계처럼 나타나는 것은 바로 이러한 의미에서이다. 에밀 벤베니스트는 언어 활동의 역사성은 "오로지 담화 속에서, 그리고 담화에 의해서" 실현될 뿐이라는 사실을 드러내며 매우 간략하게 이러한 사실을 언급할 것이다: "인생의 매일매일 누군가에게 '안녕하세요'라고 건네는 말은 매순간 재발명을 의미한다."(《일반 언어학의 제 문제들 II》, 19쪽)

앙리 메쇼닉의 시학에 있어서, 소쉬르 언어 활동 이론의 중요성과 효율성은 시학의 구조주의적 이해를 비판하면서 검증된다. 따라서 메쇼닉에게 구조 개념은 **체계**와 **가치** 개념과 서로 모순되는 개념처럼 나타난다:

"시학은 가치에 관한 이론이다. 가치 없이는 특수성도 역사성도 존재하지 않는다. 언어 활동의 남용, 아니 오히려 불충분함은 구조주의 시학을 믿게끔 만들었다. *시학과 구조*라는 두 가지 용어는 서로 어울리지 않는 개념이다. 이러한 혼동은 *구조와 체계* 사이를 동일하게 파악한 구조주의자들에게서 발생한다."

《각운과 삶》, 286쪽.

---

34) R. Godel, 《Les Sources manuscrits du cours de linguistique générale de F. de Saussure》, Genève, Droz, 1969, 49쪽.

2. 에밀 벤베니스트: 기호에 반대되는 리듬

앙리 메쇼닉에 의하면, 언어 활동에 고유한 의미 작용의 양태에 관한 연구는 기호학의 관점을 무효화한다. 이는 "기호학이 언어 활동의 과학을 뛰어넘으며 기호의 보편성과 언어 활동의 투명성을 전제하는 하나의 담론"(《기호와 시》, 232쪽)이기 때문이다. 다시 말해서 언어 활동을 의미하는 특수성이 기호학에서는 부재하는데, 이는 기호가 언어 활동을 무릅쓰고도(malgré), 혹은 적어도 언어 활동의 특수성이 회화에서나 음악에서 마찬가지로 훌륭하게 작동하는 하나의 논리에 장애물이 된다는 사실을 모른 채 의미하기 때문이다. 기호학에 따를 때, 세계는 의미 작용의 모든 형식들 속에서 기호의 도식을 다시 발견하는 범-기호학의 대상이 된다.[이 책의 277-278쪽을 참조할 것] 이러한 지적은 "다양한 기호학적 적용들을 동일하고 미리 전제된 하나의 단위의 용법들에 동일시하는" 코드 변환(transcodage) 개념이 심지어 언어 활동의 한복판에서 이러한 적용들의 특수성을 인식하지 못한다는 사실을 설명해 준다. 만약에 "오로지 '언어적 수준들,' 상이한 '코드들' 만이 존재할 뿐이라면" 과연 어떻게 문학적 특수성에 관해서 사유할 수 있는가? 앙리 메쇼닉에게 있어서 "이러한 논리가 지니는 타당성의 한계는 문학이 착수하는 곳에서 인식되기 시작한다."

이러한 앙리 메쇼닉의 지적은 다음과 같은 질문을 던지게끔 만든다: "만약 랑그가 기호들에서 만들어지고, 만약 시가 랑그 속에서 형성된다고 인정한다면, 시는 과연 기호들과 함께 형성되고 마는가?"(238쪽) 문학은 '사용된' 랑그가 아니라──특이한 관점, 예를 들어 미학적 관점에서——랑그에서 출발하여 코드 변환 개념의 타당성을 모두 제거하는 하나의 *변형*(transformation)을 실행한다고 전제하면서, 앙리 메쇼닉은 문학적 특수성의 연구로서의 시학은 "기호의 단위, 그리고 우월성을 의미하는 기호학의 근본적인 전제에 이의를 제기한다"고 설명한다. 실질적 적용들의 특이한 특성과 독립된 채 작동하는 기호는 "역사적인 것에 비해 우주적인 것이 우월하다는"(241쪽) 사실을 확신하며, 이와 마찬가지로 기호가 분석을 대상으로 삼는 역사적 현실과도 독립된 채 작동한다.

의미론(넓은 의미에서 볼 때 의미 작용을 다루는 학문을 뜻하는)의 실제 현황을 고찰하면서, 앙리 메쇼닉은 거기서 "끊임없이 초월성과 우주적인 것을 향하고" "기호에서 하나의 질서를 만들어 내는"(247쪽) 기호학의 영향력을 찾아낸다. 그리고 바로 이러한 지점에서, 기호학과 의미론의 변증법적인* 관계에 기초하여 "최초로 의미론에 관한 이론을 계획한" 에밀 벤베니스트의 작업이 지니는 중요성이 발생한다.

〈랑그의 기호학〉(1969년) 연구에서 에밀 벤베니스트는 "의미의 두 가지 분야, 혹은 두 가지 양태"[35]를 서로 구분한다. 이처럼 벤베니스트는 "랑그의 속성처럼 특징지어지는" 의미 작용의 "기호학적 방식"과 "랑그에 행동을 부여하는 화자의 활동성"에서 비롯된 "의미론적 방식"(《제 문제들 II》, 225쪽)을 따로 구분한다. 기호학 개념은 기호들로

---

35) É. Benveniste, 《Problèmes de linguistique générale II》, Gallimard, 1974, coll. 'Tel,' p.21. 벤베니스트의 위 저서 1권과 2권을 지금부터 각각 《제 문제들 I》, 《제 문제들 II》로 축약해서 표기하기로 한다. 벤베니스트 이론에 관해 보다 심도 있는 분석은 G. Dessons, 《Émile Benveniste》, Bertrand-Lacoste, 1993을 참조할 것.

구성된 랑그의 체계에 연루되는 반면에, 의미론 개념은 "사용과 행동상의 랑그의 영역으로 우리를 안내한다." 다시 말해서 "의미론 개념은 랑그 속에서 정보를 전달하고 경험을 통지하면서, 참여를 부여하고 해답을 불러일으키면서, 간청하고 제한하는 등, 간략히 말해 인간의 모든 삶을 조직하면서, 인간과 인간, 인간과 세계, 정신과 사물 사이를 매개하는 기능을 이해하도록 우리를 안내하는 것이다."(224쪽)

'사용'에 관한 사유는 다음과 같이 주체적인 차원을 연루시킨다. 언어 활동은 오로지 "각각의 화자가 자신의 담화 속에서 *나*(je, 주체)처럼 자기 자신을 향해 되돌아오면서 *주체*로서 제기되기 때문에 가능할 뿐이다."(《제 문제들 I》, 260쪽) 이러한 관점에서부터 "언어 활동은 의사 소통에 사용되기 훨씬 이전에 *살아가는 데* 소용된다"(《제 문제들 II》, 217쪽)라는 주장이 생겨난다. 여기서 우리는 언어 활동의 인류학의 토대를 촉발시키는 이러한 언어학 이론을 보다 구체적으로 언급하기보다는, 에밀 벤베니스트가 기술하고 있듯이 "언어 활동 속에서, 그리고 언어 활동에 의해서만"(《제 문제들 I》, 259쪽) 오로지 주체가 실현된다는 점을 명시하면서, 담화 개념과 주체 개념을 서로 관련짓는 작업의 중요성을 강조하기로 한다. 화자는 자신이 말을 취하는 순간 이미 하나의 주체(심리적이고 운동의 주체)이지만, 한편 화자를 매번——그리고 매번 다르게——앙리 메쇼닉이 '살기(vivre)'라고 명명한 이러한 언어 활동의 특수한 '의미 작용'을 구체적으로 실현하게끔 구축하는 주체가 되게 하는 것은 바로 화자 자신의 담화의 행동인 것이다.

에밀 벤베니스트의 언어학이 무엇보다도 담화의 작동 기능처럼 의미론의 양태를 설정했다는 사실을 고려할 때, 이러한 이론은 기호의 이원론적 논리를 비판하는 이론이 된다.[이 책의 301쪽을 참조할 것] 이러한 벤베니스트의 *담화의 언어학*은 벤베니스트가 고안하지는 않았지만 앙리 메쇼닉이 특수성 · 주체성 · 역사성*을 서로 결속시킨 바 있는 *담화의 시학*을 가능하게 만들었다. 물론 벤베니스트가 언어학과 문학의 관계에 놓인 중요성을 등한시한 것은 아니다. 벤베니스트는 "문학 이론과 언어 이론을 서로 연결할 것을 목적으로 하는 개념들과 연구들의" 이점을 강조하였다. 하지만 그의 관심은 특히 담화의 의미론에 기초한 언어 활동의 인류학을 구축하는 데 놓여 있었다.

에밀 벤베니스트의 언어학에 토대를 둔 앙리 메쇼닉의 시학은 자신의 이론의 중심에 《일반언어학의 제 문제들》의 저자에게 있어서는 상대적으로 부차적인 위상을 차지하는 하나의 개념을 설정한다. 그것이 바로 *리듬*의 개념이다.

따라서 리듬을 특수하게 정형 시구에서 하모니의 구성 요소로 파악하면서 시적 담화의 부수적인 요소를 대표하는 무엇으로 파악하였던 고전 시대에 리듬에 관한 물음이 오히려 별도로 취급되었던 것과는 반대로, 리듬에 관한 물음은 옛 수사학에서——시작술의 저자들에게서도 여전히[이 책의 164쪽을 볼 것]——담화의 고찰에 관한 간과할 수 없는 하나의 관점을 이루었다. 이처럼 그리스의 할리카르나소스의 디오니시오스는 다음과 같이 산문에서처럼 시에서도 통사와 리듬의 연대성을 지적한 바 있다:

"단어들의 선택은 동일한 수준에 머물 수 있다. 시구의 리듬이 바뀌기 위해서는 단 하나의 구성 요소의 변형이면 충분하다. 하지만 이와

마찬가지로 리듬과 함께 변하게 되는 것은 형식, 뉘앙스, 특성 등, 시의
고유한 가치를 형성하는 모든 것이다. [...] 마찬가지로 산문 또한 만약
우리가 단어들을 유지하면서 구성을 변화시키면, 시구와 동일한 효과
를 겪을 수 있게 된다."

《문체론적 구성》.[36]

19세기 후반에 이르러 리듬은 더 이상 미학적 추가분을 의미하지 않
게 된다. 상징주의 시인들에게 있어서 뿐만 아니라 러시아 형식주의
자들의 연구에 적잖은 영향을 미칠 작업을 개진한 바 있는 장 피에르
루슬로(《실험음성학의 원리》, 1897-1909년)와 함께 작업한 음향 전문
언어학자들에게서도 마찬가지로 리듬은 언어 활동에 관한 고찰의 중
심에 위치하게 된다.

〈언어학적 표현에서 리듬의 개념〉(1951년)이란 제목의 연구에서 에
밀 벤베니스트는, 파도의 리듬의 이미지와 함께 습관적으로 리듬 개
념의 대표격으로 여겨진 규칙적인 반복은 플라톤의 형이상학적 철학
과 관련된 반면에, 소크라테스 이전의 철학자들은 리듬이란 용어를
"매번 그 주제가 바뀌는 배열을 야기하며 고정되지 않을 뿐 아니라
본질의 필요성도 없는 배치나 지형도"(《제 문제들 I》, 333쪽)를 묘사하
는 데 사용하였다. 리듬의 "변별적인 형식" "전체 속에서 부분들의 특
징적 배열"(330쪽)과 같은 수용은 문학적 담화에 적용되어, 특수성에
관한 사유를 향한 열림을 마련한다.

---

36) Denys d' Harlicarnasse, 《La Composition stylistique》, VI, iv, 4 et 7, traduction
de G. Aujac et de M. Lebel, Les Belles Lettres, 1981, p.71-72.

앙리 메쇼닉에게 있어서 "더 이상 대칭과 질서를 우선시하는 것이 아니라" "운동의 조직처럼 나타나는"——따라서 "주기성이나 대칭을 형상들의 무한성에" 통합시키는——리듬 개념의 이점은, 이 개념이 "주체와 역사의 예측할 수 없는 조직처럼 등장한다"(《시학의 현황들》, 158쪽)는 사실에 놓여 있다. 따라서 리듬은 담화에서 경험성*의 표출이자, 언어 활동의 행위에 연루된 주체들에게 결코 이전의 상태의 반복이 아니라 항상 새롭고 특이한 하나의 사건을 만들어 내는 개념인 것이다. 바로 이러한 이유 때문에 "리듬의 편재(遍在)와 리듬의 활동성의 양태는 담화를 의도와 의식, 그리고 주관주의와 도덕적 평결에서 벗어나게 만든다."(137쪽) "예측할 수 없는 것의 의미"이자 "일이 벌어진 이후에야(après coup) 내적 필연성이라 이름 붙여질 것들의 실현"(《리듬 비평》, 85쪽)인 리듬은, 따라서 그것이 시구의 운율법이건 산문의 운율법이건 운율법(métrique)과 동일한 것으로 파악될 수 없는 것이다.

리듬에 관한 이러한 이해는 "시간의 축에서 음성적 요소들의 반복과 분절, 그것은 정확하게 말해서 리듬이다"(《폴리로그》, 449쪽)라고 주장하는 줄리아 크리스테바의 사유처럼, 반복이나 규칙성 그리고 회귀성의 플라톤적 사유를 연장하고 있는 이론들에 강하게 반대하는 입장을 취한다. 플라톤적인 사유를 갱신하려는 자들에게 있어서 "기호학적 수행의 근본적인 기법처럼 간주된 반복"(크리스테바, 《폴리로그》, 464쪽)은 최상의 리듬적 원리로 자리잡을 뿐만 아니라 아르토나 조이스의 문학 텍스트의 음성 조직을 구조화한다. 리듬을 기하학적 산술처럼 여기는 작업이 바로 여기서 발생한다: "첫번째 수치상의 계열들을 구성하는 리듬적 구조들은 명백하게 시각화와 대상을 앞선 숫자 매기기의 가장 심오한 구조이다. 하나의 기하학적 숫자 계열에 이르기 전에 '숫자매기기 작업'은 리듬적이다. 우리는 이 양자를 어린아이들의 동요에서 뿐만 아니라 문학 텍스트에서도 다시 발견하게 된다."
(457쪽)

3. 리듬과 특수성

리듬 개념에서 출발하여 고안된 앙리 메쇼닉의 시학은 객관적이고 주관적인 이중적 가치를 담고 있는 '리듬의 비평'이란 표현을 통해서 나타난다. 리듬 개념에 대한 비평인 동시에 비평적 개념으로서의 리듬 이론이 바로 그것이다. 리듬 이론에 대한 비평은 플라톤 철학에서처럼 근본적으로 리듬에서 보편성이나 단일화시키는 개념을 만들어 내는 리듬의 형이상학을 겨냥한다. 이와 같은 리듬의 우주적 전망에다 앙리 메쇼닉은 리듬의 역사적인 특징과 리듬의 특수성의 인식을 서로 대립시킨다:

"담화에서 리듬 이론은 담화를 벗어난 리듬 이론과 필연적인 관계를 맺는 것은 아니다. 이는 마치 언어 활동에서 리듬 개념의 의미가 보편성의 특수한 실현일 수밖에 없다는 사실과도 같다. 보편성은 보편적인 리듬, 오히려 리듬의 보편적인 개념을 미리 전제할 뿐이다."

《리듬 비평》, 76쪽.

비평적 개념으로서 리듬은 문학 이론에 있어서 기호 개념의 타당성에 이의를 제기하는 시학의 중심에서 설정된다:

"*리듬은 기호가 아니다.* 리듬은 담화가 단지 기호들로부터 만들어진 것이 아니라는 사실을 드러낸다. 언어 활동 이론은 전적으로 의사 소통 이론을 넘어선다. 왜냐하면 언어 활동은 의사 소통과 기호들뿐만 아니라 행동들, 창조들, 육체와의 관계들, 무의식의 드러나고 숨겨져 있는 것, 기호에서 일어나지 않는 모든 것, 우리를 끊임없이 전진하게 만드는 모든 것을 포함하기 때문이다. [⋯] 시는 기호들을 거쳐서 지나친다. 바로 이러한 이유 때문에 리듬 비평은 반(反)-기호학인 것이다."

《리듬 비평》, 72쪽.

이러한 전망 속에서 문학성은 '문학' ──텍스트들의 시학을 드러내는 문학성과 출판의 사회학에 달려 있는 '문학 작품성(littératurité)'을 서로 혼동하는 불분명한 용어──의 내부에서 정의되는 것이 아니라 주체의 활동성처럼 정의된 리듬 개념과의 관계 속에서 정의된다. 특수성이 고려되는 것은 바로 이러한 관계의 내부에서이다: "글쓰기, 특히 시의 글쓰기는 오로지 그것이 사회적 체계들을 거쳐 주체의 특수한 적용일 때에만 리듬의 특수한 적용이 될 뿐이다."(85쪽) 리듬은 따라서 작품으로부터 에밀 벤베니스트가 **담화**로 정의했던 것을 만들어 내면서 전적으로 작품 체계의 정체성과 주체의 정체성을 실현한다:

"이러한 관점에서 문학은 구체적으로 랑그가 존재하지 않는다는 사실을 명확하게 한정하는 작업일 뿐이다. 다시 말해서 랑그가 아니라 담화가 존재할 뿐인 것이다. 주체적인 것의 비유인 문학은 때문에 신성화되었건 배격되었건, 개인주의의 비난과 함께 결합된 동일한 주체성의 비난을 위해 이해된다."

《리듬 비평》, 85쪽.

언어 활동의 가장 주체적인 표시를 '일상적인' 담화들 속에서 파악하는 공론(公論)에 반대하여, 앙리 메쇼닉은 주체성이 최대치에 이른 것은 바로 문학에서, 특히 시에서라고 제기한다. 이러한 메쇼닉의 주장은 시에 적재되어 있는 리듬과 기호에 적재되어 있는 리듬이 거꾸로 비례한다는 사실로 설명된다: "리듬은 시가 가장 적게 기호들에서 만들어진 언어 활동을 의미하는 경우에 한해서만 시 속에 개입한다." (81쪽) 문학성을 정의하는 것은 이러한 주체적인 밀도이며, 심지어 문학의 사유에 관한 이러한 '역설적인 토대'를 다음과 같이 설명하는 것도 바로 주체적 밀도이다: "하나의 작품이나 모든 작품은 우리 모두에게 존재하기 위해, 오직 유일한 개인적인 것일 뿐인 무엇을 가지고 있다."(85쪽) 따라서 한 작품의 문학성을 정의하는 것은 한 텍스트가 주체의 표시를 소유하면 소유할수록 더욱 보편성의 경향을 띠게끔 만드는 '상호 주체적' 능력인 것이다. 예를 들어 일종의 연대기적인 시간을 뛰어넘어 의미하고 있는 고전 텍스트들의 현대성을 설명해 주는 것도 바로 이러한 상호 주체적 능력이다. 이러한 보편성은 따라서 작품의 '비인칭적' 차원이 아니라 오히려 '상호 인칭적인' '초인칭적인' 차원에 달려 있다:

"만약 글쓰기가 독서의 무한정한 재개를 생산한다고 한다면, 글쓰기의 주체성은 상호 주체성, 초-주체성인 것이다. […] 이러한 글쓰기는 단지 하나의 언표에 귀결되는 것이 아니라 재(再)-언표 행위의 연쇄로 귀결되는 언표 행위이다. 이것은 초-역사적, 초-이데올로기적 언표 행위인 것이다. 이것은 바로 *하이퍼주체성*(hypersubjectivité)인 것이다.

《리듬 비평》, 87쪽.

작품의 초역사적인 특성은 작품의 역사적 맥락을 벗어나서 의미하는 능력으로 인식된다. 이것은 비록 평가의 기준이 시대에 따라 다양하게 변화할지라도 우리가 일반적으로 작품은 "늙지 않는다"라고 말하면서 표현하는 무엇에 해당된다. 예컨대 우리는 항상 작품의 현재 상태에서 작품을 읽는 것이다. 하나의 텍스트는 "자신의 준거 기준을 나타내는 동시에 생산하는" "자기 지시적, 자기 구성적 체계"(《시학을 위하여 II》, 178쪽)일 경우에만 작품으로 인식된다. 하나의 작품이 그 자체로 작품 자신의 고유한 준거 기준이라는 이러한 사유는 상황의 *내적* 개념화를 가정한다. 텍스트를 사회학적 장이 제안한 방식에 따라 포괄시키는 것이 아니라 주체성의 각인처럼 파악된 상황은, 따라서 최대치의 상호 주체성의 조건, 동시대와 앞으로 도래할 독자들에 의한 폭넓은 적응을 제공한다:

"왜냐하면 만약 하나의 주체가 리듬의 단위일 수 있으며, 하나의 담화가 리듬의 단위일 수 있다면, 그것은 하나의 주체가 자신의 담화 속에서 자신의 상황을 최대한으로 등재시킬 때에만 오로지 가능하기 때문이다. 이러한 등재는 최대치로 제약된 담화의 체계가 된다. 대다수의 담화는 하나의 상황에 등재되는 대신 오직 상황과 더불어 파악될 뿐이다. 따라서 단위는 담화들, 그리고 담화들의 상황과 함께 구성된다. 상황이 지나갈 때, 담화들은 상황과 더불어 지나가게 된다. 한편 분할될 수 있는 텍스트의 단위(시, 시집, 소설, 작품 전체)는 단위가 포함하고 있으며, 통고하는 수사학적 · 서사적 · 운율적인 단위들과 구분된 글쓰기의 단위, 주체적인(사회적인 것의 변형이라는 의미에서) 단위이다."

《리듬 비평》, 73쪽.

상호 주체적인 관계 속에는 하나의 문학 작품이 "우리 자신보다 우리에 관해서 보다 폭넓게 알고 있는 언어 활동"(87쪽)인 이러한 자명성——역사적인, 따라서 임의적인——이 존재한다. 우리가 시의 저자이건, 혹은 독자이건, 시는 "우리가 인식하지 못하는 앎, 우리가 참고할 수 없는 앎"처럼 나타난다. 시가 스스로 실현되고 있는 중인 '주체의 측정들'을 등재할 때, 시는 진정한 '미래의 앎'이 된다. 이러한 관점은 글쓰기에 대한 의도적인 이해, 즉 말하기를 원하기(vouloir dire)의 물음을 무효화시킨다: "우리는 우리가 원하는 것을 기술하지 않는다. 갈구하는 것을 우리가 기술하는 것은 더더욱 아니다." 따라서 주체는 작품에 의해서 독자의 개인성과 마찬가지로 작가의 개인성과 같은 개인성들을 초월한다: "각자가 자신의 과거만을 지니고 있음에 반해서, 시는 나(je=주체)에서 나(je=주체)로 이전한다." 시의 효율성은 따라서 "타자들의 과거를 인식할 수 있는 담화"(87쪽)가 되는 데 놓여 있는 것이다.

4. 번역의 시학

초-역사적인 무엇, 초-주체적인 무엇처럼 정의된 작품은 이와 마찬가지로 하나의 문화에서 다른 하나의 문화를 통과하는——보다 정확히 말해서는 하나의 언어-문화에서 다른 하나의 언어-문화로 통과하는——초-문화적인 무엇이다. 그리고 이러한 통과는 바로 번역의 중개를 통해서 이루어진다. "왜 하나의 텍스트는 그것의 번역이 노후하게 될 때 노후하지 않는가? 왜 몇몇 번역들은 더 이상 번역이 아니며, 이에 비해 작품들은 노후하지 않는가?"(《시학을 위하여 II》, 350

쪽)라는 물음은 "텍스트의 가치와 텍스트의 의미 작용에 관한 이론을 의미하는 시학 속에 텍스트의 번역 이론이 포괄된다는 의미에서"(305쪽) 볼 때 번역의 시학을 드러낸다. 출발어에서 도착어에 이르는 통과처럼 번역을 인식하는 관점을 비판하면서, 앙리 메쇼닉은 하나의 텍스트는 비록 그것이 번역 수행 작업에 의해서 '도착어'로 다시 생산되었다고 하더라도 항상 "도착점이 아니라 출발점"(337쪽)에 해당된다고 제기한다.

따라서 번역 결과물은 텍스트 전체이지, 원텍스트의 생기를 잃은 반영은 아니다. 다시 말해서 "원텍스트는 자신의 초-언어학적 수준에서 언어학적 수준의 *나-여기-지금*(je-ici-maintenant)인 무엇," 즉 언표 행위의 상황(인물, 장소, 시간)을 지시하는 데 사용되는 담화에서 이용된 형태소(形態素, morphème)를 가리키면서 언어학자들이 **연동소**(連動素, embrayeur)라 부르는 무엇인 것이다. 하나의 텍스트를 하나의 연동소로 고려하는 이와 같은 입장은 텍스트란 오로지 자신의 글쓰기의 *나, 여기, 지금*과의 관계 속에서만 의미한다는 사실을 전제할 뿐만 아니라 독자가 자신이 읽는 텍스트를 다시 발화할 때 독자 자신이 스스로 글쓰기의 *주체*가 되는 다시 쓰기(메쇼닉은 독서로서의 글쓰기(lecture-écriture)를 언급한다)의 형식을 구성하는 텍스트 독서의 나, 여기, 지금과의 관계에서만 의미한다는 사실을 전제한다. 앙리 메쇼닉이 텍스트를 "랑그의 노화에도 불구하고 항상 새로운 독자와의 관계를 무한히 가져오는 […] 미끄러짐의 수행자"(337쪽)로 정의하는 것은 바로 이런 의미에서이다.

번역 텍스트의 문학성에 대한 이러한 재인식은 "왜 최고의 번역가들이 작가들이었는가"(354쪽)라는 이유를 설명해 준다. 창작 텍스트와 번역 텍스트 사이를 구분하지 않으면서 "작가들이 자신들의 번역에다 자신들의 작품을" 통합시켰다는 사실은 "본질처럼 보이는 하나의 구분"을 취소하는 이론적 효과를 가져왔던 것이다. "시를 번역한다는 것은 시를 쓰는 것이다"(355쪽)라고 제안하면서, 앙리 메쇼닉은 실질적 적용들의 특수성을 간과하지 않으면서 우리가 번역의 실행에 의해서 "도착어로 하나의 독창적인 텍스트" 즉 "출발어 텍스트와 대등한" 하나의 텍스트를 생산한다는 사실을 강조한다.

번역의 시학은 언어 활동의 모든 작품 속에서 랑그와 담화 사이에 존재하는 필연적 관계를 명확히 밝힌다. 이처럼 일반적으로 확산되어 있는 사유와는 정반대로 번역의 시학은 "하나의 텍스트를 번역한다는 것은 언어(랑그)를 번역하는 것이 아니다"라는 사실뿐만 아니라, "하나의 텍스트를 자신의 언어(랑그) 속에서 번역하는 것"과 "자신의 언어(랑그)에 의해서 텍스트인" 하나의 텍스트, 즉 "텍스트에 의해 스스로 언어(랑그)가 되는 언어(랑그)"(312쪽)가 서로 동일하지 않다는 사실조차 드러낸다. 하나의 텍스트를 "항상 자신의 문법에 비추어 시"(345쪽)가 되도록 만드는 것이 바로 랑그와 담화 사이의 불가분의 특성인 것이다. 따라서 도착어의 체계와 도착어에서 생산된 담화의 체계 사이에, 출발어의 체계와 출발어에서 생산된 담화의 체계를 연결하는 동질적인 관계를 구축할 임무가 번역에서 생겨나는 것이다:

"번역이 도착어에서 이 텍스트의 언어 활동을 읽는 데에 전념한다면, 번역은 도착어뿐만 아니라 도착어와 출발어 사이의 관계가 되어야만 하며, 도착어의 텍스트와 출발어의 텍스트 사이의 관계의 모순을 유지해야만 한다. *히브리어 성서의 병행 전략적(paratactique)*[논리적 관계를 표시하지 않고 명제들을 병렬하는 방식]·*등위적(coordonné) 구조는 히브리 성서가 구어문학이라는 사실과 불가분의 관계에 있다. 성경을 번역하면서 보쉐의 언어 활동 속이나, 소위 '기술된'이라 불리는 문체 속에서 지워진 것은 비단 언어학적 구조일 뿐만 아니라 셈어가 프랑스어로 사유된 것과 마찬가지로 바로 언어적인 동시에 문화적 번역의 형태인 구어 문학이기도 한 것이다.*"

《시학을 위하여 II》, 345쪽.

텍스트들이 랑그-문화 관계들 속으로 환원될 수 없게끔 상이하게 드러나는 랑그-담화 관계들 각각의 특수성을 형성하는, 결코 환원되지 않는 이러한 차이는 상이한 것에서 출발하여 동일한 것을 만들어 낼 것을 권하는 번역-병합(traduction-annexion)의 전통적인 개념에서 벗어나면서 유지될 수 있다. 이러한 번역-병합의 관점에 반대하여 앙리 메쇼닉은 "두 문화-언어 내에서 두 텍스트 사이의 랑그의 언어적 구조(이러한 언어적 구조가 텍스트의 체계 안에서 가치인) 내에까지 이르는 텍스트적 관계"(308쪽)처럼 정의된 번역-탈중심화(traduction-décentrement) 이론을 제안한다. 번역-병합은 "문화·시대·언어적 구조의 차이를 추상적으로 만들어 버려, 마치 출발어로 이루어진 텍스트가 도착어로 쓰여진 것처럼 이러한 관계를 지우는 것이며, 자연스럽다는 환상, '마치 그랬을 것이다'라는 느낌을 주는 것"이다.

"원본과의 관계에서 투명성"(307쪽)과는 거리가 먼 한 텍스트의 번역은 따라서 진정한 텍스트처럼, 다시 말해서 언어적이고 문화적인 두 영역에서 이중적인 관계를 구축하는 데 그 특이성이 놓여 있는 "주체의 역사적 모험"처럼 파악된다. 하나의 문학 텍스트와 마찬가지 방법으로 번역 텍스트는 "랑그의 자료들 속에서"(355쪽), 그러나 한편 *탈중심화*에 의해서 상이하게 또 다른 랑그를 향해 작업을 진행한다: "언어적-문화적 두 영역 사이에 번역 관계의 역사성은 도착어에서 우선 번역에 한정된 의미론적이고 통사적인 재료를 생산하며, 그런 다음에는 언어의 몇몇 속성들을 전개할 요인을 생산한다."(311쪽) 여기서 우리는 시작술 저자들의 관점들, 특히 플레이아드파에 속한 저자들의 관점들을 다시 발견한다.[이 책의 133쪽을 참조할 것]

문학 이론과 번역 이론을 분리하지 않으면서, 앙리 메쇼닉은 시학의 대상뿐만 아니라 특수성과 문학성의 연구를 정의한다. 혹은 적어도 메쇼닉은 문학성 연구가 담화들의 특수성, 전적으로 초-문화적인 동시에 초-주체적인 특수성 이론을 경유한다고 간주한다. 이러한 사실은 언어와 문화로 환원될 수 없는 차이들을 넘어서, 작가들의 매우 특이한 개인성을 통해 독서의 경험이 항상 "글쓰기에서, 예술에서, 하나의 주체가 자신의 작품이 되는"(《리듬 비평》, 85쪽) 기이한 자명성으로 귀결된다는 사실을 보여 준다.

선별된 참고 문헌

뤼에(RUWET Nicolas)
《언어 활동, 음악, 시 *Langage, Musique, Poésie*》, Seuil, 1972.
〈시에서 병행주의와 일탈 Parallélisme et déviation en poésie〉 dans

《언어, 담화, 사회. 에밀 벤베니스트에게 *Langue, Discours, Société Pour
É. Benveniste*》, Seuil, 1975.

메쇼닉(MESCHONNIC Henri)
《시학을 위하여 II *Pour la Poétique II*》, Gallimard, 1973.
《기호와 시 *Le signe et le poème*》, Gallimard, 1975.
《리듬 비평: 언어 활동의 역사적 인류학 *Critique du rythme: Anthro-
pologie historique du langage*》, Verdier, 1982.
《시학의 현황들 *Les États de la poétique*》, PUF, 1985.
《각운과 삶 *La Rime et la vie*》, Verdier, 1989.

벤브니스트(BENVENISTE Emile)
《일반언어학의 제 문제들 I *Problèmes de linguistique générale I*》,
Gallimard, 1976, coll. 'Tel.'
《일반언어학의 제 문제들 II *Problèmes de linguistique générale II*》,
Gallimard, 1980, coll. 'Tel.'

소쉬르(SAUSSURE Ferdinand de)
《일반언어학 강의 *Cours de linguistique générale*》, édition de Tullio
de Mauro, Payot, 1975.

야콥슨(JAKOBSON Roman)
《일반언어학 에세이 *Essais de linguistique générale*》, Édition de
Minuit, 1963.
《시학의 물음들 *Quesitons de poétique*》, Seuil, 1973.

《포몰스카와의 대화 *Dialogues(avec K. Pomorska)*》, Flammarion, 1980.

《러시아, 광기, 시 *Russie, Folie, Poésie*》, Seuil, 1986.

러시아 형식주의에 관한 자료

《문학 이론. 러시아 형식주의자의 텍스트들 *Théorie de la littérature. Textes des Formalistes russes*》, édité par T. Todorov, Seuil, 1966.

오쿠튀리에(AUCOUTURIER Michel)

《러시아 형식주의 *Le Formalisme russe*》, PUF, coll 'Que sais-je?,' 1994.

티니아노프(TYNIANOV Iouri)

《시구 그 자체 *Le Vers lui-même*》, UGE, 1977, coll. '10-18.'

《형식주의와 문학사 Formalisme et histoire littéraire》, L'Âge d' Homme, 1991.

로만 야콥슨에 관한 자료

들라스(DELAS Daniel)

《로만 야콥슨 *Roman Jakobson*》, Bertrand-Lacoste, 1993.

결 론

추적이라는 이름하에 각 분야들의 상관적인 연대기를 유지하는 가운데 우리는 시대를 넘나들면서 자신의 역사성*을 형성하는 이론적 관건들과 내적 관계들을 밝히려 노력하였으며, 그 과정에서 아리스토텔레스 이후부터 지금까지 문학 이론과 언어 활동 이론 사이의 관계를 유지하려는 항구적인 관심사를 확인할 수 있었다. 이러한 관심사는 우리가 시작술의 작가들에게서나 수사학의 협약집에서와 마찬가지로 장 폴 사르트르에게서도 발견하게 되는 무엇에 해당된다. "금세기 초에 폭발되었던 언어 활동의 위기는 시적인 위기이다"[1]라고 《문학이란 무엇인가?》의 저자가 확신할 때, 그는 새로운 문학 연구와 현상학이라는 언어 활동에 관한 특이한 하나의 이해를 서로 연관짓는다. 사르트르에 의하면 단어들은 더 이상 시인들에 의해 사용되는 것이 아니라 그들의 작품들 속에서 "사물들 자체를 이룬다." "오히려 사물들의 검은 마음"이라는 강한 표현을 통해서 사르트르는 이러한 사실을 강조하였다. 이 경우 문학 형식은 그 자체로 언어 활동에 대한 이해

---

1) J.-P. Sartre, 《Qu'est-ce que la littérature?》, Gallimard, 1948, coll. 'Idées,' p. 22.

를 이룬다.

이 책에 등장했던 시학을 다룬 분야들 각각이 언어학 이론에 기초한다는 사실은 매우 의미심장하다. 로만 야콥슨에 관한 신-수사학, 루이 옐름슬레우에 관한 기호학, 에밀 벤베니스트에 관한 리듬의 시학 등등이 바로 그것이라고 할 수 있을 것이다. 그리고 이들 모두의 계획에 후견인 역할을 하는 것은 바로 소쉬르이다. 물론 현실은 보다 복잡한 양상을 지니며 나타난다. 예를 들어서 우리는 신-수사학이 야콥슨뿐만 아니라 마찬가지로 옐름슬레우에도 자신들의 토대를 두고 있다는 사실을 살펴보았다. 하지만 관점들의 이론적이고 역사적인 유사성은 우리가 이것들을 특이한 언어 활동 이론에 결부시키면서 분과들의 관건들을 만들어 내지 않아도 될 정도로 충분히 민감하게 작용한다.

시학의 두번째 특성은 시학의 인류학적인 차원과 결부되어 나타난다. 그리고 이러한 인류학적인 차원은 명백히 시학의 주된 관건을 형성한다. 이럴 때 문제로 부각되는 것은 단순한 형식 연구를 넘어선 주체성과 공동체성(collectivité)과 언어 활동의 관계인 것이다. 플라톤이 공화국에서 시인들의 정당성에 물음을 제기했던 것이나, 플레이아드파 이전의 2차 수사학 예술들이 통속어와의 관계 속에서 시를 사유했었던 것은 바로 이러한 관점을 반영하는 것이다. 그 이론화 과정이 줄리아 크리스테바나 앙리 메쇼닉에게 있어서처럼 명료하거나, 혹은 수사학 협약집의 작가들이나 신수사학의 옹호자들에게서처럼 모호하게 나타나건 간에 개인화에 관한 물음은 시학의 핵심처럼 드러난다.

바로 이러한 이유 때문에 시학의 영역은 시의 기술이나 수사학 혹은 기호학에만 제한되는 것이 아니라 이것들과 마찬가지로 인문과학의 또 다른 분야, 특히 정신분석학으로 방향을 전환한다. 그러나 이러한 지점에 관해서 우리가 이 책에서 별도의 챕터를 할애하지 않은 이유는 해석론으로서의 정신분석학이 문학 작품, 하물며 문학성도 자신의 연구 대상으로 삼고 있지 않기 때문이다. 물론 얀센의 《그라비다》에 관한 프로이트의 연구(1907년)나 에드거 앨런 포의 《도둑맞은 편지》에 관한 라캉의 연구, 혹은 사드의 《안방의 철학》과 같은 정신분석학자들의 연구는 정신분석학이 문학에 관해 사유하고 있음을 보여 주는 예에 해당된다. 그리고 이러한 사유는 시학을 향한 하나의 목표를 전제한다.

본 결론과 호응하지 않을 논의를 새롭게 전개하기보다 우리는 텍스트들의 정신분석학적 접근이 지닌 주된 난점이 정신분석이 문학 작품들에게 부여하는 위상에서 발생한다는 사실을 강조하기로 하자. 《말라르메의 정신분석학 입문》(1950년)에서 샤를 모롱은 "마치 하나의 꿈인 양 어떤 시"[2]를 취급하는 방법론은 작품을 순전한 징후로 축소시킬 위험성, 나아가 작품에서 특수성을 부정할 위험성을 지니고 있다고 경고한 바 있다. 이러한 사실 때문에 샤를 모롱은 "한 단어나 한 작품의 열쇠는 다른 단어들이나 다른 작품들 속에 놓여 있음에 분명하다"라고 제기하면서, 텍스트를 그 자체로 간주할 필요성과 "텍스트의 공명들" "조합들" "항구적인 결속들" 그리고 "은유적 체계"(39쪽)의 청취에 관심을 기울여야 한다고 역설하였던 것이다.

---

2) Ch. Mauron, 《Introduction à la psychanalyse de Mallarmé》, Neuchâtel: A la Baconnière, 1968, p.37.

텍스트를 그 자체로 이해하는 작업은 정신분석학적 관점을 이전시킨다. 이를테면 더 이상 작가의 무의식에 집중되는 것이 아니라 장 벨맹 노엘이 "텍스트의 무의식"[3]이라 부른 것을 목표로 삼는 방향으로 그 관점이 이전되는 것이다. "텍스트의 무의식" 개념이 제기하는 몇몇 이론적 차원의 문제들에도 불구하고 벨맹 노엘의 이러한 시도는 비평적 관점이 심지어 문학 작품을 완전한 하나의 체계로 간주하는 관점으로 이동시킨다는 사실을 증명한다.

시학, 문학적 특수성에 관한 연구가 문학의 일반적이고 초월적인 미학의 계획과 다른 계획을 가지고 있다고 한다면, 이러한 계획은 텍스트의 청취에서 벗어나서는 구축될 수 없으며, 특이한 시학들을 무시하면서 구축될 수도 없는 것이다. 로만 야콥슨은 이러한 사실을 다음과 같이 주장한 바 있다: "나는 이론과 사실들의 분석 사이의 결별을 결코 인정하지 않을 것이다. 이 둘은 결코 서로 떨어져서 존재할 수 있는 것들이 아니다."(《러시아, 광기, 시》, 44쪽) 이와는 반대로 특이한 시학들은 테크닉이나 '예정된 계획서'로 귀결되지 않기 위해서 문학성의 이론들에 맞추어 측정되기에 이른다. 마치 《글로브 *Globe*》지에서 〈미학이란 무엇인가? 시학이란 무엇인가?〉라는 제목의 한 논문에서 가치의 일반 이론(미학)을 규칙의 모음집(시학들)에 대립시킨 바 있는 샤를 마냉[4]이 20세기초에 생각했던 것처럼 '개인적인 시학들'이 개인적인 규칙 모음집으로 환원되는 것은 결코 아니다.

---

3) J. Bellemin-Noël, 《Vers l'inconscient du texte》, PUF, 1979. 특히 〈문제들, 제안들, 전망들〉(191쪽-202쪽)을 참조할 것.
4) 1세기에서 16세기의 《현대 연극의 기원들》(1838년)과 고대 이후 《유럽 인형극의 역사》(1852년)의 저자이다.

미학에 특권을 부여하는("시학들의 시대는 지났다"라고 그는 기술한 바 있다) 이러한 대립은 문학적 특수성을 사고하게끔 허용하지 않는다. 우리는 유일성(unicité)의 개념을 전개했던 기호학자 미카엘 리파테르에게서 이와 동일한 태도를 목격한다: "텍스트는 항상 그 분야에서 유일한 무엇이다. 이러한 유일성은 우리가 문학성에 부여할 수 있는 가장 단순한 정의인 듯하다."[5] 그러나 유일성이 특수성을 의미하는 것은 아니다. 유일성은 일반적인 것과 특이한 것 사이의 대립에 원칙적으로 이의를 제기하지는 않는다. 심지어 유일성은 시학과 텍스트 분석 사이의 대립의 내부에서 이러한 대립을 보다 강화하기조차 한다. 그리고 이러한 대립의 관점에서 볼 때 시학은 일반미학을 향하게 될 것이며, 이와는 반대로 텍스트 분석은 해석을 향하게 될 것이다: "내가 분석이라고 이해하는 것은 유일한 무엇을 설명하려고 노력하는 반면에, 시학은 시적 언어 속에서 작품들의 유일성을 일반화하며 붕괴시킨다."

《문학 이론》(1942년)에서 르네 웰렉은 "그 어떤 예술 작품도 전적으로 이해할 수 없게 된다는 조건이 아니고는" "따라서 의사 소통이 불가능한 경우가 아니고는"(206쪽) "전적으로 '유일하다'고 말할 수는 없다"(21쪽)라고 상기한 바 있다. 유일성주의자가 내세운 추론을 터무니없는 것으로까지 몰고 가면서 르네 웰렉은 "쓰레깃더미 또한 항상 유일하며, 쓰레깃더미의 정확한 비율, 위치, 화학적 구성 요소들이 항상 정확하게 재생산될 수 있는 것은 아니다"(21쪽)라고 지적한 바 있다. "모든 문학 작품이 개인적인 동시에 일반적"이라고 제기

---

5) M. Riffaterre, 《La Production du texte》, Seuil, 1979, p.8.

하면서, 그는 자율성과 구분된 문학적 특수성에 관한 사유를 가능하게 만들었던 것이다.

  시학은 어떻게 유일한 것이 인류학적으로* 아무런 의미를 지니지 못하며, 어떻게 유일한 것에서 특수한 것을 만들어 내며, 심지어 어떻게 유일성의 사유가 작품의 가치를 주체와 역사에게로 귀결시키는 특수성의 사유를 통해서만 비로소 사고될 수 있는가 하는 점을 정확하게 드러낼 것을 목적으로 하는 것이다.

개념 설명

개인화(Individuation): 한 개인이 특이한 존재의 자격으로 동일한 종의 다른 개인들과 구별되면서 실현되는 원리.

경험적, 경험성(Empirique, 그리스어 empeirikos; 경험에 의해 동요되는 것을 의미): 칸트는 경험적 지식——귀납적인(a posteriori) 것, 이 경우 우리가 사물을 확인해 본 후에 그것을 인식할 수 있기 때문에——을 지식을 이해하지 않은 경험을 가정하는 순수한, 선험적(a priori) 지식에 전적으로 대립시킨다.

여기서 이 용어는 경험을 드러내는 것에 관한 일반적인 의미를 지닌다.

내재성(Immanence, 라틴어 immanere; 머물다, 내부에 있다를 의미): 한 존재나 하나의 사유의 대상에 내속(內屬)된 것의 특징.

이런 의미에서 내재성은 초월성과 대립된다.

변증법(Dialectique, 그리스어 dialektikè[technè]; 토론 기술을 의미): 대화에 의한 토론의 테크닉을 가리키는 이 용어의 고전적인 의미는 플라톤에게서 발견된다. 이 용어의 현대적 의미는 헤겔에 의해 계승되는데, 헤겔에 의하면 이 개념은 모순항들 사이의 대립이 추월의 상위 운동 안에서 융해되는 불가분한 결합을 연루시킨다.

여기서 이 용어는 두 가지 용어를 모순 속으로 이동시키지 않으면서, 그리고 헤겔식 해결 방식보다 상위의 심급으로 여기지 않으면서, 두 가지 항 사이의 상호성 운동이라는 보다 일반적인 의미를 지닌다.

상호 텍스트성(Intertextualité) : 미하일 바흐친의 문학 이론에서 출발하여 줄리아 크리스테바에 의해서 강화된 개념. "모든 텍스트는 마치 인용의 모자이크처럼 구축된다"(크리스테바, 《세미오테케》, 1969, 146쪽)거나, 모든 텍스트는 "다른 텍스트에 의해 취해진 언표들의 교차"(378쪽)라고 전제하는 개념.

시니피앙스(의미화 과정): 의미 작용(signification)의 과정(특히 벤베니스트·크리스테바·메쇼닉에 있어서). 시니피앙스(의미화 과정)는 의미 작용(signification)이 의미의 생산 과정을 가리킬 뿐만 아니라 이러한 과정의 결과물(이 경우 의미 작용은 의미와 전적으로 동의어가 된다)을 가리키는 모호한 용어라 인식하여 고안된 개념.

역사성(Historicité, 그리스어 historikos; 역사와 연관된 것을 지칭): 여기서 이 용어는 하나의 사건이나 하나의 담화의 역사적 특수성이라는 의미를 지님. 이러한 관점에서 이 용어는 하나의 사건이나 하나의 담화를 역사 속에서 그것들의 '객관적인' 상황에 연루시키는 역사주의(historicisme)와 대립된다. 역사주의는 특히 역사를 외부적·사회적 변수의 생산물처럼 간주한다.

특수한 것과 연관되어 역사성은 오로지 주체성, 다시 말해서 인간 주체들과 분리되지 않는 역사에 관한 관점에만 반영한다.

인류학(Anthropologie; 그리스어에서 인간을 뜻하는 anthrôpos와 연구나 과학을 뜻하는 logos의 합성어): 연구 대상을 인간으로 삼는 과학 영역. 인류학은 인간의 형태학적 특성에 따라 인간을 동물로서 연구하는 *물질적 인류학*과 사회적 배경을 바탕으로 인간을 연구하는 *문화적 인류학*, 인간의 개념 자체, 인간의 사유(idée)를 연구하는 *철학적 인류학*으로 나누어진다. 이 저서에서 선택된 개념은 세번째 의미의 인류학, 특히 에밀 벤베니스트가 "언어 활동은 인간의 정의 자체를 가리킨다"(《일반언어학의 제 문제들 I》, 갈리마르, 259쪽)라고 언급한 사상에 바탕을 둔 언어 활동의 인류학을 의미한다.

인식론(Épistémologie; 그리스어로 과학을 뜻하는 epistèmè와 연구나 학문을 뜻하는 logos의 합성어): 과학을 연구 대상으로 삼는 분야.
추상적인 의미에서 일반과학 이론이나 특수한 과학 이론을 뜻한다

존재론(Ontologie; 존재를 뜻하는 그리스어 on, ontos와 연구나 과학을 뜻하는 logos의 합성어): 존재의 결정과 우발적인 발현과는 별개로 존재에 관한 일반적인 연구. 존재론적 방법론은 담화들의 특이한 형식들과는 별개로 담화 속에서 실현되는 문학의 존재가 존재할 것이라 전제한다.

초월성(Transcendance, 라틴어 transcendens; 능가하다, 뛰어넘다라는 뜻): 하나의 다른 질서, 상위 질서를 드러내는 특성과 결과적으로 모든 가능한 경험을 넘어서는 특성.

프로조디(Prosodie; 강세화를 뜻하는 그리스어 prosôidia와 가락을 뜻하

는 ôdè의 합성어): 언어 체계의 음소적 구성 요소에 상관적인 요소들의 집합.

해석학(Herméneutique, 그리스어의 hermeneutikè[technè]; 해석하는 기술을 의미): 텍스트들(특히 성경과 종교적인 텍스트들)과 의미 작용을 지닌다고 여겨지는 모든 현상의 해석에 관한 방법론.

일반적으로 하나의 방법론을 전제하는 해석 이론.

현상학(Phénoménologie; 모습을 드러내는 것을 뜻하는 그리스어 phainomenon과 연구나 학문을 뜻하는 logos의 합성어): 일반적으로 의식에 주어진 그 자체로서의 현상에 관한 연구.

특수하게는 의식의 즉각적인 소여들에 주어진 회귀에 의해서 사물들의 본질을 포착할 것을 목적으로 하는 에트문트 후설(1859-1938)에 의해 주창된 철학적 체계를 의미한다.

역자 후기

프랑스 지방 도시에서 대학원 과정을 마치고 박사 과정에 등록하기 위해서 앙리 메쇼닉 교수에게 연락을 했을 때 일이다. 파리 8대학에서 약속을 정하고 설레는 마음으로 만나게 된 앙리 메쇼닉 교수는 정작 실망스런 말을 늘어놓았다. 1년 뒤에 은퇴를 하게 되며, 외국에 자주 갈 일이 있을 것 같다고 하면서 가능하면 자신의 제자와 공부하는 것이 어떻겠느냐는 것이었다. 물론 원한다면 학위 논문을 마칠 때까지 자신과 함께 연구할 수도 있겠지만, 이 경우 8대학에서 자주 만나게 되지는 못할 것이며, 이러한 불편함이 나의 공부에 긍정적인 요소로 작용하지는 않을 것이라고 덧붙이는 것이었다. 그렇게 해서 소개받게 된 교수가 이 책의 저자인 제라르 데송이었다. 파리 8대학 앞의 허름한 카페(파리 8대학 주변은 항상 허름했다)에 앉아 앞으로의 연구 방향을 대략 정하고 난 후, 나는 앙리 메쇼닉의 저서들과 더불어 그의 저서들을 접하게 되었다. 이렇게 해서 읽게 된 것이 《시학 입문》(문학 이론들의 접근 방법)이다. 이 책을 읽고 난 후 바로 번역하고 싶은 생각이 들게 된 것은, 이 책이 지니고 있는 '교육적인 차원에서의 효과' 때문이었다. 그러나 한편 〈시학〉에 대한 이해와 더불어 '오해'를 파악하는 데도 적잖은 도움을 받았던 기억을 떠올리며 번역에 착수하고자 했던 의지는 지난했던 유학 생활의 막바지에 힘겹게 논문을 마무리한 후에서야 실현될 수 있었다. 수업을 통해서건 개인적인 만남을 통해서건, 문학 이론에 목말라하던 한 외국인 학생에게 따뜻한 충고와 격려로 학문의 길을 열어 준 데송 교수에게 조금이나마 보답하게 된 것을 기쁘게 생각한다.

언뜻 보기에 이 작품은 제목(《시학 입문》)이 시사하는 것처럼 시학을 공부하고자 할 때 기초가 되는 내용들을 담고 있는 듯하지만, 막상 읽어 나가다 보면 매우 복잡하고 상당한 수준에 이른 내용들을 다루고 있다는 것을 곧 알게 된다. 그 까닭은 저자의 문장이 인용문을 빈번히 이용한 매우 독특하고 까다로운 복문의 형태를 띠고 있는 탓도 있지만(역자의 변명!), '입문(introduction)'이라는 비교적 겸손한 제목과는 달리 정작 이 책에서 다루고 있는 주요 내용들은 시학의 역사와 시학의 기본 개념들에 대한 이해, 그리고 시학에 관한 기초적인 지식을 이미 갖추었을 때 무리 없는 독서가 가능한, 주로 '시학의 관건들'과 '쟁점들'을 본격적으로 다룬 저서에 해당되기 때문이다.

한편, 이 저서는 이미 한국의 불문학 연구가들의 논문이나 저서 속에서 상당 부분 소개되고 사용되었기 때문에 어찌 보면 번역을 목마르게 기다린 작품에 속한다고 할 수 있다. 번역을 목마르게 기다린 작품이라고 감히 말하는 까닭은, 다수의 국내 연구자들이 이 책의 내용을 참조하거나 연구에 유용하게 사용한 만큼 주해와 소개가 부분적으로 이루어져 있기 때문에 한켠에는 전문을 대하고자 하는 열망이 존재할 것이라는 판단에서이다. 어쩌면 모든 텍스트는 다른 나라의 언어로 번역·소개되는 과정에서 자신에게 주어진 고유한 운명과 마주하게 되는지도 모른다. 어찌되었건 많은 사람들이 이 책에 실린 풍부한 내용과 책의 곳곳에 드리워진 이론적인 예각을 공유하였다는 사실은 본인으로서는 매우 기쁜 일이 아닐 수 없다.

이 책은 제1장 아리스토텔레스의 시학에서부터 제5장 현대 언어학에 이르기까지, 문학 텍스트의 특수성에 관해 의문을 제기하였던 이론가들의 사상적 궤적과 이론적 관건들을 총망라하고 있다. 그러나 한편 저자는 일반적으로 '입문'이라는 제목을 달고 있는 저서들이 그런 것과는 매우 상이하게 객관적이고 중립적인 관점을 견지하며 단순하게 내용을 제시하는 것에 만족하지 않는다. 아니 오히려 이론의 중립적인, 즉 이론의 순진한 입장은 존재하지 않는다고까지 저자는 말한다. 이는 비평적 입장들이 기술적인 차원에서 이루어진 분류학의 수준을 넘어서 근본적으로 '인식론'에 해당될 때 서로 공존하기가 힘들어지는 양상을 보이기 때문이다. 이는 정신분석학과 마르크스주의 사회학에서 인간과 예술을 바라보는 관점이 좀처럼 서로 화해할 수 없는 무엇처럼 비추어지는 것과도 같은 이치이다. 물론 언어학이라는 매개가 존재하지만, 언어에 관한 접근과 언어학적 지식을 통해서 양자가 매개될 수 있다는 사유는 라캉과 사회-비평(socio-critique) 이후, 즉 70년대로 접어들면서 본격적으로 등장한 관점일 뿐이다.

이 책에서 저자는 오히려 중립적인 태도를 부정할 뿐 아니라, 이와는 상반된 자세를 견지함으로써 역사적·이론적으로 '중립적인 태도'를 자임해 왔던 무가치의 학문들을 꼬집어 비판하고 있다. 저서에서 과학을 지향한다는 목적하에 개진된 '문체론'이나 '구조주의 시학'에 인색한 점수를 준 것도 바로 이런 까닭이다. 그리고 이때 저자의 연구에 드리워진 근본적인 방법론은 다름 아닌 바로 '가치 판단'이다. 왜냐하면 저자가 보기에 시학이란 구조주의자들이 말하는 과학(이 경우 과학은 통계와 동의어가 된다)을 지향하는 것이 아니라 역사적으로나 이론적으로나 결국 '가치와 역사성'을 지향하기 때문이다.

이와 같은 관점을 견지하면서 저자는 우선 대다수의 사람들에게

'시를 연구하는 학문'으로 알려진 '시학'(詩學: 한국어 번역에서부터 문제가 발생하는)이란 단어의 프랑스어 표현인 '포에틱(Poétique)'이 지니는 의미가 매우 다중적이라는 점을 서두에서 제기하면서 문제를 풀어 가기 시작한다. 이는 물론 어떤 기준이나 관점을 갖추고 '포에틱'이라는 용어에 접근하지 않는다면, 동일한 용어에서 출발했음에도 불구하고 매우 상이한 접근 방법론과 결과물을 산출하게 되는 경우가 빈번하게 존재하기 때문이라고 저자가 판단했기 때문이다. 이처럼 저자에 따를 때, '시학' = '시를 연구하는 과학 혹은 학문'이라는 도식을 바탕으로 성립된 상당수의 문학 연구 방식들이 실질적으로 시학의 몸체를 이루는 것은 결코 아니며, 더욱이 시를 연구하는 학문으로 정의될 경우 시학은 시라는 장르에만 귀속되거나, 한걸음 나아가 전적으로 시에 '특권'을 부여하는 연구 방법론으로 정의될 수 있기 때문에, 저자가 보기에는 매우 기술적이면서도 배타적인 방법론으로 비추어질 위험성마저 존재하는 것이다.

이와는 달리 이 책에서 제시된 아리스토텔레스의 시학에서부터 러시아 형식주의자들의 작업을 모두 망라하여 하나의 공통분모처럼 추출할 수 있는 시학의 개념은 '문학의 특수성(spécificité)'에 관한 연구를 기점으로 형성되었다고 할 수 있다. 특히 이러한 맥락에서 볼 때, 결정적인 역할을 하는 것은 1921년 야콥슨이 "시학의 대상은 무엇보다도 다음과 같은 질문, 즉 언어 메시지가 예술 작품에서 무엇을 만들어 내는가"라고 제기했던 문제에 답하는 데 놓여 있는 '문학성' 개념이라고 할 수 있다.

그러나 저자가 보기에 야콥슨의 이러한 획기적이고 기념비적인 제기는 다양한 수용자들의 태도와 적극적으로 결합하여 어디론가 '이동' 하고 만다. 한마디로 야콥슨에 대한 복수의 수용이 존재하는데, 이는 그것이 구체적이건 암시적이건 야콥슨의 문학성 연구의 테제를 받아들이는 과정에서 오해와 몰인식, 주관주의적 해석, 특히 구조주의적인 수용 등등으로 점철된 여러 입장들이 분화되고 서로 충돌하기 때문이다. 그리고 이런 복잡한 상황 속에서 야콥슨이 제기했던 문학성 개념이 매우 '근본적인 무엇'을 촉발시킬 수 있다는 하나의 관점이 대두될 수 있는데, 이러한 관점은 일반적으로 알려진 구조주의적 관점에서의 수용과 해석을 넘어선 곳에서 시학을 설정하기에 이른다. 따라서 구조주의, 특히 토도로프나 주네트 · 신(neo)-수사학을 중심으로 계승된 야콥슨의 테제가 한켠에 존재하는 반면, 야콥슨의 제안을 보다 '확장하려는' 인식론적 물음이 이와 동시에, 그리고 다른 한켠에서 촉발될 수 있는 것이다. 이와 같은 사실은 구조주의나 기호학이 '문학 텍스트의 특수성'보다는 오히려 "문학 작품에 일반적이고 추상적인 구조의 발현"(토도로프)을 포착하려 하거나, 범-기호학이라는 이름으로 특수성의 문제를 기호의 보편성이라 좁은 울타리에 가두어두는 형태로 진행되었다는 사실을 암시한다. 저자는 이러한 관점들의 한계를 지적하고, 나아가 야콥슨이 문학성 개념에다가 "만약 우리가 역사 속에서 무정형의 덩어리처럼 생산된 텍스트들로부터 특수한 문학적 담화를 구분하게 만드는 가치를 부여하는 것은 무엇인가?"라는 물음을 제기했다는 사실을 환기하며, 이러한 관점으로 접근할 때 비로소 문학성에 관한 입장은 구조주의적이고 기호학적인 방식에서 일정 부분 탈피하게 된다고 주장한다. 문학성 개념에서 바로 이와 같은 사유를 하게 될 경우, 저자가 지적하고 있는 것처럼 시학이란 기호학자 크리스테바가 언급한 것처럼 단순하게 "문학에 관한 사유"의 수준에 머물거나, 토도로프가 제안한 "문학에 관한 담론"을 넘어서 그 이상의 어떤 것을 의미하는, 즉 예술 작품의 '가치 문제'로 전환되는 것이다. 예컨대 시학이 "언어 메시지와 예술 작품 사이의 상관성" 연구에 하나의 길을 제공하는 방법론이라면, 시학은 오히려 앙리 메쇼닉이 언급한 것처럼 "글쓰기의 인식론" 다시 말해서 "글을 쓴다는 행위의 활동성" 전반을 다루는 일반 이론에까지 도달하게 되는 것이다.

이처럼 이 저서에서는 구조주의가 개별적으로 다루어지지 않을 뿐만 아니라, 오늘날 흔히 '시학 입문'의 이름으로 출간된 저서들에서 주된 내용을 차지하고 있는 토도로프의 구조주의와 주네트의 내러티브 연구 역시 그다지 중요하게 다루어지지 않는다. 그 이유는 앞서 언급했던 것처럼 문학성에 관한 저자의 관점이 담화의 '유형화 작업 (typologisation des discours)'에 할애된 이들의 방법론과 명확히 구분되는 지점에서 설정되어 있기 때문이다. 심지어 저자가 보기에 이러한 형식주의 이론들은 자신의 입장을 방어하거나 혹은 과도하게 주장하는 과정에서 시학을 자신들의 이데올로기적인 도구로 삼을 뿐 정작 시와 예술의 작동 기능, 혹은 보다 광범위하게는 문학의 존재 이유와 가치를 설명하는 데는 관심을 두지 않는 과학인 것이다.

기호학의 이론적 기저와 향후의 행보에 관해서 비판적 관점을 바탕으로 정리한 제4장은 이런 측면에서 볼 때, 상당히 난해하고 복잡하게 전개되었음에도 매우 소중한 지적 노동의 결과라 사료된다. 특히 기호학이 주장하는 인식 대상과 그 실체가 과연 타당성을 확보하고 있는가라는 점에 대해 저자는 집요하게 물음을 던지면서, 기호학이 창시자 소쉬르의 언어학보다는 오히려 옐름슬레우의 이론에 토대를 두면서 "기호의 이분법 자체를 강화하는 방향"으로 전개된다는 사실을 비판한다. 저자의 판단과 분석에 따르자면, 결국 문학적 기호학을 주장했던 일군의 학자들은 개념의 고안과 신조어의 창조에 매몰되어 시에 관해 자신들이 던진 초기의 물음들을 정작 회피하고 있다는(그레마스의 경우 가장 대표적이라 할 수 있는) 비판을 받을 수 있다. 그리고 이러한 기호학의 여정은 정신분석학이라는 새로운 학문 분야에 적극적으로 합류하면서, 시학의 물음을 "무의식에 존재하는 근본적인 요소들"(크리스테바가 시니피앙스[significance]라 부르는 숫자로 구성된 이것은 라캉이 언급한 작은 정식들[petites formules]과 근본적으로 동일한 것이다)의 연구로 설정하는 지점으로 향한다고 지적한다. 텍스트의 '충동적 주체' 라는 개념은 이처럼 문학적 기호학을 주장하였던 가장 대표적인 연구자인 크리스테바와 바르트의 기호학적 사유가 어떠한 지점으로 시학의 문제를 몰고 가는가 하는 점을 우리에게 시사한다고 할 수 있다.

이와 같이 기호학과 구조주의, 그리고 수사학의 한계를 지적하는 과정 전반에 걸쳐 이 저서에서 촉발된 시학 이론들의 관건들을 조직하는 중요한 하나의 연결고리는, 최초로 "시학을 하나의 자율적인 방법론"처럼 구축했던 아리스토텔레스적인 의미에서의 시학이 매 시기를 맞아 겪게 되는 변천 과정을 살펴보는 작업에 놓여 있다고 할 수 있다. 특히 문학과 예술의 카테고리를 나누고 분류하는 고전수사학, 옛 수사학, 새로운 수사학, 신수사학 등등 수사학의 이름으로 행해진 작업들은 아리스토텔레스의 시학에서 일종의 돌연변이를 창출해 내면서 각 시기마다 다소간의 편차를 보임에도 결과적으로 시학의 개념을 '제한하는' 기능을 해왔다고 저자는 지적한다. 이와 같은 지점은 수사학자들이 등장하기 이전의 플르티에·세비에·부알로·호라티우스 등등의 시작술의 저자들에게서도 부분적으로 목격되는 서양 이원론의 변천 과정에 해당되지만, 최소한 시작술의 저자들에게는 이러한 이분법적인 사고를 바탕으로 한 장르간의 자명한 구분이 보편적으로 정착되어 있지는 않았다고 할 수 있다. 한편 수사학의 본격적인 등장과 더불어 진행된 육체와 영혼, 성스러움과 비속한 것, 고유한 것과 특수한 것, 감성과 이성, 합리와 비합리, 시와 산문 등등, 모든 것을 오로지 이분법에 기초하여 분류하는 불연속적인 방법론을 차례로 헤아리는 과정 속에서 정작 우리를 놀라게 하는 것은 다양한 이분법이 창출된 매순간에는 항상 어떤 이데올로기적 필요성이 개입했으며 존재했다는 사실 때문이다. 마치 공화국에서 '연민과 동정'만을 유포할 혐의가 있다는 이유로 시인을 추방할 것을 주장했던 플라톤이 법과 합리성이라는 이데올로기를 갖추고 있었던 것처럼 매 시기 창출된 이러한 이분법적 도식(schéma)들은 정치적 · 윤리적 · 언어적인 측면에서 각 시기에 예술과 문학 작품을 둘러싸고 행해진 이데올로기의 결과물이었던 것이다. 이러한 도식들을 창출해 내는 작업은 20세기라고 해서 결코 예외가 아니다.

저자가 주로 마지막장에서 다룬 언어학은 이러한 측면에서 볼 때, 이러한 도식들을 벗어나려는 하나의 시도처럼 보일 수 있다. 특히 야콥슨의 저작들을 꼼꼼히 읽다 보면, 구조주의자들이 오로지 '구조(structure)'라는 필터(저자는 '격자'로 표현한 바 있다)를 통해서 야콥슨을 읽어 왔으며, 결과적으로 야콥슨을 몰인식한 채 형식주의자라는 좁은 틀 속에서 그를 왜곡해 왔다는 사실을 알게 된다. 이와 마찬가지로 우리는 기호학자들이 자신들의 이분법을 강화하는 과정에서 얼마나 소쉬르를 왜곡했는가 하는 점 또한 저서를 통해서 알게 된다. 특히 2002년도에 출간된 소쉬르의 새로운 저작[1]은 구조주의와 기호학의 소쉬르 수용이 왜곡과 오해로 점철되어 있다는 사실을 잘 알려 줄 것이다. 소쉬르가 거시적인 관점에서 텍스트의 내적인 체계성(systémacité)에 관해 사유했다고 한다면, 그리고 이러한 소쉬르의 사유가 벤베니스트를 통해 이론화된 담화(discours)의 개념과 맞물려 있다고 한다면, 구조주의는 체계(système) 개념과 구조 개념을 서로 혼동하면서, 소쉬르가 랑그(langue)와 파롤(parole)의 상호 작용으로 파악했던 바로 그 지점에서 랑그와 파롤을 극단적으로 대립시켰으며, 이를 바탕으로 오로지 랑그의 언어학을 만들어 내었을 뿐이었던 것이다.

몰인식을 바탕으로 형성된 이러한 타자의 희생은 비단 야콥슨과 소쉬르뿐만 아니라 의미와 형식을 별개로 구분하지 않았던 러시아 형식주의자들에게 그간 드리워졌던 부정적인 가치 평가를 모두 반영한다. 러시아 형식주의자를 '단죄' 하였던 미하일 바흐친에 대한 저자의 비판은 이러한 점에서 새로운 관점을 제기한다. 의미와 형식을 별개로 구분하고, 시와 산문을 반의어로 파악하는 이원론이 아닌 연속성의 사유를 지향하는 시학을 구축했다고 저자가 판단한 메쇼닉의 리듬 이론을 저서의 마지막에 배치한 것은 이런 측면에서 볼 때 일종의 전략인 셈이다. 따라서 저자가 보기에 시학은 도식의 창출이나 기호의 모델을 통해서 성립하는 것이 아닌, 하나의 진정한 비평(critique)이라고 할 수 있다. 이때 비평이란 문화적 도식화 작업을 고찰하는 작업이자 이러한 도식화와 맞선 고찰이며, 특히 이성의 카테고리들 사이의 이질성(hétérogénéité)을 전제하는 인문과학의 구획 작업과 영역 분리 작업에 대항하는 인식론적 고찰일 것이며, 이는 다름 아닌 바로 저자가 파악한 시학이 지니고 있는 힘일 것이다.

이 책을 번역하면서 고려해야 했던 구성상의 특징에 관해 몇 가지

---

1) F. de Saussure, 《Écrits de linguistique générale》, Paris, Gallimard, 2002.

지적을 하기로 한다.

첫번째로 언급할 사항은 '이를테면' '예컨대' '그러므로' 등등의 연결사들을 이용해서 풀어 번역을 하는 것보다 원문에 충실하게 구두점을 사용하는 것이 효과적이라는(혹은 번역에 용이하다는) 판단에 따라 원문에 나타난 쌍반점(:)을 그대로 처리한 부분이 상당수 존재한다는 것이다. 이 경우, 앞뒤의 문맥을 고려하여 읽을 것이 요구된다. 저서에서 쌍반점 이후에 언급된 부분들은 거의 대부분 인용문에 해당된다. 즉 저자가 비판을 가하거나, 앞서 비판했던 내용을 제시하는 부분에 해당되는 것들이니만큼 앞뒤의 정황을 파악하여 읽지 않으면 상당한 혼동을 유발할 수도 있으며, 이와 같은 맥락에서 짙은 글자체나 이탤릭체로 표기된 부분들은 저자의 주관이 개입되는 부분이므로 보다 세심한 주의가 요구된다고 할 수 있다.

두번째로 언급할 사항은 몇 가지 용어들의 번역에 관한 것이다. 예를 들어 langue=랑그(소쉬르적인 의미로 쓰인 경우)나 언어(일반적인 경우)나 규범 언어로, langage=언어 활동(일반적으로 랑그와 구분하기 위해서 쓰인 경우)이나 언어(일반적인 경우)로, parole=파롤(소쉬르적인 의미로 쓰인 경우)이나 말(일반적인 경우)로, sens=의미, signification=의미 작용, signifiance=시니피앙스, signifié=시니피에, signifiant=시니피앙으로 번역했으며, 가독성을 위협하는 주요 요인이기도 한 형용사를 실사로 사용한 용어들의 대부분은 '-것'(예 le propre=고유한 것, le littéraire=문학적인 것)으로 번역했다. 한편 몇몇 용어들은 문맥에 맞추어 사용하였다. 예를 들어 pratique은 주로 '실질적 적용'이나 '실천'으로 번역했으며, 'tion'으로 끝나는 대다수의 용어들은 '-과정'(예 subjectivation=주체화 과정)으로 번역했다. 고유 명사의 표기법은 한국어에서 사용되는 용례를 따랐으며, 수사학 용어들은 박성창의 《수사학》(문학과지성사, 1997), 이충민이 옮긴 린다 사브리의 《담화의 놀이들》(새물결, 2004)에서 제시된 번역을 참고하였고, 플라톤은 박종현의 번역을, 아리스토텔레스는 천병희의 번역과 이상섭의 번역을 번갈아 가며 참조하였다. 본문에서 언급된 특수한 용어들과 본문에 등장한 몇몇 개념들은 개별적인 설명이 필요하다고 판단된 경우 역자 해설을 덧붙였다. 번역 원고를 꼼꼼히 검토해 준 편집부와 이 책의 출간을 흔쾌히 허락하여 준 동문선의 신성대 사장님께 감사의 말을 전한다.

개념 색인

인명 색인

조재룡

성균관대학교 불어불문과 졸업
프랑스 파리 8대학에서 문학 이론으로 박사학위 취득
현재 성균관대학교, 건국대학교, 홍익대학교, 추계예술대학교에서
한국문학과 프랑스문학을 강의하고 있으며,
서울대학교 한국문화연구소 연구원으로 재직하고 있다.
역서 《시학을 위하여 1》《베네치아의 기억》(공저)
〈앙리 메쇼닉과 현대성〉〈리듬의 시학〉〈시에 접근하는 두 가지 관점〉
〈시적 주체와 정치성〉 등 다수의 논문을 집필하였다.

문예신서
305

시학 입문

초판발행 : 2005년 8월 20일

東文選
제10-64호, 78. 12. 16 등록
110-300 서울 종로구 관훈동 74번지
전화 : 737-2795

편집설계 : 劉汷兒 李惠允

ISBN 89-8038-549-8 94800
ISBN 89-8038-000-3 (세트: 문예신서)

【東文選 現代新書】

1 21세기를 위한 새로운 엘리트　　FORESEEN 연구소 / 김경현　　　　7,000원
2 의지, 의무, 자유 ─ 주제별 논술　L. 밀러 / 이대희　　　　　　　6,000원
3 사유의 패배　　　　　　　　　A. 핑켈크로트 / 주태환　　　　7,000원
4 문학이론　　　　　　　　　　J. 컬러 / 이은경 · 임옥희　　　　7,000원
5 불교란 무엇인가　　　　　　　D. 키언 / 고길환　　　　　　　6,000원
6 유대교란 무엇인가　　　　　　N. 솔로몬 / 최창모　　　　　　6,000원
7 20세기 프랑스철학　　　　　　E. 매슈스 / 김종갑　　　　　　8,000원
8 강의에 대한 강의　　　　　　P. 부르디외 / 현택수　　　　　6,000원
9 텔레비전에 대하여　　　　　　P. 부르디외 / 현택수　　　　　10,000원
10 고고학이란 무엇인가　　　　　P. 반 / 박범수　　　　　　　8,000원
11 우리는 무엇을 아는가　　　　T. 나겔 / 오영미　　　　　　　5,000원
12 에쁘롱 ─ 니체의 문체들　　　J. 데리다 / 김다은　　　　　　7,000원
13 히스테리 사례분석　　　　　　S. 프로이트 / 태혜숙　　　　　7,000원
14 사랑의 지혜　　　　　　　　A. 핑켈크로트 / 권유현　　　　6,000원
15 일반미학　　　　　　　　　R. 카이유와 / 이경자　　　　　6,000원
16 본다는 것의 의미　　　　　　J. 버거 / 박범수　　　　　　　10,000원
17 일본영화사　　　　　　　　M. 테시에 / 최은미　　　　　　7,000원
18 청소년을 위한 철학교실　　　A. 자카르 / 장혜영　　　　　　7,000원
19 미술사학 입문　　　　　　　M. 포인턴 / 박범수　　　　　　8,000원
20 클래식　　　　　　　　　　M. 비어드 · J. 헨더슨 / 박범수　6,000원
21 정치란 무엇인가　　　　　　K. 미노그 / 이정철　　　　　　6,000원
22 이미지의 폭력　　　　　　　O. 몽젱 / 이은민　　　　　　　8,000원
23 청소년을 위한 경제학교실　　J. C. 드루엥 / 조은미　　　　　6,000원
24 순진함의 유혹 〔메디시스賞 수상작〕　P. 브뤼크네르 / 김웅권　　9,000원
25 청소년을 위한 이야기 경제학　A. 푸르상 / 이은민　　　　　　8,000원
26 부르디외 사회학 입문　　　　P. 보네위츠 / 문경자　　　　　7,000원
27 돈은 하늘에서 떨어지지 않는다　K. 아른트 / 유영미　　　　　6,000원
28 상상력의 세계사　　　　　　R. 보이아 / 김웅권　　　　　　9,000원
29 지식을 교환하는 새로운 기술　A. 벵토릴라 外 / 김혜경　　　6,000원
30 니체 읽기　　　　　　　　　R. 비어즈워스 / 김웅권　　　　6,000원
31 노동, 교환, 기술 ─ 주제별 논술　B. 데코사 / 신은영　　　　　6,000원
32 미국만들기　　　　　　　　R. 로티 / 임옥희　　　　　　　10,000원
33 연극의 이해　　　　　　　　A. 쿠프리 / 장혜영　　　　　　8,000원
34 라틴문학의 이해　　　　　　J. 가야르 / 김교신　　　　　　8,000원
35 여성적 가치의 선택　　　　　FORESEEN연구소 / 문신원　　　7,000원
36 동양과 서양 사이　　　　　　L. 이리가라이 / 이은민　　　　7,000원
37 영화와 문학　　　　　　　　R. 리처드슨 / 이형식　　　　　8,000원
38 분류하기의 유혹 ─ 생각하기와 조직하기　G. 비뇨 / 임기대　　7,000원
39 사실주의 문학의 이해　　　　G. 라루 / 조성애　　　　　　　8,000원
40 윤리학 ─ 악에 대한 의식에 관하여　A. 바디우 / 이종영　　　7,000원
41 흙과 재 〔소설〕　　　　　　A. 라히미 / 김주경　　　　　　6,000원

59 女神들의 인도	立川武藏 / 金龜山	19,000원
60 性의 역사	J. L. 플랑드렝 / 편집부	18,000원
61 쉬르섹슈얼리티	W. 챠드윅 / 편집부	10,000원
62 여성속담사전	宋在璇	18,000원
63 박재서희곡선	朴栽緒	10,000원
64 東北民族源流	孫進己 / 林東錫	13,000원
65 朝鮮巫俗의 硏究(상·하)	赤松智城·秋葉隆 / 沈雨晟	28,000원
66 中國文學 속의 孤獨感	斯波六郎 / 尹壽榮	8,000원
67 한국사회주의 연극운동사	李康列	8,000원
68 스포츠인류학	K. 블랑챠드 外 / 박기동 外	12,000원
69 리조복식도감	리팔찬	20,000원
70 娼 婦	A. 꼬르뱅 / 李宗旼	22,000원
71 조선민요연구	高晶玉	30,000원
72 楚文化史	張正明 / 南宗鎭	26,000원
73 시간, 욕망, 그리고 공포	A. 코르뱅 / 변기찬	18,000원
74 本國劍	金光錫	40,000원
75 노트와 반노트	E. 이오네스코 / 박형섭	20,000원
76 朝鮮美術史硏究	尹喜淳	7,000원
77 拳法要訣	金光錫	30,000원
78 艸衣選集	艸衣意恂 / 林鍾旭	20,000원
79 漢語音韻學講義	董少文 / 林東錫	10,000원
80 이오네스코 연극미학	C. 위베르 / 박형섭	9,000원
81 중국문자훈고학사전	全廣鎭 편역	23,000원
82 상말속담사전	宋在璇	10,000원
83 書法論叢	沈尹默 / 郭魯鳳	16,000원
84 침실의 문화사	P. 디비 / 편집부	9,000원
85 禮의 精神	柳 肅 / 洪 熹	20,000원
86 조선공예개관	沈雨晟 편역	30,000원
87 性愛의 社會史	J. 솔레 / 李宗旼	18,000원
88 러시아미술사	A. I. 조토프 / 이건수	22,000원
89 中國書藝論文選	郭魯鳳 選譯	25,000원
90 朝鮮美術史	關野貞 / 沈雨晟	30,000원
91 美術版 탄트라	P. 로슨 / 편집부	8,000원
92 군달리니	A. 무케르지 / 편집부	9,000원
93 카마수트라	바짜야나 / 鄭泰爀	18,000원
94 중국언어학총론	J. 노먼 / 全廣鎭	28,000원
95 運氣學說	任應秋 / 李宰碩	15,000원
96 동물속담사전	宋在璇	20,000원
97 자본주의의 아비투스	P. 부르디외 / 최종철	10,000원
98 宗敎學入門	F. 막스 뮐러 / 金龜山	10,000원
99 변 화	P. 바츨라빅크 外 / 박인철	10,000원
100 우리나라 민속놀이	沈雨晟	15,000원

1006 바흐: B단조 미사	J. 버트 / 김지순	18,000원
1007 하이든: 현악4중주곡 Op.50	W. 딘 주트클리페 / 김지순	18,000원
2001 우리 아이들에게 어떤 지표를 주어야 할까?	J. L. 오베르 / 이창실	16,000원
2002 상처받은 아이들	N. 파브르 / 김주경	16,000원
2003 엄마 아빠, 꿈꿀 시간을 주세요!	E. 부젱 / 박주원	16,000원
2004 부모가 알아야 할 유치원의 모든 것들	N. 뒤 소수아 / 전재민	18,000원
2005 부모들이여, '안 돼'라고 말하라!	P. 들라로슈 / 김주경	19,000원
2006 엄마 아빠, 전 못하겠어요!	E. 리공 / 이창실	18,000원
3001 《새》	C. 파글리아 / 이형식	13,000원
3002 《시민 케인》	L. 멀비 / 이형식	13,000원
3101 《제7의 봉인》 비평 연구	E. 그랑조르주 / 이은민	17,000원
3102 《쥘과 짐》 비평 연구	C. 르 베르 / 이은민	18,000원
3103 《시민 케인》 비평 연구	J. 루아 / 이용주	15,000원

【기 타】

▨ 모드의 체계	R. 바르트 / 이화여대기호학연구소	18,000원
▨ 라신에 관하여	R. 바르트 / 남수인	10,000원
▨ 說 苑 (上・下)	林東錫 譯註	각권 30,000원
▨ 晏子春秋	林東錫 譯註	30,000원
▨ 西京雜記	林東錫 譯註	20,000원
▨ 搜神記 (上・下)	林東錫 譯註	각권 30,000원
■ 경제적 공포〔메디치賞 수상작〕	V. 포레스테 / 김주경	7,000원
■ 古陶文字徵	高 明・葛英會	20,000원
■ 그리하여 어느날 사랑이여	이외수 편	4,000원
■ 너무한 당신, 노무현	현택수 칼럼집	9,000원
■ 노력을 대신하는 것은 없다	R. 쉬이 / 유혜련	5,000원
■ 노블레스 오블리주	현택수 사회비평집	7,500원
■ 딸에게 들려 주는 작은 지혜	N. 레흐레이트너 / 양영란	6,500원
■ 미래를 원한다	J. D. 로스네 / 문 선・김덕희	8,500원
■ 바람의 자식들―정치시사칼럼집	현택수	8,000원
■ 사랑의 존재	한용운	3,000원
■ 산이 높으면 마땅히 우러러볼 일이다	유 향 / 임동석	5,000원
■ 서기 1000년과 서기 2000년 그 두려움의 흔적들	J. 뒤비 / 양영란	8,000원
■ 서비스는 유행을 타지 않는다	B. 바게트 / 정소영	5,000원
■ 선종이야기	홍 희 편저	8,000원
■ 섬으로 흐르는 역사	김영회	10,000원
■ 세계사상	창간호~3호: 각권 10,000원 / 4호: 14,000원	
■ 십이속상도안집	편집부	8,000원
■ 얀 이야기 ① 얀과 카와카마스	마치다 준 / 김은진・한인숙	8,000원
■ 어린이 수묵화의 첫걸음(전6권)	趙 陽 / 편집부	각권 5,000원
■ 오늘 다 못다한 말은	이외수 편	7,000원
■ 오블라디 오블라다, 인생은 브래지어 위를 흐른다	무라카미 하루키 / 김난주	7,000원

東文選 現代新書 74

시 학 — 문학 형식 일반론 입문

다비드 퐁텐
이용주 옮김

　이론 교과로서 시학은 모든 예술 사이에, 아름다움에 대한 학문으로 정의된 미학과 다양한 현존 언어들 사이에, 인간 언어에 대한 과학적 연구로 이해되는 언어학의 중간에 위치한다. 시학은 언어로 된 메시지의 미학적 측면, 즉 순간적인 다량의 의사 소통에서 전달된 정보 이후에 바로 사라지지 않고 수신자에게 메시지를 감지하게 만드는 것에 중점을 둔다.

　2천5백 년 전 아리스토텔레스가 기초를 마련한 시학은 현대에 와서 문학의 특성, 즉 '문학성'에 대한 폭넓은 연구로 바뀌었다. 평가하고 해석하는 비평과 달리 시학은 언어 예술, 언어의 내적 규칙, 언어 기법, 언어 형식을 객관적으로 기술하고자 한다. 이 연구서는 먼저 역사적인 흐름에 따라 요약하고, 서술학, 픽션의 세계, 시적 언어, 의미화 과정, 문학 장르의 까다롭고 아주 흥미로운 문제까지 포함한 근대 문학 이론의 다양한 영역을 통해 심오하고 점진적인 과정을 제시한다.

　저자 다비드 퐁텐 교수는 고등사범학교를 졸업하였으며, 철학 교수 자격 소지자이다.

東文選 現代新書 96

근원적 열정

뤼스 이리가라이

박정오 옮김

뤼스 이리가라이의 《근원적 열정》은 여성이 남성 연인을 향한 열정을 노래하는 독백 형식의 산문시로 이루어져 있다. 이 글에서는 여성이 담화의 주체로 등장하지만, 남성 중심으로 이루어진 현존하는 언어의 상징 체계와 사회 구조 안에서 여성의 열정과 그 표현은 용이하지도 자유로울 수도 없다.

따라서 이리가라이는 연애 편지 형식을 빌려 와, 그 안에 달콤한 사랑 노래 대신 가부장제 안에서 남녀간의 진정한 결합이 왜 가능할 수 없는지를 역설적으로 보여 주려 애쓴다. 연애 편지 형식의 패러디는 기존의 남녀 관계에 의문을 제기하고 교란시키는 적절한 하나의 전략이 되고 있는 것이다.

서구의 도덕적 코드가 성경 위에 세워지고, 신학이 확립되면서 여신 숭배와 주술은 주변으로 밀려났다. 이리가라이는 그 뒤 남성신이 홀로 그의 말과 의지대로 우주를 창조하고, 그의 아들에게 자연과 모든 피조물을 통치하게 하는 사고 체계가 형성되면서 여성성은 억압되었다고 지적한다. 또한 그녀는 남성신에서 출발한 부자 관계의 혈통처럼, 신성한 여신에게서 정체성을 발견하고 면면히 이어지는 모녀 관계의 확립이 비로소 동등한 남녀간의 사랑과 결합을 가능케 해준다고 주장한다.

이리가라이는 정신과 육체의 이분법적인 서구 철학의 분류에서 항상 하위 개념인 몸이나 촉각이 여성적인 것과 연관되어 있다는 점을 인식하고 타자로 밀려난 몸에 일찍부터 주목해 왔다. 따라서 《근원적 열정》은 여성 문화를 확립하는 일환으로 여성의 몸이 부르는 새로운 노래를 찾아나선 여정이자, 여성적 글쓰기의 실천 공간인 것이다.

東文選 現代新書 161

소설 분석

현대적 방법론과 기법

베르나르 발레트

조성애 옮김

　오랫동안 소설 연구는 역사와 연대기화에 지배되어 왔다. 현시점에서 지배적 장르인 소설은 서체의 중요성을 인식하고 허구의 수사학에 계속 도전하는 장르로서 인식되고 있는 이상, 소설의 역사는 단순한 연대기나 개요적인 계보를 기술하는 것으로 그칠 수 없다.

　이 책은 방법론적 관점에서 소설 읽기에 도달하는 과정들을 설명하고 있다. 우선 다양한 분야에서 획득된 인식들을 종합적으로 검토하고, 이러한 인식들이 어떻게 문학 연구에 새로운 빛을 가져올 수 있는지를 가능한 한 객관적으로 보여 주고자 한다. 언어학, 구조주의, 화용론, 서사학뿐만 아니라 수용심리학, 사회 비평, 심리 분석이 최근 문학 연구에서 성취해 놓았던 결과들을 통해 역사주의와 방대한 주제적 통합보다 문학성을 더 중요시하는 접근들에 대해 설명한다. 나아가 이들 다양한 모델들에서부터 개인적인 탐구로 나아간 방식들을 제시하고자 한다.

　이 책은 소설의 미학적 다양성을 파악하는 데 유익한 소설 분석 입문서라고 할 수 있다. 특히 풍부한 발췌문들은 20세기 소설의 흐름을 알게 해주며, 실제 분석 예들과 뒤에 간략히 소개된 필독서들은 소설 분석의 유익한 출발점들과 이들을 심화시킬 수 있는 바탕을 마련해 주고 있다.

東文選 文藝新書 185

푸코와 문학

시몬 듀링
오경심 · 홍유미 옮김

　프랑스 사학자이자 문학비평가 및 철학자인 미셸 푸코에 대한 글쓰기는 1970년대 후반부터 문학 연구 발달에 있어 상당한 중요성을 가진다.

　그는 어느 누구보다도 현재 국제 문학 연구를 지배하는 '새로운 역사주의'와 '문화적인 유물론'의 배후에 있는 인물이다.

　시몬 듀링은 푸코의 작품 전체에 대해, 특히 그의 문학 이론에 대해 상세한 소개를 제공한다.

　듀링은 사드와 아르토에서부터 1960년대 프랑스의 '새로운 소설가들(누보로망 작가들)'에 이르기까지 '위반하기 쉬운' 글쓰기에 대한 푸코 초기의 연구와, 사회 통제와 생산에 관한 특수하고 역사적인 메커니즘 내에서의 글쓰기 및 이론화, 저자/지식인의 계보학에 대한 푸코 후기의 관심사를 탐구하고 있다.

　《푸코와 문학》은 푸코와 동시에 그에 의해 영향을 받은 문학 연구에 대한 비평을 제안하고, 후기 푸코식 문학/문화 분석에 대한 새로운 방법론을 발전시키기 위해 계속 나아간다.

　이 책은 문학 이론, 문학 평론 및 문화 연구에 대해서 학자들과 대학생에게 흥미를 일으킬 것이 틀림없다.

東文選 文藝新書 186

각색, 연극에서 영화로

앙드레 엘보 / 이선형 옮김

　본 저서는 공증된 사실을 출발점으로 삼고 있다. 관객은 어두운 객석에서 무대를 바라보며 낯선 망설임과 대면한다. 무대막과 스크린은 만남과 동시에 분열을 이끌어 낸다. 무대 이미지와 영화 영상은 분명 동일한 딜레마를 제시하지는 않는다. (나쁜) 장르 혹은 (정말 악의적인) 텍스트의 존재를 믿는다면, 물음의 성질은 달라질 것이다. 공연의 방법들은 포착·기호 체계·전환·전이·변신이라는 이름의 몸짓으로 말하고, 조우하고, 돌진하고, 위장한다.

　과연 이러한 관계의 과정을 통해 각색에 대한 총칭적인 컨셉트를 정의내릴 수 있을까? 각색의 대상들·도구들·모순들·기능들, 그리고 그 메커니즘은 무엇이란 말인가?

　기호학적 영감을 받은 방법적인 수단은 문제를 명확하게 표명한다. 이 수단은 실제적인 글읽기를 통해 로런스 올리비에와 파트리스 셰로의 《햄릿》, 베케트가 동의하여 필름에 담은 《고도를 기다리며》, 그 외의 여러 작품에 대한 실제적인 글읽기에서 잘 드러난다.

　기호학자인 앙드레 엘보는 현재 브뤼셀 자유대학교 인문대학 교수로 재직중이다. 그는 연극 기호학 센터 소장을 역임하고, 여러 국제공연기호학회에서 활발하게 활동하고 있다. 그의 저서 《공연 기호학》·《말과 몸짓》 등은 기호학적 방법론을 바탕으로 한 공연 예술에 관한 연구이다. 그런데 엘보의 연구가 후반으로 들어서면서 오페라 및 퍼포먼스와 같은 전체 공연 예술로 그 지평을 넓혀 가고 있음은 매우 흥미로운 일이다. 공연 예술 전반에 대한 기호학적인 연구를 통해 궁극적으로 영상 예술과의 조우를 꾀하고 있기 때문이다. 본 저서 《각색, 연극에서 영화로》는 바로 이러한 전환점을 잘 보여 주는 하나의 결과물이라고 하겠다.

東文選 文藝新書 191

그라마톨로지에 대하여

자크 데리다

김웅권 옮김

"언어들은 말하기 위해 만들어지고, 문자 언어는 음성 언어에 대리 보충의 역할만을 한다……. 문자 언어는 음성 언어의 대리 표상에 불과하다. 사람들이 대상보다 이미지를 규정하는 데 더 많은 주의를 기울이는 것은 기이한 일이다." ― 루소

따라서 본서는 기이함을 드러낼 수밖에 없는 책이다. 그러나 그 이유는 문자 언어에 모든 주의를 기울임으로써, 이 책이 문자 언어로 하여금 근본적인 재평가를 받게 하기 때문이다. 그런 만큼 총칭적 '논리 자체'로 자처하는 것의 가능성을 사유하기 위해 그것(그러한 논리로 자처하는 것)을 넘어서는 일이 중요할 때, 열려진 길들은 필연적으로 상궤를 벗어난다. 이 논리는 다름 아닌 상식의 분명함에서, '표상'이나 '이미지'의 범주들에서, 안과 밖, 플러스와 마이너스, 본질과 외관, 최초의 것과 파생된 것의 대립에서 안정적 입장을 취하면서 음성 언어와 문자 언어의 관계를 규정하게 되어 있는 논리이다.

우리의 문화가 문자 기호에 부여한 의미들을 분석함으로써, 자크 데리다가 또한 입증하는 것은 그것들의 가장 현실적이면서도 때때로 가장 눈에 띄지 않은 파장들이다. 이런 작업은 개념들의 체계적인 '전치'를 통해서만 가능하다. 실제, 우리는 "문자란 무엇인가?"라는 질문에 야생적이고 즉각적이며 자연발생적인 어떤 경험에 '현상학적' 방식으로 호소함으로써 대답할 수는 없을 것이다. 문자(에크리튀르)에 대한 서구의 해석은 경험 · 실천 · 지식의 모든 영역들을 지배하고, 사람들이 그 지배력으로부터 해방시킬 수 있다고 생각하는 질문――"그것은 무엇인가?"――의 궁극적 형태까지 지배한다. 이러한 해석의 역사는 어떤 특정 편견, 위치가 탐지된 어떤 오류, 우발적인 어떤 한계의 역사가 아니다. 그것은 본서에서 '차연'이라는 이름으로 인지되는 운동 속에서 하나의 종결된 필연적 구조를 형성하고 있다.

東文選 文藝新書 153

시적 언어의 혁명

줄리아 크리스테바

김인환 옮김

미셸 푸코는 《말과 사물》에서 19세기 이후 문학은 언어를 자기 존재 안에서 조명하기 시작하였고, 그런 맥락에서 횔덜린·말라르메·로트레아몽·아르토 등은 시를 자율적 존재로 확립하면서 일종의 '반담론'을 형성하였다고 지적한다. 그러한 작가들의 시적 언어는 통상적인 언어 표상이나 기호화의 기능을 초월하기 때문에 다각적이고 종합적인 연구를 필요로 한다. 본서는 바로 그러한 연구를 구체적으로 보여 주는 시도이다.

20세기 후반의 인문과학 분야를 대표하는 저작 중의 하나로 꼽히는 《시적 언어의 혁명》은 크게 시적 언어에 대한 일반적인 특징을 종합한 제1부, 말라르메와 로트레아몽의 텍스트를 분석한 제2부, 그리고 그 두 시인의 작품을 국가·사회·가족과의 관계를 토대로 연구한 제3부로 구성된다. 이번에 번역 소개된 부분은 이론적인 연구가 망라된 제1부이다. 제1부 〈이론적 전제〉에서 저자는 형상학·해석학·정신분석학·인류학·언어학·기호학 등 현대의 주요 학문 분야의 성과를 수렴하면서 폭넓은 지식과 통찰력을 바탕으로 시적 언어의 특성을 다각적으로 조명 분석하고 있다.

크리스테바는 텍스트의 언어를 쎙볼릭과 세미오틱 두 가지 층위로 구분하고, 쎙볼릭은 일상적인 구성 언어로, 세미오틱은 원초적이고 본능적인 언어라고 규정한다. 그리하여 시적 언어로 된 텍스트의 최종적인 의미는 그 두 가지 언어 층위의 상호 작용에 의해서 결정된다고 본다. 그리고 시적 언어는 표면적으로 보기에 사회적 격동과 관계가 별로 없어 보이지만, 실상은 사회와 시대 위에 군림하는 논리와 이데올로기를 파괴하는 힘이 있다는 것을 말라르메와 로트레아몽의 《말도로르의 노래》에 대한 연구를 통하여 증명한다.